Las huellas del conquistador

Las huellas del conquistador

José Luis Pérez Regueira

Rocaeditorial

© José Luis Pérez Regueira, 2007

Primera edición: enero de 2007

© de esta edición: Roca Editorial de Libros, S.L.
Marquès de l'Argentera, 17. Pral. 1.ª
08003 Barcelona.
correo@rocaeditorial.com
www.rocaeditorial.com

Impreso por Brosmac, S.L.
Carretera Villaviciosa - Móstoles, km. 1
Villaviciosa de Odón (Madrid)

ISBN 10: 84-96544-79-6
ISBN 13: 978-84-96544-79-6
Depósito legal: M. 46.843-2006

A mi mujer, Pilar
y a nuestros hijos, David y Alejandro.
A mis padres.

Esto hizo Hernando de Soto movido de generosa envidia y celo magnánimo de las hazañas hechas en México por el marqués del Valle, don Hernando Cortés, y en el Perú por el marqués don Diego de Almagro, los cuales él vio y ayudó a hacer.

GARCILASO DE LA VEGA

España era entonces un país hondamente democrático, en el que cada hombre era dueño de sí mismo.

SALVADOR DE MADARIAGA

NOTA PREVIA

Ésta es una historia de españoles ambiciosos, leales y valientes que doblegaron imperios y se desangraron en marismas, cerros, desiertos y junglas, a través de una América que se abría a sus sueños de riqueza y fama. Cuanto se relata en estas páginas aconteció durante aquel extraordinario período de la historia de España. Ha sido mi propósito acercarme a aquellos espíritus indomables para mostrar las razones de su afán conquistador, sus angustias, aventuras, heroicidades y ensoñaciones, jamás para juzgar desde el siglo XXI la conducta que quienes vivieron hace 500 años. He tratado con honestidad de acomodar situaciones y diálogos a la verdad histórica, cuya búsqueda me entretuvo algunos años entre decenas de libros y documentos. Queda a juicio del lector dictar si hice buen uso del trabajo.

I

El árbol del Misisipí

*T*lang... Sonó como una alarma a los oídos de Álvaro Nieto, el fornido extremeño, tan avisado en lances, batallas y emboscadas que aun cuando permanecían en el aire las últimas vibraciones del disparo de ballesta ya tenía firmemente enarbolada su espada en la mano derecha, y con su zurda asía la empuñadura de la daga que llevaba al cinto, justo por encima de la ingle, como le enseñó su capitán cuando le salvó la vida en la isla de Ometepe, en medio del gran lago Cocibolca de las tierras de Nicaragua.

Siempre que el acero estaba fuera de la vaina, Nieto lo consideraba una prolongación de su fuerte brazo. Jamás amenazaba en balde, no le gustaba perder el tiempo y si tenía las armas libres era para utilizarlas contra un cobarde, algún facineroso, lavar una ofensa al rey y en defensa de su propia vida o la de Hernando, el hombre al que debía su vida y a quien, sin decírselo jamás, le había jurado lealtad infinita.

Nieto dirigió su mirada hacia el lugar de donde provino aquel eco metálico que le era tan familiar y resultaba alerta infalible de un peligro inminente, invisible las más de las veces y letal en casi todas ellas. Llevaba varias horas en la penumbra y sus ojos se habían acostumbrado a la oscuridad. De ese modo, los perfiles fantasmagóricos de la floresta junto al Gran Río no excitaban su imaginación sobre espíritus satánicos del bosque, y se limitaba a escudriñar entre la asfixiante vegetación alguna sombra sospechosa o escuchar el crujido de alguna rama seca que delatara la posición del enemigo.

Por encima de las copas enmarañadas del pinal se filtraban rayos de una gigantesca y hermosa luna que plateaba porciones de la hojarasca mojada tras el último chaparrón. Abriéndose paso entre las nubes, se antojaba un astro dispuesto a engullir ese Nuevo Mundo, la tierra que Nieto creía legalmente suya, porque había disputado cada legua a mandobles y dejado jirones de su carne y su piedad en defensa de un lejano rey que también contemplaría esa misma luna, bajo cuya luz sobrevivían sin gloria hombres cansados, empobrecidos, pícaros e hidalgos orgullosos y cobardes en su vieja, sabia y añorada Castilla.

Después de años en las Indias, Nieto había aprendido a caminar raudo y en silencio por la selva. Así recorrió una decena de metros en un santiamén y cuando esquivó la rama de un mastodóntico nogal vio al vizcaíno Juan de Abadía con la culata de la ballesta firmemente apoyada en el hombro. El vasco se volvió y soltó un resoplido tranquilizador al contemplar a Nieto con la espada en vanguardia y la daga firme. Entonces bajó el arma de tiro, guiñó su ojo derecho y movió la cabeza hacia el lado izquierdo para indicar una posición. El indio estaba allí, boquiabierto, con los ojos en blanco y la cabeza ensartada por un dardo en el tronco de una gran encina.

—Entre ceja y ceja, capitán. Éste no le va con el cuento a los felones guachoyas.

Abadía dejó de mirar a Nieto y se entretuvo en girar el manubrio del cranequín para tensar el arco de la ballesta y recargar el arma, la más eficaz y mortífera que Hernando de Soto llevaba en aquella jornada. El vizcaíno estaba muy orgulloso del sistema ideado por él mismo, que le permitía disparar más rápido, más lejos y con mejor tino que cualquier otro ballestero.

—¿Hay más? —preguntó Nieto, mirando alrededor sin bajar la posición de ninguno de sus aceros.

—No sé —respondió Abadía mientras cargaba un nuevo dardo—. Pero nunca vienen solos. A éste le he cazado porque estaba muy cerca. Antes de ensartarle casi sentía su aliento en mi cogote y no tenía recato en camuflarse. Resulta extraño; nunca se habían acercado tanto cuando observan lo que hacemos. Están ahí, pero no los ves a menos que así lo quieran ellos.

—Ahora es distinto —respondió el capitán de Alburquerque mientras enfundaba despacio la daga pero sin dejar de mirar a derecha e izquierda—. Están decididos a conocer lo que vamos a hacer con el cuerpo de Hernando, por eso llevan dos días excavando por las cercanías del poblado y vigilan cada una de nuestras patrullas. Buscan la tumba, los muy…

El chasquido de las ramas del nogal fue un resorte que empujó a los dos hombres a colocarse en prevención con un movimiento rápido y mil veces ensayado en las tediosas instrucciones de campamento: Nieto con la espada firme y paralela al suelo y Abadía apuntando la ballesta con la mira junto al costado del capitán y por debajo de su brazo armado. Ambos maldijeron en un susurro y bajaron sus seguros de vida en aquella tierra indómita cuando vieron el rostro de Luis Moscoso asomar entre el ramaje. El aire de su nuevo comandante era circunspecto, con una destacada seriedad que resaltaba un rostro como esculpido por los reflejos que desprendía su bruñida gola. Tras él caminaba el portugués Andrés de Vasconcelos, con el noble porte que no perdía ni en las adversidades más extremas.

Al ver la gola pulida y el escaupil limpio e impecablemente remendado del hombre a quien tenían encomendadas sus vidas en ese momento, Nieto evocó con nostalgia la noche del Cusco, repleta de risas y buen humor después de haber trasegado un odre de vino entre viejos camaradas de combate, cuando Hernando reprendió a Moscoso por su desaliño, que era comentario y crítica entre los indígenas.

—Luis —había dicho De Soto con tono grave—, no te hablo ahora como teniente Gobernador de esta ciudad, sino como compañero de armas y capitán de los ejércitos del rey. Tienes que abandonar ese aspecto de pordiosero. Los indios murmuran que ni el más humilde de entre ellos tiene este porte descuidado y andrajoso, indigno para el viracocha que te suponen. Ningún enviado de los dioses vestiría como tú y eso es malo para la política de Pizarro. Para mí, que soy tu superior, es una reiterada falta de disciplina. Me has pedido seguir a mi lado; pues bien, si así lo quieres debes comportarte como un soldado, como uno de mis soldados. No me basta con un fuerte corazón y el ánimo templado, mis hombres no son unos vulgares buscavidas, pido lealtad y exijo disciplina. Ol-

15

vida por un rato el juego y el vino y hazte amigo del agua. —Las risas estallaron hasta contagiar al avergonzado Moscoso, que mantenía la cabeza baja mirando fijamente un pocillo con licor. También él rio y asintió con la cabeza.

Moscoso se dirigió hacia los dos soldados haciendo una señal a Vasconcelos para que le siguiera, pero sin volverse al portugués. Sabía que el más mínimo de sus gestos se acataba como una orden.

—¿Está todo de ley? —inquirió el nuevo comandante de la expedición, mirando primero a Nieto y luego a Abadía, sin mover la cabeza.

—La ley de los muertos —respondió el vizcaíno mientras indicaba con su pulgar izquierdo hacia el árbol donde permanecía clavado el indígena. Su tono era de burla y fanfarronería, lo habitual en él y que le hacía popular entre la tropa.

—Esta noche nos siguen más de cerca y en mayor número —el que habló fue Nieto—. Las noticias sobre Hernando han salido de la tribu guachoya hacia el resto de los clanes. Esta misma mañana vimos a tres mensajeros con dirección a las tierras de Quigualtanqui, Auntianque y Uachita. Debemos apresurarnos, Luis, o mañana tendremos a centenares de indios a lo largo de la ribera del río y detrás de cada árbol de este bosque. Saben de cierto que ha muerto y buscan su cadáver.

El capitán de infantes terminó la frase y se acarició la cicatriz que surcaba su mejilla derecha, desde el párpado hasta más abajo de la comisura de los labios, perdiéndose en una ensortijada y poblada barba negra. Era un penoso recuerdo del prendimiento de Núñez de Balboa, cuando sus leales, entre los que se encontraba Nieto, se resistieron a acatar las órdenes de Pedrarias. El encontronazo con los aguaciles que comandaba Francisco Pizarro terminó con aceros enarbolados y cuchilladas perdidas en el tumulto. Una de ellas se encontró con el rostro de Nieto, siempre en primera línea de pelea cuando se trataba de defender causas en las que creía o de proteger a hombres cuya bonhomía merecía su lealtad. Era el caso de Balboa.

—Lo tenemos, Nieto —contestó Moscoso reclinando su espalda sobre una gran ceiba, su brazo izquierdo en jarras y una expresión satisfecha—. Tinoco ha encontrado una encina adecuada. Él y Juan de Guzmán están sondeando el río para buscar una hoya profunda. Estoy reagrupando a todos los hombres en ese lugar y por ello he venido en vuestra busca.

Los cuatro hombres no tardaron en divisar al pequeño grupo que se afanaba, iluminado por varios candiles, dos antorchas y la luz de la luna, por serrar el tronco de un árbol lo más rápido posible y con el menor ruido de que fueran capaces. Amortiguada por el rumor del caudal del Gran Río, a cuya orilla estaba la encina, la voz de maestre Francisco, el jefe carpintero genovés, daba órdenes a Diego Arias y Alonso Romo, que animaban a otros cuatro soldados que serraban con furia la madera. El pequeño resplandor de una luminaria perfilaba la figura menuda del italiano y perlaba los torsos desnudos de los madereros, que parecían manantiales de sudor.

Fue como un susurro, pero audible por los cuatro hombres que se dirigían al pequeño campamento. Todos miraron hacia un arbusto florecido que bordeaba dos pinos tan firmes y juntos que un hombre no podía pasar entre ellos. Por segunda vez sonó la voz, más ronca, pero más firme:

17

—¡Capitán Moscoso… capitán Moscoso! —Entre las plantas florecidas asomó primero la punta de un morrión abollado y cubierto de orín; después una mano ensangrentada que sostenía un puñal que parecía haberse fabricado con el más rojo rubí. Finalmente, a gatas, surgió Juan Amarilla, al que todos conocían como Sanguijuela, tan hábil con la navaja y el puñal que degollaba a un venado con la misma rapidez que destripaba a cristiano o hereje que se le pusiera al alcance de la mano. Lo hacía tal que ni se oía un berrido ni sonaba un ¡aaay! aun cuando el infortunado se viera con el mondongo en la mano.

Cuando Amarilla se puso en pie ante Luis Moscoso, todos observaron los ojos febriles de Sanguijuela y un tic nervioso que le obligaba a mover la cabeza de un lado para otro. Así ocurría cuando su puñal encontraba algo blando en lo que hundirse y la excitación le recorría el cuerpo como un trallazo de placer que nunca alcanzó con mujer alguna. Quizá por ello las odiaba y las rehuía. Pero a nadie se le ocurría bromear con su virilidad porque bien sabían que la navaja de Sanguijuela estaba siempre afilada.

De forma entrecortada y restregando su mano en el peto, salpicado de churretes sanguinolentos, Amarilla habló:

—Excelencia, ahí detrás he dejado a dos paganos con más agujeros en el cuerpo que los que tiene el sayo de fray Juan de Torres. Los estuve siguiendo un buen trecho y cuando descubrieron el campamento decidí actuar. Eran espías ¿no?

Miraba a los cuatro hombres sin fijar la atención en ninguno de ellos, pero en busca de la aprobación que le confirmara que no había matado en balde, aunque eso, a la postre, le importara un ardite.

—Eran espías —respondió con calma y cierto tono de majestuosidad Moscoso—. Y lo hiciste bien, Amarilla, cumpliendo las órdenes. En ello va tu vida y la del resto de los compañeros, incluida la mía. Por ello mandé eliminar a cualquier indio que se aproximara a menos de cien pasos del río. Para lo que tramamos no quiero testigos. Y ahora vayamos a echar una mano. El tiempo apremia y no queda mucho para la amanecida. Abadía y Sangui… y Amarilla montarán guardia aquí mismo. Y ya sabéis, no quiero curiosos.

El mando sobre la tropa y las últimas recomendaciones de De Soto habían transfigurado la personalidad del nuevo comandante. Las vecinas aguas del Gran Río, al que veneraban los indios como su dios Guagua-Misisipeg, parecían haber impregnado el alma de Moscoso y embrujado de tal modo que su natural jaranero y bromista resultaba ahora severo y un punto altivo. Del trato familiar con la soldadesca había pasado a un desplante que el grueso de los hombres, maltrechos, hambrientos y desesperados, no se explicaban. Los capitanes lo achacaban al cansancio y a la alta responsabilidad sobrevenida. Acaso una carga demasiado pesada.

Cuando llegaron junto al grupo de serradores, Guzmán chapoteaba en la orilla mientras halaba la proa de la canoa hasta conseguir varar en la arena la quilla de la embarcación.

Juan de Guzmán era un hombre marcado por la disciplina desde su Badajoz natal. Primero con la dureza y las penurias del hospicio y, más tarde, cuando entró en la servidumbre de un convento donde las frustraciones de los clérigos se descargaban las más de las veces en las espaldas del muchacho, encallecidas por zurriagazos sin cuento y más de cinco y una bastonadas del prior. Sabía lo que importaba ganarse el prestigio entre los expósitos con puños y dientes, como conocía lo que se jugaba cada vez que escamoteaba a los frailes un trozo de carne o un cuartillo de vino.

Los pocos que estaban al cabo de su historia comprendían su habitual estado taciturno, pero de entre todos era el guerrero más disciplinado y al que nadie jamás vio discutir una orden o murmurar maledicencias contra los oficiales al calor de las hogueras y el vino en las noches de centinela. Tal actitud fue advertida por De Soto. El Gobernador no tuvo reparo ni oposición cuando decidió nombrarle capitán de uno de los cuatro escuadrones de caballería en los que se dividió la fuerza de ataque cuando la expedición desembarcó en las tierras de la Florida. Habían pasado más de tres años desde entonces.

Aún no había desembarcado Tinoco, cuando Guzmán, con paso decidido, se encaminó al encuentro de Moscoso.

—Señoría —dijo Guzmán—, a un cuarto de legua río abajo hemos sondeado hasta dieciocho varas de profundidad, en el mismo centro de la corriente. El agua se arremolina hacia el fondo. No creo que nadie pueda o sea tan loco para bajar hasta allí. —El explorador terminó de forma lacónica y se quedó rígido ante Moscoso, en la misma posición que mantuvo desde que inició su breve novedad.

—Parece un lugar muy adecuado. Gracias, Juan. Ha sido un buen servicio a él y a todos nosotros —pronunció Moscoso. El tono era lastimero, pero su mano apretó con fuerza el hombro de Guzmán como señal inequívoca de un sincero agradecimiento.

El árbol había caído sin estrépito. La parte más alta estaba sujeta con cuerdas de cabuya y el tronco apuntalado con altas varas para contener la fuerza del desplome. Los madereros se pusieron al tajo sin tardanza para seccionar el tronco dos metros por encima de la tala. El genovés Francisco había dispuesto sus herramientas sobre un colorido manto de algodón. Los serruchos, hachas de distinto tamaño, cuchillas, garlopas, limas, gubias y martillos estaban alineados con extremo cuidado y en mejor estado de conservación. El italiano decía a menudo que aquéllas eran sus armas y debían estar tan a punto como las espadas, los dardos y la pólvora de los arcabuces. A su lado le observaba en silencio Bartolomé Ruiz, el sevillano que había llegado a ser el más aventajado de sus discípulos, hasta el punto de que era mejor, incluso, que el genovés cuando se trataba de construir bergantines. Con igual atención miraban los hermanos Osorio, Francisco y García, ambos nacidos en León y que a su buen hacer en carpintería habían añadido la buena mano para la forja. No eran menos diestros en el combate, como dio crédito su participación en la mortífera batalla de Mobila.

Luis Moscoso se separó del grupo y se encaminó hacia el río. Desde la orilla contempló una fina estela de color rojizo que ondulaba sobre la superficie de las aguas. Por encima de las altas copas de los árboles una franja violácea empujaba la oscuridad a ninguna parte y las estrellas se desvanecían con ella. Una bandada de aves concentró su atención hasta ver cómo se perdía más allá de la infinita arboleda, engullida por una tímida mancha anaranjada en el horizonte. Cuando el rayo de sol mañanero le atinó en los ojos, notó un escozor, que alivió restregándose los párpados enrojecidos por la tensión y los días insomnes. Se sentó en la arena y clavó la espada en el suelo, a su derecha y al alcance de la mano.

Miró de nuevo al Gran Río y se ensimismó con los cambios de color en el agua de aquel camino fluvial, ancho como un mar, que los dejó atónitos a él y a Hernando cuando desde un alcor lo divisaron por primera vez una mañana brumosa de San Eladio. El secretario Rodrigo Rangel anotó el acontecimiento con fecha de 8 de mayo de 1541. Era tal maravilla que hasta los caballos cabriolaban inquietos y trabajo le costó a Hernando sujetar el suyo. A él, a De Soto, el mejor jinete que conocieron las Indias.

El suave oleaje plateado de tonos negruzcos se perdía hacia la ribera contraria donde la luz del alba clareaba el ocre de los troncos, y resaltaba el verde de la selva y el marrón terroso de un torrente que chocaba contra montículos rocosos, cercanos a la orilla, entre los que se había tejido una maraña de hojas secas, pedazos de madera, lodo y ramas podridas. El vaivén de las aguas llevó su mente a otro lugar, tres días atrás, festividad de San Juan.

Y

La choza había sido acondicionada de la mejor manera posible y resultaba espaciosa. Era con mucho la mejor edificación de un poblado que no tenía menos de doscientas casas y había servido de santuario hasta la llegada de Hernando y los suyos. El Gobernador estableció allí su cuartel general y se reservó un esquinazo de la estancia como dependencia personal, separada del resto por una amplia sábana. El suelo estaba barrido y alfombrado con mantas de algodón y pieles de corcovado. Hasta resultaba cómodo caminar sobre él. Una tablazón mal encolada guardaba equilibrio sobre un grueso tronco que hacía las veces de mesa, rodeada por un par de sillas de vaqueta. Sobre los tablones había legajos, mapas apenas bosquejados y otros cinco ya terminados con otros tantos itinerarios, enrollados, lacrados y dispuestos para su almacenamiento. Moscoso los conocía de sobra. Él mismo había aportado la mayor información a los cartógrafos. En uno de ellos, guardado en un estuche de madera, había anotado más de cincuenta asentamientos indígenas y una docena de afluentes del Gran Río. El devenir del tiempo lo conocería como «El mapa de Soto» y el correr de los años lo sepultaría en el olvido.

En un borde del improvisado escritorio había un ejemplar roto, manchado y con las cubiertas de cuero ya raídas, del *Amadís de Gaula*, el libro que tantas veces se había visto en las manos de Hernando. Junto al libro se encontraba la daga del Gobernador con la empuñadura de oro esculpida en forma de *tumi*, el cuchillo sagrado de los súbditos del Inca. Se lo hizo fabricar en un crisol de Cajamarca en recuerdo y como desagravio por el ajusticiamiento del rey Atahualpa, a quien De Soto consideraba un amigo, y a cuya muerte se opuso hasta el punto de denunciar tal acción ante el mismo Emperador Carlos, por considerarlo una deslealtad a los intereses españoles.

Desde aquellos desventurados sucesos en el reino del Perú, Hernando no se separó jamás del arma y pese a que las más de las veces le servía de adorno para fiestas o recepciones a los curacas locales, también supo darle un uso guerrero durante el combate singular que mantuvo con el cacique Patofa en las lejanas y casi olvidadas tierras de Talahasii.

21

Las sábanas que se habían colocado bajo una techumbre confeccionada con palmas, hojas de arce y ramas de pino, apenas contenían una llovizna infecta y pertinaz de insectos y orugas que escurrían por las paredes de adobe y madera. Un tosco mosquitero de hilo resguardaba el camastro donde se inquietaba De Soto asaltado por las fiebres. Junto a la cabecera estaba situado el arcón con las pertenencias más queridas del enfermo. Luis Moscoso las conocía tan bien que podía enumerarlas sin necesidad de abrir el baúl. Se encontraba la armadura con la cruz de Santiago carmesí incrustada en la coraza, la celada para el combate, el morrión plateado con el plumaje colorista de su cimera, el anillo de oro con un gran aljófar incrustado y el nombre «Isabel» inscrito a su alrededor, tres jubones de hilo con bordados de oro, la espada de gala con el puño y la guarnición de plata, obra del orfebre sevillano Antonio de Arfe y cuya belleza embelesó a la corte en Valladolid, no menos de tres casacas de terciopelo negro y rojo y un buen manojo de cartas, órdenes y recuerdos personales.

22   Encima del arca reposaba una jofaina de barro con agua, un montón de paños y un revoltijo de hierbas que esperaban para su cocción en un puchero que humeaba sobre el fuego al otro lado de la cabaña.

Hernando tenía los ojos entornados y sus cuencas eran dos brasas subrayadas por sendas líneas amoratadas que llegaban hasta los pómulos. Destacaba su faz en extremo pálida, con los labios secos y despellejados en las comisuras. El Gobernador parecía haber envejecido toda una vida en pocas horas. Hasta su cabello había encanecido de pronto y las guedejas que le caían sobre el paño colocado en la frente se trenzaban sucias y sudorosas. Su cuerpo, arropado en una manta, se estremecía sacudido por llamaradas invisibles que brotaban de lo más profundo de su pecho. De Soto se moría a borbotones.

El secretario Rangel, apoyado sobre el camastro, acogió con un mudo saludo y una leve inclinación de cabeza a Moscoso. Frente al moribundo, los frailes Juan de Torres y Luis de Soto, el primo tuerto del Gobernador, musitaban plegarias en latín. Hernando abrió los febriles ojos y Luis creyó ver un rictus de felicidad en su boca reseca y una chispa de alegría en sus pupilas. Lentamente la mano de Hernando se liberó de la manta e indicó a su fiel lugarteniente que avanzase hacia él sin dejar de mirarlo. Luis descorrió el mosquitero y se arrodilló ante su comandante tomando su mano. Aun en aquel trance notó una fuerza inusual en alguien que contaba su vida por minutos.

—Luis —tartamudeó Hernando con un leve amago de tos—, prepara a los hombres en grupos. Quiero verlos antes de cerrar los ojos por última vez. Quiero ver sus caras y agradecerles uno a uno todo lo que hacen por España y la lealtad que me tuvieron siempre. Es mi último homenaje a unos valientes como nunca vieron las tierras de Indias. No podré arengarles pero me bastará con llevarme su recuerdo. Ordena que me aseen y me afeiten. Se debe estar presentable en el epílogo de la última aventura.

Moscoso no respondió. Agachó la cabeza hasta tocar con su frente la mano de Hernando y al notar el contacto soltó un profundo sollozo que llegó nítido a los oídos de los clérigos quienes por un momento callaron la salmodia.

—Una cosa más, Luis. —El Gobernador giró su cabeza y entornó los ojos—: Dame tu palabra de que si no te es posible llevarme a nuestra tierra, mi cuerpo no servirá de escarnio y reposará en paz en esta nación. Ella me dio la fortuna en el pasado y ella, también, en el futuro me dará el honor y la gloria si Dios y la Historia creen que lo merezco.

De Soto volvió su rostro hacia Moscoso e incorporándose en el lecho soltó su mano y agarró con fuerza temblorosa el jubón de su capitán hasta rasgarlo.

—¡Sácalos de aquí, Luis! ¡Sácalos vivos y llévalos a Cuba, a Nueva España, al Perú, a donde sea, pero sácalos! Júramelo por tu honor. Júrame que salvarás lo que queda de esta loca expedición a que os he conducido. Jú-ra-me-lo… —La mano se soltó mortecina de la camisa de Moscoso y De Soto cayó desvanecido en el lecho.

El ruido de unas pisadas devolvió al nuevo comandante al ahora. El sol estaba alto y se reflejaba en la cabellera pajiza de Arias Tinoco.

—Capitán —dijo el que tenía por honra ser familia de Hernando de Soto y haber tenido la oportunidad de vivir una aventura desgraciada en la conquista de oro, que guardarían los libros durante generaciones—, el trabajo está casi terminado.

Moscoso se levantó sin mirar a Tinoco, se enfundó la espada y con paso decidido y en silencio se llegó hasta el grupo de hombres acampados. El tronco había sido seccionado a lo largo. El maestro genovés, Ruiz y los hermanos Osorio se afanaban en ahuecar una de las mitades. Cuando llegó junto a ellos, Moscoso comprobó cómo el interior de aquella madera tenía una profunda oquedad, lejanamente parecida a un sarcófago, pero tan útil como el más señorial de los ataúdes. Cuando Ruiz notó la presencia del nuevo jefe, interrumpió su tarea para hablarle.

—Don Luis —dijo con un tono quejoso—, esta madera es fuerte, pero muy ligera. Necesitaremos mucho peso para hundirla. Habrá visto que no hay muchas piedras por aquí y cualquier lastre se nos hace poco.

24

—Haced el hueco lo más grande que podáis —respondió Moscoso—, ya nos ocuparemos del peso. Ahora necesito a los soldados más descansados para que construyan una almadía. Encárgate de dirigirlos tú mismo, Ruiz. Constrúyela para una veintena de hombres; debe estar lista para hoy mismo.

Arias Tinoco, Nieto, Vasconcelos y Guzmán se habían congregado junto al nuevo comandante y escuchaban las explicaciones del hábil carpintero. Luis Moscoso no perdió tiempo y empezó a impartir las órdenes. Vasconcelos construiría la balsa y debía hallar cualquier cosa que sirviera de sobrecarga. Guzmán tenía a su mando la escolta del lugar donde se encontraban, con especial cuidado por el féretro, y Arias capitanearía el retén de las guardias del perímetro semicircular de cien pasos en torno al campamento. Nieto acompañaría a Moscoso hasta el poblado para disponer el traslado del cuerpo de Hernando hasta ese lugar lo antes posible y con el mayor sigilo. Todos asintieron con la cabeza y el grupo se deshizo.

Los capitanes se dirigieron a los dos pequeños grupos de soldados que descansaban junto al río. Vasconcelos eligió a dos de ellos y se adentró en la espesura del bosque hacia poniente.

Guzmán ordenó a otros tres que se unieran a Bartolomé Ruiz, que aguardaba con afiladas hachas, y ordenó a otros dos que permanecieran a su lado. Arias Tinoco dividió por parejas a los restantes, que no llegaban a una decena.

Luis Moscoso de Alvarado, otrora despreocupado juerguista, aventurero, natural de Zafra donde nació treinta y siete años antes, venido a general de armas por un trágico azar, y su paisano Nieto, ensillaron los caballos y salieron al paso con dirección al poblado Guachoya.

Tardaron pocos minutos en encontrar el sendero que utilizaban los indios para sus excursiones al río y que conducía directamente a la aldea. La trocha resultaba angosta con las ramas de los árboles cerrando el paso a la altura del pecho de los dos caballistas. Iban despacio y en silencio. A veces se inclinaban sobre las crines para sortear las ramas menos flexibles.

Nieto abría la marcha, los antebrazos desnudos como era su costumbre, sobre la frente llevaba un pañuelo anudado al colodrillo, de la misma manera que lo hacía De Soto, al que siempre molestó el yelmo, y nunca, salvo en las batallas que se presumían encarnizadas, utilizaba morrión, casco o celada borgoñota. Un pañuelo de color azul oscuro en torno a la frente del Gobernador servía de guía y orientación para los soldados, que parecían seguir más seguros a aquel sencillo y oscuro estandarte que al pendón de Castilla que hacía tremolar en medio del combate el alférez de campo.

Nieto era el que mejor conocía el terreno. Desde la llegada a las tierras de la Florida se repartió con Juan de Añasco y Nuño Tovar las misiones de exploración. El de Alburquerque, al que algunos llamaban el Pretoriano de Hernando de Soto era, sin duda, el que mayor cantidad de leguas había recorrido por ambas orillas del Gran Río.

Moscoso montaba muy cerca. Los belfos de su caballo rozaban a menudo las ancas de la cabalgadura de Nieto. El nuevo comandante llevaba la cabeza descubierta, pero vestía peto, brazales y manoplas que le resultaban útiles para apartar la vegetación que se les venía encima de continuo. Para tal menester, Nieto se ayudaba de una lanza y no perdía de vista las ramas más altas, pues bien sabía que era el lugar ideal desde donde el león de aquellas tierras, de color pardo claro y con las mismas hechuras del jaguar, acechaba antes de su mortífero salto.

Se detuvieron una sola vez. Ocurrió cuando el trino de un pájaro fue contestado varias veces y de forma intermitente por un sonido gutural muy parecido al de una de las enormes gallinas de plumaje oscuro, cola redondeada y andares sincopados que descubrieron en estas tierras, cuya carne seca resultaba muy apetitosa cuando estaba bien asada. Los dos soldados conocían desde tiempo este proceder de los indígenas para mantenerse avisados. Decidieron, pues, estar alerta, aunque confiaban en que los indios se conformaran con sólo mirar.

Habían dejado atrás zonas tan tupidas que cualquier hombre escondido a menos de un metro de su paso resultaba invisible. Un ataque por sorpresa en tales condiciones hubiese sido infalible. Y habían conocido en sus propias carnes la habilidad de los aborígenes para tender emboscadas. Ambos convinieron con la mirada que era prudente acelerar la marcha y abandonar el bosque cuanto antes.

26 Al dejar atrás la gran arboleda los dos jinetes tuvieron una falsa sensación de seguridad. Ante ellos se extendía la llanura en cuyo centro se encontraba la empalizada circular del poblado de la tribu guachoya. Por encima de los maderos vieron serpentear hilos de humo hacia un cielo azul apenas moteado de pequeñas nubes. Los primeros olores a maíz tostado y carne asada mordieron su apetito.

Dos guardias de la entrada principal, con sendos mastines sentados a su lado, conversaban despreocupados. A la derecha del muro no se veía actividad alguna en la docena de chozas edificadas junto a un riachuelo pese a estar tan avanzado el día. Nieto se lanzó al trote y Moscoso le siguió hasta colocarse a su altura. Mientras se acercaban al portón comprobaron a su izquierda que los pequeños labrantíos y los maizales casi estaban desiertos, apenas faenaban un puñado de mujeres. Ni siquiera había niños, los que diariamente jugueteaban en el arroyo junto a los soldados o se entretenían a las escondidas entre las altas plantas. Los españoles se miraron y espolearon las cabalgaduras. Cuando cruzaron la puerta, los dos centinelas saludaron con el brazo sobre el pecho y la palma de la mano paralela al suelo. Los perros gruñeron primero, ladraron después e hicieron un leve amago de lanzarse entre las patas de los caballos.

La amplia plazuela estaba vacía. Algunos soldados dormitaban apoyados en picas y arcabuces resguardados del sol. Unos pocos salieron de debajo de las techumbres de los bohíos circundantes masticando pedazos de carne o comiendo una mazorca. Todos tenían un aspecto deprimente. Sucios, de aspecto enfermizo, muchos descalzos, otros se habían confeccionado borceguíes con ataduras de palmas, la mayoría con una expresión de tristeza y desencanto, como recién reagrupados después de una humillante derrota militar. En las cabañas más alejadas pudieron ver a grupos de tamemes y naborías, los indios para el servicio de la tropa.

Juan de Añasco y Juan Rodríguez Lobillo esperaban a los dos jinetes en la escalinata que conducía al interior de la gran choza que sirvió para la agonía de Hernando y ahora era sitial de mando de la tropa expedicionaria. Al apearse de la montura Moscoso comprobó con satisfacción que se habían seguido sus órdenes de redoblar la guardia en torno al cuartel general, aunque los hombres llevaran una actividad en apariencia relajada, pero con sus armas dispuestas y los caballos ensillados y embridados.

Lobillo era un aguerrido capitán de infantería, natural de Úbeda, que se ganó el respeto de la soldadesca cuando reunió la primera avanzadilla de desembarco en la bahía del Espíritu Santo, en la costa del poniente de la Florida, donde sostuvo una escaramuza con los indios de la que resultaron heridos seis españoles. El ubetense demostró arrestos suficientes para penetrar en tierra desconocida, áspera y cenagosa en persecución de los aborígenes.

Añasco era el contador imperial de la expedición, pero De Soto confió en él para misiones guerreras por ser un marino avezado y un experto cosmógrafo. Era sevillano, hábil en la pelea y un valiente explorador. El día anterior llevó a cabo la incursión hacia el Gran Río, poco después de que se decidiera desenterrar el cadáver del Gobernador y sepultarlo en la corriente fuera del alcance de los indígenas. Mientras Añasco y Nieto se saludaban con un fuerte y cómplice abrazo entre camaradas de

27

correrías, Lobillo relató las novedades a Moscoso apenas cruzaron el umbral de la estancia.

—El cadáver de Hernando está escondido en el pequeño galpón del patio trasero —dijo Lobillo, indicando con su brazo derecho la parte posterior de la cabaña—. En la noche de anteayer lo desenterramos conforme a lo convenido. Además los indios se estaban acercando al cipresal de levante. En pocas horas lo hubieran encontrado. Esos demonios hideputas son muy listos y no se han tragado ninguna de nuestras añagazas.

Ambos soldados habían salido a la parte posterior de la choza, un patio cuadrado de una veintena de pasos, con sus laterales vallados por grandes troncos superpuestos que llegaban a la altura de un hombre y terminaban en la empalizada que servía de fondo y a la que se había adosado un cobertizo.

Bajo la improvisada techumbre se amontonaban fardos de pieles, espadas, lanzas, arcabuces, falconetes y media docena de baúles que guardaban los enseres particulares de los oficiales, unas pocas alpacas de hierba para las caballerías y dos barriles de pólvora casi vacíos. Detrás de aquella pila de cosas, encima de un tablero, un fardo alargado, confeccionado con sacos y pieles de venado, atado con sogas usadas y lianas de cabuya, contenía el cuerpo de Hernando de Soto.

Moscoso echó un rápido vistazo a la rústica mortaja, asintió con la cabeza y volvió hacia el interior de la choza cuando Nieto ponía al corriente a Añasco de las faenas que se llevaban a cabo en el río. El jergón que vio morir a De Soto estaba revuelto y sobre él se había colocado el arca personal del Gobernador. Lobillo indicó al nuevo comandante que una persona esperaba para hablarle.

Todos le conocían y simpatizaban con él, era el lenguas Juanillo, un indio de la nación cheroquí perteneciente a la tribu de Guajule. En ese lugar, antaño, De Soto y los suyos repusieron fuerzas y fueron tratados como amigos y aliados del cacique, que les brindó una hospitalidad desinteresada. Fue el propio curaca el que decidió que uno de sus hijos acompañara a los españoles en su jornada para aprender la lengua de los hombres blancos, su cultura, saber de sus dioses y la extraña forma de guerrear.

De todas cuantas tribus habían conocido en aquellas tierras al norte de la Nueva España, los cheroquíes atrajeron el interés de los españoles de manera especial. Estaban socialmente mejor organizados que otros clanes, pastoreaban y tenían perfectamente roturados sus campos para la siembra y recolección. Eran formidables guerreros, inteligentes y dispuestos para el combate, pero luchaban sólo cuando había necesidad de defenderse y eran leales a la palabra dada. Había pasado mucho tiempo desde que abandonaron su hábitat cavernícola y ahora edificaban ciudades amuralladas y casas de adobe.

Tenían dos cosas que maravillaban a los españoles: una cerámica exquisita, con motivos tan extraños como embelesadores, y el sabroso condimento de la carne de tortuga, iguana y las grandes gallinas de cola redonda. Una inteligente sociedad deseosa de aprender de aquellos extraños visitantes de tez pálida.

Juanillo accedió a la ceremonia del bautismo y fue aleccionado por Juan Ortiz, de quien tomó el nombre, un español esclavo de los indios durante años y que tan leal servicio prestó a De Soto hasta su muerte. Juanillo, antes Guajule Tenesii, heredó de sus ancestros el talento, la osadía y la lealtad. De Soto vio en él la reencarnación de quien fuera su fiel intérprete Martinillo en las lejanas y siempre recordadas tierras del Perú.

Juanillo era un joven vivaz y eso se adivinaba en sus ojos de un castaño oscuro que brillaban de manera especial cuando se le encomendaba una misión o servía de intérprete al mismo Gobernador. Era hijo de jefe cheroquí y hacía honor a su posición. Además, había demostrado ser un guerrero valiente y decidido cuando cinco años atrás entró en combate contra una tribu invasora de la nación creek. Los cheroquíes tuvieron que defenderse de un inesperado ataque contra sus praderíos, el asalto a sus almacenes de víveres y el intento de rapto de sus mujeres. Había ocurrido en la ribera de poniente del río Tenesii, el de las aguas claras que le habían dado su nombre. Juanillo mató a tres enemigos durante aquella batalla, dos cayeron por certeros disparos de flecha y al tercero le rebanó el pescuezo con un golpe seco de su afilado puñal de pedernal. Contaba entonces veinte años y la hazaña llenó de orgullo a su padre Guajule, que le tomó un afecto especial entre el resto de sus cuatro hijos varones.

Moscoso reconoció de inmediato al lenguas, que aguardaba en cuclillas junto al fogón y en quien no había reparado anteriormente, cuando a toda prisa se dirigió al patio trasero. Juanillo mantenía su larga cabellera recogida en dos trenzas, vestía taparrabos y la indumentaria cristiana se resumía en un jubón manchado y roto y un crucifijo de madera colgado al pecho. Detrás de él estaba el otro lenguas, un indio de escasas luces de la tribu de Cutifachiqui. Era este indígena de malas entendederas y aún comprendía peor lo que se le decía. Lo que Juanillo expresaba en una sola frase, el cutifachiqui lo hacía en parrafadas donde intercalaba palabras españolas y, las más de las veces, lo hacía en sentido contrario de lo que se le demandaba. Pese a la nulidad de sus tareas contaba con el afecto y la protección de los frailes que le tenían por monago bobalicón.

—Y bien, Juanillo, ¿qué tienes que decirme? —preguntó el nuevo comandante con un tono paternal.

—Señoría, durante la tormenta de la noche pasada, mientras rondaba por fuera de la cerca, dos hijos del jefe Guachoya se me acercaron y me hablaron de los peligros que me vienen si sigo con los barbudos blancos. Su padre, el curaca, abandonó el poblado para juntar un gran ejército de guachoyas, anilcos y quigualtanquis que arrojará vuestros cadáveres al padre Cuagua. El cuerpo del Gobernador será profanado, la piel separada de sus carnes, sus huesos, quebrantados y molidos, se ofrecerán al diablo Cupay para que su alma pene toda la eternidad y no pueda morar nunca jamás en el gran cuerpo de Manitu, el que habita en el paraíso de Manampacha.

Moscoso quedó pensativo unos momentos restregándose la nariz con el dedo índice de la mano derecha. Después se volvió lentamente hacia Lobillo, Añasco y Nieto.

—Tal y como era nuestro temor. Vamos a trasladarlo inmediatamente —dijo el comandante en un tono resolutivo—. Quiero a todos los hombres, sanos o heridos, de guardia, y un retén de jinetes alrededor del poblado. Llevaremos a Hernando en una carreta, escondido entre alforjas y sacos de víveres. Iremos nosotros cuatro, una escolta de diez hombres y los dos frailes. Buscad a los mejores ballesteros; todo debe estar dispuesto cuanto antes. Baltasar de Gallegos quedará como capitán de puesto.

Mientras Nieto y Lobillo abandonaron la estancia para organizar la defensa del poblado y los turnos de centinela; Moscoso y Añasco prepararon el orden del cortejo. Ellos dos abrirían la marcha a pie, la carreta la tirarían los esclavos negros Robles, Juan Blanco y Gómez con la ayuda de otro esclavo moro llamado Bernardo. Cuatro ballesteros escoltarían el carruaje, dos a cada lado, con el concurso de Lobillo por delante del carromato de dos ruedas con cuatro varales unidos entre sí por cordeles. La comitiva la cerrarían otros seis infantes, entre arqueros y rodeleros bajo el mando de Nieto. Cuando todo fue arreglado, Moscoso tomó una torta de maíz, un poco de sopa y decidió descansar hasta el momento de la partida.

El sol estaba bajo y a sus espaldas cuando la comitiva abandonó el poblado. La llanura estaba ahora completamente desierta y en una calma que no presagiaba nada bueno para los españoles. Las palabras de Juanillo habían creado desasosiego y angustia en Moscoso y en el resto de los capitanes presentes en la entrevista. Un ataque podía sobrevenir en cualquier momento y en el lugar más insospechado.

El grupo aligeró el paso hasta alcanzar el bosque, donde creía estar seguro. Apenas habían caminado veinte pasos por la espesura cuando el silencio los envolvió. Cesaron los trinos de las aves y los animales que anidaban o saltaban en las copas de los árboles permanecieron quietos. El chirriar de las ruedas de la carreta, los jadeos de los esclavos, la respiración de los soldados y el rezo de los frailes era lo único audible. Al silencio se unió la inquietante negrura de la noche. Se encendieron varias teas y la comitiva y el entorno configuraron el lúgubre cuadro de un cortejo fúnebre.

La marcha era lenta. Algunos tramos de la trocha eran intransitables para la carreta y los soldados abrían un nuevo sendero cortando ramas y despejando el suelo de troncos y raíces. Repitieron la operación no menos de cinco veces.

A lo largo de la ruta, Añasco y Lobillo creyeron ver oscuras siluetas que seguían a la comitiva. Con el pulso acelerado hicieron gestos al resto de los soldados para que estuvieran alerta. Era algo innecesario, porque todos los hombres estaban alterados, algunos temblaban sin disimulo y aquellos que parecían serenos sentían que el corazón se les escapaba por la garganta. La sangre hervía en las sienes de todos ellos, de tal modo que hubo gran alivio cuando vislumbraron por entre la arboleda el resplandor de las tímidas candelas del campamento junto a la corriente.

La llegada del cortejo a la orilla del Gran Río fue saludada con vítores por los hombres. Hubo abrazos, sonrisas y chanzas. Los frailes se santiguaron e impartieron bendiciones de forma frenética. Solamente maese Francisco y el noble portugués Vasconcelos se mantenían serios y con la expresión circunspecta. La alegría se fue apagando a medida que los hombres recién llegados reparaban en el tronco hueco depositado en el arenal. Varadas en la orilla estaban la canoa y una balsa de troncos que a primera vista no parecía muy estable.

Moscoso dio orden de descargar la carreta y los cuatro esclavos se dispusieron para acarrear el fardo mortuorio de Hernando de Soto, pero cinco soldados, entre los cuales estaba Álvaro Nieto, se lo impidieron. Bajaron el bulto con cuidado y lo llevaron a hombros hasta el pie del rudimentario ataúd depositándolo con mimo en la arena. Todos los hombres formaron un corrillo alrededor, silenciosos y cabizbajos. Se oyó algún sollozo y Juan de Guzmán se restregó la barba mientras los destellos de la antorcha más próxima clavada en la arena descubrían sus enrojecidos ojos llenos de lágrimas. Moscoso y Añasco se abrieron paso entre los hombres hasta tocar con las punteras de sus calzas el fardo. El nuevo comandante miró el cadáver envuelto y se volvió hacia los soldados:

—Castellanos y portugueses; españoles —dijo Moscoso con la voz entrecortada—: aquí tenéis a nuestro Gobernador y al mejor comandante que ha pisado las Indias. Su memoria quedará para siempre entre nosotros y nuestros hijos y los hijos de nuestros hijos. No olvidéis que Hernando de Soto es tan grande como Hernán Cortés, tan valiente y tan leal como el mayor de los Pizarro, aunque no os haya puesto en las manos imperios y oro. Pero os dio la gloria y el orgullo para que generaciones enteras recuerden vuestros nombres como los dominadores, héroes y conquistadores de miles de leguas al norte de la Nueva España. Su tumba no será el panteón que se merece en su añorada iglesia de San Miguel, junto a sus progenitores, en su tierra de Extremadura, que también es la mía y la de muchos de vosotros. Su última morada será este gran río que él mismo descubrió y al que llamó del Espíritu Santo. Su recuerdo vivirá para siempre en estas tierras que conocieron su arrojo y su honor. Su memoria llegará desde este gran caudal hasta las altas sierras del Perú, donde le conocí, serví a sus órdenes y ganamos un imperio para nuestro Rey y señor. De Soto ha abierto caminos para cientos de españoles que, sin duda, vendrán a estas tierras para continuar lo que él empezó. Aquí habrá ciudades, iglesias, mansiones, campos de cultivo y grandes rebaños. Él dio el primer paso y ahora nos cabe la honra a todos nosotros de haberle seguido. Que su alma repose en paz por los siglos de los siglos. ¡Hernando! ¡Hernando! ¡Hernando!

Todos los soldados desenfundaron sus espadas y apuntando al cielo corearon con fuerza y con rabia al unísono: ¡Hernando! ¡Hernando! ¡Hernando!

Con parsimonia, fray Luis de Soto se aproximó a los restos del Gobernador limpiándose por debajo del parche que tapaba la cuenca vacía de su ojo derecho. Pese a que había pasado tiempo desde el percance, la herida aún supuraba. Se arrodilló ante el fardo y con los dedos entrelazados comenzó una oración en latín. Todos guardaron silencio y se unieron a la plegaria, unos de pie y otros arrodillados. Cuando el sacerdote terminó el rezo, se incorporó y habló a los soldados:

—Hermanos, entregamos el cadáver de Hernando a estas aguas que velarán su descanso. De Soto fue pariente mío y vuestro capitán supremo, pero también fue la mano de Dios y de nuestro señor Jesucristo para los paganos. Él llevó la cruz por todas las partes de las Indias y en todas ellas destacaron sus buenas obras y su fe. Nunca hubo jefe más leal a sus soldados y más fiel al Emperador. Siempre fue un hombre de Dios y Nuestro Señor estará contento de contar a su lado con tan buen soldado como misericordioso cristiano. Que su ejemplo viva entre nosotros por los siglos de los siglos. Amén.

El «Así sea» que repitieron los presentes sonó apagado, casi como un murmullo.

Moscoso, Añasco y el fraile dominico se separaron del fardo y permitieron que los hombres que lo habían trasladado desde la carreta lo depositaran en la oquedad del madero. Aún había espacio por encima de la cabeza y a los costados para colocar lastre. Junto a la madera había varias piedras porosas y desde el carromato se trajeron la coraza, el yelmo, varias espadas del Gobernador y unas balas de hierro. Todo se dispuso en orden alrededor del cadáver. Moscoso ordenó entonces que se colocara la tapa, la otra mitad del tronco sin desbastar, y se envolviera con sogas y lianas. Maese Francisco clavó dos tablones que fijaron por el eje al féretro y las dos mitades quedaron unidas.

Cuando el trabajo estuvo terminado, Moscoso se dirigió a la balsa acompañado de Añasco, Tinoco, Vasconcelos, Nieto y los dos frailes. Ocho soldados transportaron el árbol mortuorio a bordo y tomaron posiciones a manera de una guardia de honor.

El remo-timón lo manejaba Añasco, mientras el resto de los soldados empujaron la almadía hasta que flotó sobre las aguas. A su estribor se colocó la canoa con otros cuatro hombres: los Osorio, Bermúdez y maese Francisco. Dos antorchas iluminaban la improvisada embarcación que lentamente se adentró hacia el centro del río. Nieto se anudó el pañuelo en torno a la frente mientras todos callaban y se balanceaban al compás del parsimonioso chapoteo del remo de popa.

Las luces de la orilla se fueron alejando y las siluetas de los soldados que quedaron en tierra se fundieron con los resplandores que no mucho después fueron una pequeña luminaria, apenas el cabo de una vela en medio de la oscuridad. Mientras avanzaban río abajo nadie habló. Casi todos miraban hacia las orillas; solamente Nieto mantenía los ojos en el féretro, casi hipnotizado por aquel árbol mutilado en cuyo interior iban los restos del hombre que había marcado su vida. Fue entonces cuando recordó a doña María, la hija que De Soto tuvo en su tiempo de gran hacendado en las tierras de Nicaragua, antes de que Pizarro le contagiara de nuevo la enfermedad de la aventura y el oro.

María era de una belleza aún mayor que la de su madre, la mestiza suave y dócil que encandiló el corazón del indómito

De Soto. Nieto amaba a la niña como si fuera su propia hija y a sabiendas de ello Hernando le encomendó desde el lecho de muerte su cuidado. Ahora quería salir huyendo de aquel extraño funeral, de aquel inmenso río, y escaparse a las ajetreadas calles de la ciudad de Panamá para decirle a la joven, resguardada tras los muros de un convento, que nunca estaría sola, que un nuevo padre la llevaría a España para que al fin conociera aquellas lejanas tierras y a las gentes de las que le hablaba Hernando durante las noches lluviosas, cuando en la señorial casona de la villa nicaragüense de León se removían las bestias del establo y relinchaban los caballos asustados por la tormenta. María sentía entonces un miedo que aliviaba la firme voz de su padre cuando le narraba largos viajes, batallas de héroes e historias de un lejano país muy distinto a todo cuanto los rodeaba.

Tinoco levantó el brazo derecho después de mirar repetidamente a ambas orillas del río e indicó a Añasco que detuviera el remo. Moscoso no necesitó preguntar nada y comprendió que habían llegado al lugar señalado. Sin pérdida de tiempo, los ocho soldados colocaron el ataúd en el borde de la almadía y esperaron órdenes. Los frailes iniciaron el rezo del *Requiescat* y el nuevo comandante dio la orden con un simple movimiento de cabeza. El árbol se deslizó hacia la corriente y comenzó a flotar vacilante. Lentamente se separó de la balsa de troncos y se hundió despacio, muy despacio. Un círculo de burbujas lo engulló por fin y una lágrima zigzagueó por la cicatriz de Álvaro Nieto.

II

La flota de Sevilla

*L*a soledad del viaje terminó al poco de divisar el puente de Triana. Aparecieron de la nada y Hernando se encontró envuelto en un tropel que se dirigía a Sevilla. Carros repletos de bártulos, pequeños rebaños de cabras pastoreados por mozalbetes a quienes seguían sus padres aupados en mulas; hombres y mujeres acarreaban alforjas sobre los hombros, otros tiraban de remolones asnos que apenas aguantaban el peso de las aguaderas de esparto cargadas con tinajas que rezumaban aceite. Grupos de soldados medio ebrios, que venían de corrérsela en el barrio trianero, abrazados y sosteniéndose unos a otros para no caer, vociferaban contra todo lo que se ponía en su camino, ya fuera persona, animal o cosa, y la emprendían a patadas. Unos frailes cercanos agachaban la cabeza y se santiguaban al oír la retahíla de blasfemias, los votos a… y las amenazas.

Una polvareda espesa, de color dorado, lo envolvía todo; Hernando notó un escozor en la garganta. Se apeó de la yegua y tomó un largo trago del agua que contenía el pellejo de cuero que colgaba sobre el ancón de la silla de montar. Detrás suyo, un buhonero con el carro atestado de utensilios de cobre y latón, paños y bobinas de tela que sobresalían del entoldado, le apremió para que siguiera adelante al tiempo que sacudía las riendas que sujetaban el par de percherones que tiraban del vehículo.

Hernando dudó unos momentos al contemplar la prolongada línea del horizonte silueteada por torres, campanarios, tejados escalonados y azoteas. Estaba, por primera vez en su vida, ante una gran urbe, en la capital de las Españas. De sus peligros y tentaciones solamente conocía lo que le advirtió muchas veces Rodrigo Martín Castro durante las lecciones de esgrima y aquello que le contaron desventurados soldados mientras aliviaban sus males en el hogar de su abuelo en Barcarrota o estaban acogidos a la benevolencia de su padre en el caserón natal de Jerez de los Caballeros. Había soñado muchas veces con adentrarse en ese mundo de riesgos y aventuras. Bien sabía que era la mejor escuela para un soldado.

A su derecha vio el minarete erguido más allá del río y una torre de cúpula refulgente que parecía un centinela al pie de las aguas terrosas del Guadalquivir. Reconoció los monumentos al instante, porque infinidad de veces los había contemplado en la obra que Miguel de la Herrería le hizo releer una y otra vez hasta grabar en su memoria párrafos enteros y describir a ciegas los grabados de las páginas del *Livro de historia e testimonyanzas e villas de Sefarad*, obra insigne del israelita Isaac Abravanel.

Espoleó a la cabalgadura y se adentró en el ancho puente de madera, que crujía con las pisadas y las rodaduras de los carros, hasta llegar al pórtico de hierro con la gran cruz encaramada que daba la bienvenida a los caminantes. Se santiguó al pasar por debajo y entró en el enorme arenal cuya orilla se le presentaba erizada de mástiles, velas, gallardetes y estandartes.

Sin saber muy bien por qué se palpó la bolsa del dinero resguardada bajo la camisa y miró hacia los edificios ribereños. Casas de carpinteros y pescadores, almacenes de madera, pequeñas fraguas, talleres de toneleros y galpones para depositar las mercancías de los buques en espera de la contaduría real, formaban una línea frente a la playa. En medio del trajín de marineros, estibadores, vinateros, mercaderes de carne y fruta, Hernando reparó en dos personajes mal encarados que no perdían de vista a los viajeros que franqueaban el puente. Pero el bullicio animó a Hernando, que experimentó un gozo similar al de un infante ante un inmenso campo de juego repleto de diversiones y golosinas.

Observó durante unos minutos aquel espectáculo. Quería mirarlo todo y a la vez sin perder detalle. Se concentró en un pequeño grupo que jugaba a los naipes sobre una mesa cercana a un portalón. Encima del dintel reparó en un cartel de madera y leyó pintado en blanco: MESÓN DEL PULGA. Hacia allí se dirigió.

A poco de traspasar el umbral le vino el hedor de los restos del vómito de un borracho a quien el vino le había tumbado justo antes de poder salir al aire fresco del arenal.

—¡Voy, que voy! ¡Paso, señores! —Hernando escuchó la voz pero no consiguió ver quién hablaba, pese a mirar en su derredor al menos dos veces.

—Mozo, apártate que no quiero, ni es mi obligación, lavarte las calzas, sino echar de aquí a ese apestoso hideputa.

Cuando miró hacia abajo vio al Pulga con un balde de agua y el rostro desafiante. El enano le soltó un empellón y vació el contenido del cubo sobre la cabeza del borracho y la vomitona discurrió hacia un sumidero cercano a la bisagra más baja de la media hoja del portalón. El beodo se sacudió la cabeza, maldijo a no sé qué virgen y recibió una patada del Pulga en todas las costillas que le hizo retorcerse de dolor.

—¡Sal de aquí ahora mismo, cabrón de siete padres! —le gritó el enano por encima de los quejidos del borrachazo—. ¡Sal o te juro que te descristianizo si es que la ramera de tu madre alguna vez te llevó a la iglesia!

Arrojó el balde lejos y abrió una navaja que colocó en el cuello del tunante, que entre el dolor y el miedo había recuperado la sobriedad. El Pulga le permitió incorporarse sin quitarle la punta de la navaja de los riñones y con un firme empujón en las posaderas le echó a la calle.

Hubo grandes carcajadas y unos pocos aplausos fueron correspondidos por el enano. Hernando, de forma instintiva, le cedió el paso, pero el Pulga se quedó frente a él y levantando los ojos le dijo con tono burlón:

—Muchacho, ésta es una casa honrada y, sobre todo, limpia. Puedes comer, beber y desbravarte con mujeres. Pero si no pagas, quieres sodomía con las rameras, vomitas como un cerdo y me miras por encima de la cabeza yo mismo te castraré y te romperé tantos huesos que sólo servirás de títere a los saltimbanquis. —Hernando asintió con la cabeza y el enano le correspondió con una mueca burlona perdiéndose hacia el fondo de la posada.

No podía decirse que el mesón estuviera repleto, pero había bastantes parroquianos. Estaban sentados en escaños astillados, escabeles con el asiento de cuero y sillas de enea. En las destartaladas mesas había comida y jarras de vino, platos y bandejas con carne asada o guisos de rábanos con coles y menudillos de gallina y liebre.

Por la avidez con que comían los huéspedes Hernando dedujo que la zampa no debía ser mala y decidió sentarse a una mesa apartada. Nadie reparó en él, o al menos eso pensó cuando depositó las alforjas de tela encima de la mesa, se desabrochó el cinto de la espada, lo colocó en un silletín, y escudriñó el lugar y la clientela.

La moza era recia y cuando golpeó con la cantarilla de vino en la mesa, algunas gotas salpicaron a Hernando. La miró y ella le guiñó el ojo, se ajustó los senos con un movimiento provocador y colocó sus brazos en jarras.

—¿El señorito va a comer alguna cosa? —preguntó con una risa forzada e insistió acercando su busto al rostro del joven, para pronunciar con excesivo ceceo e inequívocamente irónica—: Vuesa merced puede comer de todo en la casa del Pulga. Absolutamente de todo. Los productos son frescos y están a la vista.

Hernando esquivó el cuerpo de la mesonera con la cabeza y miró hacia los fogones donde otras dos mujeres faenaban entre aspavientos del enano, al que dirigían miradas de asco y reproche. Vio colgados salazones y trozos de jamón sobre los que revoloteaban unas cuantas moscas con persistente zumbido, un gran perol humeando y en el mostrador un joven greñudo y escaso de ánimo se entretenía en trocear lo que parecía el costillar de una vaca.

—¡Eh! —reclamó la mujer, agarrando el mentón del joven y colocando su cabeza de nuevo frente a su busto—. Ahí no encontrarás lo que buscas. Todo lo que quieras pídemelo a mí. ¡Venga, pide por esa boca!

—Está bien —respondió el joven—. Tráigame un plato de queso, una tortilla cartujana y pan de trigo.

La mujer se separó del muchacho, le miró con desprecio y dio media vuelta refunfuñando algo que Hernando no logró oír. A medio camino entre la mesa y la cocina, la mesonera se dio la vuelta y al comprobar que el muchacho seguía mirándola, volvió a ajustarse los senos y con las manos se restregó las nalgas.

Hernando se concentró de nuevo en la parroquia. Enfrente, al otro lado de la estancia, había tres hombres, soldados sin duda. Dos le miraban con curiosidad y el tercero estaba absorto en la lectura de un libro. Junto a ellos, varios albañiles brindaban sin cesar y pedían sin descanso otro y otro cuartillo de vino. En la mesa más cercana un obeso comerciante sorbía un cuenco de sopa, mientras de reojo miraba una sartén repleta de gachas que esperaba su turno para ser devorada.

Al principio no reconoció a los dos hombres que se sentaron en su misma mesa mirándole fijamente e intentando intimidarle con su aspecto patibulario. Hernando recordó entonces a los tipos que había visto, minutos antes, seguir con atención el deambular de los viajeros que habían cruzado el río.

—¿Desean algo, señores? —preguntó el joven con un aire de tranquilidad que pareció incomodar a los dos individuos. Se miraron entre ellos y el de aspecto más inquietante le contestó:

—¿Es tuya la yegua que está atada en la aldaba de la puerta?

—Hernando contestó afirmativamente con un movimiento de cabeza.

—Queremos comprarla. ¿Cuánto pides? —dijo el hombre mientras su compañero miraba alrededor.

—De momento no está en venta —contestó decidido Hernando—. Aún no sé lo que voy a hacer en Sevilla. Todo depende del obispo Quevedo, es la persona a la que debo encontrar.

—¡Qué leches con el zagal! ¡Vaya amistades que se trae! —exclamó el segundo de los hombres, que le producía un asco especial a Hernando por la manera frenética de rascarse la cabeza. Instintivamente, el muchacho tapó con su mano el vaso de madera donde se había servido un poco de vino. Los piojos, desde luego, no son el mejor acompañamiento para casi nada.

—Tendrás una buena bolsa ¿eh, mozalbete? —preguntó el piojoso—. Ningún desgraciado a expensas de la caridad tiene tratos con el obispo Quevedo y toda esa ralea de nobles y ricachos que se encierra en los alcázares.

Hernando se sintió inquieto en ese mismo momento. Ya conocía de pícaros y maleantes en las ferias de Extremadura, pero ahora estaba en la capital de los ladrones y embaucadores. Una y otra vez fue advertido, antes de emprender el viaje, de que dos ojos eran insuficientes, la confianza estaba prohibida y la espada siempre debía estar a mano. Sintió un repentino ardor en las sienes y el corazón pareció desbocársele. El que parecía el mandón de los dos había colocado su cuchillo sobre la mesa y jugueteaba con el mango.

—Bien, muchacho —dijo—, no queremos hacerte ningún daño, a menos que nos obligues. Vamos a salir de la fonda y nos entregarás la yegua y la bolsa de dinero que llevas escondida en alguna parte. Si has venido a buscar aventuras, has encontrado la primera. Y por tu bien, haz lo que te decimos o no vas a ver mucho mundo a partir de este momento.

Cuando terminó de hablar, ya tenía empuñado el cuchillo con el que apuntaba a Hernando.

El joven se levantó con parsimonia y los dos facinerosos hicieron lo mismo. Como un pensamiento relampagueante, Hernando recordó el consejo de su abuelo para una pendencia: «Golpea primero y no des tregua. Si hay armas, que la tuya hiera primero y si hay bastonazos que sea la cabeza del otro la primera en abrirse». La lucha que se avecinaba iba a poner a prueba todo lo aprendido con la espada, la templanza de los nervios y la fiereza que conviene demostrar cuando se pelea por algo justo. Aunque no era la primera vez que ponía su corta vida en juego.

Hernando se inclinó sobre la mesa e hizo el amago de recoger sus alforjas de tela, pero su mano fue rápida hacia la espada que reposaba en el silletín. La desenvainó y, casi sin mirar el blanco, se la hundió al truhán más parlotero atravesándole el hombro derecho de parte a parte. El alarido de dolor alertó a toda la clientela y el cuchillo cayó al suelo. El piojoso tenía en la mano una faca de regular tamaño y tiró el primer tajo al muchacho, pero la mesa de por medio impidió acertarle en el costado. Hernando blandió el arma y con un golpe de arriba abajo

41

rebanó la cara del segundo contrincante desde las orejas hasta el mentón. El piojoso y su compinche se retorcían en el suelo, pateándolo. Hernando bordeó la mesa y colocó la punta del acero en la garganta del herido en el hombro. Se sorprendió de sentirse tan calmado.

—¡Voto a…! ¡Hideputas, cabrones, perros mierderos! ¿Qué os habéis creído?

El Pulga corría a trompicones hacia el lugar de la pelea con un garrote en las manos de una envergadura mayor que la suya. Fueron los dos soldados que atentamente habían observado a Hernando quienes se interpusieron entre el enano, el joven y los dos maleantes heridos.

—¡Alto ahí, Pulga! —dijo el más corpulento de los dos guerreros, impidiendo el paso al enano que le miraba como si estuviese ante una montaña—. El muchacho no hizo sino defenderse de esos dos perlas. Deberías tener más cuidado con la gente que entra en tu posada. No sabía que además de las rameras también das cobijo a ladrones y salteadores. Hace tiempo que la justicia no ronda por aquí y ya sabes que los recaudadores están ansiosos por husmear en las bodegas. Y la tuya está repleta de harina, vino aguado y talegas para colarlo. Seguro que estarían encantados de conocer de dónde sacas las perdices, los conejos y la carne y por qué das de beber a esclavos y moriscos.

—Benalcázar —dijo el enano—, no quiero pendencias con la justicia. Siempre te he atendido bien en mi casa. Has tenido el mejor vino, la mejor comida y siempre al precio justo. Nunca te he engañado, ni a ninguno de tus compañeros. Tiremos esa carroña a la calle y todos hermanos de Cristo. ¿Hace?

El soldado movió afirmativamente la cabeza y, a un grito del enano, el cabizbajo mozo del mostrador, bien armado con una segureja, y los albañiles, cargaron con los dos malheridos y los sacaron al arenal. Hernando depositó la espada encima de la mesa y miró al soldado que había intercedido ante el Pulga. Éste y su compañero se dirigieron al muchacho y le invitaron a tomar asiento en su mesa.

—Te sobran agallas, mozo —dijo el soldado corpulento—. Me llamo Sebastián Moyano y soy de Benalcázar. Éste es mi compañero Diego de Bustamante, uno de nuestros capitanes. Y a ése, que nos mira con cara extraña le gusta más leer y escribir que guerrear, pero no debes confundirte, es un militar ejemplar y capaz de desorejarte en un santiamén. Su nombre es Bernal Díaz del Castillo de la Medina del Campo. Todos estamos a la espera de embarcarnos para las Indias con Pedrarias. Y tú ¿cómo te llamas?

—Soy Hernando Méndez de Soto, de Jerez de los Caballeros y mi propósito es embarcar también hacia las Indias.

—¡Por San Eulogio! —dijo Benálcazar—. Has llegado en el momento adecuado. La flota estará lista en las próximas semanas. ¿De dónde dijiste que eras?

—De Jerez de los Caballeros —respondió Hernando.

—Pues vamos al encuentro de un paisano tuyo. Pedrarias ha sido nombrado Gobernador de Castilla del Oro y llevará la flota al Darién, donde aguarda Vasco Núñez de Balboa. ¿Le conoces?

—Él partió a las Indias cuando yo era muy niño, pero mi padre y mi abuelo le tenían en gran aprecio. En mi casa se conocen y admiran sus hazañas como si se tratara de un familiar. Me hablaron tanto de él que parece que le conozco desde siempre.

—Yo también he oído cosas sobre Balboa —terció en la conversación Díaz del Castillo, que rondaba la veintena de años—. Se cuenta que se salvó del naufragio en un tonel y recaló en el Darién, donde ahora es dueño absoluto. También se dice que nadie como él maneja la espada en la tierra de los paganos, el Esgrimidor, creo que le apodan. Se entiende muy bien con los indígenas e, incluso, convive con una india. Hace un año descubrió el paso para llegar a la Mar del Sur. Un personaje fascinante para un buen libro y que a buen seguro no será del agrado de Pedrarias. El Darién puede resultar muy pequeño para dos colosos.

La recia mesonera depositó delante de Hernando la tortilla cartujana, el plato de queso y otra jarra de vino. Pero Benálcazar hizo que se lo llevara con un movimiento convulso de la mano.

—Tengo la sensación de que el futuro nos reserva grandes empresas y vamos a festejarlo a modo. —Benálcazar se frotó las manos y reclamó a la criada—. Hagamos una comida de señores. Queremos caldo de gallina, unas espinacas picadas y un capón armado. Deja el queso y trae más vino. Vamos, despabila.

Hernando reparó en que el cordobés había pedido la comanda como si impartiera órdenes: con tono decidido y sin titubear. Tenía un ceceo gracioso y un poblado bigote que se atusaba a menudo estirando las puntas.

—Quizá podamos hacer algo por ti, muchacho —dijo Benalcázar cuando terminó de acicalarse el bigote—. Los tres que aquí estamos somos soldados respetados por Juan de Ayora, teniente general y segundo en el mando de la flota. Creo que te encontraremos un sitio en alguno de los veintidós navíos.

—Les estoy muy agradecido —respondió Hernando—, pero traigo una carta para el obispo Quevedo. Confío en su ayuda y prometí entregársela en mano. No quiero ser descortés con sus señorías, pero es una obligación que debo cumplir.

—El muchacho tiene madera de soldado, de eso no cabe duda —dijo Bustamante y asintieron los otros dos—. No te preocupes, lo importante es que embarques y te enroles en una buena unidad, alejada de los dados, las cartas y las intrigas. Con gente honrada y soldados valientes. ¿Cuántos años tienes?

—Catorce para cumplir los quince, señores —respondió Hernando con aire de contento.

Los tres soldados se miraron con indisimulada perplejidad. Ante ellos estaba un joven alto para la edad que decía tener, de cabellos castaños con irisaciones rubias, los ojos del mismo color bruno pero más claros. Bernal reparó en que bizqueaba un poco. Tenía una firme musculatura, fuertes antebrazos y manos alargadas, pero poderosas. Nadie habría apostado que aquel joven era menor de diecinueve años. Se sentaba erguido y con la compostura que enseña una buena educación, de familia hidalga, sin duda, que corroboraba su forma de hablar correcta y respetuosa. Benalcázar sonrió para sus adentros y tuvo la corazonada de que el mozo que se sentaba frente a él haría grandes cosas. De Soto, un apellido que quedaba prendido en su memoria para siempre.

—Eres muy joven para las armas —dijo el capitán Busta-

mante—, si bien hay oficios de sobra en la flota para un muchacho tan despierto como tú; y si además tienes las credenciales del
obispo Quevedo, no veo problemas para que llegues a las Indias.
Allí la vida será cosa muy distinta. ¿No es cierto, Benalcázar?

Hernando miró con sorpresa al corpulento cordobés que meneaba afirmativamente la cabeza.

—Estuve con Cristóbal Colón en su tercer viaje —contestó
Benalcázar—. A decir verdad viajé con el almirante hasta la
Hispaniola. Él siguió la ruta y yo me quedé en la isla en busca
de fortuna, y lo que encontré fueron intrigas políticas, mango-
neos de frailes y burocracia necia plagada de lerdos que quieren
imponer las costumbres de aquí a miles de leguas. En cuanto pu-
de regresé para buscar una mejor oportunidad. Considero que
a mis treinta y… pocos años tengo mucho por hacer. Lo que sí
sé con certeza es que las Indias esconden su venganza si vas a ellas
con espíritu melifluo, inseguro para enfrentarse a un mundo que
ni siquiera imaginaron los amanuenses de la mitología. Te cauti-
vará el corazón, muchacho, pero te lo destrozará por igual si antes no lo has endurecido. Se pelea por cada palmo de tierra, no
hay lugar en el mundo donde la gloria sea tan cara. Si quieres
ganar las Indias, debes estar dispuesto a morir por ello. Hermosa
empresa ¿verdad? Es un veneno tan peligroso y tan placentero
como el amor de las mujeres.

Se mantuvieron en silencio mientras guardaban en su memoria cada una de las palabras de Benalcázar, la firmeza de sus
convicciones, la claridad de sus ideas y la llamada a la aventura
como un destino inexorable de los mejores hombres de España. Hernando se reafirmó en la idea de que su futuro estaba en
las Indias, solamente allí podría alcanzar gloria y honor, dos palabras que aprendió a pronunciar a la vez que «padre» y «madre»,
porque ellos le dieron la vida para que fuera vivida honorable-
mente.

—Comamos, señores —interrumpió Bernal Díaz—, que
tiempo habrá para todos nosotros de comprobar si las Indias
son tan peligrosas y cautivadoras como alega Benalcázar. Aunque para decir toda la verdad, son sus mujeres medio desnudas
las que trastornan su memoria y le incitan a volver. Incluso le
han vuelto un poco filósofo.

45

Hubo risas cuando Benalcázar amenazó con soltarle un pescozón al soldado-escribidor, pero quedó en un amistoso golpe en la cabeza y el comentario jocoso del cordobés:

—Bien me conoces, truhán.

Cuando abandonaron la taberna la tarde languidecía, pero era un día de marzo caluroso en Sevilla, ni una ligera brisa soplaba por la ribera del Guadalquivir. El trasiego de marineros, estibadores y herreros seguía frenético, pese a que se habían encendido las primeras luminarias en los astilleros y en la gran puerta que accedía al interior de la ciudad.

Los soldados convinieron en acompañar a Hernando hasta la catedral al día siguiente y ofrecerle cobijo para aquella noche en un rincón del cuartucho que habían tomado en una pequeña y económica posada de un tranquilo callejón del barrio de los Toneleros.

Una fina línea rojiza silueteaba los tejados del barrio de Triana, al otro lado del río, pero para Hernando era una confusa mancha que giraba sin parar. Había sido mucho el vino trasegado y fue la primera vez que el joven extremeño lo degustó puro, sin mezcla de agua, como solía hacerlo en su casa. Vaciló unos pasos y vio sorprendido cómo el suelo ascendía hasta su cara. Benalcázar y Bernal Díaz, que habían reparado en la situación del muchacho, le sostuvieron por los brazos y evitaron que Hernando de Soto, que tan valiente y gallardo entró en Sevilla, no terminara arrastrándose por su suelo.

Los soldados acomodaron al joven en un mojón de granito con la cabeza entre las rodillas; Hernando notó en la garganta un sabor ácido y sintió cómo el estómago se le subía a la boca empujando una dolorosa náusea. El vómito fue largo y creyó que todas las vísceras de su cuerpo se le escapaban envueltas en aquella marea acre. A la sensación de alivio le siguió una migraña que parecía romperle las sienes.

—Bien, muchacho —dijo entre risas Benalcázar—. Es tu primera pea digna de soldado. La primera vez es siempre así, pero no te preocupes, al final se le toma gusto como a las heridas o al desamor de las mujeres: duele al principio, pero luego te haces a que su sabor amargo te tonifique el alma. Ahora eres un poco más hombre.

Hernando se incorporó con la ayuda de Benalcázar y Bernal, mientras se limpiaba con las bocamangas del jubón y reprobaba con la mirada las palabras del veterano soldado cordobés. Casi en volandas le llevaron, ahora con ayuda de Bustamante, a un abrevadero cercano a la Puerta del Postigo y colocaron, primero la cabeza del muchacho bajo un caño y, después, la mitad de su cuerpo en el pequeño aljibe. Hernando creyó ahogarse, desprevenido como estaba y sin apenas resuello en los pulmones; pataleaba, pero seis fuertes brazos hacían inútil su esfuerzo. Cuando se sintió liberado y la primera bocanada de aire le llegó hasta los talones, desfallecido y jadeante, comprobó que la conciencia le había vuelto y el dolor de cabeza había desaparecido.

—¡Como nuevo, hijo! —dijo satisfecho y burlón Benalcázar golpeándole la espalda—. Es muy sencillo, muchacho, se trata de utilizar el agua sólo cuando te haya vencido el vino. Además de para la higiene es el único uso adecuado de tan absurdo líquido. Si Dios, Nuestro Señor, hubiese querido que los seres humanos bebiéramos agua, habría endulzado los océanos.

Mientras se atusaba el pelo mojado, Hernando se ruborizó al contemplar las sonrisas cómplices de los tres soldados. Fue Bernal Díaz el que abrazó al joven y guiñando el ojo le dijo:

—No te avergüences, resultó lo mismo para todos nosotros. En las aventuras que esperan tan importante es tonificar la mente como el estómago, y estas experiencias siempre es mejor pasarlas junto a amigos y compañeros, porque ése y no otro es su deber: aguantar en las alegrías y los pesares, en los triunfos y las derrotas. Si en trance similar alguno te niega la ayuda, ya conoces de quién debes desconfiar. Luego, el sueño lo arregla casi todo.

Pero ocurrió que aquélla fue una noche de insomnio para De Soto. Durante la continua duermevela su mente aprehendía imágenes fantasmales de navíos a la deriva en cuyos puentes varios obispos bendecían a marineros que acarreaban toneles de vino, mientras un personaje sin rostro, tapado por un negro sayal, vigilaba silencioso desde el puente de popa. Y él, Hernando, se veía en medio de aquella vorágine tratando de escapar por la escala de babor de los dos maleantes que dejó malheridos en la posada y que reclamaban venganza como poseídos por el demonio. Un nubarrón borraba todas las imágenes y se veía solo, en medio de una pequeña y solitaria playa, ante un inmenso río que le atraía irremisiblemente. Cuando se introdujo en sus tibias aguas, la negrura le envolvió por completo. Los ronquidos desacompasados de Benalcázar y la respiración agitada de Bernal Díaz le devolvieron a la realidad de la oscura habitación y del incómodo jergón de paja donde estaba acostado.

A la mañana siguiente, después de callejear varios minutos, Hernando y los dos soldados se detuvieron frente a la fachada de los Reales Alcázares, por encima de cuyas murallas sobresalían los tejados que cerraban los suntuosos palacios guarnecidos por las altas palmeras que resaltaban el arte mudéjar del monumento. Fuertes y exquisitamente uniformados, cuatro alabarderos protegían la Puerta del León.

Se encaminaron hacia la catedral y cruzaron una plazoleta que resultaba un enjambre de tenderetes donde se ofrecía todo tipo de cacharrería en bronce y barro para labores caseras y múltiples aperos de labranza. Siguieron por el acerado de la antigua mezquita almohade donde los arquitectos cristianos llevaban más de un siglo transformando su estructura y adornos para eliminar cualquier vestigio musulmán. No lo habían conseguido, o sólo a medias, como era testimonio el alto minarete que Hernando había divisado desde Triana el día anterior y que ahora contemplaba desde la calle en todo su esplendor. La filigrana arabesca en piedra llegaba hasta la cúspide, donde las antiguas esferas y la media luna habían sido sustituidas por un techado de metal rematado por una desnuda cruz.

Caminaron entre andamios hasta llegar a un patio cuyos olores envolvieron a Hernando con aromas desconocidos y fragantes. Nunca olvidaría su primer descubrimiento sensorial en Sevilla: el turbador olor a azahar. Benalcázar, Bernal Díaz y De Soto cruzaron por el paseo central y rodearon la fuente circular que antaño sirvió de lavatorio de moros. Así llegaron al edificio que albergaba los despachos del obispado y las dependencias de los canónigos.

El trasiego no era menor que el hallado en las calles sevillanas, de modo que el joven tardó algún tiempo en encontrar a alguien que atendiera su reclamo para presentar sus credenciales al obispo Juan de Quevedo. En las antesalas los funcionarios escuchaban impasibles a individuos vestidos con el único atuendo aseado que poseían; a marineros que discurseaban sobre viajes que hicieran otrora con Colón o Nicuesa; aventureros que utilizaban todo tipo de artimañas para ser enrolados en la flota de Pedrarias y escapar de la justicia. Allí se mercadeaba con el nombre, la hidalguía y hasta la fe. Luego estaban los acreedores, hombres que habían proporcionado víveres y herramientas para el avío de la flota, todos, sin excepción, ansiosos por cobrar de inmediato, pero que eran remitidos de un buró a otro con la consiguiente sarta de blasfemias que hacían santiguarse a legos y frailes al servicio de los asuntos del obispado. En medio de aquella batahola, Hernando alcanzó a ver las señas que le hacía un mayordomo para que le siguiera.

Fray Juan de Quevedo, obispo de Castilla del Oro por voluntad de la reina Juana y de su católico padre Fernando de Aragón, parecía inundado por legajos y pergaminos que se amontonaban sobre su mesa hasta desbordarla. Vestido con el austero sayal de franciscano leía unos documentos, firmaba otros y arrojaba al suelo de un manotazo los que consideraba un estorbo o no merecían atención. Lo hacía todo a la vez y, a la vez, sin apartar la vista de los manuscritos, indicó a Hernando que se sentara junto a una ventana desde la que se podían ver los torreones de poniente de los Reales Alcázares.

—Muchacho —dijo el obispo mientras avanzaba hacia el joven que respetuosamente se puso en pie—, tus credenciales son inmejorables. De modo que tú eres el pequeño Hernando, nieto de mi buen amigo don Manuel Méndez de Soto. ¡Por Cristo Redentor! Sí que has crecido. Recuerdo que te bendije la primera vez que te vi cuando eras amamantado por tu madre en la casa de tu abuelo en…

—Barcarrota, reverencia —apuntó al momento Hernando.

—Eso es —contestó el obispo, rascándose el ensortijado pelo castaño y dirigiendo una amplia sonrisa al joven—. Fue en Barcarrota, en la casa de tu ilustre abuelo, hidalgo y tan buen cristiano como tu augusto padre. Espero que tales sementeras no puedan sino dar el mejor trigo. Tu abuelo me solicita en la carta que te busque acomodo en la flota de Indias que gobernará su excelencia don Pedro Arias y me recuerda la amistad que nos une con su reverencia don Juan Rodríguez de Fonseca, obispo de Palencia, importante valedor de nuestro señor don Pedro Arias. No me resultaría difícil alistarte en la tripulación de la flota, pese a que más de cinco millares de seres ansiosos por conseguir fortuna y fama no dejan de atosigar al Gobernador y a mí mismo para conseguir una plaza. Tu edad no permite que seas enrolado como soldado, pero el servicio personal de su excelencia el Gobernador no está completo y se me antoja que no es mal comienzo en las Indias iniciarte como paje de don Pedro Arias. Vas a visitar de mi parte a don Gaspar de Morales, primo y ayuda de cámara de su excelencia, él te proporcionará una entrevista con don Pedro, lo que no está a la mano de muchos cristianos, y si le satisfaces a buen seguro que te tomará a su servicio. Recuerda, muchacho, que el Gobernador es hombre de acción y como tal no simpatiza con pusilánimes o gente de espíritu tibio.

El obispo Quevedo se dirigió al escritorio y comenzó a redactar la carta de presentación a Gaspar de Morales. Se detuvo un momento y rascándose la punta de la nariz con el canuto de la pluma preguntó a Hernando sin siquiera mirarlo:

—En la carta de tu abuelo se me dice que hay razones personales y cierta situación de gravedad que hace necesario que embarques de inmediato a las Indias. ¿Qué quiere decir eso?

—Supongo, reverencia, que se refieren al altercado en Barcarrota en el que resultó herido un guarda del Santo Oficio. Os juro por mi honor que actué en nombre de una causa justa y en defensa del principio cristiano que nos obliga a reparar injusticias y defender a quien es acusado sin razón.

Fray Juan de Quevedo terminó de escribir y miró a Hernando, que permanecía de pie y mantenía una altivez que cautivó al clérigo tanto como la firmeza con la que había pronunciado las últimas palabras. Enrolló el pergamino y al entregárselo al joven pensó para sí: «Valentía, honradez y coraje, los atributos indispensables para conquistar un mundo».

—¿Una carta para Gaspar de Morales? —dijo Benalcázar con indisimulada admiración—. Muchacho, las gestiones que está realizando Bustamante con los capitanes Luis Carrillo y Téllez de Guzmán para que te admitan entre sus hombres care-

cen de importancia. Trabajo perdido. Con esta recomendación te
veo al lado del mismísimo Pedrarias, el Gobernador quiero decir, cuando desembarquemos en la Tierra Firme. Vamos a los
Alcázares sin perder tiempo.

Hernando parecía extasiado y se le hacía poca la mirada para
disfrutar a la vez de las maravillas de los patios y corredores del
suntuoso palacio como de la altivez de damas y caballeros; ellas
de cutis blancos y belleza pictórica, ellos vestidos con ropajes del
mejor raso, armados con espadines tan ornados de oro que pali-
decían las troqueladas hojas de acero.

—Míralos bien, Hernando —le dijo Bernal Díaz—. Esas bo-
nitas espadas son bastones de paseo. Si cualquiera de ellos se
hubiese encontrado con los rufianes a los que encaraste en la
casa del Pulga, ten por seguro que su ánimo se hubiese cerrado
a la par que se les abriría el culo.

—En cuanto a ellas —replicó Benalcázar—, ansían yacer con
un guerrero, pero su falsa castidad, encastillada en confesiona-
rios, sólo la abate el dinero. Nunca se resisten a un buen ariete
de oro.

El joven De Soto sonrió feliz con el juego de palabras de sus
nuevos compañeros, a quienes tenía en mayor aprecio cada minuto que pasaba y con los cuales se identificaba y admitía como
tutores. Podría llegar a ser paje pero comenzaba a ser un soldado.

No le resultó especialmente simpático Gaspar de Morales.
Su barba perfectamente acicalada, los modales falsamente res-
petuosos y un atavío de fina seda profusamente adornado de cadenas y colgajos aumentaban su aire autoritario y presuntuoso.
Nunca saludaba a los inferiores ni miraba de frente, y adulaba
sin comedimiento a sus superiores o a aquellas personas de las
que esperaba obtener algún beneficio. A lo largo de los años
Hernando destacaría en él otra oprobiosa cualidad, la de utilizar
testaferros y lagoteros sobre los que descargar las culpas de sus
propios errores. Mas al cabo leyó con interés la recomendación
del obispo Quevedo.

—¿Conoces los términos de esta carta? —preguntó Gaspar mientras Hernando negaba con la cabeza—. Su eminencia, don Juan de Quevedo, te presenta de tal manera que no me queda otra opción sino la de enrolarte en la flota del Gobernador. Confirma la hidalguía de antiguo de tu familia, la limpieza de sangre sin la menor sospecha y se remonta a las hazañas de tu tío abuelo en sus partidas para la conquista de Granada. Buenas credenciales, a fe mía, pero tengo recomendaciones iguales o mejores a decenas. Sin embargo, la sola firma del obispo Quevedo resulta el mejor pasaporte. Sospecho que por tu juventud desconoces quién y qué grandes obras ha llevado a cabo este clérigo para que su palabra resulte una ley. Pocas veces han tenido los franciscanos persona tan sensata y capaz para arreglar asuntos del cuerpo y el alma. El hombre que te recomienda y al que deberás de por vida tal favor ha sido predicador de la capilla de nuestro rey don Fernando y elegido por su reverencia, don Juan Rodríguez de Fonseca, presidente del Consejo de Indias y capellán de nuestro señor don Fernando, para tener el alto honor de crear el primer obispado en Castilla del Oro o, lo que es lo mismo, ser la primera voz de Dios en la Tierra Firme de Indias. Mañana mismo te presentarás ante el Gobernador y si le complaces, formarás parte de su servicio personal. No tengas prisa por llegar a las armas y la fortuna. A partir de ahora ocúpate de cuidar bien tus lealtades. Eso es todo.

Gaspar de Morales entregó la carta credencial a Hernando sin mirarlo y se dirigió a un extremo de la estancia dedicada a la contratación donde le aguardaban Alonso de la Puente, el tesorero real, natural de Zafra, y Juan de Quicedo, veedor real de las fundiciones de oro, que llegaría a procurador del Darién —mas aquella tierra vengativa le pagó con unas fiebres malignas que le llevaron a la sepultura.

Benalcázar y Bernal aguardaban al muchacho en el patio de la Montería. El primero no perdía de vista a las damas y respondía atusándose el bigote al saludo insinuante de alguna de ellas. El segundo paseaba alrededor de aquel maravilloso cuadrado enmarcado en todas sus caras por las mejores fachadas del mudéjar que pudieran verse en las Españas. La cara radiante de Hernando hacía innecesario explicar que las gestiones con el ayudante del Gobernador habían resultado positivas, y cuando se disponía a contar a sus amigos los detalles, un vozarrón sonó tras ellos.

—¡Benalcázar, bribón! Siempre merodeando por palacios y posadas, allí donde haya una jarra de vino y mujeres para galantear.

—¡Por San Eulogio! Pero si es Gonzalo Fernández de Oviedo —respondió el cordobés abalanzándose sobre aquel hombre cargado con legajos y libros que cayeron al suelo cuando se abrazaron—. ¿Qué hace un escribidor en medio de todo este trasiego? Te hacía metido entre pergaminos en cualquier monasterio perdido de Aragón o de Castilla.

—He decidido dejar las bibliotecas y ver el mundo por mí mismo. Su Majestad don Fernando ha tenido a bien proveerme de un cargo con el Gobernador Pedro Arias para poder embarcarme a las Indias.

—¡Voto a...! No nos veíamos desde los preparativos del tercer viaje del Almirante y ahora iremos juntos en busca de fortuna. Éstos son amigos míos: Bernal Díaz del Castillo, te agradará, porque le apasionan los libros como a ti y espera la oportunidad de las Indias para llenar con sus obras muchas bibliotecas; el joven es Hernando de Soto y maneja la espada como no habrás visto a otro a su edad, doy fe de ello. Todos vamos a la Castilla del Oro.

Fernández de Oviedo era un noble en el sentido más amplio y humano del término. Desde los quince años había servido en la corte a grandes señores y había asimilado lo mejor de aquellos mundos. De ese modo, era cortés, educado, culto, atento con cuantos le rodeaban y se hacía respetar por sus juicios atinados. Hernando supo desde ese mismo instante que aprendería muchas cosas y mejores modos si trababa amistad con alguien que llevaba años contando con el favor del Rey.

—El tiempo ha rodado casi tanto como yo —dijo Fernández de Oviedo—. Apenas me acuerdo de cuando fui nombrado mayordomo del príncipe Juan y los acontecimientos que rodearon la toma de Granada se me confunden, salvo el recuerdo del Almirante Colón cuando embelesaba a la soldadesca con relatos de viajes fantásticos a mundos por descubrir en las lejanas Indias, repletos de oro y especias. Terminábamos la guerra contra el moro y Colón nos animaba a emprender una nueva cruzada contra paganos más allá de donde el sol se pierde. Eran unos sueños que yo y muchos otros no abandonamos jamás. Cuando nos conocimos, Sebastián, llevaba gastados muchos años en escribir la relación y vidas de los reyes de España por encargo de su majestad don Fernando. Supongo que pasaron por mis ojos tantos libros y documentos que tuve la impresión de que en ellos se me iba una vida jamás vivida. Sabía de culturas, batallas y naciones sin viajar más allá de una habitación.

—¿Qué es lo que ha variado tu cómoda existencia? —preguntó con alguna sorna Benalcázar.

—Afortunadamente, el duque de Villahermosa me permitió ir a Italia para servir con Gonzalo de Córdoba. Siempre me es grato recordar aquellos años en Nápoles y Sicilia, donde conocí a personas que han influido sobremanera en mi modo de ver el universo y comprender a las gentes; hombres prodigiosos como no se ven en ninguna otra parte: Da Vinci, Tiziano, Serafín del Águila, y cito a aquellos cuyas enseñanzas me persiguen día tras día engrandeciendo mi alma. Todos ellos templaron mi espíritu y me infundieron el valor suficiente como para emprender la conquista de un nuevo mundo tan extraordinario como desconocido.

—No se me hace verte convertido en soldado —repuso Benalcázar.

—Ni lo verás, amigo mío, me conformo con estar al lado de los militares para poder contar sus conquistas, también las derrotas si las hay y, sobremanera, conocer gentes y paisajes para aprender de todos y de cada ocasión. En fin, me cansé de reescribir lo que otros contaron y decidí que a partir de ese momento todo lo que saldría de mi pluma habría de ser visto y experimentado de antemano por mí mismo. Quiero utilizar a los soldados y que ellos se beneficien de mis recuerdos.

Fernández de Oviedo y Valdés tenía sus ancestros en la tierra de Asturias, pero había nacido en la villa de Madrid, era de gran hidalguía y ahora tenía el empleo de escribano de minas y del crimen en la expedición de Pedrarias y ayuda del veedor de las fundiciones reales. Una vez llegado a la Tierra Firme añadiría el oficio del hierro para esclavos e indios, que había obtenido por su experiencia como secretario de varios tribunales del Santo Oficio. Hernando pensó que un funcionario de tal grado viajaría en la misma nave que el Gobernador, y habría tiempo para entablar amistad durante la travesía si finalmente entraba al servicio de don Pedro Arias Dávila.

Hernando quiso regresar al frescor del patio de los naranjos para embriagarse con el olor a azahar y la euforia del momento pese a las murmuraciones de Benalcázar, partidario de festejarlo en un garito de sobra conocido en el barrio de la Santa Cruz donde la comida era aceptable, el vino de calidad y las mujeres solícitas. Bernal Díaz secundó la propuesta del joven y los tres se sentaron en los peldaños de la fuente que antaño sirvió para las abluciones de los pecadores hijos de Alá.

—Bien, amigos —dijo Hernando—, es el momento de que me habléis de Pedrarias, de sus virtudes y defectos. Quiero saber cómo es el hombre en cuyas manos pondré mi futuro y de qué forma puedo ganarme su favor. De sus hazañas ya tengo suficiente conocimiento.

—Su altura física está de acuerdo a su estatura militar —habló Bernal—. Pedrarias no es el Rey, pero pocas personas en España por debajo de su majestad don Fernando gozan de tanta fama y poder. Es riguroso y exigente con sus hombres, a los que pide la misma valentía que él mismo demuestra en el campo de batalla. Yo le he visto un par de veces a lo más y apenas le he dirigido algunas frases, pero impresiona nada más verle. Intimida su aspecto gallardo, aun cuando está cerca de los sesenta años, y comprendes por qué se le apoda el Galán. La aureola de sus éxitos militares y económicos contribuyen a agigantar su persona. Te he dicho que Pedrarias siempre estuvo junto al poder, conviene decir más bien que él es el poder. Desde que entró como paje al servicio de los reyes Juan II y Enrique IV sus interlocutores han sido reyes y nobles de las cortes de toda Europa. Es inmensamente rico y su fortuna la ha puesto siempre al servicio del reino y en defensa de la fe. Toda riqueza llama al gobierno y Pedrarias, que era rico por la herencia que le legó su tío el obispo de Segovia Juan Arias, llegó a medrar por el casamiento con doña Isabel de Bobadilla, la sobrina predilecta de la marquesa de Moya, primera dama y confidente de nuestra reina Isabel que Dios tenga a su vera. Las coronas de Aragón y Castilla no pudieron resistirse a su influencia. Mas Pedrarias es un hombre de acción y se acomoda mal a los lujos de palacio. Le gustan los campamentos y la vida de la milicia, llega a ser cruel con la cobardía, pero magnánimo y generoso con los valientes, y aunque se considere por encima de casi todos los mortales tiene en consideración la osadía y el arrojo. Un hombre como pocos.

—¡Bravo, bravo! —interrumpió Benalcázar, batiendo rítmicamente las palmas—. Bernal te ha presentado a un titán, un héroe de la mitología griega, pero Pedrarias es más humano de lo que quiere aparentar. Es valiente, no lo niego, pero no menos ambicioso, y en personajes de su posición la ambición lleva las más de las veces a la tragedia y a ríos de sangre. Nada puede oponerse a lo que considera su destino y para alcanzarlo no le importa llevar a la muerte a decenas de cristianos. Es arbitrario como todos los nobles, y por ello conviene estar avisado si llegado el caso nuestro gaznate corre peligro de terminar bajo el hacha del verdugo o adornado con una soga de esparto. La ambición y la locura es una peligrosa combinación.

—¿Has dicho loco? —preguntó con sorpresa el joven jerezano.

—Sí, eso he dicho. ¿Cómo si no llamarías a alguien que se hace acompañar de un ataúd donde se acuesta a menudo y hace oficiar su propio funeral con el morboso placer de que asistan al mismo sus enemigos políticos? No resulta muy cristiano considerarse por encima del designio divino sobre la hora de la muerte, o torturar con una farsa religiosa a todos aquellos que le odian. Éste es nuestro capitán general, a quien debemos, pese a todo, lealtad y obediencia. No seré yo quien niegue que su pericia con las armas le ha valido justamente el sobrenombre de el Justador y la fama de semidiós, pero luego aparece el humano dispuesto a beneficiarse de su fama y posición para lograr gobierno, dinero y que pocas damas, casadas o no, se resistan a abrir las piernas en su presencia.

—Es a ese hombre al que has de ver mañana —añadió Bernal—. Hernando, piensa que reúne todas las virtudes y defectos que te hemos narrado pero nunca es un pusilánime; aunque sea menor el oficio que te reserva te interrogará como si fueras su teniente general. Le gustan los torneos y admira a los contrincantes que le demuestran valor. Tengo entendido que tiene un don especial para descubrir a los cobardes y a los mentirosos, no lo olvides.

Hernando trataba inútilmente de disimular su nerviosismo permaneciendo inmóvil en el sillón de la antesala a las dependencias de Pedrarias en el ala de poniente de los Reales Alcázares. Bien distinto era el ambiente que había visto en los despachos de Gaspar de Morales y del obispo Quevedo. Ahora todo era silencioso, los funcionarios iban de acá para allá sin decir palabra y parecían levitar con el propósito de no molestar con el ruido de las pisadas.

Pedrarias levantaba algo más de siete pies y un palmo, y su alta figura de pie, colocada a contraluz del ventanal, toda vestida de negro, le daba un aire irreal. Los ojos eran profunda e inquietantemente negros, igual que su cabello alisado con ligeras mechas canas en la frente y en la nuca. Una nariz rectilínea acentuaba la dureza del rostro perfilado por una fina barba entrecana que ribeteaba unas firmes mandíbulas. El Gobernador tenía por costumbre sentar a sus interlocutores mientras él permanecía de pie frente a ellos, de modo que su figura se agigantaba aún más con lo que lograba una mayor intimidación. Hernando tomó asiento y se concentró en mirar a los ojos a Pedrarias.

—Mozo, tienes una recomendación envidiable —dijo Pedrarias, arrojando con displicencia la carta del obispo Quevedo sobre la mesa—, pero si admitiera a todos los recomendados, el personal a mi servicio haría zozobrar la nao capitana antes de zarpar. Tus credenciales de hidalguía y pureza de sangre te hacen merecedor a entrar al servicio de un noble de España, mas no justifican si tienes el ánimo adecuado para embarcarte en la mayor expedición de conquista que se ha armado con rumbo a las Indias. A mi lado quiero algo más que eficientes vasallos para servir a mi guardarropa o seguirme cual perro faldero cuando hago la revista a las tropas. Supongo que sabes leer y escribir y tus modales son educados, ¿qué otras cosas sabes hacer?

—Excelencia, fui educado en el respeto al honor y la admiración por los grandes caballeros que han engrandecido los reinos de España en la defensa de los principios cristianos y del imperio de nuestro Rey y su majestad doña Juana, que ahora se extiende al otro lado del mar océano. Tengo poco más de catorce años y eso impide que pueda servir a su excelencia en la milicia como es mi deseo, pero garantizo a su señoría que no habrá muchos hombres entre los que esperan ansiosos la próxima aventura que manejen el caballo como yo mismo; pocos habrá que me superen en el manejo de la lanza y no me defiendo mal con la espada. Para mí es un honor servir al primer caballero del reino, al héroe de Argel, Trípoli y Bujía, allí donde su excelencia quiera ubicarme. No me asusta el trabajo y creo que el combate es el mejor crisol para forjar el alma de los hombres.

—A fe mía que no había escuchado a alguien de tu edad hablar como lo has hecho. Eres altivo y osado, eso me gusta; pero si lo que me has dicho resultan bravuconadas o quieres halagarme para ganar mi favor, lo pagarás muy caro. No soporto la mentira y odio a los valentones de taberna. Habrá tiempo para demostrarme que no tomo una decisión errónea, algo me dice que mereces una oportunidad para ganarte tu propio futuro. Pasarás a nuestro servicio y recibirás un ducado al mes y dos pagas por adelantado. Ponte a disposición de mi sobrino don Gaspar y él te proveerá de vestidos y alojamiento si lo precisas. Serás uno de los pajes que atienda a mi propia familia; recuerda que la lealtad es el aprendizaje del soldado y a la fama y la riqueza se llega con paciencia. Sirve bien y conocerás la generosidad de Pedro Arias; si por el contrario holgazaneas o no le plantas cara a la adversidad sabrás de mi furia. Puedes irte. ¡Ah…!, no descuides las armas porque estaremos en lugares donde la supervivencia no entiende de años o nuestros enemigos preguntan por el oficio antes de darte muerte.

Aquel 11 de abril de 1514 había fiestas en Sanlúcar de Barrameda pese a ser Martes Santo. Bailes y desfiles llenaban el puerto desde las primeras horas de sol, mientras decenas de lugareños se concentraban en la dársena para contemplar los 22 navíos, entre naos y carabelas, cuyas líneas de flotación quedaban muy abajo lo que indicaba que estaban al completo de carga.

Habían llegado gentes de todas las partes de Andalucía y Castilla. Los había desencantados porque no pudieron obtener plaza entre los 1.500 elegidos para la expedición que se entregaban al vino y a la esperanza de partir en el próximo viaje; mercaderes dispuestos a una ganancia suplementaria; tahúres y granujas prestos a desvalijar a los incautos pueblerinos; simples curiosos que deseaban pasar un día de fiesta y guardar en su recuerdo el espectáculo único e histórico de ver partir la flota hacia un mundo mágico e inalcanzable, atesorar para sí una experiencia que remediara por unas horas sus vidas rutinarias y poder contarla una y otra vez hasta el final de sus días.

Por encima del bullicio flotaban las humaredas que salían de los comedores callejeros instalados por frailes y monjas de los hospitales de Sevilla, que repartían gratis cuencos de sopa y fiambres fritos. Cinco carabelas permanecían atracadas en el muelle junto a la nao capitana, en cuyo puente de popa Pedrarias miraba con satisfacción todo aquel jolgorio pagado de su peculio. El resto de las naves permanecían ancladas a un cuarto de legua, todas ellas aviadas y listas para zarpar.

Los últimos soldados en embarcar se abrían paso a empellones entre el tumulto para alcanzar la escala de a bordo. Entre ellos se encontraban Hernando y Benalcázar, ambos viajaban en la capitana, el joven como paje y ayuda de cámara de la familia del Gobernador bajo el mando de un sobrino de Pedrarias. El cordobés había sido asignado a la guardia personal del segundo en el mando, el teniente general Juan de Ayora, también de Córdoba y hermano del que fue brazo derecho de Pedrarias durante las campañas de África, el glorioso coronel Gonzalo de Ayora.

—Sebastián —dijo Hernando recién acodado sobre la borda de babor—, algún día y desde este mismo lugar zarpará mi propia flota, la más grande y mejor dotada que se envió jamás a las Indias. El sol será nuestro guía para alumbrar la mayor aventura que los españoles emprendieron y tú seguro que estarás a mi lado para compartir fama y fortuna.

59

—Ja, ja. Mi querido muchacho, el entusiasmo que nos rodea ha despertado tus sueños y ya construyes palacios sobre las aguas del mar. Te estoy muy reconocido por acordarte de mí, pero me embarco a las Indias por segunda vez para llegar a ser dueño de mi destino, de tierras y gentes. Yo pretendo ser mi propio señor.

Un amplio pasillo se abrió entre el gentío y una carroza escoltada por cuatro jinetes se detuvo junto a la escala del navío capitán. Del vehículo se apearon Isabel de Bobadilla, esposa del Gobernador, y dos de sus cuatro hijas, Elvira e Isabel. Hernando no fue el único que reparó en la elegancia y la nobleza de la mujer de Pedrarias, con un rostro sereno y firme, no en vano había parido ocho hijos: cuatro varones y cuatro hembras, como no podía ser de otra forma en la disciplinada vida del Gobernador. Las dos muchachas, de pocos años menos que el propio De Soto, habían heredado la nobleza de la madre y el aire suficiente del padre. Las tres respondieron con educación y seriedad a las reverencias, mas Isabel, la hija menor, esbozó una sonrisa cuando reparó en Hernando y el joven aventurero se ruborizó.

El pendón de Castilla tremolaba con una suave brisa en el mástil de popa y en su castillo se fueron congregando todos los mandos de la expedición en torno al obispo Quevedo, vestido con su habitual hábito franciscano adornado por una fina estola bordada en hilo de oro.

Junto a Pedrarias estaba su segundo en el mando militar, Ayora, Gaspar de Morales, el tesorero real Alonso de la Puente, el contador Diego Márquez, el secretario Gaspar de Espinosa, Juan Serrano y Juan Vespucio, los pilotos, y los capitanes de los regimientos: Luis Carrillo, Francisco Dávila, Antonio Téllez de Guzmán, Diego de Bustamante, Luis de Contreras, Francisco Vázquez Coronado, Juan de Zorita y los apellidados Gamarra, Villafañe y Atienza. Las tres damas ocupaban un segundo lugar donde doña Isabel platicaba en confianza con Fernández de Oviedo, algo que agradó y no pasó desapercibido para De Soto. Tal reunión en la nao capitana concitó la atención de la multitud que aguardaba en la orilla. Fray Juan de Quevedo levantó el brazo y el griterío se apagó hasta convertirse en un murmullo. Desenrolló un pergamino y comenzó a leer con voz alta y firme que se antojaba inadecuada a su figura menuda:

Nos, Juan de Medici, dueño de la cátedra de Pedro, con el nombre de León X, durante nuestro pontificado y en ejercicio de nuestra Autoridad Apostólica, mandamos crear la primera diócesis de Tierra Firme, con el título de Santa María de la Antigua por la siguiente bula Pastoralis Offici.
Siervo de los siervos de Dios, para perpetua memoria.
Para cumplir con cuidado la obligación del oficio de Pastor en que nos ha puesto Dios, miramos cuidadosamente todas las provincias del mundo, y donde vemos ser necesario erección de iglesia, y otros píos lugares para el culto divino y salvación de las almas, ponemos allí con mucho gusto todo nuestro cuidado, honrando las dichas provincias y lugares con dignos títulos.
Conformándonos con la devoción de los Reyes y Príncipes, a cuyo señorío temporal están sujetas; y como vemos ser útil a las calidades de los moradores, y para la honra de Dios, y como el Serenísimo en Cristo Hijo Fernando, nuestro ilustre Rey de Aragón y de las dos Sicilias, con celo del servicio de Dios, como quien tiene el cuidado del amparo de la Religión Cristiana, y ampliación de la fe Católica, no deja nunca de conquistar y sujetar a su poder, ya en África y en Asia, remotos y escondidos lugares cuyos moradores, ciegos de la divina luz, sirvieron mucho a Satanás y a sus miembros, quitándolos del yugo de los paganos e infieles, debajo de cuyo poder estaban, y reduciéndolos a Dios, cuya es la tierra y su plenitud y todos los que en ella viven.

El clérigo detuvo la lectura porque el bullicio crecía y hacía casi inaudible sus palabras. Levantó de nuevo el brazo y esperó a que se callara el gentío.

Y habiendo el dicho rey don Fernando ganado a los infieles muchos reinos y señoríos, y ahora nuevamente con el favor de Dios conquistado una notable provincia que llamamos Bética la Nueva, tierra a lo que se cree que está en las Indias, para que sus moradores que son bien capaces de razón, dejando las tinieblas vengan a la luz de la verdad, y conozcan a Cristo su Redentor y Salvador, es necesario primeramente sembrar plantas, y hacer cercas donde se recojan las ovejas que fueron erradas; y recogidas hallen amparo.
Y habiendo tratado este negocio con los venerables hermanos nuestros cardenales de la Santa Iglesia Romana, con su con-

sejo, suplicándolo el dicho rey don Fernando, que también es General Gobernador y Administrador de los Reinos de Castilla y
León, a los cuales está anexa la dicha provincia por la carísima su
hija, reina de dichos Reinos, que ésta desea mucho, en alabanza
de Dios Omnipotente y honor de la bienaventurada y gloriosí-
sima Virgen María su Madre, y regocijo de toda la Corte celestial, por autoridad Apostólica, y por el tenor de las presentes,
honramos e ilustramos con título de ciudad a la dicha Villa o
pago de Nuestra Señora de la Antigua, en dicha provincia en la
cual también está constituida una capilla de la misma invocación,
y residen algunos cristianos. Y perpetuamente la erigimos e ins-
tituimos en ciudad. Y la dicha capilla de la misma invocación, en
iglesia catedral, con invocación de Nuestra Señora de la Antigua,
para un Obispo que predique la palabra de Dios en la dicha Iglesia, y en su ciudad y Diócesis, y convierte a los moradores e infieles a la fe Católica, y después de convertirlos los instruya en la
dicha fe, y les dé la gracia del Bautismo y administre los sacra-
mentos a los dichos convertidos, y demás fieles que residieren en
las dichas ciudades y Diócesis; y haga y procure ampliar los edificios de la dicha capilla, y ponerla en forma de Iglesia catedral. Y
erija en ella, y en la dicha ciudad y Diócesis, dignidades, canoni-
catos, prebendas y otros beneficios eclesiásticos, con cura y sin
ella, y haga otras cosas espirituales como pareciere convenir para
el aumento del culto divino y salvación de las almas de los dichos
moradores. Y conceder otras insignias y jurisdicciones episcopales, privilegios, inmunidades y gracias de que de derecho, o por
costumbre, usan y gozan, y pudieron usar y gozar de cualquiera
manera en lo porvenir, las demás iglesias catedrales y sus Prelados en España.

El obispo Quevedo hizo una larga pausa intencionada para
concitar de nuevo la atención y prosiguió en un tono más alto
aún:

Y concedemos y asignamos a la dicha iglesia por ciudad a la
Villa o pago, hecho por Nos ciudad en la forma susodicha; y por
la parte que la dicha Provincia que el dicho Rey Don Fernando
nombrare, puestos límites; y por clero y pueblo sus moradores y
habitantes, para que el dicho Obispo de Santa María de la Antigua, que por tiempo fuere, ejerza libremente jurisdicción, auto-

ridad y potestad episcopal; y de todos los que allí hubiere, cobre y reciba diezmos y primicias debidas de derecho, y los demás derechos episcopales, excepto de oro y plata y de otros metales, perlas y piedras preciosas, que en cuanto a esto queremos ser libres, como les es lícito a los obispos de España con sus ciudades y diócesis de derecho, o por costumbre, o perpetuamente concedemos y reservarnos a la dicha Reina Juana, y a los que perpetuamente fueren Reyes de Castilla y León el patronato. Y de presentar dentro de un año, por la distancia del lugar, persona idónea a la dicha Iglesia, siempre que hubiere vacante, excepto esta primera vez, al Pontífice que por tiempo fuere, para que a esta presentación nombre pastor y Prelado de la dicha Iglesia. Y no sea lícito a hombre alguno quebrantar esta carta de Nuestra Erección, institución, corrupción y delito, y reservación, ni venir contra ella con atrevimiento. Y si alguno intentare hacerlo, sepa que ha incurrido en la indignación de Dios Omnipotente, y de los bienaventurados San Pedro y San Pablo, sus Apóstoles.

Dada en Roma en San Pedro, el año de la Encarnación del Señor de mil quinientos trece, a nueve de septiembre de su Pontificado. León, obispo.

El final de la lectura fue acogido con vítores al rey Fernando y la reina Juana, aclamaciones a Pedrarias y se corearon los nombres de algunos de los capitanes. El griterío acompañó todas las maniobras de desamarre de los navíos, que bien pronto se unieron a los que esperaban frente a la barra. La nao capitana enfiló el mar de las Yeguas y la costa española se perdió a la vista del joven De Soto, que sintió un vértigo repentino y una sensación angustiosa le atenazó todos los músculos.

III

Los amos del Darién

*H*abían transcurrido varias jornadas desde que la flota, sin el menor contratiempo, abandonara la isla de la Gomera y se adentrara en el mar de las Damas, con el rumbo fijado directamente hacia La Hispaniola. Los navíos seguían la derrota trazada por el piloto mayor Serrano. Durante el día permanecían muy juntos para que los desvelados vigías no perdieran de vista durante la noche el resplandor del gran fanal de popa de la nao capitana de Pedrarias que guiaba Juan Vespucio.

Por entonces, De Soto había vencido al mareo siguiendo las instrucciones del piloto italiano que recomendaba a los marinos neófitos comer poco durante los primeros días de travesía y no perder de vista la línea del horizonte. El joven aventurero había encontrado en la familia del Gobernador comprensión, un trato amable y había mudado el rubor de los primeros días por la complacencia cada vez que se cruzaba con la sonrisa gentil de la jovencísima Isabel de Pedrarias. En sus momentos de descanso le gustaba merodear por entre la tropa, conversar con Benalcázar y hacerse el encontradizo con Fernández de Oviedo, lo que no resultaba difícil dadas las dimensiones de la nao, no más de cuarenta metros de eslora y otros diez de manga.

En torno al mediodía, cuando las tres damas solían visitar la cubierta para tomar el aire, acompañadas del Gobernador, De Soto se ejercitaba con la lanza y la espada en la amura de estribor del castillo de proa con especial cuidado para que Pedrarias reparara en él. En alguna ocasión le vio atento a sus movimientos de esgrima y creyó adivinar en el Gobernador una mueca que pensaba era de aprobación. El resto de su tiempo lo dedicaba a conversar con fray Quevedo e interesarse por asuntos de la navegación que resolvía de forma paciente Juan Vespucio.

El piloto florentino, cuando joven, había seguido a su tío, el ya célebre Américo Vespucio, hasta Sevilla, para aprender todo el saber del momento sobre náutica y cartografía y ponerlo al servicio de las coronas de Castilla y Aragón. Desde el comienzo del viaje a la Tierra Firme le cobró simpatía a aquel paje adolescente ansioso por conocer de todo, que permanecía extasiado al escuchar la admiración con la que el piloto hablaba de Américo, fallecido dos años atrás, cuya figura tenía un bien ganado panteón en la historia de las exploraciones y los grandes viajes.

Juan Vespucio había obtenido del Rey la licencia como depositario de los mapas y diarios originales de su tío, tenía, además, real autorización para hacer copia de los manuscritos que se hallaban depositados en la Contratación desde que Américo fue nombrado piloto mayor. Ahora el joven Vespucio, como ocurría con Fernández de Oviedo, creía haberle llegado el momento de ver con sus propios ojos aquello que había dibujado con la ayuda de Díaz de Solís en los pergaminos hasta confeccionar el Padrón Real o la cartografía más exacta que existía hasta el momento de la costa de las Indias. También se creía en la obligación, casi sagrada, de continuar la leyenda aventurera de su familia.

Los primeros relatos fantásticos y las narraciones viajeras del piloto dieron paso a las lecciones prácticas que entusiasmaron al joven paje desde el primer instante en el que Vespucio le situó frente a una aguja de marear.

Con desenfrenado interés, De Soto consiguió en poco tiempo trazar el rumbo de un navío. Cuando se familiarizó con la ampolleta y la corredera de barquilla, de modo que podía medir la distancia navegada y la velocidad del barco, su imaginación le condujo a creerse un marino famoso hasta el punto de verse llamado a figurar entre los más grandes exploradores, con su nombre tallado en la historia junto a los de Colón o Américo. Pensaba que su futuro se hallaba en la mar y no al frente de tropas expedicionarias.

Mas el entusiasmo inicial se disipó por su incapacidad para

desentrañar el galimatías que le suponía el astrolabio y la ballestina, que se le antojaban instrumentos infernales. Los reiterados cálculos falsos o exageradamente defectuosos sobre la posición del navío fueron mermando su entusiasmo por llegar a ser almirante. Redobló entonces sus ejercicios con la lanza, pero acudió con frecuencia a ver a Vespucio, que, sabiendo las limitaciones marineras del joven, concentró su aprendizaje en el estudio de la cartografía y la elaboración de mapas.

Fue un momento feliz para De Soto cuando descubrió su enorme capacidad para estudiar el terreno sobre un dibujo, disponer la mejor manera de ubicar un campamento a buen resguardo y comandar una partida a través de bosques y ríos apenas pergeñados sobre el papel. Recuperó, esta vez de forma definitiva, su vocación de soldado, que había creído extraviada.

Llevaban casi un mes de travesía y De Soto había pasado todas las pruebas que se había exigido. Conocía algo más que rudimentos sobre navegación, progresaba con el estudio de los mapas y sabía que doña Isabel de Bobadilla hablaba excelencias a su esposo del joven paje extremeño, que además resultaba el favorito del sobrino de Pedrarias, quien comparaba el buen hacer de Hernando con la incomodidad que le procuraba la desgana y los malos modos de Diego Peñafiel, otro de los ayudas de cámara al que, por el contrario, le tenía simpatía De Soto. Bien es verdad que el tal Peñafiel era rudo para el trato y con escasas entendederas, pero tenía un corazón noble, nunca mentía o embaucaba con vanas excusas y manejaba la espada con cierta destreza.

Hasta la vida más aventurada y diversa tiene su buen grado de rutina y las labores de Hernando de Soto a bordo de la nao capitana se desarrollaban día a día con una monótona cadencia y una exasperante puntualidad. Como paje al servicio del Gobernador, Hernando estaba dispensado de realizar las labores de vigilancia de un grumete, que los obligaba a establecer turnos de cuatro horas frente a la ampolleta con la obligación de dar la vuelta al reloj de arena cada treinta minutos y soltar una cantinela que desvelaba a la tripulación: «Bendita sea la luz y la santa Veracruz / Y el Señor de la Verdad y la Santa Trinidad / Bendita sea el alma y el Señor que la manda / Bendito sea el día y el Señor que nos lo envía».

De Soto se despertaba con la primera claridad justo en el momento que se relevaba la guardia nocturna y el timonel saliente informaba al capitán sobre el rumbo seguido durante la noche. El joven paje se cruzaba a diario con los vigilantes de popa y proa, que abandonaban el retén, mientras se dirigía a la borda para izar un balde con agua con que lavarse la cara y las manos.

Volvía de inmediato bajo la cubierta, incluso antes de que los nuevos centinelas comenzaran a agitar las velas para desprender el rocío de las telas. Peñafiel ya tenía encendido el pequeño fogón, junto a las estancias del Gobernador, cuando regresaba Hernando, que había sido comisionado para preparar el desayuno y atender las primeras necesidades de la familia de Pedrarias. Servir a las de Bobadilla, arreglar sus camas, reordenar los arcones, fregar y vaciar los orinales le llevaba una buena parte de la mañana.

Antes de preparar el almuerzo apenas le quedaban dos horas que ocupaba en su entrenamiento, siempre que su servicio no fuera requerido para achicar agua o ayudar en los figones de la tropa. Cuando así ocurría, resultaba uno de los momentos apetecidos por el joven. Durante los almuerzos con el resto de la tropa, al lado de Benalcázar, se sentía uno más entre ellos. Muchas veces apenas probaba el amasijo que se servía en la escudilla de madera, siempre bacalao desmigajado, sardina arenque, tocino y tasajo, que obsequiaba a algún veterano hambriento para que le dejara atender a los comentarios y las ocurrencias de los soldados. Los más de los días, su dieta era un vaso de vino, un par de galletas de trigo y el trozo de bizcocho que se guardaba por dentro del jubón.

Después de servir el almuerzo a la familia Pedrarias seguía la rutina de sirviente hasta mediada la tarde. Llegaban después los instantes esperados, cuando deambulaba por el combés de la nave entre aburridos soldados dispuestos a toda clase de plática, se extasiaba viendo cómo se trenzaban cabos o reparaban velas y escuchaba atento los consejos de los marineros sobre la manera más segura de subir a los palos, familiarizándose enseguida con nombres como papahigo, mesana, boneta o cangreja. Después iba al encuentro del maestre Vespucio o de fray Quevedo.

El natural agradable del obispo acogía con simpatía las visitas del joven, que además se había prestado como ayudante para los oficios religiosos de a bordo. Durante los minutos diarios que departían a solas, el fraile insistía en conocer detalles de la familia de Hernando, saber del estado en el que se encontraban su padre y el abuelo, especialmente el último, que parecía haber dejado una huella personal en el clérigo.

Para De Soto resultaba un honor rememorar la figura de su progenitor y un auténtico placer referirse al abuelo, don Manuel Méndez de Soto, cuya evocación le emocionaba provocándole un nudo en la garganta y un parpadeo incómodo que hacía sonreír a Quevedo. La conversación no incomodaba al joven, pero su propósito era muy distinto al de pasar algunas tardes recordando a sus parientes de la lejana España. Quería conseguir la confianza del obispo hasta el punto que resultara su principal valedor ante Pedrarias cuando saltaran a tierra. Entonces harían falta hombres animosos y valientes más dispuestos a empuñar la espada que a llevar una jofaina, y nadie mejor que fray Juan de Quevedo para solicitar al Gobernador que hiciera una excepción con el muchacho y le concediese licencia para llevar a cabo acciones de armas. Por ello no perdía oportunidad de hablarle de sus progresos con Vespucio y sus enigmáticos mapas, de la excelente instrucción militar recibida desde pequeño y los principios cristianos hondamente inculcados que deben regir las decisiones de cualquier capitán en tierra de paganos. Luego preguntaba sobre lo que sabía el fraile de las lejanas tierras que iban a descubrir y los planes del propio Pedrarias para colonizar y engrandecer el Imperio.

Pero una tarde sofocante, cuando la mayoría de la tripulación sesteaba aplanada por la calma chicha y un cielo encapotado barruntaba una inminente tormenta, la habitual charla que sostenían sentados junto a los escalones del castillo de popa se transformó en una lección de estrategia política. Ocurrió cuando Hernando mencionó el nombre de su ilustre paisano Vasco Núñez de Balboa, conquistador de las tierras a las que se dirigían.

—Antes de emprender el viaje, reverencia, el abuelo insistió que convendría hacerme con la confianza de Núñez de Balboa una vez llegado a la Tierra Firme. Tan importante capitán, noble soldado y explorador, es un maestro muy recomendable. El abuelo me aconsejó que bien podría utilizar mi apellido para llegar hasta él, porque Balboa está emparentado con nuestra familia, aunque lo sea en segundo grado, y reconocería de inmediato el buen trato que hubo desde siempre entre los viejos Méndez, De Soto y los Balboa.

—Tal confianza honra a tu familia, Hernando. Pero nos alejamos cientos de leguas de nuestros hogares y familias, con sentimientos y tradiciones inalterables por siglos. Ahora, en este nuevo mundo, las conciencias de los hombres mudan a menudo, su memoria es corta porque nada garantiza que sigan vivos al día siguiente y la ambición deja de ser un pecado para convertirse en virtud. Estás al servicio de don Pedro Arias y me dices estar emparentado con Balboa; pues bien, no quiero ocultarte que se adivina un conflicto entre ambos hombres. Una de las tareas terrenales que tengo encomendadas por el mismísimo rey don Fernando es la de evitar que la ambición y la personalidad de los dos suscite una contienda civil que lleve al traste la sublime misión de cristianizar aquellos pueblos paganos para el engrandecimiento de nuestras católicas majestades.

El obispo meditó unos segundos y con la mirada perdida en el encapotado cielo prosiguió:

—Tengo oído que en los mundos a los que viajamos la vegetación y las cosechas crecen mucho más aprisa que en Castilla, pero me consta que los hombres, al llegar a aquellas tierras, maduran aún mas rápido que cualquier simiente y es difícil saber si el árbol crece en derechura o no. Tú mismo, en estos pocos días de navegación, has vivido y aprendido lo que te hubiese ocupado años en el sosegado ambiente de Extremadura. Estás creciendo muy deprisa, Hernando, es hora de que aprendas a estar alerta sobre traiciones, lo que se consigue cuando investigas el alma humana de modo que puedas otorgar la confianza a quien de verdad la merece.

—Reverencia, no es otra cosa la que persigo sino venir a ser un leal soldado y un cristiano temeroso.

—Me insistes en tu deseo de ser un soldado, cuyo primer deber es obedecer a tus superiores, pero por encima de la disciplina está la fe en Dios Nuestro Señor y lo que dicte tu conciencia. Si alguna vez cometes errores que acaben con la vida de tus semejantes, que lo sean por un celo mal calculado o por ofuscamiento humano. Todo se te perdonará en ésta y en la otra vida, pero si la ambición, el dinero o la lujuria te conducen a esas muertes, el castigo que te atormentará toda tu vida será el estigma del criminal. Cuando desembarquemos en el Darién sirve a tu señor don Pedro Arias y sigue a tu conciencia en el trato con Balboa, pero si las cosas se tuercen y debes tomar partido, rezo, hijo mío, para que tu decisión no te lleve a la deshonra o al cadalso. Será ese momento difícil cuando sabrás que has dejado de ser un muchacho despreocupado y feliz y te has convertido en un hombre dueño de sus actos, porque nadie sino tú debe hacer tal elección.

De Soto permaneció pensativo, con la expresión ausente y mirando fijamente a la cubierta. Ni siquiera notó las primeras gotas de lluvia cálida que comenzaron a empaparle. Fray Quevedo le cubrió con la capa diciéndole:

—Vayamos dentro, hijo, creo que tienes suficiente con la tormenta que te han causado mis palabras como para soportar, además, la que nos envía la Naturaleza. En mi humilde cámara guardo vino de consagrar y ahora precisas un vaso más que una misa.

El espacio en la popa destinado al primer obispo de la Tierra Firme era cualquier cosa menos confortable. El jergón para descansar estaba rodeado de fardos, arcones, cajas de munición, armas artilleras, espadas, picas, alabardas, pilas de azadas, palas, yugos y toneles con harina y salazones, que cargaban la atmósfera del camarote de un extraño olor a pescado y herrumbre.

En todo caso se antojaba un lujo palaciego comparado con el alojamiento de la tripulación en cubierta y a la intemperie, con el cielo como techo y mantas raídas para abrigarse del relente. Incluso resultaba ostentoso frente a la humilde estera que servía de cama a De Soto delante de los aposentos de la familia Pedrarias con sus pocas pertenencias envueltas en un hatillo que le servía de cabezal

—Noto que algo te preocupa, hijo mío. ¿Tiene que ver con don Pedro? —preguntó el clérigo mientras extendía a Hernando un cubilete de madera con vino.

—Reverencia, he escuchado cosas extrañas acerca del Gobernador. Se habla de que es un hombre cruel, despiadado y con ciertas prácticas que no parecen cristianas.

—¡Ah! Se trata de eso. Desde luego no es muy normal que alguien se haga acompañar de un ataúd e incluso oficie su funeral estando vivo. Pero la explicación no tiene nada de satánico. Verás… Hace una decena de años el Gobernador tuvo una catalepsis, algo parecido a un letargo mortal. Todos sus deudos, creyéndole cadáver, hicieron los preparativos para el entierro e hicieron construir un catafalco en el interior de la iglesia del pueblo de Torrejón de Velasco donde aconteció la enfermedad. En plena ceremonia de difuntos nuestro Gobernador despertó de su mal y a partir de entonces, en cada aniversario de aquel extraño suceso, hace oficiar un funeral en vida como agradecimiento a la Divina Providencia. Los pecados del Gobernador suelen ser de otra índole, la sordidez del asunto entra en el terreno de las fantasías populares.

—Durante los preparativos de la flota, escuché que algunos soldados le llamaban «Ira de Dios» y las mujeres se persignaban al oír su nombre como si se tratase del mismo Diablo.

—Habladurías de taberna, mi buen Hernando. Eso es algo que provoca el propio Gobernador, que ha hecho del temor su mejor arma para mantener la disciplina entre sus hombres. Lo desconocido y lo lejano siempre infunden miedo. El pavor lleva a la sumisión y don Pedro conserva su papel de ser misterioso y extraño para espantar a quienes no le interesan y dominar a sus leales. Te podrá gustar o no, pero es su forma de mando y estás obligado a acatarla.

—Reverencia, habéis hablado de un posible conflicto entre dos de los hombres más grandes que ha dado España y a quienes debo admiración, honra y obediencia. El uno, héroe de la conquista de las más irreductibles plazas infieles de África y, el otro, descubridor de tierras y océanos ¿Cómo es posible que los intereses superiores de nuestra Iglesia Católica y de nuestros reyes don Fernando y doña Juana se olviden hasta el punto de convertir la empresa de las Indias en una disputa personal?

—Por lo que conozco a don Pedro y he oído relatar de Balboa nos hallamos ante dos personajes que quieren erigir su mausoleo en el camposanto de la inmortalidad y a ser posible repletos de mayor gloria y riquezas que los demás. Tal vez la abundancia de oro en las tierras a las que nos dirigimos satisfaga la ambición de ambos. Pero ¿qué ocurre con la fama? Esto es un torneo entre caballeros que pelean a muerte y sólo hay un lugar en la historia para quien se mantiene erguido sobre el caballo tras las acometidas. Y ahora permíteme un consejo de alguien que sabe que su difícil cometido está en equilibrar la ambición personal y encauzarla en la única dirección del servicio a la Corona: sirve siempre a tu señor, Hernando, pero aprende de sus errores para no reincidir en ellos y busca tu propio camino en el mando de los hombres y en el servicio de Dios. Procura disculpar la crueldad de don Pedro y no te ciegues con la heroicidad de Balboa.

La tormenta cobró fuerza en el transcurso de la noche. La nao oscilaba de tal modo que Hernando rodaba por el suelo incapaz de mantenerse sobre la estera y dándose algún pescozón contra el maderamen en el vano intento de sujetarse a algo firme. Gritos de terror de las hijas de Pedrarias se percibían tras la puerta, apagados por la enorme algarabía que se oía en la cubierta. Voces de mando, imprecaciones y blasfemias parecían ir y venir llevadas y arrancadas por las olas que barrían el buque como lenguas de un invisible monstruo marino decidido a arrastrarlos a todos a la inmensa negrura de las profundidades.

La nao crujía desde la proa a la popa y el joven De Soto temía que en cualquier momento pudiera partirse por la mitad. Pensó entonces que de muy poco le valía saber nadar en aquellas aguas enfurecidas como nunca las había visto. Su fortaleza, que le permitía cruzar a nado ríos y albercas más rápido que sus compinches de pillerías en Barcarrota, de nada le serviría ante la voracidad de una naturaleza arrebatada.

Se persignó para vencer el miedo mezclado con la rabia de perecer antes de haberse demostrado de lo que era capaz. Se consideraba un desgraciado porque su muerte sería un inútil punto y final a una vida que apenas comenzaba. Agradeció entonces la voz de Gaspar de Morales, que le arrancó de la parálisis que le provocaba el terror.

—¡Vamos, muchacho, a cubierta! ¡Hay que mantener a flote este maldito cascarón! Hemos perdido algunos hombres y no es el momento de protocolo, sube y ponte a las órdenes del piloto mayor.

Apenas había dado cuatro pasos en el puente de estribor cuando una ola le arrastró por cubierta y una bocanada de agua salada le revolvió el estómago. Siendo zarandeado como un pelele sintió en su antebrazo una mano que le asía con la fuerza de unas tenazas, incorporándole de un fuerte tirón. Vio a su salvador, un hombre de menor estatura que la suya, de rostro poco agraciado y facciones rudas, cuya calvicie avejentaba su aspecto, que no correspondía a alguien entrado en la treintena de años. Le había escuchado en cierta ocasión, mientras comía con Benalcázar, hablar de su vida destrozada por la falta de unos padres y la adopción por un tío materno que le obligó a buscarse la vida a los quince años fuera de su villa natal de Almagro. Acaso por esa coincidencia, De Soto tomó simpatía por aquel soldado de corta estatura pero fuerte complexión que sacudía la lengua de continuo y tenía por nombre Diego. El de Almagro golpeó el hombro de Hernando para tranquilizarle:

—¿Qué vienes a hacer aquí, muchacho? Esto está muy serio y no es lugar apropiado para ti. ¿No sería mejor que bajaras a tranquilizar a las damas?

—Me envía el capitán De Morales para ponerme a las órdenes del maestre Serrano —contestó De Soto, limpiándose inútilmente la cara.

—El piloto bastante tiene con no llevarnos a pique —dijo el de Almagro moviendo la lengua—. Las velas están arriadas y bien sujetas a los cabos. Como no eres timonel y todos los baldes están ocupados para achicar agua no se me ocurre nada en lo que puedas ayudar acá arriba. Oí que eras diestro en el manejo de los caballos, si es así deberías bajar a la bodega y asegurar que las monturas de Pedrarias permanezcan tranquilas. Lo único que nos faltaba es que esas bestias se dedicaran a cocear y abrieran una vía de agua.

Una ola enorme envolvió a los dos hombres y un alarido se apagó cuando el cuerpo del marinero desapareció en el agua tras caer desde el trinquete.

73

—Otro más —murmuró Diego de Almagro—. Ya llevamos media docena. Esto no es apropiado para gente de tierra adentro como nosotros. Vete de aquí, muchacho, y ayúdanos con los animales. Nos reiremos de todo esto si conseguimos ver el sol de mañana.

El hedor de la bodega hubiese hecho vomitar al mismísimo Belcebú, pero la excitación y el miedo bloqueaban todos los sentidos de Hernando. Los cuatro caballos, acomodados en las improvisadas cuadras hechas con tablones a los que se amarraban las cabalgaduras, se movían con furor tratando de despojarse de los arneses que los sujetaban por debajo del vientre a la viga superior y desembarazarse de los cueros que mantenían atadas las patas.

Uno de ellos, el percherón del Gobernador, había conseguido liberarse de las ataduras de los pies y coceaba frenético las cuadernas, que crujían de modo alarmante. Su movimiento había desenclavado el listón donde se anudaba la rienda.

De Soto chapoteó en la mezcla hedionda de agua, paja y bosta hasta llegar al animal. Sujetó con fuerza el ronzal, lo que tranquilizó momentáneamente al percherón que dejó de patear, y el joven empujó con su costado la tabla medio desclavada hasta que quedó firme de nuevo. El resto de las caballerías permanecieron quietas, contagiadas por el sosiego del animal más poderoso. Hernando llegó hasta el caballo para golpear amistosamente el cuello y la frente; de inmediato notó en la palma de la mano cómo se aquietaba el animal, y pasó las manos por el lomo hasta las ancas para descender por las patas, hasta llegar a la correa que estaba rota junto a la pezuña izquierda. Muy lentamente, juntó los dos pedazos de cuero anudándolos con cuidado. Cuando el caballo se sintió aprisionado intentó sacudirse la atadura sin conseguirlo y soltó un relincho de protesta, pero de nuevo Hernando consiguió calmarlo con caricias por debajo del belfo, susurrándole monosílabos. Luego reafirmó las sujeciones de las cuatro monturas y contempló satisfecho su trabajo hasta que una sacudida lo arrojó al suelo rebozándolo entre la mierda.

La tibieza de la mañana y el sol radiante que se ocultaba a veces por entre algodonosas montañas de nubes era una recompensa divina a los afanes y desgracias que ocurrieron unas pocas horas antes. De Soto, que acompañaba a fray Quevedo en la misa, tenía la sensación de haber sobrevivido a la travesía del Infierno, entonces se creía a las puertas del Paraíso acariciado por una brisa suave y con los cálidos rayos dibujándole el rostro.

El obispo recitaba la salmodia en latín como recuerdo a los muertos y en agradecimiento porque ninguna de las naves se había perdido durante el temporal. Todos los hombres, con los rostros marcados por el cansancio, los ojos enrojecidos por el salitre y el insomnio, permanecían de rodillas con devoción sincera. Unos acompasaban las oraciones dándose golpes en el pecho, otros pocos lloraban por los compañeros perdidos o para descargar tanta tensión vivida, los más atendían con emoción al oficio.

Juan de Quevedo elevó el cáliz plateado por encima de su cabeza y un haz de destellos blanquecinos irradió el improvisado altar en el castillo de proa. El sonido de la campana que agitaba Hernando fue ahogado por un murmullo creciente entre la tropa. Cuando el obispo se volvió para ver lo que ocurría, todas las miradas se alzaron hacia la verga mayor. Allí, encaramada en el palo, estaba el ave de plumaje blanco y pico negruzco. Poco a poco fueron llegando más hasta que una bandada entera sobrevoló el navío. Nunca se supo quién dio el primer grito, pero De Soto hubiese jurado reconocer la voz grave y poderosa de Benalcázar cuando resonó: «¡Salvados! ¡Tierra, tierra!». Fue una detonación en cadena, gritos, abrazos, cánticos, votos a…

La alegría era una desordenada y maravillosa locura. Fray Quevedo había depositado el cáliz sobre la mesa que hacía las veces de ara y aplaudía; las hijas de Pedrarias se abrazaban a su madre Isabel; el Gobernador reía mientras estrechaba las manos del piloto Serrano y su capitán general Juan de Ayora; Fernández de Oviedo miraba ilusionado a todas partes. Vespucio se acercó a De Soto y colocando su brazo sobre los hombros del muchacho, le dijo: «Las Indias, mi joven aventurero. Hemos llegado». Hernando se abrazó al maestre y miró la feria que se había organizado en la cubierta. Unos escalones más abajo, acodado en la borda de estribor, Diego de Almagro le miraba. El castellano movió la lengua, guiñó un ojo al joven y levantó su brazo derecho para hacer un brindis imaginario.

Los indígenas no impresionaron en absoluto a De Soto, tal vez porque a los que vio deambular por las huertas ribereñas del río Ozama o atareados en la confección de las argamasas y triscando por el andamiaje que contorneaba el palacio de gobernación, a medio edificar en la orilla derecha, le parecieron pacíficos y leales. Por su indumentaria hubieran pasado por campesinos y albañiles castellanos, pero su color de piel, la tersura negra de sus cabellos, sus ojos almendrados y tristes, certificaban su origen muy alejado de las tierras de España.

Hernando siempre recordó que su primera impresión de las Indias, aquella que le sedujo por siempre, la marcaron la vista y el olfato. El tiempo no le hizo olvidar la sensación de gozo que experimentó al contemplar la prolongada línea de vegetación exótica y abigarrada que envolvía el conjunto de chozas que era por entonces la ciudad de Santo Domingo, donde destacaba el esquelético campanario de madera de lo que sería la iglesia catedral y los muros de la fortaleza que edificó el anterior Gobernador de la isla, don Nicolás de Ovando, tras los cuales había construido su propia casona, que parecía haber sido transportada piedra a piedra desde el barrio nobiliario de su Cáceres natal.

Le cautivó aquel mar único sobre la Tierra, de aguas cálidas con el verdemar que parecía coloreado por el mejor pintor de azules, turquesa o lapislázuli. Un mar que desprendía también el aroma penetrante de flores y vegetación que arrastraba su serena marea. Pero aquellas seductoras aguas guardaban un terrible misterio: el mar de los Caribes era traicionero como los feroces indígenas que moraban en sus riberas. Por ello le atraía como el irresistible amor por una mujer que en lo más profundo del corazón llevara la mentira y la tragedia para los hombres. Mas no era De Soto de ésos que dan la espalda a la fascinante combinación de belleza y peligro. Se enamoró de las Indias para siempre.

El arribo de la flota ocasionó grandes ferias y celebraciones en la villa de Santo Domingo durante las dos semanas que se prolongó el reabastecimiento de las naves. Todos los días había oficios religiosos en la catedral de Santa María, aunque le costara a De Soto reconocer como primer templo cristiano de las Indias a aquella choza ubicada a un cuarto de legua de la fortaleza, enmarcada por una tapia de piedra y adobe, levantada sobre troncos sin desbastar con la techumbre de tablas y yaguas.

En las mañanas, fray Quevedo, ayudado por frailes dominicos, celebraba la misa a la que asistía con devoción la familia Pedrarias y con indisimulada desgana el virrey don Diego Colón. En cambio, el templo se llenaba de indígenas que acompañaban como penitentes a los clérigos, Pedro de Córdoba, Bernardo de Santo Domingo y Diego de Villamayor, para seguir el culto con fervor. El terreno yermo que se abría por delante de la iglesia se animaba entre tenderetes de pequeños comerciantes españoles que ofrecían a los soldados de Pedrarias frutas y licores fermentados con todo tipo de frutas y plantas desconocidas para los recién llegados, de modo que muy temprano nublaban su mente y enrabietaban su ánimo.

La música y los bailes comenzaban a la par que las pendencias, unas veces por el efecto de las bebidas y en otras por la disputa de alguna indígena. La revuelta terminaba casi siempre en golpes, pero a veces los camorristas se citaban en los bajíos del Ozama para solucionar con la espada las tan mal consideradas ofensas al honor. Benalcázar nunca faltaba a los duelos como árbitro y jamás permitía que los contendientes se batieran. Todos le respetaban cuando decidía que la disputa debía resolverse ante jarras de licor o darle voto a la pagana para que decidiera con quién quería yacer.

Para Hernando no pasó desapercibido que después de la misa fray Quevedo permaneciese largos ratos de plática con los monjes, quienes le informaban de la situación de barbarie que reinaba en la isla y los expolios que se hacían a los indígenas. Cuando los clérigos abandonaban la iglesia y cruzaban la plazoleta, siempre seguidos por la cohorte de devotos aborígenes, los mercaderes y colonos escupían a su paso y sin el menor reparo les gritaban: «¡Idos todos a la mierda con el hideputa de Montesinos!».

Fernández de Oviedo contó a De Soto la historia del denostado fraile, que apenas tres años antes, en el templo de madera y yagua, acusó a los españoles de bárbaros y salvajes en el trato con los indígenas.

El tal Antonio Montesinos se había trasladado a España para dar cuentas al Rey de lo que sucedía en la Hispaniola y solicitar la intervención de Su Majestad para terminar con tal situación. En la isla se decía que el prior Pedro de Córdoba decidió que el monje pusiera leguas de por medio ante el temor de que los escupitajos y las blasfemias se trocaran en puñales asesinos. La situación se había agravado con la llegada del virrey Diego Colón, que hizo valer las promesas de gobernación dadas a su padre, el Almirante, para transformar la vida social y económica que había organizado su antecesor, Nicolás de Ovando. Introdujo las encomiendas y la propiedad absoluta sobre bienes, haciendas y vida de los indígenas, lo que provocó de inmediato grandes abusos que colmaron la paciencia de los frailes y, entre ellos, fue el padre Montesinos el que osó denunciar públicamente tales hechos en un sermón dominical. Lo llamó «Ego vox clamantis in deserto», estaba escrito y rubricado por el resto de la congregación y una copia había llegado a las manos de Fernández de Oviedo, la misma que leyó sorprendido De Soto.

En aquel pergamino se describían todos los horrores del infierno provocados por los españoles, cuya «conciencia estéril les llevaría a la condenación». Cuando retornó el documento al veedor, Fernández de Oviedo se limitó a decir: «Hay mucha verdad y bastante exageración». Ese día ambos se encontraban a bordo de la nao capitana y el escribiente mantenía la vista puesta sobre un montón de calabazas que flotaban en el mar.

—Fíjate —dijo Fernández— en la inteligencia de esos indígenas.

Sobre las calabazas se posaban unas aves de menor tamaño que las gaviotas y de gran parecido a los patos. Al poco, dos manos emergían por debajo del fruto hueco para apresarlas por las patas y sumergirlas hasta ahogarlas, era un método de caza tan eficaz como imaginativo. Los aborígenes taínos vaciaban los frutos para poder introducir la cabeza y se adentraban en el mar hasta que el agua les llegaba al cuello; luego esperaban pacientemente hasta que algún ave recalaba confiada en la trampa.

—Una magnífica estratagema —terció el escribano—. Quien tan bien entiende de emboscadas para sobrevivir en paz, no carece del mismo ingenio para utilizarlo en la guerra. Ni los castellanos somos demonios, ni estos salvajes resultan ángeles. Se ha desparramado mucho sufrimiento en ambos bandos desde que llegó el Almirante y mucho más nos depara el futuro, porque un mundo se niega a morir a manos de una nueva civilización que se está pariendo en estas tierras y la muerte engendra dolor como el parto está envuelto en sangre.

El caso fue que el sermón de la voz que clama en el desierto causó asombro y exasperación entre la colonia. Pero muchos españoles de la isla levantaron sus quejas por encima del fraile Montesinos y apuntaron directamente al virrey Colón, cuya arbitrariedad y desaseada administración de las cosas públicas condujeron a la ruina a no pocos cristianos. Debía de ser cierto, porque diariamente capitanes y escribanos de la flota de Pedrarias rechazaban peticiones de lugareños que deseaban enrolarse y abandonar la Hispaniola.

Era la víspera de la partida. Hernando estaba de servicio en las estancias asignadas a la familia Pedrarias en la casa de Colón. Los primeros gritos no fueron percibidos por las dos ilustres damas que parloteaban en el jardín, doña Isabel y doña María de Toledo, esposa del virrey y sobrina del muy nombrado duque de Alba, como tampoco lo fueron por De Soto, entretenido como estaba en observar los torpes movimientos de la pequeña Isabel, que intentaba aprender unos complicados pasos de baile imitando a su hermana Elvira. Creció el tumulto y sobre el mismo sonó potente y amenazadora la voz de don Pedro Arias:

—¡No consentiré la más mínima falta de disciplina entre mis hombres, ya sea en tierra o en el mar, dentro o fuera de mi gobernación! He ordenado que se les castigue con el máximo rigor y así se hará. Mi decisión es irrevocable. ¡Cumpla la orden, Ayora!

El Gobernador de Castilla del Oro estaba fuera de sí, su alta figura se agitaba y sus amenazadores ojos parecían querer fulminar a las cuatro personas que tenía ante él: Juan de Ayora y los capitanes Carrillo y Contreras, que permanecían quietos y cabizbajos, mientras fray Quevedo gesticulaba solicitando calma a Pedrarias y le rogaba que reconsiderase su decisión.

—Excelencia —dijo el obispo—, la falta no es tan grave como para hacer ahorcar a esos dos hombres. Las blasfemias y los insultos a su merced fueron proferidos por el vino que ciega a los desocupados y los empuja a la pendencia. Los capitanes han hablado en su favor alegando que los distingue un valor y una obediencia suficientemente acreditados desde que zarpamos de España. Yo los creo, como considero que su excelencia tiene toda la razón en darles un escarmiento. A mi entender, bastaría con azotarles en público de modo que el castigo resultara doloroso para ellos y ejemplar para todos los demás, así su merced mantendrá su palabra de hacer justicia y su honra reparada con sangre.

—Fray Quevedo —contestó Pedrarias con el ánimo aún exaltado y apuntándole con el dedo índice—, no es cosa mía las blasfemias y los insultos, ni me hieren ni me preocupan, he escuchado muchos y de personas de tal rango que ni siquiera se dignarían a mirar a esos dos borrachos. Si ése fuera todo el asunto, no me molestaría ni en firmar una orden de arresto; pero la negativa a embarcarse y la resistencia a los soldados de Ayora no tiene ningún perdón. Padre, atienda a las cosas del espíritu propias de su condición, que es asunto mío preocuparme de la guerra, y en todas mis campañas la justicia de Pedro Arias ha sido firme e incontestada, no veo por qué debe ser distinta en este nuevo mundo. ¡Ayora, cuelgue a esos dos perros en lo alto de la fortaleza! ¡Ahora mismo!

Hernando había asistido a la conversación desde el umbral de uno de los portones que comunicaban la gran sala de audiencias con los jardines. Las mujeres habían permanecido calladas e inmóviles. El teniente general y los capitanes se retiraron y Pedrarias impidió que fray Quevedo volviera a hablar con un gesto tajante. Reparó entonces el Gobernador en De Soto y en la mirada asustadiza del joven.

—¡Capitanes! —ordenó Pedrarias—. Que este paje vaya con vosotros como un guardia más. Dadle una lanza y que asista a la ejecución.

Los diez días siguientes fueron de navegación en calma, el mar estaba igual de aplacado que los ánimos de la tropa, desmoralizada por los acontecimientos de la Hispaniola: todos conocían ahora el alcance de la justicia de la Ira de Dios. Y entre todos, De Soto parecía el más atribulado. Las imágenes de aquellos dos cuerpos balanceándose por encima de una de las troneras del muro que cercaba la desembocadura del río Ozama desaparecieron pronto de su recuerdo, no en cambio los alaridos, el llanto y las peticiones de clemencia de aquellos dos desdichados mientras les arrastraban a empellones hacia el cadalso.

El alma de Hernando se corroía en una disputa interior entre la admiración por el Gobernador, con su decidida conducta contra los insumisos, y la náusea que le ocasionaba la falta de piedad para con dos valientes soldados, cuyo pecado fue la insolencia y el deseo de no proseguir una aventura incierta. Había sido testigo de una decisión militar dramática y era incapaz de decidir en esos momentos si Pedrarias era digno de figurar en los anales de los grandes de España o por el contrario resultaba un hijo de Satanás. ¿La justicia es por principio cruel? ¿Se domina a los hombres a través del miedo? ¿Dónde está el equilibrio entre el castigo necesario y la misericordia?

Poco después de doblar el cabo de la Aguja apareció ante la flota la costa de la Garra, al sur del Darién, donde comenzaba la gobernación de Pedrarias. Se echó el ancla y todos los capitanes fueron convocados a una junta en la nao del Gobernador. Se dispuso que Juan de Ayora desembarcara con una treintena de hombres para llevar a cabo el reconocimiento del terreno, y el obispo Quevedo obtuvo permiso para que dos frailes acompañasen a la partida con el obligado Requerimiento que debía hacerse ante los indios, según el cuál se les ofrecía la paz de que gozan los súbditos de sus majestades don Fernando y doña Juana y el privilegio de la protección del único Dios. También se les informaba de las horribles consecuencias que les deparaba el futuro a todos aquellos que no se avinieran a la pacificación, devinieran en traidores o se empecinaran en mantenerse belicosos.

El virrey Colón había provisto a la expedición de Pedrarias de dos lenguas taínos encargados de traducir a los aborígenes el prolijo documento de nueve capítulos. Ante la incertidumbre de lo que esperaba a la primera avanzadilla se convino en que los frailes requirieran a los paganos *in verbis* a manera de breve ceremonia y se dejara para cuando la situación estuviese bajo el control de las tropas el formalismo interminable de que un escribano levantara acta de la sumisión al Requerimiento *in scriptis*.

Se acomodaron tres barcazas a las órdenes de Ayora, Bustamante y Diego de Colmenares y se dispuso que los soldados no llevaran artillería y fueran provistos de lanzas y espadas que les permitieran mayor facilidad de movimiento.

Todos los expedicionarios escudriñaban desde los navíos la costa exuberante que se volcaba sobre una playa arenosa de tal blanco que parecía encalada. A poco más de una legua hacia el interior de aquella barrera de verdor, varias columnas de humo testificaban un asentamiento de aborígenes. Las recomendaciones de prudencia y atención se intercambiaban entre la treintena de hombres que se acercaban a la arena. Cada uno de ellos sabía de sobra que estaban en territorio donde podría haber caribes, indios flecheros, aguerridos y de extrema crueldad, como habían experimentado antaño expediciones como la de Ojeda y Nicuesa. La embarcación de Ayora quedó varada y los hombres saltaron a tierra, pero antes de que recalaran las de Bustamante y Colmenares decenas de aborígenes salieron de la espesura gritando como posesos y lanzando flechas y dardos a los primeros españoles que apenas habían recorrido diez metros de playa.

Los cuerpos medio desnudos brillaban al sol embadurnados de aceite, sus caras y torsos pintados de rojo daban a los paganos un aspecto diabólico. Los primeros diez hombres sobre la playa recibieron la orden de Ayora de protegerse con las rodelas y no desenvainar a menos que los indios se vinieran contra ellos. Después de la sorprendente aparición, los indígenas se detuvieron al borde de la espesura, pero sin dejar de gritar y hacer amenazas, que redoblaron cuando el resto de la avanzadilla puso pie en tierra. Ayora, en la quilla de la barca, solicitó al fraile Hernán de Luque, hombre de toda confianza del obispo, que leyera el Requerimiento. Las frases, traducidas por el lengua taíno, fueron apagando el griterío hasta que oriundos y recién llegados oyeron con claridad la voz alta pero nerviosa del fraile:

—… Si no lo hacéis y tenéis dilación en ello, certifico que con la ayuda de Dios, yo, el Rey, entraré poderosamente contra vosotros y os haré la guerra por todas partes y de todas las maneras para someteros al yugo de la Iglesia y tomaré vuestras personas, a vuestras mujeres e hijos y los haré esclavos y dispondré de ellos como sus Altezas demandaran y tomaré vuestros bienes y os haré todo el daño y el mal que pueda como a vasallos que no obedecen, no reciben a su señor, se le resisten y contradicen. Protesto que las muertes y daños que de ello crecieran sean por culpa vuestra y no de sus Altezas…

Los salvajes se miraron incrédulos y los españoles comprobaron que no habían entendido ni una sola de las palabras que el taíno vociferaba detrás del clérigo.

Se reanudó el griterío y una nueva lluvia de flechas y dardos roció a los españoles, que agrupados unos junto a otros con la rodilla en tierra protegían sus cuerpos con las rodelas. La irritación de los aborígenes iba en aumento al ver que ninguno de sus enemigos caía abatido por sus dardos, que se partían en pedazos al chocar contra aquellos seres barbudos cuya piel brillaba como el duro metal que ellos extraían muy lejos del mar. Ayora dio la orden de retirada mientras los paganos brincaban y amenazaban pero sin avanzar un pie hacia los soldados.

El teniente general había cumplido el fin primero encomendado por Pedrarias: descubrir si el desembarco sería pacífico o por el contrario se presentaban batallas y suplicios. El Gobernador no ocultó su contento cuando asistió desde la popa de la nao capitana a la escaramuza de la playa. Al día siguiente, sin demora, los diablos paganos conocerían la Ira de Dios.

Los trescientos hombres se habían dividido en seis escuadras separadas entre sí por una veintena de pasos. Ayora y Gaspar de Morales eran los máximos responsables y los hombres habían sido seleccionados por cada uno de los capitanes entre los mejores arcabuceros, ballesteros y los más diestros con la lanza. Detrás de la sección al mando de Gaspar iba Hernando de Soto armado con una alabarda, en la escolta del obispo Quevedo y otros tres frailes. Caminaba firme sobre aquella arena como talco, pero con el pulso acelerado y recordando el consejo de Benalcázar, al que divisaba unas cuantas filas por delante: «Sigue atrás cuando comience la pelea y si entras en combate, busca un lugar seguro para la retirada».

Antes de penetrar en la selva se formó una primera línea de treinta arcabuceros; detrás, otros tantos ballesteros, cada uno de ellos flanqueado por un soldado armado de espada y rodela. En la retaguardia se situaron los lanceros y el resto de la tropa. Todos avanzaron con sigilo entre la vegetación hacia lo desconocido, hasta llegar a un claro en la espesura, donde un bramido que parecía surgir de cada uno de los árboles hizo salir de la oscuridad a decenas de indígenas, que se abalanzaron contra la primera línea disparando sus flechas y blandiendo macanas de madera.

La primera descarga de fusilería cubrió de un humo blanco y espeso a los soldados. De Soto era incapaz de ver nada y un fuerte picor en los ojos le obligó a tirar la alabarda para restregárselos con saña. Cuando se desvaneció la humareda, dos decenas de aborígenes yacían en el suelo, unos inertes y otros retorciéndose de dolor por las heridas, el resto había desaparecido y sus gritos se oían lejanos como si fueran apagados por el espeso bosque.

Ayora reagrupó a todos los hombres en tres columnas y se organizó la entrada en la selva por otras tantas direcciones para confluir sobre el lugar donde se presumía que estaba la aldea a no más de un cuarto de legua. La primera formación caminaría en línea recta, con los flancos protegidos por las otras dos a una distancia de cien pasos. De Soto avanzó entre cadáveres y heridos que eran rematados a espada por algunos soldados sin que nadie supiera el porqué o quién había dado la orden, pero escuchó decir a un veterano: «Enemigo a la espalda, ninguno. Mejor muerto que herido».

El poblado se encontraba en un altozano, libre de vegetación y árboles, y no era sino un círculo de chozas dispuestas alrededor de una talla de madera central adornada con huesos y calaveras humanas sobre la que se apretujaban varias mujeres y unos cuantos niños horrorizados. Gaspar de Morales ordenó que grupos de cinco hombres registraran cada una de las chozas, el resto tomó posiciones en la aldea y Bustamante capitaneó la tropa que guardaría el perímetro exterior. Fray Quevedo y los clérigos, acompañados de un lenguas, se dirigieron al grupo de mujeres para leerles el requerimiento como era de precepto.

Hernando nunca había visto personas con tanto miedo. Como animales acorralados escarbaban en la tierra en busca de un refugio en sus profundidades, mientras se les acercaba el obispo escoltado por varios soldados y entre ellos el joven paje y lancero.

De Soto notó entonces el aire enrarecido por un penetrante y fétido olor que salía de la cabaña de mayor tamaño y hacia allí se dirigió. Al penetrar en el recinto sintió una repentina náusea por un hedor insoportable del que se defendían los soldados con pañuelos o tapándose la nariz con la bocamanga de los jubones. Mas si el olor resultaba nauseabundo, lo que contenía aquella choza no pudiera haber sido descrito ni por el mejor escribidor que hubiera descendido en vida a los infiernos. Sobre unas tablas había pedazos de cuerpo humano, brazos desgarrados, manos cortadas, el tronco partido en pedazos y las piernas como roídas a dentelladas. Una olla de barro de considerable tamaño humeaba en el centro, rodeada de piedras dispuestas como asientos; Hernando se aproximó con la nariz pinzada con sus dedos. En apenas una ojeada vio flotar en mitad del asqueroso burbujeo una cabeza sin ojos, con las carnes como jabón recién cocido.

Una carrera a trompicones llevó a De Soto fuera de la choza y a toparse con Fernández de Oviedo, que se disponía a entrar. El joven, soltando escupitajos y moviendo negativamente la cabeza, le indicó a su amigo, el veedor, que no entrase.

—Son antropófagos, Hernando. Sé de ellos por los libros, pero ahora tengo la oportunidad de conocer sus prácticas y acaso descubrir qué les mueve a comerse a los de su misma especie. Todo esto es nuevo y fascinante, ¿no lo crees así, mi joven amigo?

El de Oviedo entró en la choza con paso decidido y el rostro contento, pero en menos de un minuto estaba junto a Hernando vomitando hasta la primera leche que mamó. Ambos permanecían en silencio tratando de serenar el ánimo y los intestinos, pero en las campañas militares, como el futuro recordaría a De Soto, demasiado es el tiempo de sufrimiento y muy corto se hace el descanso.

Unos cuantos disparos de arcabuces de los centinelas del perímetro alertaron a los soldados. Al poco, varios infantes traían en brazos a un herido con una flecha alojada en su cadera. Tras depositarlo en el suelo en presencia de Ayora, el capitán del herido, Bustamante, informó que dos centinelas habían recibido una lluvia de dardos desde el interior del bosque, pero no habían visto a ningún indígena. El teniente general consideró adecuado replegarse a la playa y reiniciar al día siguiente la exploración del territorio con la esperanza, que a todos parecía inútil, de encontrar aborígenes pacíficos.

El herido falleció durante la madrugada entre fuertes dolores y espumarajos sanguinolentos, pese al cuidado de los médicos de la nao capitana, que le extrajeron la afilada punta de pedernal emponzoñada.

La noticia disgustó sobremanera a Pedrarias y conturbó a los capitanes. Los españoles conocían de sobra la falta de remedio para estas flechas envenenadas desde que los primeros castellanos arribaron a estas costas hacía tres lustros. La herida resultaba letal a menos que se pudiera cauterizar con un hierro al rojo vivo, pero ocurría que las más de las veces el pobre desgraciado no sobrevivía a tan enérgico remedio. De todos modos, el Gobernador dispuso que a partir de ese momento todas las partidas llevaran consigo un fogón encendido y los soldados fueran provistos de coraza, morrión y musleras.

Durante la semana siguiente fueron explorados varios poblados que causaron el desánimo en los frailes y una cierta alegría en los contadores reales. Todas las aldeas estaban desiertas y sus moradores huidos a la selva, lo que impidió que fray Juan de Quevedo llevara paganos al redil de la Iglesia. En su fuga precipitada, los indígenas abandonaron todos los enseres y entre ellos se hallaron pepitas y pequeños ornamentos de oro, algunos zafiros y esmeraldas de distinto tamaño.

El tesorero real, Alonso de la Puente, calibró lo requisado en varios centenares de castellanos de oro, muy poco botín para el peligro que representaba la permanencia en tierra de caníbales e indios envenenadores. El Gobernador consideró suficiente la estadía en tales tierras insanas y ordenó que la flota zarpara en cabotaje hacia el norte del Darién, por delante del golfo de Urabá y la ribera del istmo, hasta alcanzar Santa María de la Antigua.

La víspera de la partida el propio Gobernador, acompañado del secretario Gaspar de Espinosa, el contador Márquez y el factor Tavira, se unieron a la expedición de trescientos hombres al mando de Gaspar de Morales y Vázquez de Coronado, que debía reconocer un poblado de más de cincuenta chozas, ubicado a dos leguas a poniente, que había sido divisado el día anterior por los exploradores, quienes aseguraban haber visto aborígenes en su interior.

El conjunto de cabañas estaba a la orilla de un pequeño río que desaguaba en el mar, dispuesto en dos semicírculos concéntricos frente a la corriente y rodeado de un amplio llano que daba paso a sembradíos de maizales. Como era habitual, los españoles entraron en la aldea por tres direcciones, siendo Pedrarias el comandante de la columna central. Su flanco izquierdo lo protegía Morales, que llevaba a De Soto como alabardero; Coronado entró con sus hombres a través de una plantación de cocoteros que se extendía frente al río por el sur.

Todo estaba en silencio, hasta la brisa se había detenido, el rumor de la corriente pareció atenuarse y las ramas de los árboles se antojaban pintadas sobre un cuadro inerte de fondo azul. Las tropas tomaron un pueblo desierto. Una nueva decepción para el obispo Quevedo y contrariedad en Pedrarias, al no poder hacer ningún prisionero que pudiera serle útil en el futuro. Ni siquiera confortó al Gobernador el hallazgo de una esmeralda de gran tamaño y una figurita informe de oro puro.

Salieron como una manada en estampida desde los maizales, gritando y lanzando flechas y venablos afilados contra los españoles. El grupo más numeroso y también el más alejado atacó por el centro a la columna de Pedrarias, el cual ordenó una descarga de arcabuces que hizo huir a los aborígenes. En el flanco desprevenido de Gaspar de Morales los paganos se habían volcado sobre las tropas. Los arcabuceros, impedidos de hacer fuego a tan corta distancia, se defendieron a garrotazos con sus armas, mientras una decena de indígenas cruzaba su línea al encuentro de los infantes y lanceros. El miedo momificó la garganta de Morales, pero cada uno de los hombres oyó a su instinto y así unos desenfundaron las espadas y otros, De Soto entre ellos, hincaron en oblicuo picas y alabardas en tierra, afirmándolas con el pie y sujetando el asta con las dos manos, confiados en que aquellos enloquecidos se ensartaran en aquella empalizada ocasional.

Los torsos desnudos y pintarrajeados se estrellaron contra el bosque afilado. La alabarda del joven Hernando se quebró por el peso de un pequeño y fornido indígena que hundió todo su abdomen en el metal, lo que le procuró tal boquete que las tripas se desparramaron a los pies del paje-soldado. El resto de los hombres repartían mandobles a su alrededor, mientras algunos yelmos volaban por los aires después de recibir certeros macanazos. Al griterío de los enloquecidos aborígenes se sumó la algarabía de una escuadra de Pedrarias que acudía en auxilio de la tropa asaltada.

La retirada de los paganos tuvo el mismo desorden y bulla que su aparición, pero sobre el campo habían dejado dos docenas largas de cadáveres y cuerpos malheridos.

Hernando permaneció callado, como ausente, con la vara astillada en la mano y la mirada fija en el indio inerte que recién acababa de destripar. Todo ocurrió de manera tan acelerada que no tuvo tiempo ni de sentir miedo ante la acometida furiosa. Ahora envuelto por una polvareda, los ayes de dolor de los heridos y el mortecino rumor del griterío indígena en la huida a través de los maizales, el joven aventurero no sentía remordimiento alguno al contemplar el primer cadáver que se había procurado en el nuevo mundo.

De aquellos paganos que fueron heridos de menor gravedad, el Gobernador escogió a dos y ordenó que se les curase y atendiera como a valiosos prisioneros.

«Matar o ser muerto», la brutal conseja de Benalcázar, le serenaba el ánimo, pero no evitaba que ante el panorama cruel que le rodeaba se preguntara sobre la naturaleza de aquellas personas y su furibunda forma de atacar a seres monstruosos que tienen fuego en las manos, brazos de largas uñas plateadas que seccionan la carne sin desgarrarla, piel refulgente inmune a las flechas y que llevan consigo una muerte tan rápida que parece invisible.

¿Tienen estos seres el derecho de repeler a los defensores de la fe de Cristo y portadores de la civilización? Arrojó de sí el dilema por comodidad espiritual para concentrarse en lo material del momento y admitir sin dilación que la violencia forma parte de la vida tanto como de la muerte. Nada ni nadie en ese inhóspito mundo le regalaría gloria y fortuna. Si había aceptado la apuesta, ahora comprobaba que el precio a pagar por ello era el de jugarse su existencia a cada paso, cada día que viera amanecer en las Indias.

IV

El Mar del Sur

Santa María de la Antigua era cualquier cosa menos una villa. La flota remontó la legua y media del río Tarena que separaba la desembocadura en el mar de los Caribes con el poblacho donde se hacinaban medio millar de personas en no más de cien cabañas y bohíos.

Las naves, engalanadas con los pendones de Castilla tremolando en las popas, izados los gallardetes y las armas de los Pedrarias, con las tropas formadas en cubierta, se acercaron al embarcadero repleto de una muchedumbre de harapientos, muchos enflaquecidos y otros con rostros blanquecinos de mirada consumida por las fiebres. El Gobernador trataba en vano de divisar desde el castillo de la nao capitana un comité de bienvenida, pero ningún estandarte o persona vestida con las galas de alto rango había entre aquella cohorte de desgraciados. Juan de Ayora y Gaspar de Morales fueron comisionados para bajar a tierra y demandar por la presencia de Balboa, pero la única respuesta que obtuvieron fue un coro solicitando comida.

El descubridor de la mar de Sur se encontraba varias leguas al norte y nadie dio explicación de por qué no acudió a recibir al nuevo Gobernador de Castilla del Oro pese a que la colonia estaba al corriente de su llegada. Pedrarias no necesitó más argumentos para considerar su honor vejado y juramentarse en hacer pagar muy caro a Balboa tal ofensa.

El sanedrín que juzgó y condenó de inmediato al legendario pariente de Hernando lo componían el Gobernador, su sobrino

Morales, el bachiller Enciso, el tesorero De la Puente, el alcalde mayor Espinosa y el teniente general Ayora. Como defensor actuó fray Juan de Quevedo, que obtuvo una tregua e impidió que Pedrarias lanzase su ejército contra Balboa. A regañadientes y con la decidida oposición de Gaspar de Morales se convino en enviar una delegación para requerir a Vasco Núñez su presencia en La Antigua.

—Propongo que su excelencia delegue en el teniente general Ayora la misión —dijo con serenidad el obispo—. Este gesto de buena voluntad y el rango de vuestro emisario no puede pasar desapercibido para Balboa, y le hará recapacitar si tiene dudas o conspira contra vuestra gobernación.

—¡En absoluto! —contestó airado Pedrarias—. No estoy dispuesto a darle la más mínima concesión a ese patán y menos aún a enviarle a mi segundo en el mando, cuando le corresponde a él desagraviarme. Accedo a no iniciar una campaña fratricida, como demandáis, pero desde este mismo instante mi autoridad en esta tierra no admite ninguna discusión, y exijo que sea Balboa el que así lo declare ante mí, aquí mismo, y en público. No enviaré una misión de amistad, sino una delegación militar con órdenes para uno de mis subordinados, ese tal Vasco Núñez de Balboa.

—En tal caso —repuso el obispo—, no os importará que yo mismo forme parte de la comitiva como mediador y persona sagrada a la que le es debida obediencia y respeto. Mi presencia evitará discusiones y el riesgo de una confrontación.

—¡No! —La voz de Gaspar de Morales fue alta y contundente—. Balboa debe acatar las órdenes de su señor don Pedro Arias sin condiciones. Si se niega, yo mismo me comprometo a traerlo encadenado hasta aquí y hacerle pagar caro, su traición. Todos deben saber cuanto antes que en el Darién hay ahora un solo poder y un único señor. Con mis respetos, reverencia, es una cuestión militar y a nosotros compete resolver el caso.

—Nunca nuestra Iglesia Católica ha dado la espalda a los asuntos humanos y tampoco va a hacerlo en el nuevo mundo. —Ahora el obispo habló con firmeza y enfado—. Mi misión en estas tierras es llevar la verdad de Nuestro Señor Jesucristo a los idólatras, pero también es mi deber evitar que los cristianos se maten entre ellos para oprobio de nuestra fe, sin otra excusa que la ambición personal y en contra de los intereses de nuestras majestades don Fernando y doña Juana.

—¡Basta! —terció tronante Pedrarias—. Admito la oferta de don Gaspar y él mismo encabezará la misión en la que estarán dos frailes elegidos por vos, fray Quevedo. Además, para vuestro contento, admito que vaya también el capitán que Balboa ha destinado a la guardia de La Antigua ¿Cómo se llama, Ayora?

—Pizarro, excelencia. Se me hace que es un buen soldado, disciplinado y respetuoso con la autoridad. Desde el primer momento de nuestra llegada se puso bajo mis órdenes, pero no le he escuchado ningún comentario en contra de Balboa, más bien ha tratado de disculparle por no daros la bienvenida argumentando no sé qué campaña contra indígenas levantiscos cerca de Acla. Se me antoja un hombre leal y de confianza.

—¿Os parece bien, fray Quevedo? —dijo Pedrarias con cierto aire de burla mientras el clérigo asentía con la cabeza—. Disponedlo todo para salir en dos días.

La tropa anduvo un trecho por arenales playeros en dirección poniente norte bajo el mando de Gaspar de Morales, el único que montaba cabalgadura; detrás, Francisco Pizarro y Vázquez de Coronado comandaban el centenar de hombres y la docena de indígenas que servían como guías para cuando la expedición abandonase la costa y se internara en la espesura.

Hernando de Soto figuraba entre la tropa personal de Morales y su valía de soldado subió un peldaño por ser incluido entre los mejores alabarderos a los que se le permitía llevar espada. Con el tiempo, supo que fue la intercesión de fray Quevedo la que ocasionó que se encontrara entre los elegidos en ir al primer encuentro con Balboa.

En el día que duró la caminata, Hernando reparó apenas en la confianza que comenzaron a tenerse Pizarro y Diego de Almagro. Habían intimado de inmediato entre los lodazales que servían como calles en La Antigua por considerarse ambos pertenecientes a una clase de soldados incontaminados por la política, la cuna o la educación, que se servían de su instinto y de su valor para sobrevivir entre amigos y enemigos.

Las circunstancias de su origen también les habían unido. El de Almagro fue repudiado por su padre; Pizarro era hijo ilegítimo de un noble hidalgo, y comprendió, desde muy joven, que sus arrebatos no tenían futuro entre las cochiqueras de su Trujillo natal. Se había endurecido en las guerras de Italia y una deuda de honor, que lavó con la muerte de un miserable de alcurnia en aquellas tierras mediterráneas, le obligó a huir lo más lejos posible hasta dar con sus fugitivos huesos en la Hispaniola cinco años atrás. Hacía pocos meses que había incluido su nombre en el libro de la Historia cuando al lado de Balboa descubrió las pacíficas aguas de la Mar del Sur.

Pizarro y Almagro eran de edad similar, cerca de los cuarenta, pero de aspecto físico muy distinto. El trujillano era de buena estatura, bien proporcionado, y sus rudas facciones, ocultas bajo una poblada barba, le daban un aspecto serio y de autoridad. Se le notaba bien asentado y muy cómodo en territorio hostil, se diría que disfrutaba cuanto mayores eran las dificultades. Corajudo y terco, poco le importaba no saber leer y escribir, sus lecturas eran el campo de batalla y la espada su única pluma. Todo eso lo supo el paje-lancero durante la vigía en la calurosa noche de acampada, cuando los dos recientes amigos de armas decidieron compartir con el joven despierto una garrafa de vino y vivencias pasadas.

Vasco Núñez de Balboa resultaba un caudillo nada más verlo. Poco importaba que el jerezano saliera a recibir a la expedición de Pedrarias con un jubón ennegrecido, las calzas raídas y los cabellos y la barba sin atusar. Hernando de Soto descubrió que los héroes debían ser así en mitad de las penalidades, con la indumentaria descosida, bajo un palio de maderas y palmas corroídas, pero con la espada refulgente y afilada, rodeado por sus fieles tropas, aún peor vestidas, de mirada fiera y atenta a defender con su vida cualquier ultraje inferido a su capitán. Con él estaban sus leales Fernando de Argüello, Luis Botello y Hernán Muñoz. Su capitán Andrés de Valderrábano aún no había regresado de la partida contra un reducido grupo de aborígenes rebeldes. Gaspar de Morales descendió de la montura y se dirigió altivo y con rabia al descubridor de un nuevo océano.

—Don Vasco Núñez de Balboa, soy Gaspar de Morales, comisionado por nuestro señor don Pedro Arias Dávila, Gobernador del Darién y Veragua, para ordenaros que acudáis de inmediato a Santa María de la Antigua para presentar, vos y vuestros hombres, los oportunos respetos y acatamiento a la autoridad de nuestro señor el Gobernador.

Balboa permaneció sereno y con un gesto calmó el impulso atacante de Botello y Muñoz, prestos ambos a desenfundar la espada.

—Mi señor Gaspar de Morales, era mi deseo dar la bienvenida al Gobernador don Pedro con todos los honores que a él se deben como enviado de Sus Majestades. Desgraciadamente la traición no avisa y desde hace una semana un grupo de levantiscos indígenas ha incendiado algunas posesiones de La Antigua, lo que ha obligado que yo mismo dejara los asuntos municipales para comandar la partida. Siento en lo más profundo que mi ausencia haya incomodado al Gobernador, y mi único deseo es resarcirle de lo que nunca ha sido una premeditada desconsideración. Si así lo deseáis, ahora mismo nos ponemos en camino. Enviad emisarios con mis respetos al Gobernador y anunciadle que puede disponer del alojamiento en La Antigua como mejor le plazca. La plaza es suya.

El furor de Morales se desvaneció a la par que creció la admiración de Hernando de Soto por Balboa. Encajaba a la perfección en la imagen que se había construido de su paisano a través de las conversaciones y los relatos de los viajeros que conoció en Jerez de los Caballeros y Barcarrota. Era hombre con la palabra justa, que da más firmeza que las armas, y la calma apropiada ante la provocación, que revela una fortaleza mayor que la del ofensor.

El encuentro de Pedrarias con Balboa tuvo la cordialidad aparente del primero y el respeto auténtico del segundo, que desde su entrada en La Antigua cedió los lugares de honor al

Gobernador y ordenó a sus tropas que rindieran honores a sus escudos.

Mientras los hombres confraternizaban y se repartían los víveres que portaba la flota, las relaciones entre los respectivos entornos privados de Balboa y don Pedro eran inexistentes cuando no abiertamente hostiles. El gesto satisfecho de fray Quevedo cuando ofició el *Tedeum* el día que ambos se conocieron, fue mudando al de preocupación en las jornadas siguientes. El conflicto estaba larvado y era cuestión de poco tiempo que aflorase con toda virulencia, bien lo sabía el clérigo después de asistir a la primera reunión de gobierno.

Fue el alcalde Gaspar de Espinosa el encargado de leer ante Balboa y sus fieles las capitulaciones de los Reyes, por las que nombraban a Pedrarias Gobernador de aquellas tierras. El noble se sentía ufano durante la lectura, mientras el rostro del descubridor se iba tornando adusto y malhumorado, fija la mirada en uno de los hombres que ocupaban sitio detrás de don Pedro. Terminada la lectura, el Gobernador, seguro de sí mismo, preguntó como un simple formulismo si Balboa tenía algo que objetar.

—Algo debo decir, excelencia —contestó el jerezano—. No puedo sino dejar en suspenso estas capitulaciones, mediante las cuales sois nombrado Gobernador de toda esta tierra del Darién y de Veragua por algo de lo que su excelencia no está al cabo. Yo mismo envié hace meses a la corte, con mi emisario don Pedro de Arbolancha, la notificación del descubrimiento de la mar océana del Sur, para que quede bajo el mandato de los augustos reinos de don Fernando y doña Juana. Como es de justicia y conforme a nuestras leyes solicité a Sus Majestades que me fuera concedido el título de Adelantado y Gobernador de tales tierras descubiertas. No tengo noticias aún de tal misión, pero confío en la justicia de Sus Majestades para con el derecho que me asiste. En todo caso, veo entre vuestros hombres, don Pedro, a alguien que os puede dar razón de todo ello, porque yo mismo lo envié con grilletes y bajo acusación de traición a Castilla en la nave de Arbolancha, y ahora le veo de nuevo aquí con cargo y alta condición que, sin duda, habrá obtenido con sus malas artes e intrigas que tan bien conozco y por las que hube de hacerle preso. ¿No es así... bachiller Enciso?

95

—¡¿Qué clase de desatino es éste?! —exclamó ofuscado el Gobernador—. Vasco Núñez, no voy a tolerar que en mi presencia se insulte con impunidad a uno de mis consejeros y a una de las personas más leales a la Corona. ¡Exijo que retiréis de inmediato tales cargos o de lo contrario tomaré severas medidas contra vos y contra todos aquellos que os secunden!

—Haced lo que os plazca, excelencia, pero nada ni nadie me ha demostrado que el bachiller Enciso se haya retractado de su felonía. Y si aún le queda una brizna de honor, podrá confirmar todo cuanto os he dicho y no podrá negar que mi petición de gobernación sobre estas tierras ha sido cursada a Sus Majestades. Tengo el deber de acatar vuestras órdenes, pero sólo hasta donde llega mi derecho de aguardar el nombramiento que en justicia me pertenece, y solicito, pues, trataros de igual a igual.

El rostro de Pedrarias se encendió de ira y sus miradas de odio hubiesen querido fulminar a Balboa, pero reprimió su furia cuando el bachiller Enciso contestó al jerezano.

—Estoy aquí, capitán Balboa, por voluntad de Sus Majestades, que hicieron oídos sordos a la retahíla de acusaciones injustificadas por las que me enviasteis a España. También tuvieron la venia de escuchar la lista de injusticias que cometisteis con Nicuesa y vuestra forma arbitraria de gobierno en esta misma ciudad de Santa María de la Antigua, que yo ayudé a edificar. Sabed que he informado a Su Majestad don Fernando de tales atrocidades y tengo para mí que vuestras esperanzas de gobernación serán una carta con la orden para vuestro prendimiento.

—¡Vos sois un perro traidor! —dijeron al unísono Muñoz y Botello, asiendo los pomos de sus espadas, una acción a la que respondieron de igual forma Ayora y el capitán Luis Carrillo. Pizarro, en cambio, no hizo el menor gesto y permaneció como testigo mudo.

—¡Caballeros! ¡En el nombre de Dios os pido serenidad! —gritó fray Quevedo por encima del tumulto que se iba formando entre los presentes—. Es mi obligación evitar que se derrame sangre de cristianos y que nobles españoles se maten entre sí. Y prometo por estos santos hábitos que me irá la vida en ello. Os insto a ambos, a vos, don Pedro, y al capitán Balboa, a que suspendan de inmediato sus querellas y se avengan a un trato de honor hasta que lleguen las nuevas de Castilla y con ellas las instrucciones de Sus Majestades, que comprometerán a los dos a obedecerlas sin la menor discusión sea cuál sea la decisión de los reyes.

—No veo inconveniente en suscribir tal pacto —contestó Balboa—. En tanto llegan las noticias no deseo permanecer ocioso y solicito que me sea permitido seguir la tarea en los territorios de poniente y en la Mar del Sur. Nunca he sido perezoso ni les permito a mis hombres la holganza en esta tierra, que exige de todos nosotros trabajo continuo y esfuerzos casi siempre inhumanos.

—Un tratado que debe respetarse hasta que arriben las provisiones reales —dijo Pedrarias en un tono solemne—. Y hasta entonces, el único documento real es aquel que me nombra Gobernador del Darién con jurisdicción sobre tierras y hombres y al que no es ajeno nadie. A menos que vos, Balboa, no respetéis el dictado de Sus Majestades. ¿Sois, acaso, un traidor, don Vasco?

Balboa, fray Quevedo y todos los hombres guardaron silencio. Pedrarias, más seguro de sí mismo, prosiguió entre el regocijo de sus leales.

—Decido entonces que vos, Balboa, permanezcáis en la Antigua a la espera de mis nuevas órdenes y todos vuestros capitanes se presenten a Ayora para que disponga sus nuevos cometidos. Disponed de vuestro tiempo como mejor os convenga en total libertad, considerad que sois ahora mi invitado. Espero de vuestra hidalguía que seré informado de todos vuestros descubrimientos, así como de los quehaceres y sentimientos de los indígenas que ahora quedan bajo mi jurisdicción. No os pido simpatía o admiración, pero sí os exijo lealtad.

—No os faltará lealtad, señor Gobernador —respondió sereno Balboa—. Empeño mi palabra en ello, pero no permaneceré inerme si a mis espaldas se fraguan traiciones e intrigas. En cuanto a mis hombres, os pido para ellos el mismo trato de libertad y honor que me otorgáis.

La tensión que envolvió la reunión en la casa del Gobernador, antes morada del descubridor, sobre la ribera del afluente Corobarí, se trasladó a los viejos y nuevos habitantes de Santa María de la Antigua, de modo que las miradas enemigas y los desplantes fueron habituales entre unos y otros, aunque pronto la preocupación mayor de todos fue la escasez de víveres y las enfermedades que hicieron presa en los recién llegados, poco importaba su edad o corpulencia, porque el mal no hacía desprecios. Bragados soldados de Italia y marineros avezados quedaban postrados, con la piel agujerada por los mosquitos chupasangre, en la desesperanzada agonía del vómito y la fiebre maligna que presagiaba la tumba.

Inmune a aquellas desgracias, Hernando de Soto se distinguía cada día en la instrucción militar hasta el punto que Gaspar de Morales tuvo a bien nombrarle jefe de un destacamento de lanceros. Una mañana, cuando había terminado sus ejercicios y se disponía a bañarse en las cálidas aguas del río Tarena, se le acercó Francisco Pizarro con el siguiente recado:

—Balboa quiere conocerte. El obispo Quevedo y yo mismo le hemos hablado de ti. Está ansioso por conocer detalles de vuestro pueblo y de tu familia.

La vivienda del descubridor de la mar océana del Sur era una choza que apenas servía para guarecer a pastores. Levantada en una de las periferias de la Antigua, donde convivían alfareros, herreros e indios de confianza, era una amplia estancia de suelo fangoso, abrigada en el techo y las paredes con palmas entretejidas, y en cuyo interior una maraña de hamacas rodeaban una tosca mesa donde se amontonaban platos con restos de comida, vasos y una jarra por la que escurría una última gota de vino.

Balboa vestía un jubón remendado, calzas descoloridas, unas alpargatas confeccionadas con tiras de cabuya y espada al cinto. No parecía un mendigo, sino más bien un soldado atacado por el infortunio con la fiel compañía de un alano bermejo que se dejaba acariciar complacido. Le acompañaban Argüello, Valderrábano, un tercer soldado y una indígena cuya belleza azoró al joven, pese a que estaba envuelta en un humilde sayal de lino manchado de barro, hecho jirones en las mangas y la bastilla deshilachada. De Soto contemplaba, por vez primera, a la princesa Anayansi, la hermosa hija del cacique Careta, la que compartía con Balboa lecho y vicisitudes.

Resultaba imposible no fijarse en aquel rostro exótico y sensual, tan distinto a los de España, ya fueran damas o rameras. El cabello tan negro como un profundo sueño se rizaba por encima de los ojos almendrados, de un indefinido color entre el marrón claro y la miel. Tenía los pómulos salientes en su cara redondeada de nariz perfecta y unos labios carnosos, con una pequeña cicatriz en la comisura derecha, que realzaban aún más la belleza de la piel tostada, sin arrugas, que invitaba de inmediato a acariciarla. Bajo la ropa se adivinaba un cuerpo bien proporcionado, de hermosos senos que asomaban por un escote descosido y unas nalgas firmes y provocadoras. No había duda de que los hombres podrían matarse por poseer a aquella hembra. Pero ¿quién de todos los que allí estaban disputaría con la espada a Balboa el amor y el cuerpo de Anayansi? De Soto ya conocía a locos, aventureros y matones traicioneros, pero aún no había topado con ningún suicida.

—¿De modo que tú eres el hijo de Francisco Méndez de Soto? —preguntó Balboa con expresión sonriente—. Tienes cosas que contarme de lo que acontece en nuestra tierra, a la que casi he olvidado. A veces creo que nací en el barco de Bastidas y he crecido en estas tierras. De vez en cuando la añoranza es el mejor bálsamo ante las dificultades. Además, Pizarro y el obispo han ensalzado tus virtudes como soldado pese a tu juventud. ¡Bravo! La fortaleza llega con el sufrimiento y la disciplina; si uno mismo no es obediente jamás llegará a ser un adalid respetado cuyas órdenes se cumplen sin dilación o recurso.

—Señor, mi nombre es Hernando y no tengo otra misión en las Indias que emular a capitanes como vos, que habéis ensanchado los confines del reino de Castilla. Allá, en nuestra tierra, se tiene a Balboa como un héroe legendario. Muchos viajeros y soldados que han pasado por nuestra casa de Jerez refirieron vuestras hazañas con la espada y vuestra inteligencia en el trato con los paganos. En toda España se os honra.

—Deseo que lo que me dices haya llegado a oídos de Sus Majestades —contestó Balboa—. Si así fuera, bien podría descansar tranquilo y no preocuparme por lo que trame Pedrarias y ese hideputa de Enciso. ¿No es así, Pizarro? Francisco te podría contar las argucias y vilezas del bachiller durante la expedición de Alonso de Ojeda, la misma que nos trajo a estas tierras a mí y al callado y leal Pizarro.

Balboa tomó amistosamente del hombro a Hernando e hizo las presentaciones.

—Ya conoces a mis capitanes Valderrábano y Argüello. Este otro soldado tan silencioso es Álvaro Nieto, al que puedes confiarle tu vida, sin dudarlo. Y... mi señora Anayansi. Éste es mi fiel escudero Leoncillo. No te dejes engañar por su aparente indolencia, muchos indios han perecido en sus fauces y le corresponde más soldada que a un arcabucero. —Luego extendió el brazo a su alrededor y añadió—: Éstos son los aposentos de Vasco Núñez de Balboa —dijo con sorna—. Seguro que en Castilla mal se entendería que una cabaña albergue a uno de sus héroes, hay mucha fantasía y no menos hipócritas en nuestra tierra, aunque no es conveniente que difundas lo que ves o de lo contrario nos quedaríamos sin tropas de refresco y soñadores que creen que aquí corren ríos de oro y levantamos mansiones con ladrillos de plata.

Durante mucho tiempo Hernando habló en medio del silencio y el respeto de Balboa y los suyos en aquel palacio de palmas y adobe, a veces interrumpido por el descubridor para que le explicase qué había sido de tal o cual pariente. Finalmente, el conquistador del Darién dijo:

—Me places, muchacho. ¿Qué puedo hacer por ti?

—Enseñadme a manejar la espada como vos, contadme vuestros descubrimientos y decidme cómo se gobierna sobre pueblos enteros.

Balboa miró a Anayansi y encontró una mueca risueña y cómplice entre sus hombres. Asintió con la cabeza.

—Para lo primero, mañana te espero sin falta. De lo segundo, me sobra tiempo y no me faltan ganas de engordar mi vanidad. Así pues, empecemos ahora mismo:

»El pasado año, 1513 según creo, la providencia colocó en mi camino de conquista, en la región de Acla, al cacique Careta y a su hija. Del primero conseguí su bautizo y dos mil indios leales; de la segunda, su amor y su cuerpo, que es seguro que redime de cualquier pecado y cura todas las heridas.

»Comenzó después un camino para noventa valientes en busca de la inmensa mar de poniente de la que me habló el cacique Comogre, valiente y fiel aliado. Tengo por seguro que el infierno debe de ser algo parecido a aquella marcha; muchos hombres sucumbieron a las fiebres y a las penalidades entre ríos fragorosos y selvas inextricables, donde apenas nos reconfortaba encontrar algunas perlas y poco oro, con pantanos que se tragaban soldados y cargamentos. En los poblados de Torecha y Porce quedaron más hombres abatidos por el vómito y el desfallecimiento.

»Aquel cacique Torecha murió tras presentarnos ardua batalla, donde no hubo tregua para ballesteros, arcabuceros y lebreles y donde más de medio millar de indios fueron muertos. El día 25 del mes de septiembre una columna de sesenta y siete supervivientes bajo mi mando divisó desde una colina la mar océana. Nos hallábamos frente a un golfo al que bauticé con el nombre de San Miguel, en honor al santo que habríamos de celebrar cuatro días después, y fue entonces cuando el desánimo de todos nosotros se mudó en alegría y júbilo. Allí mismo fuimos bendecidos por fray Andrés de Vera y mi fiel Valderrábano, aquí presente, levantó acta de nuestro descubrimiento.

»Yo encabezaba la lista seguido del fraile y de Francisco Pizarro, aquí presente, porque así era de justicia y debía ser registrado para la posteridad. Recuerdo con exactitud las palabras que brotaron de mi corazón exaltado: "Allí veis, amigos, el premio a tantas fatigas sufridas. Tenéis el mar que se nos anunció y no me cabe duda de que encierra las riquezas inmensas que se nos prometieron. Sois los primeros en ver estas playas y sus mareas, vuestros son sus tesoros y vuestra es la gloria de reducir esas ricas e ignoradas regiones al dominio de nuestro Rey y a la luz de la verdadera religión. Seguid fieles a mí y yo os prometo que nadie os igualará en gloria y riquezas".

»Luego esperamos hasta la fiesta de San Miguel para descender hasta las aguas desde aquella altura rala de vegetación. Recuerdo la fina arena de la playa, la brisa salada en mi rostro y el pacífico oleaje al avanzar con el pendón de Sus Majestades, las armas reales de Castilla y León en mi mano izquierda y la espada desnuda en la derecha. Cuando el agua cálida alcanzó mis rodillas, tomé posesión de la Mar del Sur, de sus costas, puertos e islas australes, en nombre de nuestra reina Juana de Castilla y de su regente padre Fernando de Aragón. Desde entonces, una alta cruz de madera permanece allí como testigo de nuestra hazaña y del posterior calvario.

»Comprendí en ese instante que cuanto más alto te elevas en el desempeño de una empresa a favor de España, mayor número de envidiosos tirarán de ti para arrojarte por el fango. Aprende a conocerlos: son los cobardes, los murmuradores, los ambiciosos de fortuna, los indisciplinados y los puritanos. Si puedes, somételos a tu control; si no es así, elimínalos.

Un tumulto cercano a la choza, en la que entró precipitadamente Luis Botello con nuevas inquietantes, interrumpió el relato de Balboa.

—Vasco, el teniente general Ayora se acerca con una tropa para prenderte. El Gobernador ha abierto un juicio por las compensaciones que reclama Enciso tras su deportación. Se dice que el bachiller trae consigo las cartas reales que autorizan a Pedrarias a abrir el proceso.

—¡Malditos hideputas, cobardes! —clamó Balboa, desentendiéndose del trato a Hernando.

—La mayor parte de la población está de nuestra parte y he dispuesto a nuestros leales para hacerles frente si es el caso —añadió con calma Botello.

Balboa abandonó la cabaña en silencio seguido por los tres capitanes y Nieto, que llevaba la espada en la mano. Leoncillo quedó gruñendo junto a Anayansi, que miraba con preocupación a Hernando desde el interior de la choza.

Medio centenar de partidarios de Balboa rodeaban a su jefe, que contemplaba sereno la llegada de Ayora con una escolta de infantes. La comitiva enviada por el Gobernador se abrió paso entre el gentío que insultaba y lanzaba escupitajos a los soldados. Ayora, no menos firme que el conquistador del Darién, se detuvo a pocos pasos de Balboa.

—Don Vasco Núñez de Balboa, por orden de nuestro Gobernador don Pedro Arias Dávila, ejecutor de los dictámenes de Sus Majestades, nuestra reina Juana y su augusto padre don Fernando, entregaos para ser conducido a la casa de su excelencia el Gobernador, donde os aguarda un juicio por graves acusaciones de conspiración, robo y crímenes contra el Estado. Daos pacíficamente, pues mi obligación no es sino llevaros al tribunal, vivo, como es mi deseo, o muerto si ofrecéis resistencia.

Un griterío se desencadenó entre los fieles al conquistador, los puños amenazadores en alto, insultos entremezclados con voces a coro que gritaban: «¡Traidores, traidores! ¡Viva Balboa, viva Balboa!».

Algunos infantes desenvainaron y el enfrentamiento parecía inevitable. Pero el jerezano levantó su brazo derecho para solicitar silencio.

—¡Calma! ¡Os pido calma a todos! Tiempo habrá de solucionar con las espadas esta injusticia, si el Gobernador y sus secuaces insisten en mantener la tropelía. Asistiré al juicio para defenderme con la fuerza de la razón y el derecho que me asiste. Manteneos vigilantes porque tal vez precise de vuestra ayuda si la traición se consuma; entonces seré el primero en empuñar las armas contra los advenedizos y segar de raíz sus ambiciones. Nadie mejor que yo sabe obedecer las órdenes de nuestra señora la Reina. Volved a vuestras ocupaciones y permaneced alerta. Ahora, teniente general, exijo que me acompañen mis capitanes.

—No hay inconveniente, Balboa, acudís a un juicio como acusado con todas las garantías para vuestra defensa. No he venido a prender a ningún condenado.

El descubridor del nuevo océano regresó al bohío para cambiarse de ropa y presentarse ante el tribunal con sus mejores armas, la coraza pulida y el mismo morrión emplumado que llevaba el día de San Miguel frente a la Mar del Sur. Mientras se colocaba unas calzas limpias reparó en Hernando.

—Vete con tu guarnición, muchacho. Aún no ha llegado tu hora para elegir libremente el bando con el que quieras combatir. Espero, por tu bien y el mío, que ese momento no llegue nunca. Eres un soldado del Gobernador y a él debes obediencia.

Pedrarias presidía el tribunal del que formaban parte el alcalde mayor de La Antigua, Gaspar de Espinosa, fray Quevedo, que desde el comienzo actuó como defensor, el contador Diego Márquez y el factor Tavira. Balboa escuchó en silencio la prolija relación de cargos contra él, así como las declaraciones de testigos, reunidas por el propio Gobernador e instigadas por Enciso, que acusaban al explorador del Darién de promover la muerte de Diego de Nicuesa y expoliar al propio Enciso de una cantidad no menor de tres mil castellanos de oro.

Cuando le llegó el turno de réplica, Balboa se limitó a decir que todas aquellas acusaciones eran falsas y estaban urdidas por el cosmógrafo venido a alguacil mayor de la plaza, Fernández de Enciso, y que su defensa estaría a cargo de las cartas reales que en breve aportaría su emisario Arbolancha. Sostuvo Balboa que confiaba en la auténtica justicia del Rey, que no era a la que estaba sometido en esos momentos, dictada por la envidia y la ambición. Como adujo días antes, no acataría sentencia alguna hasta tener noticias de España. Fue entonces Pedrarias el que habló por boca del contador Diego Márquez.

—Señor Núñez de Balboa, seguís empecinado en no acatar la justicia aquí representada por vuestro Gobernador don Pedro Arias y las recomendaciones reales que bien conocéis. Os aferráis a una vana esperanza de que vuestras arbitrariedades y delitos no se hayan reconocido en España, y hasta soñáis con ser recompensado. Todo es una burda farsa para dilatar el reconocimiento de vuestro superior, el Gobernador, y no poneros a sus órdenes con el infame propósito de proseguir por vuestra cuenta y provecho la conquista, en total desacuerdo con las capitulaciones reales. Eso, señor Núñez de Balboa, se llama traición. Y yo solicito que vuestros bienes sean enajenados a favor del bachiller don Fernández de Enciso, al que habéis maltratado en su hacienda y honor, y que seáis conducido a España, donde Sus Majestades decidirán el castigo apropiado a vuestra felonía.

—¡Os tragaréis esas palabras con vuestra propia sangre, leguleyo cabrón! —gritó Argüello, desnudando la espada y haciendo amago de atacar al contador. Fue entonces cuando estalló la voz tronante de Pedrarias con su peor gesto furioso.

—¿Qué ocurre aquí? ¿Desde cuándo una audiencia de Su Majestad se convierte en una pendencia de taberna? No voy a consentir que frases de matones de burdel queden impunes. Capitán, retirad ahora mismo los insultos y ofensas al señor Márquez o daos preso hasta que un juicio militar castigue vuestra insubordinación. Y a fe mía que el castigo será ejemplar.

—¡Caballeros! —interrumpió fray Quevedo para disgusto del Gobernador—. Estamos aquí para dirimir sobre importantes cargos que pesan sobre el capitán Balboa y su honra, no para convertir esta audiencia en un campo de torneo en el que solventar antiguas rencillas personales. Vos, capitán Argüello, os habéis comportado como un rufián digno del peor castigo y no como un caballero de Castilla. En el nombre de Cristo os ordeno que os disculpéis ante el contador Márquez y pidáis perdón a este tribunal, al que habéis ofendido con vuestra lengua soez y actitud altanera. Razón tiene su excelencia el Gobernador en castigaros. En cuanto a vos, señor contador, ¿no creéis, acaso, que vais muy deprisa en vuestras graves acusaciones? ¿No merece el capitán Balboa que sean tenidos en cuenta sus grandes méritos en estas tierras? A él debemos el descubrimiento de una nueva mar océana que agranda las tierras de España, la conquista y pacificación de este inhóspito territorio, donde nuestros enemigos son la selva y las fiebres, pero no indígenas antaño montaraces y que ahora conviven con nosotros convertidos a la fe de Jesucristo.

Murmullos de aprobación y otros de contrariedad se extendieron por la estancia.

—El capitán Balboa —prosiguió el obispo— nos solicita paciencia hasta que lleguen las nuevas en respuesta a la petición cursada a Sus Majestades. ¿No merece ese favor quien tan bien ha servido a Dios y a Castilla? La carta de los Reyes, sea cual sea su decisión, pondrá fin a esta pendencia. Si Balboa es enviado ahora a España, como solicita el contador, me temo que utilice sus influencias y su fama para reclamar lo que considera como propio, ello eternizará el problema aquí, en el Darién, y nos distraerá a todos de las responsabilidades que hemos adquirido para con nuestra Iglesia Católica y Sus Majestades de conquistar y cristianizar estas tierras de paganos. Solicito que la causa quede en suspenso hasta que el señor Arbolancha aporte la decisión definitiva de la Corona.

El alcalde Espinosa cuchicheó unos minutos con Pedrarias mientras los asistentes permanecían en silencio y el bravucón capitán Argüello degollaba con la mirada al contador Márquez. Fernández de Oviedo, desde un escabel arrinconado, escribía con fruición lo que allí acaecía: nombres, diálogos y sus ocurrencias. Con parsimonia y artificial solemnidad, el alcalde de Santa María de la Antigua se dirigió a los allí congregados:

—En nombre de sus majestades los Reyes, doña Juana y don Fernando, y con la autoridad que representa este cabildo y el Gobernador del Darién y Veragua, don Pedro Arias Dávila, dictamos que el capitán don Vasco Núñez de Balboa restituya al bachiller y alguacil mayor de esta población, don Martín Fernández de Enciso, la cantidad de mil castellanos de oro de los que fue desposeído de forma ilegítima. Asimismo, nos parece de justicia la petición del capitán Balboa de esperar las nuevas que lleguen de España sobre la petición a Sus Majestades y por ello dejamos en suspenso la enajenación de sus bienes, así como la petición de condena en atención a las nobles y justas palabras de su reverencia fray Juan de Quevedo. Por decisión magnánima de nuestro Gobernador se autoriza al capitán Balboa a emprender una expedición a la región de Acla, como previamente lo había solicitado, en la búsqueda de un asentamiento donde pueda erigirse una nueva ciudad que sirva de cabildo y obispado a la gobernación de la nueva Castilla del Oro. El capitán Balboa debe someter tierras e indios de conquista al gobierno de don Pedro Arias y tener en la tropa expedicionaria a capitanes y soldados recién llegados a estas tierras. El capitán se someterá sin dilación o disputa a lo que hayan decidido Sus Majestades en respuesta a las peticiones que hizo llegar a España a través de su emisario el señor de Arbolancha. En cuanto al capitán Argüello, su desobediencia merece un castigo y, por ello, le obligamos a una disculpa al contador don Diego Márquez, que será pregonada por toda La Antigua y haciendas limítrofes. En consecuencia, el citado capitán Argüello es relevado de todo servicio y mando de armas por un período no inferior a los dos meses.

Todas las miradas se concentraron en Balboa, que había escuchado con un rictus de ironía las palabras del alcalde Espinosa. Con el gesto altivo y la mano apoyada en la empuñadura de la espada, el descubridor se dirigió al tribunal.

—Señorías, no tengo otro cometido en las Indias sino el servicio a Sus Majestades; la decisión de esta audiencia de enviarme a Acla es una honrosa misión que acepto para poner tierras y paganos bajo la jurisdicción de sus nuevos soberanos, los reyes de España, y la protección de nuestra Iglesia Católica, como siempre lo hice. Me honráis, señor don Pedro Arias, con la participación de vuestras tropas en esta nueva jornada. Pero os hago notar que soy yo y no otro el capitán de la expedición que me encomendáis y todos los hombres quedan bajo mi mando y a mis órdenes. En cuanto al capitán Argüello, tened mi disculpa como si fuera la suya propia y hacedla pregonar si así os place, pero si he de emprender una marcha de conquista y colonización sobre Acla, pido a su excelencia que no me prive de uno de los mejores guerreros y de los más fieles soldados de Castilla. Ninguno de nosotros tiene derecho a privarnos en la guerra de un brazo fuerte y un ánimo valiente. Pido a esta audiencia que levante el castigo al capitán Argüello y se le permita acompañarme a Acla. En cuanto a la decisión de Sus Majestades, confío de tal manera en su justicia que, si acaso decidieran para mi persona el peor de los castigos, juro por mi honor que yo mismo me encadenaré al barco que me devuelva a España. En cuanto al oro de Enciso, fue fruto del expolio y es de justicia que sea confiscado.

—Os agradezco vuestras palabras, Balboa —contestó Pedrarias—, mas yo soy en Castilla del Oro la voz, los ojos y el brazo ejecutor de la Reina. Seréis mi capitán en la jornada a Acla, pero seré yo el que decida cuándo y con quién partiréis. Hasta entonces, aguardad en vuestros aposentos y a vos os hago responsable de que el capitán Argüello no haga partidas a caballo ni capitanee instrucción militar alguna. Permaneced en calma y aguardad mis órdenes.

La reclusión encubierta de Balboa duró algunas semanas. El Gobernador la hubiese prolongado indefinidamente, como era su intención y temía el propio Vasco Núñez, de no ser por los acontecimientos que tuvieron lugar en La Antigua y que maltrataron al mismo Pedrarias.

La yuca, el maíz y el pan de cazabí, que servían los indígenas, dejaron de concurrir a la villa al poco de terminar el juicio. De este modo, los aborígenes leales a Balboa tomaban partido en· la disputa y se decantaban por el que consideraban su legítimo cacique blanco. Además de fidelidad a la buena administración del jerezano, los naturales de la nueva Castilla del Oro se rebelaban contra los frecuentes actos de rapiña y sadismo de los recién llegados mientras don Pedro Arias hacía oídos sordos a sus quejas, o azuzaba al exterminio, las violaciones y los robos. La labor de Balboa se desmoronaba como los taludes arenosos del Darién cuando acontecen aguaceros torrenciales.

El Gobernador contrajo fiebres, mas su espíritu castigador permaneció inmutable. Su alma se apiadó finalmente cuando tuvo conocimiento de que uno de los hidalgos aventureros que le acompañaban, al que tenía en mucho aprecio, murió hambriento, pobre y sin socorro en medio del lodazal callejero. Dio entonces la orden de tener buen cuidado en el trato con los indios para conseguir que reanudaran el abastecimiento.

En tal vorágine de desgracias y penurias Hernando de Soto se mantenía sano y vigorizaba su cuerpo día a día con los ejercicios de esgrima junto a la choza de Balboa, sin importarle los comentarios maliciosos que llegaban a su superior Gaspar de Morales, quien, sin embargo, veía en el joven a un extraordinario soldado para un futuro no lejano.

Con la lanza era superior al resto y como jinete destacaba por encima de los capitanes. ¿Por qué impedir que le educara Balboa si a fin de cuentas tan buena espada estaría al servicio de Pedrarias? El afecto se compra con dinero o halagos y así lo entendió Morales cuando le nombró oficial de lanceros del Gobernador.

Para entonces Hernando ya había perdido su condición de adolescente. Una barba rala cubría el rostro que aún conservaba rasgos aniñados, tenía los músculos fuertes, el ánimo firme y temple para el mando de la tropa. Mucho había avanzado en el manejo de la espada española y de la ropera de hoja fina y más ligera. Con interés y mayor deleite, Balboa enseñaba a su avispado paisano engaños de golpes certeros e inesperados, la parada con ataque girando sobre uno mismo para golpear el flanco desguarnecido; el uso simultáneo de espada y daga para contener la acometida de dos o más contrarios; el ataque en lo alto con la ropera para tocar el pecho tras un enérgico giro de la muñeca.

En los descansos, entre jadeos y sudor, Balboa repetía: «Olvídate de los bailes de salón y de las consejas que ha escrito un tal Moncino, que sólo sirven para reclamo de las damas. De la espada depende tu vida y cuando la pones en juego, la única regla que cuenta es golpear primero y con tal contundencia que el enemigo no tenga respuesta porque está derrotado o muerto».

No faltaban las galopadas para ensartar con la lanza los señuelos confeccionados con hojas secas de maizales o reventar desde la cabalgadura, con un solo y eficiente espadazo, unas calabazas dispuestas a modo de cabezas enemigas enhiestas sobre picas. El descubridor no disimulaba su asombro cuando contemplaba cabriolas, alardes y encabritados de la montura dirigida por Hernando, con sus rodillas prietas contra los costillares o el manejo de las riendas, suave y robusto a la vez, que llevaba al caballo al lugar y con el tranco deseado como si el animal obedeciera a una inaudible voz.

A veces, el entrenamiento era una diversión para la colonia y congregaba a ociosos, soldados veteranos y notables nostálgicos de las justas de la perdida España. De entre todos los curiosos, la presencia de la joven Isabel de Bobadilla, acompañada de su hermana Elvira, era la que estimulaba de forma especial a Hernando, que redoblaba sus esfuerzos para comprometer a Balboa en la lucha y le provocaba un cabalgar más ufano y altanero.

En todo este tiempo diversas partidas habían regresado del interior del Darién con el fracaso escrito en sus pendones, las manos casi vacías y una merma de soldados cuyos cuerpos habían quedado para siempre en la manigua. Luis Carrillo enfermó en el río de los Ánades y Enciso volvió corrido de la provincia de Cenu. Mas fue el fiasco de la expedición de Ayora a las regiones del Mar del Sur lo que propició que Pedrarias levantara las restricciones a Balboa.

Los viejos aliados del descubridor de la nueva mar océana,

los caciques Ponca, Comogre y Tubanamá, se habían alzado en armas contra los abusos de Pedrarias y sus soldados. Pero resultó que fue el jefe Pocorosa, digno rival al principio de Balboa y leal súbdito después, el que infligió la mayor humillación a las huestes del Gobernador. El que se hermanó con Balboa había sido hecho prisionero y torturado por Ayora con el propósito de que revelase dónde había tesoros escondidos y el emplazamiento de las mejores minas de oro. Antes de que pudiera escapar del cautiverio fue sometido a la aberrante visión de ver cómo algunos soldados forzaban a sus mujeres e hijas. Después de aquello no hubo razón ni causa que apaciguaran su ira. Tres desgraciados españoles cayeron en una emboscada indígena y Pocorosa los mató haciéndoles tragar oro fundido.

Pedrarias, ansioso de venganza, encargó a Balboa una nueva pacificación sin importarle los medios que se utilizaran para ello, con la aviesa esperanza de que el descubridor resultara muerto en la empresa. A la par, Gaspar de Morales y Francisco Pizarro comandarían una nueva partida al golfo de San Miguel para ampliar los descubrimientos en la Mar del Sur y explorar la ubicación de una nueva ciudad en el poniente del istmo. De Soto fue asignado a este último ejército; acató, entonces, la orden con disciplina y mucho pesar, porque esperaba la oportunidad de combatir al lado de su maestro Balboa y demostrar ante enemigos de carne y hueso que además de alumno aventajado era un soldado decidido y valiente.

Los días anteriores a la marcha fueron momentos de gran tribulación en Santa María de la Antigua. Por toda la villa corrieron rumores de que Pedrarias pensaba volverse a España.

La decepción por las escasas riquezas encontradas, el clima insano, las tropas diezmadas por las enfermedades, indígenas montaraces y un grupo de españoles decididos a regresar a la Hispaniola eran situaciones suficientes para quebrar la resistencia de cualquier humano, pero ¿acaso era humano Pedrarias? Cuando los bulos llegaron a sus oídos, hizo pregonar su decisión de permanecer en el Darién y la promesa a quienes le secundaran de que habría oro suficiente para que cada cual pudiera comprarse el pueblo o la comarca que los vio nacer. Quien prometía tales tesoros rubricaba la llamada con la siguiente frase:

«Don Pedro Arias no teme a nada, ya murió y a la misma muerte venció».

La arenga no hizo desistir a un numeroso grupo, entre el que se hallaba Bernal Díaz del Castillo, de regresar a las Antillas en una carabela que estaba aparejada y dispuesta. Momentos antes de zarpar el ánimo de Hernando titubeó cuando se despidió de Bernal, con quien había trabado una amistad sincera. El joven lamentaba perder a un consejero prudente, de espíritu tan libre como justo y de profundos principios, algo de enorme valor cuando se acometen empresas repletas de traiciones y envidias.

—No son buenas las referencias que tengo del Gobernador de Cuba —le dijo Bernal—, pero no está poseído por la locura de Pedrarias y no pone excesivos reparos a que haya partidas de conquista a la Tierra Firme, al norte de Castilla del Oro. Me he propuesto llegar a Cipango y esa ruta no está en este pantanal donde estamos sumergidos. Si quieres probar fortuna, ven conmigo, De Soto; aquí te espera una tragedia difícil de predecir. De los mil quinientos que desembarcamos un tercio no podrá rezar en la próxima Natividad y otros muchos no llegarán a la Cuaresma. La vida cerca de Pedrarias es un veloz camino hacia la muerte.

—Te deseo mucha suerte, Bernal, pero me quedo. No merecería estar aquí, ni en ningún lugar de las Indias, o pensar en grandes empresas, si no aprendo de las dificultades, consigo vencerlas y llego a entender lo más oscuro que encierra el alma de los hombres. La gloria no se alcanza sin batalla y allá donde vayamos no encontraremos los senderos alfombrados ni obsequiosos aborígenes con oro y mujeres. Nuestro destino está marcado y éste es un lugar como cualquier otro para luchar o morir.

—Cuídate, muchacho. ¡Deseo que estas tierras encierren la fortuna que buscas! Confío en que algún día me lleguen tus hazañas y tu nombre sea aclamado como el de un hombre justo y un capitán fiel con sus hombres y leal a su Rey.

Cuando el navío fue sepultado por el horizonte, De Soto se volvió hacia la inmensa selva que le esperaba y por la que sentía una atracción irrefrenable. Sentirse empequeñecido ante ese océano de verdor no hacía sino estimular el ánimo para conseguir la heroicidad de someterlo.

Cada día que pasaba, Hernando se sentía más prisionero de tan maravillosa vegetación. Las ceibas como torreones de la mejor atarazana de Castilla, helechos que eran por sí mismos un bosque, el palo colorado serpenteando entre robles que parecían columnas de una catedral, las serviciales palmas, cocoteros y pambiles, fuente de alimento, agua y recias varas para las lanzas; árboles que daban frutos de sabor empalagoso y embriagador: mamey, guanábana, guayaba; muchos otros repletos de flores tan desconocidas y hermosas que serían las reinas del mejor jardín de Andalucía o Italia. Todo ello lo guardaba la selva retadora con la maraña de lianas y raíces, escondrijo de alimañas, serpientes y voraces mosquitos, con el tupido follaje y los matorrales que resultaban el mejor parapeto de tigres e indios flecheros. No existe mejor enemigo para el más dispuesto de los soldados. El campo de batalla que tenía enamorado y ansioso a Hernando de Soto.

El regimiento abandonó La Antigua por el norte en dirección a poniente, con la vista puesta en la alta sierra que les cerraba el paso a menos de ocho leguas, más espesa que la jungla por la que se adentraban los doscientos hombres conducidos por Gaspar de Morales y Pizarro. Caminaban en hilera con los flancos protegidos por guías indígenas acompañados de infantes.

Nueve meses después de su llegada a las Indias, Hernando formaba parte de una jornada de conquista y exploración. Iba tranquilo, seguro de sí y confiado en su destreza con las armas, arropado por la compañía de nuevos amigos como Pizarro, Ponce de León y Francisco Compañón y de los antiguos Benalcázar y Almagro.

Al segundo día de marcha, casi todos los hombres se habían desprendido de las corazas y los yelmos, donde sus cuerpos parecían cocerse en crudo por el calor y la humedad. De Soto, como sería su costumbre, anudaba en torno a la frente un pañuelo y, desprovisto de peto, vestía un jubón acolchado y altas botas que se llenaban de agua al cruzar interminables paúles, de tal modo que el joven teniente de lanceros tenía la sensación de caminar sobre una interminable poza. Hasta entonces, las únicas misiones en las que había participado fueron partidas de centinela por los alrededores de La Antigua.

Las penalidades de todos ellos durante la travesía de la selva se les antojaron un paseo en día de patrono al compararlo con la ascensión de la empinada y enmarañada serranía.

Las fuerzas flaqueaban empujando los carros de bastimentos en una tarea propia de Sísifo; durante horas de redoblado esfuerzo apenas se avanzaba unos metros y, a menudo, las maromas de esparto y bejuco cedían, saltaban los calzos y el carromato se deslizaba por la pendiente hasta que encontraba en su camino un tronco o poderosas raíces de ceiba que detenían su imparable retroceso. Se reanudaba la tarea con la ayuda de las mulas entre el sofoco, la lluvia pertinaz y los voraces mosquitos.

Otras veces, eran soldados los que se escurrían por barranqueras acabando con sus huesos molidos metros abajo e incapaces de reanudar la marcha si no era con ayuda de varios hombres.

La subida no parecía tener fin. El impenetrable dosel arbóreo encerraba a los españoles en una lúgubre prisión de verdor donde apenas divisaban espacios de cielo por encima de sus cabezas y una infinita pendiente lodosa y llena de hojarasca se alzaba frente a ellos. Cuando la expedición alcanzó la cima, la mayoría de los hombres estaban exhaustos pero enardecidos por el logro.

El descenso fue aún peor y se perdieron tres vidas. Dos arcabuceros fueron aplastados por las ruedas de un carro que se despeñó y un tercer infante pereció ahogado en uno de los torrentes que desaguaban en la Mar del Sur, cuando perdió pie en un resbaladizo árbol que servía de puente y fue arrastrado por las aguas sin que nadie pudiera socorrerle.

Cuando alcanzaron el llano, igual de espeso y emboscado que la sierra, siguieron el rastro de sangre y tropelías cometidas por la partida de Francisco Becerra, que había abandonado La Antigua varias semanas antes con ciento cincuenta hombres en dirección a la región del Dabaibé.

Al poco dieron con el tal Becerra, que alumbró la ambición de los soldados cuando les mostró la larga cuerda de indios que llevaba para vender como esclavos en La Antigua y habló de una importante cantidad de oro que llevaba en las alforjas, pero que no enseñó a nadie. Refirió algo más que hizo enarcar las cejas del habitualmente inexpresivo Pizarro. El cruel y rudo capitán dijo haber oído a los indios hablar de una tierra repleta de oro y riquezas al sur de la mar océana, a la que llamaban Birú. Becerra prosiguió el camino de vuelta con su botín después de dejar al cuidado de Morales unos cuantos guías indígenas e imprecisos comentarios sobre los filones de oro.

El golfo de San Miguel era más hermoso y amplio de como se lo había imaginado De Soto mientras escuchaba a Balboa. Por el norte, unas amplias marismas empantanaban las aguas de tres pequeños ríos. Al sur, la corriente del Tuira se hundía en las pacíficas aguas formando pequeños remolinos espumosos. Dos picachos escoltaban la entrada a la boca de la gran ensenada como vigías eternos colocados por la naturaleza para su defensa.

114 Una bruma evanescente se fue disipando a lo largo del día y los últimos rayos del sol poniente dibujaron a lo lejos, a la diestra de los expedicionarios, las siluetas del archipiélago de las Perlas. La mayor de las islas llamada Tararequi, con seis leguas de norte a sur y la mitad de oriente a poniente, era el objetivo inmediato de Gaspar y Pizarro, pues era su propósito llegarse a una tierra de la Mar del Sur que no pudo hollar Balboa durante su descubrimiento.

Los indios cercanos eran de natural pacífico, como ya conocía Pizarro, quien trató con el cacique Tutibra, del que obtuvo alojamiento y ayuda para llegar al archipiélago cercano.

La tribu se ubicaba por encima de las marismas septentrionales del golfo de San Miguel y eran sus ocupaciones la pesquería, el cultivo de maizales y las plantaciones de yuca. Tutibra disponía solamente de cuatro grandes canoas, puestas al servicio de los españoles, que resultaban insuficientes para toda la expedición. Se dispuso que una parte del regimiento quedara en Tierra Firme, al mando de un sobrino de Pedrarias, de la familia Peñalosa, mientras se eligieron ochenta hombres entre arcabuceros, ballesteros, infantes y lanceros para la misión en la isla.

Tres lebreles fueron embarcados y otros tantos se quedaron con el retén. De Soto subió a la primera barca bajo la capitanía de Gaspar de Morales, y se acomodó en la popa junto a los hombres bajo su mando con las picas enhiestas como estandartes desnudos. Ponce de León y Benalcázar acompañaron a Pizarro en la segunda canoa. Compañón tuvo acomodo en la tercera y Almagro permaneció en tierra cuidando las espaldas del bisoño y atemorizado Peñalosa.

La travesía de cuatro leguas y media se demoró más de lo necesario porque las remansadas aguas que se mecían en las arenas del golfo se tornaron furiosas en la alta mar y el oleaje amenazaba con hacer zozobrar las rudimentarias embarcaciones, que no eran sino un tronco de árbol convenientemente ahuecado y combado en su exterior para facilitar la navegación.

Después de incontables sobresaltos y rezos musitados por los soldados, que no sabían nadar, las cuatro canoas quedaron varadas en un arenal desierto flanqueado por dos riachuelos. Desde el interior del bosque llegaban sonidos de tambores y otros como de chirimías que alertaron a los primeros en saltar a tierra.

Cuando todas las tropas habían desembarcado, se dispuso su marcha hacia el interior. Un legua adentro de la espesura un numeroso grupo de mujeres medio desnudas se movían acompasadamente, en lo que se antojaba un baile ritual, rodeadas de indígenas adornados con penachos y enarbolando venablos de cañas afiladas. La visión de las mujeres contoneándose enloqueció a una veintena de soldados, que rompieron la formación para abalanzarse sobre la reunión animándose entre ellos con el grito: «¡Nuestro botín, éste es nuestro botín, compañeros!», que se mezcló al poco con los chillidos de las mujeres y el vocerío de los indígenas que hicieron frente a los exaltados. Se soltaron los lebreles, apuntaron los arcabuceros y se desenvainaron las espadas.

La lucha se trabó sin ningún orden, los paganos demostraban un gran coraje y no parecía importarles caer bajo las dentelladas, atravesados por las postas de arcabuz o cercenados por los aceros. Unos se retiraban al interior para retornar a la batalla con más brío y en compañía de más paisanos. Otros, con las cañas rotas y el pecho ensartado, agarraban y mordían con sus últimas fuerzas a su homicida.

Hasta cuatro veces acometieron a los españoles bajo el mando de su cacique Toé, que se rindió cuando estuvo rodeado de heridos y cadáveres, con sus muslos desgarrados por las fauces de un lebrel de pelaje tan negro como sus intenciones. Hernando había alanceado a dos indígenas y degollado a un tercero. Al volver el sosiego, en medio de quejidos, el joven jerezano vio a Compañón con una herida en el brazo, a Benalcázar sin resuello pero ileso, a Pizarro firme con la espada tintada en sangre y a Gaspar de Morales vociferando de manera cobarde tras el parapeto de tres infantes.

El jefe Toé entendió que la resistencia a los invasores resultaba estéril. Los guías aumentaron su tormento cuando a voz en grito explicaron que aquellos barbudos de piel clara no dudarían en exterminarlos si no se avenían a un tratado y todos hacían gala de amistad con sus conquistadores. Toé era fiero, pero leal a su pueblo y a su palabra. Cuando se inclinó ante Morales y Pizarro, sellaba una paz verdadera y magnánima. Sus enfurecidos guerreros se transformaron en dóciles servidores que acomodaron y atendieron a los invasores en el poblado como a sus propios dioses. Pero el cacique de la mayor isla de las Perlas reservaba una sorpresa como prueba de su bondad y munificencia.

Los dos comandantes fueron agasajados por Toé en su propia cabaña, en una ceremonia en la que se comió cazabí, maíz tostado y pescados asados. Pizarro y Morales estaban acompañados por otros cinco oficiales españoles, entre ellos Benalcázar como veterano y De Soto por decisión del trujillano.

Vencido el apetito, los soldados gozaron de antemano de las pacientes indígenas que el cacique les había asignado a cada uno, en espera del momento de gozosa coyunda. El experimentado cordobés Benalcázar se relamía pensando en el momento de penetrar el cuerpo juvenil y aceituno que le había correspondido; Morales declinó el ofrecimiento con excusas que molestaron al cacique Toé y De Soto notaba la creciente excitación entre las piernas. Sin embargo, la libido hubo de esperar, porque los siete soldados no tuvieron otros ojos que para los dos canastos repletos de perlas que el jefe colocó ante ellos.

El asombro de los españoles no pasó desapercibido para el anfitrión, que se hizo entender y explicó a los allí reunidos.

—Si lo que buscáis con tanto celo son estas perlas, las hay más abundantes y exquisitas en las tierras del sur, en los reinos del Birú, los que están bajo el mando de un soberano poderoso como las mareas y tan grande como el mismo Sol que nos alumbra. Pueblos enteros le veneran y sus poblados son tan grandes como bosques.

Todos se concentraron en una perla de extraordinario tamaño, en forma de pera, que sopesó Morales y calculó en no menos de treinta quilates. La irisación a la luz de las antorchas abrió las pupilas de los conquistadores hasta hipnotizarlos.

Supieron al momento que era una pieza única, digna del más grande de los reyes, «de muy lindo color, lustre y hechura» escribiría de ella Fernández de Oviedo cuando le fue ofrecida a Pedrarias por su sobrino Gaspar. Su pureza y hermosura vencerían el tiempo en una eterna peregrinación de corte en corte y de manos regias a collares reales. Hubieron de conformarse los siete huéspedes con las otras piezas. Hernando guardó con mimo el puñado que le correspondió, como merecía la primera recompensa en las Indias.

Guerra, fortuna y sexo gratificaron su alma aquella noche templada en la isla de Tararequi. Se consideraba invencible y a la altura de Balboa, capaz para combatir a cualquier enemigo o denunciar injusticias. Tardaría pocas horas en demostrarlo.

Todas las tropas fueron convocadas a la mañana siguiente al arenal de desembarco. Gaspar de Morales enarboló el pendón de Castilla y desde la orilla tomó posesión de la Mar del Sur: «Desde las costas de esta isla que llamo desde ahora de Las Flores, en nombre de sus majestades doña Juana y don Fernando por la autoridad conferida a su Gobernador del Darién y Veragua, don Pedro Arias Dávila».

Pizarro guardó silencio como la mayoría de los soldados, pese a que un murmullo de sorpresa recorrió la compañía durante la ceremonia del redescubrimiento.

A buen seguro que el trujillano estaba al corriente de la maquinación urdida por Pedrarias y plasmada por su sobrino para dar constancia legal a la subordinación de Balboa a los manda-

117

tos del Gobernador. El tiempo y la historia serían testigos de que la cautela hizo de Pizarro un hombre heroico y famoso.

Hernando de Soto, enardecido por las recientes experiencias y con la sinceridad osada de la juventud, no quiso permanecer callado, aunque aguardó a que Gaspar de Morales reuniera a los oficiales y tenientes como testigos del acta de la nueva conquista de la Mar del Sur para espetar al comandante:

—No es de justicia, mi señor capitán De Morales, que usurpéis la gloria y el nombre de quien descubrió esta mar océana. Vasco Núñez de Balboa ha grabado su nombre en la historia, su valor y su servicio a Castilla no merecen tal trato ni este amago de traición. Ésta es mi opinión y así la hago pública como hidalgo y hombre libre.

El sobrino de Pedrarias sonrió de forma irónica y no pareció incomodarse con las palabras del joven lancero por quien tenía favor; además el arrebato de Hernando no encontró eco en ninguno de los presentes. Fue Pizarro, sin embargo, el que reconvino a su paisano.

—El comentario te honra, mi joven De Soto, y he de decírtelo yo, que antes estuve en esta mar con Balboa y he servido a sus órdenes. Mas como buen soldado que soy conozco que la política y los intereses de cada cual poco tienen que ver con la nobleza. Tú y yo estamos aquí para servir a nuestro señor, el Rey. Su voz y representante en esta tierra es ahora el Gobernador don Pedro, a él le debemos obediencia y acatamiento. Aún eres joven e impaciente, pero aprenderás que los señores mudan con más frecuencia que la fortuna.

Lo paradisíaco del lugar y la hospitalidad de Toé instalaron en el regimiento la molicie y una fatídica apatía invadió a las tropas, cuya ocupación era el juego de dados, la seducción de las indígenas y la espera, todos los atardeceres, de las canoas en las que regresaban los buscadores de perlas.

Gaspar de Morales era cómplice de la situación mientras su botín iba en aumento y se llenaban las bolsas de cada uno de los soldados. Después de meses, Pedrarias podía sentirse reconfortado por una expedición gananciosa.

El regreso a la Tierra Firme no resultó tan cómodo y apetecible como fue la estancia en el archipiélago. No había rastro de Peñalosa y en las rancherías próximas al lugar del desembarco había huellas de lucha y desmanes. El sobrino del Gobernador emprendió una conquista por los alrededores del golfo de San Miguel con el fuego y la espada como política. La mayoría de las tribus se concitaron en torno al cacique Chuchama para hacer frente a los desmanes, según le hicieron saber a Gaspar de Morales algunos guías indígenas.

Un millar de aborígenes alborotados estaban concentrados en el occidente del golfo dispuestos para el ataque. Intervino entonces Pizarro con un plan para obtener ventaja de la situación. Varios guías indígenas simulados de emisarios de Chuchama reclamarían una reunión de todos los caciques montaraces en un lugar adecuado para una emboscada; entretanto el mismo Pizarro atacaría la aldea del jefe de los sublevados.

El asalto al poblado de Chuchama fue la primera vez que Hernando de Soto entró en combate con la espada en la mano. Bajo su mando se colocaron media docena de arcabuceros y quince lanceros. La batalla se prolongó durante dos horas y dejó tras ella doscientos muertos entre los indígenas y cinco en las filas españolas alcanzados por flechas emponzoñadas.

Hernando se batió con brío y se apercibió de una pequeña herida en su ceja derecha solamente cuando terminó el combate. El auténtico dolor lo sintió en lo más profundo cuando contempló, a su regreso al campamento de Gaspar de Morales, la macabra danza oscilante de los caciques que cayeron en la emboscada colgados de los árboles. No comprendía por entonces que la crueldad responde a un fin, sea el de procurar miedo o vasallaje; él la contemplaba únicamente como respuesta caballerosa a un combate singular donde el perdedor debe pagar con su propia vida el malogrado desafío.

Pero ni el castigo de Morales ni la celada de Pizarro calmaron a los aborígenes. Muy al contrario, se reorganizaron en la densa arboleda del Darién para hostigar a los castellanos en su viaje de retorno a La Antigua.

Los males se sucedieron desde el primer día del tornaviaje. Al sofoco en el interior de la manigua se sumaba el temor a perecer por un dardo envenenado, que era disparado en cualquier instante y desde cualquier lugar de aquella tupida red de troncos, ramas, raíces y plantas ciclópeas. La mínima cautela aconsejó que los soldados llevasen coraza y yelmo. Hasta Hernando se enfundó el peto y una celada borgoñota que le bañaban en su propio sudor; ni siquiera el aguacero de todos los atardeceres, inmisericorde y puntual, aliviaba las penalidades.

Después de una semana de marcha, uno de los soldados se había quitado la vida, acaso porque la tensión alteró sus nervios hasta la locura o porque su fatalismo le aconsejó quitarse de en medio antes que los demás, a los que vio irremisiblemente perdidos en la selva, torturados por los indígenas o víctimas de las fieras. Cuando se lo encontraron recostado placenteramente sobre un árbol, con la daga clavada en el corazón, algunos hubieran seguido su rápido camino al más allá si supieran lo que les esperaba en los pantanales que hubieron de cruzar en los días siguientes.

Un arcabucero, que escoltaba al regimiento por el flanco oeste, fue la primera víctima de las bestias. La columna avanzaba con el agua hasta la cintura en medio de un silencio pavoroso, ni un eco de los aullidos pertinaces de los monos, ni un aleteo de las aves. El leve chapoteo de las tropas se tornó repentinamente en un torbellino cuando el gran lagarto atrapó al desdichado entre sus fauces monstruosas arrastrándole hasta el fondo en medio de un remolino de fango y sangre. De nada sirvieron los espadazos y lanzadas de sus compañeros a las aguas revueltas de las que emergieron cordilleras escamadas bajo las que se ocultaban los peores hijos que engendró Satanás prestos a un banquete de cristianos. Las tropas buscaron refugio en una isleta rodeada de manglares, mientras los lanceros atravesaban a varios reptiles que sirvieron de distracción y comida para sus congéneres.

Dos días después la expedición de Morales abandonó la ciénaga dejando tras de sí diez cruces, una por cada hombre que pereció víctimas de los lagartos, de las traicioneras flechas envenenadas y de las delgadas serpientes que se confunden con una rama seca pero cuya mordedura te confiaba la vida en menos de tres horas.

120

La tierra del cacique Careta, amigo y aliado de Balboa, resultó un bálsamo para todos y acabó con la persecución de los vengativos indígenas de la región del golfo de San Miguel.

Excitado por el venturoso fin de la aventura, la fortuna en perlas, el oro que llevaba consigo y el acta del redescubrimiento de la Mar del Sur, Gaspar de Morales se sintió invadido por la generosidad para recompensar a los supervivientes con honores militares y una parte del tesoro. Así Pizarro fue reconocido como general y Hernando de Soto como capitán de lanceros. Los abrazos de Benalcázar y Compañón estimularon el orgullo del joven oficial, pero fue la austera felicitación del veterano de Trujillo la que se grabó en su corazón: «A partir de ahora —le dijo Pizarro— este mundo te pertenece, Hernando. Será tuyo si eres leal a los jefes que te honran y conservas tu valentía y honradez. Te quedan muchas batallas que librar y aún más traiciones que descubrir. Si alguna vez requiero a hombres fieles que me secunden en cualquier loca aventura, me gustará tenerte a mi lado».

V

La infamia de Acla

$\mathcal{H}$ernando de Soto crecía en mando y sagacidad, de la misma manera que aumentaban sus riquezas como producto de las expediciones en las que participó a lo largo del seco invierno y la no menos árida primavera por las costas del mar de los Caribes y los arenales del Mar del Sur.

La graduación de capitán de lanceros le llevó al entorno del mismo Gobernador, quien, pese a la juventud del soldado, le otorgó una encomienda en la región septentrional, vecina a otra que poseía su buen amigo Benalcázar. La fortuna estaba de su parte, pero nunca se sintió cómodo durante los cortos períodos de tiempo que pasaba en sus dominios.

Llevaba meses sin tener contacto con Balboa, del que tenía escasas nuevas sobre sus peripecias en la costa norte del istmo. El Adelantado rehuía la cercanía de Pedrarias, temeroso de sus continuas argucias y contrariado por la acción de Morales en el archipiélago de las Perlas. Se decía que la tardanza de noticias desde España había agriado su carácter e, incluso, tenía un comportamiento despótico con sus hombres. Era cierto lo primero mas no lo segundo, que eran bulos propalados por fieles del Gobernador.

En estos correveidiles andaba la colonia cuando en el mes de abril de 1515 arribó a Santa María de la Antigua una flotilla de naves españolas con Pedro de Arbolancha entre el pasaje. Un año y medio después de la partida regresaba el leal consejero de Vasco Núñez con las capitulaciones reales, firmadas por el rey don Fernando como regente de Castilla, por las que se otorgaban a Balboa los títulos de Adelantado de la Mar del Sur, Gobernador y capitán general de las provincias de Coiba y Panamá. El señorío de Pedrarias sobre Castilla del Oro quedaba roto y la persona a la que quiso empobrecer y encarcelar era ahora su igual en aquella tierra, con su mismo poder emanado de la voluntad real.

Pedrarias creyó enloquecer cuando leyó los documentos y a punto estuvo de quemarlos si no llegan a interponerse el obispo Quevedo, Arbolancha y el mismo teniente general Ayora, quienes no tuvieron reparos en calificar tal despropósito como traición a Sus Majestades. Empero, el Gobernador, con el decidido apoyo del rencoroso Enciso y del tesorero De la Puente, intentó una última estratagema para dilatar la entrega del mando al jerezano. Los tres convinieron que debían incautarse las capitulaciones reales hasta que se celebrara el juicio contra Balboa por su trato a Nicuesa, que había sido suspendido a la espera de Arbolancha. La oposición del obispo fue contundente.

—Excelencia —dijo fray Juan de Quevedo—, la decisión del Rey no deja lugar a dudas sobre la recompensa que merece Balboa. Es decisión real la de dividir el gobierno de Castilla del Oro y nosotros, sus súbditos, no podemos sino acatar su voluntad. Si os mantenéis firmes en incomodar al nuevo Adelantado y negarle su derecho, nadie podrá evitar un conflicto civil que teñirá de sangre española toda esta tierra y que beneficiará a los indígenas. Toda nuestra tarea de establecer nuevos reinos para Castilla y cristianizar a los paganos idólatras como manda nuestra madre iglesia será un fracaso y debe ser considerado una traición, que yo mismo denunciaré, si fuera necesario. Yo os ruego, ¡os exijo!, don Pedro, que firméis para siempre la paz con Balboa. Os lo demando en el nombre de Jesucristo y de Sus Majestades. Si no lo hacéis de este modo sólo vos seréis el responsable de la tragedia que tenga lugar.

—Acepto lo que decís, reverencia —contestó con desgana Pedrarias—, si Balboa se aviene a un pacto para trazar la demarcación exacta de cada una de nuestras gobernaciones y me concede la plena jurisdicción sobre la Mar del Sur y los ulteriores descubrimientos en sus aguas e islas.

—Me comprometo, don Pedro, a mediar entre ambos cuando Balboa tome posesión de sus cargos y defender vuestras peticiones. Ahora, sin tardanza, comunicad al Adelantado las nuevas recién llegadas y agasajadle como conviene a su rango. Con ello demostraréis que no le tenéis resentimiento y que la concordia es vuestro mayor deseo. La generosidad es una virtud de los fuertes.

Grandes festejos se organizaron en La Antigua durante los días que Pedrarias y Balboa trataron sobre la futura política en Castilla del Oro. El Adelantado era un hombre inmensamente feliz, había recobrado la sonrisa y se mostraba cortés con todo aquel que se acercaba a felicitarle por sus nombramientos o le solicitaba un favor. Su personalidad seductora había alcanzado el corazón de Isabel de Bobadilla, la esposa del Gobernador Pedrarias, que se convirtió en una inesperada aliada de su causa para disgusto de su marido. Con ello, doña Isabel pretendía mantener la paz entre ambos y evitar en su esposo males mayores, porque era mucho y muy agudo el talento de la señora de Bobadilla para los asuntos de Estado.

Cuando estas noticias le llegaron a Hernando de Soto, se dirigió de inmediato a La Antigua para rendir honores a su maestro y regocijarse con él por el reconocimiento dado a su empresa y a su dignidad.

Vasco Núñez miró con curiosidad a Hernando y le costó reconocer en el joven animoso con el que se medía a espada no hacía mucho tiempo a este capitán de lanceros, de barba ya tupida, con el porte de un soldado curtido en batallas a vida o muerte.

El Adelantado se sentía orgulloso de su paisano y por momentos creyó verse reflejado en él unos años atrás, cuando se abría paso en las Indias de los primeros exploradores con sus únicos aliados: la astucia y su espada. Para los tiempos que se avecinaban conforme a los planes que se había trazado Balboa, un hombre como De Soto sería de primordial valor en sus filas, pero el jerezano amaba por encima de todas las cosas la libertad de cada cual para elegir su destino y bien sabía que el de Hernando de Soto no estaba mezclado a su vida, porque quien de forma tan decidida se había habituado al nuevo mundo y a su conquista reclamaba para sí mismo la gloria personal.

Después de Bartolomé Colón, a Balboa le cabía el gran honor de ser el segundo Adelantado de las Indias, pero intuía que el paso del tiempo añadiría a esta lista el de Hernando de Soto y así se lo hizo saber cuando el muchacho pidió enrolarse en sus huestes.

—Mi querido Hernando —le dijo Balboa de modo paternalista—, mi obra comienza ahora y sería el más necio del mundo si no quisiera entre mis hombres a un soldado como tú, pero traicionaría el gran afecto que te tengo y pecaría de egoísmo si no dejara que se cumpliera tu propio destino en esta tierra, que estoy convencido será recordado por los hombres y la historia. Dios nos ha colocado ante un mundo nuevo y tan grandioso que se necesitan muchos y nobles capitanes para explorarlo y someterlo a la fe verdadera. Tú, Hernando, ya estás dispuesto y perteneces a esa raza de hombres que requiere esta tierra, llamado a grandes hazañas porque queda demasiado por descubrir, cordilleras que escalar, selvas que atravesar, mares para navegar, riquezas por encontrar y pueblos enteros que doblegar. Los mejores, y tú estás entre ellos, siempre seremos menos que los aprovechados. Pero estamos llamados a ser adelantados a los demás en el nombre de Nuestro Señor Jesucristo y del Rey. Nos debemos a ellos y a nuestra honra. Te auguro un futuro glorioso porque eres valiente y honrado y sabrás encontrar tu propio camino.

—Excelencia —contestó De Soto—, me queda mucho por aprender y no deseo otra cosa sino ejercitarme a vuestro lado y compartir vuestras empresas. Nuestro rey don Fernando os ha distinguido con el reconocimiento que merecéis de ser el primero entre nosotros y yo quiero demostrar mi lealtad a Su Majestad a vuestro lado. Aún tenéis mucho que enseñarme con la espada y aún más sobre la política.

—Tu lealtad está más que probada, Hernando, como leal ha sido Francisco Pizarro, que ha optado por permanecer junto a Pedrarias. No se lo recrimino porque sus aspiraciones son justas y ha elegido libremente su destino. De él digo lo mismo que te aventuro a ti. Hombres como Pizarro son necesarios para las

125

duras tareas que nos aguardan. Sabes manejar las armas lo suficiente como para fiarles tu vida en cualquier circunstancia y sobre los asuntos públicos confía en que tu buena conciencia te aconsejará en derechura.

Hernando de Soto salió reconfortado de su entrevista con el nuevo Gobernador de Coiba y Panamá, animado por la confianza depositada en él y el gran futuro predicho por un hombre singular y heroico con el que confiaba compartir triunfos más adelante. Pero la vida les depararía un reencuentro dramático.

El aprecio de Gaspar de Morales por Hernando iba en aumento y con cierta frecuencia el capitán de lanceros acudía a las reuniones de Pedrarias con sus capitanes para planear expediciones, corregir errores y llevar a cabo el recuento de lo obtenido en las cabalgadas.

La asiduidad de las visitas al entorno familiar estableció un vínculo de amistad entre el joven y la hija menor del Gobernador, Isabel, que miraba al arrogante soldado con el amor romántico de la primera adolescencia. La pasión de la muchacha no pasaba desapercibida para su madre, doña Isabel, que animaba tal galantería por la confianza y el respeto que le infundía Hernando.

Tan importante o aún más que el oro afluía a La Antigua una gran cantidad de esclavos para engrosar los servicios de las encomiendas. En garitos improvisados en desvencijadas chozas o al aire libre bajo las palmas, el «juego de esclavos» se convirtió en la actividad preferida por ociosos soldados, muchos de los cuales se vieron en la ruina y otros se enviciaron de tal forma que jugaban sin descanso durante días.

De entre todos, destacaba el alcalde Gaspar de Espinosa, que parecía confiar su propia vida al azaroso volteo de los dados. El regidor de la ciudad despreciaba los naipes, que consideraba una apuesta propia de tahúres y bellacos, mas llegaba a jugarse los esclavos de diez en diez mecido por el ruido del cubilete. Hombres y tierras mudaban de mano con tal celeridad que un soldado del regimiento de Bustamante llegó a arruinarse y recuperar la hacienda tres veces en una sola noche.

De Soto despreciaba el juego porque consideraba necio depositar la vida en la casualidad, de modo que sus apuestas se subordinaban a su maña. Sólo aceptaba un envite en las competiciones ecuestres o en el juego de lanzas, cuando la suerte se esconde en la propia destreza.

Con el correr de los meses el pacto entre Pedrarias y Balboa se fue debilitando y las jurisdicciones de cada cual, trazadas en un mapa que bien fuera un garabato, se esfumaron. Hombres de los dos bandos coincidían a menudo en las cercanías del golfo de San Miguel o en las tierras de Veragua, más al norte, entonces los capitanes se reclamaban como los únicos autorizados para la exploración de una u otra parte y las disputas se teñían de sangre las más de las veces.

La tormenta entrambos prohombres estalló con toda virulencia cuando el Adelantado reclamó ayuda a Pedrarias para acometer con éxito la conquista de las regiones de Coiba y Panamá, como le autorizaban sus títulos de gobernación, pero obtuvo silencio. Con fuerzas y pertrechos insuficientes, Vasco Núñez emprendió una malhadada expedición al occidente del archipiélago de las Perlas, en el Dabaibé, que a punto estuvo de costar la vida al mismo Adelantado, quien resultó herido de gravedad en un hombro.

Vencido y maltrecho, apresuró su retorno a La Antigua en una marcha que jalonó el istmo con cadáveres de españoles ahogados en los ríos, devorados por el mal del vómito o muertos por dardos envenenados. Por primera vez, para regocijo de Pedrarias y los suyos, el Adelantado Balboa buscó refugio para compadecerse por una derrota y rumiar su deshonor. Cuando Hernando supo de aquel estropicio militar, mientras exploraba regiones costeras de Urabá, una perceptible decepción se apoderó de su ánimo durante días.

Las peticiones sucesivas del Adelantado a Pedrarias para que le socorriera en una nueva empresa en las tierras de Coiba y Panamá recibieron una contundente negativa. También, don Pedro declinó cambiar de estrategia con los indígenas y sostuvo ante el jerezano que la política de tierra quemada y escar-

127

miento era más eficaz y reportaba mejores rendimientos que las alianzas con los paganos.

El Gobernador del Darién veía en las circunstancias de la derrota de Balboa el momento adecuado de restarle poder, anular su obra colonizadora y menoscabar su capacidad militar en el futuro. Creía llegada la hora de enterrar en la historia y en la memoria el nombre de Vasco Núñez de Balboa. Sin embargo, el taimado Pedrarias había perdido de vista una pieza maestra de la personalidad del descubridor de la Mar del Sur: su infinita capacidad para sobreponerse a las adversidades.

De ese modo, repuesto de sus heridas y alistada una nueva milicia, Balboa reemprendió el camino hacia sus posiciones al poniente del istmo con el convencimiento de que Pedrarias era el verdadero obstáculo para su conquista de los lugares al occidente de la mar océana. Le era preciso encontrar ayuda lejos del Darién; si la había, sin dudarlo, se hallaba en la isla de Cuba, donde contaba con viejos amigos y había suficientes españoles desalentados, los unos, y deseosos de aumentar su patrimonio, otros, capaces de enrolarse en una aventura capitaneada por el heroico Balboa.

El Adelantado comisionó a Andrés de Garavito para ir hasta la isla en busca del refuerzo. La misión se mantuvo en secreto salvo para una persona a la que Balboa tenía ley: el obispo Quevedo, siempre al corriente de sus desventuras y anhelos.

Tras la partida de Balboa a sus dominios, Pedrarias encomendó a las futuras expediciones la búsqueda imperiosa de un paso fluvial cómodo y seguro hacia la Mar del Sur que abriera una ruta cómoda hacia costas de Asia a los barcos españoles, obligados entonces a largas y costosas circunvalaciones. Ése era el deseo de la Corona y el Gobernador don Pedro quería ser el primero en complacerlo. Si se procuraba el descubrimiento, Pedrarias podría reclamar con justicia, frente al jerezano, el derecho exclusivo sobre las riquezas de las nuevas tierras.

Una de aquellas misiones fue encomendada a Gonzalo de Badajoz, que reclutó a Hernando de Soto como lugarteniente y a Alonso de la Rúa como tesorero, capitán y notario del Requerimiento, porque la partida no llevaba frailes, artilleros ni lebreles.

La acción sirvió para que el joven capitán de lanceros comprobase de qué manera se torna la fortuna y cómo la ambición por el oro deviene en tragedia, sea con la muerte o la miseria. La expedición de ciento treinta hombres alcanzó sin inconvenientes el emplazamiento llamado Nombre de Dios, que contaba con apenas una docena de chozas desvencijadas y muchas más cruces para certificar el triste final de la primera empresa española en recalar en la Tierra Firme. Fue en aquellas aguas donde Colón hundió su nao *Vizcaína*, en el transcurso de su cuarto viaje a las Indias, cuando el barco estaba tan podrido por la broma como los ojos del Almirante por la infección.

La entrada en las montañas de Capira se llevó a cabo con determinación, la misma que empleó Gonzalo de Badajoz para hacerse con fortunas de manera rápida y vil, y provocó la respuesta airada de Hernando, partidario de mantener el buen trato con los indígenas como garantía de campañas pacíficas y colaboración fructífera. Como segundo en el mando se declaró firme partidario de sostener la política de Balboa, porque la consideraba idónea para aquellas tierras inhóspitas con aborígenes de ánimo inconstante. También se exigía un mínimo de lealtad con la persona que tanto contribuyó a forjarle como soldado y había acrisolado su personalidad en defensa de los actos de honor.

Durante meses de controversia, De Soto envió cartas a su amigo Pizarro en demanda de apoyo a su política de alianzas. Las respuestas del trujillano a favor del comedimiento con las tribus no hicieron sino alimentar el despecho y animosidad del de Badajoz por el joven capitán.

Mantenía Gonzalo una estrategia de coacción que consistía en apresar al cacique y solicitar por él un rescate. La violencia la ejercía a través de su adlátere, Alonso de la Rúa, personaje de mente enfermiza que parecía gozar más con el pillaje que con el logro honrado de riquezas, de las que se guardaba una buena parte para sí. Con este método, la pareja de depravados reunió un total de 80.000 pesos de oro de los rescates de varios caciques, cabalgadas de rapiña y otros saqueos.

Había transcurrido medio año de correrías cuando las tropas preparaban el asalto al cacicazco de Pariba, del que se decía que guardaba aún mayores caudales de los logrados hasta entonces,

129

y Gonzalo de Badajoz soñaba con obtener el más grande tesoro logrado en las Indias.

El cacique era rico, pero de igual manera sagaz y aguerrido. Envió presentes de oro a los conquistadores y les indicó que en el poblado de Antataura hallarían cien veces más riquezas que las que él mismo ponía en sus manos. La codicia y la confianza llevaron a los españoles hacia una trampa mortal. Medio centenar de hombres se dispusieron en vanguardia para atacar el poblado, en cuyo interior sólo encontraron chozas vacías, sin un grano de maíz o un gramo de oro. Cuando el resto de la expedición se acercó a la aldea, centenares de indígenas cayeron sobre ella como una peste de sangre y muerte.

Los supervivientes consiguieron llegar al interior del poblado, donde se organizó una defensa desesperada. Las tropas formaron un rectángulo acorazado con las rodelas. Por los intersticios de los escudos sobresalieron las lanzas y las ballestas. Los heridos, pertrechos, ganancias y la segunda línea se colocaron en el centro bajo el mando de Gonzalo. Dos de los lados de aquel fortín de hombres y armas los capitaneaba Hernando de Soto; los otros dos eran comandados por De la Rúa.

Las acometidas de los indios resultaron furiosas e incesantes, pero no consiguieron abatir la improvisada muralla. La lucha se prolongó durante horas y en cada embate los españoles contaban muertos y heridos por contundentes golpes de macana o certeras flechas. Aunque eran muchos los aborígenes caídos a lanzazos o por estocadas, su ardor no menguaba y nuevas oleadas se volcaban contra los defensores, cuya aniquilación era cuestión de tiempo. Fue por ello que el de Badajoz, su socio De la Rúa y De Soto determinaron que la resistencia era estéril y suicida, de modo que se imponía abrirse camino entre los atacantes.

Hernando fue el encargado de organizar la huida cuando se ocultara el sol y se convino que los muertos, los heridos más graves y todas las pertenencias quedaran allí. Se trataba de salvar la vida y aun sin equipaje alguno las posibilidades de alcanzar salvos la costa cercana se antojaba un milagro.

Los veinte hombres sanos y mejor dispuestos abrieron la ruta de escape. De Soto iba en cabeza del grupo; detrás, flanqueado por lanceros, caminaba el resto del regimiento, heridos que ayudaban a otros heridos y todos los que podían sostener una espada o armar una ballesta.

En la retaguardia se situaron Gonzalo y De la Rúa con los últimos ballesteros. La noche resultó el mejor aliado que pudo proporcionarles la providencia en aquella jornada de padecimiento, mientras las huestes de Pariba y Antataura se conformaron con recuperar su oro, atormentar a los desdichados que permanecieron malheridos en el poblado y considerarse vengados en su honra con la huida de los conquistadores, aunque no cejaron de hostigar a los fugitivos en su camino hasta llegarse a una playa abrigada y fácil de defender, frente al archipiélago de Taboga. Atrás habían quedado ochenta españoles muertos y un inmenso tesoro. Hernando de Soto, con la espada mellada y tintada en sangre, contempló a hombres extenuados o enfebrecidos por el dolor de las heridas mientras Gonzalo de Badajoz maldecía su suerte sollozando a la orilla de la Mar del Sur.

A pocos metros del arenal yacía el cuerpo de Alonso de la Rúa con la garganta atravesada por un venablo de afilado pedernal. Hernando no sintió remordimiento alguno por su vida, como tampoco lo sentía por los indígenas a los que mató durante el asedio y la siguiente escapatoria. Estaba, eso sí, encolerizado por la derrota y por haberse jugado la existencia sin obtener recompensa en su honra y en su hacienda. En las horas siguientes, los ayes de dolor se transformaron en alaridos desgarradores cuando se cauterizaban las heridas con hierros candentes o aceite hirviendo, para lo que servía el sebo extraído de las entrañas de los muertos. Ni la brisa salobre del mar, ni el aroma de la vegetación cercana consiguieron cubrir el hedor de la grasa caliente y la carne quemada.

De regreso a La Antigua, Gonzalo de Badajoz tuvo suerte de que Pedrarias se encontrara en Acla para supervisar las obras de la nueva villa. El tiempo apaciguó lo suficiente la ira del Gobernador para que no mandara ahorcar al responsable de la pérdida del mayor caudal logrado hasta entonces en las Indias. Herido en su orgullo y ambición, la Ira de Dios armó un ejército de doscientos hombres y encomendó al alcalde Gaspar de Espinosa recuperar el tesoro por cualquier medio. Eso significaba muerte y horror.

Y

Las consecuencias del desastre del poblado de Antataura no fue la única preocupación de Pedrarias. A miles de leguas de allí, en el pequeño pueblo de Madrigalejos, cercano a la cuna de Pizarro, había muerto el rey don Fernando de camino para Sevilla. Ahora, el cardenal Cisneros regentaba los destinos de España a la espera de la inminente llegada del príncipe Carlos de Gante.

Lejos de la corte, el viejo Pedrarias temía que sus enemigos de siempre utilizasen en su contra al cardenal, que nunca guardó simpatías por su familia. El diabólico e infalible instinto de Pedrarias no erraba. A más, el señor del Darién había descubierto el ardid de Balboa para conseguir refuerzos desde Cuba y su firme decisión era la de detener al Adelantado y terminar con su vida. Sin embargo, fray Juan de Quevedo libraría su último gran servicio en Tierra Firme.

Motines y asonadas brotaron en Santa María de la Antigua al conocerse que sesenta hombres bien armados al mando de Garavito habían desembarcado varias leguas al oeste para unirse a Balboa. Peleas y escaramuzas tuvieron lugar entre partidarios de Pedrarias y leales al Adelantado, viejos habitantes del Darién en su mayoría, que reclamaban el derecho del jerezano a ser atendido como virrey de los nuevos territorios. La confrontación civil se hacía inevitable y ambos bandos deseaban, de una vez por todas, aniquilar al contrario.

El obispo Quevedo urdió entonces, con la aquiescencia y acuerdo de doña Isabel de Bobadilla, el único propósito capaz de poner fin al caos cainita que se enseñoreaba por Castilla del Oro. La paz sólo era posible con el hermanamiento de los dos adalides. El sagaz y honesto clérigo hizo una apuesta arriesgada digna de un merecido triunfo: matrimoniar al Adelantado con doña María de Peñalosa, hija mayor de Pedrarias, que consumía su avanzada madurez en un convento de España.

—¡No! Es inaudito lo que me pedís, reverencia —clamó el Gobernador cuando Quevedo le hizo la oferta de casamiento en presencia de doña Isabel—. ¡Nunca jamás! Dios Nuestro Señor quiso enaltecerme con cuatro hijos varones y sólo a ellos corresponde mi heredad y mi nombre. No necesito como hijastro a ningún patán aventurero, a ningún advenedizo de la fortuna y de la gloria militar. La casa Arias Dávila no se gangrenará con ningún rufián por muy cargado de terciopelo y títulos que se pretenda.

—Excelencia —contestó Quevedo—. De sobra ha sido probada la hidalguía y la pureza de sangre en don Vasco Núñez y sus servicios a la Corona han sido distinguidos por Su Majestad, que Dios preserve en su gloria. La boda de Balboa con vuestra hija María no será un baldón en vuestra familia; al contrario, ahijáis a uno de los soldados más leales a Castilla y a una persona que ha agrandado nuestros reinos de la misma manera y de mejor forma a como lo hizo el Almirante Colón. Vos sois de edad avanzada y vuestra salud no mejora en estas tierras. Si decidierais regresar a España en algún momento sin haber logrado la concordia con Balboa, toda la labor cristiana y los descubrimientos alcanzados se perderían en medio de una interminable guerra entre hermanos para regocijo de paganos y provecho de los enemigos de nuestro Rey.

—Don Pedro —interrumpió doña Isabel de Bobadilla—, comparto el amor a nuestros apellidos y a nuestros hijos, y de vos, mi esposo, he aprendido la disciplina y la lealtad que merecen los encargos de la Corona. Siempre he sido fiel a vuestros deseos, he educado a nuestra familia en vuestros códigos de honor, pero quiero para ella la felicidad y la paz que merecen los hijos de Dios. Ahora tenemos la oportunidad de terminar con la soledad de nuestra hija María, cuya juventud se marchita tras los muros de un convento de Segovia, y a la par hacer un gran servicio a Castilla, como nos obliga nuestra condición, por medio de la paz en la colonia. Debéis reconocer que Balboa es un gran soldado, pero es, también, un buen hombre. Con todos mis respetos, esposo mío, don Vasco es el marido idóneo para nuestra hija.

Las palabras de doña Isabel desalentaron a Pedrarias, quien buscó apoyo en el alcalde Espinosa, que asistía mudo y sorprendido a la conversación. Tan hábil en la forma de conseguir fortuna como rápido en adaptarse a imprevistos políticos, el primer edil de Santa María de la Antigua medió en el pleito.

133

—Excelencia, las circunstancias han cambiado con la llegada de Cisneros. Tal vez podamos obtener ventaja de tal matrimonio. Si el Adelantado y vos firmáis las paces, el cardenal no tendrá motivos para sentirse obligado a cambiar el gobierno de Castilla del Oro, donde no habrá más algaradas, y la conquista, con rumbo firme, enviará regularmente las remesas de oro. Contad que Balboa os deberá más respeto aún como vuestro hijo y, en fin, terminaremos ese amancebamiento con la indígena, indigno ejemplo para nuestros hombres que van poblando esta tierra con seres mestizos de alma tan incierta como su ánimo.

—¿Aceptará Balboa de buen agrado el acuerdo? —preguntó Pedrarias.

—No os inquietéis por ello, excelencia —contestó reconfortado fray Quevedo—. Yo mismo le explicaré al Adelantado las ventajas que tiene para las dos partes. Según entiendo del carácter y los deberes que se ha impuesto Balboa, el Adelantado no pondrá objeciones.

El anuncio de los esponsales y el pregón de las capitulaciones sirvieron de chanza y chismorreos malintencionados, pero paulatinamente toda la colonia recibió el casamiento con alivio y satisfacción al comprobar que las rivalidades y discusiones desaparecían, al menos en los lugares de encuentro entre los de un bando y los del otro. De puertas adentro unos se preguntaban, ¿qué clase de añagaza tenía preparada la Ira de Dios? ¿Aquello era de buena fe y una verdadera alianza fructífera para todos?

En medio del revuelo de escépticos y confiados, un alma andaba torturada de continuo desde el momento en que su amado le dio la noticia que le atravesó el corazón con más dolor del que sintió aquella mañana lluviosa, cuando los levantiscos vecinos atacaron el poblado de su padre, Careta, y ella recibió en sus infantiles labios una puñalada de un bien afilado hueso de jaguar.

Ni siquiera aplacó el lacerante hierro candente que derretía su interior la noche de amor intenso e inacabable que le dio su amado. Miles de besos tuvieron el sabor salado de las lágrimas de ambos; ella le retenía dentro de sí en un vano esfuerzo para evitar su marcha, él la penetraba con furia como si intentara mortificarse por su deslealtad y agotar por siempre todas sus fuerzas hasta el punto de quedar incapaz para cualquier otra mujer. Con las primeras luces del alba Anayansi, escoltada por Álvaro Nieto, partió al encuentro de su pasado y sus recuerdos, entre los que fueron los suyos en el poblado de Careta. No volvió el rostro para ver a Balboa con el torso desnudo en el umbral de la abrigada casa de madera y palma, lloroso y dolorido por las heridas del amor apasionado que habían marcado su cuello y espalda con los dientes y las uñas de Anayansi, preguntándose si su deber le reclamaba tamaño sacrificio.

La caballería de Gaspar de Espinosa había causado grandes estragos entre los atemorizados indígenas de las tribus de Comagre y Pocorosa, incapaces de enfrentarse a aquellos monstruos comandados por un diablo de barba rizada, ojos juveniles, adornado con un pañuelo azul en torno a la frente, invencible, al que llamaban Hernando y obedecían como a un dios los otros demonios de cuatro patas con cuerpos de acero y los crueles perros a los que enardecía el sabor de la sangre.

Grandes capitanes del alcalde Espinosa eran Valenzuela y Diego de Albítez, pero ninguno de ellos contaban con el fervor que tenían los soldados capitaneados por el joven Hernando de Soto. Contaba diecisiete años y ningún hombre, aun pasado de los cuarenta, osaba contradecir sus órdenes. Su corcel pinto, brioso como el amo, era el primero en lanzarse al combate. Diríase que cada tranco era un peldaño hacia la fama de caballo y caballero.

A nadie extrañó que al llegar a las tierras de Pariba y Antataura, Hernando fuera comisionado para recuperar el botín de Gonzalo de Badajoz que ocultaban tres caciques en una aldehuela rodeada de cenagales, según supieron los españoles tras el correspondiente tormento a varios indios.

De Soto solamente necesitó tres días y veinte valientes para retornar con cinco odres repletos, donde se contaban 100.000 castellanos de oro. El joven capitán de caballería no le hacía ascos al oro, pero su mayor recompensa fue vengar la deshonra de Antataura.

Mas el destino es burlón y bien dice el refranero que no conviene negarse a beber agua de ningún pozo. Las campañas se interrumpieron por la desidia militar de Espinosa, enamorado hasta enloquecer de una princesa guaimí, conocida como Sinca, «fresca como flor de montaña», dijo de ella Fernández de Oviedo después de escuchar el relato apasionado que le hizo el alcalde.

Espinosa celebraba justas y ferias de continuo, presidiendo, para admiración de todos, los eventos junto a su princesa, cuya belleza resaltaba vestida de brocados y terciopelo hasta el punto que jamás reina de Europa podría competir con tanta hermosura. Las únicas batallas que importaban a Espinosa eran los continuos asaltos que mantenía en la cama con Sinca. Fue entonces cuando Hernando le oyó decir, en pleno delirio de pasión, que comprendía y admiraba por vez primera a Balboa. Fue este amor el que humanizó el comportamiento de Gaspar de Espinosa, que prohibió desorejar y cortar la nariz a los indios belicosos como era su costumbre. Pero, hipócrita al fin, el enamorado alcalde no osó llevarse consigo a Sinca cuando fue reclamado en La Antigua, y pudo más en él su falsa condición de noble y el temor a perder el favor de sus iguales por cohabitar con una india que el sentimiento divino del cariño que iguala a los hombres.

De Soto y su amigo Compañón permanecieron en la región de Panamá, agrandando los reinos de España y aumentando las riquezas con oro y perlas. En un tranquilo lugar de pesquerías, junto a un riachuelo con algarrobos en la amplia bahía en la orilla occidental de la Mar del Sur, establecieron el posible emplazamiento de la villa que Pedrarias quería construir a ese lado del istmo como baluarte y refugio para la siguiente conquista de los misteriosos reinos al sur de Castilla del Oro.

Hernando y Compañón, victoriosos y afamados, pergeñaron entonces su futura asociación mercantil de cara a las campañas de conquista que se adivinaban. Cuando ambos regresaron a Santa María la Antigua, varios meses después, la población estaba casi desmantelada. Acabada la fortificación de Acla,

Pedrarias había trasladado a la nueva ciudad el gobierno del Darién.

La situación también había mudado como lo hizo el emplazamiento de la nueva capital de la colonia. Balboa se afanaba en preparar la gran escuadra que surcaría la Mar del Sur, en medio del enfado de Pedrarias, siempre desconfiado con la independencia que reclamaba el Adelantado, quien había llamado a su lado a Anayansi ante la ausencia de capitulaciones reales que rubricaran su matrimonio con María de Peñalosa.

La ruptura entre el Gobernador y el obispo Quevedo era total y el fraile se disponía a regresar a España con un severo informe contra Pedrarias. Con él viajaría Fernández de Oviedo, cansado de las arbitrariedades y la deslealtad, dispuesto también a hablar en contra del Gobernador. La edad y los achaques habían convertido a Pedrarias en un solitario amargado y vengativo incapaz de escuchar consejos. Su megalomanía le hacía creerse por encima del mismo rey Carlos. Castilla del Oro era suya y quedaba bajo su única ley. Cuando partió el obispo creyó llegado el momento de su venganza: Balboa sería hombre muerto sin el apoyo del clérigo.

Hernando se sentía excitado al conocer la noticia de que el Adelantado se aproximaba a Acla por reclamo de Pedrarias, que solicitaba aclaraciones sobre el destino de las naves *San Cristóbal* y *Santa María de la Buena Esperanza*, que Balboa tenía aparejadas para la conquista de la mar océana del Sur, y sus intenciones de emprender la expedición por su cuenta y sin el concurso del Gobernador de la mitad de las tierras del Darién.

El joven deseaba con ansiedad encontrarse con su paisano y ponerle al corriente de todas sus aventuras. Confiado en que la traición había desaparecido de aquellas tierras, fue al encuentro de su compatriota sin reparar en la numerosa guardia que acompañaba a Pizarro en la bienvenida a Balboa y los suyos. Apenas se acercaron los del Adelantado a la empalizada próxima al río Cuango que daba paso a la nueva capital fueron rodeados por la escolta del trujillano. En medio de la sorpresa sonó trémula la voz de Pizarro:

—Daos preso, don Vasco. Tengo órdenes del Gobernador de conduciros a la fortaleza de Acla.

—¿Qué es todo esto, Francisco? No solías recibirme de este modo. ¿Es necesaria tanta gente armada para tratarme como si fuera un traidor?

—Señor Adelantado, cumplo órdenes de mi señor, el Gobernador don Pedro Arias.

Botello y Muñoz fueron los primeros en desenfundar las espadas y gritar:

—¡A ellos! ¡Abajo los traidores!¡Muera Pedrarias y viva Balboa! ¡Por Castilla y por el Rey, muerte a los usurpadores!

—¡Muerte a los traidores! —corearon Argüello y Álvaro Nieto.

—¡Por Pedrarias y por el Rey! —contestaron las huestes de Pizarro.

Entre el tumulto obró el instinto guerrero de Hernando que, sin apercibirse, empuñó la espada. Pero ¿a quién combatir?, ¿cuál de las dos causas era la justa?, ¿quién era su señor y capitán general? La trifulca duró el tiempo que se hizo escuchar Balboa para aplacar a los contendientes por encima del fragor de los aceros en pugna, los insultos y los quejidos de los primeros heridos.

—¡Parad! ¡Alto a la lucha! —gritaba como un endemoniado Balboa desde su montura nerviosa e inquieta por la pelea—. ¡Basta!¡Basta! ¡En el nombre del Cielo, detened el combate!

Cuando terminó la riña, algunos hombres permanecían en el suelo, Nieto tapaba con su mano ensangrentada un corte profundo en la mejilla y Argüello sostenía la espada en alto dispuesto a asaltar a Pizarro.

—¡Quietos todos! —ordenó el Adelantado—. Esto ha ocurrido otras veces y nunca la felonía de Pedrarias tuvo recompensa. Ahora ocurrirá lo mismo. La razón y el derecho me asisten y Nuestro Señor Jesucristo es testigo de que mi comportamiento ha sido leal al Rey y a cuanto firmé con el Gobernador. Vayamos pues, con calma y confianza, a contemplar un nuevo fracaso de su excelencia don Pedro.

Mas en esta ocasión eran muy distintas las circunstancias. Con fray Quevedo en España, Balboa contaba sólo con el favor de doña Isabel, y no estaba seguro de que así fuese después de haber reanudado las relaciones con Anayansi. Bien es sabido que la deshonra de los hijos aflige a los padres como si fuera la propia.

El Adelantado asumió la cárcel con mayor serenidad que sus compañeros de cautiverio, Botello, Argüello, Muñoz y Valderrábanos. El Gobernador creía tener todos los triunfos en su mano, pero una recóndita prudencia del alcalde Gaspar de Espinosa y del tesorero De la Puente estableció ciertas garantías para el juicio al Adelantado.

No se trataba de piedad o justicia, sino de guardarse las espaldas llegado el caso de que hubiera un nuevo Gobernador o la Corona decidiera revisar la sentencia acusatoria contra uno de sus Adelantados en las Indias. El artero Pedrarias no iba a incurrir en errores pasados y comenzó por atraerse a su campo a cualquiera que guardara simpatías por Balboa, como ocurría con Pizarro, al que prometió darle el puesto del Adelantado en las nuevas conquistas, o a Andrés de Garavito, abyecto personaje que no perdonaba el desaire que le hizo Anayansi cuando intentó propasarse con ella en ausencia de Vasco Núñez. El de Trujillo optó por un nuevo señor y su propio destino, que devendría glorioso; el segundo aportó su testimonio firmado sobre la traición del Adelantado al reclutar amotinadores en Cuba, que solamente existía en su sucia mente pero que tan bien servía a los intereses de Pedrarias.

El juicio fue rápido y Balboa erró en sus cálculos. En esta ocasión estaba condenado de antemano, pese a que el alcalde Espinosa exigiera por escrito el mandamiento del Gobernador para ajusticiar, reo de traición, a un Adelantado de la Corona de España. El mismo Pedrarias inició la acusación.

—Vos, don Vasco Núñez de Balboa, habéis traicionado la confianza que os deposité como en mi propio hijo, pero ello no me preocuparía si vuestra traición no alcanzara también a nuestro Rey. No merecéis siquiera el perdón de un padre, sino todo el peso de la justicia. ¡Vos sois mi enemigo y el de España! Con traiciones y argucias habéis puesto en pie una expedición para conquistar la Mar del Sur en beneficio propio, mintiéndome a mí, que os proporcioné hombres y pertrechos, y a Su Majestad don Carlos, al que debéis obediencia y en cuyo nombre había de llevarse a cabo la nueva empresa. Así lo atestigua y certifica don Andrés de Garavito, persona que os ha sido fiel hasta que descubrió vuestra vil argucia ¡Yo os acuso de traición y rebeldía!

Balboa permaneció serio e inalterable durante el alegato del Gobernador y con la misma parsimonia se puso en pie y comenzó su defensa.

—Excelencia, sabéis que todas las acusaciones son falsas. Si como decís mi intención era la de hacerme a la mar en una conquista para mi único provecho, nada me lo hubiera impedido y no hubiese acudido confiado y leal a vuestro requerimiento. Dispongo de dos naves totalmente aparejadas, otras dos están casi dispuestas para zarpar y cuento con trescientos hombres fieles y valientes. Las calumnias de Andrés de Garavito, que Dios confunda y el Diablo lleve su alma, no son sino reproches y excusas ante su indigna conducta como cristiano y como caballero de Castilla. ¡Él es el traidor y un infame violador de mujeres desamparadas! Su cobardía es tal que merece el peor de los castigos divinos, aunque ahora me arrepiento de no haberle aplicado yo mismo la justicia humana atravesando su impío corazón de parte a parte. Me reclamo inocente y os hago saber que si mi intención fuera la de reinar en esta parte del mundo, con independencia de nuestro Rey y de sus leyes, no me faltarían hombres leales y arrestos para asentarme en esta tierra, ya fuera pobre o rico. En mi defensa alego los triunfos y descubrimientos hechos para España y sus Reyes, doña Juana y don Fernando, y mi demostrada fidelidad a nuestro joven monarca Carlos. Si vos, don Pedro, no me reconocéis y dais crédito a rufianes y violadores, tened en cuenta, por mejor motivo, las peticiones a mi favor de castellanos honrados, viejos colonos de esta tierra, como don Joaquín Muñoz, que bien ha defendido mi causa en una carta a su eminencia el cardenal Cisneros y que así os lo hizo saber para demostrar su hombría y hacer públicas las falsedades que pesan sobre mí y estos cuatro leales capitanes cuya fama ha sido mancillada. Si osáis condenarnos, don Pedro, sabed que incurrís en traición y pecado mortal. Vos mejor que nadie conocéis nuestra inocencia. Ni yo ni la historia os perdonaremos.

El silencio se apoderó de todos los presentes y Balboa presintió que volvía a brillar su buena estrella cuando Espinosa se dirigió circunspecto al Gobernador.

—No podemos desoír los muchos méritos acreditados por don Vasco Núñez en defensa de nuestra fe y de nuestro Rey. Merece que le concedáis la vida por ello, pese a la traición de que se le acusa.

—El grave pecado que ahora juzgamos no le redime de sus éxitos anteriores —clamó Pedrarias—. Si pecó, que pague por ello; la sentencia es la muerte del conspirador Núñez de Balboa y sus secuaces.

—Una sentencia de muerte contra un Adelantado de España debéis ordenármela por escrito —adujo Espinosa con un bien estudiado gesto de falsa firmeza—. Como responsable de la justicia del Rey en estas tierras de las Indias os reclamo, bajo vuestra firma y responsabilidad, la orden para ejecutar el grave castigo a alguien de tan alto rango otorgado en persona por Su Majestad.

—¡Firmaré ahora mismo! Y ved todos los presentes que a Pedrarias no le falta el ánimo ni el pulso para enviar traidores al cadalso.

Comenzó entonces Espinosa a relatar la larga lista de crímenes imputados al Adelantado, desde la deshonra a Nicuesa, el robo a Enciso o la grave derrota en Dabaibé, hasta la última traición contra el Rey. Poco importaba que se hubieran sumado a los cargos la falsa condición de judío, la de blasfemo o hechicero, sodomita y sicario a sueldo de los mozárabes. Toda mentira serviría para que Pedrarias consumase su venganza porque todos allí eran fiscales regalados y no cabían letrados decentes. Por primera vez, después de meses, el Gobernador del Darién se sintió reconfortado cuando vio a Balboa y los suyos aherrojados con grilletes, después de firmar su sentencia de muerte.

La noche anterior a la ejecución, la atmósfera de Acla era tan asfixiante que se hacía difícil respirar; parecía que hasta el aire escapaba a alta mar para permanecer incontaminado de inmundicia.

La jungla próxima, domeñada por el Adelantado, parecía vomitar sobre los habitantes de la villa todo su hálito de calor y pestilencia como expiación de quienes iban a perpetrar crímenes horrendos. Negros nubarrones cubrían el cielo como censura divina a la deshonra de los hombres y un temor aquietaba a los habitantes de Acla escondidos en sus casas como forajidos en búsqueda; unos doliéndose de su cobardía, otros de la impotencia ante tan graves sucesos, mientras los deudos de Pedrarias aguardaban ansiosos la amanecida y con ella lo que creían el final de sus pesadillas. Se había redoblado la guardia por callejuelas y en torno a la cárcel, en previsión de un intento desesperado de los partidarios del Adelantado por liberarle mediante el uso de las armas.

Por entremedias de aquel ambiente expectante, entre chozas silenciosas como tumbas, rezumando sudor y cólera, anduvo Hernando de Soto hasta franquear la prisión para rendir su último homenaje al Adelantado de la Mar del Sur, descubridor de un océano pacífico ahora reo de muerte, confesarle su admiración y gritar en silencio frente a tamaña injusticia.

Balboa permanecía sereno, resignado a su suerte, con el alma limpia de pecados y traiciones. Reconfortó al atribulado joven incapaz de comprender tanta villanía y agradeció su visita con el mismo cariño que dispensa un padre a su hijo en el momento de la despedida eterna. Hernando acogió con respeto los últimos consejos de Balboa así como la última y única misión que le encomendó el descubridor del inmenso mar de poniente.

—Hernando, la vida nos lleva a la separación —le dijo el Adelantado—, pero conservaré el poco tiempo que me resta tu hondo sentido de la honradez y la fidelidad. Prométeme que nunca renegarás de estos valores, que distinguen a los hombres de ley de los cobardes y los facinerosos. No me cabe duda de que estás llamado por la historia y por estas Indias de occidente, de las que nunca podrás escapar. Recuerda este día triste durante toda tu vida como una jornada de infamia y que su recuerdo te impida cometer igual atropello en el futuro.

El Adelantado sonrió complacido al ver las lágrimas discurrir por el rostro del joven.

—Has tenido la suficiente valentía para venir a visitarme sin importarte represalias y castigos, lo que no puedo decir de muchos que hasta ayer mismo se me declaraban incondicionales y vitoreaban mi nombre.

—Siempre lo haría aunque me fuese la vida en ello —dijo entre sollozos Hernando.

—Te creo y tengo una misión para ti, si así quieres honrar mi memoria, porque graves sucesos ocurrirán tras de mi muerte y temo que mi señora Anayansi sea vejada, o peor, muerta, por la infamia de Pedrarias o por venganza de ese hideputa de Garavito. A ti te confío su salvación, como la de Álvaro Nieto, el más leal de mis servidores y una firme espada que no conoce la traición. Consigue su libertad y guárdale a tu lado.

—Así lo haré, don Vasco, os lo juro por mi honor —contestó Hernando, limpiándose las últimas lágrimas.

—Las Indias son parte de tu vida y la mía. Recuerda que Anayansi y las que son como ella representan el fruto de este mundo, cuya verdadera belleza se esconde en lo más íntimo, disfrazado por sus turbadores cuerpos. Obra noblemente con ellas, entrégales tu corazón y su devoción no tendrá límites. Se dejarán matar por ti y traicionarán sin vacilar a sus padres y hermanos en tu favor. Pero si las mancillas o traicionas su amor, prepara tu alma porque un cuchillo encontrará tu garganta durante la más confiada noche de amor. Ellas y las Indias se cobrarán cumplida venganza.

El patíbulo se levantaba por encima de la callada muchedumbre, a pocos pasos de la prisión, en una plazoleta despejada de maleza rodeada por guardias armados. Un silencio que presagiaba la muerte fue roto por murmullos y sollozos cuando los cinco condenados avanzaron gallardos, pese a estar maniatados a la espalda con gruesos cordeles, arremangados los jubones, con el cuello bien visible y el pelo recogido en un moño de los dos que gustaban de larga cabellera, los capitanes Argüello y Muñoz.

Los tambores redoblaban de forma monótona acompasando el caminar de los condenados, un fraile y la cantinela del pregonero, que leída la sentencia, clamaba: «Ésta es la justicia que manda hacer el Rey, nuestro señor, y don Pedro Arias, su lugarteniente, en su nombre, a estos traidores y usurpadores de la tierra que está sujeta al gobierno de la Real Corona».

Núñez de Balboa fue el primero en subir los pocos peldaños del cadalso, escoltado por Pizarro y un retén de cinco lanceros. Miró a la multitud expectante mas no dio con Pedrarias, que asistía a la ejecución escondido tras una celosía de cañas y tallos de palma en un bohío cercano. El Adelantado habló con firmeza, sin el menor tono de amargura o reproche, con la mirada perdida en el dosel arbóreo de la cercana selva.

—Es de toda falsedad las mentiras que se me levantan de traición al Rey, nuestro señor. Nunca tuve el pensamiento, ni siquiera imaginé que se pudiera pensar de mí que pudiera llevar a cabo tamaña felonía. Fue siempre mi voluntad y mi deseo servir a Su Majestad como fiel vasallo y aumentar sus señoríos con toda mi fuerza y mi poder. Castellanos, contad a vuestros hijos que fuisteis testigos de la muerte de un leal servidor al Rey y de una infamia que atormentará hasta el fin de sus días a quienes la perpetraron. Que Dios los perdone en su infinita misericordia porque yo no puedo, así fui criado en la nobleza y en dar justo castigo a rufianes como la calaña que me ha condenado.

Sin ayuda ninguna colocó la cabeza en el tajo y no pudo evitar cerrar los ojos cuando vislumbró moverse la negra sombra que enarbolada el hacha. Ni una palabra salía de la abatida muchedumbre, el tamborileo había cesado, hasta el rumor permanente del interior de los bosques había huido y el fraile rezaba para sí su réquiem.

Fueron muchos los que ocultaron su cara cuando la afilada hoja degolló a Balboa, mas no ocurrió así con Hernando, que hasta el último suspiro se concentró en aquellos fuertes brazos que sostenían el arma justiciera para tratar inútilmente de detener el golpe mortal con toda la fuerza de su mente y su indignación.

Luego se enarbolaron las picas y se ensartaron en ellas las cabezas sanguinolentas de los ajusticiados. Cuando la de Balboa ocupó su lugar para el escarnio, todos los elementos de la naturaleza del Darién gritaron al unísono su furia. Las nubes atronaron como vengativa artillería celestial, la lluvia poderosa y densa golpeó los rostros de los habitantes de Acla con saña dolorosa, un viento feroz y caluroso barrió calles y tejados, combó ramas y palmeras y las olas del mar de los Caribes alzaron su espuma como amenazadores látigos blanquecinos.

Empapado y zarandeado por el viento, aprovechando la confusión de los colonos en busca de abrigo, De Soto alcanzó el solitario campamento donde estuvo la escolta del Adelantado, ahora dispersa o encarcelada. Arropada con una desastrada lona, temblorosa, con el rostro rebozado en lágrimas y barro, halló a Anayansi. Los dos se perdieron en la espesura, hacia poniente, por la senda del camino a Careta cuando el sol descerrajaba los nubarrones y escampaba sobre sus enfebrecidas cabezas.

145

VI

El paso entre los océanos

*L*a inquina de Pedrarias contra el Adelantado y su persecución hasta la muerte desvelaron sus verdaderas razones semanas después de los trágicos acontecimientos en Acla. A oídos del Gobernador habían llegado noticias de que el veedor Fernández de Oviedo, que había regresado a España contrariado por el despotismo de don Pedro, tras infructuosas tentativas, había conseguido hacerse oír por el joven rey Carlos durante una audiencia en Barcelona, al cual expuso la absoluta necesidad de relevar a Pedrarias en el Darién y otorgar a Balboa el mando único sobre Castilla del Oro. Aquellas habladurías apresuraron el trágico destino de Vasco Núñez.

Mas lo cierto fue que los relatos minuciosos del veedor acerca de los desmanes cometidos con los pobladores y las cuentas caprichosas del Gobernador apenas habían tenido eco entre los consejeros del Rey, en su mayoría borgoñones, poco dados a atender cosas de las Indias. El asunto mudó cuando llegaron las nuevas sobre la ejecución de Balboa, algo que conmovió sobremanera al recién nombrado Emperador, quien se avino, al fin, a enviar como nuevo señor del Darién a Lope de Sosa, por entonces Gobernador de las islas Canarias, y poner término a la ignominia de Pedrarias. Con Sosa viajaría el propio Fernández de Oviedo provisto de cédulas y provisiones en contra de Pedrarias y a favor de la restitución a los ajusticiados en Acla de su fama y riquezas. Pero el inconstante destino se aliaría de nuevo con la Ira de Dios, recreciendo su leyenda de ser inmune a los infortunios.

Sorprendió a De Soto la facilidad con la que Pedrarias estaba al corriente de lo que ocurría en las posesiones de Indias y de cuanto acontecía en España en relación con ellas. Comprobó, pues, la necesidad de contar con un ágil y eficiente servicio de informantes para adelantarse a los acontecimientos y mudarlos en beneficio propio. Entendió que ningún capitán general que se precie y quiera el triunfo puede desdeñar oficio tan poco caballeroso como útil. El devenir del tiempo certificaría cuán acertado estaba.

La muerte de Balboa sacrificó mucho romanticismo en el joven capitán de lanceros y maduró en él un espíritu de supervivencia. Tomó un odio irracional hacia la política y concentró sus esfuerzos en la milicia, a la que dedicó todo su afán. Por el momento se aferró al lema: «Sirve bien y vive».

Con el Adelantado fuera de todo concurso, el Gobernador Pedrarias vio libre el camino para iniciar la conquista de la Mar del Sur y ampliar sus dominios al occidente del Darién, al encuentro de las suntuosas tierras del norte que habían caído en manos de un osado aventurero, llamado Hernán Cortés, que de acuerdo con las noticias que aportaban viajeros llegados de Cuba y la Hispaniola, conformaban un imperio tan rico en oro como en civilización cuya grandeza jamás se imaginó que existiera en las Indias.

Pedrarias se encontraba con un nuevo rival al que no podía ponerle la soga al cuello y que eclipsaría su nombre ante tamaña conquista y descubrimiento con más renta que la del propio Almirante Colón. Puso en pie, sin dilación, varias expediciones por tierra y por mar al norte de la región de Veragua. Fue entonces cuando un tal Gil González Dávila, protegido del todopoderoso obispo Alonso de Fonseca, tomó a su cargo una partida con el oculto propósito de pergeñar una futura traición en tierra de nadie.

Mas para entonces, la flamante y nueva capital del Darién, la ciudad rica en Pesquerías, también llamada Panamá, crecía con los primeros muros que fortificaban el palacio de gobernación, en el mismo lugar que exploraron meses atrás De Soto y Compañón junto al río orillado de algarrobos.

Perdido el rastro y las noticias del traidor Gil González y los suyos, Pedrarias optó por armar otra partida con el concurso de los barcos que había construido Balboa bajo el gobierno de Gaspar de Espinosa, que avanzaría hacia poniente por mar, mientras una columna, al mando de Pizarro con De Soto y Compañón como capitanes, le seguiría por tierra a las regiones de los indios chiricanos, que resultaron ser tan agresivos como desconocidos en sus costumbres y lengua.

Emergió entonces un caudillo indígena, conocido como Uraca, de talento natural para el combate y las celadas, que mantuvo en jaque a los españoles durante semanas en las montañosas y selváticas tierras Chiriqui, allí donde el istmo de Panamá se ensanchaba. Mandaba Uraca a sus hombres combatir sin tregua, durante un día entero si fuera necesario, con el propósito de agotar y descorazonar a los invasores. Tan hábil como valeroso, Uraca hizo creer a los españoles que se había retirado al interior de la selva tras una prolongada tregua en la lucha. Espinosa y Pizarro así lo interpretaron y decidieron regresar a Panamá, pero mantuvieron en la zona un retén de cincuenta hombres al mando de Compañón y De Soto a la espera de refuerzos.

Habían transcurrido pocos días desde que se perdió en la lejanía el velamen de los bergantines *San Cristóbal* y *Santa María de la Buena Esperanza* y en la jungla habían cicatrizado las sendas abiertas por el regimiento de infantes de Pizarro de regreso a Panamá, cuando Uraca atacó a la pequeña guarnición.

Centenares de aborígenes cercaron a los soldados de Compañón y De Soto, que se vieron incapaces de resistir por mucho tiempo los embates de aquellos indomables guerreros. Atrincherados tras endebles empalizadas, con no demasiada pólvora y contados víveres, se hacía necesario pedir auxilio urgente y Hernando no lo dudó. Él era el mejor jinete.

Con un pedazo de papel, donde había garabateado jalones de orientación que recordaba de su ida con Pizarro, un hatillo repleto de tasajo, unos peces en salazón y varios puñados de maíz asado, se pondría en camino con la yegua de pelaje gateado, la más fuerte de las dos que había en el retén.

Después de enfundar los cascos de la cabalgadura con trapos, acomodarse la coraza, colgar del ancón el hatillo con comida, se anudó el pañuelo a la frente y aguardó la llegada de la noche en sosegada charla con su amigo Compañón, frente a la mirada suplicante y esperanzada del resto de los hombres.

La negrura trajo consigo una lluvia que apagaba cualquier otro ruido que no fuera el de la espesa cortina de agua golpeando con fuerza la vegetación circundante o repiqueteando en las armaduras y morriones de los centinelas. Inclinado sobre la montura, hasta parecer una joroba del animal, Hernando abandonó el campamento hacia un riachuelo que ya amenazaba con llegar a torrentera.

Cuando se adentró en la espesura desmontó, asió las riendas y desenvainó la espada ropera más manejable. Por instinto se dirigió al levante con dirección sur y buscó una ruta tupida con grandes hojas de filodendro, helechos y palmas, aun a sabiendas de que el camuflaje también podía servir a enemigos emboscados. Avizoró los ojos escrutando entre las sombras y afinó el oído para distinguir entre el monocorde aguacero y el rumor de ramas pisoteadas.

Confiaba en alcanzar sin reveses un río de aguas espumosas y rápidas, que calculaba a unas seis leguas, a partir del cual podría cabalgar a galope un buen trecho, inalcanzable para cualquier perseguidor, pero antes debía atravesar el cerco de los guerreros de Uraca. Mantenía su ánimo despierto pero, sin una razón que lo justificara, los latidos de su corazón se desbocaron al llegar a un arracimado conjunto de árboles festoneados de bromelias e inalcanzables orquídeas.

Oyó un chasquido a su derecha y vio venirse hacia él un espectro empapado, con un penacho deshilachado por la lluvia y un brazo en alto blandiendo una macana. Se diría que el enemigo era mudo porque no soltó el más leve quejido cuando la espada de Hernando le abrió la carne por encima del estómago. Creyó entonces que su espalda se había partido por la mitad. El dolor en el hombro fue tan intenso que sus piernas se aflojaron y cayó de bruces sobre una alfombra de hojarasca enfangada. Cuando se volvió creyó ver ante él un cíclope embozado por una catarata de agua. Se trataba de un musculoso indígena que le había atacado por la espalda, dispuesto a rematarle ahora de un contundente estacazo. El español lanzó un primer mandoble que hizo retroceder y vacilar al indio. El momento que le costó ponerse de rodillas le pareció eterno y el más titánico de los esfuerzos. Le temblaba todo el cuerpo, sentía a un regimiento de carpinteros remachándole las sienes y sus ojos apercibían una neblina grisácea donde se perfilaba el cuerpo del guerrero de Uraca que prudentemente se le aproximaba.

Nunca se explicó qué último aliento, oculto en lo más recóndito de su alma, dio fuerza a su brazo para lanzar la estocada que atravesó aquel cuerpo fibroso que se le desplomó encima. Entonces el dolor fue más intenso, sintió la coraza como una granítica losa sobre el pecho y su cabeza giró velozmente en un torbellino, que arremolinaba árboles y aguacero, hasta hundirse en una tenebrosa oscuridad.

Incapaz de calcular el tiempo que estuvo inconsciente, Hernando se sintió aliviado al abrir los ojos y contemplar un cielo negro que destilaba una suave llovizna y la serenidad con la que la cabalgadura ramoneaba unas hierbas cerca de donde estaba caído. Los dos indígenas permanecían inmóviles.

El primer atacante tenía el vientre cubierto de una espesa mancha de sangre que le goteaba por un costado. El que quiso aplastarle mientras le llegaba la muerte mantenía la mitad de su cuerpo inanimado sobre el peto de Hernando, que al incorporarse sintió de nuevo el afilado dolor sobre su hombro izquierdo. No necesitó palparse para saber que uno o varios huesos estaban destrozados. Cuando hubo montado con mucho sufrimiento sobre la yegua, colocó su brazo en cabestrillo, bien ceñido con el tahalí, y reemprendió la marcha.

Los primeros rayos de la amanecida fueron como resplandores fugaces entre los ribetes negruzcos de las últimas nubes tormentosas arrastradas por el viento muy por encima del dosel arbóreo. Abajo, la lluvia había dado paso a la humedad asfixiante que emanaba de la neblina densa y vaporosa que exudaba el lecho de la selva. El rumor de una corriente cercana calmó la enfebrecida cabeza de Hernando, que espoleó la montura para abandonar lo antes posible aquel horno de verdor.

La primera bocanada de aire fresco le devolvió el resuello al borde del fragoroso río donde terminaba la floresta. Al otro lado de la corriente se extendía un paúl, al costado de las marismas que desaguaban en la Mar del Sur, pocas leguas a poniente.

De Soto oteó la orilla mas no encontró un paso seguro. Recorrió durante unas horas la ribera hasta localizar un tramo de no más de treinta pies donde las aguas se remansaban.

Firmes las riendas en su mano derecha azuzó con las rodillas a la yegua gateada, remisa a entrar en la corriente. Había atravesado las tres cuartas partes del río cuando la cabalgadura se hundió al perder pie en el fondo desnivelado y resbaladizo. Hernando se vio sumergido en aguas burbujeantes y turbulentas, estrellado contra el lecho rocoso, con tal golpe que pensó que su dolorido brazo le era arrancado del cuerpo. El caudal no tapaba más allá de un metro y medio, pero su piso parecía losado de peñascos vivos y encerados. Cuando consiguió salir a respirar braceó con brío hacia la orilla, sin importarle el dolor de su hombro, tan intenso que a punto estuvo de perder la conciencia. Pocos metros corriente abajo la yegua hacía esfuerzos por incorporarse y alcanzar terreno seco. Más que a nado, Hernando alcanzó la orilla a tientas, y allí se sentó sobre una rama varada entre las rocas para palparse con cuidado el hombro y soltar un alarido de rabia que recorrió la vecina selva como angustiosa llamada de un animal malherido.

No se apercibió de que había perdido los víveres hasta que detuvo el galope frente a una gran meseta que le cerraba el paso. Llevaba horas sin probar bocado, sólo había catado esfuerzos y heridas y ahora su cuerpo le reclamaba un sustento. No había modo de escalar semejante cerro de paredes tan lisas y blanquecinas como lápidas sepulcrales, que servía de baluarte a la inmensa espesura que se extendía detrás. La noche le alcanzó antes de que pudiera rodear el monumental baluarte volcánico y el hambre le mordió de tal manera las entrañas que apenas durmió algunos minutos. La entrada en la selva, al día siguiente, recompensó sus sinsabores. Algunas bayas rojizas de sabor ácido y tallos de palmito socorrieron a su dolorido estómago.

En las jornadas siguientes procuró apartarse de las humaredas que delataban poblados cercanos y cabalgó por entre la raya que limitaba el bosque de los pantanales a los que sucedían bosques y a los que sucedían otras marismas.

Había cruzado a nado los dos ríos, que tenía garabateados en el mapa que guardaba en un bolsillo de su jubón, bautizados por

151

los españoles con los nombres de San Lorenzo y San Félix, y se
adentró en las tierras de Veragua. Acostumbraba a descansar al
abrigo de las raíces arbotantes de las ceibas, recostado sobre el
tronco, con la silla de montar a modo de parapeto, bien sujeta la
espada. Por la inconveniencia de prender un fuego delator, Hernando quedaba a merced de las fieras durante las horas de sueño, que resultaba a la postre un duermevela.

Le llegaban entonces las visiones, las más de las veces infernales, y otras, las menos, se le aparecía el amable cuerpo y rostro
de Isabel de Bobadilla, ahora como una traviesa niña jugueteando en medio de la floresta, ahora una mocita desnuda e insinuante que se le ofrecía en la alcoba de su casa paterna. A ratos volvía
a conversar con Balboa, que le repetía risueño que los ajusti-
ciamientos no tuvieron lugar y todo fue un sueño que soñaba,
hasta que la gigantesca sombra de Pedrarias envolvía a ambos
para descabezar al Adelantado de un certero hachazo y cercenar
después el brazo izquierdo de Hernando, que se veía lisiado y a
merced de decenas de indios prestos a rematarle. Entonces em-
prendía una veloz carrera hacia un mar de extraño color violá-
ceo que se alejaba cuanto más se aproximaba. Allí, tendido sobre una playa de arena plomiza y fría, sentía dolor, tanto dolor
que sus ojos se abrían bañados en las lágrimas que lavaban los
desvaríos.

Una noche, en la linde de las tierras de Penomoné, el cansancio resultó más poderoso que la vigilia y Hernando cayó en
un profundo sueño. Fueron los bufidos de la yegua y su frenético cocear contra el árbol al que estaba amarrada lo que despertó a De Soto, que se estremeció ante la visión del gigantesco
tigre que olisqueaba los estribos de la silla. El sobresalto del soldado alertó al felino, que abrió sus fauces y avisó con un rugido
a su eventual presa, quien palpaba a su alrededor en busca de la
espada que había caído de su mano cuando le venció el sopor.
Cuando empuñó el arma se incorporó lentamente restregando
la espalda contra el tronco del árbol que le daba refugio apoyándose en el acero, mientras el tigre giraba sobre sí mismo inde-
ciso en el ataque. Hernando casi podía oler su fétido aliento cada
vez que abría amenazante la boca.

La fiera retrocedió un metro y remoloneó sin dejar de mirar

a Hernando. Su salto fue un relámpago y las garras quemaron como hierros candentes su inmóvil antebrazo izquierdo, mientras los colmillos navajeros roían la coraza. Abrazado a la fiera, Hernando mantenía hundida la espada hasta la cazoleta atravesando el lomo de la fiera, que se estremecía entre estertores, mordiendo el peto y lacerando el antebrazo. El tigre cayó sobre la montura de cuero con un último jadeo mientras el corazón del soldado parecía escapársele por la boca de tanto como latía.

Hernando creyó que la alta fiebre le hacía ver visiones cuando distinguió fumarolas en torno al río de los algarrobos, a grupos de indios y naborías entregados al trabajo en los maizales y a la pesquería en el manso mar que se mecía en el ancho cabo donde se levantaba rocosa la fortaleza de Pedrarias.

La debilidad, causada por las heridas del antebrazo y tan escasa alimentación, apenas le mantenía erguido sobre la yegua. Fueron unos indígenas de un bohío cercano los que repararon en el solitario jinete inmóvil sobre el cerro. Hernando los vio señalarle con los brazos y amagar con acercársele. Luego rodó sobre la silla y se desplomó sobre un manto de acolchada hierba.

153

El primer rostro amigo que contempló al abrir los ojos fue el de Benalcázar; junto a él se encontraba Pizarro, circunspecto como era su costumbre; y al pie de la cama, Espinosa y el mismísimo Pedrarias cuchicheaban con un fraile que llevaba una jofaina con agua clara y algunos paños.

Hernando estaba acostado en uno de los camastros dispuestos en una amplia estancia contorneada por un muro de piedra de apenas dos metros de altura, donde se habían encajado maderos a modo de pilastras para sostener la techumbre rectangular cubierta de palmas. Tan modesto hospital estaba a cargo de los primeros franciscanos que habían llegado a Panamá no hacía mucho tiempo.

De Soto miró a su alrededor para descubrir, a través de los tablones, un cielo borrascoso que muy pronto abriría sus compuertas a un aguacero torrencial. Junto a él, otros pacientes se consumían por las fiebres o se curaban de recientes heridas. El recio cordobés fue el primero en hablarle:

—Te has salvado por muy poco, Hernando. Un día más perdiendo tanta sangre y fray Mateo, en vez de sanarte, te hubiera dado sepultura. Cuando te trajeron los indios, parecías un verdadero *Ecce Homo*.

—¿Qué ha ocurrido, De Soto? —preguntó Pizarro con un leve rictus de inquietud.

Hernando se incorporó con la ayuda de Benalcázar y dirigió su mirada hacia Pedrarias, que se había situado al borde del lecho.

—Excelencia, Compañón necesita ayuda urgente. A los pocos días de que se marcharan Espinosa y Pizarro los indígenas reiniciaron los ataques. Nuestros hombres se defienden bien, pero no les queda mucha munición ni víveres. Espero que no sea demasiado tarde para el socorro que precisan. Llevo a caballo más de una semana.

—No pierdas cuidado, De Soto —contestó Pedrarias—. Llegaremos a tiempo y tu sacrificio no habrá sido inútil. Hoy mismo zarpará Espinosa con dos bergantines en auxilio de esos esforzados. En cuanto a ti, mereces algo más que un descanso. Te has portado como un valiente y eres digno del reconocimiento de toda la colonia. Yo mismo así lo proclamaré. Compañón y sus hombres te deberán la vida y nosotros te honramos por ello. Mas tu misión bien merece una recompensa, aún mayor que el ascenso en la milicia que tan bien has ganado, de modo que puedes solicitar el favor que se te antoje. Ahora reposa porque a un soldado como tú le aguardan nuevas hazañas para las cuales necesita el cuerpo sano y fuerte. Hablaremos de eso en el futuro.

—Excelencia —contestó Hernando—, hacedme la merced de otorgar la libertad al soldado Álvaro Nieto, que permanece en desgracia por su lealtad hacia Balboa y a quien se quiere enviar a galeras. Permitid que viva y se aliste bajo mi mando.

El Gobernador asintió con la cabeza y se volvió a Gaspar de Espinosa, mientras Pizarro dirigió una sonrisa cómplice al herido y Benalcázar le apretó su brazo sano guiñándole un ojo de forma pícara y acercándoselе le dijo en tono muy bajo.

—¡Bien hecho, Hernando! Ya eres un héroe como a mí me gusta. Te falta miedo y te sobran cojones.

Pedrarias interrumpió la plática que sostenía con su segundo en el mando y volviéndose a Hernando le dijo con solemnidad.

—Se me olvidaba deciros que mi señora y mi hija Isabel me han encargado que os desee en su nombre una rápida mejoría y sepáis que estáis presente en sus oraciones. Yo también me uno a tales deseos y sabed que mi casa está abierta siempre que queráis visitarla.

Las gracias de Hernando sonaron entrecortadas por la emoción. Pedrarias le abría su círculo privado, reservado a quienes el Gobernador tenía verdadera confianza y adjudicaba importantes misiones de conquista. La sopa de maíz que le ofreció fray Mateo, cuando se fueron las visitas, le supo al mejor manjar.

La convalecencia fue larga pero placentera. Reanudó las partidas de ajedrez, una afición que tenía abandonada desde hacía meses, y releyó las páginas del *Amadís de Gaula*, libro por el que sentía fascinación, que le ataba a una vida pasada y le procuraba ensoñaciones futuras.

Las visitas al hogar de los Pedrarias eran frecuentes y el propio Gobernador veía con agrado los largos paseos del joven capitán con su hija Isabel, una relación bendecida por la esposa de don Pedro, para la que De Soto encarnaba ciertas virtudes que no adornaban a sus acomodaticios hijos varones que permanecían en el Reino.

Los que sobrevivieron con Compañón, rescatados a la postre por Espinosa cuando estaban a punto de ser masacrados por Uraca, agasajaban a Hernando de continuo como a su salvador, y muchos le solicitaban servir a sus órdenes en expediciones venideras.

Pero la confortable vida de Hernando poco o nada tenía que ver con las tumultuosas corrientes que subyacían en Castilla del Oro, a cuyas costas se acercaba el nuevo Gobernador, Lope de Sosa, con las nuevas tan malas para Pedrarias. Por entonces llegaron noticias de Gil González, peor aún de las que podía imaginar la Ira de Dios. El desertor había ido más allá de un intento por guardarse para sí el oro de su conquista y, a través de los oficios del Gobernador de Cuba, Velázquez, había conseguido de su valedor en Castilla, el obispo Fonseca, un mandato

155

real por el que se le autorizaba a emprender campañas al norte del Darién y Veragua por cuenta propia y bajo su gobernaduría. Es sabido que la providencia socorre a menudo a los malvados para desasosiego e incomprensión de los buenos cristianos y así ocurrió con Pedrarias cuando se trasladó a la Antigua para dar la bienvenida a su sucesor. Ambos hombres apenas se vieron durante unos minutos a bordo de la nao capitana donde decidió permanecer don Lope hasta que se dispusiera su traslado a Panamá.

Ese mismo día, lo que se antojaba como un malestar pasajero provocado por el largo viaje y el deshabituado cuerpo del nuevo Gobernador a las asperezas del Darién, acostumbrado como estaba a la magnanimidad de los aires de las Canarias, devino en graves fiebres que ultimaron su vida en pocas horas. Lo que debió ser un cortejo real se trocó en funeral para regocijo de Pedrarias y desazón de Fernández de Oviedo, cuyas provisiones y cédulas quedaban momentáneamente sin efecto.

Don Pedro Arias Dávila, por voluntad de Dios, seguía al mando de Castilla del Oro, y por deseo propio presto a eliminar a quienes consideraba sus nuevos enemigos, el primero Fernández de Oviedo, y con él Vicente Peraza, nuevo obispo, un dominico confiado y de estricta moralidad, y el nombrado nuevo alcalde mayor, el licenciado Salaya, cuya arrogancia iba pareja al odio por los Pedrarias. Sin pérdida de tiempo, el Gobernador dispuso que su señora y sus dos hijas, Isabel y Elvira, partieran hacia España con la doble misión de mediar ante el Emperador a su favor y presentarle el gran tesoro de oro y perlas como señal inequívoca de su buen gobierno y la lealtad a la Corona. Para el felón Gil González tenía otros planes.

Hernando de Soto apenas tuvo tiempo de despedirse de Isabel, que zarpó con su madre y su hermana en la misma nao que trajo al malhadado Lope de Sosa. Las últimas palabras del jerezano fueron de consuelo para la joven y una promesa matrimonial para cuando pudiera regresar a España envuelto en honores y con la bolsa bien repleta. Pero hasta entonces había toda una vida que defender día a día y una fama que conquistar herida tras herida.

El joven capitán de lanceros e infantes tenía un papel que

desempeñar en los cálculos inmediatos de Pedrarias. De Soto contaba con la confianza de Fernández de Oviedo y todos conocían la gran estima que le tenía el anterior obispo Quevedo, por ello resultaba la persona idónea para situarla junto a fray Peraza sin que levantara sospechas entre las nuevas autoridades que viajaron con don Lope de Sosa. Hernando recibió el puesto de capitán de la guardia del clérigo con el encargo de vigilar al obispo e informar acerca de eventuales conspiraciones. Sería uno de los oídos de Pedrarias en el centro mismo de cualquier conjura.

El Gobernador se encargó de neutralizar a Oviedo obligándole a permanecer en La Antigua, sin un quehacer especial en una ciudad que se desmantelaba por horas. Así fue que el desánimo le llegó pronto al cronista, que huyó de la decepción que le procuraba su inactividad con la escritura de una novela de caballería a la que tituló *Claribalte,* lo que estaba muy lejos de sus atinados y exactos escritos sobre las Indias. Demasiada poca empresa para tanto talento. En pocos meses, harto y desmoralizado, regresó a la corte.

Pedrarias usó con el licenciado Salaya una estrategia más sutil: le ratificó en su cargo de alcalde mayor y se dedicó a adular su persona y estimular su confianza hasta llegado el momento de actuar contra él. El licenciado se vio sorprendido incluso cuando don Pedro tuvo a bien abrir el juicio contra sí mismo, de acuerdo con las instrucciones reales, por los sucesos de Acla. El proceso nunca tuvo lugar porque no se encontraron testigos ni demandantes contra Pedrarias. Mas la ley fue cumplida y así hubo de certificarlo Salaya, cuya arrogancia le impedía ver la trama que se urdía en torno suyo.

Fray Peraza resultó estar muy al cabo de la vida en la colonia y los excesos cometidos bajo la gobernaduría de Pedrarias, bien instruido por su antecesor Quevedo. Aunque temía impartir una doctrina que incomodase al Gobernador en el trato con los indígenas, quería dejar de inmediato una impronta moral en su nueva diócesis. Procedió de tal manera que levantó las iras de los españoles con sus ordenanzas que prohibían el juego, en especial los dados, o dificultaban el trato carnal entre blancos e indígenas. Fue la coartada que necesitaba Pedrarias para acusarle

157

de intentar subvertir a la tropa e instalar el descontento y la rebelión entre sus hombres. ¿Acaso no podía considerarse aquello como una traición?

Pero Hernando no pudo informar al Gobernador de motines e intrigas, sino de planes para la cristianización de la colonia y medidas inquisitoriales contra los soldados renuentes a convertirse en monjes con espada. No pasó mucho tiempo hasta que el obispo enfermó y murió, lo que alimentó las habladurías sobre la intervención de Pedrarias para adelantar el encuentro entre fray Peraza y Dios Nuestro Señor. Si hubo intervención humana en esa muerte, De Soto la desconocía.

El acontecimiento y los correveidiles sobre el caso desconcertaron a Salaya, que solicitó explicaciones al Gobernador de tal modo y manera que Pedrarias no tuvo reparos en amenazarle.

—Cuidaos con lo que decís, licenciado, porque no tengo empacho en cortar la cabeza a quien de esa forma impune calumnia y difama el nombre de Arias Dávila acusándolo de asesino sacrílego. Cuando doy la orden para una ejecución, no miro nombre ni rango.

—Quien haya de cortarme la cabeza debe ser mejor que yo —respondió Salaya ciego de ira y más altanero que de costumbre—. Y vos, excelencia, no lo sois. Muchas cabezas han rodado por vuestra injusticia y sin causa que lo justificara. No consiento vuestras amenazas porque estoy aquí por voluntad del Rey para observar vuestras manos manchadas con la sangre de inocentes y evitar más tropelías e injusticias a las que sois tan dado. ¡Cuidad vuestra cabeza! El mal siempre paga con intereses.

La disputa fue conocida por los nuevos panameños, que se extrañaron de que Pedrarias no respondiera a las duras amenazas del nuevo alcalde, y los más antiguos quedaron estupefactos cuando en las semanas siguientes el Gobernador agasajó a Salaya con remesas de indios naborías, caballos y útiles de trabajo.

Desde las cantinas de la calle de la Carrera hasta los bohíos del arrabal de Pierdevidas todos se hacían las mismas preguntas: ¿qué oscuro poder tiene Salaya? ¿Encontró al fin Pedrarias la horma de su zapato? La respuesta llegó pronto en forma de repentina enfermedad que llevó al altivo licenciado a la tumba. Se pregonó en voz alta la fatalidad de que hubiera contraído las malignas fiebres de las marismas y se murmuró a escondidas sobre la mano negra e inmisericorde de Pedrarias con sus enemigos.

Libre de ataduras políticas, el Gobernador organizó la expedición contra Gil González y la conquista de las tierras norteñas del cacique de los indios nicarao, conocido como Macuilmiquiztli. El joven capitán de la guardia personal de Pedrarias, Francisco Fernández de Córdoba, natural de la villa de Cabra, obtuvo el mando de la partida. Como segundos en el mando fueron nombrados De Soto, Compañón, Benalcázar, Miguel de Estete y Gabriel Rojas.

La columna fue aprovisionada con municiones, dos bergantines y una veintena de caballos, sufragada en gran parte por la nueva empresa comercial que habían fundado Francisco Pizarro, Diego de Almagro y un fraile llamado Luque, mejor dotado para las cuentas que para la liturgia. La empresa de los tres socios tenía como fin la conquista del reino del Birú, con la autorización de Pedrarias, a quien se le había garantizado una parte de los beneficios. Ahora, Pizarro y Almagro optaban por invertir en la jornada de Fernández de Córdoba con el ánimo de obtener ganancias fáciles para pertrechar su gran expedición a las ricas tierras allende la Mar del Sur.

A mediados del año 1524 el capitán egabrense tenía la tropa lista para la partida. En un ardiente día de mayo los hombres formaron en la Plaza Mayor, frente a los cimientos de la iglesia catedral, y en paralelo a la barra de basalto que paraba la mar océana. Los jinetes primero, con Hernando a la cabeza flanqueado por Benalcázar y Compañón. Detrás del jerezano, como su sombra, montaba Álvaro Nieto, satisfecho de servir a un señor que tanto le recordaba a su admirado Balboa. El cortejo proseguía con los infantes, lanceros y arcabuceros y lo cerraba una pequeña caravana de carretas con las provisiones, barriles de pólvora y piezas artilleras.

Pedrarias, acompañado de Fernández de Córdoba, que zarparía días más tarde en uno de los bergantines, se santiguó y dio la orden de partida. De Soto correspondió con la señal de la cruz sobre su pecho y con el brazo en alto indicó que se avanzara. Desde la columna alguien gritó: «¡Por Santiago y por Castilla!», que fue coreado con el entusiasmo que despierta el primer paso de cada viaje y la fe en un porvenir venturoso. Los hombres mantuvieron la formación a lo largo de la calle de los Calafates y a través del mercado de los Genoveses hasta alcanzar el puente del Rey, que franqueaba el paso a la selva, el misterioso reino repleto de vida y de muerte que engulló la columna cuando el sol alcanzó el mediodía.

Algunos desertores de Gil González, que habían regresado al Darién, hablaron de un gran lago «que parecía una mar de agua dulce que crece y mengua». Pedrarias y los suyos supusieron que podría ser la vía entre océanos que tan afanosamente se buscaba por orden imperiosa del rey Carlos. La conquista y exploración de los alrededores del gran lago eran, pues, la primera misión de la columna de Fernández de Córdoba. La expedición por tierra, bajo el mando de Hernando, Benalcázar y Compañón, evitó los belicosos dominios de Uraca y se dirigió al levante, hacia las costas del mar de los Caribes, para regresar de nuevo en dirección a poniente.

Durante las primeras semanas de ruta no hubo contratiempos. Los indios eran, por lo general, pacíficos y generosos con varios grados de civilización por encima de las tribus del istmo. Era aquélla una costa rica, sin duda, donde los aborígenes trabajaban la madera, confeccionaban vistosas ropas con plumas y algodón y edificaban templos en piedra en medio de una naturaleza benigna plagada de olorosas flores y ricos frutos. Tan fértil y buena tierra se prestaba para el asentamiento y, de ese modo, siguiendo las indicaciones del comandante, se erigieron los primeros fundamentos de sendas villas en las tierras de los pacíficos caciques Orotina y Nechequeri, que llevarían como nombres respectivos Bruselas en honor del Emperador, y Granada, como recuerdo del último bastión moro ganado por los reyes Isabel y Fernando.

En tanto se acometían las primeras obras, Hernando y Benalcázar recibieron el encargo de llegarse hasta el gran lago y explorar si algunos de los ríos que le desaguaban comunicaban las mares océanas del Atlántico y del Sur o Pacífico.

160

La visión de las aguas del Cocibolca, como así llamaban los indígenas de Nicaragua al lago, empequeñecía cualquier relato de los desertores de Gil. Desde la orilla mecida por el oleaje, los castellanos perdían su vista en el extenso espejo azulado en cuyo centro se erguía como un coloso eterno la isla de Ometepe. Los bosques frondosos e impenetrables alternaban con playas de arena negruzca en una prolongada ribera. Ante tal mar interior cualquiera se hubiese creído descubridor de un nuevo océano de no haber catado el dulce sabor del agua. Con toda diligencia se construyó un frágil bergantín donde se embarcaron De Soto, Benalcázar y otros doce soldados para surcar el lago y llegarse hasta la isla. Por su parte, Compañón y hombres de a caballo bordearían la gran albufera en busca de desaguaderos.

A medida que los hombres bogaban hacia la isla, en el transcurrir de la mañana, las nubes dejaron ver el cono volcánico que presidía majestuosamente Ometepe, con sus laderas repletas de cedros, robles, nísperos y ceibas. Hacía mucho tiempo que el volcán Choncoteguatepg no vomitaba sus entrañas infernales.

Hubo otro prodigio que maravilló a los españoles tanto como los intranquilizó el comprobar cómo hacía agua la quebradiza embarcación. Al poco de zarpar se fueron arremolinando en torno a la barcaza amenazadoras aletas de tiburones, peces asesinos que todos habían visto alguna vez en el mar, pero jamás en agua dulce. Para De Soto y Benalcázar era la prueba de que el lago comunicaba con los océanos o, al menos, con uno de ellos, y estaban decididos a dar con ese acceso porque bien valía jugarse la vida por tal descubrimiento que los haría famosos por los siglos. Mas lo único cierto era que sus vidas corrían peligro en ese preciso momento y era menester alcanzar la isla cuanto antes. Se olvidó el miedo a los tiburones y se redobló el esfuerzo en la boga.

Los hombres desembarcaron en una pequeña ensenada cercada por matorrales y un alto robledal. Al poco de poner pie en tierra el alano que sujetaba uno de los infantes gruñó olisqueando un peligro invisible y los soldados, avisados veteranos en luchas y emboscadas, se pusieron en guardia.

Nuño Arranz, un soriano corajudo y tahúr, fue el primero

161

en caer al suelo con el brazo ensartado por una flecha; un arcabucero vecino le siguió tras una pedrada en la frente. Las reta-
mas y el bosque parecieron parir aborígenes armados con macanas, hondas, arcos y afiladas cañas, que se precipitaron como
demonios sobre los invasores.

Benalcázar utilizaba la espada tizona con furia y a dos manos, abatiendo en cada mandoble a más de un enemigo. De Soto
empuñaba con la mano derecha la ropera para ensartar indígenas y con la otra sostenía la daga para acuchillar a los que se le
venían encima. Todos trataban de abrirse paso hacia la embarcación donde aguardaba un segundo arcabucero con la mecha
dispuesta. Cuando Hernando retrocedió hacia el bergantín tuvo
una corazonada y volvió al lugar de la pelea. Vio entonces a Álvaro Nieto en el suelo, desarmado, defendiéndose de las acometidas y golpes de los indígenas a patadas e intentando inútilmente
recuperar el arma medio enterrada en la arena. Estaba a merced
de los atacantes y parecía llegada su hora definitiva. El jerezano
se lanzó contra los montaraces enemigos pasando a espada y
cuchillo a quienes rodeaban al de Alburquerque; tronó entonces
el arcabuz por encima de sus cabezas y los indios se replegaron
asustados. De Soto ayudó a su compañero, molido a golpes, a incorporarse y ambos regresaron al frágil navío.

—En esta tierra —dijo Hernando al magullado Nieto— nos
basta con un corazón fuerte, pero son insuficientes dos brazos y
es cosa de imprudentes el solo uso de la espada, jamás está de sobra una buena daga. Tú deberías saberlo después de tantos años.

Nieto le respondió con una sonrisa y asintió con la cabeza
reconociendo un error que nunca más cometería.

La escaramuza terminó sin demasiadas desgracias: cinco
hombres heridos y ninguno de ellos de gravedad. Durante el retorno escucharon disparos y una gran algarabía en la orilla próxima. Compañón y los suyos habían entrado en batalla y hacia
allí mandó Hernando poner proa. Cuando arribaron, la pendencia había concluido y Compañón se desgañitaba con un lenguas
para hacerse entender con los tres indios que tenía cautivos.

Uno de los indígenas tocaba sin cesar el peto y la cara del capitán español e indicaba con su brazo extendido hacia un lugar
indeterminado más allá del gran lago. Por más que Compañón

le daba empellones para apartarle, el indio insistía en apuntar con su brazo allende las aguas y parlotear en una lengua que hacía encogerse de hombros al traductor nativo. Andaban en ese juego de dementes cuando fray Diego Agüero se adelantó a todos y comenzó a garabatear en la arena un mapa de las orillas lacustres, con la isla Ometepe en su centro, y marcó con un círculo y el dibujo de una espada el lugar en el que se encontraban.

El franciscano, que pasaba de los cuarenta y era natural de la Puebla de Alcocer, llegó a las Indias con el Almirante en su cuarto viaje. Había desertado de la expedición de Gil González y servía ahora más como guía que como médico de almas. Era parco en palabras pero de gran memoria e inteligencia despierta.

El fraile ordenó al persistente indio que se le acercara. En un silencio absoluto tomó el brazo del indígena y lo llevó al lugar donde había borroneado el círculo y la espada. Sin dejar de mirarle, el fraile se señaló a sí mismo y a todos los españoles y después puso su dedo en el dibujo. Con parsimonia apuntó con el mismo dedo índice al indio. El nativo comenzó de nuevo su jerga ininteligible y señaló sobre el mapa un lugar al norte del lago, en la orilla opuesta. El fraile y todos los demás permanecieron callados mientras el pagano hablaba y hablaba sin dejar de señalar el lugar.

El nativo observó a su alrededor los rostros serios y expectantes de los soldados. Insistió una vez más en aquel punto indefinido sobre las arenas parduscas y, entonces, con la firmeza de unos dedos fibrosos y encallecidos, trazó un círculo y una espada iguales a los que hizo el fraile al otro lado del mapa marcado en la arena. Inmediatamente después señaló la cruz de madera que pendía por encima del hábito del dominico.

—Gil González y los suyos —dijo casi en un susurro De Soto.

—Parece que hemos encontrado a ese traidor hideputa —contestó satisfecho Compañón—. Ahora que decida Fernández de Córdoba lo que debe hacerse. Aunque en mi opinión deberíamos darle caza antes de que se escape. El paso de los océanos, si es que existe, lleva siglos ahí y permanecerá en el mismo lugar hasta que lo encontremos.

—Estoy de acuerdo —respondió De Soto—. Regresa con Benalcázar en busca de las órdenes. Yo me quedaré con el grueso de la fuerza y comenzaremos la marcha hacia el lugar indicado por el indio. Me gustaría que me acompañara fray Diego, tiene una percepción especial para entenderse con estos indígenas.

Les llevó tres días alcanzar el sitio señalado por el indio cautivo y pocos minutos comprobar que aquello fue un lugar de batalla entre las huestes de Gil González y los paisanos de quienes se enfrentaron a De Soto y Compañón en el lago.

El estado de putrefacción de los cadáveres, todos ellos descarnados por fieras, reptiles y la rapiña de los zopilotes, enseñaba que habían transcurrido varias semanas desde la escaramuza de la que no salieron bien parados los españoles. Fray Agüero enterró y bendijo cinco osamentas que se suponían cristianas por los jirones de ropa que los cubría. Pese a la inquina que se siente por los traidores y dispuesto a darles guerra sin tregua, el espíritu de los indomables que comandaba Hernando se sublevó ante aquellos restos de sus compatriotas, otrora cuerpos fuertes y mentes decididas para la conquista, convertidos en festín de alimañas.

Hernando de Soto sintió, por primera vez, lástima por sus enemigos, y se juró no abandonar a ninguno de sus hombres a los rigores de la naturaleza y al apetito de las fieras. Quien tan lealmente sirve merece el último aprecio de darle cristiana sepultura. Viéndose allí, firme, en medio de los despojos de la batalla, pensó en el castigo divino que pesaba sobre los castellanos convirtiéndoles en caínes errabundos, sedientos de sangre a través de las hostiles tierras de las Indias, menos dispuestos a conceder el perdón a su hermano que a los verdaderos enemigos del Rey y de la Iglesia. Bien sabía que de no haber sido los aborígenes, él mismo habría dado muerte a aquellos traidores infortunados. Cruel destino el de quien conociendo el pecado está obligado a cometerlo.

Ante la propia conciencia de bien poco valía la contrición de sentirse leal a la autoridad. Mas ¿qué autoridad? ¿La del desconocido y lejano monarca, extranjero por demás, dado a conceder regalías y gobiernos según el oro que le ofrecían o los consejos interesados que le daban? ¿La de Pedrarias, desalmado, ambicioso, decidido, valiente y sagaz? Sólo le quedaba la suya, asentada sobre la quebradiza lealtad de los compañeros de armas y la rectitud de sus actos. Intentaría, hasta donde pudiera llegar su brío, resistirse a la envidia y la venganza que siempre desemboca en injusticia y fratricidio.

Fernández de Córdoba no tenía intención de emprender una campaña de acoso contra Gil González y era su interés inmediato descubrir el paso interoceánico y asentar la nueva ciudad de Granada en los aledaños del Cocibolca.

Cuando Hernando regresó de su expedición al norte del gran lago recibió la orden de buscar el desaguadero marítimo. Él mismo, Benalcázar, Nieto, un aguerrido teniente de nombre Hernán Ponce de León, por el que De Soto sentía especial simpatía, y otros ocho hombres, se pondrían en camino. Todos ellos, a los que se unió en última hora el recién nombrado alcalde de la incipiente ciudad de Granada, Ruy Díaz, se acomodaron en el bergantín, embreado y calafateado a modo para la empresa, y tomaron rumbo sur levante por el Cocibolca hasta la boca de la corriente que los indios llamaban Ri y que los españoles bautizaron como río San Juan con la esperanza de conseguir buenaventura.

La vía fluvial era ancha, repleta de peces, y en las boscosas orillas se sucedían poblados con aborígenes que se asomaban al paso de la embarcación con más asombro y curiosidad que con ánimo combativo. Adultos, mujeres y niños, de muy baja estatura, cuerpos semidesnudos de color broncíneo, pelo lacio y pómulos marcados, veían como estatuas silentes deslizarse sobre las aguas aquella gran canoa, engalanada con una cuadrada tela blanca, habitada por seres cuyos pechos refulgían bajo el sol como si estuvieran fabricados con plata. La expedición navegaba por el centro del río para evitar los ataques e iba suficientemente aprovisionada para no recalar a menos que fuera rigurosamente necesario.

Los días transcurrían sin otra penalidad que los pavorosos ataques de los voraces mosquitos cada atardecer. Cada cual se protegía como le venía en gana, pero a la postre ni amortajarse todo el cuerpo o embadurnarse con el jugo de la planta del axiote les libraba de los picotazos del enjambre que envolvía el bergantín en un nube negra y zumbante. La picazón era tan intensa que eran pocos los que se resistían a rascarse con tal saña que a la mañana siguiente sus cuerpos parecían haber dormido sobre zarzales. Como alivio utilizaban vinagre aguado, aunque el único bálsamo útil era la resignación.

Mas el auténtico sufrimiento les llegó cuando se encontraron en su camino con la barrera infranqueable de los rápidos rocosos que represaban el río como una muralla invulnerable. El paso hacia el mar del Norte, el Atlántico, estaba abierto a las aguas y para los hombres a pie, pero no para la navegación. Fue la primera gran decepción de Hernando en las Indias; jamás lo olvidó porque se le antojó una grave derrota, aunque no fuera a manos de sus enemigos sino por capricho de la naturaleza. Hubiera dado su pequeña fortuna en la compra de toda la pólvora del mundo para hacer volar aquel baluarte peñascoso que frenaba su tránsito al cálido mar de los Caribes y a la gloria.

VII

Traiciones en Nicaragua

*E*l tornaviaje resultó un largo duelo para los decepcionados expedicionarios del río San Juan. No había ánimo ni siquiera para la conversación más intrascendente, cada uno de ellos rumiaba en silencio el fracaso. Ni siquiera el animoso Benalcázar se sentía capaz de improvisar chanzas o arengar a los hombres con su optimismo natural.

El bergantín quedó varado en los arenales del Cocibolca, a pocos pasos de las primeras casas de la Granada de Indias. Los hombres que descendieron de la embarcación se antojaban espectros abatidos por la derrota. De Soto vio llorar a alguno de ellos mordiéndose los labios para tragarse su rabia impotente.

El fracaso en río San Juan mudó los planes de Fernández de Córdoba para aquella región. Envió a Sebastián de Benalcázar a Panamá para que informara y recibiera instrucciones de Pedrarias y comenzó los avíos de la tropa perseguidora de Gil González. Se preparó una columna de cuarenta hombres y De Soto recibió la tarea de detener o dar muerte, si era el caso, a González. No era precisamente la misión que deseaba cuando su alma aún no se había serenado. Después del revés como explorador en el río le llegaba el primer combate contra otros españoles. Iba a comprobar que es más fácil templar el acero con fuego que sostener la fortaleza humana, corrompida por la envidia, la traición, la cobardía y la avaricia. Al menos contaría a su lado con Compañón, Ponce de León y el fiel Álvaro Nieto.

Era este Hernán Ponce, pocos años mayor que Hernando, tan reservado para sus asuntos que nadie tenía noticias de su lugar de nacimiento, aunque por el habla se diría que era natural de las tierras altas de Castilla. Le gustaba mantener tal secreto y así no desmentía, como tampoco aseguraba, que tuviera parentesco con otro notable Ponce de León, de nombre Juan, fallecido tres años atrás y que era reconocido como señor y conquistador de la isla Borinquén a la que cristianizó el Almirante con el nombre de San Juan Bautista. No le importaban a De Soto los arcanos orígenes de su amigo, sino su capacidad como soldado y conquistador, que puso de manifiesto dos años antes con la entrada en las tierras al norte de Veragua, en la ancha península de Nicoya. Hernán Ponce de León era por entonces leal y valiente, atributos suficientes para tener el respeto y la amistad del joven capitán jerezano.

Se acercaba la Natividad cuando la columna se puso en marcha bien provista de mapas e indicaciones de fray Agüero, quien les previno que habrían de encontrarse con tribus cristianizadas por él mismo durante sus correrías con Gil González y solicitó, por tanto, el trato que se debe a leales súbditos de Su Majestad el rey Carlos y a hermanos en la fe de Cristo. El franciscano obtuvo la promesa de Hernando de que se haría de esa forma.

Los avisos del clérigo eran ciertos y De Soto encontró indígenas en cuyos poblados habían erigido una cruz en el mismo palenque que antes les servía para oficiar sus ritos paganos. La labor de Agüero había dado además un fruto de gusto especial para los españoles: la inocente generosidad de los indígenas. De ese modo, los amistosos aborígenes fueron llenando de oro las alforjas de los soldados sabiendo que el dorado metal era el mejor de los presentes que se podía ofrecer a los enviados de su nuevo Rey y mensajeros de su nuevo Dios. Así llegó la expedición al poblado de Toreba, intacta y con 134.000 pesos en oro.

La noche era tibia y oscura. La tropa había acampado a las afueras del poblado y se había redoblado la guardia como disponía de costumbre Hernando siempre que no había luna o el lugar no satisfacía las medidas de abrigo que consideraba seguras. Añadía a todo ello la recomendación a los soldados de tener las armas a mano. Él mismo apenas había dormido un par de horas y se sentía especialmente intranquilo durante la ronda. Cuando volvió a su tienda se apaciguó al ver el sueño profundo y confortante que envolvía a Compañón. Se descolgó el tahalí y se tumbó sobre el catre con la mirada fija en la sucia lona que le cubría.

Apenas dio importancia a los primeros clamores que oyó y pensó que se trataba de alguna pendencia de juego entre los soldados del retén. Pero los gritos fueron en aumento y cuando salió de la tienda acompañado por Compañón, reparó en Ponce de León impartiendo órdenes y despertando a puntapiés a toda la tropa. Por el bosque cercano centelleaban teas encendidas que se acercaban por tres sitios distintos hacia el claro donde se ubicaba el campamento. Por encima de los desgañitados chillidos de los centinelas llamando a las armas se percibía con nitidez el grito repetido de los atacantes: «¡Viva Gil! ¡Muerte a los traidores!».

La montura estaba dispuesta y sobre ella saltó Hernando con la lanza en ristre. Tras él formaron una docena de infantes, mientras el resto de la columna se dividía en dos secciones a las órdenes de Compañón y Ponce.

Los primeros hombres de Gil González asomaron por la espesura; la luz de las antorchas remarcaba con claroscuros sus agitados rostros de expresión desencajada por los gritos y la tensión. De Soto galopó hacia la primera línea de asaltantes que asemejaba una empalizada de pequeñas fogatas, y cuando estuvo cerca detuvo la cabalgadura y la hizo caracolear mientras alargaba la lanza para crear en torno suyo un torbellino de acero que detuvo a los vociferantes soldados, uno de los cuales, tan decidido como imprudente, se atrevió a acercarse a Hernando con el inútil propósito de descabalgarlo. Un collar carmesí le adornó el cuello degollado. La arremetida de los peones de Hernando, con Nieto al frente, fue furiosa, chocaron los aceros y se desenvainaron las dagas.

De Soto lanzó el caballo contra un pelotón, que se vino abajo como muñecos de barro aplastados por una piedra cuando las patas del animal cocearon los cuerpos arremolinados y la certera lanza del jerezano hirió en la cara o golpeó con fuerza los morriones. Las huestes de Compañón y Ponce se batieron con igual bra-

169

vura a poca distancia estrechando el cerco sobre los asaltantes, cuya emboscada nocturna iba camino de convertirse en una ruina sangrienta.

En el sector de Hernando comenzó una retirada alocada hacia la selva, mientras los contrarios de Compañón y Ponce empezaron a arrojar sus armas para pedir la clemencia de la rendición. Sonó entonces poderosa, pero suplicante, la voz de Gil González por detrás de la floresta:

—¡Paz, paz, señor capitán! ¡Paz en nombre del Emperador! Soy Gil González Dávila, capitán de Su Majestad y castellano como vos.

Fue Ponce de León el que le gritó a Hernando desde su posición:

—¡Recela, Hernando! ¡Ese hideputa traidor es maestro en el engaño! ¡Acabemos con ellos ahora mismo!

De Soto acercó la cabalgadura hacia el lugar de donde procedía la voz de Gil y contestó:

—¡Parad el combate! No soy de aquellos que disfrutan matando a un enemigo vencido y tengo por norma confiar en la palabra de un capitán del Rey. Recoged a vuestros heridos y venid a negociad vuestra rendición ante mí, el capitán Hernando de Soto, leal súbdito del Emperador y de su Gobernador don Pedro Arias.

—Así lo haré, capitán De Soto —respondió Gil—. Va en ello mi honor y el respeto que os debo como servidor de la Corona.

Las tropas se retiraron a sus respectivos campos intercambiándose miradas más de alivio que de odio y se asistió a los heridos, la mayor parte en el campo de Gil, que contó también algunos muertos.

Las horas fueron pasando y no se tenía noticia de los emisarios de González Dávila. Ponce insistió en mantener la vigilancia, mientras Hernando optó por enviar un emisario a Fernández de Córdoba y dar reposo a los combatientes.

Con las primeras luces tornasoladas del amanecer se disipó la bruma de la selva y se condensó la traición. Las huestes de Gil, en mayor número que la noche anterior y con el apoyo de un escuadrón de caballería, arremetieron contra los somnolientos hombres de Hernando. Resultó una maniobra rápida y precisa que cercó a las fuerzas leales a Pedrarias, salvo por la retaguardia protegida por las chozas del poblado, cuyos moradores huyeron la noche anterior tras el primer combate fratricida.

Los atacantes superaban tres a uno a los soldados de Hernando, cuya piedad había servido para que Gil reagrupara a sus hombres y añadiera a la columna combatientes de refresco. La pelea estaba perdida antes del inicio. Empero, De Soto ordenó a Compañón y Ponce replegarse mientras él, con la mitad de los hombres, protegería su huida cuanto le fuera posible. Ambos se negaron a acatar la orden y todos se dispusieron en círculo para resistir la embestida. Atacantes y defensores se mantuvieron temerosos a la espera de iniciar la refriega a la que dio principio el propio Hernando con el grito: «¡Traición! ¡Manteneos firmes!».

El primer embate de los de Gil rompió la línea defensiva y la lucha cuerpo a cuerpo resultó una clara desventaja para los de Hernando, cuya disciplina valía de bien poco ante fuerza más numerosa. Desbaratado el círculo, muchos se rindieron y otros huyeron por entre las chozas buscando resguardo en la selva. Cuando De Soto fue rodeado por tres hombres a caballo y cinco infantes, arrojó la espada y con el brazo en alto ordenó detener tan desigual batalla. Uno a uno sus hombres se fueron entregando, con alivio los más, con desconsuelo los otros.

Hernando se vio frente a Gil González pero le costó reconocer al emprendedor teniente que conoció en La Antigua y que en el poblado de Panamá frecuentaba el entorno de Pedrarias. Estaba prematuramente avejentado, cano el rizado pelo, la tez muy pálida, los ojos acuosos y enrojecidos más por su conocida afición al vino —o en su carencia, al licor de maíz fermentado— que por la temprana hora que era. Desde la altura de su cabalgadura se presentaba altivo, pero el gesto fruncido y contrariado le daba aspecto de individuo ruin sorbido por el oro y el poder. Miró a De Soto con la misma satisfacción que tiene un cazador furtivo sobre la presa que ha caído en una innoble trampa.

—Habéis perdido en buena lid, capitán De Soto. Sois valiente y os reconozco por ello, pero la ingenuidad está reñida con la guerra.

—Vos, en cambio, habéis ganado con la traición. Vuestra palabra no vale más que la bosta de vuestro caballo. No representáis al Rey sino a vos mismo. El importante ejército que me sigue al mando de don Fernández de Córdoba está enterado de vuestra posición y os hará pagar caro esta felonía. Toda esta tierra no os pertenece por muchas capitulaciones y recomendaciones que podáis tramar; es el feudo del Gobernador Pedrarias cuya confianza habéis defraudado.

—De todo eso no estoy tan seguro —replicó Gil—. Que yo sepa somos al menos tres señores los que nos disputamos estas tierras. Yo mismo, vuestro Gobernador y el capitán Hernán Cortés, cuyo lugarteniente Cristóbal de Olid tiene pertrechado un ejército para reclamarnos por las armas estos dominios, que finalmente serán de quien mejor utilice la espada y la astucia. Y, por ahora, ése soy yo. Sois mi prisionero, pero no tenéis nada que temer. No tengo por norma utilizar el verdugo contra soldados leales y valerosos como suele hacerlo vuestro Gobernador Pedrarias. En cuanto a vuestros hombres, son libres de unirse a mí o volver a sus cuarteles. La misma invitación os la repito a vos y a vuestros capitanes.

Hernando se disponía a responder cuando dos soldados depositaron delante de Gil un arcón abierto que guardaba los miles de pesos en oro.

—Pobre y derrotado, mi buen De Soto —dijo con socarronería González Dávila—. A esto os ha llevado vuestra caballerosidad. Lucháis como un león y pensáis como un cabrero. Pero sois joven y, sin duda, aprenderéis la lección.

—Desde luego que os debo una lección —respondió Hernando—. Desde hoy he aprendido a reconocer mejor a un traidor a más de ladrón —y prosiguió con el mismo tono de ironía—. Pero no vivo gratis y aquello que recibo suelo pagarlo. Sabed, y que lo oigan todos estos castellanos, que vos me habéis enseñado que desde ahora mi clemencia nunca debe ser mayor que mi prudencia. Os agradezco que me salvéis la cabeza, pero os juro que si volvemos a encontrarnos, la vuestra penderá de la punta de mi lanza.

—Ja, ja. Devolvedle el arma que tan bien sabe utilizar, pero no le deis un caballo. Es tan buen jinete como alocado e imprevisible. Sería capaz de perseguirnos él solo para tratar de enmendar su error o morir en el intento. Tened sensatez, De Soto, y guardad vuestra energía a mi lado para enfrentarnos a Olid. Habéis nacido para la pelea y no para presentaros derrotado y sin fortuna como cualquier lacayo de Pedrarias. ¿Por qué os conformáis con migajas si podéis disfrutar como amo del festín? Si seguís por este camino, no os auguro riquezas ni que viváis mucho tiempo. Venid conmigo y no os faltarán oro ni dominios.

—Los vaivenes de la fortuna me preocupan un ardite, vuelven con la misma rapidez con la que se marchan. No siento vergüenza por lo ocurrido, mi derrota es obra de la traición y no de mi ineptitud. He elegido afrontar mi infortunio. Idos vos con vuestro robo y deshonor. Ahora que elijan mis soldados, como hombres libres que son, el destino que quieren seguir.

—Espero volver a veros, De Soto —dijo Gil González, haciendo un amago de volver la grupa.

—No lo deseáis tanto como yo —respondió Hernando.

Más de la mitad de los hombres abandonaron las derrotadas filas de De Soto para unirse a las de Gil. No había en ellos un especial afán de aventuras ni fidelidad a un nuevo caudillo en el que hubieran descubierto cualidades especiales, era una cuestión de simple seguridad, de ponerse al lado del vencedor y estar cerca de los miles de pesos en oro que consideraban suyos. A fin de cuentas, deberían seguir combatiendo y poco importaba que se hiciera por encima o al sur de Veragua, bajo uno u otro capitán; lo importante era conservar la vida el mayor tiempo posible y ganar tesoros cuanto antes.

Para ellos, míseros ganapanes en Castilla, el honor, la lealtad, la traición y la palabra dada no eran sino gentilezas que se dedican los nobles y los generales mientras se dan atracones de buena comida y privilegios en medio de la pobreza y la injusticia. Para algunos, también es cierto, resultó un sacrificio abandonar a Hernando de Soto, que siempre los trató como a iguales y repartió de forma justa el botín de las expediciones; pero desde la sabiduría que otorga el instinto de supervivencia desconfiaban del idealismo del joven capitán aparentemente despreocupado por el oro y más dedicado a alcanzar la gloria y un lugar en la Historia.

Hernando, flanqueado por Compañón, Ponce y Nieto, contempló con pesadumbre aquel cambio de bando y dirigió una mirada de agradecimiento a la decena de leales que permanecieron a su lado. El camino de retorno había de ser una retahíla de reproches mutuos, propósitos de venganza y juramentos para que la traición de Toreba no se repitiera nunca más, pues toda ventaja regalada al enemigo sólo sirve para cavar tu fosa.

De forma sorprendente Fernández de Córdoba no se sintió ofuscado por la derrota y la pérdida del oro e, incluso, reconfortó paternalmente a Hernando y a sus compañeros de infortunio. Se sintió, en cambio, muy interesado por conocer detalles sobre la expedición del enviado de Cortés, Cristóbal de Olid, y los planes de Gil González para presentarle batalla en la disputa del territorio. Mas De Soto quería resarcirse lo antes posible de los desastres pasados y solicitó, sin éxito, pertrechar una nueva columna de castigo.

174

El de Córdoba consideró que la venganza que se lleva con el ánimo desenfrenado conduce al fracaso y es mejor aguardar a que el tiempo merme las defensas y regale confianza al enemigo mientras se despeja tu mente para atacarle con mayor inteligencia que furia. A más, el empeño inmediato del lugarteniente de Pedrarias en las tierras de Nicaragua era el de consolidar la colonización y ya estaban erigidos los primeros cimientos de la nueva ciudad de León, que llegaría a ser sede de la capitanía de aquellas tierras.

Fallido el intento de desagraviar la traición de Toreba, De Soto tuvo permiso para aparejar varias almadías e intentar de nuevo alcanzar el mar del Norte o de los Caribes a través del río San Juan. Todo se preparó a conciencia y bajo la supervisión personal de Hernando, que olvidó durante esas semanas los sinsabores pasados. Se eligió a hombres fornidos, a herreros y calafateadores expertos, con buen aprovisionamiento de herramientas, grúas y maromas, para vencer los riscos que represaban el río y establecer un camino por tierra que vadeara el obstáculo.

Todo se llevó a cabo y un maravilloso atardecer, con las canoas y balsas cerca de la ribera, los hombres bramando de alegría, co-

ronados por bandadas de pájaros de todos los pelajes que sobrevolaban la expedición, frente a pantanales de cambiantes tonos
verdes y dorados dibujados por los mortecinos rayos del sol de
poniente, Hernando y los suyos divisaron el mar de los Caribes
más allá del ancho delta del río San Juan. Había un paso, fragoroso y difícil, entre los dos grandes mares, y lo habían encontrado.

No estaba expedito a las naos, pero la voluntad todo lo puede y allá donde el calado no permitía avanzar a los navíos, las
mulas y los hombres continuarían la ruta. Hernando de Soto
había dado con el desaguadero del río San Juan y en aquellos
momentos, inhalando el aroma salobre del mar cercano mezclado con la fragancia de la vegetación que le rodeaba, olvidó
penurias pasadas y disfrutó de su primer éxito tan intensamen-
te que sintió un vértigo de felicidad que nunca antes había experimentado. Se asemejaba, acaso, a la explosión de gozo que le
recorrió todo el cuerpo como una descarga artillera cuando pe-
netró con fuerza e inexperiencia a aquella india de piel tersa,
que olía a tierra mojada y sabía a fruta empalagosamente dulce,
en la isla de las Perlas, el día que le robaron a Balboa la Mar del
Sur. Ni siquiera los fuertes abrazos de Compañón, que amenazaban sus costillas, le liberaron del éxtasis.

Cuán distinta fue la llegada al puerto de Granada de Indias
de aquella otra, meses atrás, con los hombres derrotados, el bueno de Benalcázar serio y De Soto abatido. Ahora, el jerezano pisaba la arenisca negruzca ufano y triunfante, Compañón repartía
vivas y abrazos, Ponce describía a todo el que quería escucharle
lo descubierto y los ensoñaba con futuros negocios que a todos
haría ricos. Hasta Álvaro Nieto había perdido su natural discreción y sonreía a todos los que se acercaban al muelle desde los
talleres y los almacenes de salazón cercanos.

Fue Nieto, quien en medio de la alegre algarabía y los parabienes al Rey y a Fernández de Córdoba, gritó un sonoro «¡Viva el capitán De Soto!» que fue acompañado por los presentes.
Hernando miró a su fiel infante y le guiñó cómplice el ojo; el de
Alburquerque hizo una pequeña reverencia y asió con firmeza
la daga envainada al cinto.

Υ

Si proceloso había resultado el viaje de Hernando y los suyos a través del río San Juan, la situación en los dominios de Fernández de Córdoba se había tornado igualmente turbulenta en las últimas semanas.

El enviado de Pedrarias había decidido eliminar el nombre del Gobernador en las capitulaciones de fundación de las ciudades de Granada y León y sus últimas conquistas las hacía en nombre del Rey y del suyo propio. Hernando comprobó la división entre los hombres, unos a favor del alzamiento del de Córdoba, otros en pro de mantenerse fieles a la gobernación de Panamá.

No transcurrieron muchas jornadas hasta que el delegado rebelde convocó en la Plaza Mayor una reunión abierta del cabildo para dilucidar la cuestión. La brisa que provenía del lago formaba pequeños remolinos de arena en las esquinas de la plaza. Fernández de Córdoba, flanqueado por todos sus capitanes, se dirigió hacia el centro del rectángulo y se apoyó sobre el monolito de madera, símbolo del poder real en cuyo nombre se había fundado aquella villa. Miró a su alrededor para comprobar la alta concurrencia y adivinó que partidarios y enemigos se encontraban en lados opuestos, mientras los indecisos rodeaban a los jefes militares dispuestos a no perderse una palabra o un gesto.

—He convocado este cabildo —inició su alocución Fernández con voz recia y tono contundente— con el firme propósito de someterme a la decisión de la mayoría sobre el futuro de estas tierras. Mi voluntad queda a su servicio y haré cualquier sacrificio para servirla. Y esto incluye, llegado el caso, asumir la gobernación de las tierras que van desde Nicoya a los dominios de Nicaragua, así como el envío de relaciones y la petición de apoyo a nuestra libertad a la Audiencia de Santo Domingo y a las poderosas fuerzas del general Cortés como nuestro futuro aliado. Sostengo que es nuestro derecho, como descubridores y colonizadores, obtener la gobernación de todo cuanto queda bajo mi autoridad y repartir las ganancias con todos vosotros sin que tenga parte en ello ninguna persona de la Castilla de Oro, incluido su Gobernador Pedrarias. Debemos comprometernos en guardar y extender nuestras colonias libres de los caprichosos y advenedizos que tan plácidamente viven en Panamá, mientras nosotros nos jugamos la vida día tras día para llenar sus arcas. ¿Queréis que se lleve a efecto de este modo?

Un grito unánime de alborozo y asentimiento estalló en el lado de los seguidores de Fernández, mientras en el ala opuesta de la plaza, con menos público, resonó un sincopado coro de noes.

Los capitanes Rojas, Sosa y Estete se sumaron al grito de «¡Libertad y Gobierno!», mientras fray Pedro de Zúñiga se mantenía en silencio, al igual que los capitanes De Soto y Compañón.

La bulla a favor de la sedición creció al sumarse a ella los hasta entonces indecisos. Fue entonces cuando Zúñiga colocó paternalmente la mano en el hombro del de Cabra y le bendijo. Cuando Fernández de Córdoba saludaba alborozado a sus partidarios reparó en el gesto serio y silencioso de Hernando.

—¿Qué os pasa, De Soto? —preguntó el recién aclamado nuevo Gobernador—. ¿Acaso no participáis en esta nueva empresa o no os parece bien nuestra libertad?

—A mí no me enredéis en vuestras artimañas y bajezas. Soy capitán del Gobernador Pedrarias y a él debo obediencia. Vos sabéis que estáis perpetrando una traición que se paga con la muerte. Pero ¿qué clase de aire emponzoñado se respira en estas tierras o qué extraños brebajes emborrachan a todos los que tienen mando de tropas que se vuelven traidores y están decididos a disputar el poder y la ley al mismísimo Rey? —Sus últimas palabras fueron escuchadas por muchos de los presentes a pesar del bullicio que persistía en la plaza.

—No os consiento tal insubordinación —contestó en un tono aún más enérgico Fernández de Córdoba que fue apagando los gritos de los concurrentes atentos desde entonces a la discusión—. He sido elegido por la mayoría y así se hará constar en nuestras capitulaciones a la Real Audiencia. No pensaba que vos fuerais tan necio, De Soto. Esta empresa es tan mía como vuestra y mi elección defiende el derecho de todos nosotros, incluido vos, a tener el dominio y la riqueza que nos proporciona esta tierra que legalmente hemos descubierto y colonizado por nuestros propios medios. Nos pertenece por derecho y acaso a vos, que recién habéis descubierto el paso del Desaguadero, más que a nadie. Os ofrezco el futuro que os merecéis por vues-

177

tra valentía y no las limosnas que ofrece el tirano de Pedrarias. Pero si os oponéis a la voluntad de la mayoría no tendré consideración con vuestro castigo.

—¡Haced lo que os plazca! —contestó Hernando, elevando aún más el tono de la voz—. Ni respeto vuestro mandato y menos aún vuestra palabra, que como la mía fue dada y se comprometió en el servicio al Gobernador Pedrarias, el brazo del Rey en estas tierras. Nunca pondré mi nombre en una lista de traidores. He combatido a Gil González y os combatiré a vos, porque habéis resultado de la misma condición.

—Si así lo queréis, vos mismo, y no yo, ha sentenciado vuestro destino. ¡Prendedle!

Varios alabarderos rodearon a De Soto y Compañón, mientras las huestes de Rojas y Sosa se interpusieron con las armas en la mano entre el prisionero y la veintena de leales a Hernando, mientras Estete solicitaba quietud a sus hombres. El intento de Ponce y Nieto por desenvainar sus espadas quedó en un amago, porque el propio De Soto les ordenó con un movimiento de cabeza que permanecieran quietos.

—Llevadle a la fortaleza —dijo Fernández— donde aguardará el juicio y la posterior sentencia que castigará su rebeldía y el menosprecio a la voluntad de este cabildo.

El encarcelamiento de Hernando de Soto, conducido con grilletes hasta la prisión, con una guardia redoblada e incomunicado en todo tiempo, no auguraba un desenlace feliz. El prestigio del jerezano entre las tropas y su firme oposición a los planes de Fernández de Córdoba le convertían en el primer enemigo del sedicioso.

Compañón confiaba en que nada malo podría pasarle a Hernando; en cambio, Ponce y Nieto temían por su vida. No en vano la historia reciente bien enseñaba que cabezas más laureadas habían terminado en una pica de manera rápida y alevosa. Los tres hombres estuvieron el resto del día y a lo largo de la noche estudiando la situación, discutiendo soluciones y en la búsqueda de la manera de librar a Hernando del castigo. La posición de Compañón mudó con el paso de las horas y cedió finalmente ante los temores de Ponce y Nieto sobre el peligro cierto que corría su capitán.

Las primeras luces del alba los hallaron cansados, pero conformes en rescatar a Hernando cuanto antes y huir hacia Panamá. Tenían todo el día para planear la fuga y a eso se pusieron Compañón y Ponce, mientras Nieto quedó encargado de reclutar con el mayor sigilo a los hombres que llevarían a cabo la misión.

Cuando el de Alburquerque regresó con una lista de doce leales, dispuestos a dejarse matar por De Soto, Compañón tenía dispuesto el plan de rescate. Él mismo y Ponce se entrevistarían con Fernández de Córdoba para reclamar clemencia. Si conseguían el perdón, se olvidaría todo, si no ocurría de ese modo, se llevaría a cabo del rescate sin la menor tardanza. El destacamento de asalto aguardaría a la madrugada para actuar, mientras Nieto tendría dispuestas las cabalgaduras en la espesura de la selva, al sur de la ciudad, para huir a través de la franja boscosa entre el lago Cocibolca y la Mar del Sur.

La prisión la albergaba un edificio de 50 pies de largo por 18 de ancho con muros de cantería, enrejadas las ventanas de cada una de las celdas, cuatro a cada lado, con la techumbre envigada y recubierta de palma entrelazada y cosida con maromas. Había una sola entrada techada por un soportal sostenido por sendas columnas de madera. En el interior, una pequeña estancia con una mesa y varios escabeles para la guardia se abría al pasillo que dividía el recinto en dos partes donde se ubicaban los calabozos, separados entre sí por un tabique de adobe encalado.

Aquella noche, una vez que Compañón y Ponce fueran despedidos con irritación y amenazas por Fernández de Córdoba, resultó lluviosa y oscura, muy apropiada a los planes de los conjurados.

La cárcel se hallaba en el extremo sur de la ciudad, no muy lejos de donde esperaba Nieto, y las chozas más próximas estaban habitadas por naborías que solían dormir profundamente después de un duro día de trabajo en las huertas, las herrerías y en el acarreo de bultos. Dos soldados escoltaban la puerta, alumbrada por una gran luminaria colgada bajo el dintel, y otros tres infantes formaban el retén del interior de la prisión. El relevo se efectuaba cada tres horas y los últimos centinelas se habían apostado al filo de la medianoche.

Faltaban quince minutos para las tres de la madrugada cuando diez hombres comandados por Ponce se acercaron sigilosamente a la parte posterior del presidio y avanzaron en dos grupos a lo largo de las paredes laterales hasta ver a Compañón dirigirse con paso decidido hacia la entrada. El capitán sorprendió adormilados a los dos guardias de la puerta, a los que solicitó paso para ver al prisionero. Apenas despabilados del sopor y mientras informaban de que Hernando De Soto había de permanecer apartado, los emboscados peones de Ponce se les vinieron encima acariciando con afilados puñales sus gargantas y dejándolos mudos. Compañón llamó levemente al portón y se identificó ante el retén, al que conminó a abrir para entregar una orden urgente firmada por el recién aclamado Gobernador de León. Apenas habían terminado de descorrer el cerrojo cuando el capitán y el resto de los hombres irrumpieron en el recinto, espada en mano, para amordazar a los atónitos centinelas, que no ofrecieron resistencia.

180

El recuerdo de la liberación y la precipitada huida a galope se les antojaban un juego infantil a Hernando y sus libertadores después de las dos semanas de penurias que llevaban por en medio de montañas de vegetación inextricable, donde habían muerto tres hombres, otros tantos padecían altas fiebres, se habían sacrificado cinco caballos malheridos y otros dos habían servido de alimento.

Un día sucedía a otro con el mismo trabajo de abrir la trocha a golpe de espada entre la maraña de hiedras y lianas entretejidas a los robles, los cedros y las ceibas cuyas copas techaban de verde el inacabable bosque.

Una noche sucedía a otra en medio de la fogata que espantaba a los tigres y a las serpientes, pero que no aliviaba el frío que recorría sus entrañas, porque los guiñapos que vestían, más que ropas, permanecían mojados por la lluvia repentina y torrencial que acudía todos los días y a la misma hora, como un celoso inquisidor, a su oficio de tortura. Acurrucados y juntos los unos con los otros intentaban aliviar el helado rocío que lo envolvía todo durante las horas de sombras. Botines y calzas apenas eran jirones de cuero y tela para los privilegiados que no andaban descalzos.

Aquellos seres greñudos, sucios, con petos y coracinas corroídos por el orín, los brazos y las piernas llagados, con las manos y la cara purulentas, seguían adelante impulsados por dos grandes razones que les ayudaban a sobrevivir: el odio y la venganza. A cada legua, Hernando y los suyos rogaban una jornada más de vida para vencer aquel infierno; cada espadazo que tronchaba ramas y arbustos creían descargarlo sobre el cuello de Fernández de Córdoba; cada noche soñaban con el cadáver de Gil González meciéndose con la soga al cuello en medio de un aguacero interminable.

En los días siguientes tres hombres se despeñaron al hundirse bajo sus pies el suelo lodoso y frágil. Otro, Lope de Andújar, un aguerrido y pícaro ballestero, desapareció una noche cuando se alejó del grupo para aliviarse en sus necesidades. Cuando encontraron restos de su jubón manchados de sangre junto con las huellas de un león, la noticia emocionó de manera especial a Hernando, que le tenía como buen discípulo al que enseñaba las letras y los números, para lo que demostraba gran disposición.

Ni siquiera entonces hubo un reproche hacia De Soto, por quien todos se veían en ese estado, tan rodeados de vida y tan cerca de la muerte. Pero eran hombres libres y como tales habían decidido, sin censuras ni lamentaciones. Aun en sus pesares ni uno solo de ellos dudó de que Hernando de Soto lograría sacarlos con bien de todo aquello. Bien es sabido que la lealtad crea esperanzas infinitas y el joven capitán jamás los defraudó. Los había dirigido con destreza en la batalla y había puesto su vida de por medio para poder rescatar a alguno de ellos de la muerte segura que iba a darles el cacique Uraca, dos años atrás.

Una brizna de felicidad les llegó una mañana, cuando desde el páramo que coronaba aquella interminable cordillera divisaron los dos mares a cuya conquista dedicaban sus afanes. Fue una visión fugaz, casi una ilusión, durante el breve momento que la niebla se desgarró para permitirles ver las dos orillas de las mares océanas. Fue entonces cuando una serpiente alada, una ondulante línea verde recortada en el azul celeste, con una

181

ráfaga carmesí, como una llamarada en el pecho, cruzó ante sus ojos. El ave quetzal fue como una aparición mágica.

Pero la realidad volvió pronto y tan penosa como siempre. Ante ellos, entre los dos mares, el interminable manto de la selva sin fin. Todos sabían del carácter tabú del territorio por el que vagaban, que estaba libre de indígenas, temerosos de incomodar a los malos espíritus o atraerse las furias de los fantasmas si osaban perturbar su dominio sobre todos los rincones del bosque. Muchos de aquellos aguerridos castellanos eran supersticiosos, creyentes en el mal fario, amigos de nigromantes y de la buenaventura, males todos hijos de la incultura. Así, muchos se sintieron inquietos por el fugaz vuelo del quetzal, objeto de culto y de mil leyendas entre los aborígenes, que consideraron como mensajero de su muerte inminente.

De Soto había reparado en que notables caciques de la región de Chiriqui ofrecían las plumas de este huidizo pájaro a sus conquistadores con más ceremonia y pena que cuando les ofrendaban oro. Esos mismos indios miraban con asombro a los españoles que con desdén arrojaban el plumaje al suelo y se guardaban el metal. Para los indígenas, el ave encarnaba a uno de sus dioses, el más misterioso y de mayor poder, el que podía provocarles desgracias o atraerles la fortuna. Otorgaban a su plumaje tornasolado cualidades mágicas y solamente los reyezuelos tenían potestad de llevarlo en sus tocados. Resultaba, además, moneda de cambio de gran valor entre los aborígenes. Los españoles, que en su mayor parte jamás habían visto al mágico pájaro, conocían de sobra tal veneración y las muchas leyendas que se contaban sobre el ave, entre cuyas alas se escondía el padre de todos los seres vivientes, el todopoderoso señor de las estrellas, para unos Quetzalcoatl y para otros Kukulkán, según la lengua que hablasen.

Algunos de esos mitos habían creado la zozobra en el ánimo de los esforzados soldados al límite de sus últimas fuerzas. Hernando no dejó pasar la ocasión para arengar a sus valientes, pedirles un último empuje y usar en su provecho la superchería.

—La providencia viene en nuestro socorro —dijo con voz firme—. Nuestros esfuerzos serán recompensados y así lo demuestra que hayamos podido contemplar la huidiza ave quetzal.

Muchos mueren sin haberla visto jamás y es por ello que su contemplación es una prueba que nos envía Nuestro Señor de que viviremos muchos años más y de que su protección nos acompañará hasta alcanzar nuestro destino. Compañón y Nieto han sido testigos, como yo mismo, de castellanos perdidos en las selvas con sus guías indios muertos de miedo que encontraron el camino de regreso a casa después de haber visto al misterioso pájaro. No es la reencarnación divina que creen los paganos, sino un enviado de Dios Nuestro Señor que jamás abandona a sus hijos en la calamidad.

Todos los supervivientes miraron con interés al lugarteniente de Hernando y a su hombre de confianza. Ambos, Compañón y Nieto, exagerando el gesto serio, asintieron con la cabeza.

—Nunca os he mentido —prosiguió De Soto— y no voy a hacerlo ahora. ¡Creedme! Dios nos envía esa criatura como señal para que nuestro ánimo no decaiga y mostrarnos que el final de nuestros males está cerca. ¿Visteis hacia dónde voló? —Entonces casi todos señalaron en dirección a poniente—. Eso es, al oeste, donde está la villa de Panamá y nuestra salvación. Ánimo, compañeros, os prometo que todos llegaremos a salvo.

Pero hasta que llegó ese momento pasaron duras jornadas y un soldado fue enterrado por el camino, incapaz de sobrevivir a las fiebres que devoraron su desnutrido cuerpo pese a que fueron para él los últimos pedazos de carne de la última cabalgadura sacrificada.

Cuando el capitán Bartolomé Hurtado los descubrió en las cercanías de la villa de Fonseca se creyó delante de un pelotón de espectros, de rostros macilentos y tan enjutos que los huesos se grababan en la piel repleta de llagas y pústulas. Los pies de algunos eran una masa sanguinolenta con heridas que dejaban a la vista músculos y tendones. Algunos quedarían cojos de por vida, pero seguían vivos. Tampoco entonces les mintió Hernando, tan maltrecho como todos pero ufano por haber impuesto su ley en el mundo salvaje de las Indias.

Hurtado era de los más fieles capitanes con que contaba Pedrarias, que había recompensado con largueza tal lealtad otorgándole poder y riqueza en Castilla del Oro. Socorrió a los

183

hombres de Hernando tratándoles como a héroes y despachó con urgencia varios mensajeros hacia Panamá con la noticia de la rebelión y la solicitud de que se le diera el mando de un ejército para reconquistar toda la tierra de Nicaragua y ejecutar al felón De Córdoba y a sus cómplices. Pero el taimado Gobernador, poco dado a dejarse arrastrar por los primeros impulsos, amigo de saborear la venganza más dulce cuanto más se retrasa, envió su respuesta con un llamamiento a la calma y el requerimiento para que De Soto y los suyos se presentaran ante él cuando la salud de todos ellos así lo aconsejara.

Hernando, Compañón y Ponce fueron agasajados en la capital del Mar del Sur como triunfales conquistadores. Benalcázar se emborrachó de alegría y con vino en honor de sus amigos y Pedrarias los abrazó llamándoles «¡Hijos míos!», en un desconocido gesto de humanidad, y entregó a cada uno un pequeño tesoro como recompensa por su devoción y en pago por las calamidades pasadas. Deseaba conocer por ellos mismos las circunstancias de lo que acontecía en Nicaragua y el entorno de la rebelión, aunque su decisión estaba tomada de antemano y el ejército de castigo estaba casi dispuesto cuando los evadidos de Granada de Indias llegaron a Panamá.

En esta ocasión, sería el propio Pedrarias el que mandaría las tropas sin tener en cuenta sus achaques y la edad, que pasaba de los ochenta años. A la postre, sería su última aventura, porque en aquellas tierras moriría corroído por las fiebres endémicas y la buba o chancro, pero hasta ese momento habrían de pasar dos lustros.

Fueron días de reflexión para los tres compañeros de aventuras, quienes decidieron que era el momento de unirse en sociedad y beneficiarse mutuamente de la prosperidad económica y evitar contratiempos de la fortuna. La guerra no es incompatible con la hacienda y los tres, Hernando, Compañón y Ponce, ganado el favor del Gobernador, querían aumentar su tesoro con la gobernación y explotación de minas en las ricas tierras al norte del Darién.

En el reparto de papeles, De Soto y Compañón habrían de conquistar, mientras Ponce quedaba al cuidado de la administración de los bienes comunes, repartidos a partes iguales y tes-

tamentados por cada uno a favor de los otros dos. Con el bene-
plácito de Pedrarias, los tres socios se acomodaron en el nuevo
ejército que se puso en camino hacia el norte, al encuentro de
los traidores.

VIII

La carta de Panamá

*H*ernando, como capitán del escuadrón principal, montaba un caballo árabe de raza extremadamente pura, con un pelaje tan brillante y una estampa zaina tan hermosa, que causaba envidia entre el resto de jinetes. No había cabalgadura más veloz y obediente cuando sus riendas estaban en manos del jerezano. De Soto lo encontró en medio de una reata que abrevaba en la plaza contigua al mercado de Panamá y lo compró de inmediato sin regatear un castellano a su propietario, un comerciante de origen genovés que arribó con la expedición del infausto Gobernador Lope de Sosa y que tejía su fortuna con el negocio del ganado y el tráfico de esclavos. Nunca antes había gozado Hernando de un caballo como aquél al que llamó *Pilón* y a cuyo cuidado exclusivo asignó dos naborías.

El ejército había dejado tras de sí Veragua y la península de Nicoya, adentrándose en las tierras de Nicaragua y dejando a su flanco derecho la cordillera en la que tanto penaron Hernando y sus compañeros. Cuando divisaron el lago Cocibolca, se envió a exploradores con el propósito de adivinar si Fernández de Córdoba se hallaba en Granada de Indias y de qué manera disponía sus defensas.

La tropa acampó en el poblado de Chira a la espera de noticias que nunca llegaron. Fue una partida del capitán Martín Estete (sobrino del Gobernador y sin parentela con el otro Estete, Miguel, que figuraba en las huestes de Fernández de Córdoba) la que encontró los cuerpos de los exploradores despellejados, colgados de los árboles y castrados. Cuando se supo aquello, los bramidos de Pedrarias fueron secundados por los juramentos de los capitanes a favor de una venganza cruel e indiscriminada.

El de Cabra contaba como aliados con una tribu chirripó, aguerrida e inmisericorde con el enemigo, a la que había ordenado matar a todo hombre blanco que se aproximara al mar de agua dulce y en cuyas manos cayeron los infortunados exploradores. Al cabo de algunos días se tuvo noticias de que los chirripó vigilaban el paso más cómodo hacia la ciudad de Granada, un amplio calvero en la selva al poniente del lago. Se convino entonces que un pequeño grupo de soldados saliera a campo abierto para atraer a los indígenas desde su emboscadura en la floresta hasta el claro. Entonces la caballería de Hernando y Benalcázar los aplastaría. Y así se hizo.

Apenas hubo salido de la espesura el pequeño grupo de soldados, infantes y ballesteros, decenas de indígenas abandonaron el bosque gritando y enarbolando hondas y macanas. Los escuadrones de Hernando y Benalcázar surgieron a ambos lados del pelotón que servía de señuelo y rodearon a los paganos, sorprendidos con la maniobra. Cuando De Soto divisó a los primeros enemigos reparó sobre algo extraño en su indumentaria y no advirtió, hasta tenerlos al alcance de su lanza, que la mayoría iban envueltos en pieles humanas. Retales apergaminados cubrían los torsos y los hombros, y jirones aún con manchas de sangre embozaban los rostros de algunos, de tal modo que parecían auténticos diablos, y así lo creyeron un par de ballesteros y otros tantos infantes, que arrojando sus armas huyeron a refugiarse entre el grueso de las fuerzas de retaguardia.

Era creencia en aquellos salvajes que la piel de los enemigos capturados y muertos les protegía en el combate y aumentaba su fortaleza. Pero de nada les sirvió el encantamiento cuando los jinetes arremetieron. Los pellejos de sus víctimas no resultaron escudos para las afiladas lanzas y las alabardas.

De Soto, con el asta firmemente asida en su brazo derecho, ensartaba indígenas, mientras Benalcázar usaba la partesana, su preferida para la carga, porque igual le valía para atravesar cuerpos con el pico que moler cabezas con la media luna robusta y afilada que completaba el arma.

En plena desbandada, los indios que se refugiaban en la sel-

187

va eran bombardeados desde la retaguardia por los artilleros y los que rompían el cerco de la caballería caían en manos de los infantes y ballesteros de retaguardia que desconocían la piedad. Los que quedaban a merced de los caballeros se apretujaban con el miedo en sus rostros, incapaces de reaccionar, y más parecían un rebaño en el matadero que fieros guerreros prestos a luchar por su vida. La carnicería fue rotunda, pero los pocos que se salvaron se hubiesen dejado matar con gusto de haber sabido el castigo que les tenía reservado Pedrarias.

Cuando hubo terminado la lucha, los prisioneros fueron colocados en el centro de una circunferencia que formaron los infantes cubiertos con rodelas. La Ira de Dios ordenó entonces que se soltaran los mastines más jóvenes para que se desfogaran en las carnes de aquellos desdichados. Cuando disminuyó la intensidad de las dentelladas, dos viejos alanos terminaron la tarea descuartizando a los moribundos. Entonces uno de los soldados arengó a sus compañeros con el puñal en la mano.

—¡Cortemos los cojones a estos cabrones hijos de la gran reputa! ¡Hagámosles lo que ellos hicieron a nuestros compañeros!

De Soto se adelantó montando a *Pilón*, que sudaba aún de las cabalgadas y acometidas pasadas, y levantando su brazo derecho gritó a todos:

—¡Basta ya! Nuestra venganza está más que lograda y todo lo demás es crueldad gratuita. ¡Dejad que los frailes cumplan con su misión y recen por estos desgraciados! Lo que acabamos de hacer servirá de lección a toda la tribu. El miedo y la derrota son recuerdos difíciles de borrar. Por mi parte creo que hemos tenido suficiente ración de sangre por hoy.

El soliviantado soldado miró al Gobernador, que asistía contento a la escena desde el palanquín donde era transportado a hombros de indígenas, en ruego de que le permitiera llevar a cabo su macabra venganza. Pedrarias negó con la cabeza y le indicó que guardase el arma. No era caso que desautorizara a unos de sus mejores capitanes por el inútil deseo de una mente sanguinaria.

La expedición se puso en camino sin dilación, pero Martín Estete tomó la delantera con una partida para llegarse hasta Granada, reparar en que no había más indios emboscados y conocer si Fernández de Córdoba permanecía allí o había huido a la nueva villa de León.

Le llevó una semana alcanzar los arrabales de lo que se antojaba una ciudad mortecina, a la espera de ser sepultada por el verdor circundante o anegada por las aguas del vecino mar dulce del Cocibolca.

Hombres desarmados deambulaban entre los descuidados sembrados, otros dormitaban en hamacas y grupos de harapientos jugaban al tresillo. Ninguno se sintió inquieto por la llegada de Estete. La indolencia había terminado hasta con su curiosidad.

El capitán y sus tenientes se dirigieron a la choza de mayor tamaño, llamada pomposamente El Castillo. En su interior, en un camastro yacían el de Cabra y Micaela Fernández, una esbelta mujer que había enviudado en Acla, tras lo cual se hizo moza de rumbo de las tropas exploradoras hasta convertirse en la barragana de Fernández de Córdoba. Cuando se levantó desnuda del jergón, Estete no hubiese reconocido el cuerpo que él mismo poseyó varias veces en Panamá de no ser porque conservaba la característica que le dio fama y un mote: la Barbas, así conocida por la pelambrera de sus sobacos; en cambio, la mujer reconoció al instante al capitán.

189

—¡Martín! —dijo entre sorprendida y familiar.

—Despierta a ese cabrón y que deje de roncar como un cerdo —contestó Estete con un gesto de repugnancia.

El de Cabra rezongó tras el primer empellón de Micaela y con el brazo derramó la damajuana con licor de maíz que tenía en una mesilla junto al almohadón. Ella insistió y él, atolondrado por el licor y el sueño, soltó un bufido.

—Pero ¿qué cojones quieres? Vete a putear por ahí y déjame dormir.

—¡Fernández de Córdoba, daos preso en nombre del Rey y de su Gobernador Pedrarias! —dijo Estete con voz solemne.

La orden fue como un resorte que arrojó del camastro a Fernández de Córdoba, quien se incorporó aturdido y restregándose los ojos para comprobar que no era una pesadilla lo que veía. Estete y sus dos tenientes, firmes y con las espadas desenvainadas, le miraban con desprecio; eso fue lo que más le ofendió. Se puso el calzón trastabillándose con la mesita, la garrafa de licor y la cama yéndose de nuevo al suelo. Los tres soldados se sonrieron y el capitán dijo a la Barbas que se vistiera y saliera de allí. Cuando el de Córdoba se recompuso habló con cortesía a los soldados.

—Capitán Estete, no sabéis cuánto me alegro de veros. Hemos sabido de la llegada del Gobernador y llevamos días con los preparativos para la bienvenida. Hasta el alcalde Diego de Molina ha salido a su encuentro. Estamos deseosos de mostrarle nuestras conquistas y las colonias que hemos levantado para su gobierno.

—¡Cállate, mentiroso! —respondió con agresividad Estete—. ¡Eres un traidor y un prófugo! Y no lo dudes, vamos a darte tu merecido.

—¿Un traidor? ¿Yo, Fernández de Córdoba, un traidor? No sé de qué me hablas. No sé con qué cuentos le habrán ido a Pedrarias. Fue en su nombre como tomé la gobernación de estas tierras y esperaba su llegada para entregarle el mando.

—¿Acaso niegas que te has proclamado Gobernador de las tierras de Nicaragua y estás presto a unirte a las fuerzas de Cortés en el norte? ¡Contesta, perro mentiroso!

—¡Claro que lo niego! Si acaso fuera un traidor y le disputara el poder a Pedrarias, ¿creéis que estaría aquí holgazaneando, encamado con ese putón, y no al frente de un ejército en defensa de mis intereses?

—Tus intereses los defendían los chirripó hasta que los enviaste al matadero. Ahora sólo cuentas con tu mentira y el empeño en sostenerla. Cortés no llegará a tiempo para salvar tu cabeza ¡Apresadle!

Los tenientes lo llevaron a rastras a la misma prisión donde semanas antes se había fugado Hernando de Soto, pero en esta ocasión el traidor no tendría una oportunidad similar. Los hombres de Martín Estete habían tomado la villa y el grueso de las tropas de Pedrarias estaba a sus puertas.

El día de Viernes Santo del año de 1526 Pedro Arias Dávila hizo su entrada en la Granada de Indias a lomos de unos esclavos de Panamá sobre un palanquín tapizado de raso negro, protegido por un quitasol del mismo color.

Le precedía un Cristo de tamaño natural, toscamente labrado, que portaban varios monagos y al que rezaba con insistencia el capellán de la expedición, fray Bobadilla, cuñado y cómplice de Pedrarias. Detrás iba el ataúd, acarreado por infantes que se hallaban bajo arresto. Las tropas se situaban en los flancos y la retaguardia. Benalcázar en el ala izquierda, al frente de los jinetes; en el lado opuesto Diego de Albítez; y cerraba la comitiva militar Hernando de Soto con su escuadrón. A su lado montaba encadenado Diego de Molina, alcalde de la villa granadina, quien se presentó ante Pedrarias para solicitar su perdón. De Molina fue entregado con todos los cargos en su contra por quien le servía de escolta hasta ese momento, el capitán Miguel de Estete, que tenía decidido pasarse al bando de Pedrarias para contento de Hernando.

El jerezano sentía por el castellano Estete una simpatía especial desde que descubrió en él su talento como cronista veraz de lo que acontecía en las Indias. Antes de la traición del de Cabra, compartieron muchas horas en el juego del ajedrez, en pláticas sobre el *Amadís* y otras obras de caballería, así como sobre las desventuras y quehaceres de Gonzalo Fernández de Oviedo, al que ambos querían y admiraban. De Soto se sentía feliz por haber recuperado a un viejo amigo de charlas y relajos. Una camaradería que se prolongaría durante años por otras tierras y frente a otros avatares.

La comitiva se detuvo ante las primeras chozas de la villa de Granada, en un secarral que se extendía hasta las orillas del Cocibolca y que servía de depósito de maderas y palmas para la construcción de viviendas y como campo de instrucción, si bien hacía mucho tiempo que la ociosa tropa no se ejercitaba en el manejo de armas.

Por la calle principal que iba a dar al llano aparecieron los hombres de Martín Estete, con su capitán a la cabeza, que llevaba con una soga anudada al cuello a Fernández de Córdoba, harapiento, lleno de piojos y macilento.

Desde que entró en la llamada Fortaleza, de eso hacía diez días, no había probado bocado y se mantenía vivo merced a una

191

cantarilla de agua. Cuando estuvo frente a Pedrarias trató de contener las lágrimas y buscó un ademán adulador, el mismo que sostenía ante el Gobernador en los tiempos felices del Darién, años atrás, cuando le daba cuenta de las riquezas obtenidas en las entradas a las zonas de indios o preparaba la expedición a Nicaragua que tanta fama y plata depararía a ambos. Pero la respuesta que encontró fue la peor faz que pudiera verse en Pedrarias; toda su interminable figura parecía aureolada por el odio, el gesto cruel y las mandíbulas apretadas cuando su mirada recorrió de arriba abajo al prisionero con todo el desprecio de que era capaz, que en el Gobernador resultaba casi infinito. Todos guardaban silencio y con mucho pesar, apoyándose en un bastón, Pedrarias se incorporó en el palanquín.

—En Panamá te traté como si fueras de mi propia familia. Te otorgué fortuna y honores y viniste a estas tierras porque confiaba en tu lealtad al Rey y a mi persona. Y ahora, bellaco hideputa, me pagas con la deslealtad y el alzamiento contra la Corona. Has pretendido ser Gobernador de Nicaragua y aposentarte en la ciudad de León. Pues bien, que sea esa villa de León la que contemple el castigo que recibe un traidor y un usurpador. Lo que has edificado en tu honor y para que permanezca en la memoria de los hombres será tu tumba.

Fernández de Córdoba cayó de rodillas entre sollozos y de forma entrecortada repitió hasta por tres veces un lastimero: «Excelencia… vuecencia… excelencia».

Pedrarias se sentía reconfortado con la escena, el ensañamiento había crecido en él parejo a su edad; su maltrecho cuerpo se alimentaba con la humillación de sus rivales y la caridad se le antojaba una blandenguería impropia para tratar con traidores. Pese a la displicencia que le mostraba Pedrarias, Fernández de Córdoba se atrevió a hablar en su defensa con una voz tan queda que obligó a todos los presentes a afinar el oído.

—Os he escuchado con respeto y devoción, excelencia, pero he de deciros que no soy un enemigo del Rey, aún menos de vos, y nunca estuvo en mi ánimo alzarme en armas contra vuestra autoridad. Si establecí mi gobierno en estos parajes fue siempre en nombre de la Corona y de vos, su legítimo representante, y jamás pensé en mi propio beneficio. Tomé posesión para salvaguardar estas tierras de la codicia de Gil González y de los enviados de Cortés y mantener su gobierno para vos. Tal vez os cueste creerlo, pero sigo siendo el mismo súbdito fiel que os sirvió en Panamá, y si de algo podéis acusarme es de un excesivo celo en las conquistas en nombre del Rey y de haber ampliado sus dominios sin previo consentimiento. Pero tal cosa ¿qué más da? La conquista está hecha y el oro ganado. Eso es lo que importa.

—¡Menuda mierda de cabrón! —gritó Pedraria, enarbolando amenazante el bastón—. ¡Calla la boca, traidor! Si no fuera por mi pariente Estete, ahora estarías camino de las Hibueras al encuentro con Cortés, preparándome una y mil emboscadas. Juramentándote para asesinarme y perpetrar así la traición de arrebatarme el gobierno de Nicaragua y de Castilla del Oro. Tu propio alcalde Molina, aquí presente, y uno de tus capitanes, han desvelado tus planes. También ellos sufrirán castigo, pero al menos han sabido renunciar a tiempo de su felonía. Tú, en cambio, jamás has abandonado la ambición y el crimen. Tal día como hoy, hace siglos, Nuestro Señor Jesucristo murió en la cruz por obra de otro traidor. Judas encontró su destino en la horca, pero tú, cagón afeminado, perderás la cabeza.

Fernández de Córdoba recorrió con la mirada a las tropas hasta hallar a Diego de Molina y Miguel de Estete. Junto a ellos se encontraba Hernando de Soto, Compañón y Ponce. Todos juntos, sus enemigos de ayer y sus acusadores de hoy. Dejándose caer sobre el erial y golpeando su frente contra el suelo musitó: «Voy a ser decapitado».

Pedrarias no alcanzó a oír lo que dijo el egabrense, pero era fácil adivinarlo, y por ello se recreó en la crueldad para vocear con sorna a todo el auditorio.

—Mas… El capitán y Gobernador de Nicaragua don Fernández de Córdoba aún no ha sido procesado. No se puede privar de privilegios a tan importante señor y es menester que don… Fernández de Córdoba ocupe su sillón en la ciudad de León como corresponde a su noble rango. Que se siente allí como un señor, pero que haga el viaje como un perro.

Las risas acompañaron el último comentario de Pedrarias entremezcladas con insultos al reo. Compañón y Ponce soltaron un resoplido de satisfacción mientras De Soto dirigió una sonrisa cómplice a Miguel de Estete. Hernando se había guardado de mentar ante el Gobernador que Miguel fue uno de los animadores de la independencia e, incluso, abogó en su favor. Le aseguró a Pedrarias que el ahora desertor se había opuesto a su prisión, lo que no era del todo falso, porque, en efecto, Miguel de Estete protestó contra la pena impuesta al jerezano por el de Cabra, aunque la queja no fuera respaldada con la amenaza de la espada.

Diego de Molina bajó la cabeza y pensó en su inminente destino: la nao que le esperaba para llevárselo encadenado a España con una provisión que relataba sus crímenes y traiciones. Instintivamente se acarició el cuello y sintió un alivio momentáneo.

A los pocos días la expedición se puso en camino hacia León. Fernández de Córdoba, igual de andrajoso, con la sarna a cuestas, revuelto en sus propios excrementos, iba en una carreta tirada por bueyes, dentro de una jaula de varas, como si fuera un demente o un animal. De ese modo y dando tumbos durante todo el camino se llegó a la villa que el prisionero quiso como capital de la gobernación de Nicaragua.

Mientras se instalaba al prisionero en una celda impropia de la peor de las alimañas —en realidad un agujero pestilente con una reja de hierro como tapa— Pedrarias ordenó que se preparasen sus propias exequias fúnebres para conmemorar, una vez más, su victoria sobre la traición y la muerte.

La Ira de Dios fue convenientemente amortajado e introducido en el ataúd en cuyo derredor se encendieron doce cirios. La iglesia de León estaba repleta por orden del mismo Gobernador; los leales, los acomodaticios a la nueva situación y los curiosos apenas podían moverse en el reducido recinto del templo cuyas paredes de adobe parecía que quisieran reventar de un momento a otro y las vigas de madera desplomarse como en el acto final de aquella comedia. Los frailes Bobadilla y Agüero cantaron la misa de difuntos y el *Réquiem*. El primero con sentida devoción y el franciscano con desgana, como pudo comprobar De Soto, que formaba, junto con el resto de los capitanes, la guardia de honor a pocos pasos del altar mayor. Cuando el Gobernador abandonó el ataúd y se arrodilló, con mucho esfuerzo y mayor ayuda frente al retablo, para agradecer su retorno a la vida, hubo aplausos y vivas desde el gentío. Por unos segundos los ojos de Pedrarias recuperaron el brillo de su lejana juventud.

Fernández de Córdoba continuó en su pudridero durante las semanas siguientes porque don Pedro Arias Dávila había decidido que su decapitación coincidiera con el segundo aniversario de la fundación de León. Eso ocurriría el 15 de junio. Hasta ese momento se pleiteó por los 6.000 pesos de oro que constituían los bienes del prisionero, motejado por la colonia con un sinfín de adjetivos, desde el socarrón «Su Excelencia el Gobernador» hasta el repudiado Iscariote. Un tal Juan Téllez reclamaba la fortuna para sí en pago por una vieja deuda, mas finalmente Pedrarias dictó que la fortuna pasase a la cámara de Su Majestad el rey Carlos, que no era otra que la suya propia.

Las vísperas de la ejecución, Fernández de Córdoba fue adecentado en lo posible y presentado ante el cabildo, donde escuchó inmóvil y más muerto que vivo todos los cargos que se le imputaban: ahorcamientos, arrestos injustos, reparticiones igualmente ilegales de indios, traición al Rey y a Pedrarias, intento de sedición y complot con el capitán Pedro de Garro para unirse a Hernán Cortés y separar la provincia de Nicaragua. Cuando terminó la retahíla de censuras, el de Cabra permaneció silencioso, ajeno a todo, como si viviera una pesadilla de la que resultaba imposible despertar y a la que se había acomodado. Ni siquiera abrió la boca cuando fray Agüero le tomó confesión y se limitó a santiguarse cuando el clérigo le dio la absolución.

La villa de León fue barrida durante la noche por una fuerte tormenta que enlodó las calles y plazuelas, refrescó a los lugareños y trajo aromas de la cercana selva y los primeros fríos mañaneros que presagiaban la inminente llegada de la estación lluviosa.

Fernández de Córdoba se dirigió al cadalso tiritando por la fiebre y la escarcha, pero las gentes pensaron que temblaba de miedo y redoblaron sus chanzas en el mismo lugar donde el reo trazó con la espada los límites de lo que debería ser su gran obra en Nicaragua.

Todo fue muy rápido y el verdugo estuvo certero. Un solo tajo hizo rodar la cabeza del traidor hasta un charco que de inmediato mudó su color pardo por el rojo. Habló entonces Pedrarias.

—Yo, Pedro Arias Dávila, Gobernador de Castilla del Oro, Veragua y Nicaragua, por delegación del Rey, ordeno que la cabeza del traidor sea izada en una pica para que sea devorada por la carroña y su cuerpo enterrado de forma separada, para mayor escarnio del nombre y la memoria del traidor Fernández de Córdoba.

Un soldado ensartó la cabeza del ajusticiado en una lanza y se la entregó al capitán más cercano, que no era otro que Hernando de Soto. El jerezano dudó unos instantes pero tomó al fin la lanza con firmeza y la clavó junto al poste de madera, símbolo del poder real. Casi de inmediato se arrodilló y se santiguó, lo que ocasionó murmullos entre la concurrencia y la incomodidad de Pedrarias, que solicitó con un gesto a De Soto que se le acercara.

—¿Qué pretendes con eso, De Soto? —comentó confuso el Gobernador—. No parece que seas el más indicado para tener piedad cristiana con ese desalmado, el mismo que te hubiera cortado la cabeza de haber tenido oportunidad. Quien tan cobarde y traicioneramente ha vivido merece, a más del castigo dado, el desprecio de todos y la condenación de que su cuerpo repose desmembrado y no pueda resucitar a la carne el día del Juicio Final. Ni siquiera merece la señal de la cruz quien se pudrirá en el Infierno.

—Excelencia, bien conozco por mí mismo de las atrocidades y traiciones cometidas por Fernández de Córdoba. Muchos de mis mejores hombres han muerto por su culpa y a mí me faltó poco para seguir su suerte. Pero, señor, nadie duda que antes de que la ambición le llevara a ese desatino, a quien hemos ajusticiado era un buen soldado que engrandeció los reinos de España. El castigo que ha recibido me parece justo y también que se cumpla la ley de exponer su miserable cabeza para el escarnio, pero por sus pasadas virtudes bien se merecen una oración y que sea enterrado en cristiano. Eso es lo que pienso.

Fray Agüero asintió con la cabeza y dirigió una mirada compasiva al capitán De Soto. El clérigo Bobadilla se encogió de hombros mientras el Gobernador miraba al resto de sus capitanes, la mayoría de los cuales repitieron el gesto del franciscano.

—He de pensármelo —respondió Pedrarias—. Ahora comencemos las festividades de la fundación de esta ciudad. No quiero más tristezas ni remordimientos en la gente. En cuanto a vos, De Soto, os agradezco la franqueza, pero medidla bien porque según el momento puede ser inoportuna y hasta desleal y eso… Eso, respetado capitán, no tiene lugar en mi milicia.

Las sutiles amenazas de Pedrarias no provocaron un especial desasosiego en Hernando y Compañón, quienes, sin embargo, tardaron algún tiempo en convencer a Ponce de que las advertencias del Gobernador no repercutirían en el futuro de los negocios que tenían entre manos.

En cierta manera, los acontecimientos en León favorecieron incluso las empresas civiles de los tres amigos y socios. Los avatares políticos siguientes convirtieron a Benalcázar y Albítez en regidores de la ciudad. Hernando, sin embargo, quedó excluido de la gobernación, en lo que tuvo que ver su desplante ante Pedrarias. Mantuvo su graduación militar y el respeto de la tropa, pero dedicó entonces su afán a la explotación de minas y la adquisición de plantaciones y ganado, sin hacerle ascos a las oportunidades que se presentaban de tomar parte en el negocio de esclavos.

La fortuna de los tres socios crecía alejada de las tormentas políticas que azotaban aquella parte de las Indias. Mientras los hombres de Pedrarias combatían a los de Cortés, la provincia de Honduras recibía a su nuevo Gobernador en la persona de Diego López de Salcedo, que supo medrar en la Audiencia de Santo Domingo para lograr un territorio que separara los dominios del conquistador de México de los que estaban bajo el mando de la Ira de Dios, pero cuyo propósito final era el de hacerse con amplias zonas cuyo dominio disputaban el Gobernador y el conquistador de la Nueva España.

El cuadro se completaba con la venida a Castilla del Oro de

un nuevo Gobernador, don Pedro de los Ríos, con nuevas providencias y cargos contra el irreductible Pedrarias.

Ajeno a las intrigas políticas que tanto repudiaba, Hernando se concentró en la administración de su fortuna y en la construcción de lo que vislumbraba como su residencia definitiva en las Indias, su mansión de León, que era la envidia de los colonos. Fuertes muros de piedra cercaron la vivienda bien cimentada, que ocupaba una cuadra entera en una de las esquinas de la plaza de la Iglesia Mayor. Todas las paredes estaban enladrilladas y los techos tenían fina teja. El patio principal, lugar de frecuentes reuniones con viejos compañeros de milicia, estaba igualmente enladrillado y pulcramente encalado, rodeado de un corredor con arcos de cantería y un artesonado envigado de las mejores y más resistentes maderas que sostenía las más de diez habitaciones de la segunda planta.

En su centro, un frondoso árbol de guanacaste extendía sus ramas hasta los aleros a modo de carpa vegetal que procuraba frescor y comodidad. Finalmente, estaban las caballerizas, tan visitadas como la propia Iglesia Mayor. Era el serrallo de *Pilón*, donde disponía a su antojo de tres hermosas yeguas andaluzas que montaba con el mismo ahínco que demostraba en la batalla, lo que servía de distracción a mozalbetes picarones de León que se congregaban arriba de los muros para disfrutar de la cópula del animal.

Vecinos de toda condición peleaban por acceder al recinto cuando se anunciaba una sesión de doma o que el mismo Hernando iba a hacer una demostración con las riendas. Había limonada para las damas, vino de Castilla para los íntimos, licor de maíz para los caballeros y cazabe para la gente de a pie.

Benalcázar, Albítez y Miguel de Estete eran asiduos huéspedes. El primero aportaba el mejor vino de su bodega, tan famosa en León como la casa de De Soto, y se hacía acompañar por damas viudas, mozas mestizas necesitadas de dinero e incluso de indias de especial belleza, que terminaban de una u otra manera en la cama con Hernando, a quien Albítez tenía al corriente de las campañas militares así como de los planes o desvaríos, según el caso, de Pedrarias. Estete compartía con el jerezano los juegos de ajedrez, charlas interminables sobre historia y literatura y confidencias sobre el estado de ánimo de la tropa.

Hernando de Soto era una de las personas más ricas y respetables de León y una de las que mejor estaba al corriente de todo cuanto sucedía. Mas un acontecimiento inesperado lo elevaría a la categoría de héroe.

El Gobernador de Honduras, Salcedo, no se conformaba con disputar el poder a Pedrarias, sino que rivalizaba con él en arbitrariedades y desmanes contra la población indígena. Matanzas y ahorcamientos se sucedían hasta el punto que muchos caciques ordenaron a sus mujeres que dejaran de parir y a sus hombres de procrear para evitar la entrega de esclavos a los invasores. Incluso tribus de natural pacíficas estaban armadas y listas para ataques y emboscadas.

Aprovechando la estancia de Pedrarias en Panamá, para dilucidar competencias con el nuevo Gobernador De los Ríos, López de Salcedo tomó pacíficamente la ciudad de León, pero apresó con engaños y envió a Cuba a los regidores Benalcázar y Albítez.

Tales noticias le llegaron a De Soto cuando, en compañía de su amigo y socio Compañón, se hallaba inspeccionando sus minas en tierras llamadas de la Nueva Segovia. Le llegaron nuevas aún más alarmantes. Un ejército de indígenas despechados y hartos de ignominias se disponía a cercar León y vengar a sangre y fuego tantas afrentas.

Hernando y Compañón se vistieron la coraza mientras el leal Álvaro Nieto era encargado de reclutar entre colonos y estancieros una tropa de rescate, lo que no le resultó difícil cuando se supo que De Soto mandaba la partida. Todos dejaron las plantaciones, ganados y excavaciones e incluso sumaron a las huestes a muchos de sus esclavos.

Cuando Hernando se plantó a las puertas de León, los indígenas, la mayoría llegados de las sacrificadas tierras de Olancho, tenían rodeada la ciudad casi por completo y habían atacado algunos barrios periféricos empleándose con saña contra mujeres y niños, lo que creó una sensación de pánico entre los vecinos leoneses.

De Soto actuó con rapidez y dividió sus fuerzas en dos escuadrones, con apoyo de arcabuceros y ballesteros, para atacar en forma de pinza a los sitiadores con el concurso de la guarnición de la ciudad ayudada por colonos armados con hoces y puñales. El ataque fue tan repentino como intenso a las primeras luces de alba, y antes del mediodía, en los aledaños de la ciudad, no quedaban sino cadáveres e indios en desbandada.

La bienvenida de Salcedo a los salvadores recibió la fría y contundente respuesta de Hernando, que reclamó el inmediato retorno de Benalcázar y Albítez, así como la venida desde Panamá del Gobernador De los Ríos y hasta del propio Pedrarias para firmar un acuerdo que pusiera fin a disputas territoriales y guerras fratricidas.

La población se volcó con Hernando y los suyos, a los vítores y agasajos siguieron bailes y rondallas en su honor, y la mansión del jerezano se convirtió por unos días en la verdadera casa de la gobernación. Salcedo autorizó a regañadientes, por petición unánime del cabildo municipal, un juego de cañas para mayor reconocimiento y gratitud hacia Hernando de Soto.

La plaza de León estaba engalanada como si se tratara de las fiestas de Carnaval o las celebraciones de la onomástica del rey Carlos. Gallardetes, tapices, pendones de Castilla, cintas de colores, guirnaldas y ramos de palma adornaban los soportales de madera y las balconadas de las casas de nobleza que componían el perímetro de la explanada. Hasta el pórtico de la Iglesia Mayor había sido cubierto con macizos de flores silvestres.

Resultaba todo aquello idéntico a la plaza de un pueblo español en día de patrono cuando se corrían los toros. La mayor parte del gentío se congregó en la esquina de la casa de Hernando, capitán de una de las dos cuadrillas que competirían aquella mañana soleada y tibia que había procurado el aguacero de la noche anterior.

En los cuatro rincones se congregaron los apostadores y, a falta de graderío, los vecinos vieron el espectáculo apretujados y de pie, lo que originó de inmediato discusiones entre quienes ocupaban las primeras filas y aquellos que disputaban por acce-

der desde atrás a un lugar preferente, de modo que de los primeros empellones y polémicas se pasó a los insultos y mamporros.
La gresca se originó a las puertas del palacio del Gobernador, enfrente de la iglesia, y tuvo que ser refrenada por los alguaciles
para evitar que de los puños se pasara a los aceros.

Los indios, ajenos al bullicio y separados de la fiesta, aguardaban en las calles adyacentes con indolencia. Solamente los niños, traviesos como todos sean de la raza y creencia que fueren,
serpenteaban entre las piernas de los espectadores para no perderse el extraño juego de caballo y caballeros.

Al abrirse el portón de las caballerizas de la mansión de Hernando, la plaza detonó como un cañonazo. De Soto montaba a
Pilón, vestía una coraza que refulgía tanto como la adarga ova-
lada que llevaba bien sujeta a su antebrazo izquierdo, un jubón
blanco inmaculado de fino algodón y unas calzas de cuero tin-
tadas de un negro charolado. El pañuelo azul anudado alrededor de la frente y en su mano derecha una caña de punta roma
de casi dos metros de largo. La vecindad había formado un pequeño pasillo para vitorear a su salvador y al paso de Hernando y
sus seis compañeros de juego la gente prorrumpió en agradeci-
mientos.

—¡Viva De Soto! ¡Viva el Libertador! ¡Viva el Rey! —A cada parabién Hernando respondía cortésmente con un ligero movimiento de cabeza. Cabalgaba sonriente y altivo, disfrutando del
momento. Hasta *Pilón* se había contagiado de la euforia y andaba con paso elegante, engallado el cuello, meneando las crines y
moviendo la cola de manera acompasada. Era la imagen vivien-
te de un paladín de leyenda.

Por el centro del pasillo avanzó hacia la cuadrilla una moza
de muy notable belleza. Caminaba serena, con un pañuelo de
gasa azulada en las manos; en su tez morena destacaban los ojos
de un indefinido color verdoso oscuro y una melena negra y se-
dosa descendía hasta la mitad de su espalda. Una camisa de encaje, bien ceñida al talle, perfilaba sus senos firmes y la falda de
algodón con cenefa de vivos colores dejaba ver unas finas pan-
torrillas. La mejor esencia del mestizaje estaba representada por
esta hija de quien fuera soldado de poca fortuna Alonso Montero, de nombre María. Cuando la muchacha se detuvo ante Her-

nando, el jerezano sintió un escalofrío y hasta se notó excitado ante la joven de ademanes serios y valientes; tan hermosa que merecía jugarse la vida por ella.

María, con una sonrisa que acentuó aún más su belleza, levantó la gasa hacia el jinete, que sin pensarlo extendió su brazo para que se la anudara por encima del codo. Volvieron los vítores y la algarabía mientras Hernando reanudaba la marcha hacia el centro de la plaza volviendo la vista atrás para dirigir a la muchacha una mirada de deseo.

Por el extremo opuesto de la plaza, desde los corrales de la casa del Gobernador, apareció la cuadrilla contrincante al mando de Martín de Riofrío, un capitán de las fuerzas de Salcedo que tenía fama de atinado lancero. Los dos grupos se colocaron frente a frente y rindieron sus lanzas de caña como saludo. Hernando y el de Riofrío se adelantaron y cruzaron en alto las picas a modo de reto caballeroso dirigiéndose las siguientes palabras.

—Honra a la caballería y a sus valientes jinetes. Victoria para los que aman el riesgo y deshonor a los cobardes. ¡Viva el Rey!

Las dos cuadrillas volvieron grupas, se dirigieron a sus respectivos campos y aguardaron la señal del Gobernador Salcedo, que presidía el torneo, para comenzar la lid, que quedó ajustada al uso de tres cañas por cada jugador, salvo para los dos padrinos que se disputarían el triunfo con el uso de una cuarta caña.

Todos miraban al Gobernador que, puesto en pie, mantenía un brazo levantado. A su señal las cuadrillas galoparon al encuentro, las cañas en ristre y las adargas junto al pecho.

En el primer embate todas las cañas se quebraron al chocar contra los escudos. En la segunda arremetida, tres jinetes cayeron al suelo entre el regocijo de los espectadores. Antes de recomponer sus filas para la última carrera y cambiar de pica, Hernando comprobó que había perdido a uno de los suyos. Cuando chocaron de nuevo, cayeron dos del campo de Riofrío y otros tantos de De Soto. Se vinieron al suelo no por la fuerza del lanzazo, sino por su deficiente modo de cabalgar y sostenerse sobre la montura, de tal modo que el golpe sobre la adarga o el choque de las cabalgaduras les desequilibraba del todo e iban a dar con sus huesos en el suelo. Para los perdedores las risotadas de la muchedumbre les eran más dolorosas que las costaladas.

Hernando y Riofrío se encontraron solos ante el duelo final. El vocerío se fue apagando mientras los dos padrinos reclamaban una nueva caña. Cuando un naboría se la acercó al jerezano, De Soto, con parsimonia, se desanudó la gasa azul y la ató al extremo de la pica, lo que provocó un «¡Oohh!» entre la multitud. Hernando se acomodó en la montura, acarició el cuello sudoroso de *Pilón*, se ajustó la adarga en el antebrazo y sujetó las riendas. Tomó la caña con el brazo derecho y se lanzó al galope.

Riofrío llevaba un escudo en forma de corazón y Hernando se había percatado que en el momento de la reunión dejaba al descubierto una parte del hombro. De ese modo concentró su mirada en ese punto y mantuvo firme la falsa pica en busca del blanco. Antes de que se cruzaran los dos caballeros, Hernando alargó la caña, que chocó contra el borde del escudo y resbaló hasta el hombro del de Riofrío, que trastabilló sobre la montura hasta irse tanto de costado que a punto estuvo de caer, arrojó entonces su caña e intentó sujetar con las dos manos las riendas. Cabalgó varios metros desarmado en esa posición de escorzo ante la incertidumbre de la multitud. Cuando finalmente consiguió erguirse sobre la montura, el gentío ya vitoreaba a De Soto, que mantenía en alto su caña sobre la que ondeaba la azulada gasa.

Las aclamaciones arreciaron cuando *Pilón* comenzó una serie de cabriolas, saltos, trotes hacia atrás; o hizo una levantada sobre sus nervudas patas traseras. El Gobernador Salcedo guardaba silencio y compostura, mientras, a su lado, Compañón reía y aplaudía frenéticamente.

En medio del gentío y las alabanzas, De Soto sólo quería encontrar a la hija de Montero. Rodeada por mujeres que la aplaudían y hombres que la azoraban con requiebros, María permanecía sonriente y altiva en el mismo lugar en el que entregó su prenda y desde donde había presenciado el torneo. Cuando llegó hasta ella, Hernando le rindió la caña para que tomara la gasa. La joven la desató con calma, se la llevó a los labios y la guardó bajo el escote de su camisa. El ganador del juego descabalgó y cerca de la muchacha comprobó que resultaba aún más atrayente.

—Ha sido un honor combatir y ganar en vuestro nombre, señora, pero mi triunfo no será completo si no me acompañáis esta noche a los bailes y la fiesta —dijo Hernando con galantería—. Desde que os he conocido me he rendido a vuestra belleza y serenidad. No se qué alma perversa os ha podido tener oculta en esta ciudad. Quiero que seáis mi dama y disfrutéis de la victoria que también es vuestra. Vos me conocéis y me parece justo que yo sepa quién sois y quién pudo engendrar tanta hermosura.

—Mi nombre es María, hija de Alonso Montero, soldado del Rey, al que las heridas y la mala fortuna le llevaron a la muerte hace más de un año, al encuentro de mi madre, hija de esta tierra que falleció después de recibir el bautismo. Vivo en León con mis tíos, humildes comerciantes del barrio de las Traseras, y no os oculto que antes de vuestra reciente liberación ya os admiraba. Os he visto domar los caballos y agasajar a vuestros invitados. Llevo mucho tiempo pensando de qué manera podía disfrutar de vuestra generosidad. Hoy no me conformé con miraros desde los muros de vuestra casa y decidí acercarme a vos sin tener en cuenta la vergüenza que pudiera resultar si rechazabais mi prenda. Al menos, os habríais fijado en mí.

—Ningún hombre en su sano juicio podría ser indiferente a la admiración por una mujer como vos. En cuanto a mi casa, olvidaros de los muros y tenedla como propia si así lo deseáis. Ordenaré a mis criados que os traten como a la dama que sois y os preparen los mejores trajes para las fiestas de esta noche. María… Me gusta el nombre y bien adecuado es para vos. Señora, hoy disfrutaremos con la envidia que nos tendrán los habitantes de León.

Hernando montó de nuevo y se dirigió a la casa del Gobernador para recibir premios y honores, pero en su mente sólo había sitio para la hermosa huérfana de Alonso Montero.

De Soto paseó a María, tomada de su brazo, entre bailes, corros de copleros, remilgadas e insustanciales pláticas de damas y grupos de soldados que ofrecían vino de Castilla a su capitán y lisonjas a la dama, que mal podía disimular su rubor entre las carcajadas de Hernando.

La joven, vestida con un traje de raso negro, adornado de pedrerías, dejaba al descubierto sus hombros y el cuello, adornado con un collar de perlas engarzadas por una cadeneta de oro. Su largo pelo estaba recogido en un moño por una cinta multicolor y una orquídea rosácea adornaba su sien izquierda. Los más borrachos se conformaban con relamerse la lengua a su paso y las mujeres cuchicheaban su admiración o envidia, según fueran hembras del pueblo satisfechas por el nuevo rango que alcanzaba una de las suyas o damas de notables del cabildo enojadas por la llegada de una advenediza, más hermosa que todas ellas y con una hidalguía natural.

Cuando María estuvo desnuda en la alcoba de Hernando, el jerezano tuvo que reprimir su primer impulso de acometerla como un gañán o un vulgar putañero. A lo largo de aquella jornada había crecido en él el amor y en su enamoramiento la veía como un tesoro del que conviene disfrutar con paciencia y mimo.

Temeroso de que se rompiera tan hermoso hechizo, Hernando se sorprendió a sí mismo por la ternura que utilizó con María. Sus besos y caricias por todo el cuerpo de la muchacha fueron lentos, apenas suaves roces, que estremecían a la joven excitando aún más al victorioso jinete. Ni un centímetro de piel de María quedó libre de los labios y la lengua de Hernando, desde los párpados hasta el sexo, recorrió lentamente aquel paraíso. Luego, ella correspondió de igual manera con tanto amor en cada beso que el rudo soldado se sintió incapaz de otra cosa que no fuera la rendición incondicional ante su nuevo amor: la hermosa hija de un desdichado. La penetración fue dulce y suave. Cuando Hernando se descargó, un relámpago sacudió su mente, y mientras besaba los húmedos labios de María tuvo la vívida sensación de que acaba de engendrar un hijo y fue inmensamente feliz. Hernando de Soto tenía veintisiete años, gloria y fortuna. Nueve meses después, cuando tuvo en brazos a su hija, María de Soto, pensó que toda su vida estaba colmada.

205

Υ

Pasaron muchas semanas y pocos años, en los que creció la riqueza de Hernando y disminuyó la tensión política. El inefable Pedrarias, sin fuerzas en el cuerpo envejecido pero con la mente tan lúcida y perversa como cuando joven, había obtenido, una vez más, la confianza real para pacificar la región.

Salcedo se había retirado a su gobernación de Honduras, De los Ríos tenía Panamá y la Ira de Dios mandaba en la provincia de Nicaragua desde su palacete en León. Hernando, Compañón y Ponce habían ampliado sus negocios con la adquisición de dos navíos dedicados al flete y anclados en el puerto de El Realejo.

De Soto, halagado y en la consideración del muy anciano Pedrarias, gastaba su tiempo en fiscalizar sus posesiones y atender a la pequeña María, que tenía la belleza de su madre y ya apuntaba rasgos de la obstinación y gallardía del padre. Iba para gran dama, pero Hernando no descuidaba educarla en el trato de los caballos —antes supo montar que caminar—, al no poder adiestrarla en el uso de las armas, oficio prohibido a las mujeres.

Si había una desdicha en la vida de De Soto era la imposibilidad de tener un hijo varón, porque del parto de la pequeña María salió malparada su hermosa madre.

De vez en cuando, Hernando guiaba alguna partida de castigo contra indios montaraces, que más le servía para mantener vivo el ejercicio militar que aumentar prestigio y riquezas. Creía, por entonces, que la providencia se había fijado en él, y era inmune a cualquier contratiempo. Resultó una ilusión, como comprobó el día que un mensajero le trajo la noticia de la repentina muerte de su amigo Compañón a bordo de la nao *Santiago*, en el transcurso de un viaje a Panamá. La muerte de aquel «hombre muy hombre», como dijo y puso por escrito Fernández de Oviedo, devolvió a Hernando a la dura realidad de las Indias, a su perversa combinación de felicidad y peligro.

Fueron semanas de desconsuelo, siquiera aliviadas por el reparto de los bienes del fallecido entre él mismo y Ponce. ¿Cuánta plata puede acabar con el llanto por un hermano? Llevaba tal desánimo que pensó muy decididamente en el retorno a España, espoleado por los consejos de Pedrarias, dispuesto a prestarle toda la ayuda en la corte, el consejo de buenos administradores para su mucha hacienda y hasta la posibilidad de entregarle por esposa a su hija Isabel sin importarle su relación con María, porque una cosa es darle gusto a la carne, como hacía el propio Gobernador con varias esclavas, y otra el matrimonio bendecido por la Iglesia.

La idea de la marcha fue madurando y no era un secreto para nadie en la ciudad, de tal modo que la frágil salud de María Montero se debilitó por la amargura y hasta el carácter alegre de su hija se volvió taciturno, porque todos barruntaban que en poco tiempo las Indias no verían más a Hernando de Soto.

Con pausa pero decidido Hernando comenzó los preparativos de la partida sin atender a los ruegos de María y los lloros de su hija, sin consideración a la opinión de sus más leales, como Nieto, Benalcázar y Estete e incluso hizo añicos la carta de los vecinos de León dirigida al Rey en la que le proponían como sucesor de Pedrarias en la gobernación de Nicaragua. Nada ni nadie podía hacerle cambiar de opinión. Mas todo mudó con la llegada de una carta firmada por su socio Ponce de León. Decía lo siguiente:

Mi estimado socio y amigo Hernando:

Tan consternado como tú por la pérdida de nuestro camarada y hermano Compañón, he tenido noticias de tus deseos de regresar a España. Siempre he considerado que de nosotros tres, eras tú, Hernando, el que estabas llamado a grandes empresas en las Indias y así lo creo hoy mismo. Siempre has demostrado una fortaleza única y jamás te han vencido las desventuras y las derrotas. Ahora sé que ha llegado el momento de gloria que tanto has esperado, venida es la hora de que la historia recuerde tu nombre unido a la conquista de nuevas e inmensas tierras.

Te creo al corriente de que nuestro viejo compañero Francisco Pizarro emprendió la conquista de los misteriosos reinos de lo que ahora llamamos Perú, en compañía de sus socios Almagro, al que tan bien conoces, y del religioso Luque. De eso ha pasado más de un lustro y en todos estos años, don Francisco ha pasado por todo tipo de penalidades y sinsabores. Perdió hombres, barcos y enseres, hasta el punto que todo se hubiera ido al garete de no ser por el coraje de tu ilustre paisano, que retó a los supervivientes a seguirle en la aventura y ser recompensados con oro y fama o volverse pobres y deshonrados a Panamá.

Solamente trece valientes le acompañaron para descubrir unas tierras donde los caciques van adornados de rubíes y azulejos de oro y todos ellos hablan de poderosos señores, a los que veneran y tienen como reyes, que gobiernan sobre un imperio donde las casas construidas en firme granito están recubiertas de oro y la plata es tan abundante que la utilizan para enseres de cocina, y hasta el más humilde de los súbditos se adorna cinturones y calzado.

Tienen estos reyes, a los que llaman incas, tal grado de refinamiento e ilustración que, a su lado, la civilización descubierta por Cortés se antoja un pueblo de bárbaros. Hay caminos tan bien trazados como no se encuentran en España e Italia, grandes ciudades son bien administradas y con un trazado que no se les ocurre a los más sabios de Europa.

Todo esto no son habladurías ni patrañas, sino el relato que he recibido del piloto Bartolomé Ruiz y de un griego llamado Gandía que fueron parte de los trece osados que escoltaron a Pizarro, quien finalmente regresó a España con pruebas de su descubrimiento y ha obtenido las capitulaciones para emprender la conquista del Perú.

Ahora ha regresado con soldados voluntarios y pertrechos para la gran aventura. En breve recibirás la visita del mismo piloto Bartolomé Ruiz que, en mi compañía, te pondrá al cabo de todos estos hechos. Pizarro, enterado de nuestras empresas en Nicaragua, requiere nuestro concurso para la nueva empresa del Perú y en una conversación que hemos mantenido en la villa de Nombre de Dios te garantiza el puesto de su primer lugarteniente y la gobernación del primer reino de esos incas que caiga en nuestro poder. Pide a cambio el concurso de nuestros dos navíos, bien avituallados de hombres, armas y caballos. Me he comprometido a participar en la expedición bajo las condiciones acordadas con don Francisco. Ahora, espero que tu ánimo se serene y no des la espalda a la gran oportunidad que nos brindan las Indias. El Perú, sus riquezas y su civilización, te abre las puertas, Hernando, y confío en que, como siempre, la palabra huida no figure entre las de tu uso.

Ánimo, amigo mío, una nueva vida nos espera, Dios mediante.

En Panamá a 15 de octubre de 1530

España pasó al olvidó y el alma de Hernando desempolvó de algún rincón el afán aventurero y su íntimo deseo de ocupar un lugar de honor en la historia del nuevo imperio que día a día levantaba el rey Carlos a ambos lados del gran océano. La llegada del piloto y Ponce enardeció aún más a Hernando, plenamente decidido a compartir con Francisco Pizarro fama y tesoros. Convinieron entonces en llevar en los dos navíos un cargamento de esclavos a Panamá, con el fin de que su venta les proveyese de la plata suficiente para fletar las naves con voluntarios, caballos, armas y bastimentos.

Pero antes de zarpar, Hernando asistió a un último acto en las tierras de Nicaragua. Llevó a cuestas el viejo y legendario féretro de Pedrarias a su definitiva morada. El despótico, arbitrario y singular Gobernador falleció el 6 de marzo de 1531 en la ciudad de León. Tenía noventa y dos años y con él se iba el último superviviente de un tiempo medieval que se rememoró en sus exequias, con los cánticos gregorianos de todos los frailes franciscanos, dominicos y mercedarios de la provincia, envuelto el ataúd con el pendón de Castilla y todas las banderas de los moros ganadas por Pedro Arias y que siempre le acompañaron como recordatorio de lo que fue y estímulo de su futuro.

España o el Perú. Eran una misma cosa, los mismos países desconocidos, el mismo enemigo que arrancaba a Hernando de sus brazos. ¿Qué extraño hechizo poseen las selvas, ríos y mares de las Indias que hacen que un hombre sea insensible al llanto de la mujer que ama y a los besos de su hija? ¿Qué secreto guarda esta tierra que enloquece de tal forma a los hombres, hasta convertirlos en vagabundos ansiosos de tesoros y fama? María Montero no tenía la respuesta, pero maldijo las selvas, ríos y mares y todo el oro del mundo cuando se quedó sola en la suntuosa mansión de León como dueña solitaria de criados y caballos.

IX

Las termas de Pultumarca

*E*ra la noche de San Eugenio de 1532 y el chaparrón de la tarde se trasformó, al ocultarse el sol, en una ventolera que trajo granizo y, horas más tarde, una aguanieve que dejó la plaza de Cajamarca vacía de soldados. Los hombres se abrigaban en los tres galpones que cerraban la gran explanada por el sur, detrás de los cuales se extendía el pueblo de dos mil vecinos, ahora ocupado por mujeres y niños, hasta las laderas de un cerro donde se levantaba el gran templo, que a los españoles se les antojó una mezquita y al cual se llegaba por un camino que caracoleaba hasta la cima.

Todas las construcciones de la explanada eran de cantería finamente trabajada y delante de los tres amplios cobertizos, cada uno de ellos de más de doscientos pasos, en dirección norte, se levantaba el Acllahuasi, el templo de las vestales del Inca, las vírgenes al servicio del gran rey cuya única ocupación era tejer los vestidos del monarca, uno para cada día del año, y ser solícitas a todos sus requerimientos.

La gran plazuela, con forma de trapecio y pronunciada pendiente de sur a norte, estaba rodeada de un muro de más de seis pies de alto, con dos puertas de entrada, una en el levante, junto a la que estaba el Amaru Huasi, la residencia real, y la otra, en la dirección opuesta, aneja a otro templo que servía de morada a los sacerdotes paganos. Por esta última entró Hernando de Soto después de completar la ronda a caballo por el perímetro de la ciudad.

Todo estaba en orden, pero algo más que el frío tenía ateridos a los centinelas. Tanto Benalcázar, que rondó en los dos primeros cuartos de vigilia, el de prima y el de vela, como Hernando, que fiscalizó los dos últimos, el de la modorra y el del alba, habían comprobado el abatimiento y el profundo miedo que atenazaba a sus hombres. También los dos capitanes estaban inquietos y no era para menos. A más de una legua de allí, el Inca acampaba en las Termas de Pultumarca con 40.000 de los suyos, entre soldados y esclavos. Los españoles apenas superaban el centenar y medio, y sus aliados, indios tumbesinos en mayor número, aguardaban pacientes en la serranía cercana. Pizarro y sus hombres se enfrentaban a una marea humana que amenazaba con pasarle por encima hasta su total exterminio con una fuerza aun superior que la de las tormentas que se enseñorean en todo el mar de los Caribes.

Durante su ronda, Hernando se detuvo para contemplar en la lejanía el campamento del Inca, que venía a ser un inmenso espejo donde se miraba todo el firmamento, pues eran tantas y tan luminosas las hogueras que podían contarse como estrellas hay en el cielo. Un escalofrío le recorrió la espalda, pese a tenerla cubierta con una cálida y ligera capa de la lana encerada que procuran animales de corral a los que las gentes del Perú llaman vicuñas.

De Soto descabalgó y entregó las riendas a uno de los centinelas que montaban guardia ante los galpones. Benalcázar le salió al encuentro.

—Pizarro nos espera —dijo con seriedad el cordobés—. Ha convocado una reunión con los capitanes en el templo de poniente para discutir la estrategia. Mal lo vamos a tener ¿eh?

—¿Cómo están los hombres? —le respondió Hernando mientras comenzaba a desandar los pasos dirigiéndose hacia la entrada por donde había cruzado a caballo poco antes.

—No muy bien que digamos. Los más se van por las patas abajo, los otros no paran de orinar y casi todos rezan o lloriquean. El fraile Valverde no da abasto. No para de confesar y dar comuniones. Nunca había visto tanto miedo en tantos soldados juntos. Se ven muertos de antemano.

—Yo no me veo mejor que ellos, pero me preocupa saber si estarán dispuestos a luchar o se entregarán como corderos a los indios. Conozco a la mayoría de ellos, siempre fueron valientes en el Darién y en Nicaragua, pero ahora se han encontrado con indígenas muy distintos...

—Bien organizados, inteligentes y muy numerosos. Un ejército de verdad.

—Un ejército. Eso es, Sebastián. Y todos los ejércitos son vulnerables. Pero ¿dónde está su punto débil? Ahora tenemos unas pocas horas para decidir la mejor manera de salvar nuestras vidas, porque se me hace difícil hallar la manera de derrotar a tanta gente, incluso aunque bajara a ayudarnos el señor Santiago como hizo en Clavijo contra los moros, según cuentan.

—Bien sabes que en creencias no voy muy allá, así que lo de Santiago no lo espero. Pero la historia está llena de ejemplos y argucias de cómo unos pocos les ganaron a muchos.

—Así es, pero desgraciadamente no estamos en las Termópilas.

—¿Dónde? —preguntó con asombro Benalcázar, deteniendo el paso y sujetando a Hernando del brazo.

—En Grecia, hace muchos años. Allí, en un paso angosto, entre el mar y las montañas, trescientos valientes sujetaron a todo un ejército de 300.000 soldados persas, que a punto estuvieron de renunciar a su empeño de no ser por un traidor que les franqueó una ruta para poder atacar por la espalda a los valerosos griegos. Aquí, en cambio, estamos cercados y en el campo abierto nos superan cuatrocientos a uno.

En eso ya habían cruzado la puerta de poniente y caminaban por la alameda que conducía al gran templo, bien cercado por una tapia de corral, lugar de rezos y ceremonias, recién abandonado por los sacerdotes paganos y ahora ocupado como cuartel general por las tropas pizarristas.

En la gran sala, toda ella edificada con piedras acolchadas, reciamente ensambladas unas con otras sin que se viera argamasa, con ventanas trapezoidales cada diez pasos, aguardaba el trujillano, sus hermanos, Hernando y Gonzalo, Miguel de Estete, Rodrigo Núñez de Prado, maestre de campo venido a menos y Francisco López, gaditano, natural de Jerez y escribano del conquistador. El mayor de los Pizarro saludó solícito a De

Soto, que era de manera oficial su lugarteniente, pero compartía el mando con el agresivo y poco ponderado Hernando Pizarro, hermano del conquistador de la Mar del Sur, el que fuera compañero y verdugo de Balboa, un hombre prudente, esforzado y honrado, valiente como el que más y mitificado ya entre los aborígenes del Perú con el remoquete de Machu Capito.

—Te esperábamos, De Soto —dijo en tono amable Pizarro—. Necesito a mi segundo en el mando para decidir lo que vamos a hacer y cómo lo llevaremos a cabo.

Hernando Pizarro se mesó la barba con un claro gesto de disgusto cuando su hermano se dirigió con tanta cortesía al jerezano. Y tomó la palabra de inmediato.

—Nuestro capitán, mi hermano Francisco, convino esta tarde que era necesario hacer frente al ejército del Inca. Nos separan ochenta leguas de nuestra fortificación en San Miguel y en la huida no tendríamos ninguna probabilidad. Yo he estado en su campamento, he visto sus armas y las largas picas de que disponen, que abatirían a nuestros caballos sin dificultad. En cuanto a los infantes, todos quedarían a merced de esa caterva que se les echaría encima a los primeros pasos.

—De lo único que estamos seguros —terció Miguel de Estete— es que si permanecemos aquí, seremos exterminados. Hay una posibilidad si nos replegamos hacia la sierra y hacemos frente con la ayuda de los tumbesinos.

—¿Y quién nos asegura que los indios de Túmbez, al ver tanta gente en su contra y en la nuestra, no se rendirán al Inca? Su alianza con nosotros es interesada y si temen por su vida la mejor manera de guardarla será entregarnos a Atahualpa —contestó Francisco Pizarro—. Veamos qué tiene que decirnos De Soto.

Hernando se había acercado a un hogar, situado en una esquina de la estancia, donde comía uno de aquellos tubérculos asados que tanto le gustaban y que se recolectaban en abundancia en las tierras peruanas. Tragó con cierta precipitación un bocado y se dirigió a sus compañeros.

—Ahí fuera estamos muertos. Antes de alcanzar la sierra habrán dado cuenta de la mayoría de nosotros y los que tuvieran la suerte de escapar dudo mucho que llegaran a San Miguel,

213

perdidos y acosados por una jauría tan numerosa. Aquí contamos con alguna ventaja. Podemos resistir un asedio que no sea muy prolongado, contamos con víveres y provisiones, y eso nos hará ganar tiempo para volver a negociar con el Inca. Tenemos, además, otra opción… Apresar al Rey.

—¿Cómo dices? —preguntaron todos, excepto Francisco Pizarro.

—Podríamos intentar un golpe de mano —contestó pausado Hernando—, pero se me hace imposible. También yo he visitado el campamento y el Inca está rodeado por innumerables soldados y siervos. Antes de acercarnos a veinte pasos de él seríamos descubiertos. Pero podríamos prenderle si finalmente decide aceptar la invitación de Francisco y viene a Cajamarca. Con él prisionero y un cuchillo en su cuello dudo que sus tropas decidieran atacarnos, pero hay que mantenerlo con vida A partir de entonces todo depende de nuestro coraje y astucia.

—Eso es, Hernando —intervino alborozado el trujillano—. Una emboscada. Si actuamos con rapidez y contundencia, será tan grande la sorpresa que podemos beneficiarnos del desorden. Tanta gente junta, con su Rey en nuestro poder, desmoralizados y confusos serán fáciles de desorientar y desbaratar. Hay un lugar perfecto para nuestros planes: la plaza, fácil de cerrar y con el terreno suficiente para que los jinetes puedan maniobrar. No se me ocurre una mejor iniciativa. —Todos los presentes asintieron con la cabeza.

—Ahora pasemos a los detalles y recemos para que el Inca se digne a visitarnos y tengamos un poquino de suerte —concluyó con entusiasmo Pizarro, devenido por entonces en marqués y Gobernador.

Francisco López extendió sobre una amplia losa, en torno a la que se congregaron los capitanes pizarristas, un cartoncillo donde estaban pergeñados los perfiles de la plaza de Cajamarca, sus muros, el Acllahuasi, los galpones, las tres calles que comunicaban con el pueblo y las dos puertas de entrada. Francisco Pizarro se inclinó sobre el mapa y comenzó sus explicaciones.

—El templo de las vírgenes se me hace el lugar propicio para instalar la artillería y a los trompeteros de órdenes. De Soto, Benalcázar y mi hermano Hernando llevarán los tres escuadrones de jinetes y varios grupos de hombres aguardarán apostados en las tres calles que cerraremos con talanqueras. Yo mismo, con un grupo de infantes, me esconderé en la estancia real del levante y ordenaré el ataque. Mi gente se ocupará de detener al Inca y mantenerlo con vida; los demás procuraréis que nadie escape. Procedamos a distribuir las tropas y a sus capitanes.

Francisco López de Xerez hizo el recuento de las fuerzas disponibles. Se contaba con 63 jinetes, 93 infantes y ballesteros, 4 artilleros, 2 arcabuceros y 2 trompetas. No contaba el fraile, los tres lenguas, el puñado de esclavos negros y los pocos indios afectos nicaraguas y cañaris. Los capitanes comenzaron a discutir sobre la manera y número de hombres apropiados para la defensa de las posiciones y la mejor estrategia llegado el ataque. De Soto hacía correcciones, respaldadas por Francisco Pizarro y reconocidas por Benalcázar y Estete, con el malhumor disimulado de Hernando Pizarro, cuando su opinión era rectificada.

Un sol mortecino se descolgó por las ventanas trapezoidales del templo cuando se ultimó la disposición de las fuerzas pizarristas. La celada contra el rey Atahualpa se preparó de la siguiente manera: Pedro de Gandía con tres infantes armados de arcabuces y un falconete tomaría la posición desde el Acllahuasi, acompañado de los dos trompetas.

Los jinetes de los tres escuadrones permanecerían ocultos en los galpones hasta el momento de la embestida. Por la derecha atacaría De Soto e impediría la huida a través de la puerta de levante, Benalcázar lo haría por la izquierda y taponaría la entrada de poniente. Ambos deberían hacer frente a las eventuales tropas que acudieran en socorro del Inca. Por el centro entrarían los encabalgados de Hernando Pizarro para proteger la captura del Rey por su hermano Francisco. Junto a los caballeros, y ocultos como ellos, aguardarían otros cuarenta y seis peones, al mando de los hermanos Juan y Gonzalo Pizarro, con la asistencia de los capitanes Mena y Salcedo. El maestre Núñez de Prado mandaría los veinticuatro hombres que sellarían las tres calles de acceso al pueblo, ubicados en grupos de a ocho, bien parapetados tras las talanqueras.

Finalmente, el propio Francisco Pizarro, con veinte hombres de a pie, se escondería en el Amaru Huasi, el macabro Templo de las Serpientes, lugar de sacrificios y morada del Inca durante su estancia en Cajamarca. La señal de ataque se convino en un disparo de arcabuz de uno de los hombres de Gandía a la señal de Francisco y con el grito unánime de «¡Santiago!».

Antes de que cada cual ocupase su puesto y se dispusiera a una atosigante espera, el conquistador de Trujillo decidió arengar a la tropa para enardecer su ánimo y descargarla de miedos. Las palabras de Francisco provocaron el efecto deseado entre los hombres. La mención a las heroicidades vividas por todos ellos en Puna, Túmbez, Pueblo Quemado y Atacámez avivó la confianza perdida entre los guerreros, que llegaron a considerarse inmortales en el momento de vitorear a Pizarro y al rey Carlos. Tal exaltación animó al iracundo y deshonesto fray Vicente Valverde a convertirse en la voz de un Dios vengativo que clamaba sangre y odio a sus soldados, y así les predicó desde el centro de la plaza:

—Levantaos, Señor, en vuestra cólera, presentaos con toda vuestra majestad en medio de vuestros enemigos. He aquí el día profetizado por el ángel del Apocalipsis. Ésta es la tierra corrompida, donde los reyes están prostituidos y los pueblos embriagados por la confusión, el diablo está en los altares y con su brillo oculta al Dios verdadero; este dragón avanza hacia nosotros con su hocico lleno de blasfemias, pero el fuego del cielo caerá sobre esta tierra. Entonces todos vosotros escucharéis las arpas y contemplaréis la Nueva Sión, con murallas de jaspe, con palacios de oro puro, con las calles empedradas de piedras preciosas y las puertas hechas de nácar. *Exurge, Domine, in ira tua.*

Un prolongado «Amén» fue coreado por todos los hombres.

Hernando se entretuvo toda la mañana en revistar a los hombres y enjaezar los caballos con cascabeles, porque todo ruido habría de servir para atemorizar a los incautos. Repasó la estrategia con sus jinetes e instruyó a los infantes en la mejor manera de apoyar la carga de la caballería. Estando en el interior de los galpones, tan ocupado en explicar e impartir órdenes, le pasó inadvertida la llegada de un mensajero del Inca al que pudo convencer Pizarro de la conveniencia de que Atahualpa aceptara su invitación a cenar ese mismo día.

Había entrado la tarde cuando un vigía anunció que se había comenzado a levantar el campamento de las Termas y una amplia comitiva se ponía en camino hacia Cajamarca. Pizarro, De Soto y López de Xerez acudieron al Acllahuasi para contemplar tal despliegue. Por delante iban los criados limpiando de piedras e impurezas el camino, les seguían cantores y danzantes con monótonas músicas y bailes cansinos. En medio de los sinches, apus, auquis y amautas, todos ellos con plumajes multicolores y adornados con coronas y petos de refulgente oro, iba la litera real, toda ella de oro y cuyo peso pasaba del quintal, acarreada por dieciséis apus del servicio personal del Inca. Pizarro se mantenía serio, el de Xerez anotaba con delectación cuánta riqueza veía venir y Hernando se frotó las manos cuando percibió que en el cortejo real no había armas a la vista. Atahualpa pagaría caro su confianza y el menosprecio por aquella insignificante tropa de barbudos de piel blanca. De Soto había comprobado el día antes la inteligencia y la arrogancia del Inca cuando fue el primer hombre blanco en hallarse cara a cara con el Hijo del Sol.

El día anterior Hernando cabalgaba altivo, su brazo izquierdo descansaba sobre la cadera y con el derecho sujetaba firme las riendas; tras él otros veinte jinetes y el lenguas Felipillo, un intrigante y ambicioso indio tumbesino, recorrían el camino empedrado hacia las Termas de Pultumarca. El lugarteniente pizarrista tenía el encargo de saludar al monarca del Perú e invitarle a visitar en Cajamarca al Machu Capito, delegado del más grande emperador del mundo conocido. Todo debía hacerse con cortesía y evitar toda pendencia.

El cortejo avanzó entre dos canales de agua hasta detenerse ante un riachuelo, a partir del cual se asentaban las primeras tiendas del campamento, que ocupaban un cuarto de legua en el valle. Más bien parecía una ciudad de algodón blanco, con calles y plazoletas bien trazadas. Hernando y los suyos vadearon la corriente provocando un chapoteo que rompió el silencio reinante y se adentraron por entre las carpas. Delante de las tiendas se apostaron los guerreros, con los brazos cruzados, que les observaban con indolencia pero con las armas al alcance de la mano. Macanas, hondas, mazas de pedernal, picas de dura madera con la punta afilada y quemada se apilaban en perfecto orden. Ni siquiera el aguanieve que comenzó a caer inmutó a los soldados de Atahualpa, firmes como estatuas al paso de los españoles y siguiendo con los ojos el trote de los caballos.

El Inca habitaba un palacete de piedra, pintado de blanco y motejado de otros colores, con un amplio prado por delante que le separaba del campamento. Dos escaleras laterales conducían a una terraza y a ambos lados se extendían los jardines que flanqueaban el estanque trasero donde vertían dos caños, uno de agua fría y otro caliente. La gélida llovizna provocaba densos vapores que se desparraban por encima de la casona.

La guardia real había dispuesto un pasillo desde las últimas tiendas hasta la mansión real y por él desfilaron los españoles hasta llegarse a pocos pasos de la entrada principal. Hernando mandó parar al escuadrón. Luego, él mismo se adelantó con el lenguas Felipillo, el confaloniero Alonso de Mesa, natural de Cáceres, que se decía emparentado con la familia Ovando, tan brioso soldado como desobediente, y el capitán Pedro Cataño, un sevillano de gran nobleza y aún de mayor lealtad que se enroló con De Soto en la leva de Panamá atraído por la fama y fortuna de Hernando.

A una orden, Felipillo voceó que el capitán del Rey y lugarteniente del marqués y Gobernador Pizarro deseaba hablar con el Inca. Ninguno de los cuatrocientos guerreros que escoltaban las Termas se inmutó. El sol se ocultaba a espaldas de los españoles, cuando un orejón principal, uno de los ministros de Atahualpa, acudió para recibir el mensaje y trasladarlo a su señor. Pasó un largo rato y nada sucedía. La quietud fue rota por el galope de cinco caballos. Hernando Pizarro, con el lenguas Martinillo y otros tres jinetes, acudió en socorro de De Soto por orden del Machu Capito, al que le consumía la impaciencia.

—¿Qué está pasando? —preguntó Pizarro mientras detenía la cabalgadura junto a Hernando.

—Aquí me tienes, aguardando al Inca. Sale y sale, pero permanece dentro, jugando con nuestros nervios y nuestra paciencia —contestó el jerezano, incorporándose en la silla tratando de escudriñar algún movimiento dentro del palacete.

De Soto se dirigió al lenguas Martinillo, al que le tenía más confianza que al badulaque de Felipillo, y le ordenó que gritara: «¡Decidle al Inca que salga de una vez! ¡Más parece un perro que un soberano!». Las últimas palabras provocaron un tumulto en el interior de la mansión y, al poco tiempo, varios criados colgaron en la puerta principal una cortina, detrás de la cual se sentó Atahualpa en un pequeño trono policromado; junto a él dos esclavas, varios orejones y sus generales Rumiñahui y Quisquis. Sin invitación ni aviso, De Soto acercó la montura, con Martinillo junto al estribo, a la cortina de fino tejido a cuyo través se perfilaba la figura del Inca y sus acompañantes. No esperó licencia alguna para hablar al Rey.

—Soy Hernando de Soto, capitán del Gobernador don Francisco Pizarro, y en su nombre os vengo a ver y a deciros de su parte que desea con vehemencia que le visitéis y nada le holgaría más a nuestro Gobernador que aceptarais su invitación para sentaros a su mesa y ofreceros nuestra amistad y la alianza con nuestro señor y rey Carlos.

El Inca no respondió, mantenía la cabeza baja y la frente adornada por la *mascapaycha*, la cinta de lana roja símbolo del poder del Hijo del Sol. Todo lo más cuchicheó con uno de sus orejones, pero no hubo respuesta. Hernando Pizarro se impacientó y desde atrás, sin el socorro del lenguas, inició una retahíla de insultos, que por el tono no necesitaban traducción. En eso se descorrió la cortina. Atahualpa levantó la mirada y clavó sus ojos profundamente negros y llenos de cólera en Hernando de Soto, el blasfemo extranjero que se había atrevido a comparar con los perros al señor de las Cuatro Partes del Mundo, monarca absoluto del Tahuantinsuyo.

Hernando Pizarro no cejó en sus insultos, pero Atahualpa le desairó sin fijarse en él, mientras De Soto mantenía fija la mirada en el Inca. Atahualpa era pocos años mayor que él, de tez muy morena, robusto mas de talla no muy alta, de ojos fieros, con una larga melena de un negro intenso. Vestía un traje finamente adornado y su entorno irradiaba majestad. La voz la tenía grave y sonaba imperativa. Era un hombre que había nacido para mandar sobre vidas y países enteros sin estorbo.

En aquel duelo de miradas entre dos seres llenos de coraje y determinación surgió una corriente invisible de mutua simpatía; ambos intuyeron que con el correr del tiempo podrían ser de utilidad el uno para el otro. Pero ahora era Atahualpa, delante de su pueblo, quien respondería a los invasores con la amenaza y la decisión que corresponde al señor del Tahuantinsuyo, quien descubriría la identidad de estos falsos viracochas para demostrar que no eran dioses inmortales o sus mensajeros sino bárbaros cobardes fáciles de derrotar y adecuados para servirle como esclavos. Martinillo tradujo las palabras del Inca, que no quitaba ojo a De Soto.

—Volved a mi ciudad de Cajamarca y decidle a vuestro Gobernador y a todos los que le sirven que yo iré mañana adonde están todos ellos, y entonces pagaréis todo el desacato que habéis cometido por haber profanado el lugar donde descansaba, cuando estaba vivo, mi padre Huayna Capac y haber tomado sus pertenencias. Mañana, cuando me llegue hasta vosotros, me tendréis preparado y junto todo cuanto habéis robado y comido desde vuestra llegada. Devolved hasta el último grano que os robasteis y que sólo a mí me pertenece.

Las dos esclavas entregaron al Inca sendos vasos de oro repletos de licor de maíz y el soberano inca se lo extendió a los españoles. De Soto rehusó la invitación por prudencia. Atahualpa comprendió el temor del jinete y tomó un largo sorbo. Después le ofreció esa misma copa al español. Esta vez, Hernando bebió hasta apurar y creyó ver un rictus de satisfacción en el Inca.

El largo trago le ocasionó un ímpetu repentino. Seguro de sí mismo y reconocido a Atahualpa por el trato deferente que le había dado frente a Hernando Pizarro, espoleó su caballo y se lanzó al galope por el prado que circundaba las Termas de Pultumarca, convirtiéndolo en campo de equitación para demostrar qué guerreros venían a enseñorearse en estas tierras. Tan pronto corría en línea como paraba en seco el corcel, lo hacía caracolear, lo llevaba al paso antes de encabritarlo y hacerlo correr de costado, nueva parada y nuevas cabriolas y corvetas. Aguijoneó al caballo para lanzarlo a galope tendido contra un numeroso grupo de guerreros, tres decenas de los cuales retrocedieron aterrorizados al ver venirse el animal. Hernando tiró de las riendas y se dirigió hacia el Inca, que permanecía impasible a todo aquello. De Soto rayó el caballo tan cerca del Rey que las babas de la cabalgadura salpicaron el fino traje del monarca. Atahualpa no movió un músculo. El jerezano quedó confuso por tal serenidad, primero, y sorprendido, después, cuando a una leve indicación del Rey, los treinta indios temerosos fueron muertos allí mismo.

Hernando comprendió de inmediato que no estaba ante un cacique común, lleno de supersticiones y asustadizo con las demostraciones de fuerza. Era un gran rey, sin duda, y un poderoso señor que solicitaba un trato acorde a esa condición. El español, algo turbado, desmontó y se sintió obligado a un desagravio. Entonces se sacó un anillo y se lo ofreció al Inca «como señal de paz y amistad con nosotros los cristianos». Antes de que Martinillo tradujera la frase, Atahualpa tenía en su poder el presente y levantándose dio por finalizada la plática. De Soto vio adentrarse en la oscuridad del palacete al Inca y reparó en la dura mirada que le dirigía el general Quisquis. De igual manera le correspondió el español, que aceptó el embozado reto prometiéndole en silencio que ambos se verían frente a frente a no tardar.

221

La tarde estaba muy avanzada y se había levantado un viento frío cuando la comitiva real entró por la puerta de levante a la plaza de Cajamarca, totalmente desierta. No menos de cinco mil esclavos, criados, guerreros y nobles vitorearon al Hijo del Sol cuando llegó su litera de oro con recamados de plata, adornada con multicolores plumas de papagayo y guacamayo. Atahualpa, hierático y majestuoso, llevaba un vestido con las costuras de hilo de oro y bordado en fino algodón de vistosos colores, se adornaba con un collar de esmeraldas y lucía una corona dorada por encima de la *mascapaycha*. Su aire majestuoso se volvió colérico cuando no vio a ningún español.

—¿Qué ocurre aquí? ¿Dónde están esos extranjeros ladrones? —vociferó desde el trono—. Ciquinchara, tú has sido mi informante sobre los hábitos de los extranjeros. Tú me dijiste que eran cobardes y dóciles y que, aterrados ante mi presencia, me esperarían de rodillas implorando que les perdonase la vida. ¿Dónde están?

El señor de Ciquinchara había dado buenos servicios a
Atahualpa desde el mismo momento que el príncipe de la tierra de Quito, en el norte, se dispuso a usurpar el trono a su
hermano Huáscar, señor del Cusco. Sus espías le llevaron informes eficaces sobre los hábitos de los barbudos, que se hacían rapar la cara de vez en cuando, que padecían enfermedades
y heridas, así como de aquellas extrañas ovejas gigantescas
que parecían masticar hierro pero comían hierba y cuyo paso
retumbaba como un desprendimiento de rocas, aunque podían ser derribadas al suelo por un solo hombre y sangraban
cuando las ortigas arañaban sus patas. Aquellos seres de piel
blanca enloquecían ante el oro, pero desdeñaban trabajar la
tierra, peleaban entre sí y llevaban cuchillos tan largos y poderosos que podían partir a un hombre por la mitad. Se antojaban forajidos y no enviados celestes de Viracocha para pacificar las tierras del Tahuantinsuyo, trastornadas en aquellos
tiempos por una guerra fratricida; Atahualpa contra su hermano Huáscar, el Quito enfrente del Cusco. El señor de Ciquinchara, acarreado sobre una hamaca, se acercó temeroso al
Inca.

—Mi señor Atahualpa, sin duda estos cobardes están escondidos y temblando de miedo ante vuestra presencia. Otros habrán huido asustados como alimañas al contemplar todo vuestro poder y el majestuoso ejército que nos escolta. Busquemos
sus escondrijos y acabemos con ellos.

Todos se impacientaron hasta que un hombre blanco surgió
de la nada, envuelto en un astroso ropaje blanquinegro, con una
cruz en su mano diestra y un libro en la izquierda; junto a él caminaba alguien al que ya conocía el Inca: el lenguas que le tradujo el día anterior las palabras del osado jinete que le entregó
como presente un austero anillo de acero.

Fray Vicente y Martinillo avanzaron con disimulado temor
hacia la litera real en medio de un murmullo que se fue apagando a medida que el clérigo se acercaba a Atahualpa. Aprovechando el silencio, fray Valverde abrió la Biblia y requirió al
Inca «en el nombre de Dios, Uno y Trino y de su hijo Jesucristo,
muerto por nosotros», a que el Inca adjurase de su salvaje idolatría, abrazara la fe verdadera y «se sometiera al vasallaje del

rey de España, porque el Papa, sucesor de Pedro, le ha regalado todas las tierras de los indios del uno al otro mar».

El gesto del Inca se fue demudando por el furor y el odio a medida que oía las palabras de Martinillo, y respondió con un tono amenazador.

—Yo soy el primero de los reyes del mundo, pero tu Rey debe de ser grande porque ha enviado a sus siervos a través del mar y los caminos y estoy dispuesto a aceptarlo como a un hermano. Pero ¿de qué Dios me hablas que otorga tierras que no son suyas? Porque sólo a mí me pertenece todo el Tahuantinsuyo. Soy el único señor de las Cuatro partes del Mundo. ¿Y a qué Dios muerto veneras? Yo no adoro a un muerto, sino al Sol, que da vida a todo lo que puebla esta tierra, y si él muere, todos moriremos con él; cuando él duerme, todos dormimos con él. ¿Con qué autoridad me hablas de tales cosas sin sentido?

—Con la autoridad que habla este libro, escrito por la mano de Dios —respondió el fraile enseñando la Biblia al Inca.

Atahualpa tomó el libro ojeando letras y dibujos, sin darle importancia. Luego se lo llevó al oído y lo arrojó de sí varios pasos.

—¡Sacrilegio! ¡Blasfemia! —gritó fray Valverde, que corrió hacia el lugar donde se ocultaba Pizarro y los suyos—. ¡Atacad! ¡Atacad a ese Lucifer!

El barullo ocasionado por el fraile alertó a Francisco Pizarro, que ordenó a uno de los suyos ondear un paño blanco. Gandía prendió el falconete y sonaron las trompetas desde el Acllahuasi. El Inca y todos los suyos quedaron atónitos por la detonación y más aún cuando se abrieron las puertas de los galpones y el ensordecedor grito «¡Por Santiago! ¡A ellos!» resonó por toda la plaza. Hernando de Soto fue el primero en arremeter contra la muchedumbre, lanza en ristre, escoltado por Nieto y Cataño. Benalcázar atacó por poniente, mientras Hernando Pizarro avanzó por el centro al encuentro de su hermano Francisco, que había abandonado su abrigo. Los indios caían por el suelo y sus cuerpos crujían bajo los cascos de los caballos; otros, atravesados por las lanzas, se desangraban entre gemidos antes de ser atravesados por los infantes de retaguardia.

Atahualpa se incorporó en su litera y comprobó con miedo, tal vez por primera vez en su vida, tal desolación. Sus leales morían aplastados como la mies seca por la pisada de un gigante. Los grupos que intentaban escapar por las dos puertas se encontraban con los caballos que arremetían contra ellos. Los que buscaron la huida a través de las tres calles que conducían al pueblo se dieron de bruces con las talanqueras y los infantes de Mena y Salcedo. Las cuchilladas y espadazos se sucedían a tal velocidad que los muertos se amontonaban formando una barricada de cadáveres paralela a los parapetos de troncos.

En su primera carga, el escuadrón de Hernando de Soto hizo retroceder hacia el alto muro del norte a decenas de indios que, a causa de su pavor y deseos de escapar, fueron arrollándose unos a otros, muriendo los padres por las pisadas de los hijos y los hijos aplastados contra la piedra por el empuje alocado de los padres. En todo aquel pandemónium solamente los escoltas y portadores de la litera del Inca permanecían impasibles junto a su señor, hacia el que avanzaba en cuña Francisco Pizarro y los suyos, abriéndose paso a cuchilladas y golpes de rodela.

Hernando Pizarro, a mitad de la carga, cayó del caballo y a punto estuvo de ser víctima de la desbandada a no ser por varios infantes que le rescataron del suelo para alojarlo en uno de los galpones y curar la brecha que tenía en la frente. La batalla había terminado para él y su orgullo había sido derrotado.

De Soto reagrupó a su escuadrón y lo lanzó a una nueva carga, en dirección a los almacenes, para proteger a la escolta de la puerta de levante, que amenazaba con ceder ante la marea humana que se les venía encima. En una de sus acometidas a un grupo de indios, que se mantenían paralizados por el terror, la lanza se le quebró y a punto estuvo de caer. Se rehizo sobre la montura y desenvainó la espada. Su camisa se había vuelto roja al igual que su coraza, y cada vez que se limpiaba la boca reseca paladeaba el amargor dulzón de la sangre que manchaba sus manos.

Francisco Pizarro llegó hasta la litera real, que se tambaleó cuando los criados que la sostenían fueron atravesados por las espadas, pero otros tantos sustituyeron a los caídos para mantener en lo alto a su señor Atahualpa, quien, confuso y atemorizado, era incapaz de decir palabra. Desde su altura había visto cómo los soldados de Juan Pizarro habían dado muerte a sus nobles más leales, los señores de Chincha y Ciquinchara. Ahora, aquellos barbudos sedientos de sangre le cercaban. Por encima de los porteadores muertos y heridos se encaramó Miguel de Estete, que arrancó la corona al Inca, mientras Francisco Pizarro le sujetaba del brazo izquierdo. La litera se vio rodeada en un momento por un bosque de espadas vengativas y el trujillano gritó: «¡Nadie hiera al indio so pena de la vida!». No pareció oírlo el tempestuoso Alonso de Mesa, que descargó una cuchillada al tambaleante Rey que fue a parar al antebrazo de Francisco Pizarro cuando el Gobernador trató de parar el golpe. Se esforzaron los españoles en derribar el trono; mientras, el herido Pizarro arrojó al suelo al Inca arrastrándole por los pelos y el vestido. Puesto en pie y escoltado por rodeleros fue trasladado al Amaru Huasi.

Atahualpa no opuso resistencia y dejó hacer, porque bien sabía que en los planes de los extranjeros no figuraba quitarle la vida allí mismo como bien pudieron hacerlo con toda libertad.

Hernando de Soto se llegó a la puerta de levante y comprobó que las tropas de Rumiñahui y Quisquis permanecían inmóviles a las afueras de Cajamarca, sorprendidas por el clamor que llegaba desde el otro lado de los muros de la plaza. Incorporado en la silla de montar, con las piernas rígidas sobre los estribos y la mano izquierda apoyada en el ancón, divisó por encima del tumulto la captura del Inca. No fue el único, porque centenares de indios repararon también en la caída de su señor y, como huérfanos desvalidos, unos se lanzaron hacia los muros en busca de una escapatoria y otros permanecieron impávidos esperando la muerte. Había transcurrido media hora desde el aldabonazo de Gandía.

El jerezano no perdió un segundo en sacar ventaja de la situación y ordenó a sus jinetes que atacaran a los nobles y señores que permanecían en sus hamacas y literas.

—¡A ellos! ¡Hacia los consejeros! ¡Alancead a los emplumados de ropajes morados! ¡Que no escape ninguno! Tenemos al Inca y no necesitamos a sus ministros.

Al poco de iniciar la carga se vino abajo, con enorme estrépito, una gran porción del muro norte de la plaza, incapaz de aguantar la presión de las pirámides de cadáveres y el empuje de centenares de indios ansiosos por escapar. Al abrirse la brecha, un torrente de cuerpos inertes se desparramó por el erial circundante cual cántara de vino venida al suelo, y fue pisoteado por vociferantes indios que corrían en todas direcciones. Pronto se contagiaron las tropas incaicas de las afueras, que comenzaron idéntica desbandada. Rumiñahui y Quisquis estaban sorprendidos de igual manera y ambos, a gran distancia el uno del otro, comprendieron que su señor Atahualpa estaba muerto. Se izaron banderines y sonaron trompetas para ordenar a los pocos que se mantenían en sus puestos la retirada hacia Pultumarca a todo correr.

Curacas y otros notables caían bajo los cascos del escuadrón de Hernando o heridos por las lanzas y espadas. A través del muro derruido, De Soto alcanzó a ver la retirada de los ejércitos del Inca e indicó a Nieto que solicitara a Benalcázar varios de sus jinetes para comenzar la persecución. Una treintena se concentró en las cercanías del Acllahuasi y De Soto ordenó la salida por la puerta de levante.

—¡A ellos! ¡Sin compasión! —dijo a modo de arenga—. Hoy vivirán un terror que no olvidarán durante generaciones. La victoria sólo será nuestra cuando la derrota sea completa. Hagamos nuestro trabajo y hagámoslo bien. ¡Acabad con los tenaces y apresad a los rendidos!

El sol se había ocultado a sus espaldas, dejando un reguero de lágrimas rojizas entre grises nubarrones como ojeras celestes; se diría que el astro tapaba la vergüenza por la derrota de su hijo y la muerte del imperio que le obedecía y veneraba. Al día siguiente, otro sol, con la cruz en su centro, se levantaría por el otro lado de la tierra del Tahuantinsuyo, por el mismo lugar donde los barbudos extranjeros llegaron un aciago día con sus grandes canoas, con un nuevo e invisible dios y repletos de coraje y ambición.

De Soto y los suyos resultaban tétricas sombras descargando golpes y reuniendo prisioneros. En la penumbra, sobre un mojón del camino empedrado que llevaba a las termas, a no más de doscientas varas, Hernando advirtió la triste figura de Quisquis,

226

escoltado por su guardia, con la misma mirada de ira del día anterior. Señaló con su brazo al jerezano y soltó un grito que sonaba a venganza. Hernando respondió apuntándole con su espada. Pero el duelo quedó aplazado porque hasta el español llegaban jinetes con Hernando Pizarro, aún maltrecho y con un vendaje en la cabeza, para advertirle de que su hermano Francisco había ordenado el fin del combate y que todos los españoles debían replegarse al interior de Cajamarca al venirse la noche. De Soto le contestó haciéndole una higa.

—Esto es una traición al arte de la guerra. Se trata de vencer o ser vencido y no podemos dejar pasar la ocasión que nos brinda la fortuna en el día de hoy. Vamos a desbaratarlos ahora mismo. ¡Conmigo los leales!

Veinte jinetes se congregaron en torno a De Soto y cuando picaban espuelas sonaron las trompetas del Acllahuasi ordenando el agrupamiento. El jerezano paró la montura y miró a sus hombres. Sin preguntarles nada adivinó en sus rostros la demanda: «¿Y ahora qué, Hernando? Ésa es la orden de nuestro Gobernador». Miró al mojón y lo encontró desierto. Sin decir una palabra volvió grupas y se encaminó a la ciudad seguido por silenciosos caballeros.

La cena con el Inca vino a ser un soliloquio de Francisco Pizarro frente a un ser abatido que apenas levantaba la mirada cuando desde el exterior le llegaban los lloros y lamentaciones de sus criados sobrevivientes, o los quejidos de los heridos de la plaza antes de ser rematados por los indios cañaris sedientos de venganza.

Estos aborígenes, procedentes de las tierras del norte, fueron esclavizados por Atahualpa, que sorprendido por su ferocidad en el combate y su tenaz resistencia, se cobró la vida de 5.000, les sacó el corazón y lo sembró para conocer si tamaña valentía podía dar fruto. Miles de ellos fueron deportados al interior del imperio incario, pero la llegada de los españoles les sirvió de liberación y como aliados de los pizarristas se conjuraron contra el Inca usurpador. Esa noche saldaron antiguas pero palpitantes deudas. A sabiendas de su afán venga-

tivo, Pizarro ordenó que ninguno de ellos se acercara a Atahualpa.

La noche descargó sobre Cajamarca una lluvia de agua y pa-
jarracos de rapiña. Empapados y molestos por los graznidos,
Benalcázar y De Soto se dieron a las confidencias en medio de
los centenares de cadáveres que enlosaban la plaza.

—He sabido lo de tu desplante a Hernando Pizarro —dijo el
cordobés, acompañándolo con una palmada en el hombro a De
Soto—. ¡Bien hecho! Aún no sé cómo has soportado el desaire
de haberte escamoteado el segundo puesto. No me fío de Francisco, está demasiado atrapado por su familia y cuando llegue
Almagro, habrá problemas. Ya sabes cómo se las gasta y no tiene tu paciencia. Habrá conflictos y yo no quiero estar en medio.

—No me gusta sacar los pies de las alforjas, a menos que sea
indispensable, y esta tarde, lo era. Podríamos haber acabado con
ellos. Estaban indefensos y acobardados. Cuando cayó el Inca,
muchos se dejaron matar sin la menor resistencia. Te juro, Sebastián, que me impresionaron. Tenemos mucho que ganar y
aprender en esta tierra, si no nos despellejamos entre nosotros.
Muchas veces no entiendo la extremada prudencia de Francisco
y la condescendencia con sus hermanos.

—A eso me refiero, Hernando. Los Pizarro reclamarán la mayor parte del botín que encontremos y todo el poder. La victoria
de hoy nos abre el camino hacia el sur, hacia su capital, el Cusco.
Ahí comenzarán los problemas. Pero yo tengo otros planes.

—No te entiendo —dijo Hernando, deteniendo el paso y mirando de frente a su interlocutor. Benalcázar se sacudió la barba
empapada y respondió en tono confidencial.

—¿Te has fijado en las riquezas de Atahualpa? Sólo su trono
vale por todo un tesoro. ¿Cuánto guardará en la parte del reino
que usurpó a su hermano, en el norte? Me propongo conquistar ese territorio y pedir legalmente su gobernación. Extender
su dominio hasta las fronteras de Castilla del Oro. Te dije en Sevilla hace ya... demasiados años, que venía a las Indias como señor y no como siervo. Me ha llegado la oportunidad y pienso
apurarla. Allá abajo, en el Cusco, habrá demasiados gallos en el
corral y tan ocupados por su fortuna y poder que no se preocu-
parán de mí. Tú deberías pensar lo mismo ¿o ya lo hiciste el pa-

sado año cuando quisiste lanzarte en solitario hacia el Quito desde Túmbez?

—No. Claro que no. Aquello fue una operación militar que algunos amigos de Pizarro interpretaron como un deseo de independencia y conquista personal. Había derrotado a las tropas invasoras de Atahualpa y ante mí había una confortable calzada hacia el norte. Resultaba una magnífica oportunidad para controlar un vasto territorio y establecer puertos y fortalezas para nuestro provecho. Pero la prudencia de Francisco y las intrigas de sus hermanos me obligaron a desistir.

—Esta empresa es demasiado grande como para dejarla en manos de los Pizarro.

—Esta empresa, Sebastián, no es de los Pizarro sino de todos nosotros. Estoy contigo en que hay oro de sobra para hacernos ricos y el tiempo nos dirá si también hay suficientes reinos que repartir. He de llegar al Cusco y entonces reclamaré mis derechos de gobierno. Después, ya veremos…

—Nos hemos batido en el Darién, en la Mar del Sur, en Nicaragua y ahora en el Perú. Tenemos más derechos que cualquiera de esos parientes recién llegados para hacernos con toda la fortuna y la fama —añadió el cordobés, enarbolando un puño amenazador.

—Nos asiste el derecho en todas las Indias, pero no participaré en una guerra fratricida para entregar el poder a un tercero. He visto a leales caer bajo el hacha del verdugo y a renegados considerarse señores de una tierra que no han pisado. Yo tendré mi propio reino, ya sea al sur del Perú o al norte de la Nueva España. Toda esta tierra no parece tener fin y tengo la certeza de que en alguna parte hay un imperio reservado para mí. Cuando me lance a su conquista, no tendré rivales y nadie me disputará lo conseguido en la corte. Mi ejército será el mejor pertrechado, contará con los más leales capitanes y las bendiciones del Rey. Pero ahora no es el momento.

Al día siguiente, domingo, De Soto fue arañado por la codicia cuando se hizo con el botín abandonado en las Termas de Pultumarca, que los contables estimaron en 80.000 pesos de oro y 7.000 de plata. Francisco Pizarro, hombre desconfiado pero práctico, sabía de la necesidad de contar con el jerezano tanto como buen guerrero como por el respeto que le profesaban los hombres. Su determinación en la emboscada de Cajamarca le engrandeció ante la tropa y por ello el trujillano consideró oportuno darle el mando de la partida que se haría con el campamento y cuantas riquezas escondiera.

Sin señales del ejército del Inca en desbandada, Hernando, con treinta jinetes y decenas de indios afines entre nicaraguas y tumbesinos, tomó la vereda empedrada apenas el fraile Valverde comenzó durante la misa su iracunda homilía contra los paganos, sus reyes satánicos y toda esa tierra apestada de idolatría.

—Ese maldito fraile va a traernos muchas desgracias —dijo Hernando a Nieto y Cataño cuando iniciaban la marcha—. Habla demasiado de venganza y para nada de piedad. Sus sermones van lograr más enemigos que los que nos procuramos nosotros en la guerra.

—Haría bien Pizarro en taparle la boca —le respondió Nieto—. O cuando menos llamarle a la prudencia.

—Álvaro —dijo Hernando con un tono irónico—, quien tiene el odio como norma no conoce la sensatez. Valverde es además un intrigante. Hay que andarse con ojo o toda nuestra política en el Perú puede desmoronarse. Estoy seguro de que no le complacería otra cosa que el sacrificio del Inca.

—Eso sería peligroso para nuestros intereses —contestó Cataño, que cabalgaba a la izquierda de Hernando—. Si muere el Rey, millares de indios se nos echarán encima, y después de lo de ayer están avisados sobre nuestras tácticas. No tropezarán dos veces en el mismo camino.

—Por eso mismo voy a pedirle a Pizarro la custodia del Inca, para mantenerle con vida y llevarle a España. El rey Carlos verá por vez primera al más importante súbdito que tiene en las Indias —contestó Hernando con la mirada perdida en el sendero y un gesto de agrado para consigo—. Será algo que no se olvidará jamás.

Nunca antes llevó a cabo Hernando empresa tan pacífica como rentable. Los miles de indios que permanecían en el campamento recibieron a los españoles en silencio y serviciales, depositando a los pies de los caballos las armas abandonadas por sus dueños, cascos de madera, escudos de frágiles tablillas y escaupiles de algodón, inútiles ante el acero y la pólvora. Ni la menor traza de las huestes de Quisquis y Rumiñahui. Luego, decenas de mujeres se afanaron en amontonar frente a los sorprendidos guerreros grandes platos de oro, cántaros, braseros y cálices. Del mismo metal había centenares de aretes, no pocas diademas, pectorales y narigueras. Y muchos objetos más de plata finamente labrada. Delante tenían un tesoro digno del más grande de los nobles de España y se trataba de una humilde vajilla real.

Hernando pensó que todos se habían quedado escasos cuando calcularon las grandes riquezas que escondía el Perú. Por ello sus ojos se llenaron de objetos refulgentes y, por unos momentos, pensó que el objetivo de su vida no era otro que hacerse con todo el oro que pudiera acarrear en sus baúles sin importarle nada más. Fue una avaricia repentina que le hizo avergonzarse al pronto, cuando contempló a sus leales atónitos, esperando órdenes. Hizo contrición mas no tuvo reparo en escamotear en uno de sus bolsillos un puñado de esmeraldas que le entregó una solícita esclava.

Llegó el momento de regresar y el jerezano dispuso que se agruparan los indios necesarios para acarrear el tesoro y algunos más para el ulterior servicio de la tropa, otorgando la libertad al resto. Gran sorpresa causó, entonces, que ninguno quisiera marcharse y todos se dispusieran para acompañar el cortejo de los españoles. Hubo cierta confusión en las filas de los soldados y algunos aconsejaron a Hernando que se mantuviera alerta. Empero, el teniente general de los pizarristas andaba confiado. Sabía que si la intención de aquella marea humana hubiera sido la de atacarlos y darles muerte, nada se lo habría impedido desde su entrada en las termas.

Fue un indio tumbesino, que farfullaba la lengua española, quien comunicó que muchos de los presentes eran partidarios del Inca Huáscar y, por tanto, enemigos del cautivo. Eso explicaba el acomodo con sus conquistadores y la ofrenda del oro real, pero también su deseo de servir a los poderosos guerreros que habían humillado al usurpador Hijo del Sol.

Se contaban por miles los que acompañaban a Hernando de Soto en su regreso a Cajamarca, y eran tantos que los vigías de Pizarro en el Acllahuasi hicieron sonar las trompetas y llamar a arrebato en prevención de un ataque. El trujillano y algunos de sus capitanes treparon a la torre para cerciorarse de la amenaza, que se disipó en el momento que vieron a Hernando al frente de la numerosa comitiva llevando su caballo con paso galano junto a una litera que refulgía como si tuviera aprisionado al mismo sol. Francisco Pizarro soltó una carcajada y con orgullo dijo:

—Ese rufo jodido lo ha logrado. Me trae un tesoro de oro y siervos. Toda su indisciplina y ambición bien se la hace perdonar. —Con las dos manos ahuecadas en torno a la boca gritó—: ¿¡Qué es todo eso, Hernando!?

Desde la cabalgadura y sin detener el paso, el jerezano contestó:

—¡Esto… Francisco, esto… es el Perú! —Lo dijo de tal forma que parecía dictarlo para un libro de historia.

Mientras los capitanes acompañaban las risas de su Gobernador, fray Valverde se acercó al marqués y Gobernador con su habitual gesto malhumorado.

—¿Habéis pensado, señor, cómo vamos a alimentar a toda esa gente? —dijo con el torso encorvado en una falsa posición suplicante—. ¿Podemos saber cuántos traidores se esconden en tal multitud? Paganos, todos paganos, capaces de engendrar más paganos. Éste es el momento de acabar con todos ellos o, cuando menos, cortar la mano derecha de todos los varones y así garantizar que no tendremos guerreros en nuestra contra.

—No es mi intención —le respondió displicente Pizarro— llegar más allá de la crueldad necesaria. Y, además, padre, ¿alguien sabe si estos indígenas no saben pelear con la mano izquierda? Mis hombres se merecen lo mejor y si ahora pueden gozar de criados no seré yo quien lo impida.

—Cuando menos, señor marqués —contestó Valverde—, no permitiréis que los cristianos mantengan relaciones carnales con las paganas.

—Padre, mis hombres no están hechos para cocinar o matar su tiempo en el telar. Se tienen bien ganado los criados y las mujeres. Voacé está aquí para perdonarles en confesión y no para privarles de los placeres.

La plaza de Cajamarca, ya limpia de cadáveres, se convirtió en una libre subasta donde los soldados de Pizarro elegían criados, esclavos y amantes sumisas que no ponían reparos en acompañar a sudorosos y barbudos bravucones de engordada bragueta. En toda esta puja no estuvo ausente el propio Pizarro, que eligió a una india altiva, de figura delgada, mirada retadora, a la que hacían reverencia todos, y que resultó ser hermana del Inca, hija del rey muerto Huayna Capac, por nombre Quispezira y que pasó a ser doña Inés por el bautismo y Pizpita por el amor que desde entonces y hasta siempre le tuvo el trujillano.

Hernando asistió sonriente y ajeno desde la montura a tal mercadeo. No era el único. Atahualpa también fue testigo desde el ventanillo trapezoidal de su prisión y desde ese momento trazó su plan para intentar salvar la vida y su reino. Nadie, salvo un criado de confianza, le escuchó murmurar en su lengua quechua: «Ha llegado la hora de acabar con mi pusilánime hermano».

El Inca había sido encarcelado en uno de los recintos del Amaru Huasi, el que se encontraba más cercano a la puerta de entrada. Como el resto de las casas tenía fuertes muros de cantería, bien asentados, sin argamasa, con piedras poligonales de superficies pulidas y bien alineadas con una altura no muy superior a los cuatro pies, poco más de tres metros, que terminaba en una techumbre bien entrelazada e impermeable confeccionada con palos y ramajes secos. La estancia tenía veintidós pies de largo y diecisiete de ancho. Como único adorno de las paredes diez hornacinas y un ventanuco en el lado de poniente. Era una de las seis casas que componían el Amaru Huasi, rodeadas por un sólido muro de una altura de cuatro metros anejo a la puerta de levante.

El Inca no estaba furioso, sino expectante. Rápido de ingenio y acostumbrado a estudiar a sus enemigos para ganar sus virtudes y aprovechar sus defectos, Atahualpa concentró su mirada desde su incómodo observatorio en el rostro y los aspavientos de los españoles ante la cantidad de riquezas que se apilaban en el centro de la plaza. Actuó sin tardanza y ordenó a uno de sus criados que solicitara audiencia al Machu Capito.

El derrotado señor del Perú se encontró cara a cara con el nuevo dueño del imperio del Sol una hora después. Acompañaban al·Gobernador sus hermanos Hernando y Gonzalo, los capitanes De Soto y Benalcázar, el escribano Xerez y Martinillo. Atahualpa estaba sentado en un policromado escabel, atendido por dos sirvientas y otros tantos consejeros, que habían salvado la vida pocas horas antes, en parte por la suerte y en gran medida por decisión del propio Pizarro, que convino que el soberano debía conservar una parte de su servidumbre. El Inca, con la mirada fija en el trujillano, habló con la solemnidad de un rey sin importarle su condición de vencido. El lenguas tradujo con sencillez y sin asomo de excitación.

—Si es oro lo que buscas —dijo el Rey—, yo os puedo conseguir todo el que quieras para ti y tus guerreros si, a cambio, me concedes la libertad. Yo Atahualpa, hijo de Huayna Capac, señor del Tahuantinsuyo, te prometo que toda esta sala, hasta donde alcance mi brazo, será cubierta de piezas de oro y os entregaré el doble de plata. Eso se hará al cabo de dos meses. Esta es la palabra del Hijo de Sol.

Los españoles se miraron con estupor, primero, y después asintieron todos con la cabeza. Francisco Pizarro se dirigió al Rey con el mismo tono ceremonioso, pero amenazador.

—Acepto vuestra oferta, señor. Pero sabed que si mentís o tramáis algo, no dudaré un momento en cortaros la cabeza y teñir con vuestra sangre los muros de esta prisión. Ésta es la palabra del Gobernador del rey Carlos.

—Os doy mi palabra de Inca. ¿Qué otra cosa puedo hacer? Si estoy en vuestras manos y bajo vuestros brillantes cuchillos y vuestros bastones de fuego.

El consejo militar de los españoles duró poco tiempo en la casona más amplia del Amaru Huasi, habilitada como residencia de Francisco Pizarro y cuartel general, a cincuenta pasos de la prisión del Inca. Todos los presentes aceptaron la oferta de Atahualpa, mas convinieron en mantenerse alerta y recelar de los traidores, que podían ser muchos y bien ocultos. Se decidió pues expulsar por la fuerza a los prisioneros de Pultumarca que no se consideraban necesarios y mantener un control riguroso de las visitas y conversaciones del Inca con sus súbditos. Fue Hernando de Soto quien inició el debate sobre el futuro de las huestes españolas.

—Creo acertado que mantengamos un trato amable con el Inca. Podemos necesitarle como aliado y para ello hemos de mantenerlo con vida. Yo mismo, si no hay inconveniente, me hago responsable de su seguridad.

Pizarro miró a sus capitanes y ninguno de ellos puso objeción alguna a la demanda de Hernando.

—Y ahora hablemos de nuestras relaciones con el Inca Huáscar —añadió De Soto—. ¿Cómo podemos sacar provecho del odio que se tienen los hermanos y de la división de su reino?

—Colocándonos por encima de ellos —respondió con tranquilidad Francisco Pizarro, mientras jugueteaba con un pequeño vaso de oro finamente labrado—. Utilicemos a Atahualpa como aliado para desaconsejar a Huáscar cualquier intento contra nosotros y prometerle que la paz de su reino queda garantizada porque tenemos preso a su hermano.

—Pero... Francisco —intervino su hermano Hernando—, cuando tengamos el oro debemos dejar libre a Atahualpa. ¿O no vamos a mantener nuestra palabra?

—Eso depende de cuáles sean sus verdaderas intenciones y de la respuesta que obtengamos del rey Huáscar. Si ambos se avienen a nuestras condiciones, no veo obstáculos para que uno reine en el Quito y el otro se mantenga en el Cusco. Y... en medio de ellos y junto a ellos nuestras tropas.

—¿Nuestras tropas, Francisco? —preguntó burlón Benalcázar—. ¿Crees que podemos mantener el control de este imperio con apenas doscientos hombres y la guarnición que ha quedado en San Miguel? ¿Contener levantamientos y hacer de pretorianos de los dos Incas? Dime cómo.

—¿Cuántos hombres crees tú que acudirán desde Panamá, La Hispaniola y Cuba en el momento que lleguen las noticias de nuestra victoria y el botín que nos espera? —Todos guarda-

235

ron silencio mientras Pizarro arrojaba sonriente el vaso de oro a Benalcázar.

—Ahora debemos enviar emisarios a Huáscar y ponerle al corriente de nuestros planes —intervino Hernando de Soto—. Y podemos suponer que reclame para sí todo el imperio.

—Si así lo hace, mi buen Hernando —respondió Francisco—, nuestras fuerzas y los leales de Atahualpa le barreremos de este mundo. Eso debe entenderlo de forma muy clara.

—¿Lucharán a nuestro lado las huestes del Inca preso? —preguntó con timidez Gonzalo Pizarro.

—Lo harán cuando en lo alto de la mezquita vean a su Rey con un cuchillo en el cuello —respondió fríamente el marqués y Gobernador.

—La idea de dividir el reino me parece la más acertada —interrumpió De Soto—. Siempre podremos utilizar el miedo y la enemistad entre los hermanos para asustar al que quiera perjudicarnos y amenazarle con despojarle de su trono a favor del contrario. No sólo debemos mantener centinelas junto a los dos Incas, necesitamos ganarnos su confianza y tener espías en su entorno. Saber lo que piensan hasta cuando estén dormidos.

—Desde luego vamos a tener oro suficiente para pagar a traidores —intervino con seguridad López de Xerez.

—A esta gente no le tienta el oro —negó De Soto—. Pero la podemos comprar ofreciéndoles poder y dominio.

—Si tales arreglos se llevan a cabo —dijo Benalcázar—, me ofrezco para comandar la expedición al Quito y escoltar a Atahualpa.

—No hay inconveniente —contestó Pizarro, para el que pasó desapercibido el guiño de ojo que el cordobés le hizo a De Soto.

Mientras los conquistadores jugaban con la suerte del Perú, en la casa-prisión de enfrente, el futuro del diletante Huáscar, rey en el Cusco, se había decidido.

Atahualpa se hallaba de pie frente al muro mirando satisfecho la titánica figura que proyectaba la luminaria que tenía tras él. Parecía hacer confidencias a su propia sombra lamentando no poseer en carne aquel cuerpo colosal cuya sola presencia mataría de pavor a miles de enemigos. Sin embargo, dictaba órdenes en voz baja a uno de sus orejones, que escuchaba con atención rodilla en tierra y el rostro inclinado hasta casi tocar el suelo.

—Cuando salga la primera comitiva en busca del oro y la plata, partirás con ella como portador de mis deseos e instrucciones para que el tesoro llegue cuanto antes. Lejos de la vista de los extranjeros te dirigirás al sur con un grupo entre los que aún me sean leales y dispuestos a dar la vida por su señor. En el Cusco hallarás al cobarde Huáscar, preso de mis hombres. Sácalo de allí y tráeme todo el oro que tenga a su alrededor y di a mis generales que estén preparados para el momento de mi liberación. Sólo entonces, cuando me vea libre de estos extranjeros, caeremos sobre ellos y juro que mi padre, el Sol, pudrirá sus carnes destrozadas por nuestras armas. Mi suerte depende de que el ladrón Huáscar nunca hable con el Machu Capito e intriguen en contra mía. Antes de que eso ocurra da muerte al cobarde de mi hermano. Cuando te pongas en camino, nadie debe saber cuál es el fin de tu viaje porque en el secreto te va la vida.

El orejón dio con la frente en el suelo acatando aquellas instrucciones y se acercó humillado hasta besar las sandalias de su soberano. Atahualpa esbozó una sonrisa y volvió a recrearse en la sombra majestuosa, en cuya negrura vio al Tahuantinsuyo abrazado por un luminoso sol que prendía la pira donde ardían los cuerpos ensangrentados de los invasores.

X

El tablero de Cajamarca

Se acercaba la Natividad cuando Hernando de Soto y Pedro del Barco emprendieron el camino del Cusco para avizorar rutas seguras hacia la capital del imperio. Ambos viajaban como grandes señores, portados en hamacas de entretejido algodón, con gran acompañamiento de orejones y criados, porque así lo dispuso el Inca, que agrandaba su estima por el jinete jerezano y al que fio la vida a cambio de la suya.

Pedro del Barco, paisano de Hernando, natural de La Serena, resultaba más hábil en el manejo de las cuentas que en el de los aceros. Servía fielmente a Domingo de Soraluce, un avisado mercader vizcaíno de cuya hombría nadie dudaba, puesto que fue uno de los trece valientes que siguieron a Francisco Pizarro al otro lado de la línea trazada en la arena de la estéril isla del Gallo para ir en pos de una incierta fama. Del Barco acompañaba a De Soto como contable y relator de cuantas riquezas vieran por el camino, a lo que añadía el secreto oficio de espía de Pizarro para tenerle al corriente de todo cuanto hacía o se le ocurría a De Soto.

A pocas jornadas de Cajamarca, en un tambo próximo al templo de Kuntur Uasi en honor al majestuoso cóndor, los españoles dieron con una comitiva militar que escoltaba a Huáscar. El Inca del Cusco iba maniatado y el trato que recibía no era ni de lejos el que se debe a un rey. El general Quisquis se había hecho fuerte en la capital del imperio y tras exterminar a decenas de leales a Huáscar envió al Rey vencido a un secreto exilio. El encuentro con De Soto y Barco aceleró su anunciada muerte.

Ocurrió que en el cortejo de los castellanos no viajaba ningún lenguas y la entrevista entre Hernando y el Inca del Cusco tuvo lugar entre muecas, gestos y garabatos en el suelo pedregoso. De todo aquel baturrillo los conquistadores llegaron a tener claro que Huáscar deseaba ver al Gobernador Pizarro para ofrecerle su amistad y alianza a cambio de que se le restituyese el trono único del Tahuantinsuyo. Cuando se le hizo saber que su hermano pagaba en oro la vida y la libertad, el señor cusqueño ofreció aún más riquezas para todos los invasores. Ofrecía dos salas repletas de oro y plata iguales a la que se llenaban en Cajamarca y se ofrecía a señalar la ruta hasta el tesoro de Huayna Capac, legado de su padre, que hizo guardar en la infinita selva que se extiende más allá de las montañas y cuyo emplazamiento sólo conocía Huáscar porque hizo matar a todos aquellos que acarrearon el oro.

El entusiasmo del espía contable contrastaba con la indiferencia y hasta la incredulidad de Hernando, que siempre desconfió de los indios que prometían fortunas escondidas que o bien resultaban una falacia o llevaban a los españoles hacia una emboscada. Definitivamente no le gustaba Huáscar y no le tenía confianza. En su figura no adivinaba el más mínimo gesto de un rey o un adalid militar. El cuerpo lo tenía enclenque, casi enfermizo, y todos sus ademanes se registraban por medio del temor y entre sollozos. Desde el primer encuentro con los invasores, el Inca del Cusco no demostró un mínimo de gallardía, proponía una alianza a costa de todo su oro y su dignidad. Era sabido que Hernando de Soto no soportaba a los cobardes y se le antojaba que Huáscar los representaba a todos.

El jerezano se hizo entender con los carceleros, a los que ordenó que llevaran al señor del Cusco hasta Cajamarca para que Pizarro decidiera sobre el destino de los Hijos del Sol y el futuro de la conquista del Perú. Hernando y Del Barco continuaron camino ajenos al regicidio que se avecinaba.

Al amanecer del día siguiente, Huáscar fue despeñado a un profundo barranco. La orden de Atahualpa estaba cumplida: Machu Capito jamás se vería con Huáscar. Las llaves del Tahuantinsuyo estaban en las solas manos del señor de Quito.

La muerte de Huáscar disgustó a Pizarro de tal manera que

a punto estuvo de ordenar la muerte de Atahualpa, cuyos llantos fingidos por la suerte de su hermano y su juramento de castigar a los culpables del crimen no mellaron las sospechas del Gobernador.

Habían pasado las fiestas de la Navidad y la Epifanía en medio de los rezos y la alegría de los cristianos conquistadores de Cajamarca y la indiferencia e incomprensión de los indios tenidos como naborías y de los que servían al Inca en su prisión del Amaru Huasi.

La aguanieve caída había lavado las losas que llevaban al presidio real y el suelo parecía un espejo donde se reflejaba de manera informe la figura abrigada con un manto que caminaba decidida al encuentro del Inca. Como ocurría todos los atardeceres, cuando las labores de la milicia se lo permitían, Hernando de Soto visitaba a Atahualpa y recibía las novedades de sus centinelas, todos ellos hombres de su entera confianza.

Cruzó la puerta de acceso al Amaru Huasi, donde un embozado guardián pateaba el suelo para procurarse calor inútilmente, y echó una ojeada al cuarto donde se iba apilando el tesoro en oro y plata que había comenzado a afluir unas semanas antes desde los distintos puntos del Perú en reatas interminables de camellos enanos y lanudos tan abundantes en la nación perulera. Varios soldados discutían y arremetían contra los criados indígenas para que dispusieran los objetos de manera tal que no quedara una pulgada sin rellenar.

Hernando giró hacia la derecha y anduvo en línea recta los quince pasos que le separaban del aposento real, una estancia rectangular dividida en dos partes. La más próxima a la entrada estaba ocupada por los sirvientes del Rey y donde se acomodaba la guardia. En el interior, con una estrecha ventana que daba a un corral trasero, estaba la austera habitación de Atahualpa, amueblada con el escabel policromado y una cama, que pese a ser jergón estaba permanentemente limpia y mullida. El suelo, de barro, era barrido de continuo por las sirvientas del Inca, que lo alfombraban cada día con pétalos de flores y jaras olorosas.

El jerezano se encontró reconfortado al entrar en la casa por el cálido ambiente que proporcionaba una chimenea encendida y el aire perfumado que exhalaba la habitación real. Los hombres se arremolinaban en torno a una mesa donde se había dibujado toscamente un tablero de ajedrez sobre el que disputaban incruenta batalla Juan de Rada y Blas de Atienza. Atentos a la partida y en espera de su turno aguardaban Francisco de Chaves y el capitán Cataño. La servidumbre, en pie y recostada contra la pared, observaba con incomprensión aquel juego de figuritas cuyos movimientos provocaban la discusión entre jugadores y mirones. Atahualpa, en cambio, observaba con interés la partida, acomodado en una silla próxima a la mesa.

Cuando entró Hernando, todas las miradas se dirigieron a él y el de Atienza permaneció callado con un alfil en la mano. El teniente general de los pizarristas saludó con cortesía e inclinó la cabeza ante el Inca, que respondió el saludo con una sonrisa franca y amistosa.

—Mi señor Atahualpa —dijo Hernando, sacando del capote una caja de madera—, tengo un regalo para vos.

El Inca alargó sus manos y abrió el cofre repleto de figuras de barro, bien esculpidas y pintadas, con soldados, caballos, frailes, torres, reyes y reinas de mayor tamaño. Atahualpa asintió con la cabeza para agradecer el presente e invitó a Hernando a jugar con las nuevas piezas. Rada y Atienza recogieron refunfuñando y cedieron sus asientos a Hernando y Chaves. Mientras se disponían las nuevas figuras en el tablero, el Inca se levantó de su asiento y se colocó junto a De Soto. El extremeño abrió el juego con un salto del caballo, como era su costumbre, mientras el Inca le dirigía un gesto cómplice.

El juego se adivinaba incierto. Se juega como se es y por ello Chaves gustaba de atacar con los peones —como pequeños soldados con plateados morriones— tratando de cercar a la reina. Cuando Hernando cruzaba su mirada con él por encima del damero, le recordaba firme a su lado en los recovecos fragorosos del río San Juan o decidido a batirse hasta el final en la trampa de Toreba del sedicioso Gil González. Desde entonces ambos habían peleado siempre unidos. De Soto sacrificaba peones e in-

241

tercambiaba alfiles manteniendo los caballos dispuestos a lanzar contraataques desde lejos. Así fue que se dispuso precipitadamente a hacer saltar la pieza para cercar al rey sin reparar en la indefensión en que dejaba a su reina.

—¡No, no, capito... No caballo. Castillo... castillo!

Las palabras del Inca resonaron en la estancia y en los oídos de los españoles como si hubiesen escuchado la cavernosa voz del mismo diablo, dejándoles tan atónitos que el propio Hernando dejó caer la pieza sobre la mesa y Chaves se trastabilló de tal modo que a punto estuvo de caer de espaldas. Atahualpa entendía el juego y, lo más importante, parloteaba la lengua de sus conquistadores. No había en ello sortilegio alguno, como adujo horas más tarde fray Valverde tan ansioso por sacrificar al señor de los paganos, sino inteligencia, delicada observación y horas de plática secreta con Martinillo.

Cuando el Hijo del Sol descubrió su secreto, se sintió aliviado de una parte, creyéndose más unido a sus valedores entre la tropa pizarrista; pero también, su instinto no ocultaba que podría haber desvelado unas cualidades que sus enemigos, y no eran pocos en el entorno del Machu Capito, podrían considerarlas peligrosas. Mas su confianza en la escolta que proporcionaba De Soto le parecía suficiente para guardar la cabeza sobre los hombros.

Resultó extraña la forma en que Atahualpa mudó su ánimo en favor de Hernando Pizarro, al que despreció en Pultumarca. Supuso el Inca que congraciándose con el hermano de Machu Capito le sería más fácil conservar la vida y ganarse la protección. A lo largo de las semanas siguientes a la captura, fueron Hernando Pizarro y De Soto quienes más fervientemente defendieron ante Francisco, el fraile y otros capitanes, la necesidad de mantener vivo a Atahualpa, con o sin oro, y poder llevarlo a presencia del emperador Carlos. Era en lo único que convenía el jerezano con su mayor rival, el segundo de los Pizarro. De tales controversias el Inca estaba enterado al punto.

En los días siguientes a la revelación del Rey, el ambiente carcelario cambió por completo. Francisco Pizarro visitaba todos los días la acomodada prisión, lo mismo que su hermano Hernando, mientras De Soto se llegaba con el ocaso para jugar con Atahualpa y enseñarle cosas de su lejano reino y más palabras de la lengua de los invasores. Mas también se reforzó la guardia durante la noche. Así se decidió para evitar argucias para la fuga o puñales regicidas.

Estaba muy adelantado el mes de marzo, cuando una noche Atahualpa hizo pasar a Hernando de Soto hasta su cámara privada. Allí, en una mesa, reposaba un tablero de ajedrez cuyo damero era un labrado trabajo en madera tagua, a la que los españoles llamaban el árbol del marfil. Y así parecía, porque antes de tocarlo, ni el ojo más sagaz sabría distinguir el palo blanco del preciado esmalte. Los cuadros negros, pintados y encerados, parecían de ébano. Y todas las piezas, del mismo material de tagua, bien pulidas y mejor torneadas, estaban dispuestas para el comienzo de la partida.

—Para tú, capito Hernando —le dijo el Rey, invitándole a tomar asiento.

De Soto, extasiado por la belleza del tablero de juego, inclinó la cabeza en agradecimiento y guardó silencio, porque bien conocía para entonces que en la lengua y los usos de aquellos indios no existía la palabra «gracias».

Fue una noche larga e inolvidable para el español. Ante el exquisito tablero de ajedrez, en la prisión real de Cajamarca, se abrió el entendimiento de Hernando de Soto a los remotos tiempos de las Indias, y se avivó su imaginación en la conquista de grandes reinos y aun mayores tesoros, entre jugadas y esfuerzos del extremeño por entender todo lo que le decía el Inca en su habla de sencillo español trufado con expresiones en su lengua materna, el quechua.

Atahualpa le habló del tiempo antes de los tiempos, cuando todo era oscuridad hasta que el creador Viracocha surgió de las aguas del sagrado lago Titicaca para crear el mundo desde un lugar llamado Tihuanacu donde el Sol, la Luna, el Trueno y el Arco Iris le juraron lealtad. Ordenó después las cuatro partes de la Tierra y se las entregó a los Hijos del Sol y su gobierno a su rey, el Sapa Inca.

De la montaña sagrada de Tambo Toco, el primer Sapa, el Manco Capac, salió con sus hermanos y hermanas hacia las tierras fértiles y en pos de un imperio. Y fue Ayar Auca el que se

243

convirtió en piedra en el Cusco y allí se fundó la primera ciudad del mundo. Y Manco Capac tuvo un hijo-rey, Sinchi Roca, que fue padre de Yoque Yupanqui, que tuvo como hijo a Maita Capac y éste engendró a Capac Yupanqui, y luego nacieron Inca Roca, Yahuar Huacac, Viracocha Inca y Pachacutec Yupanqui, el grande, que fue padre del supremo Tupac Yupanqui, forjador del imperio, amo del Sol, el gran navegante que surcó los mares más lejanos, explorador de las más altas montañas y señor de las grandes selvas y del gran río. Y fue su hijo Huayna Capac, padre de los hermanastros Atahualpa y Huáscar.

Hernando escuchaba admirado las leyendas que le transportaban a los imaginarios reinos que soñaba cada vez que releía el *Amadís*. Mas fue el propio Atahualpa el que terminó con tanta ensoñación mágica.

—¿Sabe capito Hernando cómo Manco Capac fue el Sol sobre la montaña Huanacauri en Cusco? Vestido de oro brilló cuando el sol salió y los indios necios le tomaron por el dios. Luego todo fue fácil. Fuerza, guerreros y castigo a los débiles. Creamos caminos y ciudades al cuidado de nuestros *ayllus*, mensajeros, *chasquis*, siempre en movimiento para saber todo en todo momento. Organizamos el Tahuantinsuyo para tenerlo en paz con la muerte a los enemigos y el halago a los amigos. Los súbditos obedecen y rezan a los dioses y está dicho que es el Inca el hijo del Sol y sólo debe haber uno, porque sólo hay un Sol que alumbra nuestras vidas y nuestra tierra. Y el Inca debe ser fuerte porque sólo el miedo mantiene lejos a los enemigos y leales a los pueblos.

—Entonces, señor, vos no creéis en las leyendas.

—En Viracocha, sí. Él creó lo que existe, luego mis padres organizaron el mundo para extender los dominios del Tahuantinsuyo y tomar pueblos y tierras que sirvan a sus hijos, nosotros los Inca. El *batunruna*, nuestro pueblo, debe ser fiel y temeroso. Las leyendas son buenas para ello. El Inca da comida y paz y ellos sirven fieles. Así ha sido hasta vuestra llegada.

—Vuestro pueblo, vuestro… *batunruna* nos tomó por los hijos de Viracocha. Nos tiene miedo y nos sirve con lealtad.

—Yo no. Conozco por nuestros *quipus* a otros pueblos y otros guerreros. Vos guerreros fuertes de armas poderosas. Otro mundo que queréis ponerlo en el mío, pero no os envía Viracocha. Amáis el oro y no la tierra y sus frutos. Debo guerrear contra vos porque soy Inca y debo guardar mi mundo y las leyendas que lo sostienen. Mas si no puedo ganar, soy con vos y guardo lo que pueda de lo que fue de mis padres. Ahora, es bueno que *batunruna* crea que sois *chasquis* viracochas y yo vuestro amigo. El Inca es el Tahuantinsuyo y si el rey muere también muere su pueblo y la memoria de los padres. Yo os daré oro a cambio de mi vida y la de mi pueblo. No más muerte. El Inca debe hablar a vuestro Rey y ser hermanos. Vos, capito Hernando así lo quiere y así lo quiere Atahualpa.

—Ésa es mi palabra, señor. Os juro que iréis a presencia de nuestro señor y rey don Carlos, que desea ser vuestro amigo. Castilla y el Perú serán hermanos y mantendréis vuestro trono y a vuestro pueblo. Pero habéis de terminar con la idolatría y toda rebelión contra nosotros. Cuidad de vuestro pueblo y nosotros cuidaremos de vos.

—Así debe ser y es justa la recompensa. Mi oro es vuestro porque así lo deseo. Al hermano de Machu Capito lo envié al templo de Pachacamac, que es antes de todos los tiempos, en busca de mucho oro sin que hubiera trampa. El *batunruna* cree que en Pachacamac habla Viracocha a sus hijos desde el inicio del mundo y por ello llevan ofrendas y tesoros, pero yo sé que es una gran mentira. La voz del dios dijo que mi padre Huayna Capac no iba a morir, pero fue falso y el Inca murió. Son mentiras de sacerdotes, pero mentiras para nuestro servicio. Mentiras como las de vuestro libro sagrado que no habla y ese dios muerto que adoráis. Mentiras que mantienen pacífico a vuestro *batunruna* de hombres blancos.

—Señor, os aconsejo que no digáis tales cosas fuera de esta estancia. Tenéis muchos enemigos, en especial el fraile Valverde que desea vuestra muerte. Procurad no hablar a nadie de asuntos de religión y dioses. Frente a las creencias fanáticas muy poco pueden los centinelas.

—Mi leal consejero y amigo siempre. He dado al hermano del Machu Capito el oro de Pachacamac y os ofrezco, capito Hernando, el mucho oro que hay en el Cusco. También habéis ganado que el Inca os relate un secreto del Tahuantinsuyo que sólo conocen mis generales y *apus* de mi propia casa.

245

Atahualpa movió un peón que comió un alfil. Hernando apartó instintivamente la torre.

—Todo mi oro y el de Huáscar que hay en Cajamarca —dijo el Inca en un tono premeditadamente misterioso e inclinándose sobre el damero— es pobre. Hombres se rebelaron contra mi padre Huayna Capac para robar su oro y el de sus padres. Huyeron para fundar otras ciudades con nuestro nombre. Capito, lo que se almacena en la sala donde fui preso el día de mi derrota es una gota del mar junto al tesoro que guarda una ciudad donde no llega el cóndor, en el cielo, cerca del Inti. Los rebeldes ladrones fueron dos grupos. Unos fueron lejos, lejos; perseguidos por la maldición de Viracocha en el día y por monstruos durante la noche. De ellos, muchos, muchos murieron en arenales calientes como el sol y estériles como una anciana. Mas levantaron ciudades cubiertas por el oro de su robo antes de morir por hambre y por el fuego de Viracocha. Otros ladrones fueron al vientre del bosque profundo, el que se extiende infinito junto a nuestras blancas montañas. Allí depositaron el oro en las bocas del gran caimán, allí donde el jaguar vela en los árboles y la gran serpiente da valor a mujeres guerreras, que odian a sus padres y a sus hijos, porque su padre es el gran río del que nacen miles de hijos. Nadie regresó con vida de los arenales y del profundo bosque cuando los envié para recuperar el tesoro.

—¿Señor, por qué me contáis todo esto?

—Es justo por vuestra amistad. Os doy un reto digno de un capito que tiene valor y prudencia. Si ganáis esos reinos, vuestro Rey de ese mundo Castilla será vuestro siervo. Seréis el señor más grande y adorado como nuevo Hijo del Sol de piel blanca.

Ensimismado en sus propias fantasías, Hernando alzó un caballo que comió a un peón. Con parsimonia, Atahualpa tomó la torre y se deshizo del caballo. El movimiento volvió a Hernando a la situación sobre el tablero. Abrió los ojos ante lo que parecía imposible, su rey estaba en jaque mate. El Inca le dirigió entonces una sonrisa misteriosa y asaz pícara.

Tanto afectaron las palabras de Atahualpa al ánimo de Hernando que abandonó la estancia real sin pensar en la derrota sobre el tablero y ansioso por compartir con los íntimos tan extraordinarias confidencias.

A media mañana, en la casa que De Soto se había apropiado cerca de la rampa que conducía a la mezquita, se vieron el jerezano, su paisano Nieto, Cataño, Estete y Benalcázar, que fue el último en llegar como era su costumbre.

Por entonces, el cordobés andaba muy ocupado en mantener el serrallo que tenía abierto en Cajamarca. Por lo general, Sebastián estaba más caliente que verga de canónigo y hacía pasto con todo tipo de indígenas, ya fueran princesas o plebeyas, de modo que en los meses siguientes sembró aquellas latitudes de hijos de piel atezada hermanándolos con los que tenía en Panamá, de nombres Sebastián y Francisco, y otros en Nicaragua, llamados Lázaro, Catalina y María, todos tercos y libres como su padre y de hermosa piel de bronce. Diríase que más que conquistador de reinos, el de Benalcázar ambicionaba ser padre de nuevas naciones.

—Eso que nos cuentas es una añagaza —dijo con determinación Estete—. Conocemos la astucia del Rey y trata de ganar tiempo para reorganizar a sus tropas mientras distrae a nuestras fuerzas en la búsqueda de tan fantástico tesoro. La única prueba de su existencia es la palabra de Atahualpa y ¿quién se la cree?

—Yo la creo —intervino Benalcázar—. La habitación está casi llena de oro como nos prometió y eso es una baratija si lo medimos con todo lo que alberga esta nación. Cuando viaje al Quito con el Inca ya me encargaré de que olvide los cuentos y me diga con pelos y señales dónde se encuentran esas riquezas.

—Además tenemos la relación de Huáscar sobre el tesoro oculto en la gran selva —dijo pensativo Hernando—. Admito que no hice caso a aquel desdichado, pero lo que me ha contado Atahualpa me hace pensar que hay algo de verdad en todo ello. Sería mucha coincidencia que ambos hermanos urdieran la misma mentira.

—Todo el Perú conoce desde hace meses nuestra presencia y nuestras victorias —dijo Benalcázar—, y de siempre los vencidos han ocultado sus tesoros a los conquistadores. Esta gente no es tan diferente.

—El asunto es que la búsqueda de los tesoros nos obligaría a actuar con independencia y abandonar a Pizarro —comentó Cataño—. ¿Queremos hacerlo?

—No es necesario —intervino Hernando—. Conviene darse tiempo. De momento sólo sabemos de la existencia de mucho oro, lo demás son leyendas y vagas palabras, nada puede hacerse hasta que el Inca sea más explícito.

—No lo será, Hernando —interrumpió Estete—. Insisto en que se trata de una fantasía que busca perjudicarnos. Atahualpa sabe de nuestra pasión por el oro y nos ofrece un sueño por el que estemos dispuestos a morir y matarnos entre nosotros.

—¿Y qué hacemos aquí, Miguel? —repuso Hernando—. Si no es vivir un sueño que nos hace ricos cada día y por el que nos jugamos la vida hora a hora.

Pero los sueños ambiciosos de unos y la desconfianza de Estete fueron arrinconados al día siguiente, cuando todos barruntaron la llegada del espíritu de Caín en el momento que Diego de Almagro franqueó con ciento cincuenta hombres la puerta de levante de la villa de Cajamarca.

Mucho había cambiado Almagro. Su natural fealdad fue agravada por la herida en un ojo que le dejó tuerto en la contienda de Puerto Quemado, en Panamá, lo que vino a agriar su carácter. Antes que socio, ahora resultaba rival de Francisco Pizarro, y tenía razones para ello. El Gobernador había vulnerado el acuerdo que tenían ambos durante su visita a España donde obtuvo el marquesado y prebendas para sus hermanos en detrimento de su socio. El Tuerto Almagro se creía en la obligación de ajustar otras cuentas además del negocio. Llegaba decidido a reclamar su derecho a la gloria de igual modo que a su parte en el botín.

Pero de todos cuantos habitaban por entonces la villa de Cajamarca, ninguno se sintió más apenado que el Inca. Su instinto le advertía de que un nuevo y contundente peligro se cernía sobre su corona. No menos inquieto estuvo el ánimo de Hernando de Soto cuando descubrió entre el cortejo de notables que acompañaban al de Almagro al desleal Garavito, que tanto daño e injurias infligiera a Balboa, con el grado de capitán principal de la Tierra Firme, oficio que no había disminuido su carácter avieso y cruel, traicionero con los hombres y abusador con las mujeres.

Una conspiración se puso en danza desde el momento en que el Gobernador Pizarro proclamó el derecho exclusivo de los ciento sesenta y cuatro vencedores del Inca sobre el oro que se apilaba en la habitación del Amaru Huasi y las tribulaciones de Atahualpa se confirmaron de inmediato.

El descontento de los almagristas por su exclusión en el reparto se tornó en fijación por matar al Inca. Conforme a la ley y los reglamentos de la conquista todo el oro que llegara a la habitación como pago del rescate del Rey vivo era para el disfrute de sus captores, los hombres de Pizarro. Si Atahualpa moría, el pacto quedaba roto y las riquezas pertenecerían a toda la tropa sin excepciones.

A la trama regicida de Almagro y los suyos se sumaron el cura Valverde y el lenguas Felipillo. El fraile consideró al castellano contrahecho un aliado providencial para enfrentarse a Pizarro, al que consideraba permisivo con las costumbres paganas de los indios y liberal en extremo con el comportamiento de sus soldados, jugadores, buenos bebedores y encantados de disponer de una o varias mujeres, según la conciencia y la fuerza de cada cual.

En cuanto al lenguas tumbesino, esperaba vengarse de Atahualpa desde que el Inca se opuso a su deseo de tener para sí a una de las princesas, a la que a punto estuvo de forzar. Ante la repetida petición del Rey para que se castigara la villanía de súbdito tan desleal, Pizarro accedió a separar al faraute del entorno real y recomendar a sus capitanes de que no le tuvieran deferencia.

La intriga no era ajena para el Gobernador, De Soto y Hernando Pizarro, que discutieron la mejor manera de hacer frente a la rebelión y guardar sus intereses.

—Ya veis los deseos de Almagro y los suyos de arrebatarnos lo que por derecho nos pertenece y su interés en desbaratar la obra política que llevamos a cabo —inició la conversación Francisco, mientras su querida Pizpita servía a sus dos lugartenientes una jarra de vino y una fuente de mazorcas de maíz y tubérculos asados.

—Es urgente hacer el reparto cuanto antes —terció Hernando Pizarro— y llevar a España el quinto del rey y la relación de cuanto hemos hecho para obtener del Emperador nuevas cédulas y poderes para la conquista. Yo mismo me encargaré de la misión.

—Estoy de acuerdo. Pero temo por la vida de Atahualpa —dijo De Soto—. Con el asesinato de Huáscar, el Inca es nuestra única oportunidad de pacificar esta nación y ponerla a nuestro servicio.

—El Rey estará a salvo si parte hacia Castilla para ser presentado a nuestro señor Carlos, y que sea él quien decida su suerte y la de su pueblo —dijo en tono severo el segundo de los Pizarro.

—Es la idea que hemos defendido siempre —añadió De Soto—, pero las circunstancias han variado. Si el Inca abandona Cajamarca, Almagro justificará la nulidad del rescate y reclamará su parte.

—En tal caso, hagamos el reparto lo antes posible —dijo Francisco—, pero queda decidir sobre el Inca.

—Soy el responsable de su seguridad —dijo con firmeza De Soto—. Y mi intención es cumplir con tal obligación. En tanto Hernando regresa de España con las instrucciones reales, apuesto mi vida a que nadie tocará a Atahualpa.

Quedaron los tres de acuerdo en llevar las cosas de esta manera. Hernando Pizarro comenzaría de inmediato los preparativos de su marcha, mientras Cataño, a las órdenes de De Soto, reclutaría una escolta encargada de la seguridad del Inca en todo momento y sufragada con la bolsa del jerezano.

Los conspiradores también tuvieron urgencia en organizar su plan y apenas Almagro se hubo instalado en una vivienda en las traseras de la gran plaza se sucedieron las reuniones. Cuando tuvieron noticia de las intenciones de Pizarro sobre el reparto y la misión de su hermano a España, el Tuerto citó a sus leales para ultimar el plan de ataque definitivo. Resultó ser fray Valverde el primero en revolver las mentes y azuzar los espíritus.

—Esta situación, mi señor de Almagro, es un contradiós. Que el idólatra siga con vida es una ofensa permanente a Nuestro Señor. No reniega de su paganismo, duerme con varias mujeres, todas ellas sus hermanas, en una aberración propia de Satanás, y hasta creo que practica la sodomía. Insta a sus súbditos a que no escuchen mis palabras y sigan con sus viciosas adoraciones. Ofende a nuestros ojos y a nuestra fe cuando bebe en los cráneos vacíos de sus enemigos. Es una bestia que apesta la tierra y cuyos pecados no los redime siquiera la hoguera que merece.

Asistían a la asamblea los dos oficiales reales, Alonso Riquelme y Antonio Navarro, el ruin Garavito, los veteranos de la isla del Gallo, antaño fieles pizarristas, Nicolás de Ribera y Martín de Paz, y Felipillo, que habría de tener un papel relevante en la trama.

—Nadie va a poner en duda las santas razones que expone el padre Valverde —intervino Almagro— para terminar con el indio. Y bien merecida que tiene la muerte. Además de sus muchos pecados, su presencia es el obstáculo para que se haga justicia con nuestros derechos.

—Mientras siga vivo, todo el oro que llegue a Cajamarca será para Pizarro y los suyos —dijo el orondo Riquelme, secándose el sudor de la papada con la mano—. ¿Y cuánto tiempo puede durar eso? A un rescate puede seguir otro y aun otro más siempre que el indio permanezca como rehén. Y todo será para Pizarro.

—¡Cortemos la cadena por su principal eslabón! Acabemos con el Inca —dijo Antonio Navarro, elevando la voz y buscando la aprobación de todos los presentes.

—Eso ya está decidido —interrumpió Almagro—. Ahora tratemos la manera de llevarlo a cabo de forma legal y eliminar la escolta que lo protege.

—¿Y qué ocurre con todo el oro almacenado? —preguntó Riquelme en un tono que disgustó a Almagro.

—No voy a provocar una guerra con Francisco o alertarle sobre nuestros planes exigiéndole una parte de lo que hay en esa habitación. Nuestro propósito es perder un poco para ganarlo todo —respondió Almagro con voz autoritaria—. La par-

251

tida que Pizarro me ganó en España me propongo devolvérsela en el Perú.

—Es conveniente que Hernando Pizarro marche a Castilla con el quinto real —intervino Garavito—. Así dejamos a Francisco falto de su mano derecha. Mas nos queda De Soto y sus leales, que custodian al rey indio. Hay que apartarle de Cajamarca por cualquier medio.

—Francisco jamás se permitirá prescindir de sus dos tenientes generales al tiempo —repuso Almagro.

—Tal vez lo haga si lo imponen las circunstancias —dijo con voz meliflua para ganarse la atención de todos el cura Valverde—. Ni Francisco Pizarro y aún menos Hernando de Soto rehúyen la batalla cuando creen que su empresa peligra.

—El otro Rey está muerto y los exploradores informan que hay quietud en torno a Cajamarca. No hay motivo para movilizar a la tropa —señaló Almagro con un gesto de incomprensión hacia el fraile.

—Don Diego —insistió el cura—, el peligro se hace real cuando resulta verdadero en la mente de los hombres. Si los convencemos de que un ejército nos amenaza, todos irán a la defensa aunque no hayan visto un solo soldado enemigo.

—¿Y quién creará esas huestes de intrépidos soldados invisible? ¿Vos, fray Valverde? —preguntó con sorna Almagro mientras se acomodaba el parche sobre la cuenca vacía.

—Yo no, mi señor. ¡Será él! —contestó el cura, señalando con su índice a Felipillo.

Todos los presentes se miraron confusos e intercambiaron algunas frases poco decentes sobre la salud mental del sacerdote. Fray Valverde esbozó una sonrisa burlona y se frotó las palmas de las manos disfrutando de un éxito por anticipado.

—El buen Felipillo —habló el cura con la misma parsimonia con la que solía imponer la penitencia en confesión— se encargará de extender entre los indios cañaris y los cusqueños que habitan en Cajamarca el rumor de que el general Quisquis, asesino de Huáscar, ha puesto en pie de guerra el mayor ejército que jamás vio esta nación para liberar a Atahualpa. Ha partido del Cusco para unirse a Rumiñahui, que ha levantado en armas otro ejército en el norte. Si logramos que nuestros hombres den crédito a tales noticias, Pizarro se verá obligado enviar una fuerza de ojeadores y... con su hermano camino de España, ¿alguien duda de que De Soto encabezará la partida?

—Mis hombres contribuirán a la confusión —dijo alborozado Garavito.

—Luego nos queda comprar la voluntad de Pizarro —añadió Almagro.

—Eso corre de nuestra cuenta —interrumpió Riquelme con una ojeada cómplice a Antonio Navarro—. Somos oficiales del Rey y el Gobernador no tiene más remedio que atender nuestras demandas.

—En cuanto a los cargos contra nuestra Iglesia Católica, tengo un pliego lo suficientemente grande para llevar a la hoguera a ese idólatra sin que Pizarro se atreva a defenderlo a fuer de ser acusado él mismo —añadió fray Valverde.

—Hagámoslo de esta manera —dijo marcialmente Almagro—. Dejemos que disfruten del pequeño tesoro que tienen en esa pocilga y estemos prestos a hacernos con todo el Perú.

En medio de los parabienes y las felicitaciones mutuas de los allí congregados, el cura se dirigió al capitán castellano.

—Mi señor don Diego, he de pediros algunos favores.

—Permaneced tranquilo, fray Valverde. Nuestra Madre Iglesia tendrá su ración de oro.

—No son bienes materiales lo que pido, sino que me deis la oportunidad de redimir a estos paganos como obispo del Cusco. Y a nuestro fiel Felipillo entregadle a una de las princesas y hermana del infernal Atahualpa para que matrimonie con ella en cristiano casamiento.

—Así será, fray Valverde. Vos tendréis vuestras hogueras y ese badulaque un suave y limpio papo de doncella real.

La excitación que provocaban en la población las noticias sobre los movimientos del invisible ejército del incario, convenientemente aderezadas por los hombres de Garavito, aceleró los planes para el reparto del botín y sembró dudas en el propio Francisco Pizarro, hasta el punto de desconfiar de los consejos de su hermano y de Hernando de Soto, que reclamaban la inocencia del Rey en el motín y negaban la existencia de tropas alzadas.

Las labores de fundición se terminaron en breve y el día 18 de junio del año de 1533, el notario real, Pedro Sancho de la Hoz, en presencia del marqués y Gobernador, dio lectura a la asignación de los 6.090 kilogramos de oro de 22 quilates y los 11.872 de plata. Apartado el quinto real, Pizarro obtuvo 57.220 pesos de oro y 2.350 marcos de plata; su hermano Hernando, segundo en la lista, consiguió 31.080 pesos y 1.267 marcos. Iba en tercer lugar De Soto, a quien correspondieron 17.740 pesos de oro y 724 marcos de plata, un pobre pago a tan altos servicios como murmuraron sus leales. Siguieron, en este orden, Pedro de Gandía, Gonzalo Pizarro y Sebastián de Benalcázar. También recibieron su parte los jinetes, primero, y los infantes después. Con la abundancia bien se puede ser generoso y el Gobernador pensó agradar a Almagro para ganarse de nuevo su afecto con el regalo de 120.000 ducados, lo que no calmó su afán de venganza y ambición.

254

Con el oro en sus manos, los nuevos hombres ricos de Cajamarca se dieron a los excesos y olvidaron el valor de las cosas, de modo que los caudales pasaban de unas manos a otras sin mediar precio o regateo, pagándose las deudas a bulto y sin necesidad de balanzas.

De Soto llegó a pagar diez pesos de oro por una resma sucia de papel en la que escribir una carta a sus padres y otra a Isabel de Bobadilla, hija de Pedrarias, que guardaba su doncellez en un palacio de Segovia y a la que no había olvidado, porque bien tenía aprendido Hernando la importancia de contar cerca de la corte con la parentela de un ilustre apellido.

También quien sería cartero de las nuevas del Perú, Hernando Pizarro, no tuvo empacho en calzar a su caballo con herraduras de plata. La riqueza fácil trae la locura inmediata a los espíritus necios.

En medio de aquel trastorno de malgasto, el Gobernador decidió primero que Atahualpa siguiera preso, en tanto su hermano resolvía los asuntos en España, y en segundo lugar, enviar a Hernando de Soto a la región de Huamachuco para cerciorarse de la amenaza guerrera que desasosegaba a los hombres, muchos de los cuales buscaban reposo en el licor de maíz y, para los que podían pagarlo, en el muy costoso vino de España.

Había partido Hernando Pizarro con sus alforjas repletas con el quinto real, cartas, manuscritos, mapas y dos espías almagristas camuflados en el séquito. Cristóbal de Mena y Juan de Sosa fueron los encargados de desbaratar cualquier intriga del segundo de los Pizarro ante el Emperador y conseguir para su jefe Almagro la gobernaduría de las tierras al sur del Cusco con el título de Adelantado. Otra de sus misiones era la de evitar el retorno de Hernando al Perú, y valía para ello que utilizaran el oro o el acero. Misión que no llevaron a cabo porque dieron por buena la pequeña fortuna que el exaltado pero despierto hermano de Machu Capito puso en sus manos para que mudaran de bando.

Apenas se había desvanecido la última polvareda que dejaron tras de sí los escuadrones de De Soto, cuando los oficiales reales y los capitanes de Almagro comenzaron a redactar el requerimiento contra el Inca. Francisco Pizarro dudaba, mas dejó hacer, mientras Benalcázar guardó un silencio neutral.

Montaba De Soto en la avanzada de la tropa abriéndose paso entre colinas rocosas y labrantíos abandonados, pero su mente permanecía en Cajamarca atrapada por las palabras de su amigo el Inca en el momento de la despedida: «No dudo capito Hernando que cuando partáis el Tuerto Almagro y el Gordo Riquelme me darán muerte».

El monótono repicar de los cascos de su cabalgadura en los guijarros del camino le evocaban una y otra vez las promesas de Francisco Pizarro para la salvaguarda del Rey, y se repetía de continuo las instrucciones que dio a Cataño de defender al indio con su propia vida llegado al caso. Con la noche detuvo a la tropa y ordenó acampar encima de una loma abierta a los majestuosos Andes, que se vislumbraban por el levante con sus cimas moteadas de líneas anaranjadas dibujadas en las blancas laderas por los últimos rayos del sol que se ahogaban a sus espaldas en el lejano Mar del Sur.

A no muchas leguas de aquel lugar, en la residencia del marqués y Gobernador en Cajamarca, esa misma noche quedó constituido el tribunal presidido por Pizarro y Almagro; de secretario actuaba Sancho de Cuéllar, la fiscalía quedaba en manos de Riquelme el Gordo y la defensa fue para Juan de Herrada, un hombre de la confianza de De Soto, comedido en su juicio y amigo de las leyes. El resto de la asamblea lo conformaban veinticuatro capitanes.

Hernando había enviado al interior de Huamachuco una partida de exploradores al mando de Álvaro Nieto con el concurso del jefe cañari Visnai, ansioso por servir a los españoles, de los que esperaba que otorgaran la independencia a su pueblo, dieran muerte al Inca y desbaratasen su imperio para siempre.

Llevaban tres jornadas de marcha cuando se adentraron en una quebrada que obligaba a los jinetes a cabalgar muy juntos y no más de tres en fondo. Todos los hombres miraban inquietos hacia lo alto de aquellas paredes que se estrechaban ante ellos como una garganta de arenisca dispuesta a engullirlos. Si había algún lugar en el mundo idóneo para una emboscada, era aquél. Mas nada pasó hasta que abandonaron el angosto paso y la tropa salió a campo abierto.

Frente a ellos, a menos de un cuarto de legua, un remolino de tierra envolvía a una pequeña fuerza que avanzaba en su contra. Hernando dispuso a los arcabuceros y ballesteros por delante de la primera línea de la caballería y distribuyó al resto de los jinetes en dos flancos. De entre la nube amarillenta surgió primero el caballo retinto de Nieto con el indio Visnai a la grupa y detrás los otros dos caballeros de la partida y la decena de indios porteadores. Las novedades que presentó el fiel Nieto eran de total tranquilidad en la región. Todos a los que vieron e interrogaron nada sabían de Quisquis y su ejército. Ni en los tambos de la calzada real ni en los villorrios se tenía noticia de tropas alzadas en armas.

Hernando descabalgó y anduvo en solitario varios pasos. Luego permaneció en pie y en silencio con la mirada perdida en las blancas cimas que rasgaban un cielo de azul intenso. Regresó apresuradamente al cabo de un minuto y dirigiéndose a Nieto dijo:

—¡Malditos hideputas! Álvaro, volvamos a Cajamarca. Esos

cabrones nos la han jugado y dudo de que lleguemos a tiempo antes de que se consume la felonía.

No menos de veinte hombres irrumpieron en las estancias de Atahualpa cuando aún no había comenzado a clarear. Antes de que Cataño pudiera desenvainar tenía dos alabardas pegadas a su jubón y la espada de Garavito apuntándole al gañote. El Inca fue conducido ante el tribunal sin miramientos.

Sancho de Cuéllar fue desgranando los doce cargos que se imputaban al Inca. En cada uno de ellos, Francisco Pizarro hundía la cabeza; por cada acusación fray Valverde asentía y descargaba el puño como si la denuncia fuera un clavo remachado sobre el ataúd del Rey. El bastardo Atahualpa era un usurpador del reino, amotinado contra el soberano legítimo, regicida, asesino de naciones, idólatra, hereje contumaz, polígamo, adúltero, incestuoso, traidor, despilfarrador de las riquezas del reino y conspirador contra los españoles. Siguió el clérigo Valverde con sus citas a la Biblia y la personificación del Maligno en ese indio que escuchaba en silencio, solemne en todo momento, inmóvil como una estatua. Juan de Herrada, leal con sus convicciones y tan pegado a la justicia, recriminó el proceso.

—Señor Gobernador, capitanes del Rey —dijo con la tranquilidad que concede la razón—. No nos corresponde a nosotros juzgar al Inca, ni menos imponerle una pena. El rey del Perú está vencido y conforme a las leyes españolas sólo compete a nuestro señor don Carlos juzgar a otro soberano. En cuanto a las leyes divinas, esas que de forma apocalíptica nos enumera el padre Valverde, ¿no es la ley suprema de Dios el perdón y no está en nuestra obligación como cristianos aconsejar y convencer a este idólatra para que abrace la fe verdadera? ¿Alguien duda de que si permanece con vida y es bautizado todo su pueblo seguirá su ejemplo? Y ésa sería nuestra gran victoria. Además, está nuestra palabra dada. Si el rescate se ha cumplido, el indio debe ser puesto en libertad o llevado a España. Él ha cumplido su palabra. ¿Dónde esta la nuestra?

Ninguno de los presentes quiso responder. Pizarro se encontró reconfortado por momentos, y Almagro permaneció cir-

257

cunspecto mientras fray Valverde meneaba la cabeza negando los argumentos de Herrada. Pero los conspiradores habían calculado cualquier sorpresa en su contra. Apenas Herrada tomó asiento irrumpió en la estancia Felipillo con un indio de aspecto asustadizo y sin apenas resuello. El lenguas cuchicheó unos instantes con el clérigo, que lleno de euforia tomó de nuevo la palabra.

—El licenciado Herrada —dijo el fraile como si comenzara un sermón— nos pregunta por nuestra palabra y defiende la del idólatra. Aquí tenemos la prueba de la lealtad de este ser satánico. Este indio que acompaña a nuestro fiel Felipillo ha regresado a todo correr para informarnos que Quisquis está a las puertas de Cajamarca dispuesto a aniquilarnos.

—¿Qué ha ocurrido con De Soto y los suyos? —preguntó alterado Benalcázar, levantándose de su asiento.

El clérigo tomó una postura de desconsuelo fingida y pidió que hablara Felipillo. En su castellano errado dijo tartamudeando.

—Este indio… este dijo para mí que todos españoles y… y capitán Soto muertos en Huamachuco. Todos. Mil y… y mil indios de Quisquis atacan Cajamarca a cinca… a… a cinco leguas.

Fray Valverde extendió teatralmente los brazos en cruz en medio del murmullo y las recriminaciones de los capitanes. Todos callaron cuando el Inca se puso en pie.

—Machu Capito —dijo Atahualpa con gran serenidad—. No entiendo que me tengáis por hombre de tan poco juicio que quiera una traición. Si creéis que toda esa gente junta viene contra vosotros, por mi mandato no hay razón de ello. Estoy aquí atado de cadenas y si vierais a toda esa gente venir me cortaríais la cabeza de inmediato. Si pensáis que viene contra mi voluntad, no sabéis nada, porque yo tengo toda esta tierra, soy temido por mis vasallos y si yo quiero ni las aves volarán, ni las hojas de los árboles se moverán.

—¡Basta de charla! —interrumpió Almagro mientras los capitanes de uno y otro bando pasaban de los comentarios a los insultos y las amenazas.

La noticia de la muerte de Hernando era esgrimida por los conspiradores para dar muerte al Inca allí mismo; los demás no concedían crédito al intrigante Felipillo y el atinado capitán Chaves acusaba directamente al fanático clérigo de haber urdido aquella patraña.

—¡Basta he dicho! —insistió el de Almagro—. El tiempo apremia y hemos de tomar una decisión sobre el indio. Señores, esto es un juicio marcial, un tribunal de soldados contra un acusado de alta traición. No hay más tratos que los necesarios. ¿Merece este hombre la hoguera? Que se pronuncie esta asamblea con total democracia.

Los síes y noes sobre la suerte inmediata del Inca sonaron como campanadas en un campo de difuntos. De los veinticuatro capitanes del rey, trece votaron por la desaparición de Atahualpa, los otros once lo declararon inocente. No había lugar para la apelación y los dos presidentes dictaron pena de muerte en la hoguera a menos que el Rey consintiera en ser bautizado.

—La sentencia se cumplirá de inmediato —pronunció con solemnidad Almagro.

La voluntad del Inca de morir con el orgullo que se presume a un rey del Tahuantinsuyo se quebró ante la insistencia de sus consejeros de evitar que su cuerpo se convirtiera en cenizas, porque jamás ningún Hijo del Sol murió por el fuego de los hombres. Cedió entonces Atahualpa a ser cristianado, de modo que su cuerpo pudiera ser enterrado con la ceremonia propia de sus antepasados y descansar junto a ellos en algún remoto lugar.

Una enorme satisfacción de triunfo envolvía a fray Valverde cuando derramó el agua sobre la negra cabellera de Atahualpa, al que dio el nuevo nombre de Juan Francisco, aunque deploraba que al final no muriera en la hoguera como correspondía a tal hereje.

Un círculo de antorchas rodeaba la picota fuertemente hincada en el suelo. El parpadeo de las teas provocaba intermitentes destellos en las coracinas de los soldados y las astas de las lanzas de los jinetes. Diríase que al ocultarse el sol, el tiempo se había detenido y ni siquiera el viento fresco de las noches de Cajamarca deseaba asistir al infausto acontecimiento.

Fray Valverde abría el cortejo recitando su salmodia, detrás el Inca con el gesto firme y las mandíbulas apretadas. Un largo

259

manto de vicuña con bordados de oro le caía sobre los hombros y una fina cadena de oro con pequeñas esmeraldas engarzadas adornaba su cuello. Cuando fue atado al poste, comenzaron los alaridos y los ayes de sus servidores y partidarios en un extremo de la plaza, apenas amortiguados por el redoble de los tambores. Antes de que le colocaran el capirote negro que escondía su cara, Atahualpa dirigió un saludo irónico a sus verdugos. La soga le aprisionó la garganta y fue estrangulando hasta que un último escorzo del verdugo le partió el cuello.

XI

El ombligo del mundo

De Soto y Nieto entraron a galope en la plaza casi desierta. Junto al solitario poste anclado en su centro una anciana lloraba golpeando con sus manos ensangrentadas la madera y el suelo. Cuando los jinetes se detuvieron a su lado, la mujer los miró con todo el odio que resbalaba por sus lágrimas y les espetó: «*Chaupi punchapi tutucaya*», la letanía que repetían los lugareños en los dos últimos días: «Anocheció en mitad del día».

A la llegada de Hernando, los conspiradores desaparecieron del entorno de Pizarro, y Garavito alertó a sus hombres por si De Soto y los suyos se amotinaban. Correspondió a Benalcázar sosegar los ánimos del conquistador jerezano antes de ver al Gobernador. Hernando, airado por la muerte del Inca, se halló fuera de sí al conocer el trato dado a su capitán Cataño y juró desafiar a muerte a Garavito y a cualquier otro que hubiera perpetrado aquella humillación. Cuando se vio ante Pizarro, su mano no se separó de la empuñadura de su espada.

—Nunca pensé que fueras capaz de esta villanía, Francisco —comenzó con vehemencia—. Nos has cubierto de vergüenza a todos y has puesto en peligro nuestra empresa. Pero esto no ha terminado, el rey don Carlos estará al cabo de cuanto ha ocurrido y de qué forma se han vulnerado sus leyes.

—Comprendo tu indignación, Hernando, pero es menester que oigas mis razones, reprimas tu cólera y me tengas respeto.

—¡¿Tú me pides respeto?! Me cago en la leche que mamaste, Francisco. ¿Qué respeto se tuvo conmigo? Me envías a buscar un ejército de sombras y ni siquiera esperas mi regreso para tomar una decisión sobre Atahualpa. ¿Por qué creíste al hideputa de Valverde? No te hacía tan necio como para confiar en la palabra de un mentiroso y un atravesado como Felipillo.

—Comprendo que he sido engañado, pero temí que la suerte del Inca desencadenara una pelea entre nosotros. La presión de Almagro era demasiado fuerte y se había hecho con el favor de todos los indios siervos de Huáscar y enemigos jurados de Atahualpa. El futuro de nuestra empresa estaba en juego.

—En nuestra empresa no figuraba matar al Inca, sino llevarlo a España y hermanarlo con el Emperador. Yo mismo he jurado que ponía mi vida en este empeño.

—Así era, Hernando. Pero lo acaecido no tiene remedio. Nuestra empresa es pacificar y enseñorearnos por todo el Perú. Ahora tenemos el campo libre para llegarnos hasta el Cusco y completar nuestra labor.

—Una misión de la que voluntariamente me divorcio. Regreso a España con fama bien ganada y con tesoros suficientes para no preocuparme de traiciones y tejemaneje de cobardes.

—Te conozco desde el primer momento que te llevé a Balboa. Tú, al igual que yo, Hernando, nunca estaremos satisfechos con la gloria que nos acompañe y el oro que amasemos. Eso no nos importa. No vivimos porque respiramos, tenemos aliento porque cada día vencemos un nuevo desafío y ese reto lo hallamos sólo aquí, no en el acomodo cansino de nuestra patria.

—Haz lo que quieras Francisco. Ejecuta reyes, sé rey tú mismo. Mata y combate a otros españoles, pero no te serviré de peón en la partida. Pido que me releves de mis obligaciones.

—¡No digas mentecateces! No quiero ser rey y menos iniciar una lucha civil. Hay suficientes príncipes ambiciosos en este reino para coronar al que mejor nos sirva y si te pido que sigas a mi lado, es para resistir las artimañas de Almagro. Sólo puedo fiarme de ti y de mis hermanos.

—No regalas muchas razones para variar mi decisión.

—Yo creo que sí. Tu obra está lejos del final y lo sabes mejor que yo. Ven conmigo al Cusco y te prometo que serás su Gobernador. Siempre como mi segundo en el mando y en el momento de un nuevo reparto te garantizo con mi espada y mis hombres, si es menester, que recibirás lo mismo que Almagro, ni un peso de menos. Quiero que la Historia hable de Pizarro y De Soto como los señores del Perú, de igual a igual. Luego puedes hacer lo que más te convenga.

—No me ando con dobleces y, por tanto, no puedo darte mi palabra. He de pensar tu ofrecimiento, que espero ver escrito en un papel con tu firma y la de Almagro, porque de vuestras vagas promesas tengo cumplidas pruebas.

—Lo tendrás. Y discurre pronto porque el camino al Cusco es largo.

Las Cuatro Partes del Mundo no fueron huérfanas por mucho tiempo. Un hermano de Huáscar, de la estirpe cusqueña, por nombre Tupac Hualpa, mancebo, ingenuo y acomodaticio en extremo, pero que bien servía a los intereses de los españoles, fue aclamado por los muchos de su nación felices a la muerte de Atahualpa y fue así que el Gobernador Pizarro le coronó como nuevo Inca y fiel vasallo del emperador don Carlos.

Un nuevo Hijo del Sol había de abrir las puertas del Cusco en paz y amparar a toda su nación bajo el pendón de Castilla, mas nada de todo ello ocurriría porque el cándido Rey resultó muerto a las pocas semanas por los bebedizos y pócimas que le administró un general muy unido a Atahualpa, conocido por Calicuchima, al que Pizarro dio gran tormento antes de quemarlo en la hoguera.

Sabido es que «a rey muerto, rey puesto» resulta conseja útil en todas partes y acaeció en el Perú que un nombrado Manco Capac tomó el sitial desocupado de su emponzoñado hermano con los plácemes del marqués y Gobernador.

Hernando de Soto se avino al fin a los deseos de Francisco Pizarro y organizó la jornada para la toma del Cusco en medio de grandes pesares por las inminentes ausencias de seres queridos que abrían nuevos rumbos a sus vidas.

Así ocurrió que Sebastián de Benalcázar obtuvo su propósito de comandar la tropa que había de hacerse con el reino del Quito y conquistar las tierras al sur del Darién. El fiel amigo y el mejor compañero de armas de Hernando tenía el sueño de hacerse con el gran tesoro que Rumiñahui envió para liberar a

263

Atahualpa y que nunca llegó a Cajamarca. Cuando se abrazaron en la despedida, ambos hombres no tuvieron recato para que sus soldados los vieran llorar como mozalbetes malcriados, cuyas lágrimas contagiaron a hombres cuajados en cruentas batallas, de pieles tatuadas por las cicatrices de las muchas heridas habidas y a los que se supone más templados que el acero de Toledo y más duros que los canchales castellanos. El prolongado abrazo hizo aún más largo el duelo y dejó las ánimas de aquellos valientes tan desasistidas como en el entierro de sus padres. Iban con Sebastián la mayoría de cañaris y con ellos Visnai, regocijado por regresar a su tierra.

No menos pesadumbre causó en De Soto la marcha a España de hombres de toda su consideración como Cataño o Chaves, incapaces de reprimir la traición y reñir con nobleza frente a tanto mendaz abrigado por Almagro. El primero dejó tras sí muchos sueños y una estocada en la cara de Garavito a modo de recordatorio. El segundo se llevó consigo un odio al Gobernador Pizarro tan grande como injusto que, una vez llegado a España, desgranó en impresos de escasa ventura literaria.

Era el 11 de agosto de 1533 cuando la expedición dejó atrás los abras que circundan Cajamarca en ruta hacia la capital del incario. Esclavos negros de Guinea, indios nicaraguas y yanaconas como mozos de carga, orejones y mujeres quechuas, rodeaban a la soldadesca de barbudos parlanchines y altaneros. A todos vieron pasar desde un tambo próximo los cuatro encabalgados en monturas engalanadas. Francisco Pizarro con el yelmo crestado por vistoso plumaje de papagayos; tras él, sus tres capitanes de caballería: Diego de Almagro con celada borgoñota y peto bien pulido; Juan Pizarro con reluciente morrión y coracina; Hernando de Soto vestía jubón acolchado, el pañuelo azul cubriéndole la frente y una daga al cinto con empuñadura de oro, que asemejaba el sacrílego cuchillo *tumi*, labrada por las manos maestras del fundidor vizcaíno Pedro de Gabiña, que a más de herrero devino en feliz orfebre en Las Indias.

Se condujeron con sosiego y sin disputas por entre las haciendas y las desoladas llanuras alomadas de Huamachuco, vadearon los sagrados ríos Abancay y Apurimac hasta llegarse a los primeros riscos que se abrían a la sierra de Vilcaconga, aledaña a la villa del Cusco. La avanzada de Hernando franqueó los primeros collados tapizados de ralos herbazales para aproximarse a un desfiladero rampante y estrecho, donde Hernando cobró a un alto precio su imprudencia, desoyendo los consejos sobre el peligro y la buena disposición del terreno para una emboscada.

La cincuentena de jinetes se había adentrado unas doscientas varas en el cañón cuando un vocerío como de miles de diablos atronó el cielo azul, que descargó sobre la tropa una lluvia de piedras, flechas y venablos de afiladas cañas. Poderosos peñascos casi cegaron la vía de escape y decenas de servidores de Quisquis se les vinieron encima por la otra boca del desfiladero que se abría a una empinada cuesta que terminaba en un alcor rodeado de precipicios.

Hernando gritó a la desesperada a rehacer filas y cargar contra los de enfrente para abrirse paso hasta el altozano. El caballo de Ruiz de Arce se desplomó con los ijares atravesados por una saeta, mientras el sastre Rodas caía como un pelele con la cabeza partida en dos mitades. Hernando y Nieto cargaron lanzas y arremetieron hacia la cuesta. Quedaron rezagados Francisco Martín, conocido como el Berenjenas por su ancha y desmesurada napia, y el vizcaíno Gaspar de Marquina. Los dos cayeron a la par que sus monturas destripadas por las largas picas y sobre ambos desdichados se arrojó una nube de indios a modo de jauría que terminó por despedazarlos.

Hernando y otros veinte alcanzaron la cuesta a fuer de patear con los caballos a los oponentes y estoquear sin freno a los que se arrojaban a las manos y patas de las cabalgaduras con el propósito suicida de detenerlos. A veinte pasos de la cima despoblada, De Soto desmontó de un salto y lanzando su asta como jabalina pasó de parte a parte al indio que se le acercaba. Con la espada firme en la diestra y la daga prieta en la zurda formó un semicírculo con sus hombres para guardar la llegada de Nieto con el resto de la partida. Sofocado y moteado de sangre en la cara y el peto se llegó a todo correr Ruiz de Arce. El de Alburquerque llegó después, acompañado de algunos encabalgados malheridos, para sumarse a los defensores. Rezagado, asido a la carrillera de su caballo cojitranco, Hernando de Toro era perseguido por un grupo de indígenas bien armados con macanas. De poco le sirvieron los gritos de ánimo de sus compatriotas cuando un dardo le seccionó la garganta y fue a caer muerto a pocos pasos de sus compañeros.

Hubo unos momentos de tregua indecisa que utilizaron cuatro de los soldados para cargar las ballestas colgadas en los ancones de las monturas; en tanto, el resto se daba a un tímido reposo en el acomodo de los heridos junto a los caballos en la espera del inminente ataque. Hernando se apretó con saña el barboquejo de su celada cuando divisó en la ladera de enfrente, bien plagada de enemigos, la figura altiva y confiada de Quisquis con el brazo en alto. El jerezano apretó los dientes y maldijo a la gran reputa que había parido a aquel hijo de Satanás.

El fiel general del Inca muerto guardó su brazo bajo la túnica blanca de algodón y una turbamulta de indígenas se lanzó cuesta arriba entre una batahola de gritos y amenazas. Los ballesteros hicieron bien su oficio y los primeros caídos provocaron un amontonamiento de atacantes. Hernando y los suyos se habían parapetado al final de la cuesta protegidos por los barrancos de ambos lados. Lo que aconteció después resultó una crónica teñida de sangre. Los españoles alanceaban y ensartaban sin descanso a los fieros asaltantes arrojándolos por las barranqueras.

Destacaban en la lid por su bravura Juan Rodríguez Lobillo, andaluz de Úbeda del que ya se habló en estas páginas, bien arrimado a Hernando para guardar el flanco de su capitán por el que sentía devoción, y Rodrigo Orgóñez, castellano de Oropesa, fiel a Almagro y harto curtido en heroicas batallas como la de Pavía. El destino deparaba a ambos soldados un lugar significado en la vida y los hechos del conquistador extremeño.

Lo angosto de la cuesta beneficiaba el encastillamiento de unos y castigaba el asedio de los otros, presas de su propia desorganización y hacinamiento. Decenas de cadáveres de atezada piel pavimentaban el polvoriento sendero. Mas todo coraje tiene su límite en la desazón y los bravos quiteños se dieron a la retirada no sin antes llevarse la vida del montañés Miguel Ruiz, en cuyo pecho quedó incrustada una hoz de cobre tan afilada como navaja de barbero.

Pasaron las horas entre la certeza de los que no podían vencer sino a costa de muchas vidas y quienes se veían en ratonera de agua. Los primeros zopilotes se fueron congregando en círculos macabros al olor de la sangre reseca y a la vista de cuán apetitosas asaduras. Sonaron las trompetas de Jericó para los quiteños y escucharon los españoles los clarines del coro celestial a lo largo de la quebrada cuando la trompetería anunció la carga de los escuadrones de Almagro y Juan Pizarro, que acudían en socorro. Los cercados rompieron en vítores entre abrazos y lágrimas. Hernando de Soto arrodilló la pierna derecha sosteniéndose con la espada y lanzó un resoplido para exhalar de su cuerpo todas las angustias pasadas y redimirse por tan grandes pérdidas en hombres y corceles. Así fue el ardid de Vilcaconga, donde a punto estuvo de hundirse en el olvido la bien ganada fama del capitán Hernando de Soto. Mas, al fin, el camino al Cusco estaba franco.

267

En la Italia toda y las Españas no había ciudad que igualase al Cusco. Hernando quedó absorto al contemplarla desde el collado vecino con su forma de ciclópeo jaguar dispuesto a devorar a visitantes no queridos. Formaba la cabeza felina una gran fortaleza a medio hacer que tenía el nombre de Sacsaihuaman y ella guardaba la sesera de la política del Tahuantinsuyo con su gran templo y la ciudadela real, que guardaba un depósito de víveres y el alojamiento de insignes administradores del imperio.

Era el espinazo del Cusco la gran plaza de Huacapayta y la cola reunía los tres arroyos que surcaban la villa. El cuerpo resultaba una sucesión de rectilíneas calles por donde fluían canales de agua clara para uso de sus habitantes, plazoletas con fuentes, casonas y palacios, todos ellos en piedra como esculpida y puestas unas sobre otras sin argamasa, pero con tal mágica ensambladura que no penetraba en la juntura una hoja de cuchillo. Había rocas de tales proporciones que daban más altura que tres hombres encaramado uno sobre otro.

Formaba el corazón del Cusco un conjunto de templos y palacios rivales en majestad. Los había severos, moles pétreas sin ornamentos reales, torres de las vestales talladas con tal refinamiento que hubiese resultado obra imposible para los mejores canteros de Galicia o Francia y casas blasonadas con animales y pájaros de significado oscuro para los españoles. A tan portentosas moradas aventajaba en mucho el llamado Coricancha, techado con un gran disco de oro que irradiaba al mediodía como un segundo sol. Vano resulta decir que sirvió de faro a la entrada de Pizarro y los suyos en aquella ciudad con bien merecida fama de ser ombligo del mundo.

Hacía un año, día por día, que había muerto el Inca Atahualpa cuando Hernando de Soto y sus jinetes abrieron el cortejo que entró en el Cusco por el despejado camino de Abancay la fría y soleada mañana del 15 de noviembre de 1533. Una gran matanza había ocasionado Quisquis entre sus habitantes, leales servidores de Huáscar, mas aún la diezmada población acogió a los españoles con sobrio afecto y honores por traer bajo su protección a Manco Capac, el Inca que restauraría la serenidad en el Tahuantinsuyo.

Montaba Hernando vestido con las mejores galas que encontró a su alcance y con ellas se llegó hasta la gran plaza donde aguardaban orejones, *ayllus* y princesas que habían escapado a la furia del general corrido en Vilcaconga. El jerezano aguardó sin desmontar la llegada del marqués y Gobernador con el grueso de la tropa y el cortejo del Inca, a cuya retaguardia venía Almagro.

Durante los minutos que aguardó la avanzada, Hernando escudriñó los palacios que flanqueaban la gran plaza sin atisbar traiciones o reunión de guerreros. Luego fijó su vista en cada una de las personas principales prestas a entregar la ciudad a los nuevos señores. Reparó en varios orejones con la mirada hundida en las guijas que losaban el recinto; algunos *ayllus* eran de extrema fealdad por faltarles la nariz, cortada por los sicarios de Quisquis, y muchas de las mujeres lloriqueaban musitando alabanzas al nuevo Inca.

De todo ese cortejo atemorizado por el incierto futuro se distinguía una dama de tal belleza que a ninguno de los españoles le fue insensible. Era de una altura superior al resto, sus ojos fijos y retadores estaban puestos sobre la tropa, pero con la mirada mejor dispuesta hacia el capitán de aquellos misteriosos seres. Una ligera brisa removió su larga cabellera y dejó al descubierto su rostro ovalado sin imperfecciones, de una piel atezada que se veía tersa como la seda, la nariz fina y los labios como tallados por el mejor artista de la corte. Una túnica de blanco algodón, finamente adornada por filos de oro y plata en la pechera y las bocamangas, sellaban su nobleza de origen, bien a las claras por el collar de oro engarzado de pequeñas esmeraldas que lucía y una diadema igual de rica.

No era Hernando hombre dado al enamoramiento fácil y la pasión inconstante, como sucedía con su perdido amigo Benalcázar, mas aquella mujer lo dejó embrujado hasta el punto de ser incapaz de apartar sus ojos de los suyos. Cuando la coya Toctochimbo, que ése era su nombre, le destinó una sonrisa cómplice, rindió el jerezano sus armas y se juró poseer ese cuerpo y ahogarse en el alma de tanta belleza. Pensó que una vez más las Indias ponían en su camino una razón suficiente para olvidarse de España, mas no le importó.

Hernando y sus capitanes fueron alojados en el palacio del Amaru Cancha, que fue residencia del Inca Huayna Capac, padre de Toctochimbo, a la sazón hermana de Huáscar y hermanastra del nuevo Hijo del Sol, Manco Capac. Entró la coya al servicio del jerezano por decisión propia, lo que perturbó aún más el ánimo enamorado del conquistador y enojó a Pizarro por la siguiente falta a las obligaciones de su teniente Gobernador, embelesado en el romance.

La pareja pasó no menos de seis días sin abandonar la alcoba, donde se hacían servir los alimentos y todos los enseres de aseo. Incomodó a Hernando la primera noche cuando la coya le esperó en el lecho desnuda y ofreciéndole el sexo por la trasera, colocada a cuatro patas sobre la cama, como era la costumbre de las más de las indias. El extremeño odiaba tal práctica porque evocaba la relación entre sodomitas e imposibilitaba las caricias y los besos en tan hermoso rostro y apetecible cuerpo. Agradeció Toctochimbo el cambio de costumbres impuesto y se entregó a un placer tan desconocido y excelso que en cada bramido de deleite se sentía más cautiva de Hernando, enloquecido

269

él también por la fogosidad de la coya, cuyas manos y labios sabían arrebatar al soldado hasta su último aliento de gozo.

En las mañanas, Hernando se extasiaba al contemplar a su amada untarse la cara con un polvillo nacarado que se formaba en el caparazón de las ostras regadas el día anterior con el jugo de pequeños limones y oreadas en el transcurso de la noche por el viento fresco de la sierra cercana. Al lavarse la cara, la piel de Toctochimbo adquiría tal tersura y suavidad que llamaba al capitán a un nuevo asalto. Su mundo no llevaba más allá del aposento y ninguno de los dos quería abandonarlo, agradecidos a tan dulce esclavitud.

La voz de Álvaro Nieto atajó el idilio encantado para devolver a Hernando a las cosas de la política que reclamaban su presencia.

—Hernando —dijo a la par que golpeaba la puerta—, el Gobernador Pizarro te aguarda aquí mismo. Requiere tu presencia y, a fe mía, que le pican malas pulgas, porque ha entrado rugiendo y juramentando sacarte de la cama con grilletes si es preciso.

—Voy al instante —sonó quejoso y con enfado.

Francisco Pizarro le taladró con la mirada y derramó una cascada de agravios antes de dar cuenta de que la rapiña de los hombres había desencadenado peleas entre pizarristas y partidarios de Almagro; las vejaciones a los habitantes de Cusco eran corrientes y cualquier rincón servía para el juego en tanto los frailes no le daban tregua con sus reclamos. Era urgente una reunión del consejo y él era su teniente Gobernador. Un especial enojo causó en Hernando la frase de despedida de Pizarro.

—Muchas y aun peores noticias nos agobian. Así pues, guarda la verga, cálzate la espada y deja los lametones al papo de la india para mejor ocasión. En una hora te espero en mi casa y sin dilación.

Francisco Pizarro no había exagerado un ápice acerca de la alterada situación por la que pasaba la ciudad del Cusco. Al poco de asentarse la tropa, los almagristas, ajenos al reparto de Cajamarca, se dieron al pillaje por todas partes, sin importarles que fueran edificios quemados por los quiteños o los que se guardaban intactos. Asaltaban estancias, recorrían subterráneos y escalaban azoteas, saqueaban almacenes y hubo algunos, entre medias del robo, que hacían pasto con las indias que hallaban, emprendiéndola a golpes con los esposos y hermanos que salían en su defensa. Hubo plata y piedras preciosas en demasía, pero la falta de oro suficiente, bien escondido o robado por Quisquis, enfebreció aún más a los salteadores. Los pizarristas no permanecieron insensibles a la rapiña y acudieron prestos a buscar su parte. No tardó en sembrarse la disputa entre unos y otros y así fue que el derecho sobre un puñado de esmeraldas se dirimió con los aceros, y los centenarios muros del Cusco resultaron silenciosos testigos pétreos de duelos avivados con gritos a favor del Gobernador o en defensa de Almagro.

El amplio patio del palacio central de Casana, residencia de Pizarro, otrora morada del Inca Pachacutec, rodeado de grandes ornacinas trapezoidales, vacías en ese momento y otrora repletas con ídolos de oro y plata, acogió al consejo que presidían el Gobernador y Almagro, fray Valverde y el cura Juan de Sosa, el oficial real Antonio Navarro, Juan Pizarro y Hernando de Soto, que se acomodaron en torno a una amplia mesa servida con jarras de vino, maíz hervido y tubérculos asados.

—Este caos perjudica seriamente los intereses del Rey —intervino sin dilación Navarro—. De estas inmensas riquezas apenas tenemos una pizca los contadores de Su Majestad. Se nos disimula el quinto real y eso es una traición que ha de ponerse en conocimiento de don Carlos.

—El quinto puede esperar —replicó airado Almagro—. Su Majestad tendrá lo suyo, pero ahora hemos de tratar sobre nuestros hombres y el derecho que les asiste para hacerse con la recompensa a su esfuerzo. Mis tropas fueron maltratadas en Cajamarca y es de justicia que les corresponda la mayor parte del tesoro del Cusco. Han sido los hombres de Pizarro y su ambición sin medida lo que nos lleva a esta situación.

—¡Mentís, Almagro! —interrumpió Juan Pizarro encolerizado—. Vuestros hombres se comportan como bribones y vulgares saltatapias. Y eso los mejores, los más de ellos son matones de venta y rompebraguetas. Su sitio está en los remos de las galeras y no entre las tropas del Rey.

—Bajo otras circunstancias ya estarías muerto, mozo —respondió con suficiencia Almagro, acomodándose el parche del ojo vacío—. Hablas protegido por tu apellido, pero no olvides que eres un recién llegado a las Indias y no seré yo, ni ninguno de los míos, el que permita que sigas robando aquí y conspirando contra mí allá en la corte. Exijo lo que en justicia me pertenece mientras vosotros, los Pizarro, os empeñáis en distraerme, mas aquí está mi espada para hacerlo valer.

—Señores, caballeros del Rey —interrumpió con la voz meliflua fray Valverde—, no estamos aquí para dilucidar el reparto de cada cual, sino para atajar una situación que aprovecha a Satanás. Los hombres juegan por doquier, roban, yacen con paganas sin miramiento y no asisten a los oficios religiosos. Con vuestra ayuda o sin ella, no consentiré que Lucifer reconstruya en estas tierras de nuestro señor el rey católico de España una nueva Sodoma.

—El padre Valverde se excede en sus augurios —terció con aplomo el sacerdote Sosa, que era sobrino del malhadado Gobernador del Darién don Lope y persona de gran instrucción, sentido comedido, poco dado a la superchería y muy entendido en asuntos de política—. Soy sacerdote por la gracia divina y hombre como los demás por deseo de mis padres, por ello comprendo el afán de nuestros soldados por enriquecerse fácilmente en este Edén de oro que Dios ha puesto en nuestro camino y les perdono en confesión su gusto por el fornicio, mas no podemos ser liberales con la locura sin freno que nos conduce al desastre. Los hombres no atienden a nuestros requerimientos cristianos, abusan de la población que muda su aprecio por nosotros en odio y resentimiento; estos indios amigos son criaturas de Nuestro Señor y no bestias para la carga y objetos de gozo. Nunca los conquistaremos si no tenemos su corazón y les servimos como ejemplo. Pidámosle el oro y no lo robemos, demos amor a sus mujeres y no las tratemos como barraganas, seamos cristianos y no infieles berberiscos sedientos de sangre. Además…

—¿Además? —preguntó colérico fray Valverde—. Muy apegado os veo, padre Sosa, a la tierra y a sus pecados. Liberal en exceso con los manejos de Satanás y por demás condescendiente con los paganos. No os confiéis porque la Inquisición esté lejos de esta tierra.

—Además… —prosiguió el cura Sosa sin prestar atención a

272

las amenazas—, si perdemos la alianza de los indios, la empresa de Dios y del Rey en el Perú corre peligro.

—Sabias palabras y nobles deseos los del padre Sosa —intervino De Soto con parsimonia—. Mas tratamos asuntos de soldados y en la milicia se castiga la indisciplina, el robo y la traición. Como teniente Gobernador poco me importa si son de Almagro o de Francisco los que infringen la ley y ponen en riesgo nuestra causa. El látigo y la horca serán la única recompensa de ladrones, violadores y buscarruidos.

Hubo un gesto de asentimiento de Francisco Pizarro, contrariedad en Almagro, regocijo en el oficial Navarro y una cabezada de agradecimiento del cura Sosa. El marqués y Gobernador tomó entonces la palabra.

—El Cusco y nuestras pendencias son el menor de nuestros dilemas, y espero que ayude a entendernos el que sepáis que ha llegado una fuerza comandada por Pedro de Alvarado, fiero capitán que ha sido de Hernán Cortés en la Nueva España y Guatemala, con el anhelo de disputarnos el gobierno y la fortuna del Perú.

Los murmullos de los presentes fueron acallados por la queja de Almagro por no haber sido informado al punto del acontecimiento.

—Recién he sabido por el capitán Gabriel de Rojas de la venida de Alvarado y su propósito de emprender la conquista —contestó el Gobernador con tono de disculpa.

—Acaso se trate de una exploración sin más laberintos —dijo con poco convencimiento el oficial Navarro.

—Lo dudo —afirmó Pizarro—. Sabemos que ha llevado a cabo varias entradas muy arriba de Túmbez y llegó a atravesar las montañas heladas. Tal es su afán que poco le importó dejar a muchos desdichados congelados por el frío y hasta destriparon caballos para abrigarse al calor de sus entrañas. Quien obra con tal determinación no se conforma con el ojeo.

Las nuevas acerca de Alvarado, cuya fama de caudillo irreductible e inmisericorde era bien conocida en las Indias, aplazaron obligadamente las disputas del Cusco y acordaron una tregua entre las dos facciones peruleras que se veían amenazadas por un tercero. Francisco Pizarro, tan dado a la acción como en-

273

tregado a la sensatez, dispuso la mejor manera para desbaratar las intenciones del ambicioso héroe de la Nueva España.

—¡No vamos a entregar lo ganado a cualquier valentón que lo solicite! —arengó Almagro a los presentes—. ¡Si quiere oro, tendrá que pelear por él!

—Esperemos que eso no sea necesario —contestó Pizarro—. Hemos de obligarle a desistir de su empeño antes de que nuestros ejércitos se despedacen.

—Dudo de que podamos evitar la guerra —dijo De Soto—, porque todos hemos oído hablar de la indómita decisión de Alvarado.

—También sabemos que se desvive por el oro y no es un enloquecido que guste de batallar cuando tiene la lid malograda de antemano —respondió con aplomo Pizarro.

—¿Qué propones entonces, Francisco? —preguntó Almagro impaciente.

—Benalcázar está sobre el aviso, pero propongo que tú, Diego, te le unas para encarar a Alvarado antes de que llegue al Quito. Mi propósito es que tratéis sobre el abandono de su empresa, con oro de por medio y amenaza de guerra si fuera el caso. Convéncele para que trate conmigo los términos de un acuerdo propicio a ambos. Hazlo, pero sin apremio, porque necesito tiempo para fundar ciudades con requerimientos y mandatos reales, de tal modo que Alvarado no pueda solicitar para sí lo que en buena ley es de nuestra jurisdicción o pretextar la conquista de una tierra de nadie.

—Es necesario —intervino Sosa— que evitemos por cualquier medio una lucha fratricida que sólo beneficiará a los indios montaraces dispuestos a caer sobre nosotros al menor descuido.

—Eso es lo que deseo —contestó Pizarro—. Mientras Benalcázar y Almagro distraen al ambicioso, daremos una nueva fundación al Cusco y yo mismo he de encontrar en la costa, cerca de Pachacamac, un puerto de abrigo para crear una nueva capital. En Tumbez, Tangarará y Jauja, nuestros capitanes, levantarán la picota del Rey y proclamaremos a los cuatro vientos que hemos erigido villas en tales tierras. Lo que demande Alvarado para su conquista ya será nuestro conforme a la ley.

—Entiendo, de esta manera —intervino De Soto—, que he

de permanecer solo en el Cusco para garantizar la policía de la nueva ciudad, sin beneficio y gloria en la empresa de las fundaciones.

—No es asunto menor, Hernando —dijo el Gobernador—. Eres nuestra retaguardia y nuestra garantía si acaso se malogran los asuntos con Alvarado. No estarás solo en el empeño, te servirá como segundo mi hermano Gonzalo.

—Y tendrás a tu lado a mi capitán Orgóñez —repuso de inmediato Almagro.

—Os estoy muy agradecido por vuestra... desconfianza —contestó con ironía el jerezano.

Benalcázar y Almagro cumplieron con tino y convicción la empresa de desbaratar los planes del ambicioso conquistador llegado desde las tierras mexicas. La combinación de amenaza de guerra sin cuartel con la procura de un tesoro que reembolsara sus gastos y desvelos para llegarse hasta el Perú convencieron al que fue servidor de Hernán Cortés de que su futuro no discurría por las tierras del Tahuantinsuyo.

Alvarado puso popa a las costas del Perú llevándose con él 100.000 castellanos de oro en pago a su apartamiento de la conquista, aunque figurase en los registros reales que la suma era el precio por la venta de los navíos, caballos y bastimentos de su expedición. Cuando viró nornordeste, perdiendo de vista la pequeña dársena que servía de embarcadero a la recién fundada Ciudad de los Reyes, Alvarado se olvidó de sus sueños inútiles y de los tres centenares de hombres que, hartos de correrías sin cuento, decidieron buscarse la vida y la fortuna en el próspero Tahuantinsuyo.

En aquel hermoso valle de Lima, de ricas sementeras, bien provisto de leña, con clima sano y aguas claras y benéficas, con un puerto natural cercano muy apto para el amparo de navíos, quedó mermada la bolsa de Francisco Pizarro, pero bien repleta su armada con briosos soldados, todos ellos pretendientes de fama y fortuna.

El Cusco causó a los recién llegados, antaño fieles de Alvarado, el mismo embeleso que para los primeros conquistadores. Lo fue incluso para algunos hombres que ya sabían de la grandeza de las Indias desde que entraron con Cortés en la esplendorosa Tecnoctitlán. Pero llegaban a las migajas del banquete y si tenían algo de plata en sus hambrientas bolsas era gracias a la generosidad y astucia de Almagro, que adelantó de su peculio las soldadas para ganarse el favor de los nuevos peruleros ante la contienda que se barruntaba con los Pizarro, aplazada, que no enterrada, con la llegada de Alvarado.

De Soto había restablecido el orden en la villa a fuer de descoyuntar algunos gañotes, hacer bailar en la soga a unos cuantos facinerosos e incautar pequeñas fortunas que engordaban las arcas reales y la suya propia. La disciplina creció en la villa a la par que el respeto de indios y españoles por su teniente Gobernador, tan leal a las caricias de Toctochimbo como al trato afable con el Inca Manco Capac. También frecuentaba a la soldadesca, que agradecía su cercanía otorgándole favor y obediencia pese a la lozana juventud de su teniente Gobernador.

Hernando concurría algunas noches en la taberna El sol de las Indias, que regentaba Alonso Quiñones de Herrera, un castellano que apenas disimulaba su condición de judío converso y se ufanaba de haber combatido junto a Cortés. En el lugar se jugaba casi siempre y se conspiraba de continuo hasta que hacían su aparición Hernando y su inseparable Nieto, a quienes se había unido como inseparable Rodríguez Lobillo.

El sol de las Indias ocupaba un esquinazo anejo al palacio de un notable orejón muerto por Quisquis que se asentaba en el poniente de la ciudad, en el barrio del Antisuyu (la panza del jaguar), en la zona alta de Hanan, destinada a la aristocracia cusqueña por su limpieza y aires saludables. Antes de la llegada de los españoles, el local sirvió de depósito de grano y alojamiento de braceros y esclavos. Quiñones de Herrera eligió el sitio por su espaciosidad y porque en uno de sus rincones había una fuente de la que manaba de continuo agua fresca. En el piso superior habilitó varias estancias para los diversos usos de la tropa, desde el fornicio hasta las partidas de naipes o para dormir la pea tras un hartazgo de chicha. Por todo ello, Quiñones se endorgaba buenos réditos. Entre la fuente y la cocina, enfrente de la entrada, De Soto tenía una mesa siempre dispuesta que servía personalmente el veterano soldado venido a mesonero.

Quiñones de Herrera pudo ocultar con artimañas y dinero su condición de converso para embarcarse a las Indias. Ahora pasaba de la cincuentena, pero mantenía intacto su ánimo pendenciero, seguía siendo malhablado y era de habitual putañero. Estaba cojo desde que una flecha envenenada le atravesó el muslo derecho y fue curado aplicándole hierros candentes. Una cicatriz le cruzaba la cara, recuerdo imperecedero de la batalla de Cholula, deformándole el labio superior, lo que le daba un aspecto de mayor fiereza.

Hernando le tenía ley desde que se le unió en Nicaragua y demostró la misma honestidad en la intendencia que decisión en las batallas que libró en la Nueva España. Cuando se alistó con Hernando y Ponce en la escuadra que partía hacia el Perú, convenció de inmediato al jerezano: «Hay mucho por descubrir en estas tierras —le dijo entonces— que es lo mismo que vivir de veras. No deseo morir en una estancia rodeado de indios que me odian, enloquecido por el vino, seboso y corroído por la nostalgia de la pelea. Sigo vivo cuando lucho cada minuto y puedo gastarme cada maravedí que cae en mis manos. El futuro y la gloria quedan para hombres como vos y como yo».

Hernando gustaba de las chanzas del valentón y del ambiente de la tropa, que respondía con vivas a cada invitación suya. Desde su mesa, siempre libre y dispuesta, escuchaba las quejas de los que se sentían agraviados y hasta impartía justicia entre españoles e indios con tal diligencia y equilibrio que el fallo no osaba discusión. Pero especial alegría le produjo la llegada de los primeros hombres de Alvarado, repletos de ambición y recuerdos de sus añoradas tierras de Panamá y Nicaragua. Le gustaba escuchar relatos sobre los parajes y las gentes de la Nueva España y los cuentos que allí se oían acerca de fértiles y ricas tierras ubicadas más al norte.

A la taberna se llegaba desde el Amaru Cancha, siguiendo una empinada calle resguardada por baluartes de piedra que alojaban viviendas y adoratorios. Alcandoras colgantes iluminaban la calzada resplandeciente por la fina capa del rocío nocturno, y en sus losas repicaban los borceguíes y tintineaban las espuelas.

Aquella noche El sol de las Indias cobijaba mucha clientela con una nueva remesa de antiguos peones de Alvarado. Todos guardaron silencio cuando el teniente Gobernador y sus dos acompañantes entraron en la amplia sala envuelta por el vapor de las humeantes sopas de maíz y tubérculos y la aromática humareda que ascendía desde las parrillas donde se cocinaban trozos de ciervo, la muy agradable carne de taruca adobada con aromáticas hierbas de río, manjar para los más potentados, mientras los menos afortunados se conformaban con el asado de cuy, un animalejo que por su aspecto de rata grande desagradaba a los españoles, pero aliviaba el hambre y no era de mal sabor.

Apenas Hernando y sus amigos ocuparon sus asientos, el gentío volvió a sus discusiones, al arrastre de naipes y a rivalizar a gritos sobre proezas pasadas. De entre aquella batahola una voz destacó sobre las demás o al menos eso creyó Hernando porque le resultó familiar.

Hernando se quedó mirando al hombre menudo que mantenía los brazos extendidos frente a él. No le reconoció al momento, porque una larga barba, las greñas enmarañadas y el aspecto patibulario le hacían irreconocible hasta para la madre que lo parió. El otro reparó en la mirada incrédula del teniente Gobernador e insistió.

—Hernando, soy yo, Tarabilla, y éste es el recuerdo que me dejaste. —Y mostrándole la sucia cabeza se separó el cabello de la coronilla para dejar al descubierto una descalabradura con el tamaño de una tonsura de clérigo.

—¡Por todos los Santos! ¡Nuño! ¿Qué se te ha perdido en las Indias?

—Lo que tú has ganado. Te has convertido en un héroe y se dice en nuestra tierra que muy rico, además. Así pues, aquí estoy.

El abrazo entre los dos hombres concitó la atención de todas las mesas próximas, donde cesó la algarabía y los juegos.

—¡No lo puedo creer! ¡El Tarabilla aquí! —exclamó Hernando, dándole un segundo abrazo.

—Siempre dije que harías algo grande. Te busco desde las

tierras de Nicaragua a la espera de que repartas algo de tu fama y tesoros con tu viejo amigo.

—Éste es Nuño Tovar —hizo la presentación Hernando a Nieto y Lobillo—. Mi mejor escudero en las correrías y zapatiestas que nos traíamos cuando niños en nuestro pueblo.

—Guerras que siempre ganaba él —repuso Nuño, echando una ojeada ávida a la jarra de buen vino y el costillar asado de taruca que había en la mesa—. Aun a costa de mi cabeza, que guarda la marca desde el día que me partió en ella su espada de madera. Y ahora te veo convertido en Gobernador y dueño del Perú.

—Tú, por el contrario, no andas rozagante. ¿Te vinieron anchas las Indias?

—Hasta el momento migajas y padecimientos, Hernando. Y esta última locura de Alvarado... —Y le mostró el sucio vendaje que cubría su mano izquierda.

—¿Qué es eso? —preguntó con interés el teniente Gobernador.

—Se me congelaron dos dedos cuando atravesábamos esas malditas montañas heladas y hubo que amputarlos antes de perder toda la mano. Y después de tantos padecimientos llegamos hasta aquí, donde se nos ve como a ladrones.

—Todo eso se ha terminado. A partir de ahora estarás a mi servicio y Álvaro Nieto te procurará aseo y te asignará instrucciones. ¿Necesitas algo más?

—Las pocas monedas que guardaba se acabaron pronto y vivo del préstamo de estos buenos amigos que me acompañan y que deseo que conozcas.

Tovar hizo una indicación y se adelantaron otros dos soldados. Uno de ellos, el de mejor atuendo, permanecía serio y con la mirada atenta a cuanto acontecía a su alrededor. El otro, de aspecto aún más harapiento que el propio Nuño, se mostraba sonriente y caminaba bien seguro del terreno que pisaba, con un descaro que agradó al teniente Gobernador.

—Éstos son mis buenos y leales compañeros, Francisco Orellana y Luis Moscoso de Alvarado —dijo Tovar con un tono falsamente educado.

—¿Alvarado? ¿No serás por ventura...? —preguntó Hernando, siendo interrumpido por el dicharachero.

—Así es, mi señor, soy sobrino de ese loco, que a poco nos mata por estas serranías del demonio, que se ha ido rico y dejándome a mí, su pariente, con unas pocas monedas y la conseja de que me arrime a cualquier otro que no sea él. Así ha pagado mis servicios en Guatemala y Nicaragua. ¡Mal buba le pudra a tal cabrón!

—Y tú, mozo ¿de dónde vienes? —solicitó Hernando al más callado y de mejor aspecto.

—Soy de Trujillo, mi señor De Soto, y busco la ayuda y el socorro de mis parientes los Pizarro…

—¡Otro Pizarro más! —interrumpió con un gesto de disgusto Lobillo—. ¿Os habéis propuesto conquistar las Indias vosotros solos?

—Mi apellido es Orellana y lo que me depare el destino y la fortuna llevará ese nombre y no otro.

—Eso mismo pienso yo, mi señor —terció Moscoso—. Cuando voy de pesca, es mi culo el que se moja aunque me hayan prestado el cebo. De modo que llegado a este punto y estas tierras cada uno por su lado.

—¿Te gustaría estar en el mío? —preguntó socarrón Hernando.

—Dadlo por hecho, mi señor. En todas las Indias se sabe que el soldado de Hernando de Soto es bien tratado en la guerra y en el reparto del botín. Por cierto, señor, ¿repartiríais ahora un poco de vino y algo de ese asado?

—Ja, ja. Serviros lo que queráis. No será el propio De Soto el que arroje tierra a su leyenda.

—Bien os avisé de cómo era mi paisano y de que junto a él siempre está la fortuna —comentó Tovar mientras se sentaban a la mesa relamiéndose.

En los días siguientes, Orellana dejó de frecuentar la taberna, muy al contrario que Moscoso y Tovar, que se hicieron inseparables del teniente Gobernador y que tenían oficio entre su guardia más leal. A ellos se unió otro recién llegado, de nombre Pedro Valverde, en extremo callado pero más atento a los negocios que a los asuntos de las armas. Fue el único que no rio y anotó cada palabra del indio beodo Sinehualta, que hacía las veces de bufón de El Sol de las Indias por un vaso de chicha. Una noche le reclamó Lobillo.

—Pasemos un buen rato con ese badulaque de Sinehualta. ¡Eh, borracho bribón, ven para acá! —Lobillo hizo sentarse al indio, al que le ofreció una cántara de chicha—. Vamos, gañán, cuéntanos tus aventuras de caballero.

Sinehualta era bajo, chepudo y patizambo, un indio de los collados que se había unido a los españoles nadie sabía dónde, como ninguno sabía a ciencia cierta si había sido de la cuerda de Atahualpa o de la parte de Huáscar o le importaba un ardite cualesquiera de los dos. Vivía en la aceptada locura de saber que jamás podría saciar su sed de licor, y se avino, pues, a tenerlo de fiel compañero y ayuda hasta el final de sus días. Un hilillo de baba escurría permanente por la comisura de los labios y su natural era estar ebrio cinco minutos después de levantarse cada mañana. Provocaba la diversión de todos con su continuo parloteo y maldiciones sin cuento, que aumentaban del mismo grado que la chicha en su estómago. Quiñones de Herrera le daba alojo y algo de comer a cambio de tenerlo por mozo de carga y entretenimiento de la parroquia. Sentado frente a los sonrientes españoles tomó un primer sorbo de licor de maíz y les maldijo con la mirada y la voz.

—*Machacui, machacui* —repitió en medio de un eructo.

—No somos culebras, maldito cagón —respondió Lobillo intentando quitarle la jarra de chicha, a lo que se resistió el indio—. O cuentas tus locas aventuras o vas a beber junto a los caballos.

Sinehualta apretujó la cantarilla contra su pecho y con desprecio espetó:

—El cóndor arranca ojos tuyos, *machacui*. —Y dio un largo trago.

El soliloquio siguiente, bien trufado de palabras quechuas, fue seguido entre risas por casi todos hasta que Hernando de Soto, con el ceño fruncido, pidió silencio.

—Volví al Cusco, yo solo, de miles que bajamos de ciudad perdida para poner oro en llamas y muchos barcos de la totora e ir siempre norte. Pasé montañas y bosques que tragan *huacas*.

Luego selva tan profunda que los hombres atados para no perderse uno y otro. Hambre y flecheros mataron muchos nuestros, indios demonios, indios darién...

Hernando ordenó silencio a la compañía y a Sinehualta que prosiguiera.

—Más bosques y montañas que escupen fuego. Un lago, de monstruos que comen hombres y peces que andan en tierra...

El indio calló y devolvió la jarra vacía. Hernando le alargó otra de vino y después de un ansioso sorbo, que derramó casi por completo por la barbilla abajo, Sinehualta siguió su cuento.

—Correr del lago al mar y esperar a hermanos en barcos totora. Muchos días espera. Luego juntos fuimos a tierra seca, allí agua desaparece con parpadeo del sol entre grandes muros, toda roja, donde montañas crecen dentro. Allí separamos los hermanos. Unos con oro fueron al sol naciente, nosotros volver al perdón del Inca. Yo solo volver...

Sinehualta bebió de nuevo y Lobillo insistió entre risas.

—¡Vamos, bribón! Cuéntanos del oro, de los ríos de oro y plata...

—*Machacui*. Malditos viracochas. ¡Ladrones! Yo vi ríos de oro, sus piedras son oro y en sus montañas se saca oro con las manos. ¡Mis uñas tienen oro! ¡Mis uñas tienen oro! *¡Ñucapa sillu curita charin! ¡Ñucapa sillu curita charin!*

—¡Tus uñas tienen más mierda que el culo de un gorrino! —replicó Moscoso, dando un puntapié a la silla de Sinehualta, que rodó por los suelos entre risas de soldados e indios naborías.

Hernando, silencioso, miró a Nieto y preguntó:

—¿La expedición de que me habló Atahualpa?

El de Alburquerque se encogió de hombros y señalando a Sinehualta se llevó luego el dedo índice a la sien.

Solamente Pedro Valverde escuchó balbucear al borracho tendido en el suelo mientras escupía vino y babas: «*Mana amuras Rumiñahui curita*» («Nunca hallaréis el oro de Rumiñahui»).

—¿De qué oro hablas, borracho? —le preguntó Valverde, acercándose con asco al indio que se revolcaba.

—*Mana amuras Rumiñahui curita*. Riquezas que nunca a

Cajamarca y guarda el vientre de montañas. Nunca hallaréis el oro de Rumiñahui.

La partida de Alvarado devolvió a las tropas peruleras a sus antiguas pendencias y débitos, que vinieron a complicar las nuevas acerca de Hernando Pizarro, quien recién llegado a Panamá llevaba consigo las nuevas capitulaciones reales que dividían la nación del Inca en la Nueva Castilla, bajo señorío de Pizarro, y la Nueva Toledo, al recaudo del recién nombrado Adelantado Diego de Almagro. En el medio de los límites de ambas estaba el Cusco. La fruta de la discordia cainita estaba servida en bandeja con la rúbrica del rey de España.

Por entonces, con Pizarro resuelto en la fundación de nuevas ciudades, Almagro organizando a sus tropas para ampliar sus dominios a las tierras del Chile y Sebastián de Benalcázar en abierta independencia en los parajes del Quito, la paz en el Ombligo del Mundo no era el único desvelo para Hernando de Soto. Quisquis había delegado en un general de nombre Incarabayo el mando de sus huestes en los alrededores del Cusco con el propósito de no dar sosiego a los españoles con continuas guasábaras, nombre dado por los indios a sus ataques imprevistos.

El jerezano tuvo dispuesta una partida de castigo con el concurso de centenares de leales de Inca Manco y la presencia del propio Hijo del Sol entre las tropas. Hernando tenía el firme propósito de terminar de una vez y por todas con el montaraz general quiteño, al que consideraba su enemigo personal desde la airada mirada de Cajamarca y la trampa de Vilcaconga, y se juramentó que todas las Indias no eran suficientes para albergar a ambos con vida.

Apenas los primeros rayos se levantaron por el Antinsuyu, el parte oriental del Tahuantinsuyo, para acariciar con tibieza los muros del Amaru Cancha, Hernando se hallaba vestido, abrigado con coraza, escarcela y calzadas las altas botas de pulido cuero. Se anudó el pañuelo azul sobre la frente y se acercó a la durmiente Toctochimbo para besarle la frente, lo que provocó un ligero remoloneo en la princesa. Después besó el hinchado vientre que alojaba a su segunda hija y caminó despacio a la puerta de la alcoba. Recogió las espuelas colgadas en el respaldo de una silla y dirigió una última mirada llena de ternura al lecho.

Las tropas aguardaban en la gran explanada de Huacapayta. La soldadesca cusqueña, toda vestida con túnicas de algodón blanco y mantos multicolores, ocupaba una esquina. Armados con macanas, picas de madera, hoces de cobre y escudos de mimbre entrelazado, los guerreros aguardaban silenciosos la llegada de su señor Inca Manco Capac. El centro lo ocupaban el escuadrón de jinetes, flanqueado por los infantes, rodeleros, arcabuceros, ballesteros y carruajes para vituallas y munición. Un millar de hombres prestos para la batalla observaron a Hernando calzarse los guantes de curtida piel de huanuco y encaramarse a la montura. Cuando sonó la trompetería, que anunciaba la llegada del Inca, el teniente Gobernador se tocó con un resplandeciente morrión crestado con plumas de huacamayo. El Inca entró en la plaza en una litera de madera bien guarnecida con adornos de oro y plata y ricas plumas de muchos colores. Esclavos y vestales barrían el camino y arrojaban flores y ramas olorosas a su paso. Los cusqueños estallaron en un clamor, «¡Inti Manco! ¡Inti Manco!», acompasado con el golpeteo de sus frágiles escudos. Hernando adelantó la cabalgadura al paso hacia el encuentro con la hamaca real y, frente al Rey, se descubrió e inclinó la cabeza respetuosamente.

—Éste es vuestro ejército, mi señor Manco Capac —dijo De Soto en un tono que pudiera ser oído por todos los presentes—. Dispuesto a exterminar a vuestros enemigos, que también lo son de España.

Inca Manco se incorporó con parsimonia y con toda solemnidad arengó:

—¡Hijos de Cusco! ¡Súbditos del Inca! ¡Viracochas, mensajeros del Inti! Acabad con los traidores del Quito. Yo, Manco Capac, señor del Tahuantinsuyo, así lo ordeno.

El nuevo clamor de los cusqueños impacientó a algunos caballos, que rompieron la formación mal embridados por sus jinetes. Hernando retornó a la cabeza de las huestes y esperó la bendición del padre Sosa. Terminadas las plegarias y admoniciones, De Soto levantó su brazo derecho y apoyándose con el otro en el ancón de la silla dio la orden de partir. La expedición tomó la ruta del Chinchaysuyo, hacia el norte, para dirigirse a Collbamba, donde se sabía que andaba guerreando Quisquis.

No muy lejos del tambo de Cupi, en una ancha rambla abrigada por suaves lomas, los exploradores de Inca Manco divisaron las huestes de Incarabayo, agrupadas en un gran cuadrado con cada uno de sus lados escoltados por soldados con largas y muy afiladas picas de caña prestas a ensartar a los caballos. En el centro, bien escoltado, se encontraba el general erguido sobre una litera. La primera acometida, como había sido dispuesto, la llevaron a cabo los infantes del Inca.

No menos de tres centenares se precipitaron, animados por sus gritos, contra los quiteños. A cien varas de la primera línea de Incarabayo, el suelo desapareció engullendo a decenas de cusqueños, que fueron a estrellarse contra el suelo de la trampa sembrado con afiladas estacas. La celada contra la carga de la caballería, que fue ideada meses atrás por Rumiñahui para deshacer a los jinetes de Benalcázar con harto éxito en la batalla de Tiocajas, fracasó en Collbamba frente a la prudencia de De Soto.

A la vista de la trampa Hernando dividió la caballería en tres escuadrones: él mandaría el centro, mientras el ataque por los costados quedaría bajo el gobierno de Nieto, por la derecha, y Lobillo, por la zurda. Adelantó a arcabuceros y ballesteros hasta tener a tiro a los piqueros de Incarabayo y ordenó las primeras andanadas de fuego y dardos para desbaratar las defensas de los indios. Se lanzaron, entonces, como en tropel las huestes del Inca Manco Capac, seguidas de infantes y rodeleros a cuyo mando estaba Luis Moscoso. Al poco, la estrecha formación de quiteños se desmoronó entre la desbandada de unos y el empuje de las tropas del Cusco. Llegado el momento de los jinetes, Hernando sorteó la zanja bien colmada de indios ensartados y se dirigió por derecho hacia la litera de Incarabayo. Desde su hamaca real, el juvenil rostro de Inca Manco Capac se iluminaba de júbilo viendo caer a sus enemigos.

Incarabayo ni siquiera presentó batalla cuando Hernando y sus jinetes le rodearon, confiando su suerte a la clemencia del

Inca, que nunca llegó. Ese mismo atardecer, el servidor del general del Quito fue decapitado por manos de españoles ajustados a la orden dada por el señor del Tahuantinsuyo. Mas el desánimo se adueñó de Hernando al tener conocimiento por los prisioneros de que Quisquis no hacía mucho había sido ejecutado por sus propios hombres, que le acusaron de debilidad en la guerra contra los invasores. Se desvaneció en un momento el ansiado sueño de De Soto por tintar su espada con la sangre de quien fuera su rival más principal en un duelo propio de grandes guerreros y digno de figurar en los anales. No tuvo consuelo ni siquiera con la parte del tesoro que le correspondió en el alijo del campamento del general Incarabayo.

La pacificación de los aledaños del Cusco no llevó el sosiego al Ombligo del Mundo y, muy al contrario, la rivalidad entre pizarristas y los defensores de los derechos del nuevo Adelantado Diego de Almagro dio origen a algaradas y riñas continuas con estoqueados por ambos bandos, siendo los más dañados los fieles al Gobernador, por ser menor número que aquellos que seguían a Almagro, quien invirtió sus buenos capitales en comprar la voluntad de soldados y tenientes.

Llegó la cosa a tal grado que los Pizarro, Juan y Gonzalo, se encastillaron en el Casana por temor a un ataque de los partidarios del Adelantado tuerto. De nada servían las súplicas a la moderación del padre Sosa y otros clérigos, como tampoco resultaban eficaces las medidas de árbitro dispuestas por Hernando de Soto, firme en mantener la autoridad del Rey y evitar la guerra civil. Había tal grado de encono que la autoridad se imponía por la espada, única defensa de la verdad que cada cual reclamaba para sí frente a la felonía del contrario. Consejos y órdenes del teniente Gobernador eran desoídos por unos y otros, ansiosos de venirse en caínes fratricidas. Ambos bandos hicieron llegar a sus señores y hasta la misma corte sus demandas.

Hernando se dispuso a negociar una tregua con los Pizarro hasta que su hermano Francisco, entretenido en la ciudad de Lima, y el Adelantado, de correrías por Chile, arreglasen por su cuenta y en el mismo Cusco el final de tanto debate ensangrentado. Acudió al palacio Casana sin armadura para mostrar que no animaba deseo de pendencia, pero con la escolta de Nieto, Moscoso, Tovar y Lobillo. Mucha hombría y suficientes aceros para dar la cara en caso de necesidad.

Franquearon el portón de ramajes que se abría a la amplia plaza y hasta fueron conducidos con fría cortesía a la gran sala que sirvió en su día para las audiencias de Inca Pachacutec, donde aguardaban los dos hermanos amparados por diez guardias. No hubo entonces cortesía alguna y Gonzalo Pizarro, de carácter tan airado como su hermano Hernando, comenzó los reproches sin tardanza.

—¿Qué vienes a hacer aquí, bellaco? ¡Eres uno de ellos! Te has convertido en un almagrista rastrero, un ambicioso villano que ha traicionado todo lo que nuestro hermano hizo por ti. Eres un envidioso de su fama y su fortuna. ¡Pero juro por todos los santos que tú, tu amigo el tuerto y todos los traidores no regresaréis vivos a Castilla!

—No vengo para un cambio de insultos —respondió Hernando, tratando de mantener la calma restregándose la barba del mentón—, y me guardo mucho sobre la osadía que habéis demostrado los Pizarro, mas el respeto que guardo por Francisco me obliga a mantenerme sereno ante las infamias de un valentón mal criado y lenguaraz. Estoy aquí como es competencia del teniente Gobernador para preservar la paz y pediros una tregua hasta que Francisco y Diego lleguen a un acuerdo. El capitán Orgóñez está de acuerdo y me ha dado su palabra.

—No puedes darnos avales de lo que dices, Hernando —intervino Juan Pizarro en un tono más comedido—. Es sabido por todos que tus decisiones nos han perjudicado y han ayudado en mayor medida a Almagro. No vamos a bajar nuestras defensas para ir al matadero siguiendo tus órdenes.

—Muy bien sabes que no he temblado en condenar a fieles del Adelantado cuando fui obligado a ello, y estuve igual de resuelto cuando vuestros hombres actuaron fuera de la ley. Siempre mido los hechos y no reparo en los nombres. Si hubo errores, lo fueron por defender a mi señor el rey Carlos y a la razón. No pienso en el pasado, sino en el futuro de nuestra empresa, que vuestra testarudez pone en grave riesgo. Tenéis mi palabra…

—¡Aquí tú no tienes ninguna palabra! —terció aún más fiero Gonzalo—. ¡Quieres el oro y esta nación para ti solo! ¿Qué extraño trato tienes con el Tuerto? ¡Vamos, cuéntanos! ¿Cuál es tu juego? A lo mejor te damos crédito.

—No voy a dar razones de mi conducta y repetir una y otra vez a los oídos de un necio como tú que estamos obligados a mantener la paz y acabar con este sinsentido que nos desangra y nos deshonra ante nuestro aliado, el Inca.

—No soy tan necio como crees y menos para caer en una trampa como la que propones. ¡Eres un traidor! Y los Pizarro sabemos cómo se trata a los canallas. ¡A ellos! ¡Prendedlos! —ordenó resuelto el hermano pequeño.

Surgieron espadas y dagas como relámpagos en mitad de una tormenta de insultos y blasfemias. El primero en atacar con ímpetu inconsciente y sin prevención en su guardia fue Gonzalo, que recibió un golpetazo en la boca con la empuñadura de la daga de Hernando, quien paró con su espada el primer embate de uno de los guardias. Junto a él, Nieto atravesó las costillas de un segundo escolta. Moscoso y Lobillo protegían los costados batiendo los aceros con otros tres pizarristas. Por detrás, Tovar intentaba mantener expedito el camino de retirada que intentaban cerrar otros dos centinelas.

Cuando Gonzalo rodó por los suelos con los labios partidos y las encías sangrantes, su hermano Juan y el resto de la guardia atacaron con rabia. Hernando se adelantó dos pasos y se movió a su derecha para esquivar a un primer atacante, al que atravesó el hombro izquierdo de parte a parte con el puñal, mientras descargaba un tajo que hizo retroceder a Juan Pizarro. Nieto, por su cuenta, abrevió a sus dos oponentes con un contundente puntapié en los cojones a uno de ellos y acuchillando la cara del otro. El enemigo de Lobillo rodaba por los suelos cuando Moscoso recibió una herida en su brazo izquierdo que le hizo perder la afilada navaja, lo que, muy al contrario de desanimarlo, le arrebató en su respuesta al enemigo, al que le hundió la espada, con tino certero, en el cuello que quedaba desnudo entre el peto y la celada borgoñota. Otro enemigo retrocedió al verse a merced de la mirada malintencionada de Lobillo. Tovar mantenía a raya a los dos centinelas a costa de alguna herida menor en la cara y cuando los vio flaquear gritó a sus compañeros: «¡Vámonos! ¡A la calle y a todo correr!».

Los cinco cruzaron el patio como truhanes acosados por la justicia y tras librarse a empellones de los guardias de la puerta se abrieron a la Huacapayta, donde había gran reunión de hombres, los más, partidarios de Almagro, que aguardaban el resultado de la empresa mediadora de Hernando. Pero los hombres de Francisco Pizarro no se conformaron con verse maltrechos y corridos. Desde las atalayas del Casana lanzaron sobre los escapados una andanada de flechas, dardos y lanzas que fueron a estrellarse sobre el empedrado. Mas un dardo rozó la pantorrilla de Hernando, que en su carrera sintió como si un perro le mordiera la carne con saña.

En las horas siguientes, la rabia del teniente Gobernador del Cusco era tan elevada como su fiebre. Toctochimbo calmó los ardores de Hernando sanando la herida con emplasto de hierbas y de la planta que en el Perú llaman de cuca, bien majado con gotas de un líquido, harto ponzoñoso si se administra de mal modo, al que dicen curare. Luego dio a beber al enfermo la cocción de la raíz de la mata conocida como zarzaparrilla. Aliviados de los dolores, un profundo sueño aquietó al jerezano en su cólera.

El primero en llegar al Cusco, después de una corta expedición a las tierras de Chile, al encuentro con sus derechos, fue Diego de Almagro, lo que enardeció a sus muchos partidarios, la mayoría con escasez de oro y abundante ambición, que pidieron al Adelantando que se hiciera con la gobernación del Ombligo del Mundo sin esperar a tratos con el marqués Pizarro. El castellano no fue insensible a la demanda de sus leales mientras los Pizarro, bien guardados en el Casana, juraron impedir la traición y hasta dejarse la vida en el empeño. Los consejos de Hernando de Soto para guardar la calma volvieron a caer en el olvido y hasta Almagro, cegado por el número de tropas a su lado, se creyó invencible y desoyó las referencias del teniente Gobernador sobre la mudanza del Inca Manco en su ánimo hacia los españoles.

Hernando, aprovechando la confianza que le tenía el señor del Tahuantinsuyo, contaba con oidores y confidentes en su corte que le tenían al corriente de cuanto se tramaba en el entorno del rey indio. En los últimos bullicios habidos entre pizarristas y los hombres del Adelantado, los cusqueños habían pagado en sus carnes la codicia de los conquistadores, que de día en día venían en ser considerados por Manco Capac más enemigos que aliados, seres diabólicos que desoían a sus propios sacerdotes e incumplían las leyes que les dictaba aquel misterioso Dios muerto al que adoraban. Algunos españoles habían aparecido degollados en estrechos callejones y todos, salvo De Soto, lo consideraban avatares de la guerra cainita. El jerezano sabía que los desdichados habían caído bajo una afilada hoz de cobre y el brazo asesino se había levantado por orden del Inca. En medio de la guerra entre hermanos crecía una silenciosa rebelión.

La ineficacia con la espada llevó a Hernando a utilizar la pluma para enviar mensajes a España, solicitando una urgente mediación del rey Carlos ante la gravedad de los asuntos que acontecían y el peligro que corría la empresa del Perú. El desencanto mellaba la bravura del jerezano, cada vez con un círculo de leales más reducido, y sólo aliviaba su pesimismo el amor de Toctochimbo y la cercanía de su segunda paternidad. Las Indias que tanto amaba volvían a ponerle a prueba y el postergado regreso a España iba ocupando sitio en su alma. Nadie sino él parecía entender la tragedia que se avecinaba; ni siquiera el lejano monarca entendía de tales peligros, porque era su interés primero sostener el imperio en Europa, bien mantenido con las vidas que se perdían en el nuevo mundo para ganar sus riquezas.

Durante sus interminables noches de vigilia un pensamiento se esculpió en su mente con igual reciedumbre que la obra del cantero: no participaría en el drama venidero.

El anuncio del regreso de Francisco Pizarro al Cusco llevó un período de calma a los belicosos peruleros y la felicidad al Amaru Cancha, cuyos severos muros rezumaron los ecos del primer llanto de la pequeña Leonor, de igual nombre que la desconocida abuela que moraba en la remota tierra de Jerez de los Caballeros. Las Indias, que tan bien conocían de hazañas y fortunas de Hernando de Soto, contemplaban ahora su nueva obra, la estirpe mestiza, crisol de la determinación española y la belleza de la naturaleza, misteriosa y libre.

El Adelantado acogió a las huestes de Francisco Pizarro con fastos que en nada avisaban de la gran disputa que mantenían ambos bandos, cuyos jefes se encontraron cara a cara y a la vista de todos en lo más alto del Usnu, el gran altar labrado en piedra que cerraba por el sur la Huacapayta. El Gobernador quedó tan sorprendido como sus hermanos por el gran abrazo que le dispensó su socio de antaño y ahora rival, como si discurrieran las cosas de modo satisfactorio y ninguna contienda los tuviera enredados.

Entre los defectos que sobresalían en Francisco Pizarro no se hallaban la estupidez o la imprudencia, y en ningún momento se sintió reconfortado por el tratamiento que recibía, mas correspondió al saludo de forma caballerosa. Cuando estallaron los vítores de unos y otros en medio de las bendiciones de los frailes y curas, Hernando de Soto dirigió una mirada socarrona a Nieto y Moscoso, que permanecían junto a él como sombras de su sombra desde la riña del palacio Casana.

Las cortesías terminaron en el mismo momento en que los dos enemigos, pues ésa era su verdadera condición, entraron en la iglesia de Santo Domingo, una estancia del Coricancha convenientemente bendecida para el uso sagrado que había sido elegida como lugar neutral para tratar sobre la paz o la guerra porque nada estaba decidido de antemano.

Pizarro se acomodó con sus hermanos y algunos de sus generales. Almagro, con los suyos, en la parte opuesta de la amplia mesa que servía de refectorio a los frailes, donde también tomaron siento los padres Sosa, Valverde y Bartolomé de Segovia. Hernando de Soto y sus fieles completaron la asamblea desde una esquina.

—Francisco, es mi deseo poner fin a esta pelea cuanto antes. ¡Créeme! —dijo Almagro con una amplia sonrisa y un parpadeo mentiroso en su ojo sano.

—Yo también lo quiero, pero las palabras no bastan. Estoy aquí como Gobernador del Rey y me atengo a los hechos y a las leyes. Ambos conocemos los términos de las capitulaciones que nos trae mi hermano Hernando, que está por llegar desde Pa-

291

namá, y donde se trata de los límites de nuestros gobiernos y el amparo de nuestras empresas. A ellos nos atendremos fielmente, pues de lo contrario no vacilaré en comenzar la guerra. Hasta ese momento reclamo una tregua y que cesen las rapiñas de tesoros.

—No es mi propósito despojarte de cuanto has ganado, aunque bien pudiera exigir mis derechos después de cuanto hiciste en mi contra y a favor de los tuyos durante tu viaje a España, desobedeciendo lo que acordamos en Panamá. En pago por el olvido de tales manejos me parece justo exigirte apoyo y lealtad para mi entrada en el Chile y tener todo el gobierno del Cusco.

—Mal comenzamos el trato si me exiges y te otorgas un derecho que no tienes. El Cusco forma parte de la Nueva Castilla. ¡Me pertenece!

—¡No me vengas con patrañas, Francisco! —respondió furioso Almagro, acomodándose el parche—. El Cusco es el punto de partida de la Nueva Toledo y de mi gobernación al sur del Perú desde este instante. ¡A esto no renuncio! Y si he de pasar sobre tu cabeza para sostenerlo, lo haré sin dudarlo.

Hubo amago de espadas desenvainadas en medio de un intercambio de insultos y villanías, pero se interpuso Hernando con su acero bien a la vista, mientras los frailes pedían sosiego a gritos.

—El Cusco permanecerá como está hasta que lleguen las capitulaciones reales y con ellas la voluntad del Rey acerca de quién es su verdadero dueño. Así debo guardarlo como teniente Gobernador que soy por voluntad de vosotros dos.

Pizarro y Almagro miraron con inconveniencia a Hernando de Soto, cuyas palabras acallaron el bullicio. Fue el Gobernador quien optó por una solución que marcaría el destino de Hernando.

—Que sea así. Pero mucho han cambiado las cosas en los últimos tiempos y se impone una nueva autoridad en la ciudad.

—No entiendo el porqué, Francisco —intervino Hernando con un gesto de incredulidad—. He obrado con sensatez, buen juicio y respeto a las leyes, con el duro castigo cuando estuve obligado. Si buscas venganza por lo que aconteció con tus hermanos, pregúntales a ellos quién fue al que se insultó sin cuento y al que atacaron como perros rabiosos. Me defendí como corresponde a cualquier hombre de bien, guardián de su fama y de su oficio. Si tienes algo en mi contra, es el momento de decirlo a las claras.

—No estamos en tu contra —dijo Almagro con fingido paternalismo— y serás suficientemente recompensado por todos tus desvelos, mas ahora se impone otra solución, que está en manos de Francisco y en las mías, sin que intervengan terceros. Estoy dispuesto a aceptar que Francisco mantenga aquí su cuartel general mientras duren las obras de la Ciudad de los Reyes, pero la gobernación del Cusco queda a cargo de uno de los míos. ¿Hace?

—No tengo inconveniente —dijo Francisco—. Pero espero que tu hombre sirva para pacificar y no para avivar el desorden.

—Tengo por nuevo teniente Gobernador a Rodrigo de Orgóñez.

—Por mí de acuerdo, a cambio de que mis hermanos Juan y Gonzalo no sean incomodados y tengan mando único sobre sus tropas. En cuanto a ti, Hernando, eres libre de seguir a mi lado, acompañar a Almagro al sur o hacer lo que te plazca. Te relevo de todos tus compromisos y si deseas regresar a España, yo contribuiré a tu bien merecida recompensa.

No hubo respuesta. Hernando abandonó la estancia con tanta prisa como descontento. Pizarro y Almagro le miraron con disgusto mientras Gonzalo Pizarro esbozó una sonrisa que le provocó un intenso dolor en la boca dolorida. La fatídica conseja en tierras españolas de «quien no está a mi lado está en contra de mí» se vino a enseñorear en las Indias para perseguir a los buenos hijos de Castilla, cual eterna maldición bíblica que arroja a unos contra otros y abre el destierro a los demás.

Toctochimbo apenas conseguía entender palabras sueltas en medio de aquel torrente de gritos y blasfemias que desataba Hernando en una estancia contigua del Amaru Cancha. La coya no necesitaba conocer al dedillo la lengua de su amado para percatarse de que un grave peligro amenazaba su felicidad. En su ánimo restallaban como un flagelo hiriente aquellas agoreras palabras: «España… a España», «Castilla… volvemos a Castilla.»

Nieto, Moscoso, Tovar, Lobillo, Estete y varios soldados muy agradecidos escuchaban a Hernando desbocarse en insultos con igual furia que arremetía en la batalla.

—¡Malditos hideputas! Espero que se despedacen como perros rabiosos. ¡Cabrones! ¡Ignorantes! No quiero nada de tales villanos y ya he aguantado demasiadas ofensas. ¡A España! Me vuelvo a Castilla. Vosotros haced lo que os guste, pero de sobra conocéis cómo se las gastan esos bribones. A España, regreso a España. Tenéis toda mi confianza y el que quiera seguirme contará siempre con mi gratitud, pero mi decisión es firme… ¡Me vuelvo a Castilla!

Luis Moscoso intervino con una chanza para aliviar la angustia del momento y animar a los presentes a tomar una decisión.

—Hernando, mucho he aprendido en las Indias y ganado a tu lado en estos meses, pero en algo no me he corregido y es más fuerte que yo: soy un jugador y, por tanto, deseo gastarme mis ganancias lejos de leoneras de cochambre como las que abundan por aquí, repletas de truhanes con naipes y dados apestosos. Mi oro será reclamo en las mejores casas de Sevilla y Toledo, donde abundan incautos remilgados. Yo me voy contigo.

—A veces creo que soy parte tuya y no veo mal alguno en ello —intervino Nieto—. Me has ofrecido tu amistad y generosidad. Te debo algo más que la vida que me has salvado varias veces. Contigo he aprendido que todo hombre debe seguir su destino y tener la lealtad como norma. Donde quiera que vayas o emprendas la aventura que se te antoje, yo estaré a tu lado.

Tovar, Lobillo y la mayoría de soldados asintieron con la cabeza, mientras el gesto furibundo de Hernando se mudaba en afecto, los ojos se le empañaban y una mano invisible le apretaba la garganta atarugándole. Miguel de Estete permaneció silencioso y dudó por un momento unirse a sus alborozados compañeros, luego casi en un susurro dijo como avergonzado:

—Éste es mi sitio, Hernando. Me quedo.

—No hay mayor felicidad para un hombre que contar con

amigos leales —comentó Hernando después de respirar con hondura y limpiarse los ojos sin disimulo—. Después del día de hoy sois más que hermanos para mí y os prometo que España será un jalón en un camino más largo que ha de llevarnos a la fama y a la fortuna. Sabemos de las grandes riquezas que hay en la Nueva España y el Perú, mas estoy seguro que se trata de una mínima parte de lo que nos espera en las Indias. El sur nos está vedado, Cortés es el señor de los mexicas; el Perú es de Pizarro pero muy pronto toda esta tierra estará regada con la sangre de españoles que procurarán otros españoles. No es mi batalla, ni pretendo asistir a esa tragedia. Hay naciones más arriba de la Nueva España y por encima de la Hispaniola y Cuba que esperan ser descubiertas en nombre del Rey, llenar nuestras alforjas y engrandecer nuestros nombres. Ahora nos volvemos a España, pero las Indias volverán a oír de Hernando de Soto y los suyos. ¡Os lo juro!

Lima, la Ciudad de los Reyes, la venturosa villa a orillas del río Rimac, resultaba por entonces un hervidero de albañiles, carpinteros, herreros, maestres en obras, picapedreros, arrieros, colonos de buen porte y mal trato con sus esclavos indios y guineanos, calafates y marinos que se apretujaban en los bohíos del muelle y la dársena del Callao, a pocas leguas de la Plaza Mayor, donde eran bien visibles los cimientos de la iglesia de la Asunción y el futuro palacio del Gobernador Pizarro, revestidos de andamios, poleas y cabos de maromas. Era este zócalo el centro de la cuadrícula por la que se repartían las nueve calles en dirección al mar, cortadas por otras trece que discurrían paralelas de norte a sur para conformar las 177 islas, a las que algunos llamaban cuadras, cada una de ellas con cuatro solares para albergar vivienda, granero, corral y patio. A esta urbe naciente, llamada a ser ventana y alma de España en las Indias, acudieron Hernando de Soto y sus leales para embarcar hacia España.

Llegó el jerezano con el alma rota por la traición de los rufianes que quedaron en el Cusco y la visión del bello rostro de Toctochimbo bañado en lágrimas cuando le ofreció a la pequeña Leonor para que la besara con la vana esperanza de ablandarle el corazón y retenerle a su lado. Recordó el apenado gesto de Estete, a cuyo cuidado confió a madre e hija.

Había por entonces en Lima una buena porción de ofendidos por la política de los Pizarro, los caprichos de Almagro y otros abandonados a su suerte por Pedro de Alvarado. Había soldados de fortuna sin plata y espada, rufianes aduladores, convictos que escaparon de la justicia o de la mala fortuna en Panamá, pero también bachilleres y personas notables, amigas del trabajo y la economía. Entre ellas destacaba un licenciado de apellido Caldera, que fue la voz de la mesura en las alocadas correrías de Alvarado con el que llegó a estas tierras del Perú. Castellano viejo, era de buenas entendederas, tenía independencia de espíritu y deseoso de conocimiento no perdió un momento después de tratar a Hernando para ponerse al corriente de cuanto acontecía más allá de la Ciudad de los Reyes con preguntas sobre gentes, costumbres, paisajes y asuntos de la guerra. De Soto le resultaba la mejor biblioteca a mano, además de una amistad de valía para cuando llegara el momento de regresar a España.

Hernando no era persona extraña en Lima, sino todo lo contrario. Su fama de buen soldado y su gran fortuna, a buen recaudo en recios baúles, era conocida por cada uno de los lugareños que le trataban con cortesía o interés egoísta. De ese modo eran continuos los agasajos que le proporcionaban eminencias del cabildo como los alcaldes Ribera y Juan Tello, el mayordomo Francisco de Herrera y el alguacil mayor Martín Pizarro.

Mas tan placentera estancia no serenaba su inquietud por volver cuanto antes a España e iniciar de inmediato sus diligencias en la corte para armar la ansiada expedición al norte de la Nueva España. Escribió de nuevo a la joven Isabel de Bobadilla, la mujer que figuraba entre sus planes para acceder al entorno del rey Carlos, a la que puso al corriente de su pronto regreso y de su deseo, nunca olvidado, de entregarle como dote la fama y la fortuna bien ganadas en las Indias con esfuerzo, heridas, miedo y valor.

Estaba muy adelantado el mes de mayo de 1535 cuando una mañana de neblina, con una lluvia tan fina que no llegaba a serlo, los vecinos de Lima se arremolinaron en torno a la dársena del Callao para contemplar el atraque de la galeaza que traía añorados productos de España como vino y aceite, plantones de frutales, ganado y caballos, cartas de parientes u oficios reales, nuevos colonos, más soldados en pos de la ventura y a fray Tomás de Berlanga, obispo de Panamá y procurador del Rey «para ver y entender las cosas que acontecen en esa provincia del Perú y dar buena relación de ellas». Al fin, el Emperador se interesaba por sus lejanos súbditos, aunque a decir verdad su atención estaba en fiscalizar si se le escatimaba el quinto real y resultaban perjudicados sus intereses con la disputa entre Francisco Pizarro y el tuerto Almagro.

El fraile, que era natural de la villa de Berlanga a orillas del Duero, era persona idónea para llevar a cabo tal empresa. Resultaba un clérigo de muchos y buenos conocimientos bien aprendidos en el convento de San Esteban de Salamanca, que era famoso por albergar a padres dominicos de mucho saber en asuntos de Dios, independencia de espíritu y aun mayores saberes sobre asuntos de la política y hasta de variadas ciencias. Hernando y el clérigo castellano hicieron buenas migas nada más conocerse y aprendieron que la relación podría ser fructífera para ambos.

Fray Tomás reconocía la franqueza de Hernando cuando éste le hablaba de las traiciones que se habían sucedido a las leyes reales y de manera muy especial del trato que se había dado al inca Atahualpa, llevándole a la muerte e impidiendo que tratara con el rey Carlos. Pero tampoco le ocultaba el jerezano las grandes proezas y los esfuerzos de todos los castellanos por ampliar los límites del Imperio y descubrir tesoros y naciones, empresas en las que se dejaban la vida sin que se tuviera en cuenta en la corte, que las más de las veces desatendía y despreciaba a estos hombres, de modo tal, pensaba Hernando, que si se extraviaban algunas partidas de las cuentas reales la desidia cortesana lo tenía merecido y era un derecho de aquellos que ponían en juego su vida y fortuna.

Algo se grabó de manera muy especial en el espíritu del fraile y aumentó su estima por el conquistador: pese a los avatares y desórdenes ocurridos, De Soto defendió en todo momento a Pizarro como adalid dispuesto a agrandar los reinos de España, y su error no era la traición o la ambición, sino la falta de juicio para diferenciar las buenas influencias de aquellas otras perversas. El trujillano y él mismo, mantenía Hernando ante el fraile, eran en las Indias hombres libres y no súbditos, seres que se habían ganado por sí mismos la hidalguía y el reconocimiento de la corte.

El clérigo contaba con la simpatía del jerezano porque le demostraba de continuo su amor por las Indias, su comprensión hacia los excesos de hombres atormentados, su devoción por la justicia y los muchos planteamientos que tenía para mejorar la vida de aborígenes y nuevos señores. Fray Tomás de Berlanga no se conformaba con la cháchara y las ensoñaciones, pues mucho era su trabajo por hacer realidad su mundo y convertir las Indias en el sol de todas las Españas. De ese modo había amparado la llegada de familias enteras de colonos a la Hispaniola y Panamá y llevado a las Indias un sinfín de semillas, cuyos frutos alegraban muchas y ricas tierras del nuevo mundo.

De entre las muchas cosas que el clérigo de Berlanga había llevado de España, el cultivo del plátano le hacía sentirse ufano por lo bien que se aclimataba en todas las tierras descubiertas, pero no eran menores las cosechas de naranjas, limones, higos, melones y sandías, así como de arroz, caña de azúcar, cebollas y habas. Cosas de clérigos, pues no era mentalidad de los aventureros de las Indias labrar la tierra y dejar sus afanes sobre un arado, sino conseguir tesoros e hidalguía pronto y con la espada en la mano.

Las largas conversaciones entre ambos hombres asentaron una amistad que perduraría por siempre y que se abrió a leales confidencias. De ese modo, Hernando le comunicó sus futuros planes de conquista y el deseo de emparentar con la más alta nobleza española desposándose con una de las hijas de Pedrarias. Fray Tomás, a más de animarle en sus sueños, se ofreció como su garante e introductor en la corte y como prueba de tal confianza le hizo depositario y mensajero de la relación que enviaría al rey Carlos sobre sus averiguaciones en el Perú.

El clérigo conocía del buen sentido y la valentía de Hernando y le animó a emprender la campaña por encima de la Nueva España.

—Hay mucho por descubrir en estas naciones, hijo mío —le

dijo una tórrida mañana del mes de julio—, antes de descubrir la ruta hasta Catay, al otro lado del mar. Bien sé lo que me digo. Hace un año, cuando zarpamos de Panamá, una mala derrota nos separó de la costa con rumbo sur y poniente hasta llevarnos a unas islas tan extrañas como inhóspitas. Es muy laborioso hacer aguada y solamente las habitan lobos marinos, grandes tortugas, iguanas y aves como las que hay en España, pero tan bobas que no sabían huir y hasta se dejaban tomar con las manos. Pero en todas estas islas, porque vimos más de tres, no hay sitio fértil para plantar una fanega de trigo y diría que las fabricó Dios, nuestro señor, con una lluvia de piedras. Estas islas llenas de galápagos no son sino escoria, por ello las bauticé con el adecuado nombre de Pasión de Cristo. No pierdas el tiempo y la fortuna allende el Mar del Sur, Hernando. Tu destino está al norte del reino de Cortés.

Francisco Pizarro se avino a conversar con el fraile Berlanga en la misma Ciudad de los Reyes a finales del verano, cuando Almagro iba camino del Chile y la situación en el Cusco gozaba de alguna tranquilidad. Hernando, que había resultado testigo en las averiguaciones de Fray Tomás junto a otros once veteranos, asistió silencioso al desencuentro de los dos hombres, que tuvo lugar en una dependencia del palacio de gobernación. La frialdad con la que el fraile expuso los motivos de su empresa enardeció la respuesta del conquistador del Perú, poco dispuesto a dar cuenta a cualquier fiscal que pudiera conducirle a un proceso y arruinara todos sus sacrificios y terminara con sus ambiciones.

Leyó fray Tomás el objeto de su visita y Pizarro escuchó en silencio la Provisión Real, mediante la cual se fijaban los límites de los gobiernos de él mismo y de Diego de Almagro, exigiendo su cumplimiento y acatamiento de cuanto había expuesto el obispo de Panamá por orden del Rey. Luego Pizarro se levantó con gran ceremonial y dijo altivo:

—He escuchado con disciplina cuanto dispone el Rey que se haga en esta tierra. Pero nuestro señor don Carlos debe saber una cosa y así quiero que se la relatéis: Nadie puede tener tanto cuidado de lo que conviene a una tierra como aquel que la ha conquistado con su sudor y su sangre. Que sepa el Rey que si nos demanda lealtad a él corresponde ser generoso. Quienes conquistamos las Indias tenemos derecho a su gobierno.

En nada mudó la misión de fray Tomás la tormenta que se avecinaba sobre el Perú, y terminadas sus pesquisas se dispuso a regresar a Panamá pasada la Epifanía y las celebraciones de la fundación de Lima.

La galeaza dejó atrás la costa el penúltimo día del mes de enero de 1536 con Hernando de Soto acodado en el castillo de popa. Detrás y a pocos pasos, Luis Moscoso había organizado una partida de dados entre la marinería y fray Tomás de Berlanga rogaba a Dios por una venturosa travesía.

Un ambiente gris envolvía el muelle y los bohíos de armadores y carpinteros hasta difuminar el contorno y hacerlo invisible. Una densa niebla engulló al navío y un escalofrío de amargura recorrió la espalda del jerezano, al que se le cerraron los ojos y se le abrió el remordimiento por abandonar aquella nación donde dejaba tesones, camaradas sepultados y dos amores. Aún pudo percibir los últimos aromas de salitre y verdor que oreaban la cubierta. Mas su decisión era firme… ¡Volvería!

XII

La diadema de Sintra

Los detalles y consejos del conde de Puñonrostro fueron precisos: la negociación con el rey de Portugal debía llevarse en el mayor de los secretos y era obligado recuperar la carga de la nao *Santa Lucía* e impedir que llegara a Flandes. El propio conde se jugaba mucho de su prestigio y la consideración que se le tenía entre la nobleza española si no conseguía obstaculizar que el apetecido cargamento llegara a manos de los banqueros flamencos, que habían sobornado a consejeros del monarca portugués y organizado la leva de la tripulación que entretuvo el amotinamiento durante la travesía del Atlántico, antes de que la maltrecha nave tomara un puerto abrigado por el pendón del rey de Portugal.

Afortunadamente, los marinos leales a la Corona de España eran suficientes y bragados para evitar que los piratas se adueñaran del navío y lo llevaran hasta un abra recóndito en Flandes, descargaran el tesoro y hundieran el barco para limpiar todo rastro de su robo. La lucha a bordo había resultado pertinaz e incierta. Los graves daños en el buque obligaron a recalar en las Azores cuando el maderamen iba descuartizado, la arboladura deshecha y varias vías de agua hacían inevitable el naufragio. Sin contratos, cartas o recomendaciones a bordo, perdidos en la contienda, la disputa entre los dos bandos se sometió a la jurisdicción del rey luso. Un plan de corsarios había fallado, pero comenzó un intrincado juego político.

—Cuando se vino a pique su plan para piratear la nao, los flamencos apostaron por la diplomacia para congraciarse el favor del emperador Carlos.

Puñonrostro habló a De Soto en medio del amplio patio, rodeado de un trabajado alizar, con una refrescante fuente tapizada con azulejos de Triana en su centro y enmarcado en el verdor de las aspidistras que adornaban el corredor de la planta baja de la vivienda sevillana del héroe del Perú.

—Están decididos a eliminar por cualquier medio toda influencia española del entorno privado del César Carlos y la *Santa Lucía* les da la oportunidad de demostrar a Su Majestad que nadie mejor que los flamencos para negociar la devolución de uno de los mayores cargamentos que jamás llegaron de las Indias. Fracasado su robo, pero con ellos al mando de la operación y sin fiscal alguno, la mayor parte de la carga llegaría, de una u otra forma, a sus manos. Las riquezas personales de varios de los allegados al Rey aumentarían y una parte de las mismas irían al pago de burócratas fieles y espías castellanos. Si acaparasen tal dominio en la corte, convertirían el conflicto en Europa en la única atención real, que demandaría más y más oro de las Indias para sostener la campaña. Aquellas lejanas tierras de Indias serían solamente una mina a expoliar, nunca un modelo de colonia por y para los españoles.

—Y ¿qué puedo hacer yo, señor?

—Vos, Hernando, sois uno de los soldados más respetados de la nación. El pueblo habla de vuestras hazañas en el Perú y se maravilla de vuestra gran fortuna, obra, sin duda, de vuestro valor y audacia. Se dice que pocos generales cuentan con el aprecio de sus hombres como vos lo tenéis. Si se cita el nombre De Soto a cualquiera de vuestros soldados, cristiano o converso, lo seguirá hasta el mismo infierno. Así lo admite todo el mundo, donde queda incluido el propio Emperador. Su Majestad aceptó, después de mi insistencia y la de Medina Sidonia, que fuera un héroe popular como Hernando de Soto quien tuviera la oportunidad de devolvernos la *Santa Lucía* y demostrar que varones castellanos, diestros con la espada, son capaces también de misiones de alta diplomacia.

—No hay incomodo por mi parte en llevar asuntos de la república, mas reclamo el pleno favor del Rey y un beneficio para mi bolsa.

—Don Carlos está de acuerdo en la empresa y en que vos

seáis el mentor, pese a que guarda miramiento por lo que pudiera resultar ofensivo para sus protegidos flamencos. Está conforme porque ha llegado a considerarlo una competición caballeresca, una suerte de cacería que le puede resultar divertida desde la distancia. Caprichos de los reyes. Desea la nao, pero se niega a admitir en público que detrás de sus avatares están las maquinaciones de sus compatriotas, quienes guardan prudente silencio y no admiten la menor sombra de acusación sobre ellos. La misión no es sencilla, querido sobrino, pero nuestro éxito limitaría el poder flamenco en la corte si queda al descubierto su felonía. Además, trabajaréis en vuestro propio beneficio. El Emperador no podrá negarse a daros la gobernación de Cuba y la expedición a las tierras de la Florida si rescatáis la *Santa Lucía*, ni siquiera valdrán las intrigas de Cabeza de Vaca para disputaros el cargo. Nuevos y grandes valedores hallaréis junto a Su Majestad.

—También a peligrosos enemigos.

—¡Confiad en mí, Hernando! ¿Acaso no os ayudé para obtener el favor real cuando os concedió el hábito de Santiago? ¿No os apoyo todo cuanto puedo en la corte para que vuestra empresa en la Florida tenga el favor y la predilección del Rey? Ahora solicito vuestra ayuda.

Hernando tomó con deleite un pequeño sorbo de una copa de vino rojo y oloroso, que dejó luego con parsimonia en una mesita de madera tallada con la tapa de fino damasquinado. Permaneció pensativo unos segundos frotándose con los dedos pulgar e índice el mentón barbudo. Aquellos que le conocían, y el conde de Puñonrostro estaba entre ellos, sabían que cuando De Soto adoptaba esa postura entre respetable y ausente no pensaba en el problema, cavilaba una solución.

—¿Qué ventaja nos sacan y de qué medios disponemos? —preguntó sin inquietud Hernando, mientras al conde se le iluminaba el rostro al comprobar que el esposo de su sobrina Isabel aceptaba el envite.

—Tenemos conocimiento de que un barco está preparado en Amberes para zarpar hacia Lisboa en cualquier momento con representantes de banqueros y comerciantes de Flandes. Es todo. El rey Juan de Portugal está más preocupado de la espiritualidad que de cosas materiales; sin embargo, muchas de las obras de su predecesor están inacabadas y la expulsión de los judíos no ha contribuido a mejorar las arcas del reino. Su Majestad Juan puede sorprendernos con la petición de cierta contraprestación por la libertad de la *Santa Lucía*, si así ocurriera podéis disponer del cargamento de oro de la nao como sea oportuno.

—¿Puede pedir todo el cargamento o cobrar un rescate? —preguntó De Soto con intencionada ingenuidad.

—Es muy improbable que desee el flete a fuer de quebrar la política entre nuestros reinos. Las relaciones entre España y Portugal son ahora inmejorables, ningún conflicto territorial las empaña y un asunto como el que nos ocupa no merece que la situación se altere. Todos deseamos un arreglo lo más confidencial posible. Acerca del rescate, nuestros informadores aseguran que la voluntad del Rey es devolver la nao y dar como veraces las palabras de los leales a nuestra causa, pero algunos de sus consejeros le han convencido para que no se precipite y a ser posible que la nación portuguesa obtenga algún rendimiento del incidente. Sobre el papel todos alabamos y respetamos el Tratado de Tordesillas, pero llevamos tres decenios disputando sobre el terreno y en silencio cada legua de demarcación en las Indias por medio de intrigas políticas. Para mantener la paz conviene, a veces, sostener pequeñas guerras.

—Decís, señor, que Su Majestad Juan III es persona religiosa. ¿Se interesa acaso por las reliquias?

—¿Las reliquias? Ya lo creo. Las venera con un ardor casi místico. Le ocurre lo mismo con la historia. El rey de Portugal es un erudito en el pasado, pero está al corriente de lo que ocurre al momento. Recibe de inmediato a cada uno de los navegantes que regresan a puerto para que le pongan al corriente del acontecer del viaje y las exploraciones llevadas a cabo.

De Soto se restregó de nuevo el mentón, fijó una mirada vaga sobre los reflejos dorados del fondo de la copa de vino y sin dirigirse a su tío masculló para sí:

—Bien, bien. A veces un gran tesoro cabe en una pequeña bolsa.

Había recordado esa conversación, palabra por palabra, sin quitarle ojo al imponente yugo esculpido en una no menos majestuosa y centenaria raíz de olivo que adornaba la chimenea levantada en un rincón del comedor de la mejor posada de Badajoz. Hernando y los tres hombres que había elegido como acompañantes habían decidido pasar allí la noche.

Luis Moscoso de Alvarado y Nuño Tovar le tenían demostrada toda la lealtad de que es capaz un ser humano hacia otro desde los venturosos y arriesgados días del Perú. Rodrigo Rangel le administraba sus bienes con la dedicación y honestidad de quien profesa mucho más que gratitud a la persona que le procura sustento; admiraba sin tapujos a De Soto y éste confiaba de veras en aquella persona sensata, honrada y de consejos atinados. Los tres miraban sin decir palabra a su capitán y señor.

Cuatro mercaderes que viajaban a caballo a la corte de Portugal, sin ninguna ostentación y con muy escaso equipaje, se antojaba el mejor ardid para seguir la insistente recomendación del conde de Puñonrostro cuando se despidió unos días antes en Sevilla:

—Discreción, Hernando, toda discreción es poca. Oficialmente, el rey Carlos está al margen del viaje y Su Majestad no autoriza y protege aquello que desconoce.

De Soto y sus tres compañeros, cada uno de los cuales estaba al cabo de la misión y sus pormenores, estaban ansiosos por llegar a la población de Évora. Allí, en el convento de San Eloy, recibirían la información definitiva antes de llegar a Lisboa, unas nuevas primordiales para tener éxito en la empresa. El prior era español y de la entera confianza de Puñonrostro.

La tarde estaba muy avanzada y apenas encontraron paisanos desde su entrada al recinto amurallado por la puerta del Este hasta llegar a la explanada del convento, en cuyo centro se erguían los restos de un antiguo templo romano dedicado a Diana. Los cuatro jinetes descabalgaron a la vez ante la puerta principal del monasterio, protegido por un zaguán de cuatro robustas columnas de granito techadas con una humilde teja ya musgosa. Ataron las cabalgaduras en unas aldabas que servían además como refugio divino para todo aquel que se veía acosado por la justicia y que por su estado ajado se diría que a ellas se habían amparado todos los infames de la tierra.

Hernando se disponía a golpear con el aldabón cruciforme en el portón de recia madera, claveteada con adornos metálicos, cuando la entrada se entreabrió. Además de esperarlos, alguien había observado con atención sus últimos movimientos. Un anciano fraile eloyano les franqueó el paso al interior y, sin dirigirles la palabra o el gesto, cerró el portalón tras ellos. De manera solícita extendió su brazo a modo de invitación para que siguieran sus pasos cortos y lentos, que arrastraban un cuerpo encorvado por el peso de demasiados años.

Atravesaron un severo corredor donde se abría a la izquierda una destartalada habitación repleta de cuadros polvorientos, algunos útiles de labranza y descompuestas estatuas de santos. El pasillo se abría a una amplia sala, limpia y de austera sencillez. Era rectangular, con alfombras raídas en el suelo y las paredes adornadas con pinturas de frailes de la orden e importantes protectores del convento. El anciano y silencioso monje indicó que esperasen con un inequívoco movimiento de la mano y desapareció por una angosta galería que partía de uno de los laterales de la estancia. Tovar y Moscoso se dirigieron una sonrisa cómplice que reflejaba el placer que sentían ante tan enigmática situación. Llevaban mucho tiempo de holganza y rutina en Sevilla.

—Bienvenidos, señores —dijo un fraile desde lo alto de una escalinata de mármol que se situaba a la izquierda de donde esperaban los caballeros.

Mientras descendía los peldaños, resbalando su mano izquierda por la suave balaustrada de un blanco mortecino moteado con vetas parduscas, Hernando se fijó en el hombre. Era algunos años mayor que él, caminaba erguido, seguro de sí mismo, con una sonrisa natural de cordialidad que despertaba confianza. Ni la menor vacilación, con la mirada firme en los cuatro viajeros. Sin duda se trataba del anfitrión que los esperaba, el abad, aunque ningún ornato exterior anunciara su mando sobre aquella comunidad de seres encerrada tras los muros encalados, donde el silencio pacificaba el ánimo hasta hipnotizarlo; un silencio que a los hombres de guerra intranquiliza de tal modo que llegan a creerse que están en el peor de los territorios hostiles. Los cuatro inclinaron la cabeza ante el prior, que se detuvo en el último peldaño.

—¿Quién de sus mercedes es De Soto?

—Yo soy, su reverencia —contestó Hernando, adelantándose hacia el fraile, que en ese momento descendió del escalón hasta quedar a la altura del jerezano.

—Sí, os había imaginado exactamente como sois, hijo mío. Vuestra decisión en el habla y vuestra figura se corresponden a la leyenda de Hernando de Soto, que hasta aquí nos ha llegado. Sois la imagen que uno tiene siempre de un héroe capaz de doblegar a uno de los más importantes imperios de las Indias… y de los más ricos, según he oído.

En esa ocasión sonrieron Moscoso, Tovar y Rangel, mientras Hernando movía incómodo la cabeza. Había escuchado muchos halagos durante su vida y siempre, sin poder evitarlo, se ruborizaba. Ocurría así porque era hombre nada dado a la exageración y su buen hacer lo firmaba con hechos y no con palabras.

—¡Por Dios, perdónenme, caballeros! Soy fray Juan de Olivenza, prior de San Eloy y perdonen también a fray Sebastião. Aunque no es de obligado cumplimiento en nuestra orden hizo voto de silencio desde que llegó al convento; de eso hace… cuatro lustros y nunca los rompió. Eso y su edad le hacen un poco huraño y desconfiado con toda persona ajena a nuestro mundo. Y ahora, si me lo permiten, quisiera hablar a solas con De Soto.

El superior del convento se había situado junto a Hernando y tomó su brazo con una confianza fraternal para encaminarlo hacia un jardín que se adivinaba al otro lado de los dos arcos de punto entero que, a modo de ventanales, flanqueaban la puerta, situada en el extremo opuesto de la sala por donde habían entrado los cuatro visitantes.

El jardín estaba cercado por un atrio de paredes pulcramente blanqueadas con una segunda planta igualmente blanca. Algunas pinturas de tonalidades doradas adornaban los cuatro balcones de las esquinas del piso superior surcado de ajimeces. Los corredores, que De Soto ojeó girando en redondo sobre sí mismo, estaban desiertos.

—No os preocupéis, nadie nos molestará —comentó fray Juan de Olivenza mientras invitaba a su huésped a tomar asiento en un escaño de granito en el centro del frondoso recinto, dispuesto de forma geométrica, con las calles flanqueadas por setos de rosal. Como únicos testigos mudos de la conversación había olivos, laureles y los limoneros que se levantaban en medio de los parterres.

—No le miento, su reverencia —comentó Hernando—, si le digo que me encuentro sorprendido por esta cita e intrigado por la relación que puede haber entre una casa de oración y la empresa que nos ha traído a Portugal. Pero el conde de Puñonrostro consideró imprescindible que hablásemos antes de iniciar cualquier movimiento ante el rey Juan.

—Hijo mío, este convento y el prior del mismo han tenido el honor, desde su fundación, de contar con el favor real. Su Majestad Manuel, que Dios guarde a su lado, y ahora nuestro rey Juan, que Nuestro señor conserve largo tiempo, confiaron en el regidor de San Eloy como confesor y consejero. Yo mismo atiendo con frecuencia las peticiones de Su Majestad, que recibe siempre de buen grado cuantos consejos pueda darle este humilde monje. Por ello, el Rey sabe de vuestra llegada a Portugal y el deseo de mediar para poner fin al lamentable incidente de la *Santa Lucía*. Ha accedido a recibiros con cordialidad y, sobremanera, con curiosidad. La Reina, nuestra señora Catalina infanta de Castilla, también le ha hablado de vos y de vuestras gestas.

—No creo, reverencia, que mi solo nombre nos retorne la nao.

—A vos, Hernando, se os tiene por un cristiano sin tacha, hidalgo de cuna; y el rey Juan se impresionó al conocer que habíais sido confidente del gran Inca y habíais explorado desde Castilla del Oro hasta el Perú. La Reina me confió que ansiaba conoceros. Todo ello cuenta a nuestro favor y es conveniente que se utilice en las conversaciones, pero con tacto y prudencia. Es una ventaja que llevamos a los flamencos. Doña Catalina está de nuestra parte e intenta anular a consejeros peligrosos como el duque de Braganza. De él se dice que le es tan bueno el oro católico como el protestante, el inglés o el flamenco, todos tienen el mismo color e idéntico valor. Es inteligente y por demás artero, y si tenéis contacto en la corte sed vigilante, porque estoy convencido de que ahora hace el juego a los flamencos e intentará sabotear vuestra misión. Procurad que no interfiera mientras estéis con el Rey, aunque siempre contaréis con la proximidad de la Reina. Y ahora vayamos a los detalles.

El prior se acarició la barba entrecana y alisó el sayal por encima de las rodillas.

—Los Reyes se encuentran en el palacio de Sintra porque es temporada de caza y el clima caluroso y húmedo de Lisboa no le sienta especialmente bien a la Reina. Allí seréis recibido. En cuanto a la nao, está atracada en la zona alta de Lisboa con la carga a bordo y fuertemente escoltada. El capitán ha permanecido preso en la torre de Belém hasta que el Rey tuvo noticias de vuestra llegada y ordenó que fuera trasladado a dependencias de la Casa de Comercio. Es una deferencia que debemos agradecer, pero no conviene hacerse ilusiones sobre la definitiva posición del monarca a nuestro favor. Los amotinados son tratados con la misma gentileza. Se está jugando con dos barajas y a vos compete romper el juego a nuestro favor.

El fraile hizo su exposición sin titubeos, como si relatara un informe militar a un superior antes de planear el ataque, algo que agradó a De Soto hasta el punto de sentirse cómodo en compañía de aquel clérigo cuyo coraje y talento se le antojaban desaprovechados, encerrados tras aquellas paredes. Hernando pensó en las selvas interminables, las llanuras, los reinos por descubrir en Las Indias, lugares donde un hombre como Juan de Olivenza valdría tanto como diez caballeros.

—Además del duque ¿a qué otras personas conviene tener vigiladas en palacio?

—El de Braganza es el más peligroso por su ambición y poder; los otros son cortesanos timoratos a quienes interesa la política como único medio para que funcionen sus negocios con Inglaterra y el comercio marítimo. Un conflicto con España perjudica tanto a sus intereses como perder el favor del Rey, casado con una princesa española a la que escucha y respeta. Es el duque el que se opone de forma decidida a una entrega rápida del barco sin nada a cambio y don Juan siempre ha defendido la lealtad y el patriotismo de la casa de Braganza. Es el principal, si no el único, consejero al que el Rey escucha con atención.

—Dígame, reverencia, ¿por qué el favor del duque con los flamencos? Si Braganza es nuestro gran obstáculo y tan amante del oro, no veo inconveniente en comprarlo.

—El duque es de una familia portuguesa enfrentada en algaradas y batallas a Castilla durante decenios. Los Braganza son enemigos de los castellanos desde que pelearon a favor de Enrique IV en la guerra de sucesión contra nuestra reina Isabel. La rabia por aquella derrota la trasladaron a las intrigas cortesanas, y así, cuando don Pedro de Coimbra consiguió la regencia en Portugal de su hermanastro Alfonso V, el abuelo del actual duque de Braganza conspiró para hacerse con el favor real sin que por ello le importara desencadenar una guerra civil. Vencedor de la contienda, Braganza obtuvo el favor del Rey y hoy es la casa más unida a la Corona. La antipatía por la nobleza castellana es un lema familiar y el actual duque sospecha que los castellanos traman la anexión de Portugal y por ello confía que los flamencos obtengan suficiente poder para llevar a Castilla al dominio de toda Europa, en una contienda larga y costosa que precisará de todas las riquezas que lleguen de las Indias y ocupará la única atención del rey Carlos. Si se diera le caso, Castilla se olvidaría de Portugal, que podría entregarse con denuedo a la búsqueda de oportunidades expansionistas sin el estorbo de los españoles.

—De modo que tal es el juego que se trae el de Braganza —intervino Hernando con mirada fija en los ojos chispeantes del abad, que parecía sentirse tan cómodo en la intriga como en los oficios de la Semana Santa.

—El rey Juan le tiene confianza, como os he dicho, pero también le teme. Si cayera la casa de Avis, la Corona pasaría a manos de los Braganza. Ahora se nos presenta una oportunidad de dejarlo en evidencia al demostrar sus manejos con Flandes, lo que sin duda contentaría al rey Juan, que podría sentirse aliviado por algún tiempo de la presión política del duque. En el de Braganza puede más el orgullo que la ambición y es por ello que rechaza el oro de sus enemigos seculares.

—¿Contamos con algún aliado firme en la corte de don Juan que no sea la Reina?

—El capitán José Melgão está encantado con nuestro dinero y mantiene una deuda por cobrar a los Braganza. Su tío abuelo fue decapitado junto a don Pedro de Coimbra por el viejo duque durante la lucha civil. Melgão tiene toda nuestra confianza y os espera impaciente en palacio para guardaros las espaldas si fuese necesario.

Se convino salir hacia Sintra con las primeras luces de la amanecida y que fray Juan de Olivenza quedara en Évora. Su presencia junto al Rey con la misión española podría encrespar innecesariamente al duque de Braganza, que ya consideraba en demasía la presencia española en la corte, y aumentaría en breve con la llegada de Domingo de Alcántara, monje justo y venerable cuyas prédicas habían solicitado insistentemente los monarcas portugueses y de manera especial el Rey, al que coplas y comadreos apodaban el Piadoso.

Pese al camino zigzagueante y empinado los cuatro jinetes se sentían aliviados. Atrás habían dejado la costa lisboeta, asfixiada por la humedad sofocante y el ajetreo caótico en torno a los muelles de desembarco de las gabarras que transportaban gentes y enseres de un lado al otro del Tajo, el río que se ensanchaba hasta confundirse con el mar a su paso por la torre de Belém, custodiada por gente de a caballo y donde sobresalían las piezas de artillería dispuestas en la azotea para desmadejar a cualquier navío intruso en la rada.

En medio de aquel mar fluvial se anclaban carabelas, carracas y galeotas rodeadas por un enjambre de barcazas a su servicio. Por este laberinto maniobraban con tal maestría los timoneles de los transportes que los grandes fardos bien estibados apenas se mecían o se impacientaban las cabalgaduras, pese a que el agua les llegara a media pezuña.

Una vez en tierra, De Soto, Moscoso, Tovar y Rangel cabalgaron lo más rápido que pudieron, sortearon carromatos, ten-

deretes de mercancías diversas y rebasaron nobles carruajes. El
río se convirtió en mar abierto y galoparon al filo de la costa,
por entremedias de chamizos de pescadores, hasta adentrarse en
un gran pinar seccionado por un amplio camino que discurría
en dirección norte.

Hernando se encontraba especialmente reconfortado mientras galopaba entre castaños, pinos y robles, por un arenoso
sendero que amortiguaba el ruido de los cascos de los caballos.
Se creyó por unos momentos en medio de sus recordados bosques de Castilla del Oro y las feraces tierras del cacique de los
indios nicaraguas. Abetos, nísperos y buganvillas flanqueaban
el paso de los cuatro jinetes.

A medida que ascendían por la floresta, las copas de los árboles se hacían invisibles envueltas por una neblina densa y
refrescante. Los sonidos escondidos en la fantasmal luz blanquecina transportaron a De Soto a los tibios y mortecinos atardeceres en el río San Juan, al otro lado del mundo.

Al doblar un recodo, con madroños recubiertos de hiedra a
un lado y un profundo barranco al otro, apareció el austero palacio de verano de Su Majestad Juan III, rey de Portugal. Se antojaba un enorme caserón construido a base de añadidos que
fueron adosados sin más. En los capiteles de los aleros quedaba
el recuerdo del origen árabe de la construcción, pero ahora resaltaba la sobriedad de la fachada blanca, agujereada por ventanales rectangulares. A De Soto se le antojó un acuartelamiento
más que una residencia real.

El sol había desaparecido engullido por la vegetación y los
jinetes se guiaron por las farolas que iluminaban las garitas
de la guardia de palacio y el pequeño barracón de madera
donde se alojaba el retén de escolta. Un alférez les ordenó detenerse e identificarse. Hernando, sin dar nombre o condición, solicitó ver el capitán Melgão, lo que resultó salvocon-
ducto suficiente.

El oficial portugués saludó con excesiva cortesía a los españoles y mientras ordenaba a la guardia que se ocupara de las
monturas condujo a los huéspedes hacia el ala izquierda de
palacio. Pasaron a pie junto a la entrada principal; en realidad
se trataba de un gran soportal con una amplia escalera en un

extremo, desde la que se llegaba a las antesalas reales y donde dos lanceros montaban guardia. Antes de entrar en un angosto callejón lateral, solado con cantos de río, entre dos edificios unidos por arcos arbotantes, De Soto reparó en la magnífica decoración tallada en piedra de las ventanas del ala sur, mientras ruidos de voces y risas salían de un pequeño cuarto de soldados.

Siguieron en silencio al obsequioso Melgão, que los llevó hasta una escalinata abierta en un muro exterior. Cruzaron un jardín desierto y entraron en la parte menos noble del palacio, a través de una estrecha escalera que ascendía en espiral hasta el coro de la capilla real. Anduvieron por pasillos sin adorno alguno, mientras los guardias custodios de los aposentos de notables saludaban de manera marcial al capitán Melgão y parecían no reparar en sus acompañantes. Al llegar al final de uno de aquellos corredores, el portugués abrió la puerta de una austera habitación donde se habían habilitado cuatro camas, no menos sencillas que el aposento, pero confortables. Como ornamento había una simple cruz y un palanganero de madera sin labrar, pero con una jofaina y un jarro de exquisita cerámica azulada.

Tres de los viajeros durmieron con total placidez. El cuarto apenas dormitó algunos minutos durante la noche: Hernando repasó su estrategia ante el rey de Portugal, pensó en imponderables y contratiempos y de vez en cuando acarició una bolsa de terciopelo rojo que tenía a su lado, sobre el lecho. Cuando la primera luz del alba entró a través de un pequeño ventanal, entornó los ojos.

La mañana era radiante y el capitán Melgão los obsequió con lo mejor de la despensa de palacio y la noticia esperada: la Reina recibiría de inmediato a De Soto en el Jardín de los Príncipes.

Algunas damas jugueteaban en torno al parterre central del que partían cuatro calles delimitadas por hileras de setos. Al final de uno de los senderos estaba una figura vuelta de espaldas, que parecía amortajada con un vestido de raso negro, concentrada en la lectura de un pequeño libro ajena a lo que acontecía en su derredor.

El capitán portugués se adelantó e inclinando la cabeza dijo muy quedo:

—Su Majestad, el caballero de Castilla que esperáis.

La Reina se volvió lentamente y fijó su mirada en De Soto. El rostro de doña Catalina estaba extremadamente pálido, exagerado aun por el velo negro que contorneaba la cara, los ojos negros y unas ojeras pronunciadas que remarcaban un aire de tristeza que no remedó una sonrisa educada.

—Por fin tenemos delante al caballero De Soto, cuyas hazañas han recorrido todas las Españas y de quien esperamos el mejor de los servicios para Portugal y para nuestro señor el rey don Carlos. —La Reina extendió el brazo para que Hernando, rodilla en tierra, tocara con su frente la mano regia como señal de respeto y sumisión.

—Majestad —saludó el español sin levantar la vista y manteniendo la postura—, la misión que me trae a estas tierras requiere de vuestro concurso y ayuda para que la justicia prevalezca ante su real esposo en una disputa en la que la razón nos asiste.

—Levantaos, De Soto, permanecer de rodillas no es propio de uno de los héroes que mayores servicios ha prestado al Reino y que tiene maravillado a Su Majestad, mi señor don Juan. Quiero hablaros de las dificultades que encontraréis en esta corte, porque algunas llegan hasta su Reina. —Doña Catalina se incorporó para dirigirse hacia una esquina del jardín y fue seguida por Hernando. Sin mirar atrás continuó—: Su Majestad tiene previsto veros esta tarde y su ánimo sigue a nuestro favor, pero aguarda la llegada del duque de Braganza para decidir. El Rey no suele tomar decisiones importantes sin su consejo. Sabed, De Soto, que el duque no comparte nuestra causa y ni siquiera está en mis manos interferir en algunas decisiones de mi esposo. Una reina española de Portugal es observada con ojos poco gratos; estoy encadenada a cada palabra que pronuncio y a cada paso que doy. Hay, empero, una única y escasa ventaja que tenemos frente al duque, y hemos de aprovecharla.

Hernando abrió los ojos intrigado y casi en un susurro dijo:

—Estoy a vuestras órdenes y espero vuestros consejos, mi señora.

—Su Majestad desea conoceros porque os considera una leyenda viva y nunca conviene defraudar a los reyes. Vos sois un mito para don Juan y un caballero que debe obediencia a su Rey. Si vuestro señor os demandara usar de la mentira y la exageración, no debéis dudar ni un segundo. Y aquí, tal vez, sean convenientes ambas cosas. Decidle al Rey lo que el Rey quiere oír de labios de un conquistador legendario de las Indias, superviviente en mil batallas, explorador de cielos e infiernos, dominador de pueblos, portador del nombre de Cristo Nuestro Señor en tierra de paganos y salvajes. Ante Juan de Portugal sois todo eso y mucho más si fuera necesario. Haced que os admire de tal modo que le resulte imposible negaros un favor. Recordad que la humildad es a veces pecado y en según qué casos puede resultar una traición.

Fue en ese momento cuando la Reina se volvió hacia Hernando y entrelazando los dedos esperó una respuesta.

—Majestad, os doy mi palabra de que es nuestro fin que resplandezca la justicia y sea devuelto a España lo que a España se robó. Sabed, mi señora, que no rehuyo la pelea como hombre de armas que soy, pero no desprecio las emboscadas en el camino del triunfo. Me debo a mi Rey y a mi Dios; al primero, le ofrezco la victoria a cualquier precio, al segundo, la confesión. Señora, os pido la merced de que consigáis que vuestro esposo me escuche en privado y labréis en él la idea de que resulta conveniente un careo entre los pilotos que se disputan la maestría de la nao, en su propia presencia y con el duque de Braganza y yo mismo como testigos. Os solicito, además, que mencionéis al Rey que traigo un presente único procedente de las Indias, que me honro en obsequiarle, de un valor que no puede medirse por el oro y las gemas.

Hernando movió el caballo para comer al peón y dar jaque al rey. Moscoso sonrió y llevó su mano a la torre dispuesto a abatir la caballería, pero la irrupción de dos guardias en la estancia puso fin a la partida. El rey Juan entró en la austera sala con solemnidad. Hernando y Luis se levantaron de la cama donde jugaban con tal ímpetu que el tablero cayó y las piezas rodaron por el suelo. El Rey soltó una carcajada y espetó:

—Caballeros, siento mucho haberles estropeado la batalla, pero deseo que mañana me acompañen a una guerra más auténtica, veremos vuestra destreza en la caza. —De Soto se adelantó hacia el Rey inclinando la cabeza.

—De Soto ¿verdad? —preguntó Juan III—. Quiero verle cabalgar y alancear una pieza a mi lado, conocer si es cierta una mínima parte de las proezas que se cuentan de vos. Forma parte del oficio de rey escuchar baladronadas, pero igualmente es su obligación averiguar la certeza de las hazañas que se dicen de sus invitados.

La comitiva regresaba con un venado atravesado por un certero lanzazo en el cuello, bien sujeto a los lomos de una mula; su tan imponente como inútil cornamenta rozaba el camino trazando un surco en el lecho lodoso. Juan de Portugal miraba de forma insistente y gozosa el trofeo.

El duque de Braganza esperaba a caballo en el pórtico del cobertizo de caza. Vestía un traje de terciopelo rojo recargado en demasía para el gusto de Hernando, con cadenas de oro y joyas. El Rey alzó con alborozo un brazo en respuesta a la reverencia del duque mientras la Reina miró a De Soto y éste a Rangel, que montaba a su lado, pero nadie se apercibió del leve gesto de cabeza de Hernando correspondido con un guiño de ojos de su secretario.

Las presentaciones y los saludos fueron corteses, mas delicadamente fríos. De Soto y el de Braganza se reconocieron de inmediato como enemigos. En el trayecto hasta el palacio el Rey apenas cruzó palabras con el duque, en tanto requería a su lado la presencia del español para comentar la cacería. El duque no pudo reprimir un gesto de furor cuando el monarca explicó con entusiasmo la maniobra de acoso, cerco y alanceo de la pieza por el español mientras cabalgaba como nunca antes se vio montar en aquella corte.

—Os aguardo mañana, señor De Soto —fue el lacónico saludo del Rey cuando se apeó del caballo. Juan III dirigió una mirada irónica al duque y le dijo a Hernando en tono confidencial—: Espero que seáis tan buen conversador como jinete, tan hábil en el trato como con la lanza.

De Soto llevaba muchos minutos de espera en silencio y reposaba la cabeza sobre el sillón de alto respaldo mientras miraba distraído los adornos de la gran chimenea. A ambos lados de la estufa había dos puertas que daban acceso a las estancias del Rey. El tiempo pasaba y el capitán se impacientaba taconeando inconsciente el piso de terracota bien pulida y aún mejor encerada. Moscoso y Tovar, en un extremo del salón, pasaban el tiempo contando las decenas de urracas que adornaban el artesonado. El Rey entró en la sala sin acompañamiento y se sentó frente al enviado español.

—Es de mi interés, señor De Soto —comenzó el soberano—, que este lamentable asunto de la nao quede solventado lo antes posible y en beneficio de todas las partes. Está en manos de mi persona dilucidar con justicia las peticiones contrarias de unos y otros. No he de ser yo el que dude de las palabras de tan importantes caballeros como vos mismo o su excelencia el embajador del rey Carlos, don Luis Sarmiento de Mendoza, que nos hizo llegar la primera reclamación, pero los argumentos de la otra parte no parecen menos sinceros. Deseo fervientemente que la *Santa Lucía* y su cargamento se entreguen a su legítimo propietario. Deseo conocer todos los detalles antes de tomar una decisión y espero que vos, señor De Soto, arrojéis la luz definitiva sobre este asunto, que por demás tiene preocupado a alguno de mis más fieles consejeros. No tengo intención de perjudicar a Castilla, pero tampoco estoy dispuesto a entregarle algo que no le pertenece.

—Con el permiso de Su Majestad —respondió el español—. No tiene Castilla por norma aceptar lo que no es de su pertenencia o apropiarse de lo que le es ajeno, pero tiene la justicia como doctrina y la piratería como enemigo. Señor, mi interés es impedir que se cometa un latrocinio que perjudica tanto a Portugal como a todas las Españas. Mi confianza se deposita en vuestro buen juicio de cristiano ejemplar y el sentido de vues-

317

tra justicia, que es bien conocido. Estoy convencido de que la inteligencia de Su Majestad sabrá discernir lo verdadero de la felonía a poco que asista a un careo entre aquellos dos que se reclaman capitanes de la misma nave y que dicen servir a señores distintos.

—Habéis hablado bien, De Soto —contestó el Rey—, y me parece una idea acertada, por lo demás ya sugerida por la Reina. Espero que no toméis como descortesía que participe en tal asamblea el duque de Braganza, que cuenta con mi estima más alta y cuya lealtad al Rey y a Portugal merece todo reconocimiento. El duque, por cierto, tiene una versión muy distinta a la vuestra y deseo que tome parte en la solución de este embrollo. Es mi súbdito más fiel y su consejo siempre es desinteresado. Hagámoslo de esta forma.

—Lo considero un honor, Majestad. De esta manera no habrá sombra de duda sobre la decisión. Creo, señor, que en beneficio de nuestras dos naciones este juicio peculiar debe llevarse con la máxima discreción. El asunto es de por sí demasiado desagradable para que llegue a figurar en actas y anales. El emperador Carlos confía y acata plenamente vuestra palabra porque la considera una ley justa.

El soberano asintió con la cabeza e inclinándose sobre Hernando le dijo en tono confidencial:

—Y decidme, De Soto, ¿cómo son las Indias que habéis explorado? Deseo conocer de primera mano las maravillas que ocultan tan lejanas tierras. Espero que vuestros negocios en España no sean tan perentorios que os obliguen a partir de inmediato.

—Estoy a vuestro servicio, mi señor. Mis recuerdos os pertenecen y es un honor para mí que una personalidad como vos, conocida por su sabiduría en los hechos de la historia y el esfuerzo por desentrañar los misterios que envuelven a lejanos seres apartados de Cristo, tome en consideración las experiencias de este humilde soldado que no hace sino servir a Dios y a su Rey. Majestad, permitidme que os presente a dos de mis hombres más leales, con los cuales he compartido batallas, penurias y alegrías en las Indias. Como yo mismo, están a vuestras órdenes y son las personas idóneas para completar mis narraciones.

El Rey indicó a Moscoso y Tovar que se acercaran. El rostro del Rey reflejaba felicidad y emoción porque deseaba olvidarse de la *Santa Lucía* y hartarse de historias sobre partidas militares, batallas en lugares novelescos e imaginar la conversión a la fe de Cristo de miles de salvajes a manos de aguerridos soldados y frailes heroicos.

De Soto sabía lo que debía narrar y cómo hacerlo. Moscoso y Tovar se encargarían de aliñar el cebo si fuera necesario. Contaban con una semana, el plazo que fijó el monarca para que los maestres marinos se viesen las caras.

Hernando había recorrido la estancia una docena de veces y otras tantas se había detenido frente al pequeño ventanal para contemplar con desinterés el relevo de la guardia de palacio, mas ahora tenía fijas las pupilas hasta hipnotizarse con el manto nebuloso que engullía lentamente el bosque circundante hasta devorarlo por completo. Tovar jugueteaba con su daga recostado sobre la cama. Moscoso simulaba leer un libro, pero sus ojos no seguían las líneas del relato sino el inquieto e infructuoso paseo de su capitán, que se antojaba un mastín enjaulado, hambriento y ansioso por salir a campo abierto para cercenar yugulares o capar a mordiscos a indios montaraces e idólatras.

Cuando giró la aldaba, Hernando se dirigió a la puerta con ansiedad. Llevaba cuatro horas a la espera de Rangel y esperaba ver el semblante de su administrador para comprobar si la trama había surtido efecto. El secretario no era hombre extrovertido, nada amigo de chanzas y bromas de soldadesca. Su personalidad estaba conformada por su trabajo, o tal vez fuera al contrario. Resultaba raro verle sonreír y no se tenía noticia de que alguien le hubiera visto carcajearse. Su discreción agradaba a De Soto y su seriedad era la mejor garantía de que no paraba en naderías y gustaba de ir al grano. Personaje singular en aquella España de mucha palabrería, abundancia de pícaros, innobles e iletrados personajes que ocultaban su cobardía e ineptitud en circunloquios y en la mofa de los demás. Gente incapaz para sumar tres cantidades seguidas sin robarse una, mantener el valor de su palabra con los vivos y un juramento a los muertos. Nobleza y seriedad, ése podría ser el lema de su familia si alguna vez Rodrigo Rangel llegaba a colocar un blasón en el frontispicio de su propia casa.

De ese modo, resultó una sorpresa que el secretario de De Soto entrara en la habitación con una amplia e inusitada sonrisa. Hernando se emocionó. Tomó a Rangel por los antebrazos y con un gesto de interrogación le preguntó sin decir palabra: «¿Sí?». El secretario asintió y soltó una sonora risotada que le provocó un atragantamiento y una tos que parecía no tener fin. Debió de pensar que nadie le había dado permiso para cambiar de modales y bien merecido tenía ese mal rato por intentar exteriorizar sentimientos como hacen las otras personas, pues él, Rodrigo Rangel, no era como los demás. Ni mejor, ni peor. Distinto.

El duque de Braganza se había tragado el anzuelo. Los argumentos de Rangel, haciéndose pasar por un agente flamenco infiltrado en la misión española, fueron atendidos, pero el hábil e inteligente aristócrata portugués necesitaba algo más firme que una simple declaración para confiar en un desconocido. El administrador de De Soto entregó al de Braganza 5.000 ducados dobles de oro, una cantidad nada despreciable pero insuficiente para sobornar a la personalidad que ocupaba de hecho la posición de segundo hombre del reino y que por demás era muy rico.

—Se trata de un detalle de amistad y consideración del duque de París hacia vuestra augusta persona —le dijo Rangel mientras abría el pequeño cofre que contenía las monedas.

El regalo era de una categoría digna de quien estaba llamado a ser el mejor aliado de aquellos que soñaban con el fracaso de Castilla en el nuevo orden que emergía a ambos lados del Atlántico. Braganza no conocía al mencionado duque de París, pero estaba al corriente de la urdimbre política de la corte española y por ello sabía que el borgoñón encabezaba uno de los grupos de presión flamencos ante el emperador Carlos. Como él mismo, era muy rico y conocido por su pasión hacia las antigüedades.

Cada una de las cincuenta monedas llevaba grabada en una

de sus caras la efigie del rey Fernando de Aragón y en el reverso la inscripción SIT TIBI CHRISTE DATUS QUEM TU REGIS ISTE DUCATUS, con la fecha de acuñación de 1528 en la Ceca de Zaragoza. Las monedas formaban parte de una emisión especial conmemorativa del Emperador para honrar a su abuelo. Piezas por un valor de cien ducados cada una y un tesoro que superaba el valor del mercado. Leonelli, el escultor de su Majestad Carlos, llevó a cabo en persona el troquelado de la colección y su firma figuraba al final de la sentencia («Sea dado a Ti, oh Cristo, este ducado que tú gobiernas»). La Casa de la Moneda del reino de Aragón fabricó no más de 15.000 ducados dobles y todas las piezas estaban a buen recaudo en las arcas de los banqueros flamencos o en bargueños de nobles cortesanos.

—Mi señor el duque de París —insistió con calculada humildad Rangel— espera que este regalo desinteresado selle la amistad entre ambos y sirva para que los intereses de Portugal y Flandes se hermanen para terminar con las pretensiones de Castilla sobre vuestro reino y desenmascarar a la ruin y conspiradora nobleza española.

El presente fue del total agrado del portugués, sabedor del auténtico valor de la colección, y lo admitió como credencial de aquel hombrecillo sobrio, en especial solícito y cuya servidumbre llegaba a la bajeza. Rangel había temido que su teatro no resultara convincente al duque de Braganza y optó por asumir un papel de adulador, rastrero y vil que cualquier noble identificaría de inmediato con un cobarde traidor. Uno de esos personajes a los que gusta tener cerca como a bufones para despreciarlos con impunidad; cuya razón de existir es cargar con las culpas por las villanías de sus señores para que permanezcan limpios los ropajes de la aristocracia.

Rangel asumió tal función con la misma dedicación y meticulosidad con la que se entregaba a la administración de las rentas de De Soto y a mantener la lealtad de los confidentes de la Casa de Contratación de Sevilla con bolsas de plata para que informaran puntualmente sobre las disputas en las Indias o los preparativos de nuevas expediciones. Factores, contadores, secretarios y tesoreros de bolsillo ancho estaban en su nómina para tener informado al punto a Hernando de Soto.

Para tiempos de paz, Rangel era el mejor teniente que pudo conseguir Hernando. Del secretario partió la idea de distraer al de Braganza con la entrega de la exquisita colección numismática, cuyo verdadero dueño era De Soto. Él mismo se ofreció para actuar como felón porque era el único que contaba con la sangre fría y los recursos para salir airoso si el portugués, desconfiado, salía con alguna argucia. Además, Moscoso y Tovar eran de sobra conocidos como fieles lugartenientes del héroe del Perú. La traición entre hombres que apostaron y se salvaron mutuamente la vida en tantas ocasiones ni es creíble, ni se improvisa.

El administrador disfrutaba de su relato tanto como sus amigos al escucharlo, pero De Soto esperaba con impaciencia los detalles del segundo señuelo, el que debía dejar expedito el camino para el acto final de la comedia.

—Su augusta persona —comentó Rangel al duque de Braganza— bien conoce que el caballero De Soto ha solicitado un careo entre los pilotos, que ha autorizado Su Majestad el rey don Juan. El español fanfarronea y carece de documentos que prueben que el navío fuese fletado por Castilla o alguno de los armadores al servicio de la Corona. Los documentos y las cédulas reales se perdieron durante la batalla por el control de la *Santa Lucía* porque la desaparición de cualquier prueba fue la primera misión de nuestros hombres durante el amotinamiento. De Soto solamente cuenta con la ayuda de la Reina, su palabra de honor y la fe que el rey don Juan pueda tener en la misma. Para vos, augusto señor, los hechos deben estar por encima de las palabras y la honra y… también ¿por qué no?, deben beneficiar a Portugal. El duque de París deja en vuestras nobles manos la decisión sobre el porcentaje que se quedará en Lisboa antes de que la *Santa Lucía* zarpe hacia Flandes. De Soto intentará convencer al Rey con palabrería acerca de sus gestas en las Indias, el honor y la familiaridad que une a nuestras naciones. Pero vos, el más alto y respetado consejero real bien podéis encauzar la decisión real en nuestro… vuestro favor. Si nadie puede demostrar a quién le pertenece la *Santa Lucía*, la nao puede quedar en Lisboa a la espera de alegaciones con nuevas pruebas, muy difíciles de hallar porque… no existen. Paciencia, mi señor. Si fracasa De Soto, el duque de París y sus socios conseguirán que el Emperador desista de un pleito que corre el riesgo de eternizarse, malgastando energías y oro en una solución incierta. Castilla terminará por olvidar el asunto y, entonces, la nao será enteramente para nosotros.

El duque confirmaba cada argumento que le presentaba Rangel. Cuando el secretario terminó de hablar, el noble enseñó sus cartas.

—Y vos, señor Rangel, ¿qué provecho sacáis de todo esto?

Si se trataba de una trampa, parecía infantil e impropia de un personaje con la reputación del duque de Braganza, pero acaso en la simplicidad estaba el ardid. Rangel debía ser del todo convincente y conjugar la villanía con la ambición.

—Mi augusto señor —respondió Rangel, inclinando la cabeza de manera exagerada—, he sido recompensado por su excelencia el duque de París, quien además me confía el cuidado de la nave en su viaje a Flandes. Mis honorarios han sido saldados. Empero…, excelencia, creo humildemente que os puedo ser de gran utilidad para que este caso nos sea rentable así como en otros asuntos posteriores. Unos oídos seguros y leales en la corte española serían de gran utilidad para alguien como vos, en cuyas manos está el futuro de la gran nación portuguesa. Podéis comprobar que soy discreto y en extremo eficiente en mis cometidos. Mi ambición es justa, pero reclamo que se me pague conforme a lo que merezco, aunque prefiero reclamar menos oro si a cambio sirvo a señores generosos como vos.

—Y poderosos —respondió con inmediatez el duque—. No tengo por costumbre tratar con canallas, pero admiro un tanto vuestra desfachatez de bribón. Hasta podríais serme simpático. Haced bien el trabajo que os resta y ya hablaremos de nuevos tratos.

El patio central del palacio de Sintra era el lugar escogido por el rey Juan cuando quería escuchar confidencias mundanas o religiosas. El monarca procuraba alejarse de la solemnidad de los salones del trono que utilizaba sólo cuando el protocolo así lo requería.

Don Juan había reservado un tiempo durante las mañanas para tratar con De Soto y escuchar sus andanzas en las Indias. A medida que transcurrieron los días, el Rey fue prolongando el tiempo reservado al español.

Paseaban largo rato por el estrecho pasillo, flanqueado por la alta pared tupida de hiedra que separaba las estancias reales y un estanque rectangular, plagado de truchas y tencas que se amontonaban en torno a los pequeños remolinos que formaba el agua vertida por varios caños. Cuando la mañana estaba avanzada y el calor apretaba, el Rey y De Soto se sentaban en la contigua Gruta de los Baños para reconfortarse con el frescor que procuraba un ingenioso sistema de canales que recorría el habitáculo.

Se avecinaba el juicio sobre la pertenencia de la *Santa Lucía*. En las jornadas previas De Soto se esforzó por narrar con precisión la geografía y las gentes que había conocido y desmenuzar la personalidad de hombres irrepetibles de los que había aprendido y a los que había temido alguna vez: Pizarro, Balboa, Pedrarias, Atahualpa. En alguna ocasión había olvidado a propósito detalles y nombres, que se encargaban de recordar Moscoso y Tovar a petición del propio Hernando. Los tres habían convenido en agrandar la persona, el coraje y la caballerosidad del héroe del Perú hasta el punto de hacer dudar al Rey de que tales hazañas más parecieran tareas de dioses que empresa humana.

De Soto devolvía entonces la cordura a los relatos, tal y como estaba acordado, y reprendía a sus fieles por confundirle con el Amadís o con cualquiera de los adalides que cantó el poeta Homero. Seguían los comentarios sobre la labor de cristianización que compete a todo conquistador como servidor de Dios en el nuevo mundo. Todo agradaba al Rey, que se sentía cómodo por el sentido común y el proceder del español que desmitificaba a propósito su figura. El conquistador había guardado para el último momento el recuerdo de Atahualpa.

Durante bastante rato el extremeño fue desgranando nombres de lugares, de compañeros muertos en combate, de otros que de puro locos llegaron a héroes; habló de las casas y las ciudades de aquella raza de indígenas que en nada envidiaban a las mejores villas de Europa, de los caminos bien empedrados durante centenares de leguas, de las extrañas costumbres de fidelidad suicida para con su soberano-dios, el Inca. Habló del Cusco, el querido Cusco que fue su gobernaduría cuando en sus palacios y calles se fraguó el odio y la conspiración fratricida en la que no quiso participar. Se refirió a la interminable noche de Cajamarca con los hombres tiritando de frío y de miedo. Luego, a la emboscada con millares de gritos y cuerpos destrozados y el Hijo del Sol humillado y preso, incrédulo y silencioso en medio de la sorpresa. Siguió un recuento de las entrevistas habidas entre Hernando y el Inca, el rescate, las partidas de ajedrez en el cuarto donde permanecía cautivo, las intrigas de Pizarro y el odio y el placer de matar. De Soto no estuvo presente cuando Atahualpa fue ajusticiado, pero contaba lo que allí aconteció como el mejor testigo. Tanto había escuchado de tantos que reproducía la escena con fidelidad absoluta. El Inca había llegado al cadalso limpio y bendecido por el bautismo, el señor de las Cuatro Partes del Mundo había muerto en la fe de Cristo.

El monarca se quedó mudo y con la mirada fija en las manos del aventurero que se movían acompasando la narración. Cuando cesó el movimiento y De Soto calló, Juan III de Portugal tenía la expresión triste y el ánimo hundido, pero musitó:

—¡Dios de los cielos, qué horror!

El español acercó entonces a las manos del Rey una bolsa de terciopelo rojo.

—Para vos —dijo casi en un susurro—. Es para mí un honor que Su Majestad acepte este presente que perteneció a un gran Rey y es de justicia que sea de otro gran señor.

Don Juan desanudó la bolsa y contempló con asombro la diadema de oro. La corona tenía medio palmo de altura, formada por pequeñas planchas engarzadas por rígidos eslabones de plata. Una esmeralda alargada, del tamaño de un pulgar, adornaba el centro de la joya. Su color verde intenso contrastaba con el rojo de los dos rubíes que remataban el frente de la diadema.

—Majestad, aquí tenéis la corona que se ciñó el señor Ata-

325

hualpa en el momento de recibir el bautismo y la misma que portó con dignidad ante el verdugo que le dio el garrote. Nadie mejor que vos puede guardar este tesoro. Su Majestad apreciará mejor que ningún otro hombre el valor profundo de esta joya. Es mucho más que la corona de un rey porque representa la historia de un gran pueblo; adornó cabezas de monarcas que no tuvieron parangón en las Indias por su sabiduría y poder, y es, además, testigo de una tragedia que jamás se olvidará en la memoria humana. Esta diadema es la prueba de que un mundo desaparece ante el empuje de otra civilización por el deseo divino. Tened esta reliquia, mi señor don Juan, en nombre de la amistad de Portugal y España, porque Dios ha elegido nuestras naciones para el gobierno del mundo y el exterminio de idólatras e infieles.

El Rey abrazó la diadema y se santiguó. De Soto se incorporó con el permiso real y abandonó satisfecho la Gruta de los Baños. Mientras cruzaba el patio central una ráfaga de añoranza le provocó un ligero escalofrío. El soberano de Portugal tenía la joya que lucía la princesa Toctochimbo aquella mañana radiante en el Cusco, cuando Hernando entró al frente de los jinetes en la gran capital del incario. Fue cuando los ojos de la coya eclipsaron el fulgor de los templos acolchados en oro y traspasaron el corazón del gallardo capitán de la caballería pizarrista. Al otro lado de la tierra, en medio de un palacio extranjero, De Soto evocó a la coya, hija y hermana de Inca, de tal belleza y ternura que enloqueció al arrogante teniente Gobernador de la ciudad, envuelto por una vorágine de sexo y amor que encontró la felicidad meses después con el nacimiento de la pequeña Leonor. Hernando recordaba el cálido beso a su hijita y las lágrimas de su amante Toctochimbo al entregarle la diadema en señal imperecedera de un amor profundo e infinito el triste día que abandonó Cusco.

Ahora, en el cálido mediodía de Sintra, el aventurero se miró las manos vacías y pidió perdón a la coya lejana. Se apercibió de que la amaba aún porque sintió un profundo remordimiento mientras el engaño al Rey le importaba un ardite.

Don Juan III quiso pese a todo dar una cierta solemnidad al careo entre los litigantes por la nao *Santa Lucía* y convocó a todas las partes en el Salón de Armas de palacio, donde los artistas del rey Manuel se habían esmerado. Los mejores canteros mostraron su talento en la entrada a la gran sala con alta cúpula octogonal decorada con las armas reales que acogían paternalmente desde la cúspide los blasones de las setenta y dos familias de la nobleza portuguesa.

El monarca ocupaba un sillón con alto respaldo situado a contraluz de los ventanales de poniente, por donde se podía atisbar el océano Atlántico en los días claros. Pese a la oposición del duque de Braganza, el Rey autorizó que la Reina asistiera a la vista.

Doña Catalina ocupaba una esquina del salón detrás del lugar reservado al soberano, a cuya derecha se había colocado una mesa para el funcionario que hacía las veces de secretario y relator de la causa. Frente al Rey, dos sillas aguardaban a los maestres del navío. Los españoles, con De Soto en lugar preeminente, ocupaban un escaño detrás de uno de los asientos reservados a los marinos. Exactamente igual, detrás de la otra silla, se acomodaba el de Braganza y otros nobles, que se mostraban entusiasmados por hallarse en presencia del monarca y, sobremanera, por contar con la deferencia que les dispensaba el duque. Chambelanes y mayordomos de palacio completaban el escaso público. Los maestres ocuparon sus asientos y el secretario comenzó la exposición del caso.

La *Santa Lucía* se había construido en los astilleros de Vizcaya en 1517 siguiendo los patrones de las más reputadas carracas portuguesas, entre las que sobresalía por su solidez la *Santa Catalina do Monte Sinaí*. La española desplazaba 10.000 quintales, tenía una eslora de 40 metros y estaba artillada con 90 piezas, entre cañones, falconetes y culebrinas. La tripulación la componían 160 marineros y una treintena de soldados. Tenía seis puentes, cinco para el castillo y el restante en el alcázar. En el transcurso del motín dos de los cuatro palos de la nao habían sido desarbolados, la mayoría del velamen resultó desgarrado y el timón, regido por un sistema de poleas y cuerdas de cáñamo que aliviaban la tarea del timonel esclavizado a la caña, había quedado tan dañado que se consideraba un milagro que la nave hubiera conseguido atracar en las Azores.

Los dos marinos que se reclamaban legítimos maestres de la *Santa Lucía* sostenían que la nave fue aparejada en la isla de la Hispaniola. Era su única coincidencia, porque a partir de ahí el que se hacía llamar Juan de Laredo mantenía que fue contratado por un tal Lorenzo de Gante, quien poseía los títulos de propiedad del cargamento de frutos de café, semillas de cacao y una cantidad de oro y plata convenientemente registrada en Santo Domingo y con el quinto real devengado.

La propiedad del flete era de una compañía de banca y mercaderías de Amberes, que había pagado los derechos de compra-venta del metal procedente de México. El navío había zarpado con un convoy que debía unirse a la flota de Indias, pero una tempestad separó a la *Santa Lucía* del resto de navíos antes de llegar a las aguas de los Sargazos.

Durante la reparación de la nao, que había sufrido algunas vías de agua y perdido parte del velamen durante la tormenta, los soldados y una parte de la marinería se amotinaron para llevar la carraca a puerto español. Laredo dijo que desconocía si los amotinados querían entregar la mercancía a las autoridades de la Contratación sevillana y por ende a Castilla, pero sospechaba que en realidad querían piratear en su provecho la nao y contrabandear con ciudades francesas y en puertos berberiscos.

El otro maestre, que se identificó como García de Sotomayor, aportó detalles más precisos sobre la carga, el total de quintales de oro y plata llegados de Nueva España y la isla de Puerto Rico, desde las minas de Utuado, Daguao y Sierra Loquillo. El flete correspondía a un mercader de León, de nombre Alonso de la Calzada, que había obtenido la autorización del Gobernador de la isla don Luis de Colón y adjuntaba una carta firmada y legalizada por el conde de Oropesa en cuanto avalista de la expedición. Desgraciadamente, contó Sotomayor, los rebeldes dieron muerte a Alonso y quemaron sus aposentos donde guardaba los documentos que certificaban la carga y su propiedad.

La mitad de los soldados y casi todos los marineros, siguió

Sotomayor, habían sido comprados por los verdaderos ladrones de la *Santa Lucía*, «quienes fueran y en el lugar donde se hallen», dijo. Ninguna tempestad había separado la nao del resto de la flota que zarpó de la Hispaniola, sino que los encargados de mantener la derrota del navío habían conseguido aminorar la navegación al provocar averías y estropicios a bordo que retrasaron la ruta. Hubo destrozos en las velas y se rompieron varias jarcias.

Una vez perdido de vista el séquito naval y con los ánimos convenientemente alterados entre la marinería, el motín estalló a los pocos días. Pero los rebeldes no contaban con una firme resistencia. Al cabo de un día de pelea, con no menos de dos docenas de muertos y heridos, Laredo ofreció clemencia y parte en el negocio si los leales se rendían. Algunos hombres cambiaron de bando, pero los demás atacaron con fiereza como toda respuesta. Aquello se convirtió en una batalla a vida o muerte, ya no importaba ni el Rey, ni los patrones, ni el oro, ni España, solamente cada cual y su propia existencia.

—Llegamos a cañonearnos y desarbolar por completo la nao. Era un combate entre locos ansiosos por matar o ser muertos. Cuando la lluvia y una atronadora tormenta nos devolvió la cordura a hombres convertidos en fieras, cansados y malheridos, sobreviviendo en una embarcación desmadejada, nos llegó el momento de lucidez para intentar salvarnos entre todos y llevar el barco hasta tierra firme —concluyó Sotomayor con la voz entrecortada.

Los dos maestres habían terminado y ambos estuvieron convincentes. La solución se antojaba un acto de fe o una decisión arbitraria del rey, pero el duque de Braganza estaba dispuesto a facilitar la labor a su soberano en provecho propio y pidió la venia para hablar.

—Mi señor, hoy está en juego algo más que el reparto de un cargamento de oro. La historia pedirá cuentas a la justicia de Portugal que encarna Vuestra Majestad. Hemos escuchado con atención los relatos de estos bravos marinos y los dos nos han conmovido el corazón por su valentía y la defensa de su causa. Pero ¿cuál de ellos es el culpable de sedición, quién oculta tras la fachada de hidalguía el espíritu mezquino de un cor-

329

sario? Los dos juran ante Dios que el enemigo destruyó las pruebas sobre el gobierno y la propiedad de la *Santa Lucía*. ¿A quién debemos creer? La justicia se fundamenta en los hechos y si es al Rey a quien compete decidir, está doblemente obligado por su dignidad y el interés de su pueblo en dictar sentencia de acuerdo con las pruebas. Su Majestad no debe precipitarse en su veredicto, aunque todos comprendamos que os sintáis inclinados a simpatizar con la causa que defiende una persona de noble espíritu y pasado heroico. ¿Quién no lo haría, Majestad? Pero nos debemos a los hechos y las pruebas que sirvan a la justicia de Portugal. De los aquí presentes nadie duda de la honorabilidad y la buena fe del caballero De Soto y respetamos su afán por convencernos de que la nao siempre fue de España. Yo pregunto: ¿no tiene Castilla fiscales y controladores para sus flotas? ¿Acaso el rey Carlos deja al albur de mercaderes y estibadores el control de los bienes del reino? Me cuesta creerlo. Por ello, Majestad, sostengo que son muchas las dudas acerca de que los castellanos fueran los amos de la *Santa Lucía*. ¿Lo son los mercaderes flamencos? No podría jurarlo. Solicito a Su Majestad que, ante la imposibilidad de emitir un veredicto ajustado, el navío en litigio con sus enseres y el cargamento permanezcan en Lisboa bajo la custodia de la guardia real hasta que alguna de las partes entregue las pruebas o las garantías definitivas de que la carraca es de su entera propiedad.

El duque de Braganza se repantigó ufano en su asiento felicitado por una cohorte de aduladores. El Rey se removió inquieto en su sillón y miró a De Soto en busca de ayuda. El español se levantó con lentitud cuando obtuvo la venia real.

—Majestad, habíamos oído de la elocuencia y habilidad del duque de Braganza; ahora damos fe de ello. Honra el patriotismo de su excelencia el que defienda la justicia para que no se vea obligado el rey de Portugal a dictar sentencia arbitraria. Es nuestro deseo que el afamado recto proceder de don Juan III no sufra menoscabo. Solicita el duque de Braganza que España, que reclama para sí la propiedad de la nao y su cargamento, presente pruebas que acrediten su petición. Es una justa demanda y nuestro deber debe ser el de satisfacerla. Su excelencia, el duque, afirma con impunidad que Castilla no puede aportar pruebas porque, sencillamente, no existen o se perdieron en el fragor del amotinamiento en la *Santa Lucía*, pero el duque se equivoca cegado por su falso e interesado patriotismo en su enfermizo deseo de enfrentar a portugueses y españoles con el menor pretexto. Y digo interesado, Majestad, porque el duque de Braganza se ha servido aceptar una compensación de 5.000 ducados de oro salidos de los bolsillos flamencos como pago por la defensa de la causa de los amotinados y sostener que nada ni nadie podrá demostrar a quién pertenece el navío, y que de ese modo quede bajo la custodia de Portugal hasta que el cansancio y el desánimo de Castilla desista en el empeño por recuperar lo que es suyo por ley. Así el barco y sus riquezas pasarán a manos del duque y sus traidores socios. Yo digo que el duque de Braganza no honra ni a su Rey ni a su patria, porque miente. ¡La *Santa Lucía* es propiedad de Castilla y aquí están las pruebas!

El de Braganza abandonó su confortable situación y de un salto se colocó retador enfrente de Hernando. Los murmullos envolvieron la suntuosa habitación blasonada y todas las miradas se dirigieron al documento que enarbolaba en su mano derecha Hernando de Soto. El Rey se inclinó con un gesto de sorpresa y levantó su brazo para que se acallaran las voces; algunas, las más vehementes, convertidas en una retahíla de insultos al español.

—¿Qué trama es ésta, señor De Soto? —preguntó el soberano con tono grave y la expresión airada.

—Vedlo vos mismo, Majestad. Éste es el certificado sobre el flete y la autorización dada por el mismo Emperador, su Majestad Católica don Carlos, y la cédula expedida y rubricada para que se concedieran los correspondientes permisos por el escribano de la Real Audiencia de la Hispaniola, don Diego Caballero de la Rosa, y por el veedor de las Fundiciones de la isla, don Fernando de Ovando.

De Soto entregó el pergamino al secretario, que esperó el permiso de su Rey para comenzar la lectura. Cuando el duque de Braganza quiso intervenir, el gesto severo y contundente del monarca le ordenó que se mantuviera en silencio.

331

El rey Carlos. Por cuanto vos don Alonso de la Calzada con vuestro valedor el ilustre conde de Oropesa y Diego Ribeiro nuestro factor de la Contratación, hecha la relación del viaje que deseáis hacer para acopio de especiería y metales en las nuestras Indias del mar océano en los límites y las demarcaciones establecidas, incluidas las explotaciones en la Nueva España, autorizo, que sea utilizada una carraca de no menos de 50 toneladas, aparejada de las cosas necesarias y otras que se requieran para hacer el viaje desde las Indias hasta España y portar oro y plata en la cantidad que sea fijada y certificada por la Real Audiencia de la Hispaniola, so firma de su escribano don Diego Cavallero de la Rosa y con la contratación del Veedor real de las Fundiciones en la citada isla, don Fernando de Ovando. La dicha carraca sea la *Santa Lucía*, armada en la villa vizcaína de Baracaldo, de propiedad real, y anclada en la dicha Hispaniola.

Otrosí, queda en manos del archivero de la Contratación para que se guarde en Sevilla copia de la cédula de recomendaciones al Veedor para que incaute el Quinto Real de la carga y permita el flete del navío *Santa Lucía*. Sea a nombre de don Alonso de la Calzada.

Otrosí, queda autorizado el factor don Diego Ribeiro para que destine fondos al aprovisionamiento, compra y expedición de mercancías necesarias que estime don Alonso de la Calzada y su ilustre valedor el conde de Oropesa para llevar a buen fin la empresa.

Otrosí, se da permiso a la citada nave fletada para descubrir cualquier ribera por donde navegase y da licencia el rey don Carlos para que los descubrimientos sean registrados así como los nombres de aquellos que participen en la exploración de las esas tierras.

Otrosí, se ordena que toda la gente enrolada en la Hispaniola sean súbditos nuestros. Sean vasallos la clase de tropa y toda la marinería. Se excluye de la tripulación, so pena de castigo, prisión y expolio de bienes para el maestre y los armadores, a prófugos, judíos y deportados a las Indias.

Otrosí, es de nuestra voluntad que la dicha carraca *Santa Lucía* zarpe de la Hispaniola en un tiempo no inferior a los doce meses aprovisionada en todo de hombres y bastimentos. Es nuestra voluntad que el navío parta de la citada isla hacia la ciudad de Sevilla y que en esta ciudad sea sacado el costo del montón que queda a cargo de los oficiales de la Contratación, distribución de la especiería para los residentes de la dicha ciudad y una parte se destine a la redención de cautivos y el quinto para nos.

P.O.R. Firman esta real cédula en la ciudad de Sevilla en el mes de noviembre de mil y quinientos y treinta y siete el factor, Diego Ribeiro, el tesorero y asistente, Fernando de Andrade. Rubrica el armador don Alonso de la Calzada, vecino y comerciante de la ciudad de León.

El silencio era total cuando el enjuto y lúgubre secretario terminó la lectura y entregó el pergamino, del que colgaba una corta cinta roja lacrada con el sello real, a su majestad Juan III. El de Braganza permanecía petrificado junto a De Soto, que asistió con seriedad a la relación del secretario real. El duque miró adonde se encontraba la delegación de los españoles, pero entre las caras sonrientes y los ademanes socarrones de Moscoso y Tovar no vio a Rangel. Furioso, se dirigió al Rey y gritó como víctima de Inquisición:

—¡Es todo un engaño, mi señor! ¡Una patraña propia de rufianes!

—¡Silencio! —respondió don Juan, incorporándose de su sillón vivamente ofuscado—. Estáis en presencia de vuestro Rey, al que le debéis respeto. Vuestra condición os obliga a comportaros de un modo noble y no como vulgar arriero. Os recuerdo, duque, que esto es el trono de Portugal y no un muladar. ¿Es esto un engaño? ¿Reconocéis o no el sello de su majestad el rey Carlos? —Y extendió el documento ante el airado rostro del duque.

El noble miró con desgana y bajó la cabeza. Juan III permaneció de pie y en tono solemne se dirigió a los presentes:

—Nos, Juan de Portugal, decidimos que la nao llamada *Santa Lucía*, que por graves y alevosas circunstancias llegó a poder de Portugal, sea entregada a su legítimo propietario, el rey de España, mi querido cuñado Carlos de Gante. Asimismo, disponemos que las riquezas y especias que aún guarda la nao son también propiedad del rey Carlos para que disponga de ellas como considere acertado. Ordenamos que la *Santa Lucía* sea reparada sin dilación y zarpe cuando esté a punto con escolta de soldados portugueses hacia su destino original, que no es otro

333

que la ciudad de Sevilla. Ésta y no otra es la voluntad del Rey para que sea cumplida de inmediato.

El grito de alborozo de Moscoso y Tovar estuvo acompañado de un abrazo, un gesto que recriminó Hernando con un compulsivo movimiento del brazo. La Reina se incorporó de su sitial de ébano finamente tallado, donde había permanecido inmóvil toda la vista, y dirigió una mirada de cariño y una sonrisa cómplice al aventurero del Perú.

El rostro aquilino del duque parecía más afilado; su fuerte mandíbula estaba firmemente apretada; la expresión feroz de los ojos, inundados de odio y rabia, permanecía clavada en el insolente español que había enfangado su nombre delante del Rey. El de Braganza tenía un nuevo enemigo, el más odiado. Allí mismo, bajo la cúpula blasonada, se juró a sí mismo que no reposaría hasta paladear la venganza contra el osado capitán que había abofeteado su orgullo.

334   Hernando alzó el brazo a modo de despedida del capitán Melgão y dirigió una última mirada al austero palacio de Sintra. Volvió grupas para reunirse con sus dos compañeros y regresar a Évora, donde les esperaba Rangel. Cuando avivó el trote, rio al recordar la despedida del Rey.

—Sois valeroso y osado —dijo solemne Juan III—, eso lo conoce todo el mundo, pero desconocía vuestra capacidad para la intriga. Quizá por tan buen soldado sois un excelente estratega. Estaría muy reconocido si entrarais a mi servicio, porque todo señor necesita a su lado brazos fuertes y mentes despiertas, y vos, De Soto, tenéis ambas cosas. Pero conozco por vos y vuestros leales compañeros de la fidelidad a Carlos y vuestro deseo de retornar a las Indias comandando vuestra propia expedición. Si es así, os deseo todo tipo de venturas en tal empresa. En cuanto a ese pergamino, poco me importa que sea obra de funcionarios de la Contratación o de pícaros falsificadores, pero ha ofrecido un servicio impagable a la Corona de Portugal. Habéis conseguido frenar las ínfulas del duque de Braganza frente a su Rey y se refuerza la alianza entre nuestros dos países como siempre ha sido mi deseo. La *Santa Lucía* se hará a la mar en breve tiempo y ese pergamino ha desaparecido entre las llamas. En cuanto a la autenticidad de la diadema…

—Majestad, os doy mi palabra de que es digna de un rey… o de una reina.

XIII

Intriga en Valladolid

*E*l corralón de la casa del final de la calle de la Susona, por detrás de los Reales Alcázares en el barrio sevillano de la Santa Cruz, albergaba una actividad frenética durante las primeras horas de aquella mañana de una primavera adelantada, llena de regusto a naranjos antes de que el mediodía asoleara el patio para hornearlo como si fuera umbral de los infiernos. Todo el caserón había pertenecido a un rico judío entendido en la orfebrería y el trato con joyas que, acosado por el Santo Oficio, receloso de su bautismo y ávido de sus bienes, huyó a las tierras baleares en procura de seguridad.

A esa temprana hora, el nuevo dueño, Hernando de Soto, arremangado y sudoroso, se daba a la doma de uno de los dos potros recién llegados hasta su casa desde las caballerizas de las afueras de Triana, donde el morisco Pedro Aben Fahir criaba la mejor yeguada, proveedora de la Corona y de sus más nobles cortesanos. La fragua estaba dispuesta y el hierro candente para marcar a las monturas, una labor que llevaba a cabo el mismo Hernando con la ayuda de al menos tres mozos de cuadra.

Doña Isabel de Bobadilla, con una dama de acompañamiento, asistía al ajetreo cómodamente alojada en un corredor superior, desde donde seguía con admiración los afanes de su esposo. Tan acostumbrada como estaba a las adulaciones y lisonjas gratuitas de nobles menesterosos e hidalgos haraganes sentía una atracción especial por ver a Hernando trajinar como si fuera un criado celoso cuando llegaban nuevas monturas, dar órdenes para la provisión y limpieza de las cuadras o entregarse al adiestramiento de los animales, con la pechera del jubón bien abierta, las riendas firmes en una mano y la flexible muñeca de la otra haciendo oscilar levemente el látigo para acomodar y ordenar el paso del caballo que giraba en torno a sí más galano y dócil en cada vuelta.

También aquel día se arremolinaban varios arrieros para descargar los sustentos de la casa y los corrales, lo que originó discusiones acerca de quién pasaba por delante y cobraba el primero. El espacio era grande, pero no tanto como para albergar carros, fardos, mulas, caballos y hombres, que entre empellones provocaban una algarabía de criados, mozos y carreteros, a los que se habían unido mendigos y limosneros, apostados permanentemente a las puertas de tan rica mansión, atentos a cuanto se desperdiciaba en ella y a la voluntad caritativa de sus moradores.

Hernando abandonó el quehacer con los caballos y se dispuso a poner fin al alboroto. Mientras detenía un carromato atravesado, que impedía la desenvoltura de otras carretas y el paso de una pequeña reata de asnos, enviaba a otros arrieros a descargar los sacos de harina y las banastas de fruta y hortalizas en la gran despensa abierta en una de las esquinas que comunicaba con la cocina.

Ordenó a los criados que arrojaran de allí a los pordioseros y que apilaran a un lado los serones de forraje para dejar franco el paso. Actuaba como si comandara una tropa, a veces restallaba el látigo de la doma para imponer la disciplina y otras afianzaba sus gritos con una retahíla blasfema. Arrepentido al punto por su comportamiento grosero miró a Isabel y abrió los brazos con un movimiento de cabeza que señalaba su disgusto ante tamaño tumulto. Su esposa le correspondió con una sonrisa sincera y complaciente.

Isabel de Bobadilla guardaba las buenas maneras y la afabilidad de su madre, de quien había heredado la nobleza de espíritu que hacía sentirse cómodo a cualquiera que estuviera a su lado. Mas sus profundos ojos negros guardaban el legado del carácter indomable de su padre, la Ira de Dios. Raras veces estallaba su cólera, pero cuando así acontecía la negra sombra de Pedrarias la endemoniaba, su faz se crispaba y su mente tramaba con rapidez la peor de las venganzas. Estaba perdidamente enamo-

337

rada de Hernando y procuraba no martirizarse en exceso al no poderle dar hijos, por ello dedicaba todos sus afanes en complacer a su esposo y sostener todas sus decisiones, aunque le resultaran un silencioso calvario los días que Hernando desaparecía de su lado en compañía de Nieto, Tovar y Moscoso para perderse durante horas en juegos, chanzas, borracheras de soldado y, acaso, gozar en compañía de otras mujeres.

Un temor invisible la hacía enloquecer y le turbaba el ánimo cuando los cuatro hombres apuraban, ya de madrugada, a la vuelta de sus correrías, unas botellas de vino en su casa y se llevaban hablando de las Indias hasta bien adelantada la mañana, mezclando recuerdos vividos con deseos futuros para cuando se volviera a ellas. En esos momentos se desvanecían las leves esperanzas que le infundió su tío, Juan Arias Dávila, conde de Puñonrostro, al persuadirla de que su casamiento podría curar la fiebre de Hernando de Soto por el nuevo mundo y convertirlo en un feliz y rico hidalgo acomodado a una desahogada vida en España. Mas luego se confortaba con el amor que se tenían y se juramentaba que su destino estaba donde se hallara su esposo, poco importaba si era a un lado o al otro de la mar océana. ¡Era una Pedrarias y el riesgo estaba cincelado en el blasón de su casa!

Íbase sosegando la barahúnda cuando entró en el corralón Rodrigo Rangel. Hernando se apercibió de su presencia y el secretario le hizo un gesto para que se acercara. Isabel contempló a los dos hombres cuchichear algo e inmediatamente después Hernando se dirigió a un pequeño aljibe de agua clara donde se lavó la cara y el torso y se vistió con un jubón limpio. Luego se perdió con su secretario hacia el interior de la casa, por la estrecha portezuela que comunicaba con el refrescante patio.

De los dos hombres que aguardaban, uno de ellos no le era desconocido a Hernando, aunque no supo reconocer al punto dónde y cuándo le había visto antes. Rangel, tan pragmático como solía, hizo las presentaciones sin protocolos.

—Hernando, estos caballeros son Cristóbal de Spíndola y Baltasar de Gallegos, y os traen nuevas de la corte de Valladolid acerca de nuestros propósitos sobre las tierras de la Florida.

—Tomen asiento en su casa, señores, y veamos que es lo que tienen que decirme.

Los cuatro se aposentaron alrededor de una recia mesa de madera segoviana adornada con un quinqué de cobre, reluciente y finamente trabajado. Fue entonces cuando Hernando recordó a Gallegos de su encuentro con Álvar Núñez Cabeza de Vaca en Valladolid, la primera vez que vio al Emperador para darle cuenta de sus hazañas y riquezas y entregarle la relación de fray Tomás de Berlanga acerca de su misión en el Perú.

Trataba por entonces Álvar Núñez de armar una expedición al norte de la Nueva España, por donde anduvo perdido y preso de los indígenas durante años y desde donde regresó por voluntad divina para predicar en la corte la necesidad de colonizar aquellas tierras y descubrir la Fuente de la Eterna Juventud, de la que tanto le hablaron sus captores indígenas, así como hacerse con las riquezas que encerraban las Siete Ciudades de Cíbola, todas ellas construidas en oro, que se hallaban a poniente, según le contaron. Hernando no tuvo inconveniente en verse con su rival en unas de las salas del palacio de los Pimentel. Ambos, hombres de entereza y resolutivos, se declararon dispuestos a llevar la empresa cada cual por su lado y convencer al rey Carlos de que su genio era mayor que el del contrario. Se respetaron, pero no se mintieron. Al final de la plática, Álvar Núñez, sabedor de la fortuna del extremeño y comprobada su recia voluntad, parecía inclinado a algún tipo de acuerdo, mas Hernando no quería oír hablar de tratos y nuevas sociedades. La Florida debía ser sólo suya. El nombre de De Soto quedaría grabado en los lugares donde antes fracasaron Juan Ponce León y Pánfilo de Narváez.

—Señor —habló Gallegos con marcado acento de su Sevilla natal—, os traemos prometedoras noticias sobre vuestros deseos de viajar hasta la Florida. Nuestro conocido Cabeza de Vaca ha sabido que sus opciones han fracasado y os propone un pacto a cambio de teneros al corriente de las personas que intrigan en vuestra contra en la corte.

—Nada ha hecho cambiar mi opinión de que no quiero nuevas sociedades, y confío en el Rey, que está por encima de los intrigantes, que me adeuda ciertos favores que le hice lejos de España.

339

—Esos favores han sido decisivos frente a Cabeza —intervino Spíndola, cuya habla y modales descubrían su origen de noble genovés y sus largos estudios en Salamanca—, pero vuestra elección no es segura todavía. Muchas personas no os perdonan vuestra empresa en Portugal y están dispuestas a que paguéis por ello.

Hernando y Rangel se miraron sorprendidos e interrogaron con la mirada a sus interlocutores.

—Los flamencos no han perdido el tiempo en divulgar vuestra jugada con el rey de Portugal, añadiendo la especie de que por ello os habéis quedado con una parte del rescate y habéis solicitado al Rey ciertas ventajas que contravienen la ley —dijo Gallegos, respondiendo a las miradas incrédulas de Hernando y Rangel.

—¡Eso es totalmente falso! —respondió De Soto, levantándose de la silla tan irritado que los visitantes creyeron que saltaría sobre ellos.

—Calmaos, señor —intervino de nuevo Gallegos—. Ninguno de nosotros tiene dudas sobre vuestras palabras y acciones. Por eso os advertimos de que importantes señores marean la cabeza del Rey con esas insidias hasta el punto de hacerle dudar de la conveniencia de vuestro nombramiento como Adelantado de la Florida.

—¿Quiénes son esos hideputas? —preguntó con naturalidad y una amenazadora frialdad Rangel.

—Personas de muy alto rango —respondió Spíndola—, inmunes a cualquier ataque y con mucho predicamento sobre el Rey. Sería conveniente que partierais a Valladolid para defender en persona vuestros intereses. Sois el único al que el Rey escucharía y Cabeza de Vaca está dispuesto a ayudaros.

—A cambio del favor me pide ser socio en la empresa ¿no es así? —dijo Hernando, recuperado de su irritación y sentándose de nuevo.

—Eso es lo que quiere —contestó Spíndola—, porque es su última posibilidad de regresar a la Florida. El Rey le ha propuesto comandar una expedición al este del Perú y por debajo de las conquistas portuguesas en la Indias, pero Álvar Núñez no parece convencido. Y… nosotros tampoco.

—Señor —intervino con tono solemne Gallegos—, vos sois la única persona en España capaz de conducir una gran expedición a la Florida, tenéis los medios y el genio para mandar a las tropas. Cabeza de Vaca no posee ninguna fortuna y confía en compartir la gloria de balde. Vos ponéis el oro y él su conocimiento de aquellas tierras.

—Extraña manera de defender a un amigo —repuso con ironía Hernando.

—Defendemos nuestros propios intereses —intervino Spíndola—. Llevamos demasiado tiempo escuchando los relatos de Álvar Núñez y su sueño de conquistar aquellas tierras. Mantiene embobados a quienes les habla de una fuente que vuelve inmortales a los hombres y de grandes ciudades todas ellas cubiertas de oro. Mas su tiempo ha concluido y los enemigos de Castilla desean aprovechar la ocasión para terminar con el dominio de nuestra nación sobre aquellas tierras. Nosotros queremos ir a la Florida y bien sabemos que si lo logramos, únicamente será a vuestro lado y de ninguna manera con un soñador que pasó tanto tiempo entre los indios paganos que en buena parte se hizo como ellos y hasta creyó sus fábulas. Nos comprometemos a serviros y ayudaros en Valladolid en cuanto preciséis. En pago por ello confiamos en que no nos olvidéis cuando arméis vuestra flota; poco nos importa si en ella va o no Cabeza de Vaca.

Gallegos asentía con la cabeza a cuanto decía el licenciado. Hernando miró a Rangel, que con una mueca dio por bueno el arreglo.

—Estoy conforme —dijo Hernando—. Saldréis para Valladolid con Álvaro Nieto, hombre de mi total confianza y al que le pondréis al corriente de todo como si fuera yo mismo. Vuestro primer trabajo será mantener entretenido a Cabeza de Vaca con vagas esperanzas hasta mi llegada y sonsacarle cuanto sepa de quienes están en mi contra. Además de vosotros tres nadie más debe saber que me dirijo a la corte.

—Así se hará —contestaron al unísono y reconfortados Gallegos y Spíndola—. Tenéis nuestra palabra como hidalgos de serviros con lealtad y la confianza de que mantendréis la vuestra acerca de la jornada a la Florida —añadió el sevillano.

Los preparativos del viaje le llevaron unas pocas semanas y en ellos participó Isabel con la misma voluntad y fervor que Hernando. Envió cartas a su madre, asistente de la esposa del Rey y, por ende, con gran predicamento en la corte, y a su tío, el conde de Puñonrostro, para que los acompañara a Valladolid y alertara con la discreción apropiada a las personas leales dispuestas en el entorno del emperador Carlos.

Hernando obtuvo los certificados del arzobispo fray García de Loaysa, presidente del Consejo de la Casa de la Contratación, con todos los parabienes en favor del nombramiento de De Soto para la empresa de la Florida. No pudo encontrar mejor valedor porque el arzobispo contaba con los miramientos del Rey desde que fuera su confesor y bien es sabido que desde la casilla de los pecados más se ordena que se aconseja al que desvela sus culpas, sea peón o gran señor. A más, Loaysa se distinguía por su defensa del fraile Las Casas y la causa del trato a los indios, de tal modo que su firma convertía a Hernando en hombre de confianza para la Corona y en un cristiano severo en el buen trato que se debe a los indígenas, como había establecido por ley la reina Isabel.

Desde su vecindad en Sevilla, Hernando se había convertido en el principal asesor del Consejo, por su inestimable conocimiento de las Indias y las circunstancias que concurren en los conquistadores y sus disputas. Obtenía por ello el beneficio de estar al corriente de cuanto acontecía en el nuevo mundo, de las conquistas modernas y de las pendencias anunciadas como así sucedía en su añorado Perú, donde pizarristas y almagristas se desangraban mientras su viejo conocido el Inca Manco Capac se había alzado en armas contra los españoles. En lo más profundo de su alma le dolía haber atinado en sus pronósticos.

El arzobispo Loaysa no tuvo inconveniente en pagar con un derroche de halagos bien escritos y mejor razonados los favores de Hernando a la Casa de la Contratación y sus sabios consejos para dirimir las querellas que obraban a miles de leguas. El resto del tiempo lo tomaron Hernando y Rangel en tratar con los banqueros la disposición de fondos ante lo que se avecinaba.

Después de una corta estancia en Madrid, donde se les unió el conde de Puñonrostro, la comitiva siguió camino a Valladolid. Hernando, Rangel, Isabel y su tío se acomodaron en un confortable carruaje bien acolchado tirado por cuatro incansables percherones. Moscoso, Tovar y otros cuatro criados los escoltaron a caballo.

Estaba muy avanzada la mañana y un sol tan claro que parecía de nieve inundaba de una neblina como de oro los campos cuando el cortejo contempló los viñedos que se extendían por la ribera del Duero; luego vieron más cepas hacia levante, mientras cruzaban el puente de piedra sobre el Esgueva que les franqueaba el paso a la puerta del Campo. A poniente, más allá del Pisuerga, frondosos pinares se abrían a labrantíos de cereales que verdegueaban antes de borrarse en el páramo. Enfrente, se recortaban los tejados y azoteas de palacios y casonas, escoltados por los majestuosos campanarios de San Gregorio y San Pablo. Antes de embocar la calle de Santiago, Tovar detuvo su montura y miró la mancebía extramuros que tenía a su derecha cuyos lascivos beneficios venían a soportar las obras de misericordia de varias cofradías vallisoletanas. Se relamió de gusto al pensar que dispondría de nuevas carnes, porque ya tenía demasiado acariciadas y conocidas aquellas otras de los prostíbulos sevillanos de la Resolana, la Tablada, Triana y el callejón de la Aguja donde había dejado buenas fortunas entre las sábanas.

Poco antes de llegar a la Plaza Mayor el aire saludable vino a dar en una nube pestífera amasada, con el polvo de las calles mal empedradas y con las emanaciones de los regatos por los que discurrían inmundicias y desperdicios de las bacinillas vertidas desde las ventanas. Veinte años después de que la villa de Valladolid fuera declarada corte, sus vecinos no contaban con el beneficio de la higiene y la indulgencia de los arquitectos; todos ellos veían pasar la historia como tántalos encadenados a un tiempo oscuro e inmutable.

La Plaza Mayor se antojaba un asta de lanza en bajorrelieve sobre los tejados pardos y musgosos. En aquel triángulo se depositaba la vida de la ciudad, su boca y su vientre, lo más selecto y la escoria. A su paso fue Moscoso el que detuvo la cabalgadura por un momento para escudriñar entre los soportales. Miró sin

343

atención las tiendas de los gremios y los baratillos de los campesinos, hasta que encontró lo que buscaba. Hacia poniente, donde se estrechaba el ángulo de la plaza, vio una animada taberna, con algunas mesas a la entrada ocupadas por parroquianos que le daban a las cartas. Se sonrió para sus adentros al pensar en los incautos, que correrían la misma suerte que los palominos que cayeron en El Postigo de Sevilla con los naipes en la mano.

El palacio del conde-duque de Benavente resultó un acomodo digno de la fortuna y el rango de Hernando de Soto, caballero de Santiago, de bien demostrada limpieza de sangre, héroe de las Indias y dueño de una fortuna que podría justificar a cualquier envidioso. El palacio era por entonces uno de los recintos más notables de Valladolid. Tenía una dimensión regia, 90 por 140 varas, torres esquineras de gran porte y aptas para la defensa, jardines y patios en su interior, oratorio, capilla, teatro, botica, biblioteca, armería y un amplio mirador de bellas vistas y mejor aire sobre el Pisuerga. Estaba rodeado de una plazuela con asientos de cantería cerrada por una valla de hierro bien forjado. A través de ella llegó el cortejo a la puerta principal del palacio, situada de forma poco corriente en uno de sus laterales. Era, por tanto, lugar adecuado para el reposo, los recibimientos a personas de rango, guardar visitas de confidencia y tener reuniones secretas. Por lo demás, estaba a pocos pasos del palacio de los Pimentel, residencia del rey Carlos.

No perdió el tiempo Hernando de Soto después de su acomodo y requirió la presencia de Nieto para que le informara al punto de cuanto acontecía en la corte. Bajo la engañosa luz del atardecer los dos hombres, con la compañía de Rangel, buscaron un rincón alejado en el extenso jardín custodiado por silentes estatuas de los mitos griegos. Junto a una alegoría de Némesis, diosa de la venganza, Nieto fue desgranando las nuevas.

—Gallegos y Spíndola han cumplido honradamente con lo prometido —dijo el de Alburquerque—, mas algo ha cambiado en los últimos tiempos. Tu llegada no se ha podido mantener en secreto y nuestros enemigos se han movido bien, hasta el punto de que Cabeza de Vaca ha ganado alguna posibilidad porque le utilizan para sus propósitos. Y tenemos enfrente a muchos y variados contrarios.

—¿Hay alguno del que debemos guardarnos de modo especial?

—Está el duque de Riomediano que recibe buenas rentas de dos banqueros muy protegidos del almirante de Flandes y que han prometido a Cabeza sufragarle parte de la expedición.

—¿Cuentan con mucho oro o es una argucia para retrasar nuestros planes?

—Se habla de que disponen de dos mil ducados de oro, pero su intención verdadera es convencer al Rey de que todas las riquezas de la Florida se usarán en Europa bien administradas por Flandes, que de ese modo colocará en las Indias su cabeza de puente para disputar a Castilla su gobierno sobre el nuevo mundo. Cabeza les serviría como peón de sus propósitos. Además, hay un tal Marcos Gonzalo que es muy enredador en la corte, con lo que se gana su buen dinero. Es el encargado de propalar toda especie de mentiras sobre ti entre plebeyos y nobles, a más de servir como recadero entre los banqueros flamencos, sus aliados castellanos y nuestros principales enemigos ocultos.

—¿Ocultos? ¿Detrás de quién se esconden y quiénes son?

—Es difícil saberlo, Hernando, pero tenemos en nuestra contra al deán de Valladolid e importantes clérigos que le deben favores y le siguen en todos sus deseos. Y parece que nos han ganado la primera partida.

—¿Cómo es eso?

—Se dice que el Rey, convencido por el propio deán, ha tomado la decisión de delegar en el clérigo la elaboración de la lista de religiosos que han de viajar a la Florida.

—¿Qué relación guarda el deán con los flamencos? No entiendo sus intereses —intervino Rangel.

—A decir de Spíndola, que tiene un pariente cercano entre los canónigos, el deán quiere establecer en la Florida un dominio político en manos de los clérigos sostenido por las armas flamencas y borgoñonas que, a cambio, obtendrían la libertad de comercio. Ése es el acuerdo al que han llegado el deán y el almirante de Flandes, el principal valedor de la trama y una de las personas más cercanas al Rey.

Hernando guardó silencio acariciándose el mentón barbu-

345

do con los dedos índice y pulgar. Nieto le miró reconfortado a sabiendas de que la solución al conflicto no tardaría en llegar. Ni siquiera una pequeña algarabía de vencejos en un nido cercano distrajo la atención del jerezano, que mantenía fija la mirada en el busto de Némesis. El fiel lugarteniente y su secretario apenas se atrevían a respirar para no distraer los pensamientos de su capitán, que a los pocos minutos les miró con una sonrisa y dijo en un tono tan íntimo que nadie a menos de dos pasos le hubiese oído:

—El deán se ha descubierto y no nos será difícil anular a los clérigos que nos imponga y a los soldados que les acompañen. Cuando nos hagamos a la vela, yo seré la única autoridad y obraré como tal. Ahora debemos encargarnos de Riomediano y los banqueros. En cuanto a ese Gonzalo...

—Corre de mi cuenta, Hernando. Si te place, puede dejar de enredar ahora mismo. No faltan personas en Valladolid a las que ha hecho demasiado mal y disfrutarían con la venganza —contestó sereno Nieto con una mueca malévola.

346 —¿Tienes gente de confianza dispuesta a todo?

—Tengo oro suficiente y la promesa de llevar a las Indias a quienes nos sirvan con lealtad, incluso con un puñal manchado de sangre.

—Dentro de cinco horas te aguardo en mis aposentos y trae contigo a Gallegos y Spíndola. Tovar y Moscoso se nos unirán para poner a punto nuestra maniobra.

Al poco de despedir a Nieto, Hernando puso al corriente a Tovar y Moscoso de cuanto se había hablado en el jardín y les pidió que utilizasen las horas que faltaban para la reunión en realizar pesquisas que sirvieran a su fin. Ninguno perdió el tiempo y partieron de inmediato a husmear en los ambientes poco cortesanos que les eran tan de su agrado y por donde rondaban las noticias más verdaderas. Entre convites a putas, vino, naipes y dados los criados se abren con facilidad a las confidencias. En busca de ellas fueron Luis Moscoso y Nuño Tovar.

Los reflejos de las mortecinas candelas de un sobrio quinqué sobre los rostros de los siete hombres dibujaban una mueca sombría, maquillándolos como conspiradores de comedia. El resto de la estancia permanecía en una completa oscuridad, agrietada a veces por el chisporroteo de un ascua que huía de una salamandra de pulido cobre.

—Bien, caballeros, ¿qué es lo novedoso que podemos oír? —preguntó Hernando con el interés y el apremio inquieto de un general antes de urdir el plan de batalla.

Luis Moscoso miró al resto de los reunidos, que permanecían callados, y decidió tomar la palabra.

—Tenemos buenas noticias. El duque de Riomediano nos resulta presa fácil. ¡Dios mío, no hay en Valladolid persona con más demandadores! Hasta se hacen chanzas acerca de su situación. Las deudas de juego le tienen secuestrado a la voluntad de los de Flandes y en pago se aviene a espiar para sus intereses. No rechaza ningún azar ni le hace ascos al peor antro. Apuesta fuerte y juega mal, así ocurre que de día en día crecen sus deudas. ¿Sabéis quién le proporciona las partidas y le encara a los tahúres?

—Marcos Gonzalo —contestó con satisfacción Nieto.

—El mismo —respondió Moscoso con cierto aire de sorpresa—. Tengo para mí que al duque se le puede comprar y mudar su determinación.

—Además vamos a liberarle del personaje que azuza sus vicios —dijo Hernando mirando a Nieto que respondió con un movimiento afirmativo de cabeza—. Saldaremos sus deudas y con una adecuada provisión de oro se olvidará del asunto y estará dispuesto a culpar a quien sea.

Las averiguaciones de Moscoso animaron al resto a compartir las indagaciones. Y Gallegos habló a continuación.

—En cuanto a los flamencos, no parecen tan fáciles de enmarañar. Uno de ellos tenía intereses puestos en la nao que libraste en Portugal y se ha juramentado como tu eterno enemigo. El otro, al que llaman Ludovico de Lieja, cuenta con el favor personal del almirante de Flandes. Muy difíciles de atacar. Mas... tenemos alguna oportunidad. Hay gremios que no guardan simpatías por la pareja de banqueros. Los sederos, algunos señores de la Mesta, orfebres y algunos banqueros castellanos, a los que han perjudicado en su mercado o separado del favor de la corte, estarían contentos con su desgracia. Luego tenemos las hablillas acerca de sus simpatías con los erasmistas.

—¿Y qué ocurre con eso? —preguntó con gesto confuso Hernando.

—Algo que nos conviene si sabemos confundir los asuntos —intervino Spíndola—. Hay un camino muy corto entre la afición a Erasmo y la simpatía por Lutero.

—¿Son herejes? —inquirió Rangel.

—Poco nos importa, pero podemos animarles a la conversión ¿no es así? —añadió Hernando con sorna.

—De ello se trata —asintió Spíndola—. Si actuamos con tiento, podemos hacerles caer en una trampa que cuando menos levantará las sospechas del Rey hasta apartarlos de su entorno. Si el luteranismo anda de por medio, ni el mismo almirante de Flandes osará poner en juego su condición y su puesto en la corte.

—¡Sí, señor! —clamó Tovar—. Hay que hacer tanto ruido sobre ellos que para cuando se aclare el asunto todos nosotros nos hallemos en la otra orilla del océano.

—Es peligroso enredarse con el Santo Oficio —intervino Nieto a modo de señal de alerta.

—No hay por qué hacerlo —sentenció Rangel con suficiencia—. Cuando la Inquisición olfatea una presa, no se anda con miramientos o justicia, actúa con una denuncia secreta para que luego el miedo a sus alguaciles haga mudar a cualquiera de opinión y hasta de fe.

—Será complicado llevarles al engaño. Esa gente lleva la desconfianza en su naturaleza —terció Gallegos.

—Pues hemos de lograr su confianza y rápido, porque no creo que el Rey tarde mucho tiempo en recibirme en palacio. Para entonces quiero a mis enemigos sin voz y agarrotados por el miedo —ordenó Hernando que, dirigiéndose a Spíndola, le preguntó sobre el deán.

—Lo único cierto es que ha confiado la misión a un hombre de su entera confianza, un fraile trinitario que responde al nombre de Rodrigo de la Rocha, con un tal Juan de Cieza como su brazo armado. También se habla de un tal Dionisio de París como los ojos de los flamencos y del propio deán en la expedición, un clérigo muy querido por los taberneros, que le tienen por mejor cliente.

—Antes del flete de nuestra expedición ese clérigo de París debe estar tan confundido que no sepa distinguir entre su mano diestra y la zurda, si me debe un favor o ha de considerarme su peor enemigo. Ése será tu trabajo, Tovar.

—No tengas cuidado, Hernando —respondió Nuño satisfecho—. Por el vino manan las verdades que los hombres esconden y cuanto mejor sea el licor más dicharacheros se vuelven.

—En cuanto a Cabeza de Vaca ¿hasta dónde está enterado de todas estas argucias en contra nuestra? —preguntó Hernando.

—Si algo conoce, le importa un ardite —contestó Gallegos con un ligero movimiento de cabeza—. Lo único que le interesa es llegarse a la Florida y demostrar que tan fantásticas fábulas y ricas naciones existen y quedarán bajo su mando. En mi opinión desconoce las argucias de los flamencos y lo que se proponen. Cabeza puede ser un visionario, pero no es un traidor.

—Dejémosle en paz. Su entusiasmo bien merece una oportunidad, pero que sea lejos de mis intereses —terminó Hernando.

Entró entonces en la estancia Isabel de Bobadilla, algo que molestó a Hernando y obligó a ponerse en pie al resto de los caballeros.

—Siento interrumpirles, señores —dijo segura de sí misma y en el tono de firmeza que tan bien conocía su esposo—. Tengo algo importante que decirles y que se acomoda a nuestros intereses —y recalcó intencionadamente «nuestros»—. Hemos encontrado un inesperado e importante aliado en la esposa del Rey.

Un murmullo recorrió entre los presentes mientras Hernando la miraba con extrañeza.

—Así me lo ha hecho saber mi tío, el conde de Puñonrostro. Doña Isabel de Portugal defiende a Hernando al saber que su propósito en las Indias es colonizar y poblar cristianamente aquellas tierras.

349

—¿Y eso a qué se debe, Isabel? —preguntó Hernando.

—Su Majestad la Reina defiende desde hace años la necesidad de llevar familias y ganados para repoblar aquellas tierras y fundar en ellas ciudades. La espada ha de ser el instrumento para crear nuevas Españas que vivan de forma pacífica y libre. Ahora Hernando le brinda la oportunidad de que se cumplan sus deseos.

—¡Magnífico! —gritaron varios mientras Hernando se acercó a Isabel para besarle la mano y decirle con emoción—: Mi señora, habéis prestado un notable servicio. Ahora más que nunca esta empresa es tan vuestra como mía. —Y casi en un susurro añadió—: Te quiero, Isabel. —Y se volvió a su asiento. Y ella le besó con los ojos.

—Y ahora… pensemos en la trampa a los flamencos —dijo Hernando con la mirada puesta en Rangel.

Llegado es el momento de referirse con cuidado a Rodrigo Rangel, verdadero urdidor de la trama con la que venía a demostrar, una vez más, su total lealtad a Hernando y su notable capacidad para la discreción y el juego político. Su talento natural se educó y agrandó al lado de su paisano Hernán Cortés durante la conquista de la Nueva España. Allí se esforzó en el uso de la espada como capitán de la partida contra el cacicazco de Oaxaca o como segundo en el mando civil de la Villa Rica de la Veracruz, pero su ánimo se forjó en derrotas como la de la aciaga noche en Tecnoctitlán o grandes victorias como la de Otumba, pero maduró sobremanera en la observancia de los modos de hacer y discurrir de Cortés: firmeza con la tropa, castigo a los traidores, conocimiento del enemigo para usar de sus flaquezas y desbaratar sus virtudes buscando la alianza y la ayuda del enemigo de tu enemigo.

Venido a España cuando la traición contra Cortés tomaba cuerpo en las Indias, supo por su compañero de armas Bernal Díaz del Castillo que un tal De Soto, que bien se señoreó y tuvo riquezas en Nicaragua y el Perú, estaba llamado a ser uno de los grandes del Imperio. Así fue como Rangel se presentó ante Hernando con una fraternal recomendación de Díaz del

Castillo y de Fernández de Oviedo, que había tomado notas extensas de cuanto le contó Rangel sobre sus andanzas por la tierra mexica. Desde entonces, día a día, se había ganado el favor del jerezano por su honestidad y atinados consejos, por su lealtad con los amigos y su implacable trato a los enemigos.

Los últimos borrachos en la noche del domingo deambulaban trastabillados por entre las calles de Vega y Mantería. Ninguno de ellos vio o dedicó atención a la negra figura embozada que cruzó la plazuela de los Herreruelos, sorteando el escenario de comedias donde horas antes se vitoreó una «Égloga» de Juan del Encina, y se adentró en la oscura y maloliente calle de los Zurradores hasta llegarse al zaguán de una modesta posada. Cristóbal de Spíndola se despojó del capote y golpeó la aldaba.

Pocos minutos después se hallaba frente a su antiguo condiscípulo de leyes en Salamanca, Juan Salvatierra, hijo menor de un hidalgo menesteroso, cuya afición por el saber siempre fue pareja a su cúmulo de deudas y necesidades. Spíndola le había visto en ocasiones anteriores y hasta le había beneficiado con algunos maravedíes con los que llenar el estómago y su biblioteca. Sabía desde entonces de sus simpatías por la obra de Erasmo, aprendida de su maestro Alfonso Valdés, pero no le prestó atención hasta que se pergeñó el plan de Hernando contra los de Flandes. Salvatierra sería la carnaza del cebo.

Spíndola y su acompañante habían terminado la jarra de vino y ambos estaban de acuerdo en el trato. El erasmista avisaría a los banqueros de que un correligionario de Amberes, acusado por el Santo Oficio de luteranismo, requería su ayuda para abandonar España y buscar refugio en Flandes. Él mismo habría de conducirlos hasta una portería donde aguardaba el fugitivo en demanda del socorro económico para poder tomar un barco que le librara del tormento. Cuando Spíndola se despidió dejó como único recuerdo una bolsa repleta encima de la mesa y la promesa de Salvatierra de que abandonaría Valladolid inmediatamente después de llevada a cabo la empresa.

Los tres hombres se retreparon contra la pared al oír las voces de los centinelas cantando las novedades en las almenas del palacio de los Pimentel, donde velaban el descanso del Rey. Salvatierra estaba sorprendido por la celeridad y la disposición con la que acudieron a su requerimiento Ludovico de Lieja y el otro banquero que dijo llamarse Manuel. Advertido como estaba por Spíndola acerca de la desconfianza de ambos, empero le bastó al licenciado presentarse como alumno de Valdés, añadir un par de lugares donde se oficiaban reuniones secretas y relatar que la acusación infundada contra su paisano había partido del entorno de castellanos como Medinasidonia y Puñonrostro, para tener la confianza inmediata de los flamencos.

A punto estuvieron de recibir el alto por una ronda de alguaciles en las traseras del palacio obispal, pero su quietud junto a los muros y la desidia de los vigilantes les permitieron seguir sin sobresaltos hasta una casa mal encalada, con los tejados quebrantados y el portón corroído, que se hallaba en las traseras del monasterio de Santa Isabel. Salvatierra les solicitó paciencia mientras iba en busca del huido que se ocultaba en el desván.

Los flamencos guardaron silencio mientras miraban en su derredor el apilamiento de objetos inservibles, cacharrería y loza cubiertos de telarañas, aperos de labranza colgando de las paredes de adobe, tinajas rotas, alforjas deshilvanadas con las cerdas de esparto podridas, sacos vacíos, cajones descuadernados y una mesa con una pata quebrada completaban el mobiliario que se entreveía a la luz de los rayos de luna que penetraban por un ventanal y el agujereado techo. Un olor a orín de gato impregnaba la estancia mal empedrada de cantos rodados. Repararon entonces que sobre la mesa había una vela casi consumida, depositada en una vieja palmatoria de latón, y un libro. Ludovico encendió el menguado cabo y se sintió aliviado al comprobar que el libro era una Biblia.

El portón se abrió como si el brazo de un huracán lo hubiese golpeado, depositando en el umbral a cinco figuras espectrales cuya visión desbocó el corazón de los flamencos y aturdió sus mentes al escuchar la amenaza:

352

—¡En nombre de la Santa Inquisición, daos presos!

—¿Qué clase de ultraje o broma es ésta? —clamó con cierto tartamudeo Ludovico.

—¿Sois Ludovico de Lieja y Manuel Praet? Sobre sus señorías pesa una grave denuncia de prácticas luteranas.

—¿Y podemos saber quién nos acusa de tamaña mentira? —insistió de nuevo Ludovico.

—¿Conocen sus señorías a Marcos Gonzalo? —requirió el alguacil mayor.

Ambos se miraron con extrañeza y asistieron al unísono.

—Hace unas horas se halló su cadáver degollado en un callejón de la calle del Quirce. En su jubón había una nota firmada por él mismo y dirigida al Santo Oficio en la que se denuncia a sus señorías de conspirar contra el Rey por medio de una secta de luteranos que habrían de reunirse en este mismo lugar y a estas horas de la madrugada.

—¿Desde cuándo la Santa Inquisición da crédito a un muerto? —inquirió malhumorado Manuel Praet.

—La denuncia ha sido confirmada por una persona de la nobleza castellana, cuyo nombre no os compete —respondió autoritario el justicia principal.

Dos de los alguaciles rodearon a los sospechosos, mientras el tercero entregaba al oficial mayor la Biblia que se hallaba en la mesa. Después de un breve ojeo se la lanzó al rostro de Ludovico.

—Ahí tenéis vuestra Biblia luterana. Lástima que uno haya escapado y el resto estuviera sobre aviso. Pero sus señorías pagarán por todos ellos. ¡Apresadlos!

Comenzaba a clarear cuando los soldados de escolta abrieron la comitiva, llevando engrillados, pálidos y temblorosos, ya fuera por el relente o el miedo, a los dos banqueros.

Gran alboroto causó en la corte la detención de Ludovico de Lieja y Manuel Praet, festejada por los nobles y menestrales castellanos. Muy al contrario, el abatimiento dominaba el entorno del almirante de Flandes y una muy poco cristiana ira se había adueñado del deán. Lo que ocurría en los calabozos del Santo Oficio no era de la incumbencia del Emperador

353

y así se lo hizo saber a quienes abogaron por su intercesión.

Mas aquel 4 de mayo del año de 1537, Hernando de Soto era ajeno a todas las tribulaciones y las habladurías de la corte. Era un vencedor y su indumentaria iba acorde con ello. Vestía de gala en seda y raso con un inmaculado jubón del mejor hilo sobre el que había colocado una coraza refulgente con la cruz de Santiago grabada en su centro. Tocado de un sombrero aterciopelado con una pluma multicolor, caía sobre sus hombros una capa blanca de finísimo algodón donde se habían bordado a un lado la cruz del apóstol y en el otro las iniciales I.B. enmarcadas por las armas de los Pedrarias. Una fina cadena de oro adornaba la pechera y sobre el tahalí de cuero repujado reposaba la espada tan finamente labrada en oro y plata por el sevillano Antonio de Arfe, el maestro orfebre. Al cinto llevaba la daga con la dorada empuñadura *tumi*. El Rey tendría ante sí la mejor representación de su Gobernador de la isla de Cuba y Adelantado de la Florida.

La sala de audiencias del palacio de los Pimentel estaba muy concurrida, contando amigos, enemigos y cortesanos. El rey Carlos estaba sentado junto a su esposa y el lugar más próximo a ambos lo ocupaba un sonriente y ufano duque de Medinasidonia. Hernando recorrió la estancia haciendo sonar los tacones de sus lustrosas calzas de piel de ternero, la mitad de la capa vuelta hacia atrás y la mano firme en la empuñadura de la rica espada que dejaba boquiabiertos a los cortesanos haraganes y envidiosos.

Después de la solemne reverencia, Hernando se detuvo en los bellos ojos grises de Isabel de Portugal, que parecían haber perdido su brillo, y comprobó que su tez estaba mortificada por las calenturas, pese a ello le dedicó una sonrisa cómplice. La muerte acechaba por entonces a la hermosa mujer del emperador Carlos, quien mantenía una pierna sobre un escabel y respondió a la reverencia con un leve movimiento de su brazo e inclinando el cuerpo hacia delante, lo que resaltó su prognatismo apenas disimulado por una rizada barba.

—Mis mejores venturas a Vuestras Majestades y mis oraciones y deseos para nuestra reina, doña Juana, que Dios tenga a bien sanarla pronto de sus males. Se presenta ante vos Hernando de Soto, capitán de Su Majestad Imperial Católica, su más fiel servidor y el primero de sus soldados. Presto estoy, mi señor, a recibir vuestras órdenes.

—Mi leal Hernando de Soto —contestó el monarca con un tono de familiaridad—, sois el primer caballero de Castilla y la providencia ha correspondido a vuestra valentía y honestidad con fortuna y fama. Muchos son vuestros valores tan necesarios para España y su imperio y aún mayores los servicios prestados a la Corona. Por todo ello, sois el español más digno para emprender tan gran empresa en las Indias como la que nos ocupa. Éstos son los deseos del Rey y de la nación y nuestras reales provisiones para la conquista.

Con toda solemnidad un secretario real dio lectura al documento que entronizaba a Hernando en el libro de la historia:

Capitulación con Hernando de Soto que ha servido en las conquistas y provincias de Nicaragua, Perú y otras partes de las Indias.

Encárguesele la conquista y población de lo que se concedió a Pánfilo de Narváez, y delante de las provincias de la Tierra Nueva, cuya gobernación fue encomendada al licenciado Ayllón.

Otórgase el título de Gobernador y capitán general de doscientas leguas de lo que descubriese; Adelantado, Alcalde Mayor y teniente de tres fortalezas.

Oferta de doce leguas en cuadro con señorío de vasallos, juntamente con la gobernación de Cuba, facultad de llevar a la dicha Cuba cincuenta esclavos francos y otros cincuenta a su conquista, con la franqueza y mercedes para los conquistadores y pobladores.

Se obliga a hacerse a la vela dentro de un año, con 500 hombres y los Oficiales Reales, religiosos y demás señalados por Su Majestad.

Todo a costa de Soto, al que se autoriza a tomar un salario de 1.500 ducados por año y otros 500 de ayuda de costa.

Ordénase no llevar abogados, procuradores y letrados, de modo tal que se eviten pleitos y quebrantos que originan en aquellas Indias los dichos abogados.

Inserta la Real provisión para el buen tratamiento de los indios, con su fecha en Granada a 17 de noviembre de 1526. Dando el Requerimiento a los dichos indios antes de emprender acción

355

violenta porque ellos son personas libres a los cuales debe apartarse por la gracia de Dios del pecado nefando y del vicio de comer carne humana.

En Valladolid a 4 de mayo de 1537.

El Rey

Fue entonces cuando Su Majestad don Carlos descendió del trono para imponer su brazo amigo sobre el hombro, primero, y abrazar después a Hernando, que habría de ser su voz, la justicia y sus armas en las tierras por conquistar en las Indias. Aprovechó entonces el monarca para susurrar al oído del aventurero con un marcado acento de la lengua de los franceses:

—La Corona os está agradecida por vuestra donación de 10.000 ducados para la defensa de nuestra fe y nuestra nación. No olvidéis esa generosidad con el quinto real y castigad sin miramiento a quienes pretenden erigir en las Indias la traición comunera. Y una misión muy especial os encomiendo: buscad con denuedo el canal que une las dos mares océanas, es éste mi mayor deseo. No lo olvidéis.

—Señor, se os dará lo que os pertenece y se hará justicia con los rebeldes, mas también es de justicia que no abandonéis a vuestros súbditos que dan la vida por Vos en las Indias con mayor riesgo y menos recompensa de quienes combaten en los campos de Europa. El menosprecio anima a la traición, mi señor.

—Servidnos con lealtad y yo os prometo que la mirada y la voluntad del Rey siempre estarán puestas en vos y vuestros hombres. Guardaos de los rebeldes y de la ambición personal y defended a nuestra Iglesia por encima de todo.

—No es otro mi afán sino el de agrandar los reinos de Su Majestad y servir a nuestra reina Juana.

—Por cierto, don Hernando, vigilad a vuestro alrededor, porque hasta nosotros han llegado noticias ciertas de que embarcáis un buen cargamento de rebeldes comuneros y de ellos el más peligroso es un tal Rangel, al que tenéis por una persona de toda vuestra confianza, según creo.

—Majestad, mido a mis hombres por su valentía y sus aciertos presentes y no tengo en cuenta sus errores pasados. Y puedo deciros que pongo mi vida en las manos de cada uno de ellos con la total certeza de que no es otro su propósito que el de servir a España y engrandecer sus reinos. Mi señor, vigilad vos la cristiandad y cuidad de sus súbditos, que yo me ocuparé de los traidores si es que llego a encontrarme con alguno.

El Rey despidió a Hernando con una mirada entre orgullosa y desconfiada.

Al desandar sus pasos por la sala recibió reverencias y felicitaciones de los cortesanos, pero sólo tuvo ojos para Isabel, que acompañada de su tío y Moscoso de Alvarado, lloraba de emoción mientras le lanzaba un beso que le estremeció el corazón.

De todas partes de España y otras naciones acudían a Sevilla gentes de cualquier condición con el propósito de enrolarse en la expedición del Adelantado Hernando de Soto, héroe del Perú, abrazado por la fortuna y la fama, la cual había trascendido las fronteras del reino castellano y cuyo nombre iba de las cortes de Europa a los cuarteles y de la soldadesca a los escritorios de mercaderes y prestamistas. La nuevas de su retorno a las Indias concitaron igual entusiasmo en el nuevo mundo y fue así que hombres medio desesperados, impacientes o transidos por la continua desventura se llegaban a la isla de Cuba a la espera de su futuro Gobernador, que habría de conducirlos a la gloria y reparar sus males pasados.

En unas dependencias de la Casa de la Contratación habilitadas por el arzobispo Loaysa, Rodrigo Rangel realizaba la compra de bastimentos y armas, fiscalizaba la contratación de familias de colonos, recibía a armadores de Sevilla y Vizcaya y se procuraba encuentros con pilotos de los primeros viajes de Nicuesa y Ojeda, marineros que siguieron la derrota de Narváez, Ponce de León y Garay en la Florida y hasta alguno anduvo por allí que dijo haber servido a las órdenes del Almirante Colón en alguno de sus cuatro viajes, y otro juró haber trazado mapas para Yáñez Pinzón durante su periplo por las costas de la Tierra Firme.

Moscoso encontró acomodo en varias salas de las Ataraza-

357

nas, donde llevaba a cabo roles de tropa, que luego variaba o tachaba De Soto con la ayuda de Lobillo, atento por evitar en la expedición a aventureros sin cuento, rufianes, buscavidas, truhanes, cortesanos melindrosos y soldados de malsana veteranía que resultan tan enemigos de la disciplina como amantes del oro fácil.

Mucho habían mudado las cosas desde que zarpara Pedrarias Dávila, dos decenios antes, con una hueste por lo general poco exigente, repleta de traidores en ciernes, bribones avariciosos, gentes de ánimo débil y escasas entendederas para comprender la gran empresa de las Indias. Se trataba, ahora, de levantar un ejército jerarquizado, fiel a las órdenes, desfavorable a la rebelión y temeroso ante los castigos.

A sabiendas de que en la misma sangre se encuentra a los más leales servidores, Hernando de Soto aprovechó una visita a la tierra de sus padres para llevar a cabo una leva entre sus familiares de Jerez y Barcarrota. Allí dejó pagada una capilla sepulcral para sus progenitores en la iglesia de San Miguel y se llevó consigo a su hermano Pedro y a clérigos y aspirantes a continuar la saga conquistadora de los Méndez de Soto. Nieto, Moscoso y Lobillo también concitaron parientes a unirse a la empresa.

Nuño Tovar tenía muy adelantado su oficio y a través de la bolsa y el halago tenía confiada la amistad del clérigo Dionisio de París, bien entretenido con la gula en mansiones cortesanas, pruebas del mejor vino en posadas y hosterías y hasta con algún devaneo lujurioso por la Huerta del Rey. De ese modo fueron llegando las confidencias y, con ellas, De Soto estaba al cabo de cuanto tramaban los principales agentes del deán de Valladolid, el trinitario de la Rocha y su ayudante Juan de Cieza.

La esposa del Rey, la hermosa Isabel de Portugal, quiso terminar la obra que inició dando su crédito a la empresa de Hernando con el envío de una partida de hidalgos portugueses de la localidad de Elvas, gallardos y leales, capitaneados por Andrés de Vasconcelos.

A medida que avanzaban los preparativos crecía el número de voluntarios y menguaba la fortuna del Adelantado, que consideraba insuficiente la cifra de quinientos alistados exigida por las capitulaciones, pero los diez navíos prevenidos, a toda su carga, no podrían acarrear más de un millar de hombres. Llegó entonces el tiempo de las exclusiones y el trajín de las bolsas de dinero para comprar las voluntades de los más cercanos a De Soto. Rentas, casas y solares fueron puestos en venta para comprar un asiento a la Florida.

Hubo algunos que tuvieron la fortuna de convencer a Hernando con una sola frase y sin desembolsar un maravedí, como ocurrió con un tal Juan de Mogollón, superviviente de la malhadada expedición de Garay, que asaltó una tarde al futuro Gobernador de Cuba en el umbral de su casa sevillana.

—Señoría, he de ir a la Florida con vuecencia —espetó Mogollón con una frialdad que atrajo la atención de Hernando.

—¿Hay alguna razón especial para ello?

—La tengo, señoría. Estuve con Garay por aquellas tierras que nos provocaron sufrimientos indignos de cualquier cristiano. Tengo derecho a la venganza. Y os juro por mi fe que, a mi modo de ver, los indios de allá son los más bravos que se puedan encontrar en el orbe nuevo. Frente a tal fiereza sólo un capitán como vos puede triunfar en tal empresa y yo quiero estar a vuestro lado.

Hernando le miró sonriendo y dirigiéndose a su acompañante Rangel le ordenó lacónico: «Alístale».

Había entrado el año de 1538 y la expedición estaba dispuesta, los diez navíos a flote y nombrados los cargos de dignidad y los militares. En la mansión de Hernando se habían citado una veintena de hombres para escuchar las últimas disposiciones del Adelantado y recibir cada uno de ellos la lista de hombres y mercancías así como la disposición del mando durante la travesía.

La mayor flota de conquista que vieron las Indias quedó compuesta de la siguiente manera:

Los 784 expedicionarios serían transportados en cinco naos, un galeón, dos carabelas y dos bergantines, todos ellos bien pertrechados de hierro, armas, pólvora, aperos de labranza, simientes, grano, útiles de ferretero y herramientas. Se embarcaron cantidad de caballos, parejas de animales domésticos, piaras de cerdos, toneles de aceite, vinagre y frutas, medicinas y aparejo para las naves.

Hernando de Soto figuraba como Adelantado, Gobernador y capitán general de la empresa. Sus segundos en el mando eran Nuño Tovar como maestre de campo y Luis Moscoso con el oficio de teniente general. El piloto mayor era Alonso Martín y como oficiales firmaban Diego Arias Tinoco, pariente de Hernando como alférez general, los capitanes Andrés de Vasconcelos, Álvaro Nieto, Rodríguez Lobillo, Diego García, el otro Arias Tinoco, Alonso Romo y Pedro Calderón. Spíndola capitaneaba a los sesenta alabarderos de la guardia personal del Adelantado y Baltasar de Gallegos era nombrado alcalde mayor. Había un total de veinticuatro clérigos y otros ocho dignatarios. Rodrigo Rangel figuraba como secretario del Adelantado y cronista de la jornada.

Y por debajo de ellos, sometidos a la ley, obligados a cumplir las órdenes y perdonados por la confesión, todos aquellos llegados de tierras de Castilla, Extremadura, Andalucía, Vizcaya, Galicia, Valencia, Génova, Portugal y Grecia.

La mañana del 6 de abril, los vecinos de Sanlúcar asistieron al espectáculo único del bosque de mástiles balanceándose en la bahía antes de hacerse a la vela rumbo a las Indias. En total treinta navíos, contando los veinte que componían la Flota de Indias con proa a México, esperaban las órdenes de Hernando, al que todos se dirigían diciéndole «Gobernador».

Desde el castillo de popa de la nao capitana, *San Cristóbal*, De Soto miraba a su alrededor para sentirse ufano ante los rostros extasiados de la concurrencia. Vestido como un paladín de caballería, cubierto de un crestado morrión refulgente, con Isabel al lado, sus capitanes como escolta y los testigos de la Contratación y el Consejo de Indias, rememoró su partida a las Indias cuando mozo y le vino la promesa, ahora cumplida, que le hizo a su viejo compañero de armas Sebastián de Benalcázar. Contempló las otras naves que se mecían suavemente prestas a zarpar: la nao *Magdalena*, que comandaba Nuño Tovar; la *Con-*

cepción, a cargo de Luis Moscoso; la *San Juan*; la *Santa Bárbara*; el galeón *Buena Fortuna*, al mando de Vasconcelos; las carabelas *San Antón* y *Santa Ana* y los bergantines *San Fulgencio* y *El Tormenta*.

Con parsimonia se acercó a la amura de babor y levantó su brazo para reclamar silencio, mas un dolor lacerante le sacudió el corazón y le oprimió la garganta llevándole unas lágrimas que asomaron a los ojos. En su momento de mayor gloria secuestraba su ánimo la noticia del fallecimiento de su madre, doña Leonor Gutiérrez Tinoco, que un maldito mensajero le había llevado dos días antes, como si fuera un mal augurio. Cuando se diluyeron en la ligera brisa los últimos murmullos, Hernando de Soto se dirigió a los presentes.

—Castellanos, portugueses y hombres de España. Emprendemos una jornada para mayor gloria de nuestros reyes don Carlos y doña Juana. Nos aguarda una tierra tan bella como peligrosa, cuyos tesoros no están al alcance de cualquier mano, si ésta no se muestra diestra en la batalla y la sostiene un corazón indomable. Han pasado años desde el descubrimiento del Almirante Colón y los indígenas nos han observado, han aprendido mucho de nuestros usos y costumbres; unos han abrazado la verdadera fe de Cristo, otros han sabido de nuestras debilidades y se han aprovechado del odio que a veces nos hemos tenido entre nosotros. Son hombres aguerridos y fuertes, no lo olvidéis. Nos aguardan grandes riquezas, pero también calamidades que pondrán nuestra vida en juego y nuestro temple a prueba. Sabed que la fortuna sólo se aviene con los valientes y con aquellos que creen en esta empresa como un designio de Dios. Vamos en pos de tesoros, mas somos también exploradores y adelantados en una nueva tierra que ha de ser española y cristiana. A mis bravos guerreros les digo que buscamos algo más que oro y riquezas sin fin. Nos mueve encontrar la gloria y el honor. Que Dios nos acompañe y nos bendiga a todos.

Álvaro Nieto, formado detrás del Adelantado con el resto de capitanes, desenvainó la espada y con la voz quebrada por la emoción gritó: «¡Honor y gloria!». Todos los presentes respondieron con la misma emoción y el griterío se desató entre el gen-

361

tío que ocupaba el dique. «¡Viva De Soto! ¡Viva, viva! ¡Viva el Gobernador! ¡Viva, viva! ¡Santiago y a las Indias!»

—Un ánimo como éste vaticina el éxito ¿no te parece, Hernando? —le dijo Luis Moscoso, poniéndole la mano amistosamente sobre el hombro.

—Te contestaré a eso después de la primera batalla.

XIV

La atalaya de la Habana

*P*oco tiempo transcurrió desde que la flota puso proa al nuevo mundo para que Hernando de Soto viniera a demostrar su determinación de ser inmisericorde con la traición y la indisciplina. Ocurrió durante la travesía hasta la isla de Gomera, cuando el factor de la Nueva España Gonzalo de Salazar, a cuyo mando estaba la flota de México, decidió alejarse de la nao capitana *San Cristóbal* y hacer derrota en solitario para demostrar su independencia, pese a los órdenes en contrario dadas por el Adelantado y Gobernador, quien avisado de las correrías de corsarios contra barcos extraviados, y temeroso de que alguna tripulación iniciara por su cuenta la exploración de tierra de Indias ajena a las capitulaciones, había ordenado que todos los navíos permanecieran muy juntos durante la singladura y a los centinelas, bien pertrechados de artillería, que desarbolaran sin miramiento cualquier nao alejada del cortejo naval.

Venía el día cuando se abrió fuego graneado sobre la galeaza de Salazar, que surcaba a barlovento de estribor un mar en calma acolchado por una fina capa brumosa. Dos certeros disparos desgarraron el velamen y fue cuando la capitana *San Cristóbal* y la *Magdalena* de Tovar se lanzaron en su captura con la marinería presta al abordaje. Los gritos y el ondear de banderas de los atacados alertaron a De Soto de que se trataba de la nave del insubordinado Salazar antes de tenerla bien a la vista.

De nada sirvieron las explicaciones del factor y las excusas por el desconcierto del piloto. De sobra conocía Hernando los ardides del tal Salazar y sus despropósitos con la autoridad. No en vano había hecho traición a Hernán Cortés en la nación de los mexica con el único propósito de hacerse con el mando y usurparle el poder sobre la Nueva España. De todo ello había sido testigo Rodrigo Rangel en la imperial ciudad de Tecnoctitlán y así se lo había advertido a Hernando para añadir, con plena libertad, que le desagradaba tener a su lado a un traidor aunque estuviera bendecido por el Emperador y perdonado por los enredos cortesanos.

De Soto escuchó en silencio y con el gesto sereno las patrañas del factor, que hablaba con la altanería propia de quien se ve inmune bajo la protección del manto real e incómodo de dar cuenta a alguien al que considera un advenedizo de la nobleza y un vulgar aventurero. Cuando Gonzalo de Salazar hubo terminado sus palabras, se sintió confiado al ver una sonrisa en los labios del Gobernador, que se trocó al momento en un visaje iracundo.

—He escuchado con paciencia vuestras mentiras y soportado vuestra altanería. Entre la milicia a mis órdenes, y ahora vos lo estáis, no hay lugar para la rebeldía y el desacato. Si Cortés os perdonó la deshonra que le hicisteis, no está en mi ánimo obrar de igual manera. ¡Os voy a cortar la cabeza!

El rostro de Salazar se demudó mientras los asistentes quedaban atónitos. Luego comenzaron los reproches entre unos y otros. Oficiales del Rey y los clérigos, por voz de Dionisio de París, negaban a De Soto poder para quitar la vida a un factor real, mientras los capitanes de Hernando trataban de silenciarlos al grito de «¡Muerte al traidor!», siendo Rangel quien sostenía con mayor vehemencia la necesidad del mortal castigo. La discusión fue en aumento tanto como crecieron las amenazas, y se amontonaron las manos en las empuñaduras de las espadas entre los jefes de Hernando y los capitanes de la flota de México, decididos a proseguir la marchar por libre e iniciar la lucha si alguien trataba de impedírselo.

En medio de aquel bullicio de gritos, amenazas y llamadas a la calma de los clérigos, nadie reparó en Isabel de Bobadilla hablándole al oído a su esposo, que asentía a sus palabras. A nadie le era extraño la presencia de la hija de Pedrarias junto al Gobernador De Soto en las asambleas donde se trataban asuntos de relevancia, porque la señora ocupaba un lugar preferente como consejera y así era llamada con respeto la Gobernadora. Luego de escucharla, Hernando pidió silencio a todos.

—No deseo convertir esta peripecia en una nueva lucha entre españoles e iniciar la empresa encomendada por el Rey con un fracaso. Mas nadie debe quedar impune al delito. Reconsidero mi orden de quitar la vida al factor, pero don Gonzalo de Salazar permanecerá preso en esta nao capitana bajo la custodia de la Iglesia y su flota será capitaneada por quien yo ordene hasta nuestro arribo a la isla de Cuba. Luego el factor quedará libre para llegarse hasta la Villa Rica de la Veracruz con sus naos y toda su carga. Es mi palabra definitiva.

La tropa de México aceptó de buen grado el trato y los clérigos dieron su plácemе a la decisión del Gobernador. Solamente Rodrigo Rangel intentó persuadir a Hernando, con ningún éxito.

Transcurridos en la travesía por mar abierto los últimos días del mes de abril y casi todo mayo, la flota avistó a babor la costa de la Hispaniola al adentrarse en el angosto estrecho de la isla Tortuga en su derrota hacia el sur y poniente con rumbo a la isla Fernandina, también llamada Cuba, por entre el canal de los Vientos, al encuentro del primer puerto de abrigo establecido en la ciudad de Santiago.

Asombrados por la intermitente coloración del mar, el regusto dulzón del aire, la brisa sofocante del mar de los Caribes y las bandadas de aves que sobrevolaban mástiles y gallardetes o sorteaban la espuma que levantaban las quillas, dos jóvenes pasajeros de la nao capitana mantenían sus ojos tan abiertos que apenas parpadeaban, incapaces de perder un solo detalle del Edén al que llegaban por vez primera.

Uno era el escudero del Gobernador, Alonso Sánchez Morales, un muchacho sevillano despierto y valeroso al que Hernando tomó afecto cuando entró por derecho a su lado en una pelea en la que junto a Moscoso, Tovar y Nieto descristianaron a seis matones de la peor ralea, ladrones por demás, en la posada de la Uva, allá en Triana, después de una airada discusión donde se había insultado a la reina Juana y llamado ladrones mierderos a los valientes que se batían en las Indias. Los arrestos del joven junto a los conquistadores fueron manifiestos en el manejo del cuchillo, primero, y en la serenidad ante los alguaciles, más tarde.

La otra personita era Leonor de Bobadilla, sobrina de Isabel e hija del Gobernador de la Gomera, no mayor de quince años, hermosa y de cuerpo muy apetecible, que supo ganarse el cariño de sus nobles tíos durante los días que se hizo aguada en la isla hasta el punto de ser aceptada como dama de compañía de la Gobernadora. Su declarado amor por la aventura disimulaba el verdadero enamoramiento que sintió desde el instante que conoció a Nuño Tovar y quedó embrujada por el palique seductor del aventurero. Un romance que devino trágico en el correr de la empresa.

Al aproximarse a la villa de Santiago, la flota de México viró sursuroeste, las nubes arrebol se fueron pintando de morado y el traicionero Caribe venteó un sabanal de olas para anunciar el siguiente bramido de los cielos, que jarrearon sobre cubiertas y arboladuras con una furia que hacía daño en los cuerpos y acobardaba los espíritus de los primerizos en tierra de Indias, lo que ocasionaba el risoteo y las chanzas de los veteranos y la marinería.

La villa del apóstol en la isla de Cuba contaba con no más de ochenta casas grandes, todas ellas de muros de cantería y despejados corrales, aunque eran más las que se levantaban sobre adobe y cal con los techos de palmas y troncos. La sorpresa para Hernando y los suyos fue comprobar que moraba demasiada gente en una urbe tan escasa. Por los alrededores se habían improvisado campamentos de lonas raídas y sacos de esparto junto a bohíos de heno que quedaron desvencijados por los últimos aguaceros. Fueron muchos los que habían llegado para alistarse en la expedición, pero había una buena cantidad de gente venida desde la ciudad de San Cristóbal de La Habana, al otro lado de la isla, en demanda del socorro del nuevo Gobernador, cuando sus haciendas fueron asaltadas unas semanas antes por un grupo de franceses que se daban al corso con la ayuda de esclavos cimarrones.

De Soto prestó oídos y ayuda inmediata a los airados haba-
neros, arruinados y a merced de los piratas del rey Francisco de
Francia, tan valientes ellos ante una población desprotegida y
poco avisada para las armas. El Gobernador hizo práctica de inmediato de la Real Orden que portaba y según la cual estaba
autorizado a construir un fuerte en La Habana «para guardar
la dicha ciudad y como amparo y defensa de los navíos que vienen y van a las Indias».

Para llevar a efecto la empresa nombró a uno de sus capitanes, de nombre Mateo Aceituno, natural de Talavera de la
Reina, hábil con la espada y aún mejor en el oficio de la albañi-
lería. Se puso en marcha el mencionado Aceituno, casi de inmediato, con algunos caballos y medio centenar de hombres,
pertrechado de artillería, con la orden de reconstruir la villa y
comenzar la edificación de una fortaleza que vendría a ser llamada Castillo de la Real Fuerza. Por mar, la carabela *San Antón*, con una dotación de veteranos, cabotearía hasta la misma
ciudad de La Habana con el propósito de dar caza y soga a los
corsarios si habían tenido la osadía de permanecer en aquellas
aguas.

No demoró Hernando las labores de gobierno y así estableció nuevos cabildos y reparto de tierras en las villas de Trinidad
y Sancti Spiritus, y estableció cuarteles en los alrededores de
Santiago para abrigo de las nuevas tropas, con el encargo a Rodríguez Lobillo de ocuparse de la educación de ballesteros e infantes, mientras él mismo adiestraba a dos centenares de jinetes en la llanura de Yaroyó. Tan decidido siempre para entrar
en combate, Hernando demostraba ahora la misma determinación con los asuntos de gobierno, porque en tierra de conquista
la calma prolongada aherroja los ánimos y oxida las espadas.

De Soto utilizaba para la instrucción de los escuadrones a
tres diferentes caballos, según la necesidad del ejercicio. Tenía
un retinto extremadamente rápido, otro overo que resultaba
incansable y uno blanco muy poderoso. A ninguno de ellos
puso nombre, por respeto al formidable *Pilón*, que fue el regalo más valioso que dejó a su hija María en Nicaragua. El escudero Sánchez León se ocupaba de tenerlos aparejados y dispuestos para cada momento, observado de continuo por otro

fiel guardián, el fiero mastín del Gobernador que acudía al llamarle *Brutus*.

A la leva en la isla de Cuba no llegaron sólo menesterosos y aventureros de última hora; hubo personas de notable influencia que creyeron llegada su oportunidad para aumentar fama y fortuna en la gran empresa que se disponía a entrar en las tierras de La Florida. De entre todos los hidalgos sobresalía Vasco Porcallo de Figueroa, de muy aquilatada hacienda en la isla, con unas dotes de persuasión tan magníficas como su simpatía y sus cualidades de embaucador. Llegado a las Indias con Ovando, tuvo una imprecisa actividad en la conquista de Cortés antes de regresar a Cuba para hacerse con un tesoro de tierras y oro, conseguido con métodos que las más de las veces ofendían la ley de Dios y vulneraban los dictados del Rey. Resultaba ser un vividor que ocultaba entre modales y sedas su verdadero quehacer de contrabandista.

De muy despierta inteligencia para la intriga, Porcallo se confió al favor de Isabel, la Gobernadora, que quedó prendada de inmediato por los usos cortesanos del hacendado al que consideraba uno de los suyos —no en vano el truhán estaba emparentado con el duque de Feria— y se sintió abrumada por su historia, inventada en gran medida, de grandes hazañas junto a Cortés, exploraciones legendarias en Cuba y sus grandes facultades para hacerse con el favor de los caciques indios, competencias que tenía a bien poner en ese instante al servicio del Gobernador Hernando de Soto.

Con la llegada de Porcallo, la ciudad de Santiago devino más en una corte que en acuartelamiento. Las fiestas, los bailes, los torneos de lanzas y hasta el juego de toros colmaban el calendario. Hernando no resultó inmune a los encantos del gentilhombre, bien aderezados por los consejos de Isabel, que insistía a su esposo para que Porcallo tuviera un oficio en la expedición a la altura de su valía y dignidad.

La nueva amistad que crecía entre De Soto y Porcallo desagradaba a los viejos amigos y capitanes de Hernando, hombres dados a la acción y a los hechos directos, enemigos de la palabrería y las lisonjas. Había celos descarados en Lobillo y Tovar, en tanto Rangel temía las verdaderas intenciones de Porcallo, porque conocía de su talante timorato en asunto de armas, era manejador de varias barajas y ambicioso en exceso como mostró durante sus andanzas en México. Era cierto que no participó en las intrigas contra Cortés, pero emparentaba con el felón Nuño de Guzmán, que se declaró rebelde al norte de México, y como a éste, nada le era más importante que obtener oro en todo momento y la fornicación con cualquier hembra y por cualquier medio.

Álvaro Nieto, que regía el círculo secreto de espías al servicio del Gobernador, había hecho sus averiguaciones sobre las actividades de Porcallo en la isla. Supo que libró un proceso con la justicia de tal suerte que con sus encantos y cháchara llegó como acusado y terminó en acusador. Se le juzgaba por el trato al que sometió a dos esclavos negros a quienes sorprendió practicando el pecado nefando y a los que castigó a latigazos para después castrarlos. Porcallo consiguió trastocar el delito en acto honroso. El asunto disgustó a Hernando, pero justificó el castigo a los sodomitas aunque lo considerase exagerado. No dio crédito, en cambio, a las noticias acerca de un harén de indias taínas dispuesto para Porcallo en Sancti Spiritus, muchas de las cuales fueron arrebatadas con violencia a sus padres, notables caciques, a quienes se les privó además de sus tierras. A todo ello, informó Nieto, añadía ahora intrigas y pagos con oro entre oficiales del Gobernador para ganarse su favor.

Porcallo estaba al cabo de las noticias que le llegaban a Hernando, porque entre los nuevos oficiales se encontraba un hombre de su plena confianza, Francisco Maldonado, que le tenía informado al punto de cuanto se tramaba contra él. Supo de esa manera que Nuño Tovar, el maestre de campo, se presentaba como el más acérrimo de sus enemigos.

Los preparativos para la fiesta onomástica del Rey habían concluido y todo estaba dispuesto en la casona de gobierno para recibir a los invitados a los bailes y a un copioso convite dispuesto por doña Isabel, en el que abundaban los perniles asados, frutas y confituras. En la plazuela aneja a la casona dos cebadas reses giraban lentamente, ensartadas en gruesas estacas colocadas sobre brasas crepitantes para festín de los lugareños, ellos también, siervos y deudores de Su Majestad Católica.

369

Algunos capitanes se adelantaron a la cita con el propósito de hablar con Hernando de asuntos urgentes acerca del demorado viaje hacia la villa de La Habana y la definitiva expedición a las tierras de la Florida. Resultó una artimaña para poder exponer en privado las quejas y prevenciones que tenían sobre Porcallo. De Soto se vio sorprendido por la violencia oral de sus compañeros hacia el gentilhombre.

—No hay una sola prueba, ni en la Nueva España y tampoco en Cuba, que acredite a Porcallo como un caballero honrado —inició la invectiva Nuño Tovar.

—Para nadie es un secreto que se trata de un negrero y en ello basa su fortuna —intervino Lobillo—. Y además, su lealtad es tibia ¿o no, Rangel?

—Es cierto que se pasó al bando de Cortés traicionando a su pariente el Gobernador Velázquez cuando la entrada en la tierra mexica —respondió con tranquilidad el secretario—. Mas a fuer de sincero debo decir que nunca conspiró contra el conquistador cuando éste consolidó su poder en la Nueva España y bien que arreciaron las envidias y traiciones. Nunca se distinguió en empresas de armas y se llegaba al combate cuando la lid estaba ganada. Si no tuvo traición con Cortés, tampoco le ayudó cuando Nuño Guzmán consumó la rebeldía en el territorio de la Nueva Vizcaya y el de Medellín se dispuso a organizar una expedición de castigo.

—¡Palabras y más palabras! —interrumpió irritado De Soto—. Sobre un pasado que pesa sobre todos nosotros y tiene marcadas nuestras cartas. Es rico. Yo también lo soy, aunque ahora bastante menos merced a esta expedición para la que requiero toda la ayuda posible y de cualquiera que esté dispuesto a prestármela; y ésa es la voluntad de Porcallo. No voy a perder víveres y monturas, que nos son tan necesarios, por unos celos más apropiados de damiselas desairadas que de capitanes del Rey. Nuestra empresa es lo suficientemente grande para que la gloria y la riqueza nos alcancen a todos.

—Escucha, Hernando —dijo Moscoso con estudiada tranquilidad—, dale una parte importante en el negocio si quieres, eso es bueno para todos, pero déjale fuera del mando de los hombres. Que permanezca en Cuba sosegado, con todas las amantes que quiera, a la espera de las ganancias. Su afán de rapiña y sus escasas dotes de mando no harían sino complicar la expedición.

—¡Habláis de dejarle fuera! ¿Quién de vosotros puede decir que tiene más experiencia en las Indias y la colonización que él? —repuso Hernando con el disgusto grabado en sus ademanes—. Ni yo mismo tengo su experiencia en consolidar el terreno conquistado para levantar haciendas y villas donde la semilla y el ganado asienten lo que logró la espada. Su puesto debe estar en La Florida y así lo exige su contribución a la jornada.

—Recuerdo tus palabras en el Cusco —insistió Tovar— de que jamás consentirías la cizaña entre tus hombres al llegarnos a la Florida. Aún no hemos desembarcado y ya tienes la prueba de lo que siempre has temido. Porcallo hace campaña entre los soldados para ponerlos en contra nuestra, tus amigos y tus leales capitanes de siempre. Reconozco a un traidor nada más echármelo a la jeta y éste es uno de los mayores que he conocido. Si en algo vale mi voz como maestre de campo, la levanto muy alto contra la promoción de semejante rufián. Esto debe quedarte claro, Hernando.

—Ni tú, ni nadie, va a poner en cuestión mi autoridad y mis decisiones sobre el mando de esta expedición. Bajo mi voluntad están soldados, clérigos y paisanos. ¡Todos sin excepción! Y eso incluye a quien es mi maestre de campo… hasta ahora.

La amenaza fue como un afilado e invisible cuchillo que cercenara las gargantas de los presentes dejándolos mudos e incrédulos. Hernando ratificó sus últimas palabras asintiendo con la cabeza, mientras Tovar puesto en pie e incapaz de responderle se dio la vuelta entre maldiciones y abandonó la estancia.

Los acordes de las guitarras y las vihuelas iban envueltos en las risotadas de los primeros invitados en llegarse a la casa del Gobernador. Desde el zaguán, Tovar dirigió una mirada de repulsa a las siluetas que se perfilaban por detrás de las ventanas cubiertas con finas cortinas de algodón y se dirigió a la cercana playa para rumiar su descontento.

La noche era muy oscura y el batir de las olas dejaba sobre la blanquecina arena un reguero de algas y trozos de palmas que avisaban de la inminente tormenta. El aire abrasaba y re-

371

sultaba tan espeso que había que masticarlo para que llegara a los pulmones. Tovar se acomodó sobre un tronco casi enterrado, carcomido y húmedo, y perdió su mirada en aquella profunda negrura del horizonte. Sollozó y movió negativamente la cabeza. No reparó en Leonor de Bobadilla hasta que la muchacha le colocó con suavidad su mano en el hombro.

—¿Qué ha ocurrido, Nuño? Mi tío don Hernando anda diciendo cosas horribles sobre ti a todos los invitados. Está fuera de sí y hasta he creído escucharle que te llamaba rebelde.

Tovar la miró primero con desgana, por estorbar sus cavilaciones y sus propios tormentos, mas cuando advirtió su clara sonrisa inocente y caritativa, su ánimo se volvió concupiscente.

—Tu tío. Mi capitán general Hernando de Soto parece haber perdido el seso en medio de esta corte de aduladores, melifluos y bribones. Mucho me temo que perdamos nuestra empresa antes de haberla iniciado.

—No entiendo lo que quieres decirme —insistió Leonor, arrodillada frente a Nuño y acariciando su frente perlada de gotas sudorosas.

—Y vuestra tía, doña Isabel, no es ajena a todos estos despropósitos. ¡Vete a saber qué tejemaneje se trae con Porcallo! ¡Ese hideputa tiene la culpa de todo lo que ocurre!

—No te permito que hables así de mis tíos y del señor de Figueroa. —Leonor se incorporó y dirigió a Nuño una mirada de reproche—. Es un noble de bien acreditada fama y sus quehaceres y hechos no se te alcanzan a ti, que eres un…

—Un… ¡Dilo de una vez! Un plebeyo pendenciero recogido de las calles. Un matón de taberna que se abre camino en las Indias para servirse a sí mismo. Un aprovechado que no sabe de usanzas educadas ni de tratos cortesanos. Alguien que debe estar entre la gente que le corresponde, los embaucadores y las putas.

—No tienes derecho para hablarme de ese modo y no voy a consentirlo. O estás borracho o te has vuelto loco. ¡Púdrete con tus resentimientos! ¡Dios mío, cuán equivocada estaba contigo!

—No, Leonor, no estás equivocada. Me gustan los tahúres y las putas y por eso estoy aquí. ¿Acaso crees que todos esos remilgados son mejores que yo? Juegan a su manera, que es peor, porque lo hacen con las cartas marcadas. Y ellas, castas damas en las iglesias y los salones, se abren de piernas sin pudor ante el oro y el poder. Al menos mis tahúres y rameras tienen decencia.

—¡Basta! Es suficiente. —Leonor se cubrió los oídos con las manos y lloró con rabia—. Eres un gañán apestoso, cruel y cobarde. Solamente un canalla puede hablarle así a una mujer indefensa y enamorada.

—Tú eres igual a ellos. No del todo, porque aún no eres siquiera una mujer. Mas esto lo va arreglar ahora mismo este gañán apestoso.

Nuño la asió de las manos arrojándola sobre la arena y volcándose sobre ella. Mientras besuqueaba su cuello y palpaba sus senos por encima del inmaculado jubón se creía otra persona, pero su ánimo encontraba el dulce sabor de la venganza al violentar aquel cuerpo virginal que representaba todo lo que en ese momento odiaba y deseaba destruir. Siendo el actor del drama se veía ajeno a ello, y el verdadero Tovar era el que lo contemplaba como una farsa teatral vista desde la platea. No era su alma la que moraba en ese ser enajenado y despreciable que forzaba a la encantadora Leonor. Ni siquiera reparaba en los gritos de auxilio de la joven, que fueron alaridos cuando la mano de Nuño desgarró sus calzones de lino y hundió sus dedos en el sexo. Los noes y las lágrimas de la joven eran un tétrico rosario dibujado en su rostro lívido y desfigurado por la ira y el pavor. Nuño se desabrochaba las calzas cuando un brazo poderoso lo lanzó de bruces contra la arena lamida por una espumosa ola. El trago salino pareció devolverle la conciencia.

Álvaro Nieto se encontraba frente a él con una mirada de incredulidad, parpadeaba nervioso como si quisiera despertar de lo que se le antojaba una pesadilla que protagonizaba su camarada Tovar. Tras de sí, Hernando, con el rostro desencajado y una espada firmemente tenida en su mano. A su lado, el criado que dio aviso, Porcallo y su fiel Maldonado. La Gobernadora corrió para acurrucar a su sobrina, cuyo rostro estaba enmascarado de arena humedecida por las lágrimas, jadeaba y un jipido incontrolable acompañaba sus temblores.

—¡Dame una sola razón para que no te descristianice aquí mismo! —rugió más que habló Hernando.

373

Tovar hundió el rostro en la arena y sus lágrimas se diluyeron en la espuma del oleaje. Permaneció quieto esperando que aquella suave y templada marea se lo llevara a lo más profundo del negro mar y lo sepultara para siempre. La voz de la Gobernadora sonó entonces con toda la ira natural en los Pedrarias.

—¡Mátalo aquí mismo, Hernando! ¡Mátalo o yo misma buscaré la soga para ponerla al cuello de semejante bestia! ¡Juro ante Dios y por la sangre de mis antepasados que no tendré paz hasta ver descuartizado a tamaño canalla!

—¡Silencio! —exigió Hernando—. Nuño, te exijo una explicación. Voto a... Dime si te has vuelto loco o un demonio te ha sorbido el seso. No quiero manchar mi espada de sangre sin escuchar a quien consideraba un hermano. Dame una razón que impida mandarte al infierno.

—¿Qué otra razón quieres que esta muchacha violentada por un patán que ha traicionado tu confianza? ¡Haz justicia, Hernando! —insistió Isabel con los ojos fijos e iracundos en la figura vacilante de su esposo.

Moscoso y Rangel se habían llegado al grupo y detrás de ellos acudían Vasconcelos y Lobillo. El Gobernador guardaba silencio, ajeno a la compañía y a las peticiones de su esposa, anhelante por oír una disculpa de Tovar.

—Si así lo quieres, así ha de ser —dijo Hernando, arrojando la espada sobre la arena—. Éste será tu último amanecer, Nuño. No me das otra solución que la de enviarte a la horca.

Tovar se incorporó pesadamente, vacilante, lloroso, con el rostro y los cabellos cubiertos de algas y arena.

—Tengo a bien lo que decidas, Hernando. Te he traicionado y merezco el peor de los castigos. Soy un canalla y un cobarde que no he tenido arrestos para hundirte la espada y he venido a pagarlo con Leonor, sabiendo que me ama y estaba indefensa. He querido pagar con ella el agravio que no he sabido hacerte a ti. Matarme es un favor que me haces.

—¡No, no, mi señor don Hernando! No le matéis —gritó Leonor, desembarazándose de los arrumacos y caricias de la Gobernadora—. La locura no merece tal castigo. El Nuño al que yo amo y que tan fielmente os ha servido no es a quien tenéis delante. Yo he sufrido la afrenta y yo os pido clemencia, mi señor. Enloqueció porque pensó que había perdido vuestro afecto y vuestra amistad. No era Nuño Tovar el que me ha atacado, sino un diablo poseído por la ira, y vuestra llegada ha salvado mi honra, que sigue intacta.

Moscoso se acercó a Hernando para susurrarle:

—Honradas y nobles palabras, Hernando. Mira a Nuño, está enajenado, ni tú ni yo reconocemos a ese individuo como nuestro amigo. ¿Conoces a quién vas a quitar la vida?

—Y vos, Porcallo ¿no tenéis nada que decir? —preguntó el Gobernador al gentilhombre que se había acercado para consolar a las mujeres.

—¿Quién soy yo para aconsejar justicia a un Adelantado del Rey? Vuestra decisión, sea la que sea, será respetada por todos. ¿Quién puede dudar de la nobleza en el juicio de Hernando de Soto? Puede ser que ajusticies a un demente, pero perderíais un buen soldado. Un dilema que resolveréis con acierto, sin duda.

—Ésta es la persona a la tenéis como un conspirador, un innoble e indigno para llevar nuestra tropas a la Florida —dijo Hernando con la mirada fija en Moscoso y Rangel—. ¡Basta de intrigas y habladurías! Aquí, delante de mis capitanes, otorgo la maestría de campo a don Vasco Porcallo, a quien todos deben obedecer como a mí mismo. En cuanto a ti, Nuño, he de decidir si te envío cargado de cadenas a España como galeote del Rey o te dejo a tu suerte en las Indias para que rumies la maldición de que le debes la vida a la mujer que has querido mancillar y al hombre al que has calumniado.

—¡¿Así ha de quedar tal afrenta, mi señor?! —La Gobernadora se apartó de su sobrina e incorporándose miró desafiante a Hernando—. ¿Es ésta la justicia del Rey? ¿Así piensas conducirte entre canallas y levantar un reino en las Indias? Mi señor Hernando, si no ejecutas a este hombre, todos los demás sabrán de tu debilidad y no harán caso a la disciplina. La fuerza es patrimonio de los grandes hombres. ¿Vos, mi señor, queréis serlo?

—¡Silencio, Isabel! —respondió el Gobernador—. Nadie ha de dudar de mi fuerza y mi justicia. Si los grandes de la historia utilizan la venganza, administran de igual modo la clemencia.

375

En cierta ocasión alguien muy querido me dijo que la vida de un hombre ha de medirse por el equilibrio de sus actos y la honradez de sus palabras, y que el odio es el mejor alimento de los cobardes. Bastante penitencia tengo ahora que he perdido a quien consideraba un hermano como para alimentarla con sangre. Nuestra sobrina ha sido ultrajada y ella misma le perdona la vida. Esos buenos sentimientos los hago míos.

—Mi señor Hernando —insistió Isabel con un tono más apacible—. La ofensa fue hecha a nuestra familia y por ello exijo todo el rigor de la pena.

—Mi decisión está tomada —dijo Hernando, volviéndose al grupo de hombres atentos y callados—. Nuño Tovar es desposeído de todos sus oficios en la milicia, incautados sus bienes, armas y caballos. No recibirá ayuda del Rey, ni caridad de sus súbditos y quedará de por vida en Las Indias. La justicia de Castilla tendrá cuenta de lo ocurrido para que de este modo si se le ocurre volver a España, pague con la vida el crimen cometido. En cuanto a mi sobrina, doña Leonor, queda a su voluntad regresar a España para ingresar en un convento o permanecer al servicio de doña Isabel, mi esposa. Y todos nosotros, caballeros, aprestémonos a partir hacia San Cristóbal de La Habana de inmediato. El aire de esta villa de Santiago parece que envenena nuestras mentes.

El alivio recorrió el ánimo de Moscoso y Rangel, en tanto Porcallo ofrecía cortés su brazo a la Gobernadora. Tovar permanecía arrodillado envuelto por el oleaje y su mirada de agradecimiento puesta en Hernando. Cuando la comitiva se alejó de la playa, Leonor se volvió hacia el desdichado para demostrarle con sus ojos que le había perdonado de veras.

La ciudad de La Habana dista de la de Santiago en dirección de poniente 225 leguas, que recorrió el Gobernador al frente de tres escuadrones capitaneados por Porcallo, Vasconcelos y Moscoso para descubrir una tierra tan feraz y hermosa como pocas hubiera en todo el imperio del César Carlos y aun en tierra de infieles. Las mujeres, un gran número de infantes, colonos y frailes viajaron embarcados en la flota.

El medio millar de vecinos de la serena bahía habían recuperado su vieja actividad comercial con la seguridad que les confortaba la guarnición que fue en su auxilio. De entre las pocas casas de piedra sobresalían, cuando entró De Soto, los cuatro muros de la fortaleza, sus contrafuertes y baluartes bien acorazados de andamiaje, donde se afanaba el capitán Aceituno por erigir la primera ciudad inexpugnable de las Indias. En el centro de la construcción dos amplias estancias encaladas y techadas de teja habrían de albergar la gobernaduría y los aposentos de Hernando y doña Isabel.

La llegada del ejército transformó la reposada vida de la villa en un enjambre de mercados improvisados, tabernas cobijadas bajo velas remendadas que antaño desafiaron a los vientos oceánicos, idas y venidas de comerciantes dispuestos a multiplicar su fortuna y mercachifles cuyos libros de cuenta no sumaban más allá de la picaresca y que venían a encontrar el pago de alguna cuchillada de soldados engañados y estacazos de colonos burlados.

Por entre las tiendas donde acampaba la tropa, a lo largo de la playa, deambulaba Nuño Tovar agasajado por sus iguales a los que antes había comandado, pero jamás permitió que se agraviara el nombre de Hernando de Soto y en alguna ocasión desenvainó la daga dispuesto a quitarle la voz y la vida al cacareador. En aquellas semanas jamás le faltó el consuelo y la ayuda de sus amigos Moscoso, Nieto y Lobillo, dispuestos a embarcarle a la Florida junto a ellos y confiando en que el tiempo y las adversidades mudaran el ánimo de Hernando.

Mientras crecían los esfuerzos en la construcción de la fortaleza y la compra de vituallas y pertrechos, encarecidos por la pobreza de la comarca de La Habana, menguaban las arcas del Gobernador, mal nutridas por las ocasionales aportaciones de Porcallo, que medía su inversión como lo hacía su socio y confidente Maldonado, ambos deseosos de llegarse a la Florida para acarrear cuanto antes un buen número de esclavos que atendieran sus minas y estancias en la isla. Pues ése era el único afán que les llevaba a la empresa.

Muy entrado el mes de febrero de 1539, Juan de Añasco zarpó con dos bergantines a la busca de un puerto seguro para el desembarco, con la empresa de explorar los parajes, saber de sus habitantes y a ser posible hacerse con indígenas que sirvieran de lenguas en las nuevas tierras por conquistar. Hubo festejos y bailes para despedir a los exploradores y hubo alegría entre los soldados, que veían próxima una aventura que debería hacerlos célebres y ricos.

Había transcurrido un año desde que la expedición zarpara de España cuando una salva de cañonazos llamó a arrebato a los pobladores de La Habana, frente a cuya bahía una galeaza maniobraba de extraña forma en un mar tormentoso, como si tratara de evitar su entrada en puerto seguro pese al peligro que corría en medio de la tempestad. Con buen criterio, los vigías recelaron que pudiera tratarse de una nao corsaria, pese a que en su popa tremolaba el pendón de Castilla. Juan de Rojas, teniente de la villa de La Habana, se embarcó en la *San Cristóbal* y con el refuerzo de *La Magdalena* dirigió el abordaje de la esquiva embarcación bajo la atenta mirada del Gobernador y sus capitanes desde la más alta atalaya a medio construir en la fortaleza.

Al verse venir hacia ellos las dos naos con fuego de lombardas y falconetes, la tripulación de la desconocida embarcación comenzó a gritar desde la cubierta enarbolando banderas y pendones para mostrar su condición de españoles y amigos. Flanqueada por los navíos de Rojas, la galeaza puso proa de buen grado a la bahía. Apenas echada el ancla se extendió por toda la villa la habladuría de que en la nave esquiva viajaba un importante señor, que resultó ser Hernán Ponce de León, antaño viejo amigo, socio y compañero de correrías de Hernando en otras partes de Las Indias. Cuando la noticia le llegó al Gobernador, una súbita alegría y una gran emoción se apoderó de él y ordenó que Ponce le visitara de inmediato.

El mensajero regresó con excusas del viejo amigo y su poca disposición para ver al Gobernador de inmediato. Moscoso y Nieto sospecharon que algo se ocultaba detrás de aquellas alegaciones después de que la nao tratara de evitar recalar en el puerto. Ponce adujo que descansaba de un proceloso viaje hasta

La Habana y de una prolongada indisposición. Hernando, empero, dio crédito a los pretextos, mas no ocultó su disgusto porque penalidades tan vanas apartaran a dos queridos compañeros de armas de abrazarse después de tanto tiempo y, de manera especial, le incomodó que se desatendiera su mandato que era la voz y la mano del Rey en la isla. Había algo extraño en todo aquello y así no puso reparo a la petición de Nieto para que se redoblara la vigilancia de la nave y se alertara a los vigías ante cualquier extraña maniobra de desamarre.

Las negruzcas humaredas de los hachones que iluminaban los muelles y galpones elevaban en sus volutas los ruidos de la soldadesca, enfrascada en tratos y juegos y arropada por desafinados acordes de músicos de ocasión que animaban un improvisado baile donde mercaderes, colonos y hombres de armas se disputaban el amor y el mejor precio de mestizas e indígenas. Eran los muelles, también, el mejor lugar para las tabernas, donde el buen vino era caro y escaso, mas a cambio, los licores destilados de casi todo lo que daba aquella fértil tierra embriagaban pronto y no hacían mucho daño a la bolsa.

De todo ese jolgorio disfrutaba Nieto, medio emboscado entre una pila de fardos y unos toneles de harina desde donde espiaba la galeaza amarrada para comprobar que se habían seguido sus órdenes y seis infantes impedían que nadie entrara o saliera de la nao. Un chapoteo y unas voces apagadas reclamaron su atención hacia la popa de la embarcación. Vio entonces cómo una canoa con seis hombres, que cubrían apresuradamente un bulto, abandonaba la embarcación por babor con dirección poniente siguiendo la línea de la costa. El de Alburquerque se sintió feliz al comprobar que sus sospechas estaban en lo cierto. El viejo y astuto Ponce tenía algo importante que ocultar.

Con sosiego se dirigió a los centinelas y reclamó a tres de ellos que le siguieran. Mientras la canoa se alejaba, descubrió en lo que parecía un establo a mal construir un buen número de soldados conocidos que le daban al naipe. Llamó a los más leales, de quienes conocía sus cualidades y su arrojo. Tuvo a su lado sin rechistar a su paisano Bartolomé Rodríguez; a los ballesteros Sarabia y Sardina, primos, ambos de nombre Juan y naturales de Plasencia, tan buenos en el juego como con la espada; al gallego Silvera, de los más diestros con la lanza, y al Sanguijuela, que entendió que se avecinaba una buena pelea y para ello nadie mejor que él. Los ocho hombres y Nieto siguieron durante una hora a lo largo de la ribera el silencioso bogar de la canoa hasta que se adentró en una pequeña cala arenosa.

Cuatro marineros descendieron a tierra llevando con ellos un cofre y se dirigieron a un palmeral en el lindero de la playa. Habían comenzado a cavar cuando la voz de Nieto quebró el leve silbido de la brisa y la monotonía del oleaje.

—¡Alto en el nombre del Rey! ¡Daos presos al Gobernador don Hernando de Soto!

La respuesta fue el brillo de las espadas lamidas por los rayos de luna fuera de las vainas y la respuesta de Nieto y los suyos tuvo el mismo resplandor. Mientras los dos que quedaban en la canoa permanecían quietos, ya fuera por la sorpresa o el miedo, el Sanguijuela terminaba de inmediato con uno de los defensores del misterioso cofre, que vio llegar a la vez una sombra y la cuchillada. El resto apenas resistió unos instantes las acometidas de los primos placentinos, del gallego y de dos de los centinelas antes de rendirse con una ración de heridas y sajaduras en los brazos y el pecho.

Ponce de León mantenía fija la mirada en el arca abierta, bien repleta de joyas, lingotes fundidos, monedas de rica plata y puñados de perlas y gemas, de un valor superior a los cuarenta mil pesos de oro. Hernando permanecía en silencio a la espera de las mentiras que pudiera perpetrar quien tuvo comportamiento tan desleal.

—Hernando —habló Ponce con tono de remordimiento—, siempre estuvo lejos de mí la traición o la falta de confianza. Tu salida precipitada del Perú me dio a entender que nuestra sociedad quedaba disuelta.

—Y por ello querías evitar mi encuentro al saberme Gobernador de la isla y tener que repartir una parte de tu tesoro.

—Quiero serte sincero, Hernando. Pensé que quisieras quedarte con todo para sufragar la jornada a la Florida. Desde México a la Hispaniola se conoce de tus ambiciosos planes y también del alto precio para tu fortuna. Protegía mis intereses como tú haces lo propio con los tuyos.

—No ha pasado tanto tiempo desde que nos separamos. Entonces como ahora nunca fue mi condición la de ser ladrón. Me tengo por un hombre justo y nada debías temer por tus ganancias.

—El tiempo y el oro cambian a los hombres y pensé que tú no eras especial. Ahora sé cuánto fue mi error y te suplico que me perdones por haber dudado de tu noble condición. Sigues siendo el mismo Hernando de Soto de nuestras pasadas correrías, aquél, al que las riquezas y los halagos no torcían su voluntad y sus principios. Pero ¿qué me dices de cuantos te rodean? ¿Tienen tus mismas intenciones?

—No sigas, Ponce —replicó el Gobernador con sorna—. No vas a arreglar con lisonjas el comportamiento de bribón que has tenido y aún te permites insultar a mis hombres. De sobra sabes de qué modo los recluto y lo que exijo de todos ellos. Nada debías temer de mí, el Adelantado del Rey, ni de ninguno de los míos. Tengo poderes para incautarme sin más de esta fortuna y a fe mía que me sería muy útil para la empresa de la Florida, pero siempre he respetado los tratos y no es el momento de romper mi costumbre. Por lo que a mí concierne nuestra sociedad sigue en pie y una parte de lo que aquí hay me pertenece y de igual modo será para ti una parte de nuestras ganancias en la Florida si decides unirte a nosotros. Aunque la ambición te haya trastornado durante estos años tienes toda mi consideración como viejo amigo. Si estás de acuerdo, firmaremos unas nuevas escrituras de sociedad para mantener lo antiguo y establecer lo futuro. Hombres como tú hacen falta en esta tierra. Sigue mi consejo y no recales en España para engordar como un cerdo en la ociosidad y poner tu fortuna en manos de aduladores cortesanos, tan cobardes como ambiciosos, que te llenarán de halagos hasta que te desvalijen la bolsa.

—Acepto de buen grado tus consejos y comprensión. Y digo para mi descargo que tienes toda la razón al decir que la ambición me trastornó hasta el punto de dudar de ti. Ahora me gus-

381

taría poder redimirme a tu lado. De todos es conocido que quienes están con De Soto alcanzan fortuna y gloria.

—Si ése es tu sincero deseo, que sea de ese modo. —Hernando se incorporó de su sillón para abrazar fraternalmente a Ponce—. Y ahora permíteme que te presente a mi esposa doña Isabel. Verás que mucho ha cambiado desde que la viste como una joven asustadiza junto a su padre, el Adelantado don Pedro Arias. Y éstos son algunos de mis capitanes, conoces a la mayoría de ellos de los tiempos del Perú y otros como don Vasco Porcallo de Figueroa y el hidalgo portugués Andrés de Vasconcelos, que ves ahí tan gallardos, cuando menos los igualan en honor y valentía.

A finales de abril del año de 1539, Hernando de Soto era un hombre feliz. Acababa de rubricar las escrituras de sociedad con Ponce y era suya una remesa de dinero que le servía para terminar el aprovisionamiento de la flota. Pocos días antes había regresado Añasco con las nuevas acerca de las costas de la Florida, habiendo encontrado un fondeadero que reunía las mejores condiciones para el desembarco y una costa amable donde no había señales de indígenas montaraces. Ante tales augurios, el explorador del Gobernador tuvo a bien nombrar tales parajes con el sagrado nombre de Espíritu Santo. Con circunstancias tan favorables Hernando consideró que la gran jornada habría de comenzar de inmediato.

La alegría de Hernando no la compartía Ponce de León, insatisfecho con el trato que se había visto forzado a firmar y perder así la mitad de su fortuna, siendo como era su intención regresar a España y olvidarse de aventuras en Las Indias, pese a que prometiese lo contrario a su reencontrado socio. Su desazón encontró consuelo en el astuto Porcallo, que vino a confesarle sus intenciones de utilizar la empresa de la Florida como medio de ampliar su fortuna en esclavos para las estancias en Cuba, garantizándole que recuperaría todo su tesoro si le era fiel hasta su retorno y mantenía engañada a doña Isabel, que habría de quedar como máxima autoridad en la isla a la partida de su esposo.

Ponce dio por bueno el negocio, aunque sus planes eran bien distintos. Se dijo que cuando todos se hubiesen marchado ya encontraría la forma de convencer a la Gobernadora para que le restituyera su parte y le permitiera zarpar, dando por hecho que una mujer sería presa fácil. Pero el tiempo vino a demostrarle que aquélla no era una mujer cualquiera, sino Isabel de Bobadilla, hija de Pedrarias, y a la postre fue un milagro que Ponce consiguiera salvar el cuello y una parte de su menguada fortuna antes de volverse a España, ajeno a los tratos que tuvo con Hernando y con Porcallo.

El buen humor del Gobernador en las vísperas de la partida fue la ocasión que andaban buscando Moscoso, Nieto y Lobillo para ajustar un asunto que tramaban tiempo atrás.

La tarde languidecía cuando Hernando, acompañado de Rangel y su joven escudero Sánchez Morales, terminó de revistar los nueve navíos, las cinco naos, las dos carabelas y los dos bergantines dispuestos para la singladura e impartir las últimas instrucciones para el trato y embarque de los trescientos cincuenta caballos que habrían de ser el arma más poderosa en las nuevas tierras, como antes lo fueron en el Perú y en el cercano imperio de los mexica. Los tres compañeros de armas reclamaron la atención del Gobernador.

—Hernando, es preciso que nos acompañes a la iglesia —le reclamó Moscoso con un ensayado tono de misterio.

—¿Qué se nos ha perdido allí? —preguntó Hernando, más atento al quehacer de los mozos de cuadra que terminaban de separar los grupos de caballerías—. Ni es domingo, ni hay novena que nos interese.

—Tienes que apadrinar una ceremonia —intervino Lobillo sonriente, tomándole del brazo.

Sin dar importancia a los requerimientos, el Gobernador insistió en sus instrucciones a Rangel:

—Que se haga como he ordenado, Rodrigo. Ochenta animales en el *Santa Ana*, otros sesenta en el *San Cristóbal* y cuarenta en *La Concepción*. Y en grupos menores agrupad a los caballos en el *San Juan*, la *Santa Bárbara* y el *San Antonio*.

Y tú, Sánchez, acomoda mis tres monturas en la nueva capitana *La Magdalena*.

—Vamos, Hernando, que se nos hace tarde —insistió Lobillo tirando de él.

—Hay mucho que hacer aquí y no estoy para bautizos, Deberíais saberlo —contestó el Gobernador, soltándose del brazo.

—No vamos a cristianar a nadie, Hernando. Eres padrino de una boda —le dijo Moscoso tomando de nuevo su brazo.

—¿Una boda? ¿Qué clase de artimaña habéis tramado?

—Estamos seguros de que te hará feliz y reconfortará tu alma —dijo Moscoso, mientras sus dos compañeros asentían sonrientes.

La iglesia parroquial de San Cristóbal de La Habana más parecía el pesebre de Belén que un templo de la cristiandad. Era un ancho bohío no muy diferente de las cabañas de los caciques indígenas, con las paredes y el techo de guano entretejido y la tierra como solera; su condición de recinto sagrado se averiguaba por la espadaña de troncos ensamblados con una cruz en su cima que resguardaba una campana de regular tamaño. En su parte trasera se arrejuntaban los muertos, los más sin identificar, en el único camposanto de la villa desde los tiempos del Gobernador Velázquez. En uno de sus costados, a menos de veinte pasos, se apilaban enseres requemados, vigas carbonizadas y montones de cenizas de lo que fueron escrituras de encomiendas, capitulaciones y actas sacramentales que se guardaban en aquella choza que pasaba por sacristía hasta que los corsarios franceses decidieron pegarle fuego meses atrás, después de hacer acopio de los cálices de valor y las casullas con pedrerías e hilos de oro.

Arrodillados junto a un tronco pobremente desbastado que servía de altar, humillados bajo una sencilla cruz, libre de la figura del Cristo, que era todo el retablo, se encontraban Leonor de Bobadilla y Nuño Tovar. Ella con un vestido entallado de raso carmesí y un velo blanco del mejor encaje que cubría su cabeza y se desparramaba sobre sus hombros. Él con lustrosas botas de cuero bien curtido, regalo de Moscoso, un jubón del mejor algodón con filigranas en las puñetas y el cuello, calzones de paño y una casaca sin mangas con adornos de seda, todo propiedad de Lobillo, como también lo era el bruñido morrión que Nuño sostenía bajo el brazo. Sólo le pertenecían la espada que colgaba del tahalí y la daga envainada al cinto. Frente a ellos, con un gesto de impaciencia, permanecía de pie fray Luis de Soto. En torno a los tres se congregaba una docena de veteranos de las guerras del Perú, México y Panamá, viejos compañeros de armas del novio, mientras dos criadas de satinada tez morena atendían a la joven casadera.

Hernando de Soto quedó como petrificado cuando reconoció a los futuros contrayentes, cuyos perfiles risueños iluminaban los dos velones situados a ambos lados del rústico altar. Dirigió entonces una mirada de disgusto a Moscoso e hizo amago de volverse sobre sus pasos, pero se detuvo cuando todos los presentes se dirigieron a él con una leve reverencia y su pariente el clérigo le hizo señas para que se acercara.

—¿A qué viene todo esto? —preguntó con disgusto el Gobernador.

—Es una boda —contestó el franciscano—. Aquí están dos hijos de Dios que quieren contraer santo matrimonio con toda libertad y tienen a bien que seas tú, mi pariente y Adelantado del Rey, su padrino y testigo de su unión.

—Leonor —dijo Hernando, mirando con fijeza a su sobrina—. ¿Sabes bien lo que haces? ¿De verdad quieres unirte al hombre que te mancilló?

—Mi señor don Hernando: le perdoné entonces por el amor que le tenía. Desde entonces mi cariño por él ha crecido y no ha pasado un solo día sin que Nuño me pidiera perdón por lo que ocurrió. Ni un solo día ha puesto en duda vuestras órdenes o ha permitido que se os insultara entre los insatisfechos de la tropa. Es el hombre al que amo, porque es también el más leal de vuestros hombres.

—Y tú, Nuño ¿no has tenido bastante con la congoja que procuraste a mi esposa y la vergüenza a esta muchacha? ¿Qué pretendes? ¿Que revoque mis decisiones sobre ti por la parentela?

—No espero más justicia y comprensión que la que me diste en Santiago. Pero amo a esta mujer por encima de todo, incluso por encima de la lealtad que siempre te he tenido. Nuestra libre voluntad no la puede quebrar ni el mismo Rey.

—Aquí y ahora es mi voluntad lo único que cuenta —respondió Hernando con altivez.

—No en la casa de Dios —replicó el fraile con parsimonia—. Aquí, mi querido pariente, eres uno más entre sus hijos siempre que estés de buen grado. La decisión de estos cristianos para ser bendecidos es prerrogativa única de Nuestro Señor, no lo es tuya, ni del Rey. Con tu consentimiento, como es mi deseo, o sin él, el matrimonio se llevará a cabo.

—No pretendo quebrar la libertad de estos novios o entrar en conflicto con la Iglesia, querido primo. Pero ha de quedar claro para todos los presentes que la pareja no conseguirá de mí prebendas o miramientos.

—Mi señor —dijo Leonor con sincera humildad—, nada nos haría más felices en estos momentos que tener vuestra bendición. No deseamos otra cosa.

—Que sea de ese modo, pero no os oculto mi disgusto.

—Hernando —intervino Nuño mientras el Gobernador se colocaba justo detrás de los contrayentes—, agradezco de veras tu apadrinamiento y te juro que no deseo otra cosa que hacer feliz a esta mujer y servirte como siempre hice, con lealtad y con orgullo. Y ahora, permíteme que te solicite un regalo de bodas.

—Altivo hasta el fin de tus días, Nuño. Pero bien conoces que yo soy igual de terco y sincero y por eso te adelanto que no esperes que reduzca un ápice la sentencia o entregue un maravedí para estos esponsales.

—No quiero compasión ni plata. Te pido que me dejes enrolar como soldado en la jornada a la Florida. Quiero ser una espada más al servicio del Rey y de su Adelantado Hernando de Soto.

Fue como una punzada en el corazón que le cerró la garganta y llevó a los ojos unas lágrimas mal disimuladas. Hernando se sintió enormemente feliz y tan confortado como si su alma se hubiera liberado de una pesada carga.

—Proceda al casamiento, padre —dijo de forma solemne a su primo fray Luis—. Doy la bendición a mi sobrina doña Leonor de Bobadilla y a mi capi... soldado don Nuño Tovar. Que Dios los bendiga.

En la amanecida del 18 de mayo de 1539, con un mar en traicionera calma envuelto por un cielo pespunteado de nubarrones, empujados por una brisa de levante y animados por los primeros rayos del sol a sus espaldas, los nueve navíos pusieron proa con rumbo nornordeste. Una espectral luminosidad inundaba la bahía de San Cristóbal de la Habana cuando la línea de velas blancas se disponía a abordar el horizonte. Un relámpago zigzagueó por encima de la flota y una ventolera fiera y cálida sacudió la melena de Isabel de Bobadilla, suelta y airosa como la peinaban las nativas, envolviéndola en sus ropones hasta convertirla en una estatua viva y doliente con el rostro lavado por un llanto imparable. Estaba sola y asomada a la más alta atalaya que escoltaba la boca de la bahía. Después un trueno hizo tremolar con furia los gallardetes enarbolados en los mástiles y los pendones de popa. El bramido lejano pareció llegarle hasta su cuerpo penetrando en su espalda como un estilete de hielo, restallándole en la cabeza con la mórbida idea de que ya nunca más vería a Hernando.

387

XV

El indio llamado Ortiz

Álvaro Nieto se internó en el herbazal por detrás de la marisma que le llegaba a los más de los hombres por encima del ombligo, y los llamó a mantenerse atentos a cualquier movimiento extraño a su alrededor. Era posible que al amparo de las plantas se guardaran indígenas flecheros y de ánimo hostil. El de Alburquerque ya conocía de sus tretas después de haberlos combatido durante semanas a lo largo de la costa desde el desembarco, aquel 30 de mayo, cuando el Gobernador tomó posesión de la tierra de la Florida en una bahía de tan amplia boca que parecía la prolongación del mismo mar.

Con rumbo norte la flota viró a estribor en la punta de una manga de tierra paralela al litoral de poco más de cuatro leguas, donde quedaban algunos restos de un viejo campamento de Pánfilo de Narváez, llamado de Ana María en honor de la Virgen y su madre, una advocación que de nada le sirvió al conquistador Narváez en el devenir de su malhadada aventura posterior.

Hernando ordenó echar anclas frente a un golfo flanqueado hacia el sur por suaves colinas que se perdían en un abigarrado hayedo; en el norte un cabo descendía hasta hundirse en las aguas y por levante se veía una playa de blanca arena que fue elegida como el lugar idóneo para poner pie en tierra. Desembocaba en ese arenal un río de notable caudal repleto de animales tan poco parecidos a los peces que muchos españoles que los habían visto en otras partes de las Indias dieron en llamarlos sirenas, siendo su verdadero nombre el de manatíes.

Bordeaba la boca del caudal una maraña de manglares que aconsejó levantar el primer campamento en un lugar más espacioso, no muy lejos de allí, río arriba, pero con los barcos bien a la vista.

Medio centenar de hombres dormitaban o se rebullían en sus capas y mantas entre los efluvios del exceso de vino de la jornada anterior cuando se llevó a cabo la ceremonia de entrada y posesión de la tierra de La Florida en nombre de su Majestad Católica e Imperial Carlos. Tres vigías apenas se mantenían despiertos contemplando cómo los oscuros perfiles de las naos se aureolaban de un tono rosado con los primeros rayos. El primer grito llegó acompañado de los silbidos de las flechas. El pedernal de una de ellas se hundió en la cadera del guardián más próximo al río, otro dardo alcanzó el morrión del otro vigía y al tercero, el más cercano al cordel donde se ataban una docena de caballos, la coraza le libró de dos mortales heridas. Decenas de indígenas salieron de la espesura con tal alboroto que todos los somnolientos recobraron la conciencia de forma súbita y hasta los centinelas del navío más inmediato dieron la voz de alerta antes de que sonaran los cornetines de alarma.

Los primeros nativos en llegarse hasta los españoles descubrieron, aunque tarde, el fuego del acero desgarrando sus carnes. Pero eran hombres corpulentos, ágiles y dispuestos a la pelea. En la primera arremetida al menos diez españoles fueron heridos, uno de ellos con la cabeza tan quebrada como el tiempo que le quedaba de vida. Cuando los arcabuceros soltaron la primera andanada, dos bateles de regular tamaño se acercaban a la orilla con hombres a caballo y más artilleros. Los acampados habían cerrado la formación mientras se cargaba el cañón berraco y se ensillaban las monturas.

Los aborígenes que habían huido espantados del ruido y la humareda de las primeras andanadas volvieron a la carga para caer ensartados en picas y alabardas o ser pateados por aquellos monstruos surgidos de las grandes canoas y a cuyo paso retumbaba la tierra. Luego un trueno con la lengua de fuego levantó la tierra y las raíces de los árboles y destrozó miembros y torsos de los desdichados indígenas ocultos en la espesura lanzando al viento los despojos. Pese al estupor primero, los salvajes siguieron combatiendo hasta la muerte, algo que sorprendió a todos los españoles.

Fue la primera batalla que ganó Hernando de Soto en las tierras al norte de la Nueva España y también su primera lección de que la empresa que comenzaba se escribiría con sangre y sacrificios. Aquella nación y sus habitantes serían difíciles de doblegar, eso pensó el Gobernador cuando acudió al campo de batalla y sintió las miradas de odio y orgullo entre los nativos prisioneros y heridos.

El de Alburquerque llevaba por entre el herbazal una batida que merecía su confianza, hombres con arrestos y conocedores del oficio. Se hacía acompañar de su paisano Bartolomé Rodríguez, de los ballesteros vizcaínos Jan Amarilla y Min Álvarez y, pegado como lapa a ellos, su discípulo Miguel Albalá, aragonés de Jaca enrolado por estar empadronado en Sevilla. Sevillanos de pura cepa eran Juan de Carranza y Juan de Mena, arcabuceros de atinada puntería, pero no mejores que el gallego Toribio Hernández nacido en Vigo, quien además servía la pólvora, e iba con ellos de rodelero el esclavo negro Juan Biscoyán. Los infantes eran los extremeños Hernando y Atanasio, dos hermanos de Barcarrota de apellido Botello, el andaluz Francisco de Andújar y el toledano Juan Bautista, bachiller, judío converso y lo suficientemente listo para comprar su limpieza de sangre.

Les acompañaban otrosí los portugueses Antonio Segurado y Fernando Pegado, de natural taciturno como buenos lusos que eran y contrariados por habérseles separado de sus cabalgaduras. Cerraban el grupo Diego de Oliva, nacido en Cuba y que utilizaba como mejor arma la hoz; el zamorano Juan dc la Calle, zapatero de profesión y Juan Rodríguez, natural del Puerto de Santa María, pescador a ratos, trujamán casi siempre, marinero de estómago débil y tan perdido en esta entrada como seminarista en lupanar, pero dispuesto a la gresca por cualquier «Cagüen la Virgen». Por detrás un escuadrón al mando de Baltasar de Gallegos, que contaba entre sus jinetes a Nuño Tovar, guardaba las espaldas de la avanzada.

Nieto desbrozó con la espada los hierbajos que daban paso a un calvero en un semicírculo arbolado. En silencio y con el dedo índice dispuso a su menguada tropa en forma de cuña. Los vizcaínos cargaron las ballestas, los sevillanos y el gallego percutieron las armas y los demás desenfundaron los aceros. Avanzaron con sigilo y temor en la descubierta; ni un estornudo del viento, ni un canto de aves, el bosque de enfrente se antojaba una silenciosa garganta presta a engullirlos.

El griterío que vino a continuación levantó bandadas de pájaros ocultos en los árboles y aceleró el corazón de los españoles. Una cincuentena de indios se les venía encima en todas direcciones con sus largas melenas negras como noche de diablo, los torsos pintarrajeados de rojo y los ojos cubiertos de pintura negra a modo de máscara. Los primeros enarbolaban macanas de madera adornadas de plumas, detrás venían los que lanzaban venablos de palo y los que arrojaban flechas de afilado pedernal. La primera descarga dejó a tres indígenas en el suelo, dos malheridos y el tercero con un agujero en la cabeza, diana del gallego que guiñó ufano el ojo a los sevillanos. El estampido y la humareda paralizaron a los paganos y callaron su guirigay. Ése fue su error. Apenas disipado el humo de la andanada, Amarilla, Álvarez y Albalá atravesaron a los tres indios más cercanos. Fue entonces cuando Nieto gritó: «¡Santiago y a ellos! ¡Por el Rey y por Hernando!».

Resultó una desbandada de liebres acosada por una jauría de galgos. Juan Rodríguez fue el primero en lanzarse a la caza: «Cagüen la Virgen. ¡A por ellos!». Le paró en firme una flecha que se alojó en su muslo tirándole al suelo en medio de una retahíla de maldiciones y cagadas en el santoral. Los españoles supieron entonces, a cambio de su sangre, que eran estos indios tan veloces en cargar sus arcos que en el tiempo que le llevaba a un arcabucero hacer su trabajo ellos habían hecho no menos de cinco o seis tiros.

—¡En dos grupos! ¡En dos grupos! —gritó Nieto mientras veía retorcerse al del Puerto—. ¡Manteneos juntos y a degüello!

El de Alburquerque se fijó en un grupo que corría a su izquierda hacia la arboleda y le llamó la atención que algunos de los indios llevaban a empellones a uno de ellos en su huida.

391

Hacia allá se fue seguido por el cubano, que bramaba como un indígena más, los tres extremeños, el judío toledano y el vizcaíno Amarilla con la ballesta cargada y lista para disparar. Gallegos, Tovar y el resto de los jinetes se habían lanzado al galope al oír los primeros disparos y alcanzaban el claro alanceando a los nativos desconcertados.

En el lindero del bosque el grupo huidizo de asustados paganos recuperó el ánimo e hizo frente a los barbudos insolentes. El que aparentaba ser el jefe con la macana más emplumada, el torso más pintado y el grito más potente se lanzó hacia Nieto, mas su algarabía quedó muda y su cuerpo inerte cuando un dardo de Amarilla le traspasó la garganta. Los dos siguientes que se vinieron encima de los españoles se encontraron con las tripas fuera antes de lo que dura un Amén. Al primero le apuñaló Nieto y al siguiente le atravesó de parte a parte Atanasio Botello. El resto de los indios sobrevivientes corrieron hacia la espesura y sólo quedó uno de ellos, arrodillado y gimoteando.

392   Nieto colocó la punta de la espada en el mentón del indígena abandonado por sus hermanos y le levantó el rostro pintarrajeado, con tatuajes en la frente, el pelo a medio canear recogido en una trenza y unos ojos claros que se clavaron en el rostro sudoroso del capitán de Hernando de Soto.

—¡A degüello mi capitán! ¡A degüello! —le recordó el toledano Bautista al vacilante extremeño.

—¡Sivilla! ¡Sivilla! ¡Por Dios y Virgen! —gritó el indígena mientras se persignaba y hacía la señal de la cruz de forma frenética.

—Voto a… Pero ¿qué contradiós es éste, hijo de Satanás? —exclamó Nieto frunciendo el ceño.

—¡Sivilla! ¡Sivilla! ¡Por Dios y Virgen! Yo cristiano como tú. Yo Sivilla. ¡No mates!

Nieto y Bautista se miraron incrédulos, mientras Tovar, que había llegado al lugar, descabalgaba a su lado. El resto de los soldados permanecían en silencio con la mirada fija en el gemebundo pagano, que resultó que no era tal.

—De modo que era verdad —dijo Tovar mientras se arrodillaba junto al indio para comprobar su aspecto más de cerca—.

Era cierto lo que contaron los salvajes que capturó Añasco acerca de que uno de los nuestros andaba por estas tierras.

—¡Sí, sí! —añadió el cautivo—. Yo cristiano. Yo Ortiz.

El rostro aún asustado de Juan Ortiz contrastaba con las miradas impacientes y asombradas de los principales capitanes que rodeaban a Hernando de Soto. A todos ellos se les hacía difícil admitir que bajo aquella piel atezada, recubierta de pinturas y tatuajes, hubiera uno nacido en la lejana España. Más aún cuando el joven, además de haber perdido sus hábitos y costumbres cristianas, tenía olvidada una buena parte de la lengua en la que le amamantó su madre y le costaba esfuerzo hacerse entender. ¡Cuánto sufrimiento y aventura había detrás de aquel mozo!

Mas el Gobernador disponía de todo su tiempo para escucharlo y Juan Ortiz, natural de Sevilla, donde había nacido veintiocho años antes, se dispuso a contar su extraordinaria historia, que se narra en esta crónica vuelta a nuestro castellano para evitar el desorden y la media lengua en la que se explicó el desdichado Ortiz.

«Me llegué a estas tierras como grumete del Adelantado Ponce de León y con su capitán Pánfilo de Narváez me adentré en el infierno que son las tierras del cacique Hirrigua, hijo del Diablo, porque ninguna criatura de Dios tiene el corazón tan podrido como él. Muchos de los nuestros fueron muertos en una celada y sólo cuatro quedamos a merced de los indios, que nos hicieron sus prisioneros. ¡Dios fue malvado entonces y me conservó la vida no sé en pago a qué pecado mortal cometido!»

Ortiz volvió a sus sollozos y a los recuerdos que le corroían las entrañas. Hernando le calmó y le ofreció un poco de agua.

«Tranquilízate, mozo, estás entre tus hermanos —dijo el Gobernador—. Ahora ya nada debe inquietarte. Cuéntanos qué ocurrió después.»

«Hirrigua preparó una fiesta para celebrar su victoria en nuestras carnes. Sus guerreros formaron un círculo armados de sus lanzas y flechas. Mis tres compañeros fueron dispuestos como sus madres los parieron en medio de esas bestias que comenzaron a alancearlos y flecharlos como ordenó Hirrigua para que sufrieran mucho y tardaran en morir. Mis hermanos corrían en todas direcciones y en todas se encontraban con tiros y morían de a poco y se iba su vida por la sangre que perdían. Cuando ninguno de ellos se pudo mover, rompieron sus piernas con mazas, les sacaron los ojos y antes de que expiraran arrancaron trozos de sus cabellos. Yo no tenía más oraciones que decir y me reservaron para el final por ser más joven, y así yo creí que aún serían peores mis horrores, mas la Virgen vino en mi socorro y entre aquellos demonios eligió a almas bendecidas por Nuestro Señor que fueron una de las esposas de Hirrigua y sus tres hijas, que pidieron mi perdón. Aceptó Hirrigua contentar a las mujeres, mas la vida que me dio luego me hizo envidiar a mis tres hermanos muertos y juro que no me la quité porque es el mayor de los pecados.»

Hernando permanecía atento a cuanto contaba Ortiz, en silencio y guardando en su memoria cuanto detalle conocía de las terribles prácticas de aquellos paganos. Rangel tomaba buena cuenta de lo que se narraba y hubo exclamaciones que exigían un castigo inmediato y cruel contra aquellos hijos del infierno, siendo Porcallo, el maestre de campo, el más enardecido.

«Debo decir, mi señor De Soto, que ni el peor mulero de Castilla trataría a sus bestias como aquellos demonios me trataron a mí. Acarreaba leña y agua de continuo, noche y día, recibía palos y puntapiés tan crueles y de seguido que no se dan a un perro sarnoso. Los días que festeaban a sus dioses era aún peor, mi señor Hernando. Hirrigua me hacía correr toda la jornada en la misma plaza donde dieron tormento a mis compañeros y sus guerreros con flechas tenían órdenes de saetearme si me paraba, y así estaba desde el sol a la noche, cuando terminaba más muerto que vivo y la esposa y las tres hijas me curaban y yo maldecía que no me dejaran morir y abandonar ese infierno. Un día se anunciaron fiestas y ya me disponía al tormento cuando el diablo Hirrigua pensó un suplicio aún mayor de todo lo anterior, pues tanto odio me tenía. Mandó hacer una red con varas de medir y estacas, que estos indios utilizan para sembrar, y que la colocaran por encima de mucha brasa y así quemarme como a cualquier cerdo. Allí me tendieron en la parrilla y bien hubiera muerto con las vejigas por fuera y todas las entrañas asadas si no hubieran intercedido la esposa e hijas, que ya no sabía si eran ángeles de mi guardia o diablos empeñados en hacer eternos mis males. Con pócimas y hierbas me curaron de aquellos tormentos, pero las señas de las quemaduras quedan para probar mis palabras.»

Ortiz se levantó el taparrabo que tapaba sus vergüenzas y dejó visible en su culo y espalda una carne arrugada y cenicienta como rostro de putañera vieja. Una cordillera de tendones y músculos retorcidos en una cicatriz se prolongaba por su muslo derecho y un tatuaje de extrañas formas tapaba las viejas heridas en su espalda y nuca.

«Si era fuerte el ánimo de Dios por tenerme vivo, mayor era el odio de Hirrigua cada vez que me veía y tenía que escuchar las súplicas de sus mujeres. Ordenó entonces un trabajo para mí propio de los leprosos y me mandó como guardián de su cementerio, donde ponían a sus muertos en parihuelas amortajados al aire y de ese modo muchos leones que habitan esa región se daban un festín con los recién muertos, lo que apenaba a aquellos diablos. Mandó Hirrigua que yo guardase a los muertos de las fieras y que en ello me iba la vida, porque si algún león comía de un muerto me asaría sin remedio y de nada valdrían las súplicas de sus mujeres. Para guardarme me dio por arma cuatro dardos que pensé por momentos usar contra mí y convertirme yo mismo en uno de aquellos cadáveres, pero una fuerza de esperanza me animó porque después de muchos meses me sentí confortado por no tener que ver a Hirrigua y su asquerosa cara.»

Hernando puso frente a Ortiz un trozo de tasajo y varios pedazos de tocino bien cocido que hizo que se relamiera. Después de un largo trago de agua el joven reinició su relato.

«Pero ocurrió una noche que me venció el sueño y acertó a entrar en el recinto un león que se llevó a un niño que dos días antes había fenecido. Oí el ruido de la fiera, mas cuando llegué al sitio, el león y la criatura habían desaparecido. Bien sabía que mi vida se terminaría a la mañana siguiente, cuando descubrieran la falta del niño. Y en esa ocasión Hirrigua pondría fin a su odio con mi muerte. Pensé en no darle tal placer y co-

mencé a huir prefiriendo morir en los montes por hambre y
cansancio o víctima de los leones. Así llegué a un ancho camino
antes de la salida del sol y oí como a un perro que roía huesos.
Con sigilo me llegué a unos arbustos desde donde contemplé el
festín que el león se daba con el infante muerto. Aun cuando la
vista no era buena y eran muchas las sombras, tiré un dardo y
me quedé con la mano sabrosa, como dicen los cazadores cuando
barruntan que en la oscuridad han atinado a la presa. Aguardé
entonces a que amaneciera para saber si el león se había ido o
para defenderme a las claras de él. ¡Cuánta felicidad después de
meses de tormento! Resultó que le había dado de lleno y allí
estaba muerto. Con el león atravesado a rastras y los restos del
niño al lomo me presenté en el poblado y quedaron los indios
asombrados por lo que consideraron una hazaña y hasta me
tuvieron más consideración desde entonces y me pareció que el
propio Hirrigua me hacía más suaves los trabajos. Me golpea-
ron menos desde entonces y a veces me daban comida y no las
sobras de sus perros, pero ocurrió que una hermana del diablo
Hirrigua que caciqueaba esa tribu había perdido sus dos hijos a
manos de hombres de Narváez y a ella misma se la había ultra-
jado y cortado la nariz. Esa mujer no descansó en menear el
odio de cacique y pedirle mi muerte con más insistencia que las
mujeres del jefe querían clemencia. Ganó la partida la hermana
y el cacique decidió terminar con tantas quejas de una y las
otras y darme muerte. Mandó, pues, que se organizara a la mañana siguiente un sangriento círculo y que yo fuera flechado
hasta morir. Enterada de los planes, una de mis ángeles guardianes, que decía estar comprometida con otro cacique llamado
Mucoco, de nobles sentimientos, preparó mi huida a la nación
del dicho Mucoco para que me acogiera y protegiera por el
amor que la profesaba. Esa noche escapé del infierno que ningún otro mortal ha conocido.»

Cuando Ortiz interrumpió su relato todos los presentes le
miraban con poca disimulada admiración y esperaban conocer
el final de la aventura. Y el más interesado era Hernando, que
le pidió que prosiguiera con todo el detalle de que fuera capaz.

«En manos de ese diablo de Hirrigua pasé casi dos años,
muriendo día a día, lo que quebró mi salud y me hizo viejo en

la juventud, pero lo que ocurrió después hizo que llegara a dudar de mis creencias. Porque, mi señor don Hernando de Soto, el trato que me dio Mucoco fue el que se tiene con un hijo y tan noble que muchos príncipes cristianos no lo tienen con sus súbditos. Junto a él pasé otros diez años y en todo ese tiempo sanaron mis heridas del cuerpo y el alma y nunca tuve de él desprecio ni odio. Tan noble es Mucoco que por mi defensa arruinó el casamiento con la hija de Hirrigua y a punto estuvo de entrar en guerra con ese diablo que iba a ser su suegro y con otro cacique que le apoyaba; ambos pidieron a Mucoco que me entregara a ellos para que me mataran. Aprendí en ese tiempo tan bien su lengua que hasta olvidé por momentos el castellano de mi madre y no abracé su religión porque nunca me lo exigió Mucoco y siempre me fueron extrañas las ceremonias sangrientas a sus dioses, que no son otros que el cielo y la tierra, mas no olvidé jamás que Nuestro Señor es el único Dios creador de todo cuanto existe. Llegué a general de sus guerreros y hasta almirante de sus muchas canoas. He combatido a indígenas de esta tierra como uno de ellos, pagando con fidelidad a quien tan bien se comportaba conmigo, y he de decir que Mucoco siempre tuvo un comportamiento con sus enemigos de justicia y perdón como es difícil encontrar en los reinos cristianos donde reyes y príncipes se traicionan entre sí. Ahora que he vuelto a encontrarme con los míos, siento una profunda pena por tenerme que separar de Mucoco, porque es tan buena su alma que jamás sacrificó a infantes en honor de sus dioses, porque la práctica de sangrar a niños es frecuente en tribus como los ocones y ocitas, también entre hichitis, utinas, ibis y seminolas como yo mismo lo he visto. Ésa es la verdad, mi señor don Hernando.»

—De nada tienes que preocuparte mi buen Ortiz —le respondió Hernando, tomando su brazo con afecto—. Si tan noble es el alma de ese Mucoco que te devolvió a la vida, mi propósito es el de hacerle nuestro amigo y un súbdito leal del rey Carlos. Creo que la providencia te ha colocado en nuestro camino para el bien de esta empresa. Tu serás nuestra lengua para entendernos con los paganos y enseñarás a mis capitanes los usos guerreros de todas esas tribus a las que has conocido y combatido. Tienes toda mi confianza para guiarnos por estas naciones y así lo hago saber a todos mis hombres.

—Hay algo más, mi señor Hernando —dijo Ortiz con desenvoltura—. La nobleza de Mucoco no debe equivocaros sobre su fortaleza en el combate y la fiereza de sus guerreros. No dudo que habrá de sernos útil y leal aliado si el trato con él es justo; si por el contrario le engañamos y le ofendemos sin cuento, debemos prepararnos para tener muchos funerales y aún mayores sufrimientos entre nuestra gente.

—Siempre utilizo la espada en su justa medida —contestó Hernando—. Conozco por mi vida en estas tierras, desde Nicaragua hasta el Perú, que la alianza trae más beneficios que la batalla en muchas ocasiones y por ello la crueldad innecesaria ha traído a los españoles las más de las desgracias en las Indias. Ahora deseo que cuando estés recuperado partas como mi embajador al poblado de ese tal Mucoco para ofrecerle nuestra amistad y alianza.

—Dinos, Ortiz —intervino Porcallo sin ningún miramiento—, ¿cómo es esta tierra? ¿Tiene difíciles sierras, son muchas las tribus belicosas, está muy poblada? Y... ¿es abundante en oro?

—¿Y qué sabes de una fuente que mana agua y vuelve inmortales a los hombres? —interrumpió atropelladamente Lobillo.

—¿Dónde están esas maravillosas ciudades todas cubiertas de oro? —se abalanzó sobre el indio castellano el capitán Arias Tinoco.

—No he visto mucho oro en estas naciones, aunque he oído que abunda más al norte, por encima de las montañas que se llaman Apalache. En cuanto a la fuente milagrosa solamente he oído hablar de su existencia a Pánfilo de Narváez y ningún guerrero amigo o enemigo de los que he conocido habló de ciudades hechas de oro. Pero mucho debemos guardarnos de esta tierra peligrosa, llena de ciénagas infernales, con lagartos tan enormes que pueden tragarse a un hombre de un solo bocado, las fiebres son muy contagiosas, los leones no tan grandes como en la nación de los negros pero son más fieros y, por lo general, todos sus pobladores son crueles y aguerridos.

El desconcierto y los murmullos de descontento se apoderaron de todos los presentes. Los optimistas restaban crédito a lo que decía Ortiz dándole por loco y los otros se preguntaban si convenía seguir adelante sin certeza de hallar tesoros. Hernando de Soto, que sonrió con malicia cuando oyó hablar de la inexistente fuente de la vida eterna, permaneció callado sin atender a las disputas. Pidió entonces a Rangel que se acercara y preguntó con sigilo al indio español:

—Dime, Ortiz, ¿qué sabes de un imperio de indios que viven en grandes y prósperas ciudades, con templos más altos que nuestras catedrales y con una organización aún mejor que cualquiera de nuestros reinos cristianos?

—A lo que me alcanza, señor don Hernando —contestó Ortiz mientras terminaba con voracidad el último trozo de tocino—, no sé nada de imperios y grandes ciudades. Nunca vi pagar tributos a señores desconocidos y lejanos y las tribus que he conocido son todas muy independientes y no tienen otro rey que a su cacique.

El Gobernador y Rangel se miraron decepcionados, mientras los demás elevaban el tono en sus disputas.

—Esto queda entre nosotros, Rodrigo. Lo que menos quiero en estos momentos es que el desánimo y el desengaño se apoderen de los nuestros.

Poco pudo la voluntad del Gobernador por mantener en secreto la relación de Ortiz, pues es sabido que entre la tropa las noticias y hablillas son tan naturales como el juego y la instrucción. De hora en hora se extendieron entre la expedición las malas nuevas traídas por el medio indio Ortiz acerca del oro y las penalidades que les aguardaban, y ello no pasó desapercibido a Hernando, que temió una revuelta en mitad de un acceso de cobardía que empujara a los hombres a regresar a Cuba.

Decidió actuar de inmediato para evitar así que los miedosos y tibios le dieran demasiadas vueltas a la cabeza. Y descubrió en la historia reciente de las Indias el mejor modo de hacerlo. Dispuso el Gobernador, como lo hiciera su paisano Cortés en las costas de la Nueva España, cortar la posible retirada de sus hombres, aunque lo hizo con mayor destreza y no hundió la flota, sino que ordenó que los navíos se volvieran a La Habana en busca de más provisiones y soldados, reservando la *San Antonio*, una carabela y dos bergantines que bajo el mando de Pedro Calderón habrían de zarpar hacia el norte en busca de un puerto amplio y seguro donde levantar la primera colonia, que sería el principal asentamiento de entrada en la nueva tierra. El resto de la expedición caminaría hacia los Apalache en busca de fortuna y gloria.

«Cortés y hasta el solitario Pizarro en la isla del Gallo confiaron en su fortuna, no será De Soto menos que ellos y dará la espalda a su destino», confió el Gobernador a sus más leales cuando decidió que zarpara la flota lo antes posible con rumbo a la isla de Cuba.

A estas alturas, Hernando de Soto se había convencido de que la aparición de Ortiz era una señal divina para su empresa y augurio de un éxito no muy lejano. Tenía plena confianza en conseguir la alianza con Mucoco, lo que le proporcionaría una fuerza añadida de bravos guerreros, buenos conocedores del terreno y del enemigo, así como una zona pacificada a sus espaldas, territorio confortable para recibir ayuda desde Cuba o replegarse con seguridad si le venían mal dadas. Envió de inmediato como embajada al poblado de Mucoco a Ortiz, Vasconcelos y Moscoso y una escolta de diez jinetes y cincuenta infantes.

No había transcurrido una semana cuando el cacique y sus notables se presentaron en el campamento de Hernando. Junto al indio, como si fuera su mejor consejero, caminaba Ortiz. Moscoso y Vasconcelos abrían la marcha encabalgados rodeados de aborígenes solícitos acariciando los lomos de las adiestradas cabalgaduras como si se tratara de ídolos vivientes. El Gobernador quiso corresponder en gentileza, además de intimidar al amistoso cacique, recibiéndole de la manera más majestuosa que estaba a su alcance.

Hernando montaba el caballo overo, engalanado de telas y cascabeles, cuyas riendas sostenía el escudero Sánchez León. Iba muy bien vestido de sedas y raso, envainado en su armadura más pulida con la cruz de Santiago esmaltada en el peto de un rojo rubí, igual de refulgentes eran las hombreras, la pancora, las musleras y el escarpe. Sobre los hombros le caía una blanca capa. Era un auténtico paladín huido de las páginas del *Amadís de Gaula*. El Gobernador se tocaba de un morrión crestado por un plumaje multicolor donde a cada lado se había incrustado en ligero cobre el escudo de Castilla y la cruz del apóstol.

Una aparición celestial ante Mucoco, apenas vestido con un retal de cuero que cubría sus vergüenzas, las piernas contorneadas de cintas emplumadas, el torso desnudo muy tatuado y un cordón alrededor de la frente que sujetaba dos extraordinarios plumones de águila e impedía que la larga cabellera le tapara la cara para que sus grandes ojos, de un difuso color oscuro, se mantuvieran bien abiertos, atentos a cuanto ocurría a su alrededor. Pese a su primitiva indumentaria era Mucoco distinguido y de noble porte.

Hernando descabalgó y se dirigió hacia el indio, al que extendió la mano para que se la besara. Ortiz, en tanto, susurraba a oídos del pagano que estaba ante el enviado del Rey más poderoso que hay sobre tierras, lagos, montañas y mares. Este gran señor sería a partir de ahora su protector y la principal ayuda para su pueblo. Se acercaron entonces Dionisio de París y fray Luis de Soto para hacer el Requerimiento conforme exigen las leyes de Dios y del Rey en las Indias. El lenguas trasladaba con prontitud cuanto decían los clérigos y cuanto más hablaban éstos más se extrañaba el indio. Terminada la requisitoria, Mucoco habló a Hernando.

—Grande debe de ser vuestro Rey que envía tantos hombres y extraños animales contra nosotros y árboles que escupen fuego y varas más feroces que el relámpago. Antes luchamos contra unos que eran como vosotros y sucumbieron a nuestra fuerza y a nuestros dioses porque vinieron a destruirnos. Hoy, tú nos ofreces amistad y protección y yo, Mucoco, lo acepto y prometo ayudarte en cualquiera que sea el destino que decidas si combates a mis enemigos y respetas a mi familia. Prometo ser fiel a ese Rey que os manda con tanta fuerza, pero yo, Mucoco, también soy Rey y así seguiré siendo y velaré por mis antiguos y lo que me enseñaron porque no entiendo de vuestros dioses. Vivid con vuestro dios muerto al que honráis con esa aspa que levantáis en vuestros campamentos, pero yo he de vivir con los míos que habitan en los campos y las aguas.

Cuando Ortiz terminó su traslación de lengua, Dionisio de París bramó:

—¡Blasfemia! No hay perdón para el pagano que insiste en su pecado.

—¡Teneos fray Dionisio! —interrumpió tajante y con autoridad Hernando—. No quiero repetir pasadas historias que terminaron en desastre y sangre inútil de españoles. Si es la voluntad del indio no recibir ahora el bautismo, debemos respetar su deseo, porque nuestra Madre Iglesia tiene tiempo y recursos para convencerle más adelante. Me interesa por encima de todo su amistad y la colaboración de sus guerreros y no permitiré que nadie se interponga en ello. Nuestro interés está en la guerra o la paz, según nos convenga; dejemos las misas para luego.

Mucoco escuchó con especial atención cuanto le decía Ortiz. Sonrió después y besó la mano del Gobernador.

—Sois prudente —dijo el cacique— y adivino que usáis la valentía cuando el tiempo lo requiere, lo que significa que no sois un loco sino un noble guerrero que cuida de los suyos y respeta al adversario. No deseo teneros por enemigo, sino como mi mayor aliado. Disponed de mi familia como os plazca.

Ocurrió unos días después de que Mucoco regresara a su nación que Porcallo, con sus mejores modales, solicitó a Hernando permiso para embarcarse a Cuba con la flota y llevar con él medio centenar de prisioneros que consideraba parte justa de su botín. Rangel, Moscoso, su pariente Arias Tinoco y un hidalgo portugués que guardaba la tienda del Gobernador, fueron testigos del mayor ataque de furia conocido en Hernando de Soto.

—¡Grandísimo hideputa! —gritó Hernando de tal manera que se escuchaba en las tiendas de campaña cercanas—. De modo que éste era tu juego de bellaco cobarde y ambicioso. No eres sino un negrero cabrón y un mentiroso mierdero. Mi vergüenza no es que aparezca como un tonto de ferias engañado por un cagón sin honor alguno, sino haber dudado de las palabras de mis más leales compañeros y amigos, que bien me advirtieron de tus artimañas. ¡Juro ante Dios Nuestro Señor que no deseo otra cosa que atravesarte con mi espada! Pero siempre la desenvainé ante enemigos que al menos tenían coraje para batirse y no estoy dispuesto a ultrajarla con la sangre de un cerdo o convertirme en matarife de matanza. ¡Quítate de mi vista, sodomita mierdero!

—Sois Adelantado y Gobernador del Rey, pero eso no os da derecho a insultarme. Soy noble de España y eso os obliga al respeto y me da derecho a actuar con entera libertad. Y como hombre libre mi deseo es abandonar esta empresa que veo abocada al fracaso y es justo que tenga mi recompensa por lo mucho que he aportado en esta jornada.

—Si la ley te otorga esa libertad, el deshonor y la cobardía te la quita. Me cisco en toda la nobleza de tu familia y vete a Cuba con tus esclavos para holgazanear entre tus putas. No te quiero entre los míos. Tu presencia es una ofensa a cada uno de ellos, porque el más infeliz de mis rodeleros es más noble y valiente que tú. ¡Vete y que te porculeen en Cuba!

Hernando se dirigió a un satisfecho Moscoso, que mantenía la mano en el pomo de la espada, atento a cualquier rara maniobra de Porcallo, sabiéndole traidor y cobarde y viendo al Gobernador sin armas al alcance.

—Luis, ocúpate de que este hideputa se embarque con sus esclavos, pero ¡nada más! Y confía la carta que voy a escribir a mi esposa dando cuenta de su comportamiento para que a este cobarde no se le ocurra ni mirarla. Haz lo que te ordeno como mi nuevo maestre de campo.

Cuando las velas se perdieron entre el cielo y la punta de arena con rumbo a La Habana y los cuatro navíos de Calderón iniciaron la singladura en la dirección contraria, el campamento fue envuelto por una lluvia tan tupida y pertinaz que más parecía una catarata. Los soldados se esforzaban en medio del fangal por organizar los escuadrones, formar las tropas para la marcha y desenterrar del barro los pesados cañones, arreando a las mulas y a los prisioneros indígenas hasta que los músculos les reventaran la piel.

Un viento como huracán agitaba las copas de los árboles para combarlas de tal modo que las raíces abandonaban el suelo y las lonas de las tiendas se arremolinaban por encima de los hombres, formando gruesas lianas enmarañadas entre las ramas que golpeaban a los soldados más distraídos, dando con ellos en el lodazal. Los cielos tronaban como si toda la artillería divina hiciera fuego a la vez, provocando el espanto de los caballos que se encabritaban y coceaban para tratar de liberarse de ronzales y ataduras. En torno al altar de palos y guano donde los frailes confiaban en dar la misa revoloteaban misales, libros de oraciones y cálices de bronce. Hernando y Moscoso se desgañitaban impartiendo órdenes, apagadas por el ruido de los truenos y las blasfemias de los soldados empapados de agua y de la peor mala leche que mamaron. Todos buscaban guarecerse en ninguna parte porque no había sitio libre del aguacero y la ventolera.

404

Un grupo se esforzaba por desembarrancar un cañón de cuarto de libra escorado sobre el talud de una zanja abierta con el corrimiento de lodo y agua. Las sogas tensas y las fuerzas de los hombres estaban a punto de quebrantarse cuando la cureña se desenclavó y dejó libre el tubo de hierro que vino a aplastar las piernas de Perico de Badajoz, uno de los correveidiles y copleros que contaba con mayor simpatía entre la tropa. Todos los que se afanaban cerca de él hubieran jurado que sus alaridos callaron a los truenos y asustaron al mismo vendaval.

Hernando, atento a lo que ocurría, corrió hacia allá abriéndose paso entre sus hombres, sintiendo la lluvia como alfilerazos en la cara, la barba rezumando agua y sudor y el pañuelo azul anudado en la frente salpicado de barro. Se deslizó por el talud rebozándose en el lodo para tomar la mano temblorosa de Perico, que apenas tenía fuerzas para gritar, mientras una baba espesa se le escapaba de los labios y los ojos iban tornándosele blanquecinos. El Gobernador intentó mover el cañón empujando con el hombro y se encontró que era como una roca anclada al suelo desde siglos que ni el mismo Hércules hubiese movido una pulgada.

—¡Me muero, mi señor! —balbuceó Perico—. No me dejéis como una alimaña aplastada y llamad a los frailes, que tengo un cargamento de pecados.

—¡Aquí no se muere nadie hasta que yo lo ordene! —le dijo Hernando, apretándole con fuerza la mano con una sonrisa dolorida—. Aún te quedan muchas coplas que cantar, ¡te lo juro! Y vosotros dejad de mirar y lanzad unas maromas para levantar el cañón. ¡Moveos, comadres asustadas!

Más hombres se unieron a la tarea y al poco tiempo el coplero estaba libre. El bachiller Pedro Díaz de Herrera, natural de Ocaña y que servía como médico, estuvo mirando el maltrecho cuerpo y moviendo la cabeza le quitó esperanzas a Hernando. No hacía falta pasar por Salamanca para saber que Perico se iría de este mundo a poco tardar, su pierna derecha era una masa de huesos triturados, músculos desgarrados y tendones rotos. La otra se veía mejor aunque tenía un severo corte por encima del tobillo que alcanzaba hasta la rodilla. Pero el Gobernador había dado su palabra y jurado bajo aquel cielo atronador salvar la vida de uno de sus hombres, y estaba dispuestos, a hacerlo burlando, si era preciso, la voluntad del mismo Dios. De ese modo, Hernando dispuso que una plancha de hierro fuera puesta al fuego candente y el mejor carpintero cortara la pierna apisonada por donde indicara el bachiller.

La fortuna quiso que Perico perdiera la conciencia y así fue amarrado con fuertes correas a la mesa de la amplia tienda de campaña que servía para la maestría de campo. En aquel cuerpo inmóvil se introdujeron más de dos litros de vino y se le colocó un pedazo de cuero entre los dientes. Cuando uno de los hermanos Osorio tuvo dispuesto el serrucho, Díaz de Herrera le marcó que seccionara la pierna derecha muy por encima de la rodilla. Un grupo numeroso de soldados se había congregado en torno a Hernando, silenciosos y admirados de la voluntad de su caudillo. Algunos indígenas miraban asustados y con admiración aquella extraña tortura.

El corte le llevó unos pocos segundos a Osorio y Perico soltó unos leves quejidos, mas cuando se le aplicó el hierro al rojo sobre el muñón sanguinolento un alarido se extendió por todo el bosque y a buen seguro que estremeció hasta al mismo cielo. Perico volvió a hundirse en la total inconsciencia. Luego el de Ocaña zurció la otra pierna con la maestría del mejor sastre de la corte y la vendó en unas telas de las más limpias que pudieron encontrarse.

Cuando cesó la tormenta, el campamento apareció medio sepultado, como si toda la caballería desbocada de Castilla le hubiera pasado por encima. La partida se demoró algunos días hasta arreglar lo desbaratado cuando estaba muy adelantado el mes de agosto.

La marcha hacia los dominios de Hirrigua comenzó entre aguaceros intermitentes que retrasaban la marcha pese a la comodidad del terreno y los mejores pasos que señalaban los indígenas que Mucoco había dejado como guías. En paralelo a la costa, el ejército avanzó en dirección norte sorteando dunas, terrenos alomados y pequeños bosques hasta llegar a una ciénaga que parecía extenderse sin fin. Era preciso cruzarla pese a que con ello se arrostrara el peligro de caer en celadas de respuesta incierta, al no poder formar los infantes las líneas de defensa y donde era ineficaz el uso de la caballería, porque los más de los jinetes deberían hacer el camino desmontados.

Los hombres de Mucoco descubrieron un camino que podría resultar confortable para el grueso de la tropa, donde los hombres chapotearían con el agua por debajo de las rodillas. Hernando y los suyos se adentraron en una senda que culebreaba entre manglares, ramajes flotantes y árboles que emergían del agua tan pegados unos a otros como barreras de aquel insalubre fangal sobrevolado por nubes de mosquitos que aguijoneaban a hombres y bestias rifando a cuáles de ellos regalarían las malas fiebres.

Acostumbraban los indios y también Juan Ortiz a beber de cuando en cuando un brebaje negro y apestoso al que llamaban runquo, que se extraía de la corteza de un árbol de madera muy dura llamado de la quinina abundante por esas tierras y que aliviaba las terciarias, lo que no era razón suficiente para que los españoles gustaran de su consumo.

La tropa caminaba por el pantanal de la forma que más convenía al incómodo terreno. Iban por delante parejas de rodeleros que protegían a los ballesteros, a los que seguían arcabuceros con el arma montada y la mecha lista. Detrás los piqueros y jinetes escoltaban a Hernando que, encabalgado, los comandaba a todos. Cerraban la lenta comitiva las carretas y los cañones, empujados por soldados bajo arresto y tamemes de Mucoco, indígenas de gran voluntad pero de escaso esfuerzo que caían pronto en el cansancio y la enfermedad.

La ración de campaña para tales sufrimientos no venía a alegrar ni el ánimo ni el estómago: cada hombre disponía de un bolsón de maíz tostado o cocido por día y así habría de ser hasta alcanzar alguna nación abundante en la caza de aves y conejos, porque se reservaban la piara de cerdos para que hicieran cría cuando se alcanzara un lugar adecuado donde levantar la colonia. Por espacio de dos días anduvo el ejército enfangado, pernoctando al abrigo de las ramas altas o en torno a hogueras encendidas en la misma senda lodosa.

Al tercer día, una mañana cálida y luminosa despertó a los soldados, que reanudaron la marcha por un sendero más amplio, despejado de arboleda, que cruzaba por entre unos altos cañaverales separados por pequeñas lagunas donde bandadas de garzas indiferentes al paso de la tropa picoteaban sus fondos a la busca de sustento.

Había una calma que desasosegaba y los primeros en reparar en ello fueron los vigías de Mucoco, que avisaron a Ortiz para que el Gobernador se mantuviera alerta. Cuando el indio castellano le hacía llegar a Hernando los recelos de los guías, una nube de pájaros abandonó los cañaverales en tropel huyendo de un peligro escondido. Muchos fueron los que pensaron que pudiera tratarse de alguna pantera de las que tanto abundaban en aquellos pantanos, pero comprobaron de inmediato su error. Una lluvia de flechas y venablos les roció mientras el aullido de una bestia invisible se extendía por entre las cañas. Cuando llegó la segunda andanada de dardos, la mayoría de los jinetes estaban sobre sus monturas. Los capitanes Romo y Tinoco daban órdenes de preparar los cañones y los infantes se apretujaban detrás de los rodeleros. Los arcabuceros hicieron la primera descarga a ciegas hacia el lugar de donde procedían las flechas. Por entre la espesa humareda se vieron los primeros indios heridos y otros que huían hacia una de las lagunas.

Hernando de Soto se armó de una pica y ordenó que le siguiera el primer escuadrón. Moscoso, Lobillo y Vasconcelos, pie a tierra, se distribuyeron las compañías de infantes y se lanzaron al cuerpo a cuerpo contra los paganos precedidos por los perros de presa. Las inmaculadas y pacíficas garzas emprendieron el vuelo antes de que los primeros indios aperreados cayeran malheridos.

Hernando y los suyos aplastaban cañas y cuerpos y alanceaban con furia desquiciada a los emboscados. Los hombres de a pie se llegaron hasta las lagunas gritando aún más fuerte que los aborígenes, dando vivas a Santiago y al Gobernador. Con el agua hasta media pierna, los guerreros se tuvieron tan cerca que confundían su aliento, las macanas chocaron contra petos y corazas, los cuchillos de afilado pedernal rechinaron sobre morriones y hombreras, mientras las espadas y dagas abrieron tripas y degollaron pescuezos. Las grises aguas de antes se volvieron rojizas y un sabor acre y dulzón inundó el aire.

La lucha era desigual, pese a que varios infantes yacían medio ahogados con los brazos rotos o muy feas heridas en la cara y la frente. Tres caballos fueron heridos y agonizaban entre las cañas. Pero un segundo escuadrón al mando de Baltasar de Gallegos acudía en socorro de Hernando, cuya lanza era un asta totalmente pintada de rojo.

La gran matanza no hacía mella entre los indígenas, que combatían con más ardor cuanto más hierro les daban los españoles. Álvaro Nieto y Nuño Tovar peleaban a pie abriéndose paso entre un cerrado grupo de indios que caían como haces de mieses cercenados por estocadas y rematados a cuchillo. El tesón en la lucha de los lugareños comenzaba a mellar el ánimo y la fortaleza de los castellanos, a cuyo auxilio acudió una andanada de cañones que acertó sobre un numeroso grupo de nativos que se aprestaba a lanzarse sobre las tropas de Moscoso, las más débiles y a punto de ser encerradas.

El estruendo, que arrancó de la tierra a cañas y hombres mutilados, envueltos por un agua cenagosa y sanguinolenta, detuvo a los combatientes y llevó el pavor a los fieros habitantes de aquella nación que iniciaron la huida con la misma decisión que antes luchaban. La acción envalentonó a los españoles, que redoblaron sus ataques, y de forma muy especial a un tal Juan Grajales, sargento de alabarderos, que seguido por diez de los suyos se lanzó en persecución de un grupo de indios, pese a que los cornetines de órdenes llamaban al cese de la contienda contra las huestes de Hirrigua y tribus que le eran amigas.

Mientras Hernando y sus capitanes confortaban a la veintena de heridos y felicitaban a los demás por su denuedo en la lucha, llegaron al campamento los diez alabarderos que siguieron a Grajales con la mala noticia de que habían perdido a su sargento y temían que hubiera caído en mano de los enemigos. El Gobernador tenía en gran estima al tal Grajales desde los tiempos del Cusco. Era valiente hasta la locura, leal y de firmes convicciones, muy abierto en el trato y gran defensor de la libertad de los hombres, hasta el punto que nadie sabía su lugar de nacimiento porque según él había sido parido en España pero había elegido libremente las Indias como hogar. Hernando no dudó un instante en enviar una partida en su rescate al mando de Spíndola, capitán de su guardia personal.

Lo que aconteció entonces llenó de chanzas el campamento y sería tenido por cada uno de los soldados como un suceso con el que alegrarían las tediosas veladas de su ancianidad si sobrevivían a la dureza de aquella conquista. Spíndola tenía orden de rescatar con vida a Grajales sin pensar en esfuerzos y vidas, lo que hacía con gusto porque el capitán tenía por el sargento la misma estima que Hernando.

La partida exploró durante un día los parajes por donde se perdió el alocado sin encontrar rastro alguno. Al día siguiente, una avanzada encontró en un pinar a cuatro mujeres que reían y parecían jugar en torno a un indio de extraña piel blanca que parecía muy satisfecho. Se trataba de Grajales, aunque su aspecto era muy distinto a como le recordaban sus correligionarios. Aquellas indias le habían hecho prisionero y después de dejarle como su madre le trajo al mundo, le cortaron el pelo, le pintarrajearon todo el cuerpo y le cubrieron sus vergüenzas con un braguero de cuero, para luego entregarse solícitas a juegos y caricias con el extraño.

409

Las carcajadas de Spíndola y sus hombres ruborizaron al español y le disgustaron tanto porque se descubriera que fue capturado por indefensas mujeres como porque se terminara con una situación tan placentera. Mandó recado el capitán a Hernando de que se había encontrado a Grajales sano y salvo, pero el mensajero añadió por su cuenta lo que había acontecido de modo que todo el ejército esperaba con impaciencia la llegada de la partida para descargar sus bromas sobre el sargento.

Las primeras risas contenidas se volvieron carcajadas a medida que el valiente alabardero, ya vestido de cristiano, avanzaba por entre la tropa al encuentro de Hernando. Fue entonces cuando el paje sevillano Juan López, encaramado en una carreta, rascó una guitarra y soltó la coplilla que fue coreada por los hombres:

> No salgas con calzones
> de patrulla Grajales,
> que cuatro pares de pezones
> te dejan en calcañales.

Cuando el sargento se encontró frente a Hernando, bajó la cabeza para pedir perdón y ocultar su sonrojo. El Gobernador, con una sonrisa cómplice, que se volvió en estruendosa carcajada, le abrazó fraternalmente y todos los hombres aplaudieron riendo y gritando vivas al sargento. Después de muchos días, algunos juraron que vieron de nuevo la alegría en el cuerpo lisiado de Perico de Badajoz.

Vencido Hirrigua con sus indios coligados, el Gobernador decidió proseguir camino hacia la provincia de Ocali, más al norte, de gente montaraz que amenazaba con dar quebrantos durante la ruta hacia los montes Apalache, la puerta esperanzadora hacia naciones prósperas, repletas de oro y, acaso, donde aguardaba algún vasto imperio para ser sometido por la espada y la ley de Hernando de Soto. Antes de emprender la marcha, Baltasar de Gallegos, con más de cincuenta de a caballo y el doble de infantes, fue enviado al pueblo del obstinado Hirrigua para obligarle, por la fuerza si así lo demandaba, a someterse al emperador Carlos y jurar obediencia a Mucoco, el primer súbdito y amigo de Su Majestad Católica en las tierras de la Florida.

Ortiz había prevenido sobre la fiereza de las gentes de Ocali, servidoras de un caudillo que tenía por nombre Vitachuco, taimado y guerrero dado a las trampas y argucias en el combate, inmisericorde con sus enemigos. Estos pobladores, que se contaban por miles, rendían tributo al dicho Vitachuco y acudían prestos a la lucha cada vez que así se lo reclamaba. Por todo ello iba muy alerta el ejército del Gobernador, dividido en tres columnas dispuestas de tal modo que cualquiera de ellas que fuera atacada sería socorrida de inmediato por las otras dos.

Era aquel terreno confortable para hombres y animales, menos cenagoso que lo recorrido hasta entonces y repleto de ríos de limpias aguas y con parajes que el mismo Dios hubiese tenido a bien ponerlos en el Edén. Grandes robledales mordidos por el musgo sombreaban el camino para alivio de la mortificada tropa, asaltada por un sofoco continuo y un sol que hacía una fragua del suelo si no fuera atemperado por una vegetación frondosa, con hojas de tal tamaño que cuando arreciaba la caldeada lluvia podían refugiarse bajo ellas hasta dos hombres.

Igual de colosales por su tamaño y colorido eran las flores. Ni el mejor escultor pudiera idear sus raras formas o el primer pintor del reino desentrañar la gama de sus tintes. Los palmerales marcaban la ruta hacia el cercano mar por poniente haciendo ribera entre canales y lagunas conquistadas por centenares de garzas y gallinas rosáceas que parecían encaramadas en palos que resultaban ser sus patas y cuya carne resultaba insípida pero reconfortante para el estómago.

Más lejos se turnaban los pinares con bosques de cipreses de fresca sombra por donde huían los venados perseguidos por ballesteros, ansiosos de entregar la comida a los tamemes que tan bien sabían asarla al modo que llaman barbacoa y que era del gusto de los castellanos. En días tan cómodos algunos españoles le hicieron llegar al Gobernador su deseo de establecer una colonia en lugares tan prósperos, mas no era el deseo de Hernando ceder a la comodidad en la primera oportunidad y convenció a los hombres de continuar en pos de una tierra todavía mejor, que les colmaría de oro y de gloria.

Pero aquel paraíso tenía su pago al diablo. Pequeñas tribus se amigaron falsamente con los españoles para plantarles batalla al menor descuido y ofrecerles guías que equivocaban a la tropa llevándola a aguas pantanosas y otras veces a una emboscada, como la que sufrió el propio Gobernador a pocas leguas del poblado de Vitachuco, donde fue recibido con una lluvia de flechas que terminaron con la vida de su perro *Brutus*. Tales quehaceres se llevaron la vida de una veintena de españoles en menos de un mes.

Mas las celadas de criados traidores y el tormento de los indios emboscados no eran la principal preocupación de Hernando en su marcha hacia el norte de la Florida. Mucho esfuerzo costaba vadear algunos ríos crecidos. A veces grandes árboles talados servían de puente para el paso de la tropa y la artillería, pero casi siempre era a los mejores nadadores a quienes correspondía cruzar el caudal con maromas anudadas al cinto hasta la otra orilla para establecer las guindaletas, desde cuyo tiro hacer pasar hombres y caballos fuertemente amarrados.

Esos trabajos demoraban siempre la marcha y amontonaban los percances, así ocurrió con los dos caballos que se ahogaron en el río Cale, la pérdida de un cañón en las cercanías del poblado de Acura y la desaparición en las rápidas aguas del lancero Pedro *el Valenciano*, cuando indios del cacique Caliquén le acecharon con flechas ocultos entre unos cañaverales. El de Valencia tuvo cumplida venganza cuando los nativos huyeron a su aldea tras ser cañoneados y recibir una cortina de tiros de ballesta. Luego, el Gobernador hizo pagar la traición sojuzgando a la tribu y ajusticiando a los jefes guerreros, a los que hizo matar a manos de los indios de Mucoco.

Del malestar de alguna gente por las penalidades del camino y haber dejado atrás ricas y pacíficas tierras donde poder asentarse trató de sacar beneficio fray Dionisio de París, siempre dispuesto a perjudicar la empresa de Hernando de Soto, censurando al Gobernador su escaso empeño en solicitar el Requerimiento cristiano a las tribus que encontraban en su afán por avivar la marcha hacia el norte.

En cierta ocasión, el fraile se atrevió a utilizar la amenaza cuando irrumpió en una reunión que Hernando tenía con sus capitanes en el cuartel general que había establecido en el poblado de un cacique amigable de nombre Paracoxis.

—Don Hernando —bramó el clérigo arrastrando entre su lengua las erres de su lengua materna—, como autoridad eclesiástica de esta empresa por decisión de nuestro Rey y ante vuestra negativa a atender mis solicitudes para que cumpláis con rigor el obligado Requerimiento a estos salvajes, lo que descuidáis a menudo, os comunico que haré llegar una queja a Su Majestad por todo ello, así como por otras perezas que tenéis para la redención del alma de estos paganos.

—Haced lo que os plazca, fray Dionisio —respondió con calma Hernando—, pero os recuerdo que soy el Gobernador de esta expedición y a mí compete su éxito y la vida de mis hombres y todas mis decisiones van encaminadas a ese propósito. No pretendo poner obstáculos a vuestra labor de salvar las almas de estos paganos ni los métodos que utilicéis para ello, pero soy hombre práctico y lo primero que me interesa es mantener con vida a mis soldados. Si para ello necesito la amistad de estas tribus, así lo haré, aunque ninguno de los caciques quiera abrazar la fe de Cristo en el momento. Mi deber es convertirlos en súbditos del Rey y hacerlo de forma pacífica si es posible, a mi manera, con obras y atenciones, no con la liturgia y ese Requerimiento que ninguno de ellos entiende. Vos aplicaos a la catequesis detrás de cada cruz que levantamos en estas naciones y dejadme a mí la espada y la diplomacia.

El fraile borgoñón, enfurecido, se disponía a abandonar la humilde estancia que antes sirviera como depósito de maíz de la tribu cuando Hernando requirió su atención.

—Padre Dionisio, yo también debo hacerle una advertencia. Cuando quiera platicar conmigo en presencia de mis capitanes, hágamelo saber por adelantado. Sólo entonces le recibiré de mil amores.

Los exploradores volvieron al campamento con las primeras noticias de la gran aldea que cobijaba al aguerrido cacique

413

Vitachuco el día 10 de septiembre del año de 1539. Por medio estaba el río Osachile, que venía crecido, y por levante había una charca de regular tamaño, que Hernando eligió como paso para evitar más trabajos de ingeniería sobre el caudal y evitar la trampa que a buen seguro le tenían preparada los indígenas, como le aseguraba Juan Ortiz.

Una avanzada de veinte jinetes se adentró en la laguna para encontrar el paso más cómodo y de menor calado para los infantes y los carromatos. Nuño Tovar comandaba el escuadrón que chapoteaba abriendo un camino entre el fangal. Cuando alguna caballería se encontraba con el agua hasta el vientre, desandaba el camino hasta encontrar la senda que no cubriera más allá de la mitad de su pata.

Los jinetes se habían adentrado hasta cien varas, una quinta parte de la longitud de aquella alberca, cuando los primeros infantes se internaron en la senda turbulenta con el agua por debajo del pecho, los arcabuces a salvo por encima de las cabezas, las ballestas cargadas sobre el hombro; de igual modo se llevaban las picas.

El primero en ser engullido por el gran lagarto fue el lancero Bartolomé de Astorga; su hermano Alonso, que caminaba al lado, apenas acertó a hundir la lanza en medio del remolino de agua y sangre sin saber si a lo que acertó fue a la bestia o a su propio hermano. Juan Bolaños, un ballestero de Fuente Maestre, se vio venir hacia él aquellas apestosas fauces repletas de puñales y disparó tan certeramente a su interior que la bestia se revolvió haciendo mil giros en el agua herida de muerte. Menos suerte corrió García de Fuentes, nacido en Cazorla veinte años atrás, que se llevó con él la vida de la criatura infernal a la que atravesó con la pica mientras le devoraba. Más y más lagartos acudían al festín, y más y más redoblaban los ballesteros sus tiros y se hundían las astas en los escamosos pellejos, duros como corazas.

El esclavo cubano Enrique era despedazado por dos bestias que se repartían el sangriento botín cuando se le acercó el vecino de Barcarrota Gómez Gutiérrez para hundir su espada repetidas veces en los lomos de las fieras de manera impetuosa pero en un auxilio baldío. Andrés Marín, de la ciudad del Apóstol en Compostela, había dado cuenta de al menos dos de aquellas criaturas de Satanás, cuando una tercera, de menor tamaño y traicionera por demás, le trabó la pierna haciéndole perder la alabarda para dejarle indefenso ante la muerte.

Tovar y sus jinetes regresaron al lugar de la contienda entre hombres y bestias. Hernando, Lobillo, Moscoso y Nieto habían descabalgado y haciéndose con picas se lanzaron al socorro de los desdichados seguidos de muchos hombres, mientras el Gobernador gritaba enloquecido que todos salieran del agua. Andrés Marín sentía cómo una tenaza monstruosa le descarnaba la pierna y una fuerza invisible le sumergía en el torbellino de sangre y lodo. Cuando quiso confesar un «¡Dios mío!» la boca se le llenó de agua maloliente y se dio por muerto, mas sintió el alivio de su pierna libre del mortal bocado y el aire en sus pulmones cuando Hernando de Soto le incorporó mientras gritaba «¡Afuera del agua! ¡Afuera, afuera!» con la pica ensartada en el reptil.

Seis hombres perdieron la vida y más del doble fueron heridos de seriedad en la batalla de la inmunda charca, pero el resultado hubiera sido peor de intentar el paso del río Osachile, donde Vitachuco tenía apostados suficientes guerreros como para desbaratar una parte importante del ejército de Hernando, que había dispuesto que el capitán Añasco fuera de ronda hasta las cercanías del poblado y estuviera atento a las correrías de los indios.

Lo que encontró el capitán a la vista del gran poblado fue una extraña comitiva formada por raros personajes ataviados con pieles sin curtir en las cabezas, muy tatuados, con cicatrices en la cara y los pechos, armados de garrotes toscamente labrados a los que iban cosidas unas castañuelas de conchas y huesos. Los chamanes, pues ése era su oficio, comenzaron a echar mal de ojo, gritar hechizos y ahumar a los castellanos entre cánticos y danzas con el propósito de encantarlos y hacerles huir, según dijo Juan Ortiz, que acompañaba a Añasco y entendía de aquella lengua. La impavidez con la que los españoles presenciaron tal aquelarre de superchería desanimó a los brujos y de entre ellos uno se destacó, el que se antojaba más importante por sus muchos adornos y el respeto que le tenían los demás, para hablar al capitán.

—Mi señor Vitachuco —fue trasladando Ortiz—, dueño de toda esta tierra, admira en vosotros, hombres de piel blanca que lleváis el trueno y el fuego y camináis sobre grandes perros, vuestro espíritu guerrero contra el que nada pueden nuestros conjuros y los caimanes que se alimentan con la carne de nuestros enemigos. Grande es vuestra magia y por ello os ofrece hospitalidad y desea tener como amigo a vuestro cacique, al que espera en nuestro poblado, dispuesto para vuestro descanso y donde tendréis toda la comida que necesitéis.

Añasco regresó con las nuevas al campamento de Hernando, instalado de manera segura fuera de la laguna, el cual dispuso la marcha para el día siguiente, pero con todos los hombres prevenidos y la artillería presta a hacer fuego contra el poblado en cuanto se barruntara la traición.

Vitachuco salió al encuentro del ejército español acompañado por medio centenar de sus nobles y guerreros, todos ellos ataviados con vistosos trajes emplumados, desarmados, y seguidos de un cortejo de mujeres portando cestos con maíz y carne sazonada.

El Gobernador encabezaba la marcha cabalgando sobre su caballo overo bien enjaezado, tras él todos sus capitanes con corazas y yelmos y, por detrás, centenares de hombres ansiosos por conocer si se darían al descanso o a la batalla. Hernando de Soto descabalgó con toda la majestuosidad de que fue capaz y extendió su mano hacia el indio, al que Ortiz indicó en su jerga que era norma de esos hombres blancos que el cacique amigo se la besara antes de que un abrazo sellara la alianza de ambos. Después, Hernando solicitó la presencia de su pariente fray Luis de Soto para que hiciera el Requerimiento a aquellos paganos, con el consiguiente enojo de Dionisio de París y el aturdimiento de los nativos, que nada entendían de un desconocido rey que les mandaba en su propia tierra, de premios o castigos, y de un dios que resultaba ser tres a la vez y uno de ellos, por demás, estaba muerto. ¿Muerto un dios que todo lo hace, que da y quita la vida?

—Gran señor —dijo Vitachuco con una sumisión tan amañada que hizo recelar a Hernando—, antes luché contra otros hombres blancos y fueron fáciles enemigos. Yo creí que vosotros seríais presas sencillas para mis guerreros, como así me dijeron mis chamanes y consejeros, pero grandes son vuestros extraños dioses y aún es mayor vuestra magia pues siempre habéis vencido en vuestro camino hacia mi nación. He comprendido que estaba muy errado en mi interés por daros batalla y por ello os ofrezco ahora la amistad de mi pueblo, al que jamás conquistó ningún enemigo, y todos mis valientes soldados serán vuestros amigos. Centenares de ellos os esperan a la entrada del poblado para honraros.

Cuando Juan Ortiz terminó de trasladar las palabras de Vitachuco hizo un gesto a Hernando para darle aviso de que no podía fiarse de cuanto decía aquel taimado y hechicero cacique.

La comitiva se puso en marcha hacia el poblado. Por delante un ufano Vitachuco rodeado de sus fieles; detrás Hernando y el ejército que había formado en orden de combate. Los rodeleros parapetando a arcabuceros y ballesteros; la caballería, a continuación, en tres grandes escuadrones y los alabarderos cerrando la formación.

Cientos de indígenas flanqueaban la ancha vaguada que llevaba a la ciudad de Vitachuco y todos parecían pacíficos porque tenían bien escondidos entre los setos y la maleza sus arcos y lanzas. Mas todo mudó cuando el jefe pagano, enarbolando la emplumada segureja de afilado pedernal, lanzó un alarido que, coreado por sus huestes, resultó la orden para el furibundo ataque como un torrente de flechas y un torbellino de venablos y afiladas cañas.

Pero el sagaz Vitachuco había elegido mal terreno para la emboscada; amplio y despejado, era el más idóneo para las maniobras de los jinetes. Por encima de las rodelas, las más de ellas ensartadas de flechas, hicieron fuego los arcabuceros y dispararon los ballesteros haciendo grandes pérdidas entre los indios situados en vanguardia. Se soltaron los perros de presa y Hernando de Soto lanzó por el centro la primera carga contra los emboscados. Moscoso mandaba el flanco izquierdo y Vasconcelos apoyaba el ataque desde el otro lado. El grito «¡Por España y por Santiago! ¡A ellos!» que acompañaron al unísono los soldados, pareció acallar el alboroto de los lugareños.

Cuando Hernando se llegó a los primeros indios con la

lanza en ristre, fue recibido por una cortina de flechas, dos al menos rebotaron en su peto, pero otras cinco atravesaron a su caballo en los pechos y los codillos dando por tierra con el Gobernador y su cabalgadura muerta. Apenas repuesto de la costalada, Hernando recuperó su lanza y montó con prisas un caballo que le ofreció su escudero Sánchez León, que cabalgaba siempre muy junto a él.

Moscoso y Vasconcelos habían roto la línea de indios y hacían entre ellos una gran mortandad abriendo la vía adonde se llegaban los primeros infantes y alabarderos para matar o ser muertos junto a la cara del enemigo. Nuevos torrentes de flechas derribaron caballos e hirieron a infantes desprevenidos en su furioso ataque con las espadas desnudas. El teniente Pedro de Lasarte, natural de la villa de Vitoria, con doce de los suyos rodeó a Vitachuco y a su comitiva haciendo prisionero al cacique, al que el de Álava sostuvo por los cabellos con el filo de la espada acariciando su garganta. Algunos indios, al ver rendido a su caudillo, iniciaron la huida hacia un robledal próximo; los demás los siguieron cuando dos certeros disparos de cañón hicieron saltar por los aires la empalizada que rodeaba el poblado y una choza de gran tamaño en su interior. En la desbandada que siguió a la captura del indio y al cañoneo, los indefensos y asustados súbditos de Vitachuco fueron alanceados sin tregua por sus perseguidores encabalgados, desgarrados por los mastines o estoqueados por los infantes que les cortaban el paso.

Después de haber desgastado la lanza con tanto apuñalamiento, Hernando de Soto se abrió paso a través de la empalizada demolida por la artillería hasta el centro del poblado, seguido por el alférez Diego Arias Tinoco y cincuenta jinetes. Allí, junto a una estaca levantada en honor de los falsos dioses y frente a la gran choza del cacique, el alférez clavó en el suelo el pendón de Castilla.

Grandes hazañas hicieron aquellos bravos guerreros en su huida que conmovieron el ánimo de los españoles. Decididos a morir antes que entregarse a los invasores, peleaban hasta su último hálito con las manos desnudas frente a las espadas, los feroces mastines y las astas de los encabalgados. Gran conmoción causó la acción de más de trescientos indígenas que busca-

418

ron refugio en una pequeña laguna situada a un costado del poblado. Rodeados por los hombres del Gobernador, a merced de los disparos y las ballestas, se negaron a abandonar las aguas para ser hechos prisioneros y allí pasaron muchas horas. Llegaron incluso a responder a los ataques, pese a lo profundo de la laguna, de forma tal que maravilló a los castellanos. Así era que un indio se encaramaba sobre dos o tres que estaban sumergidos y disparaba flechas hasta terminar la provisión de dardos. Al cabo de aquello, más de dos tercios de los irreductibles habían perecido ahogados y los que sobrevivían estaban más muertos que vivos y de ese modo pudieron ser rescatados para servir como criados.

Los días que siguieron fueron de gran tribulación en el alma de Hernando, pesaroso por los hombres y caballos perdidos en la lid contra Vitachuco, mas su mal se encerraba en sí mismo y en su sueño de encontrar un imperio de civilización y riquezas como él mismo conoció en el Perú y Cortés doblegó en México.

No le arredraba la dificultad del camino, porque aún peores los conoció en Panamá y Nicaragua, donde combatió a indios igual de fieros, pero nada encontraba que animara su afán por encontrar el imaginario imperio, ni una onza de oro labrado, ni una sola tribu sometida a un señor superior como lo fueran de Atahualpa o el muy sensato Moctezuma, ni una leyenda entre aquellos paganos sometidos, ni una mezquita o palacio construido en piedra.

Por las noches, entre el irreal y añorado abrazo de la lejana Isabel, sus pesadillas le sumergían en un claro mundo de ciudades brillantes como el Cusco, repletas de oro, que satisfacían a sus hombres en tanto los caudillos indígenas se rendían a su poderío, mas por un extraño sortilegio se le aparecía el grotesco rostro del borracho Sinehualta canturreándole desde un rincón de la taberna cusqueña El sol de las Indias: «¡Ladrones! Yo vi ríos de oro, sus piedras son oro y en sus montañas se saca oro con las manos. ¡Mis uñas tienen oro! ¡Mis uñas tienen oro! *¡Ñucapa sillu curita charin! ¡Ñucapa sillu curita charin*», y por un invisible sortilegio aquellas villas se mudaban en barro, los caciques se rebelaban y le daban tormento en medio de la sangría de su ejército derrotado. Envuelto en harapos era perseguido como una alimaña hasta un gran río que veía cercano y que se alejaba a cada paso que daba.

Por la mañana, se convencía a sí mismo y a sus más leales de que aquellos padecimientos era una prueba de la providencia antes de satisfacerles con la conquista de un reino repleto de tesoros.

Pasada una semana y dando por sentado que la prisión y la derrota habrían templado el espíritu belicoso de Vitachuco, Hernando invitó al cacique y a algunos de sus notables a un banquete preparado con los mejores lechones que había parido la ya menguada piara que acompañaba a la expedición.

El Gobernador sentó a Vitachuco, libre de ataduras, a su derecha como deferencia cortesana que el pagano no entendió, pero que supo aprovechar como más adelante se cuenta. A su izquierda situó a uno de los generales indígenas que habían sobrevivido con gran valor al asedio en la laguna. Junto a ellos, Moscoso y Lobillo, luego Ortiz que habría de tragar y regurgitar palabras de unos y otros. También estaban Nieto, Arias Tinoco, Vasconcelos, Baltasar de Gallegos, otros dos caciques hambrientos, y los frailes Dionisio y el pariente Luis de Soto, por si fueran capaces de abrir las entendederas de aquellos paganos a la teología.

Cuando se sirvió un ensopado de maíz ilustrado con costrones de tocino, fray Dionisio solicitó recogimiento para la bendición del ágape. Apenas inició el «*In nomine pater, fili et...*» Vitachuco se levantó de la silla y elevando sus brazos bramó de tal manera que le pudieran oír desde fuera de la estancia. Tan embelesado quedó el fraile como el propio Hernando, que no vio venir la puñada que el indio le atizó en mitad de la cara y que dio con él en el suelo sin conciencia, las narices como caños por donde manaba tibia sangre; la cara tumefacta hasta párpados y cejas. Bien pudieran haberle matado Vitachuco y su general, que se arrojaron como fieras sobre el Gobernador inerme dándole más golpes en la cara, si no hubiesen ido en su socorro las espadas de Moscoso y Lobillo para despanzurrar a los dos felones que cayeron muertos sobre el enemigo al que querían dejar inconsciente para toda la eternidad.

El restablecimiento de Hernando se prolongó por una semana en la que apenas abandonó el lecho, con el rostro cubierto de emplastos que aliviaban el dolor, tomando sólo enjuagues de plantas porque con los labios partidos y las encías heridas un simple grano de maíz tostado le procuraba casi tanto dolor como el intento de pronunciar cualquier palabra.

Todavía maltrecho abandonó la estancia una soleada mañana para solazarse con la vista de su ejército y confortar a los hombres magullados como él. Moscoso y su fiel escudero Sánchez León le ayudaban en su trabajoso caminar, pero su dolor creció al contar las veinte tumbas alineadas junto a la empalizada donde yacían cobijados bajo cruces de palo otros tantos valientes para los cuales había terminado la aventura en este mundo.

—Otros diez hombres están muy mal y no creemos que sobrevivan mucho tiempo —comentó Moscoso—. Cuando fuiste herido y perdiste la conciencia, hubo un motín que nos tomó algo desprevenidos, murieron veinte de los nuestros; pero ellos tuvieron la peor parte: a los que no cayeron por nuestras espadas, les mandé desorejar como escarmiento.

—¿Era necesaria tal crueldad, Luis? —preguntó Hernando entre amago de dolores.

—Así se lo pensarán otra vez cuando tramen una revuelta.

—Acaso tengas razón. Por mi imprudencia y la mala confianza hemos llegado a esto. A partir de ahora afilaremos las espadas y nos olvidaremos de la galantería. Se nos va hacer duro el camino, Luis, pero es el único que tenemos.

—¿Y cuál es ahora nuestro camino, Hernando?

—Adelante, hacia el norte. Esta tierra ha de ser nuestra. O nos cubre de tesoros y gloria o nos servirá de cementerio.

421

XVI

El Templo de las Perlas

*G*ran alborozo causó en el real de la tropa la llegada de Pedro Calderón, con sus nuevas sobre el descubrimiento más al norte de un fondeadero saludable, libre de insectos, muy bien provisto de árboles con fruta en sus alrededores, de tierra fértil y compacta, sin pantanos, llana por demás y con ríos de aguas muy dulces y claras. Se situaba el nuevo puerto, al que se le llamó Achusi, a ciento quince leguas por encima de la bahía donde desembarcó la empresa, en Espíritu Santo.

En su tornaviaje el piloto, con buen criterio, dejó la flotilla fondeada en Achusi y se adentró en la tierra en dirección sur, al encuentro de Hernando, por considerar que el Gobernador avanzaba despacio y había de hallarse rezagado, mas fue un error, porque, pese a las penalidades propias de una ruta incierta y la llegada del riguroso invierno, De Soto se hallaba cercano a las primeras estribaciones de los montes Apalache después de atravesar la provincia del río Osachile.

Ocurrió durante su marcha en pos de la tropa un hecho que alarmó al piloto de Badajoz. Cierto día fueron al encuentro de su pequeña expedición tres indios encabalgados, que aunque de maneras pacíficas, hicieron pensar a Calderón que Hernando y los suyos habían sufrido una gran derrota, adueñándose los nativos de las armas y los caballos de los vencidos. La explicación de aquello vino a calmar sus temores. Durante su exploración al norte de la Florida, el Gobernador premió la lealtad de caciques amigos con el regalo de algunas yeguas preñadas y sementales para así aliviar sus duras tareas agrícolas y hacer de ellos cazadores y exploradores de largos confines. Aunque paganos, estos indios eran despiertos y de muchas entendederas. Al poco, muchos de ellos sabían montar a pelo y hasta galopar sin dar con sus huesos por tierra y fueron los más osados los que decidieron arriesgarse por tierras lejanas acomodados a la grupa. Algunos de aquellos nuevos jinetes encontraron a Calderón y le señalaron el camino que había tomado el Gobernador y su ejército con dirección al norte y levante.

Hernando de Soto con tales regalías había abierto la puerta a la conquista y exploración del norte de la Nueva España a lomo de caballo. Los aborígenes, unos nómadas y otros sedentarios labradores, abandonaron al cansino deambular a pie para enseñorearse de valles, montañas y praderas. Después de las primeras yeguadas, llegaron aún más y hubo en poco tiempo manadas de caballos cimarrones a disposición de quien pudiera domarlos y ensanchar las fronteras de todas aquellas naciones, como así sucedió en años venideros.

El ejército se encontraba acantonado en una región fértil, cómoda para invernar y tomar un merecido descanso de las batallas y contrariedades pasadas. Hernando de Soto se sintió aliviado con las nuevas del piloto y decidió que Gómez Arias regresara a la isla de Cuba con documentos para la Corona, en los cuales se detallaban los nuevos descubrimientos e instrucciones para propiciar una leva de soldados, hacerse con armamento y nuevos ropajes para la tropa. En el baúl de Arias no faltaban animosas cartas del Gobernador a su impaciente esposa Isabel, a la que prometía un próximo y venturoso reencuentro.

Juan de Añasco recibió el encargo de llegarse hasta Espíritu Santo con treinta de a caballo para llevar a quienes allí habían quedado como guarnición hasta el nuevo fondeadero de Achusi y desde allí, todos juntos, reiniciar la marcha hacia el norte una vez hubiera pasado el invierno. Añasco tenía, además, la obligación de elaborar un mapa del contorno de la costa, que se sumaría a las otras cartas que con esmero se dibujaban de las tierras del interior por donde transcurría la jornada.

Bien es sabido que la felicidad completa solamente pertenece al Reino de los Cielos y el Gobernador ni estaba muerto ni era hombre santo. Con la llegada de Calderón renació entre algunos hombres el anhelo por regresar con Gómez Arias a Cuba y, entre ellos, los cobardes eran pocos, siendo los más quienes estaban enfermos o cansados de vagar por aquellas tierras en pelea constante con sus belicosos moradores y sin un gramo de oro que alojar en la bolsa. Otros insistían en crear una colonia en lugar tan bonancible como el descubierto por Calderón.

Mientras crecía el número de voluntarios para retornar a Cuba o establecerse en Achusi, de igual modo aumentaba el temor de Hernando al fracaso de su expedición. De nuevo su sueño de encontrar un imperio que le hiciera grande en las páginas de la historia parecía desvanecerse, mas dos acontecimientos inesperados vinieron en su auxilio.

Fue lo primero un extraño caso que confundió a los hombres, distrajo su atención del viaje a la isla de Cuba, los entregó a dimes y diretes con pláticas a favor y otras en contrario del comportamiento del teniente Carlos Enríquez, un soldado natural de Jerez de los Caballeros, paisano del Gobernador y recomendado por su otro primo Arias Tinoco, de buen comportamiento y bien dispuesto a la batalla. El tal Enríquez era de aspecto galano e instruido y comandaba uno de los escuadrones adscritos a la capitanía de Lobillo, que tenía de él una alta opinión, porque era de complexión fuerte, respetado por sus hombres, obediente, putañero lo justo y en nada amujerado.

Cierto día los infantes Francisco López, natural de Plasencia, y Cristóbal del Orden, nacido en Roa, merodeaban de retén por los alrededores del real, acompañados del criado Bernardo Loro, cuando oyeron como gemidos que salían de un frondoso seto que vallaba una arboleda. Con precaución y sigilo se acercaron para averiguar de qué se trataba y no dieron crédito a lo que vieron. Se encontraba el teniente Enríquez besuqueando y acariciando con deleite al joven escudero que había tomado a su servicio en Cuba. En pleno arrebato de sodomía, tan castigada por la Iglesia como perseguida por la milicia, los dos soldados y el criado intervinieron sin reparos para tener preso al teniente y a su amante, a los que esperaban a buen seguro las poco recomendables caricias del látigo.

Carlos Enríquez se calzó con premura y pidió a los infantes que dieran el incidente por no sabido y nada le contaran al Gobernador a cambio de algunas monedas, lo que no aceptó ninguno de los dos. López, como veterano de las guerras de Europa, era muy leal a la disciplina, y el de Roa, por su carácter pío, era amigo de reprender cualquier conducta que contraviniera los mandatos de la Iglesia. A punta de espada los sodomitas fueron conducidos ante Hernando de Soto en medio de las disculpas de Enríquez y el total silencio de su escudero.

El Gobernador dudaba en creer lo que le contaban sus soldados, como también hacían Moscoso, Arias Tinoco y Lobillo, mientras fray Dionisio de París reclamaba el castigo inmediato y público. Los dos acusados permanecían callados; Enríquez con la mirada altiva y segura que muestran los inocentes o los muy osados. Su sirviente, con la gorra bien calada, mantenía la cabeza gacha para ocultar su rostro y su vergüenza.

—¡Descúbrete ante tu Gobernador, mujeril de mierda! —gritó López, dando un pescozón que destocó al escudero.

El joven tenía un rostro adamado, sin rastro de barba, con el pelo que le cubría hasta la nuca, sedoso y limpio, y un porte muy afeminado.

—¡Quitádle el jubón! —ordenó con parsimonia Hernando ante la extrañeza de todos.

López no aguardó ni un segundo y rasgó con fuerza la camisa, que ocultaba un apetecible cuerpo de mujer con dos firmes senos de pezones sonrosados y erectos que surgieron como un encantamiento ante aquella asamblea que quedó confundida.

—¿Quién eres y qué haces aquí? —preguntó Hernando con disimulada irritación.

—Me llamo Francisca de Hinestrosa, mi señor. Amo a vuestro teniente Carlos Enríquez desde el mismo momento que le conocí en la isla de Cuba. Soy hija de soldado del Rey y nací en esta tierra hace dieciocho años y durante ese tiempo nadie me atendió ni me dedicó tanto amor como Enríquez. Decidí hacerme pasar por su escudero para poder acompañarle hasta el fin del mundo si fuera menester, sin importarme las leyes de Dios y de los hombres. Por primera vez soy feliz y no me preocupan el peligro ni el castigo si puedo estar junto al hombre que me ha dado la vida.

—Mi señor —intervino Enríquez—, yo soy el responsable de todo esto, y sólo a mí conviene el castigo por desobedeceros. Podéis ensañaros conmigo cuanto queráis y no tendréis una sola queja, pero a ella no la toquéis y permitid que permanezca a nuestro lado. Dios sabe cuánto la amo y os juro que su compañía me enardece en la pelea para conseguir el éxito de nuestra empresa. Si he de morir por vos, quiero hacerlo junto a ella.

Hernando miró a sus capitanes, que sonreían felices por no tener entre los suyos a un desviado, y a fray Dionisio que, encogiendo los hombros y con aspavientos de no entender lo que sucedía, evitaba enjuiciar el caso. El Gobernador tomó la palabra.

—No puede ocultarse que es grave la ofensa que se ha hecho a las leyes del Rey y a mis propias órdenes. Mas Enríquez es un buen soldado y en todos estos meses no hubo una sola protesta por su indisciplina o que tuviera dudas en la pelea. No estoy en condiciones de perder buenos guerreros o que se dejen matar porque sólo atienden a su melancolía. Además, fray Dionisio, no hubo ningún pecado de sodomía, solamente una desobediencia provocada por la pasión. Y el amor, la primera virtud cristiana, ¿no es acaso la única locura que merece clemencia?

El fraile meneó la cabeza sin saber qué decir, mientras Lobillo intervino a favor de su teniente.

—Hernando —dijo con un tono marcial—, Enríquez es uno de mis mejores hombres, tú lo has dicho y de ello doy fe. También ha cometido una indisciplina y como su capitán exijo que se me permita castigarle con un rebaje de su soldada y un arresto.

—Haz lo que quieras Lobillo, tú eres su capitán, mas ahora conviene zanjar este incidente de manera satisfactoria para todos. Vos, fray Dionisio, matrimoniaréis a esta pareja de inmediato y así doña Francisca será respetada por la tropa como corresponde a toda mujer casada con un oficial español. Enríquez se someterá de buen grado a las penas que le imponga su capitán y su mujer tendrá un empleo honesto en las cocinas y la enfermería. Ésta es mi decisión.

Asintieron todos, incluido el fraile, y la pareja se abrazó con ternura sin importarle el lugar y la situación.

Ocurrió luego, mientras duraban las hablillas entre los soldados sobre el asunto del teniente Enríquez y su bien escondido amor, que una embajada de indios se presentó ante el campamento con nuevas que mudaron el destino de la empresa. Eran esos nativos, en número no superior a veinte, de fuerte constitución, vestidos con pieles buenamente curtidas, enviados por su señora Cofita, cuya nación se extendía más al norte y ofrecía a los españoles la paz una vez enterada de la gran victoria que tuvieron frente a Vitachuco, que había sido su enemigo durante años. Ortiz entendía buena parte de su lengua, pues eran estos paganos una nación que se hacía llamar creeks, más civilizados y de mejores modos que los indios hallados en la Florida hasta entonces.

La embajada ofreció a De Soto, además de la alianza de su reina, que le aguardaba en sus tierras próximas al río nombrado Tenesi, noticias de cierto caudillo levantisco de nombre Patofa que planeaba dar batalla a los españoles, mas lo que cautivó a todos fue el presente de dos bolsones repletos de perlas y unos pequeños monigotes de plata que la cacique Cofita entregaba como prueba de su alianza.

¡Al fin un rastro de riqueza en aquellas tierras! Los soldados se enardecieron, arengados por sus capitanes según la conveniencia de Hernando, hasta el punto de olvidar sus deseos de regresar a Cuba o establecerse como pacíficos colonos. La vista de las perlas atizó en ellos su extinguida ambición y el Gobernador volvió a soñar con un imperio que habría de rendirse a sus armas y sus ideas.

Zarpó Gómez Arias con rumbo sursureste hacia Cuba, con pocos hombres y mucha pena porque la noche antes de la partida fue enterrado junto a la costa Perico de Badajoz, cuyo li-

427

siado cuerpo no soportó la fatiga durante el viaje al nuevo embarcadero de Achusi. Para entonces De Soto había decidido que el ejército aguardara hasta el mes de marzo de 1540 para lanzarse a la conquista del norte, al encuentro con la reina Cofita, después de la llegada de los refuerzos y con los veteranos confortados por un largo reposo.

Por entonces, los españoles se entendían bien con las indias, yacían con ellas a menudo y cuanto podían, pese a los consejos contrarios de fray Dionisio y los otros clérigos que perseveraban en santificar con el matrimonio tales relaciones, aunque muchas de ellas eran promiscuas. Las nativas de la Florida eran de la misma condición que en otras partes de las Indias, ardientes y tan entregadas al placer como solamente da esa tierra tan pródiga en encantos y dificultades.

Sin el recato ni el pudor de las castellanas, estas mujeres caminaban con sus vergüenzas casi a la vista y parecían excitarse con las miradas lascivas de los españoles, a los que trataban como sirvientas devotas. De esa manera eran fieles a su doctrina pagana, que no creía en los pecados de la carne y tenía el placer como un don divino. Una creencia que exasperaba a los frailes cristianos, pero que agradaba a los españoles y, así, eran muchos los soldados que habiendo dejado esposa e hijos en España matrimoniaban con estas indias y juraban que nunca antes habían sentido tanto placer en yacer con hembra, ya fuera ésta su mujer legítima, la barragana de turno o una puta encontrada de paso.

En aquella república de matrimonios mezclados y relaciones libérrimas eran escasos los que no se daban al gusto, y entre ellos estaban el propio Gobernador y Nuño Tovar. Hernando había rechazado a todas las hijas de caciques que se le ofrecieron para su cuidado y servicio. Pensaba que su condición de Gobernador le obligaba a guardar respeto a su esposa Isabel y que la empresa de conquista debía tenerle absorto noche y día. Tovar, tan aficionado antaño al mujerío, se tenía por un penitente cuya ofensa a su amada Leonor le exigía serle fiel por siempre.

La abstinencia carnal a la que se habían consagrado ambos de manera voluntaria los condujo a recuperar la fraternal amistad que resultó malherida en la playa de Santiago de Cuba, y de ese modo volvieron a cabalgar juntos durante la instrucción diaria, se retaron frente al tablero de ajedrez y volvieron a compartir horas de plática y recuerdos.

Hernando recobró la lectura del *Amadís* y Nuño Tovar se entretuvo con la capitanía de patrullas que durante días reconocían los alrededores en busca de víveres o al encuentro de enemigos emboscados. A ninguno les resultaba fácil resistirse a la tentación de tener a su alcance a hembras tan bien dispuestas, ninguno era monje o hizo votos de célibe y el largo ayuno les martirizaba cuando observaban a jóvenes sirvientas de cuerpos provocadores, porque en las Indias las mujeres adquieren la condición de tal mucho antes que en España, se desposan y tienen hijos cuando las españolas de su edad aún andan jugueteando con títeres y monigotes. En ello son de costumbres parecidas a las de las gitanas que vagabundean por las tierras de Castilla y Aragón.

Viendo a aquellas mocitas tan solícitas, Hernando se dejaba llevar por la nostalgia y su mente se ocupaba en el recuerdo de Toctochimbo, la hermana del Inca que dejó en el Cusco al cuidado de su hija Leonor, la única mujer a la que había amado de tal forma que a punto estuvo de entregarle toda su voluntad.

Sin noticias de Gómez Arias y los refuerzos, cansado de la espera e impaciente, el 3 de marzo del año 1540 el ejército del Gobernador se puso en camino hacia el norte al encuentro de la reina Cofita y prevenido sobre las malas artes que le había preparado el cacique Patofa. Dos semanas después de iniciada la marcha Hernando de Soto tuvo la primera y desagradable noticia acerca de los enemigos que le aguardaban.

En las cercanías del poblado de Capachiqui, cuyos habitantes se mostraron amistosos de palabra pero traidores en el trato, una patrulla de siete españoles se las tuvo con otros tantos indios en una justa donde los castellanos se llevaron la peor parte. Cuando los nativos les retaron al combate con sus gestos y muecas, los españoles, cinco alabarderos y otros dos armados con espada y a caballo, bromearon entre sí y hasta apostaron cuál de ellos mataría a más paganos. Creyendo ser muy superiores por tener cabalgaduras y armas de hierro, los hombres del Gobernador cayeron en el terrible pecado militar de ignorar al enemigo y su determinación. Contaban esos indios con arcos de una envergadura cercana a los dos metros, elaborado con una madera de tal dureza que un hombre solo era incapaz de doblarlo, de tal modo que la fuerza que tenía el disparo de la flecha llegaba a atravesar un caballo.

Y sucedió que en el embate los cinco alabarderos resultaron mortalmente heridos por aquellos dardos, un caballo muerto y su jinete malherido fue rematado a macanazos. Bartolomé Sagredo de Medellín, aun herido en una pierna, tornó grupas y pudo regresar con vida al campamento y ser el único del grupo que pudo contarlo.

Los indios victoriosos se perdieron en la espesura y vinieron a pagar las culpas sus hermanos del poblado que ocultaba la traición. Hernando, furioso por la doblez del trato, mandó cortar las orejas del cacique y sus notables como pago a su desleal comportamiento y dio aviso a los poblados vecinos, a los que consideraba aliados de Patofa, del escarmiento dado a los rebeldes y la suerte que correrían aquellos que osaran enfrentarse a sus tropas.

Llegaban los últimos días del mes de abril cuando divisaron el poblado de Patofa, que contaba con más de cincuenta casas. Destacaba entre ellas el cobertizo central de un alto techo como un cono y toda la ciudad estaba rodeada de una empalizada de estacas muy juntas como una firme muralla y afiladas en la punta para dificultar el asalto.

Hasta llegar allí, el ejército del Gobernador sostuvo pequeñas refriegas con nativos leales al cacique montaraz y arruinó unas cuantas emboscadas. Con el poblado a un cuarto de legua, Hernando dispuso la artillería para desbaratar la empalizada y batear el interior del poblado antes de lanzar la caballería y los infantes al asalto. Él mismo comandaba el escuadrón central y cabalgando junto a él, Arias Tinoco, Nieto y de nuevo Nuño Tovar. A su derecha, Vasconcelos y Lobillo con sus jinetes y el flanco izquierdo bajo la capitanía de Moscoso y Baltasar de Gallegos. Por delante, una firme línea de rodeleros protegía a ballesteros y arcabuceros, los esclavos sostenían a los babeantes mastines y por detrás se codeaban los inquietos infantes y alabarderos en cuyas filas crecía el rumor con los ánimos y blasfemias que se decían entre sí los soldados para espantar el desasosiego previo al combate.

Todo estaba dispuesto, hasta el viento se había calmado como si se contuviera para ser testigo cómodo de la batalla. Cuando se abrió el portón del poblado, una larga comitiva salió de su interior hasta un pequeño túmulo rematado por un largo palo tallado donde estaba dispuesto un sitial de troncos y ramas. Un grupo de mujeres y chamanes lo cubrieron de plumas y luego las primeras se dieron a una rara salmodia que recitaban arrodilladas mientras los brujos danzaban alrededor. Hernando y los suyos permanecían atentos e interesados a cuanto ocurría, en especial cuando una larga columna de guerreros abandonó el poblado dando escolta a un personaje adornado con un manto emplumado que arrastraba por el suelo, el rostro muy pintarrajeado y el cabello, tan largo que le llegaba a la cintura, ensortijado con más plumas y cintas de colores.

El personaje era de fuerte complexión, de mayor altura que el Gobernador, y las pinturas de la cara le daban una fiera expresión. Patofa, pues del cacique se trataba, tomó asiento y un griterío de aprobación atronó por encima de sus guerreros. Fue entonces cuando de los oteros que cercaban el poblado brotaron más y más paganos.

El reyezuelo levantó su brazo y cesó el griterío. «Soldados disciplinados, un enemigo apropiado para que la victoria sea señalada», pensó Hernando.

Patofa se puso en pie y los chamanes le rodearon de unos platos que rebosaban de una goma negra que ardía mucho y daba un humo negro y apestoso. Así fue como los españoles conocieron la resina que manaba de la tierra, prendía con facilidad y era mucho el fuego y el calor que proporcionaba. En medio de la opaca humareda el cacique empezó una arenga y el Gobernador requirió al lenguas Ortiz.

—¡Guerreros de Patofa! —gritó el indio—. Ante vosotros tenéis a estos extranjeros bárbaros que desean nuestra tierra, nuestros bosques y nuestros ríos. Son unos cobardes que aquí encontrarán la muerte. Aquí estoy yo, vuestro cacique, el jefe que habéis elegido. Estos bárbaros llegan juntos y son como una plaga de insectos que arrasa los campos. Yo, Patofa, reto a su cacique a que dispute conmigo la batalla y que sea el valor de nosotros dos el que lleve a la victoria y no haya más muertos. ¡Escuchad, bárbaros! Si yo muero, mi pueblo será vuestro y si cae vuestro jefe, marchaos para siempre de mi tierra. ¡Combate conmigo y no te escondas como una mujer! ¡Ven a luchar si no eres una serpiente traidora que ataca desde su asqueroso escondrijo!

Volvió el griterío a las filas de los nativos y los insultos y muecas hacia los españoles.

Patofa se desvistió de la capa de plumas, fue ahumado por unos chamanes para protegerle en la pelea y otros le entregaron sus armas con mucha reverencia: un largo palo que terminaba en una redondeada piedra atada con cuerdas de cuero que empuñó en su mano izquierda y tomó con la diestra un hacha de gran tamaño con un pedernal tan afilado como una navaja. Cruzó las armas sobre su pecho y marchó decidido hacia el campo de los castellanos.

Hernando recibió la bendición de todos los frailes y escoltado por el alférez Tinoco y su escudero Sánchez León avanzó entre la tropa que se abrió a su paso.

Fuera ya de la formación, el Gobernador descabalgó y con mal disimulada tranquilidad se despojó de la capa y del morrión emplumado que dejó en manos de su escudero. Aún con tanto peso que estorbaba sus movimientos, se deshizo de las perneras, el espaldar de la armadura y las manoplas. Comprobó que se sentía ágil y se anudó el pañuelo azul en torno a la frente, luego pidió al joven escudero que le diera una espada larga y la daga con la dorada empuñadura en forma de *tumi* y se fue hacia el cacique. Un bramido recorrió las filas españolas que apagó el griterío de los nativos: «¡Por Santiago y por Castilla! ¡Hernando! ¡Hernando!».

No era la primera vez que el Gobernador se jugaba la vida o enviaba a hombres a morir en la contienda, venía haciéndolo desde la pelea que sostuvo en Barcarrota y que le marcó por siempre. Mas ahora se le antojaba que todo el mundo dependía de él, la vida de cada uno de sus hombres, el éxito de la empresa, los deseos del Rey y el futuro de su esposa Isabel.

Caminando hacia el cacique quiso templar los latidos de su corazón y serenar la mente, porque quien se lanza al combate enloquecido pierde la mesura necesaria para esquivar el golpe contrario o asestar certero el suyo, que es la mínima distancia que separa la vida de la muerte. Pensó en sus fieles soldados y se juramentó que por ellos merecía dejarse hasta el último aliento en ese combate. Toda su empresa estaba en juego y la victoria era la única salida. Era preciso obtenerla a cualquier precio, sin dar ninguna ventaja al enemigo o entretenerse en juegos caballerescos; había que matar al indio pronto y sin miramiento.

Hernando pensó en sí mismo, en lo que era su existencia, las veces que estuvo en peligro y en esta nueva circunstancia tan emocionante por insegura, entonces se dijo cuán insensata es la vida, porque si vivir tiene algún sentido solamente se encuentra después de la muerte. Se encomendó a San Miguel con una breve oración.

433

Los dos contendientes se detuvieron a veinte varas el uno del otro y se observaron. Patofa aparecía más fornido y de mayor talla a esa distancia, su rostro se volvió más terrible cuando abrió los ojos cegados por el brillo de la daga. El pagano soltó un alarido más propio de animal que de humano y se fue a la carrera contra el Gobernador jaleado por la algarabía de sus súbditos. Hernando permaneció firme mientras la figura de Patofa se agigantaba en la cercanía. El cacique se sentía animado al creer que sus gritos y sus armas tenían paralizado de terror al jefe de los invasores, quien ya olía el aliento del nativo cuando asió con fuerza la espada y esperó que llegara a unos palmos. Entonces Hernando se dejó caer a un lado de modo que el indio pasase de largo para arremeter al vacío, pero en el momento del encuentro el Gobernador soltó el brazo armado y el rubicundo vino a ensartarse en el filo de la gruesa espada que le abrió la panza haciéndole caer de rodillas poniendo fin a su alocado ataque. De inmediato, Hernando se colocó tras él, tiró de la larga cabellera hacia atrás y le rebanó el pescuezo con la afilada daga labrada en la lejana Cajamarca.

Se desbordó el entusiasmo y la alegría de los españoles, que solicitaban a sus capitanes lanzarse al ataque enardecidos por la acción de su Gobernador, a cuya altura habían llegado el alférez Tinoco para felicitarle y el escudero sevillano que con lágrimas de emoción le besaba las manos. Todo era un silencio de incredulidad en el campo de Patofa y muchos indios se dieron a la fuga. El camino hasta el reino de las perlas estaba abierto.

Durante días el ejército anduvo con comodidad hacia las tierras de Cofita bien provisto de aquella brea de la tierra que Juan de Añasco, siempre atento a la exploración de las cosas extrañas de las Indias, hizo almacenar en odres de piel de venado al comprobar que la luz y el calor que proporcionaba resultaría de beneficio para la empresa.

Apenas fueron inquietados por indios perdidos en los bosques y los esfuerzos se dedicaron a la construcción de puentes de cuerdas y otros más resistentes de troncos para atravesar los muchos ríos que encontraron; de ellos fue el que los nativos llamaban Savana, de un gran caudal, el que procuró más trabajo y obligó a construir almadías para poder vadearlo.

La cacique tenía todo dispuesto para recibir a sus nuevos aliados y estaba impaciente por conocer el bravo guerrero que acabó con su enemigo Vitachuco y había dado muerte en combate singular al irreductible Patofa, porque las noticias del duelo se habían extendido por todo el territorio. La bienvenida cautivó a todos los españoles, que encontraron en aquel reino reposo y bienestar durante todo el verano.

Cofita salió al encuentro de Hernando rodeada de todo su pueblo adornado con las vestimentas propias de los días de fiesta. Las mujeres eran de mediana estatura pero bien formadas y de rostros agradables; los varones, de talla alta por encima de la de los españoles, musculosos y altivos pero amistosos. Su civilización era mayor que la del resto de los pueblos hallados hasta entonces y todos iban bien vestidos, ellas con largas túnicas de algodón ceñidas por fajas bordadas y tocados de perlas. Los hombres, igualmente arropados en trajes de piel muy bien curtida, distinguían a sus jefes y capitanes por las diademas de cobre y plumas con las que adornaban sus cabezas. Todos iban calzados con unos borceguíes tan ligeros como resistentes y que muy pronto comenzaron a usar los españoles por el bienestar que procuraban en el andar.

La reina Cofita era de un porte tan noble como cualquier alta dama de la corte de Castilla, muy bien proporcionada, de piel no demasiado oscura y suave; su corona era de un cobre tan pulido que hizo creer a Hernando que se trataba de oro y su alto cuello lo adornaban varios rosarios de gruesas perlas. Su rostro era alargado, de pómulos achatados y unos labios de fino trazo. Era, sin duda, una mujer hermosa, aunque afease su rostro un tatuaje sobre la nariz y otro a lo largo de la frente.

Su presencia emocionó al Gobernador, pero aún mayor atracción sintió la cacique por Hernando. No fue la refulgente armadura, el caballo engalanado y las pulidas armas lo que reclamaron su atención, sino la apostura del conquistador, su cortesía y el rostro sonriente y noble enmarcado en una barba morena bien atusada que comenzaba a canear por el mentón. Cofita tuvo el deseo de tocar al bravo guerrero que parecía un enviado de los dioses y aprovechó la entrega del regalo de un gran collar de perlas para acariciar el pelo y la cara del Gobernador, que sintió un olvidado estremecimiento. Hernando se despojó de un anillo donde iba engarzado un rubí y lo entregó a la Reina mientras besaba su mano aspirando el aroma de su cuerpo, que exhalaba un olor dulzón pero en nada desagradable.

La amistad entre los señores contagió a todos los presentes y los nativos tenían tanto ánimo a favor de los castellanos que los frailes tuvieron mucho trabajo en bautizar a los paganos que abrazaban la fe de Cristo sin hacer preguntas y daban por cierto que su extraña religión era buena, porque en ella creían los guerreros que no conocían la derrota y el miedo y eran sus chamanes vestidos con ropones oscuros muy prudentes y ofrecían buen trato a todos los indios.

Tan buena fortuna mejoró el carácter de fray Dionisio de París y hasta olvidó sus pendencias con el Gobernador. Los españoles vivieron los meses de la primavera y el verano en aquel paraíso porque a más de la lealtad de los nativos, era aquélla una tierra muy rica, de campos bien cultivados con muchos labrantíos de maíz, frijoles y calabazas, arboledas de moreras, nogales, encinas y robles, bien poblada de aldeas y caseríos.

Faltaba en ese Edén un fruto muy querido por los españoles: el oro. Cofita, sus nobles y sus capitanes fueron sinceros con todo aquel que les preguntó por el metal y a todos respondieron que no lo había en sus tierras ni en los reinos vecinos. A cambio les ofrecían las muchas perlas de río que se daban en su nación. Mayor desazón causó en Hernando que la cacique ignorase la existencia de algún gran imperio allende sus fronteras.

La soberana trató de aliviar la tristeza del Gobernador y avivar sus esperanzas al hablarle de un pueblo muy civilizado que vivía en casas mejores que las suyas y hacía muy finos trabajos en tela y cerámica; se contaba que eran grandes viajeros y habían explorado muchos territorios y eran esos nativos de una nación llamada cheroquí que habitaba en las regiones de poniente.

Durante aquellas semanas no permaneció ocioso Hernando, que envió tres expediciones al mando de Moscoso, Añasco y Nuño Tovar con el propósito de buscar indicios de regiones más ricas, hacer acopio de informes sobre costumbres y ánimo de nuevas tribus y dibujar mapas precisos de cuantos lugares reconocían.

En tanto crecían las dudas en el Gobernador de encontrar un imperio al que someter y que le alojara en las mejores páginas de la historia, concentró sus pesquisas en el descubrimiento de un paso entre la mar atlántica y el amplio océano descubierto por Balboa, como era deseo del rey Carlos, lo que le recompensaría por los reveses sufridos y le haría inmortal en la memoria de España.

Cofita seguía con atención la amargura del bravo guerrero que la había cautivado y decidió atenderle de la mejor manera que sabe hacerlo una mujer y a lo que ningún hombre se puede resistir, con cariño y solicitud a sus deseos.

—Mi señor Gobernador —habló la cacique de forma pausada para que Ortiz pudiera trasladar sin error—, llevo días de angustia al veros sufrir por no encontrar en mi reino ese metal que tanto buscáis y también porque no he podido daros razón sobre esa nación tan poderosa que queréis conquistar. Estoy en deuda con vos y no respetaría las leyes de mi pueblo y de mis antepasados si no os ofreciera todo lo que me pertenece empezando por mi propia persona. Sois mi huésped y mi señor conforme a nuestras tradiciones. Dejad que sea mi cama y mis caricias las que sofoquen vuestro dolor.

Hernando quedó sorprendido y hasta vio que el propio Ortiz se ruborizaba, aunque el lenguas le recordó que era costumbre en algunas tribus entregar la mujer al forastero en señal de amistad y era ahora la propia soberana quien se ofrecía otorgándole respeto y poder.

El Gobernador pensó que sería buena política no contrariarla pues de otro modo tal desaire podría terminar con tan rentable alianza. Hernando se sintió confortado porque también él se sentía atraído por la soberana y si el placer se correspondía con los intereses de la empresa, daba por bueno yacer con la india y hasta fray Dionisio tendría que disculparle.

—Gran honor me hacéis, mi señora —contestó Hernando con galantería—, y como vuestro huésped os quedo agradecido y no está en mi ánimo ofenderos a vos y a vuestras leyes. Además ningún hombre en su sano juicio despreciaría tan placentero ofrecimiento y poder gozar de vuestros cuidados. Acepto con todo gusto vuestra íntima hospitalidad.

Resultó que la relación calmó las ansias del Gobernador y además de poner fin a su abstinencia carnal le procuró felices momentos, porque Cofita era mujer diestra en el lecho y sabía cómo conseguir el mayor deleite de su acompañante.

Fray Dionisio nunca dio por bueno el emparejamiento del Gobernador y la india, pero las quejas no llegaron al conflicto por la intercesión a favor de Hernando y los intereses supremos que movían su conducta de su primo Luis de Soto, del también dominico Juan de Gallegos, hermano del capitán Baltasar, y del franciscano Juan de Torres. Los tres clérigos estaban comprometidos con el éxito de la empresa, eran de una lealtad sin tacha hacia el Gobernador y liberales en cuanto a perdonar los pecados de la carne de aquellos hombres enfrentados a la muerte a diario, lejos de su casa y sus familias, unos ambiciosos, otros nobles, valientes o temerosos, descreídos y devotos, pero todos servidores del Rey y brazo armado de la Iglesia para evangelizar las Indias, única razón que les importaba de veras.

Y

El amor de Cofita por el Gobernador crecía como aumentaba por ello el temor a perderle. La soberana decidió entonces arriesgar hasta sus íntimos secretos con tal de mantener a su lado a Hernando y ofrecerle si fuera el caso todo su reino.

La noche era cálida y los cuerpos sudorosos y medio desnudos de Hernando y Cofita peleaban en vano por encontrar el descanso que trae el sueño apacible. La cacique contempló la mirada del conquistador entretenida en la techumbre de palo y palma que cobijaba la estancia de la soberana, que le acarició la barba antes de incorporarse del húmedo lecho para vestirse con un sayal de algodón e ir en busca de Ortiz, que dormía en una sala contigua junto al escudero Sánchez León. El Gobernador no dijo una palabra y esperó hasta escuchar la voz de Cofita, que murmuraba algo al somnoliento lenguas.

Al poco se presentaron ante Hernando la nativa y el indio castellano para darle cuenta de lo hablado. Ortiz fue directo al asunto, como gustaba al Gobernador.

—Señor, la reina Cofita quiere que hoy mismo, al alba, la acompañéis al templo más sagrado de su nación, porque no quiere reservaros ningún secreto y desea que aceptéis cuantas riquezas guarda en su interior, porque ella os considera su señor y soberano también de toda su nación.

—Dale las gracias por ello, Ortiz, y dile que se hará conforme a su voluntad. Y ahora manda recado a Moscoso, Vasconcelos, Lobillo y Rangel para que nos acompañen con una escolta. ¡Ah!, despierta a fray Dionisio y a mi pariente Luis por si es su deseo cristianar el aposento pagano y llama a los factores del Rey para que levanten acta de cuanto encontremos.

Luego, con una sonrisa indicó a Cofita que volviera a la cama donde la aguardaba con los brazos abiertos.

Aquella mezquita se hallaba a poco más de una legua del poblado y era el paseo como un jardín, tan amplio que bien podían pasar por él dos caballos, ribeteado de árboles frutales y otros de buena sombra, plantados unos de otros a igual distancia. Una decena de chozas rodeaba el oratorio formando una aldea que tenía por nombre Talomico y que causó una nueva decepción en Hernando, quien esperaba encontrar un templo de piedra ensillada como los había en el Perú. Por el contrario, se trataba de una amplia cabaña de madera que en nada se distinguía de las que había visto en otros poblados, mas su interior guardaba el primer tesoro que Hernando de Soto hallaba al norte de la Nueva España.

Entre la escolta de lanceros e infantes que acompañaba al Gobernador y a la cacique se encontraba un soldado de Priego, de nombre Alonso Carmona, letrado, de carácter prudente, soldado de buen comportamiento y tan interesado en el conocimiento de las Indias que nunca faltaba entre sus bártulos papeles para anotar cuanto de extraño veía en aquellas tierras. Así fue que mientras todos se maravillaban de los cofres repletos de perlas que encontraron en el templo el de Priego hizo memoria de cuanto le rodeaba.

Carmona contó a todo el que quiso escucharle que la mezquita de Cofita tenía más de cien pasos de largo y otros cuarenta de ancho, las paredes eran muy altas, construidas con carrizo y adobe, el techo de cañas tenía finas esteras, que lo preservaban del sol y la lluvia, adornadas de plumas y muchas sartas de perlas y conchas marinas. La estancia estaba dividida en ocho cuartos alineados a lo largo de los muros, cada uno separado del siguiente por una cortina de troncos y palma con el suelo, de fina tierra, muy limpio de alimañas y culebras.

En cinco de ellos se guardaban en arcas de madera las osamentas de los caciques, antepasados de Cofita, de sus mujeres e hijos, con las armas y los útiles que les sirvieron durante su vida, y estaban adornados con maderos a modo de estatuas de los reyes muertos pero tan mal esculpidos que no se adivinaban rasgos humanos en las esculturas.

En la sexta alacena se apilaban arcos y flechas en gran número con las afiladas puntas de pedernal de muchas formas que maravillaron a los españoles: las había como arpones, de escoplillo, como sierras, finas y delgadas y otras de doble hoja como una daga. Los dos cuartos más alejados de la entrada contenían cestos de mimbre repletos de perlas, algunas del tamaño de un garbanzo, tapados por curtidas pieles de venado y otras de finísima marta con el pelaje como si hubiese sido encerado. No había efigies de ídolos paganos ni rastro de sangre que advirtiera que allí se cometieran actos crueles. Tampoco una pizca de plata o una onza de oro.

Fueron los frailes y los factores del Rey quienes primero reclamaron el hallazgo, mientras los soldados saqueaban los cestos dándose una lluvia de perlas, gritando de júbilo entre la sonrisa complaciente de Hernando y el gesto destemplado de Cofita, cuyo corazón se sentía herido al ver de qué manera se profanaba la memoria de sus antepasados.

Los clérigos solicitaron que se levantara en aquel lugar la primera catedral en las nuevas tierras adentro de la Florida y vinieron seguido el factor Luis Hernández de Biedma y el veedor Pedro de Villegas a reclamar el quinto real de cuanto allí había, porque era el interés primordial de su Majestad Católica Carlos tener las riquezas que lograban aquellos hombres al precio de su vida para alimentar su dominio en Europa. A los primeros dio permiso de inmediato Hernando y a los segundos se enfrentó Rangel, tan suspicaz con el Rey como enemigo de las artimañas de los borgoñones y sus escondidos mercenarios. Hernando medió en la querella y permitió que Villegas pesara las perlas pero desautorizó que se apartara el quinto real.

—Señores factores, no es el momento de repartir la tierra y sus ganancias, porque es mucho lo que queda por descubrir y conquistar. Cuando hayamos conseguido nuestros propósitos, será el momento de hacer cuentas y que el Rey reciba lo que le es de justicia.

—Señor Gobernador —interrumpió Biedma—, tengo bien anotada una carga de cuarenta arrobas y no perdonaré ni un adarme de lo que le corresponde al Rey.

—Don Luis —replicó airado Hernando—, ni yo ni nadie entre los míos tiene la condición de ladrón y Su Majestad recibirá en su momento lo que le corresponde. Pero ahora mi intención es recompensar de inmediato a los soldados que tan merecido lo tienen. Ellos están primero, después… el Rey.

Biedma torció el gesto e igual de desconfiado se mostró Villegas, quienes creían perder una oportunidad de sacar provecho del tesoro, porque si algunos conquistadores trataban de ocultar cantidades que correspondían al quinto real, no era mucha la honradez de los factores, que también apañaban lo que podían de los inventarios en provecho propio.

Hernando procedió a un pequeño reparto entre los hombres porque temía que si entregaba todo el tesoro la codicia repentina sería más poderosa que el afán de aventura y muchos de ellos regresarían a Cuba al considerar que más valía una pequeña bolsa de perlas que un saco repleto de promesas.

Biedma creyó llegado su momento de hacerse con la tajada y hasta arrebañar el plato pero falló su cálculo porque no había sido invitado al festín. Tardó poco en incitar a los hombres para que reclamaran al Gobernador el reparto de todo cuanto se había hallado en el templo con insinuaciones del jaez de que De Soto y sus capitanes pretendían hacerse con la mayor parte del botín. Las noticias le llegaron a Hernando, quien dispuso que se arrestara al factor, se le pusiera el cepo y quedara expuesto en la picota frente a todo el ejército por espacio de tres días.

El escarmiento apenas amedrentó a los hombres, que estaban al cabo de las riquezas que albergaba la mezquita, las cuales consideraban propias como era suya la libertad otorgada por el Gobernador para que hicieran lo que les viniese en gana en el transcurso de la empresa, irse o quedarse según su parecer y ánimo. Hernando volvió a confiar en el ascendente que gozaba entre la tropa para arrastrarla en favor de continuar la aventura. De ese modo reunió al ejército en medio del poblado, ante el hambriento y maniatado cuerpo de Hernández de Biedma, para arengarlo.

—¡Soldados del Rey! ¡Hombres libres de Castilla! Aquí tenéis a un factor de nuestro señor Carlos, engrillado y en el cepo por órdenes mías. Quiero dar cuenta a esta asamblea de por qué el factor Biedma se halla en tal situación, cuál ha sido su crimen y sus traicioneros propósitos con nuestra empresa. Primero, trató a vuestro Gobernador como a un ladrón repitiendo unas mentiras que os alcanzan a todos vosotros, pese a que una parte de lo hallado en la mezquita se os ha entregado. Para Hernando de Soto no hay nada más importante que sus hombres y su beneficio. Yo os juro que todas las riquezas que alberga ese oratorio pagano son vuestras porque os las habéis ganado y recibiréis lo que os corresponde hasta la última onza.

El Rey recibirá lo que es suyo, pero eso será en su momento y luego de que vosotros tengáis la recompensa. Aquí, en las tierras de Indias, vosotros sois los primeros en dar la vida por España y debéis ser los primeros en gozar de sus tesoros, mas el factor y quienes le secundan pretenden hacer el reparto ahora mismo con la felona intención de que deis por terminada la empresa y volváis a vuestras casas con una pequeña bolsa que durará muy poco para convertiros luego en pobres y hacer de vosotros unos seres amargados, señalados por las calles como los fracasados y los cobardes que renegaron de la empresa de la Florida. Porque, creedme, a Biedma y a los que son como él sólo les importa el poco tesoro que se les regala, actúan como mezquinos y no les alcanza que nuestra misión va más allá de ser una empresa de mercaderes y saqueadores. ¡Vosotros sois los señores de la tierra que conquistáis con vuestra sangre! ¡Vuestra es la gloria que os pertenece por derecho! A ellos poco les importa que os juguéis la vida para ampliar los confines de Castilla, defender la fe de Nuestro Señor Jesucristo y honrar la historia de nuestros antepasados. Ahora pensad en qué bando queréis jugar.

—¡Acaba con el felón! —gritó Sanguijuela en medio de la tropa, lo que fue coreado por muchos que se animaron con el grito: «¡Siempre contigo Hernando! ¡Gobernador! ¡Gobernador!».

Interrumpió la algarabía Gutierre de Bustillo, un sargento de lanceros, natural de Villacidaler en Asturias, de buen tino y muy respetado por los soldados.

—Señor, tenemos derecho a nuestra parte del botín y a nosotros corresponde decidir lo que haremos con ello. Cada uno de nosotros es libre para decidir si continúa o concluye la jornada.

Algunos hombres que le rodeaban asintieron y entre ellos los hubo que hasta le animaron con palmadas en las espaldas.

—¡No sabéis lo que decís! —terció Mogollón, el veterano que pidió a Hernando en Sevilla que le alistase para saldar venganzas pendientes—. Yo recorrí estas tierras antes que vosotros, viajé con Garay y unos cuantos locos, que como dice el Gobernador, buscaban la riqueza fácil, pero en esta parte de las

Indias los tesoros están muy ocultos y por ello se desanimaron pronto hasta convertir nuestra empresa en una ruina. Ni ellos, ni los que vinieron después, consiguieron una mínima parte de lo logrado por De Soto. Esto no puede ser el final, sino el principio de nuestra gran jornada.

La mayoría de los soldados apoyaron los comentarios de Mogollón, pero muchos también pedían a Hernando de que se repartiera sin dilación todo lo encontrado en el templo de la cacique Cofita. De ese modo se entablaron discusiones y se hicieron corrillos de unos y otros.

—¡Basta! ¡Silencio todos! —La voz de Hernando dominó por encima del tumulto y todos callaron—. De una cosa estoy seguro, todos vosotros sois unos valientes como habéis demostrado llegando hasta aquí, no tengo quejas de vuestra lealtad y considero que ningún Adelantado del Rey tuvo jamás mejor ejército, pero la confianza que os tengo se hundiría si decidís volveros cuando nos espera tanta aventura como honra.

—A todos nos gusta el riesgo y alcanzar la hidalguía —habló de nuevo Bustillo—, y ninguno se arruga en el combate, Gobernador, pero nos parece justo que se nos dé nuestra parte aun cuando estamos dispuestos a continuar la empresa. Os tenemos confianza, De Soto, ahora justifica la que tienes en nosotros y reparte todo el tesoro.

—Si así lo queréis, así se hará —dijo Hernando, disimulando su contrariedad—. Pero yo os pregunto: ¿queréis acarrear por las tierras que nos quedan por andar todo el tesoro? No os oculto que el camino será difícil y nos estorbará cualquier carga añadida. Seamos leales unos con otros. ¿Acaso no es cierto que estaremos más pendientes de guardar nuestra pequeña bolsa que de los combates venideros, que vigilaremos más a nuestros amigos que a los indios emboscados por miedo al robo? ¿Qué ocurrirá con los naipes y las pendencias que ocasionan? Yo os propongo que la mayor parte del tesoro, y en ello incluyo toda mi parte, permanezca en el templo al cuidado de algunos frailes y una guarnición de los soldados que sean de vuestra elección. Nadie, bajo la pena de muerte sin remisión, tocará un solo aljófar de los que aquí se quedan hasta nuestro regreso victorioso, con grandes naciones conquistadas y tan ricos que os sobrará para repartir, tirarlo o jugarlo si queréis. Os prometo que a la vuelta de la jornada tomaréis lo que quede en la mezquita como baratijas para regalar a vuestros criados.

Los hombres se miraron unos a otros y dieron por buena la solución propuesta por el Gobernador. El propio Bustillo asintió cuando estallaron los primeros bravos y vivas a Hernando, mientras los capitanes coreaban: «¡Adelante, por Castilla y por el Rey!».

A la asamblea había asistido, callada y medio oculta tras la cortina de piel que abría paso a la choza, la reina Cofita, atenta a cuanto se dijo por medio de Juan Ortiz. Cuando Hernando de Soto abrió los brazos y toda su sonrisa para acoger los vítores de sus hombres, la reina regresó al interior de la cabaña envuelta en lágrimas y palpándose el vientre.

El Gobernador sabía que la buena disposición de los hombres resultaba frágil con un tesoro tan a mano y por ello dispuso de inmediato los preparativos para proseguir la ruta hacia el norte, donde sabía de la existencia de grandes ríos y, tal vez, del ansiado paso hacia el mar Pacífico del Sur. Aun sin conocerlas, Hernando de Soto se aventuró por las ignotas tierras a las que vino en llamar Las Carolinas en recuerdo y honra del Emperador.

XVII

El infierno de Mobila

El reino de Cofita era de una gran extensión hasta alcanzar el límite de la provincia de Chalaque, en el noroeste, allí donde habitaban los indios cheroquíes, sobre cuya civilización tanto había oído hablar Hernando y tan deseoso estaba por encontrarla. Antes de ponerse en movimiento, los soldados recibieron la parte acordada del botín hallado en el templo de Talomico y fueron muchos los que entregaron sus aljófares a los escribanos que partirían hacia Cuba con Francisco Maldonado para que con ellos se compraran caballos y armas con las que proseguir la conquista o depositarlos como ahorro que garantizara un menudo sustento para el momento del regreso.

El Gobernador decidió enviar a la isla dos bergantines al mando del capitán de Salamanca para llevar las nuevas de las últimas exploraciones y una parte del tesoro como estímulo de reclutamientos y promover la colonización de las nuevas tierras una vez que Hernando diese por concluida su primera exploración por arriba de la Florida. Otra de sus ocupaciones era la de obtener nuevas acerca de Gómez Arias y el resultado de su empresa.

Quedó Maldonado en retornar al puerto de Achusi al cabo de los seis meses donde habría de esperarle el Gobernador y su ejército para emprender sin demora las fundaciones en los mejores terrenos conocidos junto a los indios que les eran amistosos. Un propósito que no tendría lugar porque el destino le tenía preparado a Hernando de Soto muchos y trágicos avatares.

Y

En el momento de la partida no fue sólo el corazón de Cofita el que resultó maltrecho: unas graves fiebres habían acometido a los nativos mientras los españoles permanecían inmunes. Como acontecía en otras partes de las Indias, la llegada de los castellanos provocó mortandad entre los indígenas, que enfermaban de unos males que a los recién llegados apenas les procuraban pequeños ardores. Fueron muchos los súbditos de Cofita que murieron de la viruela, altas fiebres y daños en los pulmones. Y afectaba por igual a niños y ancianos, a fornidos guerreros y a mujeres jóvenes. Tales perjuicios crearon rencor y miedo entre los paganos y muchos de ellos pensaron que sus dioses les habían abandonado por amigarse con los invasores, que aun viviendo junto a ellos y tomando de la misma comida nunca enfermaban o morían. Y es verdad que fueron más los indios que fallecieron de calenturas que bajo la espada y los castigos.

Mas también los castellanos sufrían de males que les procuraban muchos dolores y hasta la muerte. Y era la peor de sus dolencias las bubas que les infestaban las indias cuando yacían juntos, apestándoles sus genitales en medio de grandes ardores por todo el cuerpo, que aliviaban por medio de emplastos y cocciones de palo del árbol guayacán. Así fueron más de una docena de enfermos los que embarcaron con Maldonado para sanar de sus males con los mejores cuidados que había en la isla de Cuba.

Los daños traídos y la firmeza de los soldados en la batalla fueron conocidos hasta en lugares remotos del reino de Cofita, y así fue que durante las primeras jornadas de marcha, a través de un territorio feraz, con muchos ríos de buena agua, suaves colinas y cómodas planicies, Hernando encontró pueblos abandonados con los graneros abrasados y sus habitantes huidos a los bosques, temerosos de tener contacto con los invasores blancos que llevaban la muerte en sus armas y en su aliento.

No había batallas que librar y los hombres andaban sosegados, pero la linde entre la vida y la muerte en las tierras de Indias es tan vaporosa como el elogio de un enemigo, aun cuando se antoje vivir en las mejores condiciones de paz y regalo. La desdicha se halla detrás de cada árbol, entre la hojarasca del bosque, en la trampa del indio emboscado, pero también en la fatalidad que marca el sino de algunos de los que se aventuran en la nueva tierra y vienen a morir en insólitas circunstancias. Así ocurrió algo que apenó a todo el campamento y conturbó a los supersticiosos, que tomaron el asunto como un mal augurio.

La tropa estaba escasa de carne y cada cual aprovechaba el descanso para salir en busca de alguna presa, aunque fuera un perro, animal abundante por aquella región. Luis Bravo, un soldado de Badajoz, tenía lista la lanza mientras se acercaba a un perrillo famélico que olisqueaba el suelo. Cuando creyó tenerlo a tiro, el pacense soltó el brazo con tan mala fortuna que la lanza pasó por debajo del animal y resbalando por el suelo se fue a perder por detrás de una hondonada. Contrariado y jurando contra el santoral Bravo se fue a recuperar la pica y encontró que el arma había atravesado la cabeza de Juan Mateos, un veterano soldado nacido en Almendral, que se encontraba pescando en el río que fluía por debajo del barranco ajeno a cualquier mala ventura.

La tragedia alteró sobremanera a los soldados porque Mateos, llamado con cariño el Abuelo por su cabello cano, era además de valiente, bondadoso y un honesto consejero.

Después de aquello el Gobernador ordenó reanudar la marcha con paso más presuroso a fin de llegarse pronto a las tierras de Chalaque, donde esperaba encontrar tribus amigables y tener noticias de reinos poderosos en oro y civilización. Los deseos de Hernando tuvieron recompensa en esas tierras Carolinas por la buena amistad que encontró en una tribu cheroquí llamada Guajule, el nombre de su cacique, un hombre de gran lealtad, muy creyente en su teología pagana y que gobernaba con acierto sobre un pueblo muy próspero.

Hernando y los suyos eran los primeros blancos en alcanzar esas tierras de las Indias y los cheroquíes, de natural curiosos y amigos de exploraciones, decidieron saber de aquellos extraños seres y de sus creencias y deseos, y sacar provecho para sí de hombres tan poderosos. Estos paganos desconocían las enfermedades que acarreaban los españoles y no tenían noticias de pasadas batallas, lo que les hacía confiados y amistosos.

La ciudad de Guajule se hallaba en la confluencia de muchos arroyos que daban en un río de un caudal mayor que el Guadalquivir a su paso por Sevilla. El gran poblado, de medio centenar de casas, estaba ubicado sobre una atalaya que dominaba el terreno circundante, muy bien amurallado con maderos tan altos como árboles que guardaban su seguridad, y en su centro se levantaba la gran choza donde se reunía la asamblea del pueblo que impartía leyes como suele hacerse en las Cortes de los reinos cristianos. Porque esos indígenas cheroquíes no gitaneaban ni vagaban en busca de enemigos y sus bienes, sino que asentaban su vida y su comercio en torno a la villa y estaban sometidos de buena gana a la ley dictada por los más ancianos, de igual modo que las gentes de Occidente acatan los consejos de sus senadores.

En los alrededores del poblado se disponían los labrantíos de maíz, calabazas y frijoles tan cuidados como las mejores huertas de Valencia y Murcia, también había corrales para liebres y gallinas de grandes colas, una buena despensa para la hambruna en los malos tiempos y donde se encerraron los pocos cerdos que aún conservaba la expedición con el propósito de que hicieran piara.

Tan buena y abundante era la comida y el acomodo que los conquistadores unieron el nombre de aquel pueblo a la buena suerte y así vinieron en llamar «Casa de Guajule» al que tenía la mejor jugada en la partida de dados.

Los cheroquíes eran unos ceramistas de extraordinaria habilidad y ninguno de la expedición de Hernando de Soto había visto en estas tierras vasijas tan bien horneadas y con una decoración tan extraña como ataviada. Fue Rodrigo Rangel el que creyó adivinar en esas raras figuras un parecido con otras que había visto en las tierras de la Nueva España, en lo que fue el reino de Moctezuma. No iba descaminado el secretario del Gobernador, porque resultó que mucho tiempo atrás, los padres de la nación cheroquí llegaron desde las tierras mexicas haciéndose llamar «Gente principal», sin duda, sabiéndose muy superiores en cultura a las tribus vecinas.

Estos indios iban muy bien vestidos. Los hombres llevaban

calzas y casacas de curtida piel de venado, sus borceguíes estaban mejor cosidos y con más adornos de los que calzaban los súbditos de Cofita. También las mujeres se cubrían con decoro y su larga túnica, de la misma piel curtida, les alcanzaba desde el cuello hasta por debajo de las rodillas. Mantenían entre ellos relaciones muy liberales, de tal modo que las mujeres tenían el derecho de repudiar a maridos de mal comportamiento y era señal de su alto grado de civilización la prohibición de matrimoniar entre hermanos o parientes.

Hernando entabló una sincera amistad con el cacique Guajule, quien ofreció a su huésped los mejores manjares que se guisaban en la región y que fueron del agrado de los españoles. De manera especial el Gobernador disfrutaba de la blanca y suave carne de las iguanas, que le recordaron el guiso de lagarto que desde niño paladeó en su tierra extremeña. También era de su gusto la tajada de tortuga, que allí tenían gran tamaño y abundaban en los ríos. A falta de trigo, los españoles se acomodaron al maíz y al modo como los indios lo molían y amasaban para luego cocerlo sobre sus cotas de malla de lo que resultaba una torta apetitosa.

De Soto no solía estar ocioso mucho tiempo y a una leve indicación de Guajule acerca de unos yacimientos próximos el Gobernador envió de inmediato a tres hombres expertos en la minería. Alonso de Argote, de la villa de Astorga, Vicente Martín de Ciudad Real y Andrés Ceceil de la ciudad de Eibar se tomaron diez días hasta regresar con las noticias sobre vetas de cobre en unas montañas cercanas a las que los castellanos llamaron de manera acertada Las Ciegas, porque caminar por lo escarpado y tupido de aquellos montes era como hacerlo a tientas.

Mas lo que llamó la atención de Hernando fueron las nuevas sobre rebaños de raras vacas corcovadas de una piel gruesa y lanuda que pastaban en los valles que se abrían entre los picachos. Ante el gran interés del Gobernador por conocer a aquellos extraños animales, el cacique se ofreció para acompañarle en una partida de caza del *tatanka*, que así llamaban esos nativos al bisonte, por el que sentían tanta devoción que lo consideraban uno de sus dioses protectores y el favorito de su deidad suprema, a la que nombraban Manitú. Pueblo creyente, aunque errado, hablaban del milagro que a veces obraba el alma del bisonte sagrado apareciéndose a los vivos trotando sobre los cielos con un inmaculado color blanco, lo que ellos tomaban como augurio de prosperidad.

De esta extraña fe tomaba buena cuenta el fraile Juan de Torres, que era muy entendido en las cosas de Dios y su Creación por haber aprendido con los mejores teólogos de Salamanca.

La partida de caza de españoles no alcanzaba la docena de hombres. Iban Hernando, Moscoso, Nieto, Vasconcelos, el paje Sánchez León, Juan Ortiz, tres ballesteros, con el vizcaíno Juan de Abadía al frente, y otros dos arcabuceros. Acompañaban al cacique un grupo de arqueros y criados y su hijo Guajule Tenesi, un joven despierto que amigó pronto con los castellanos mientras pasaba largos ratos con Ortiz aprendiendo la lengua de los hombres blancos. Tardaron dos días y medio en alcanzar la cañada donde pacían un centenar de aquellas vacas corcovadas, después de un difícil deambular a través de Las Ciegas donde de poco servían los caballos y lo más del trayecto hubieron de hacerlo a pie.

Siguiendo las indicaciones de los nativos el grupo se acercó sigiloso a la manada, porque decía el cacique Guajule que pese a su aspecto fiero eran aquellos animales muy asustadizos y cualquier incomodidad los hacía huir en desbandada y corriendo de forma tan alocada que nada se resistía a su paso, aunque a veces algún animal se malhumoraba y respondía al ataque con toda su furia. Era menester, entonces, llegarse de forma cautelosa a la distancia apropiada para no errar el tiro.

Aquella forma de caza le resultaba demasiado delicada a Hernando después de invertir tanta fatiga en llegar hasta ese lugar. Hacía mucho tiempo que no se ejercitaba con el caballo y al ver el rebaño ramonear plácidamente le vinieron recuerdos de las cacerías al galope y los juegos de lanzas. Si aquellos bisontes lanudos eran amigos de correr, serían una buena pieza para el acoso con la lanza y un reto al que no podía negarse.

En medio del desconcierto de los nativos Hernando mandó al escudero que acortara los estribos para montar a la jineta y le preparase dos picas. Nieto y Vasconcelos se ofrecieron para acompañarle. Guajule no se apercibió de lo que intentaban los españoles hasta que los tres estuvieron a caballo y señalaron la pieza escogida: un corcovado macho de mediano tamaño que herbajaba entre unos matojos separado del resto. El cacique trató de disuadirlos con aspavientos mientras su hijo animaba la decisión de los jinetes.

Los tres encabalgados salieron al descampado avivando el paso a medida que se acercaban a la presa de modo que cuando el joven macho inició la huida los caballeros iban ya a galope tendido. El resto de la manada se alejó lentamente hasta un lugar que consideró seguro para seguir pastando de manera indolente. Hernando corría la pieza situado en el lado derecho, Nieto la hostigaba por el izquierdo y Vasconcelo iba por detrás del bisonte que se dirigía con pesado trote hacia un robledal en busca de abrigo.

En esa forma de caza conocida como de «corre y huye», la presa ora está acosada ora se la deja libre pero siempre en movimiento, hasta conseguir su rendición por el cansancio y así conducirla al lugar apropiado para mejor atinarla. Para ello es necesario tener monturas rápidas, de doma exquisita, y jinetes tan bravos como experimentados. Y en las Indias sobraban números en el as de naipes para contar a caballistas como Hernando de Soto.

Al acercarse a la arboleda el Gobernador comprendió que si el corcovado llegaba a la espesura sería difícil acuchillarle y así tiró de riendas para colocarse tan cerca del animal que podía tocarlo. Atosigado en la carrera el bisonte mudó su dirección de manera tan brusca que fue a chocar con el caballo de Nieto, que trastabilló hasta perder las manos dando con su jinete por los suelos y quedó el de Alburquerque como muerto. A los bufidos jadeantes del animal acosado le siguió un trote cansino y fue el momento en el que Hernando se acomodó la lanza y fue a hundirla varios palmos por debajo del gran pescuezo del corcovado, en tanto Vasconcelos clavaba su pica en los lomos. El bisonte se desplomó haciendo retumbar la tierra a su alrededor y en medio de una polvareda que se arremolinó en torno a los dos jinetes, que llegaron a perderse de vista aun estando muy próximos.

Nieto se retorcía de dolor y en su auxilio corrieron el escu-

451

dero, los soldados y Guajule Tenesi, mientras el resto de nativos permanecían atónitos por lo que habían contemplado. El Gobernador y el hidalgo portugués abandonaron la agonizante presa y se llegaron los primeros hasta el herido, cuyo costado estaba tan lacerado como si le hubiesen puesto sobre una parrilla, y su pierna derecha sangrante y rota. Así aconteció la primera cacería del bisonte que tuvo lugar a caballo en tierra de Indias.

La ocasión sirvió a los españoles para aprender el buen uso que hacían los cheroquíes de las plantas para conseguir sanamientos. Una vez sentado el campamento y acomodado Nieto, vinieron los indios con muchas cortezas de un arbusto y ovillos de telas de araña. Con el emplasto de hervir la madera, que los de Castilla llamaron cornejo, untaron el maltrecho costado del capitán y resultó que sanó toda la piel ulcerada en tan corto tiempo que parecía un milagro. De igual modo la pierna dejó de sangrar desde el momento que cubrieron las heridas con los hilos de araña.

452 Aquello maravilló a los españoles y Hernando de Soto olvidó por momentos el oro y el quimérico imperio que buscaba para guardar en su bolsa de recuerdos un buen puñado de admiración y cariño por las gentes y costumbres de las Indias que se abrían a su paso. Mitigadas las heridas, Nieto y todos los demás saborearon la carne roja y grasienta del bisonte, de un fuerte paladar que se atenuaba frotando el bocado con distintas hierbas.

Durante algún tiempo el cacique Guajule intentó convencer a los españoles para que permanecieran junto a él y llegó a proponer a Hernando que se convirtiera en señor de todas aquellas tierras tan escasas en oro como fértiles y adecuadas para asentar un nuevo reino de costumbres y gentes como lo había en España, haciendo de los soldados personajes nobles y gente principal.

Y otra vez le llegó el desasosiego al Gobernador y la disputa en su mente, la tentación de malograr la empresa, la fatiga para contener el deseo de sus hombres por una vida cómoda y la desazón por soportar reproches de un ejército con las manos vacías de oro e imperios. Pero la determinación de Hernando de

Soto era más poderosa que escuadrones enteros y contaba con la fortuna de tener la lealtad de sus soldados. El Gobernador declinó pues el ofrecimiento del indio y reunió a sus capitanes para organizar la partida inmediata. Apenas comenzada la asamblea se presentó ante ella Guajule con un séquito de chamanes y generales.

—Mi señor —habló el indio flanqueado por Juan Ortiz y su hijo Tenesi—, se ha extendido el habla de que pensáis partir de inmediato, lo que me ha quebrado el corazón y quiero saber qué mal he cometido que así pagas mi amistad y mi lealtad. He jurado vuestras leyes que me convierten en siervo de ese vuestro lejano Rey para dejar de ser yo mismo soberano de mi pueblo. Os he ofrecido mis guerreros y toda mi nación y aun así queréis marcharos. ¿Por qué obráis de esa manera?

Hernando ocupaba el lugar preferente en la mesa entre sus lugartenientes y escuchó con atención las palabras del cacique, que apenas había cruzado el umbral de la gran choza que servía de aposento y cuartel general del Gobernador. El conquistador cruzó la estancia y con severidad contestó al apesadumbrado nativo poniéndole amigablemente la mano sobre el hombro.

—Mi buen amigo Guajule, nos has ofrecido una hospitalidad que jamás olvidaremos y yo te prometo que cuando nuestra misión se cumpla llegarán hasta estas tierras muchos como nosotros para hermanarse con tu pueblo y levantar un nuevo reino. Tu nación ya forma parte de España y te juro que algún día irás allí conmigo para conocer en persona a tu Rey y al mío. Ambos le debemos obediencia y ni siquiera mi voluntad escapa a sus órdenes, y por ello debo proseguir mi viaje para extender sus dominios sobre tierras y gentes.

Quedó Guajule pensativo y lloroso cuando su hijo Tenesi se dirigió al Gobernador tartamudeando la lengua de los españoles.

—Señor, Hernando, mi padre decir a vos algo grande. Yo con vos y con todos.

De Soto encogió los hombros y pidió a Ortiz con la mirada una explicación de aquella rara parla. Mas fue el mismo cacique Guajule el que contestó conociendo las intenciones de su hijo.

—Mi señor, mi hijo quiere acompañaros en el camino, porque es su voluntad aprender vuestra lengua y modos. En tanta estima os tiene que quiere ser como vosotros hasta el punto de olvidarse de sus antepasados y desea vivir a vuestra manera y adorar a vuestros dioses.

—Así se hará —respondió alegre Hernando— y ésta será la mejor manera de sellar la alianza entre nuestros dos pueblos por siempre. No te apenes, mi buen Guajule, la presencia de tu hijo a nuestro lado nos recordará todos los días tu lealtad y el lugar de las Indias donde el rey Carlos tiene al mejor de sus súbditos.

Grandes fiestas se organizaron para el bautismo de Guajule Tenesi, que recibió el agua bendita de mejor modo que muchos hidalgos de Castilla, porque fue cristianado por todos los frailes de la expedición y apadrinado por un Adelantado del Rey. Se le impuso el nombre de Juan por deseo del indio, que de esa forma quiso honrar a su nuevo padre y maestro, el lenguas Ortiz. Desde aquel momento fue uno más entre aquellos esforzados, contó con el aprecio de clérigos y soldados y todos dieron en llamarle con mucho cariño Juanillo.

454

Eran los últimos días del verano cuando se levantó el real y se dispuso la marcha. Tovar y Nieto comandaban sendas partidas de avanzada con doce de a caballo cada uno y un número superior de indios tamemes y exploradores. Se dispuso el ejército en tres escuadrones, como era habitual, con el Gobernador al mando del principal, flanqueado por Moscoso y Vasconcelos. La artillería y los carromatos de provisiones cerraban la formación.

Hernando, vestido con sus mejores galas, se disponía a dar la orden de partida cuando Guajule y un séquito de notables y mujeres se dirigieron a su encuentro. El Gobernador descabalgó y abrazó fraternalmente al nativo, que le entregó un legajo de piel lleno de símbolos y garabatos que nada decían a los españoles.

—Mi señor Hernando —habló Guajule con palabras de Ortiz—, os entrego este mapa que fue de mis padres y que leído de manera acertada ha de llevaros hacia el río más grande que hay sobre la tierra, a través de llanuras cómodas, pasos de montañas por donde caminaréis sin esfuerzo y donde se señalan otros ríos con los mejores vados para cruzarlos. Para comprender lo que está escrito tenéis a mi hijo Tenesi que conoce de nuestros secretos.

—Gran favor me haces, mi buen Guajule —respondió exultante Hernando—. Y ese gran río que está en el pergamino tal vez resulte lo que tanto tiempo llevo buscando. Si así fuera, puedo decirte que grande será tu recompensa y muy bien podrá darte el Rey de España el mejor de sus títulos y señoríos sobre estas tierras. —Y abrazó con fuerza y entusiasmo al cacique—. Yo también tengo un regalo que hacerte para que siempre me guardes en tu memoria.

Hernando hizo una indicación y uno de sus hombres se adelantó hacia ellos llevando de la brida un caballo manchado. Guajule abrió los ojos tan de gusto como cualquier rapaz hambriento delante de una tahona.

—Es tuyo, mi buen amigo. Desde hace tiempo vi cómo te maravillaba este pintado cuando lo montaba su dueño, mi teniente Gonzalo Silvestre. Yo se lo compré para ti y doy por bien empleados los 2.000 pesos que me costó.

—Un aviso he de daros, mi señor —dijo Guajule con emoción—. Entraréis en tierras de indios belicosos y traidores, que se llaman a sí mismos chotaus y de todos sus jefes es el más peligroso y astuto al que dicen Tascaluza. Cuidaos de él; sé lo que digo porque por su culpa y los de su nación mi pueblo ha sufrido las muchas guerras que nos hizo.

Tras de su consejo Guajule pareció olvidar de repente su pena y se fue a la montura regalada para mirarla primero con cierto reparo y luego acariciar el cuello y los lomos como tantas veces había visto hacer a los españoles. Aquel caballo pintado llegaría a crear manada haciendo coyunda con yeguas cimarronas y pasado el tiempo hubo centenares de caballos que recibieron el nombre de apalosa, de mediana alzada, con la piel manchada, veloces y poderosos. Y subidos en ellos llegaron a ser los cheroquíes reconocidos jinetes dueños de praderas y valles.

Caminó la expedición bordeando por el sur Las Ciegas para evitar los pasos fragorosos de montaña y tomar la dirección de

455

poniente con el propósito de no separarse demasiado de la costa y poder llegar sin impedimentos a la cita que se había establecido con Maldonado en el fondeadero de Achusi a su regreso de la villa de San Cristóbal de La Habana.

Se guiaban por el mapa que descifraba Juanillo y que registraba en otra carta con más claridad y anotaciones el cartógrafo Añasco. Durante jornadas se vadearon ríos de muy distinto caudal, algunos como arroyos que pasaba la tropa apenas con el agua por encima de la cintura y otros crecidos que les procuraban el esfuerzo de construir almadías, canoas y guindaleras.

Llegados los últimos días del mes de octubre arribaron a una gran corriente junto a la que se acomodaban muchas poblaciones de indios pacíficos de una provincia llamada Coza, que se dedicaban a la pesquería en ese río al que llamaban «Fin de la espesura», o dicho en su raro idioma: *Alabama*. Mas no era éste el cauce principal que Guajule tenía rayado en su carta y que Hernando soñaba que fuera el paso entre las mares océanas que con afán se buscaba desde el mismo momento que el Almirante Colón desembarcó en las Indias

Los nativos de Coza honraron a los españoles y resultaron aún más amigables cuando conocieron las intenciones de Hernando de Soto de ir al encuentro de Tascaluza y darle batalla si el indígena no se avenía a una alianza, porque resultaba que aun siendo esos indios de la misma nación chotau venían siendo atacados y esclavizados por los guerreros de ese reyezuelo que gobernaba sobre una gran villa, según le dijeron, situada a no muchas leguas y nombrada Mobila.

Llegaron los primeros fríos cuando la expedición tuvo a la vista la ciudad del cacique Tascaluza que estaba prevenido de la llegada de los españoles. Se trataba de la mejor villa que habían visto desde su llegada a la Florida. Dos centenares de casas, todas ellas con corrales y graneros, se alineaban a lo largo de una calle principal en cuyo final se levantaba el palacio del cacique, una choza de gran tamaño con la techumbre encalada de muchos colores y las paredes de troncos y barro igualmente pintarrajeadas y muy adornadas de plumas de mucho colorido.

La redonda empalizada, fabricada con gruesos maderos muy juntos los unos con los otros, tenía troneras desde donde flechar a los atacantes y torres de centinelas cada cincuenta pasos. Poseía dos puertas y era la de levante la principal y de mayor tamaño, a la que se llegaba por una rampa limpia de maleza y todos los alrededores estaban despejados de vegetación y bosques. Una gran tranquilidad reinaba en el interior del recinto cuando Hernando y sus principales la divisaron desde un cerrillo próximo.

Sonaban tambores cuando el portón de la empalizada se abrió y por él destiló Tascaluza y una comitiva que sobrepasaba las cien personas al encuentro de los españoles. El cacique resultaba un gigante y era tan grande su estatura que la mayor parte de los castellanos no le llegaba al hombro. Iba cubierto con mantas de piel y vestido con una larga casaca bordada. Los pies calzados con cómodos borceguíes adornados con cintas y en la cabeza llevaba como una corona de plumas de muchos colores. Próximos a él, dos alféreces portaban unos largos palos de los que colgaban penachos de un terso pelaje a los que iban cosidos plumones de águila y banderines de gamuza amarilla. Era la primera vez que Hernando conocía en estas tierras estandartes de una hechura parecida a los que enarbolan los escuadrones de España.

457

Detrás de Tascaluza caminaba un grupo de brujos, todos cubiertos con pieles de corcovado desde la cabeza hasta la cola. Había además guerreros y mujeres, ellos de porte vigoroso y ellas de buen semblante.

Hernando ordenó enjaezar un caballo y que le procuraran sus mejores galas. Con los lenguas Ortiz y Juanillo a su lado, escoltado por sus capitanes, tres frailes y dos cabos de a diez de arcabuceros y piqueros se fue hacia el indio.

Tascaluza observó con curiosidad, pero sin inmutarse, la llegada del Gobernador a caballo, la armadura resplandeciente bajo el leve aleteo de la blanca capa con las insignias del Apóstol y la casa de Pedrarias, el morrión con la cresta de variados colores y la espada en la mano derecha apuntando al suelo. La severidad del nativo le recordó a Hernando por un instante la indiferencia con la que le recibió Atahualpa en las termas de Pultumarca.

El Gobernador desmontó frente a Tascaluza y enfundando

la espada abrazó con fuerza al indio, que respondió al saludo atenazando el antebrazo del conquistador jerezano.

—Señor Tascaluza —habló solemne Hernando—, vuestras grandes hazañas han llegado hasta mis oídos y he querido visitar vuestras tierras para ofreceros mi amistad y la alianza de mi gran soberano, que desea ser vuestro hermano.

El gigantón guardó silencio después de escuchar a Juanillo y con un leve movimiento de la mano ordenó a dos mujeres que arrojaran a los pies de Hernando una manta muy finamente bordada sobre la que depositaron collares de piedras y huesos pulidos, cuencos de maíz y una cántara de agua. Habló entonces el cacique.

—Sois bienvenidos a mi nación. Yo también he escuchado la bravura de los extranjeros que han llegado desde donde nace el sol. Es mi propósito ser vuestro amigo y os recibo con los dones de la tierra que desde ahora son vuestros. Podéis disponer de ellos y descansar en mi casa.

—Acepto vuestra hospitalidad en nombre de nuestro señor el rey Carlos y deseo contaros cosas de nuestra patria y de nuestra fe para que pronto os unáis a nuestros reinos.

—Mi ciudad de Mobila queda a vuestro servicio y yo mismo he dispuesto vuestro alojamiento y el que requieran vuestros mejores guerreros. Para la otra gente mis criados han dispuesto ramadas y barrido el suelo en los alrededores para su mejor acomodo, porque no todos pueden entrar en el pueblo.

Los galantes ofrecimientos no llevaron quietud al ánimo de Hernando, porque sospechaba que el cacique trampeaba con la confianza de los españoles y Juanillo le recordó que otras veces Tascaluza se presentó ante tribus de la región como amigo y al poco se dio a su exterminio.

—Gran honor me hacéis, señor Tascaluza —respondió Hernando—, pero nuestras leyes militares nos obligan a que toda la milicia, con su capitán general, tenga la acampada junta y ningún soldado se separe de otro. Mas para que no receléis de nuestro ánimo o creáis que hay engaño en ello, irán de inmediato a vuestra ciudad algunos de nuestros sacerdotes y la escolta que estos santos varones necesitan, porque es nuestra costumbre reconocer si la tierra que nos acoge es buena a los ojos de nuestro Dios y por ello hemos de colocar una cruz en vuestro solar más sagrado. Luego, quedad tranquilo que yo mismo y mis capitanes acudiremos mañana a la villa.

El Gobernador adivinó un gesto de contrariedad en el indio y se confirmó que no andaba desencaminado al pensar que había algún engaño en lo que tenía dispuesto Tascaluza.

Baltasar de Gallegos fue designado jefe de una escolta de veinte hombres que acompañaría a los clérigos Dionisio, Luis de Soto, Juan de Gallegos, hermano del capitán, y al trinitario Rodrigo de la Rocha. La tropa acarreó los bártulos que contenían los instrumentos sagrados, una parte del tesoro de perlas y, camuflado en cajas con ropas y granos, algo de pólvora, arcabuces y otras armas de refuerzo para el retén de custodios.

El resto de la milicia tomó asiento enfrente del poblado pero con las armas a mano y la mitad de los caballos ensillados.

Había avanzado la noche y todo permanecía tranquilo, pero la guardia se había redoblado y Hernando envió un mensaje a Vasconcelos, que se hallaba en la retaguardia a un cuarto de legua para que se mantuviera alerta, presto a intervenir a la menor señal de alarma, pero sin dejarse ver por los indios de manera tal que Tascaluza fuera sorprendido con la llegada de refuerzos si se abría la pelea.

No conforme del todo, el Gobernador decidió tener noticias de lo que acontecía en el interior del pueblo, porque daba por seguro que el indio no tardaría en descubrir su celada y quería tener la ventaja de saber de qué modo la llevaría a cabo.

Para la misión se contó con dos soldados que pertenecían al grupo de Álvaro Nieto, encargado de tener informado al Gobernador de cuanto sucedía en el seno del ejército y de ese modo ahuyentar conspiraciones o desbaratar a los traidores. También tenía como desempeño el descubrir en medio de los indios las falsas lealtades y hubo veces que su buen hacer permitió que se reprimieran rebeldías antes incluso de que comenzaran.

Los elegidos fueron Gonzalo Cuadrado Jaramillo, un hidalgo de Zafra, muy hábil y erudito en muchas y variadas cosas y Gonzalo Vázquez, viejo y querido conocido de Hernando de los tiempos de Barcarrota, al que todos le tenían mucha confianza; rastreador aún mejor que el más bueno de los sabuesos, que sabía emboscarse hasta el punto que podías pasar a menos de tres pies de donde estuviera oculto y no reparar en él.

Ayudados por la oscuridad los dos se dirigieron a la empalizada por la parte más alejada del portón principal sin dejarse ver por los vigías de las torres. Después de recorrer una buena parte del alto cercado encontraron un paso entre dos maderos, estrecho pero suficiente para que pasara por él con algún apuro una persona menguada. Ambos lo franquearon en silencio y se llevaron unos leves rasguños en las manos y la cara.

Las callejuelas que separaban las casas se hallaban desiertas, como también lo estaba la rúa principal que cerraba el palacio del cacique y otra amplia choza adyacente donde se habían alojados los clérigos y los hombres de Gallegos, que se mantenían atentos y callados en su interior. Arrastrándose por medio de los corrales, rebozados en barro e inmundicias, procuraban no espantar a las gallinas y a los perrillos que esperaban enjaulados su hora para la olla.

—Cagüen la leche —masculló Jaramillo, apartándose con asco un excremento de la cara—, no hay oro en las Indias que pague por esta mierda.

—Calla —le siseó Vázquez— o perderemos los cojones en esta pocilga. Veamos qué esconde esa casa.

El de Barcarrota se acercó culebreando hasta alcanzar la pared de troncos y ramas donde apoyó la espalda y escuchó los murmullos que escapaban por un ventanal tapado con una estera de cañizo. Echó un rápido vistazo al interior e indicó a Jaramillo que se acercara. Allí había un centenar de indios armados con arcos, macanas y cuchillos de afilado pedernal, tan hacinados e impacientes que les resultaba difícil permanecer mudos como se les había ordenado. Los dos españoles se miraron con temor.

—Vamos a otra —sugirió Jaramillo—. Se me da que estos hideputas nos tienen preparada una feria.

Recorrieron de igual modo otras tres cabañas y en todas ellas había nativos por decenas, igual de inquietos, mudos y armados.

—No hay duda —dijo Vázquez— de que éstos quieren hacer matadero en cuanto nos descuidemos.

—Hemos visto suficiente, compadre —añadió Jaramillo—. Esto es lo que quería saber el Gobernador. Vámonos… arreando.

Hernando mantenía la vigilia en su tienda, que no era tal sino un toldo mal asentado sobre cuatro estacas que apenas le cobijaba del relente. Los dos soldados se llegaron cuando por los oteros vecinos una raya anaranjada rasgaba la negrura y lavaba el cielo de estrellas.

—Gobernador —tomó la palabra el de Zafra—, lo que hemos visto en el pueblo no nos da seguridad alguna sobre el cacique y sus vasallos. Hay escondidos muchos hombres de guerra y entre ellos no hay ancianos y niños, sino que todos son mozos muy apercibidos de toda clase de armas.

—Hernando —interrumpió Vázquez—, los hay a centenares y todos están muy callados para que confiemos que la villa está indefensa y no corremos peligro. Pero todas las calles están limpias de estorbos para mejor maniobrar en la batalla.

El Gobernador les dedicó una sonrisa de agradecimiento mientras comenzó a acariciarse el mentón para cavilar con la mirada perdida en el telón dorado que se levantaba por encima de las colinas arboladas.

—Hay que hacerse con el indio a la primera oportunidad —dijo Hernando como hablándose a sí mismo—. Prenderemos a Tascaluza durante la bienvenida al poblado. Será un magnífico rehén para detener a esos paganos ansiosos por exterminarnos. Salió bien en Cajamarca ¿no es así Álvaro?

Nieto, feliz por el éxito de sus hombres, asintió.

—Ésta será tu ocupación, Spíndola —dijo Hernando, dirigiéndose al capitán de su guardia—. A mi señal te harás con el indio y le llevarás a la choza donde están los clérigos para tenerle a la vista de todos con un cuchillo en la garganta. Si los nativos no se avienen a la rendición e insisten en darnos batalla, mátale cuando te venga en gana y que Santiago nos asista.

El sol estaba alto cuando Hernando y una comitiva de cincuenta soldados se pusieron en camino y a pie. En la pendiente de entrada grupos de danzantes y chamanes esperaban a los españoles para honrarles a su llegada. Ninguno de ellos portaba armas y tampoco se veía en el cortejo a Tascaluza.

Mobila estaba desierta y la inquietud se adueñó de Hernan-

461

do y los suyos al cruzar el portón rodeados de los brujos y los danzarines emplumados. Baltasar de Gallegos esperaba al final de la calle principal con sus tropas lo que reconfortó por un instante al Gobernador que miró por todas partes con la vana esperanza de hallar al cacique.

El capitán sevillano con algunos hombres fue al encuentro del Gobernador y apenas habían recorrido unos pocos pasos cuando del palacio de Tascaluza salió un joven fornido dando gritos como si estuviera endemoniado, haciendo burlas a los españoles, que le tomaron al punto por un alocado o el tonto del pueblo, que en todas partes hay personas a las que Nuestro Señor castigó privándole de entendederas.

Mas todos cayeron pronto en el error, porque se trataba de un hijo de Tascaluza, muy despierto y para nada trastornado, que llamaba a los de su raza a dar muerte a los invasores. «¡Aquí están ya los ladrones!» «¡Aquí vienen los que quieren hacer daño a mi padre Tascaluza!» «¡Salid, salid!», repetía a gritos cuando se lanzó con un puñal de afilado pedernal contra Gallegos, que le despanzurró con un certero espadazo. Entonces un alarido como salido de las entrañas de la tierra atronó el aire y de las casas salieron a centenares.

Gallegos y lo suyos retrocedieron hacia su choza para aprestarse a la defensa en tanto Hernando ordenaba a los hombres regresar al campamento sin perder la cara al enemigo. Como iban alertados, los arcabuceros tenían listas las mechas y en su primera andanada cayeron muchos indios. La primera matanza no contuvo el ánimo de los chotaus que como una marea se avalanzó sobre los castellanos para aplastarlos. Quedaron los primeros ensartados en las picas o heridos por las espadas, pero el empuje era tal que algunos españoles fueron muertos, degollados por el pedernal o abiertas sus cabezas de mortal macanazo.

Protegían a Hernando su paje Sánchez con rodela, el alférez Arias Tinoco y los lenguas Ortiz y Juanillo. Spíndola y la guardia cerraban la defensa en círculo. Antes de llegarse a la puerta principal, bien por la precipitada retirada o por el empuje de los nativos, las líneas castellanas estaban desbaratadas y cada uno peleaba por su vida con la fuerza que tenía en los brazos y la fe en que no era llegada su hora. Así fue que el Gobernador se defendía por libre con espada y daga acuchillando a muchos después de que el morrión le salvara la vida al parar una pedrada que a punto estuvo de dar con él por tierra y le abrió una herida en la ceja.

Con igual denuedo se batían los lenguas y era Juanillo quien incitaba en su propio idioma a los chotaus para que se le vinieran encima y así rajarlos con la larga navaja que le había regalado Ortiz el día que fue cristianado. Arias Tinoco utilizaba la pica del pendón de Castilla como lanza y al poco los castillos y leones bordados en la tela se pintaron de rojo.

Gallegos había dispuesto la primera línea de defensa con los arcabuces y las ballestas en el umbral de la choza y tan bueno tuvieron el tino que contuvieron la primera riada de atacantes ocasionando una pila de muertos y heridos.

Los frailes fueron entonces tan valientes como necios y osaron unirse a los soldados para animarles en la pelea con rezos e invocaciones para que no desfallecieran ante aquel empuje de las fuerzas del Infierno. Y resultó el más bravo fray Dionisio de París, que salió afuera para requerir a los paganos que cesaran en su ira y se postraran ante el crucifijo que levantaba sobre su cabeza. No estaba la hora para catecismos y milagros, de modo que un indio atinó a darle de pleno al fraile que cayó muerto con el cuello atravesado de parte a parte por un afilado venablo de caña.

Mientras se recargaban armas y ballestas los vasallos de Tascaluza se llegaron a pocos pasos de la choza, lo que forzó al retén a salir para combatir a campo abierto, porque más merece dar la vida bajo el sol llevándose consigo al otro mundo a enemigos que perecer cazado como alimaña en su cubil.

Gallegos y los suyos salieron en tropel gritándose unos a otros para infundirse la locura necesaria con la cual desafiar momento tan grave, pero una lluvia de flechas tiró a una docena de ellos por los suelos, los más resultaron heridos y otros dos muertos, que fueron los primos placentinos Sardina y Sarabia, tan unidos siempre que ni siquiera la muerte pudo separarlos. El capitán sevillano tampoco resultó inmune y un dardo le atravesó el hombro. Y aún peor suerte corrió fray Luis de Soto, que arrodillado junto al cadáver de fray Dionisio le administraba la bendición ajeno a la pendencia y en eso estaba cuando una flecha perdida fue a darle en un ojo dejándole tuerto.

Pero de aquellos esforzados que herían o eran muertos, que luchaban por su nueva tierra o defendían la que siempre fue suya, era el portugués Men Rodrigues el que peleaba con más denuedo y pareciera que le escudaba el mismo Cielo porque hacía gran mortandad entre los indios sin recibir rasguño alguno, aun combatiendo en mitad de ellos.

Todo el campamento estaba alterado por el gran griterío que se escuchaba en el interior de Mobila mientras Moscoso pregonaba órdenes para que las tropas se aprestasen al ataque. Entonces se vinieron encima indios a centenares que habían salido por la puerta de poniente encaminándose hacia los cordeles de caballos para dar muerte a las monturas que permanecían ensogadas. Tan rápida resultó su acción que Hernando de Soto perdió casi la mitad de la caballería asaeteada por dardos y venablos. Otros muchos nativos se arrojaron sobre los carromatos de municiones y bastimentos para llevarlos al interior del pueblo.

El primer jinete que se lanzó contra los atacantes en el descampado, con tanta furia como descuido, fue el valeroso Carlos Enríquez, que pronto se vio rodeado de indios que tiraron la cabalgadura al suelo y dieron una espantosa muerte al marido de la encubierta Francisca de Hinestrosa, sobre el que descargaron toda clase de lanzadas y golpes hasta despedazarlo. Tuvo Enríquez como música de réquiem la de los cornetines de órdenes llamando a formación. Con los escuadrones a medio disponer y los infantes preparados, Luis Moscoso dio la orden de ataque, mas Nuño Tovar, inquieto por la suerte que corría Hernando en el interior de Mobila, tomó para sí una partida de diez encabalgados y fue en su socorro sin obedecer las órdenes.

Cerca ya del portón de levante el Gobernador se hallaba en situación muy comprometida. Los vasallos de Tascaluza heridos o muertos se amontonaban a su alrededor con sus cuerpos ensangrentados revueltos con los de los españoles caídos.

Spíndola y otros cuatro escoltas habían sido apartados del grupo principal y tantas eran las heridas que procuraban a los paganos como las que recibían. En su ayuda acudió Men Rodrigues, que seguía infatigable acuchillando indios e inmune a sus macanas y flechas. Tan valiente esfuerzo de nada le sirvió al bachiller Spíndola, que resultó muerto por un largo venablo que le atravesó el cuerpo al entrar por el sobaco que dejaba libre el peto y salir por el otro costado.

Hernando alcanzó la costanilla de salida después de acuchillar con la daga y apuñalar con la espada a los tres nativos que le salieron al paso. Se dio entonces un momento de respiro para contemplar a Moscoso y sus jinetes que habían comenzado a dispersar a los indios por la llanura que rodeaba Mobila. Se sentía extenuado, la culebrilla del cansancio le recorría los brazos y en la boca tenía la sensación que haber tragado una buena ración de arena. Entonces vio llegar a Tovar y sus jinetes que lanza en ristre habían despejado de enemigos la rampa.

Antes que el agua que le ofreció Nuño en una pipa de cuero que colgaba del arzón de la silla, Hernando requirió un caballo para lanzarse al interior de Mobila en ayuda de los hombres de Gallegos confinados en la choza. Ya encabalgado tomó un largo sorbo y pareció que le volvían las fuerzas y la seguridad para terminar aquella batalla que tan mal pintaba para los españoles.

—Nuño —ordenó el Gobernador—, envía un mensajero a Moscoso para que nos sigan treinta jinetes. Y que mantenga firme el campamento hasta la llegada de Vasconcelos. ¡Y todos vosotros conmigo y sin piedad!

Espoleó el caballo y se lanzó contra el portón seguido por la partida de Tovar. Había tal griterío de unos y de otros que el tiro de cañón que avisaba al hidalgo portugués para que acudiera al auxilio sólo fue oído por los artilleros.

Tantos heridos y muertos se amontonaban a la entrada de Mobila que los caballos tenían dificultad para moverse entre ellos y era tal el desconcierto que algunos españoles fueron coceados por los animales, pues tan revueltos reñían nativos y castellanos.

El Gobernador, sin perder atención a los atacantes que se le venían encima dispuestos a descabalgarle, miraba en todas direcciones tratando de dar en vano con Tascaluza.

Los jinetes habían recorrido un buen trecho de la calle principal alanceando y estoqueando enemigos cuando el cielo azul fue rasgado por decenas de centellas humeantes que se clavaron sobre las techumbres que ardieron al instante como grandes piras. Así demostraban los chotaus su coraje de morir hasta el último de ellos y arruinar su ciudad antes que darla a los invasores.

Los incendios removieron un hormiguero humano y más y más indios salieron de las casas en llamas con tanto ardor que aun con las manos desnudas se fueron hacia los jinetes para tratar de desmontarlos y darles muerte en el suelo. Y lo consiguieron con tres de ellos, Juan de Barrutia de Mondragón, el vallisoletano Juan de Cieza y el hidalgo de Herrera de Alcántara Gonzalo Silvestre, el mismo que le vendió el caballo pintado a Hernando y para el que terminaron sus ganancias en las Indias. Los tres se despidieron del mundo despedazados a golpes y mordiscos, pues tanto era el odio y la fiereza que guardaban los chotaus contra los nuevos señores.

Se llevaban dos horas de pelea sin desmayo y las tropas de Moscoso estaban lejos de asegurar el campamento. Centenares de indios se replegaban después de una acometida para hacerse perseguir por jinetes e infantes y volverles entonces la cara para reanudar la contienda procurando de ese modo que las fuerzas castellanas combatieran por separado.

Hostigados de continuo y por todos lados, encabalgados y hombres de a pie luchaban mezclados y sin orden con el único propósito de defender su vida cada cual como podía y le daban sus redaños. Desperdigados por los alrededores de Mobila, los españoles trataban de mantenerse en grupos para mejor resguardarse y rezar cada uno para sí por la pronta llegada de Vasconcelos y sus refuerzos.

La choza donde se dolían de sus heridas Gallegos, fray Luis de Soto y alguno más se prendió con las ascuas que la salpicaron desde el palacio de Tascaluza. Ayudándose unos a otros, cargando los que contaban con algo de vida con aquellos que ya parloteaban con la muerte, salieron a la calle dispuestos a perecer por una flecha antes que arder vivos. Mas la providencia fue misericordiosa con todos ellos y no hallaron nativos aguardándoles sino a los jinetes de Hernando, que tenían despejada de enemigos aquella parte del poblado.

Pero en aquel aciago día todo era un avatar y lo que en un momento parecía una victoria se trocaba al momento en derrota, y los que se creían libres de enemigos al minuto resistían el empuje de guerreros furiosos. Y así fue que apenas había abandonado la choza el último herido, muchos indios se llegaron contra Hernando y los suyos.

El Gobernador se hallaba en una situación enojosa, por su lado venían los más de los indios armados de largas cañas, muy útiles para destripar caballos y hacer caer al jinete que quedaba en el suelo a merced del enemigo. Se preocuparon los españoles de podar aquel bosque puntiagudo de astas que se alzaba ante ellos antes que cercenar pescuezos y, con todo el brío de que eran capaces, descargaban espadazos haciendo astillas de las amenazadoras picas.

Hernando peleaba en medio del grupo encabritando la montura para cocear a los chotaus más osados mientras soltaba mandobles sobre las cañas que tenía más cercanas. Y así más de cinco indios fueron muertos con la cabeza partida o el pecho aplastado. En el arrebato de la contienda las espaldas del Gobernador quedaron sin guarda y así lo vio un nativo que con su pica en alto se fue hacia la grupa de la montura de Hernando. De tal peligro se apercibió Nuño Tovar que, incapaz de hacerse oír por el Gobernador y darle aviso, se abrió paso para guardarle las espaldas y quiso el destino que el largo venablo dirigido al dorso indefenso del conquistador jerezano encontrara en su camino el cuerpo de Nuño, que resultó atravesado por las ingles dando con el caballero en el suelo más muerto que vivo.

En aquel momento llegaron hasta ellos los refuerzos enviados por Moscoso a los que se habían unido los sobrevivientes de

467

la guardia de Spíndola e iban con ellos los lenguas Ortiz y Juanillo, que aun cansados y con heridas sostenían el pulso en la pelea.

Entonces los chotaus se retiraron a otra parte del pueblo, no por temor sino con el propósito de ganar fuerzas para reanudar la contienda. Hernando aprovechó aquel alto en la disputa para descabalgar y atender a su amigo caído. Sostuvo entre sus brazos la cabeza sudorosa de Tovar cuando un pequeño vómito de sangre se escapó de la boca del capitán malherido antes de que balbuciera agonizante:

—Hernando, guárdame en tu memoria como el hermano y fiel Tovar. Nunca estuvo en mi ánimo la traición y la ofensa. Gana esta tierra por mí y cuida siempre de mi amada Leonor ¡Que… Dios me ampare! —Y con un gemido ahogado murió.

Hernando abrazó con fuerza el cuerpo inerme de Nuño y sus ojos se cegaron por un torrente de lágrimas.

—Descansa en paz Nuño, el mejor de los valientes. Nunca hubo alguien más leal que tú y así has pagado con tu vida la defensa de la mía.

Se enjugó las lágrimas y llevándose en el trago de saliva todo el dolor de su corazón colocó sobre el rostro de Tovar su ensangrentada espada a modo de cruz redentora. Luego, para que le escucharan los soldados que le rodeaban, exclamó:

—¡Honor y gloria a Nuño Tovar, el mejor de todos nosotros! —Y depositó con cuidado paternal la cabeza en el suelo besando la frente de su leal amigo.

Mal se las veían las fuerzas de Moscoso tratando de contener las riadas de montaraces que amenazaban con desbaratar uno de sus flancos empujando a hombres y caballos hacia una alberca a poniente de Mobila. Y a buen seguro que los vasallos de Tascaluza habrían alcanzado la victoria si en tan difíciles momentos no hubiera llegado al campo de batalla el primer escuadrón de Vasconcelos al mando de Rodríguez Lobillo.

La venida de los jinetes del hidalgo de Elvas levantó el entusiasmo e infundió nuevas fuerzas entre los españoles y así fue que los grupos que retrocedían reanudaron los ataques con recobrado brío, muchos heridos que aguardaban resignados un destino mortal se incorporaron a la pelea ajenos al dolor y aferrados a una nueva esperanza de seguir con vida. Mas resultó que los refuerzos del portugués resultaron un señuelo para los nativos y muchos chotaus se incorporaron a la lid. Pareciera que brotaban de la tierra engendrados desde el profundo Infierno.

Una humareda espesa y negruzca, amasada con cenizas y pavesas, envolvía Mobila y atragantaba a los españoles reagrupados en torno a Hernando, todos prestos para resistir un ataque que se presumía inmediato.

Aguardaban intranquilos, tratando de conseguir una onza de aire puro que reanimara sus músculos entumecidos, con sus recuerdos perdidos entre los seres queridos y batallas pasadas, mas ninguno de ellos era capaz de recordar el primer hombre al que quitó la vida, porque después de la primera vez, la única que se mira a los ojos de la víctima, en todas las demás los muertos no tienen rostro.

Por entre la niebla ahumada corrió hacia la cabaña en llamas una figura que los pocos que advirtieron su presencia no podían saber si era amigo o contrario. Resultó ser Francisca de Hinestrosa, viuda reciente del capitán Enríquez y tan desdichada que había perdido la razón. Antes de arroparse en el fuego clamó a todos:

—¡El tesoro, Gobernador! ¡Hay que salvar el tesoro!

Y en aquella inmensa hoguera se consumieron las perlas y la azarosa vida de la española indiana. Nada quedaba por hacer en medio de aquel abrasamiento de almas y cosas y De Soto dispuso abandonar Mobila y salir al campo abierto.

Los hombres bajo el mando de Álvaro Nieto, y de ellos eran los más decididos el asturiano Gutierre de Bustillo, el vizcaíno Abadía y Amarilla Sanguijuela, se batían en retirada hacia la empalizada que por entonces era una muralla de troncos ardientes. Ninguno de ellos pudo encabalgar porque encontraron sus monturas alanceadas al poco de comenzar la lucha y así, pie a tierra, todos se desenvolvían como valientes infantes, heridos o magullados. Tras horas de pendencia apenas contaban con fuerzas para resistir el empuje de decenas de chotaus que amenazaban con arrojarles a las maderas candentes que les cerraban el paso. En su auxilio acudió Hernando y los suyos cuando abandonaron Mobila.

Al ver al Gobernador, Nieto sintió que le estallaba el corazón de gozo al comprobar que su amigo seguía vivo y entender que con su socorro acabaría la sucesión de golpes y empellones que recibían por todos los lados. Así ocurrió, porque las arremetidas de los jinetes desbarataron a los intrépidos nativos, pero en la confusión del ataque Bustillo cayó entre las brasas de la empalizada y tanto ardió su cuerpo que vino a morir de las quemaduras al día siguiente.

De entre los que resultaron malparados en aquella acción se encontró el propio Hernando de Soto. Andaba ocupado el Gobernador en dispersar a los indios atacantes cuando uno de ellos atinó con una saeta en una pierna de Hernando, que atravesada por el dardo ensartó al conquistador jerezano en el cuero de la silla. No quiso De Soto apearse o recibir saneamiento porque de hacerlo hubiera terminado para él la batalla y no era momento de cejar en la pelea cuando se sumaban a ella todas las fuerzas de Vasconcelos que llegaban en ayuda. Y fue así que el Gobernador siguió combatiendo hincado a su caballo, con el dolor adormecido por la ira y el ansia de venganza. Casi una hora anduvo aún galopando y ultimando enemigos hasta que la victoria frenó su ímpetu y le ganó un dolor lacerante en la pierna flechada.

Había demasiada sangre de hijos de las Indias y de Castilla desparramada por callejuelas, labrantíos, albercas y empalizadas humeantes cuando los últimos vasallos de Tascaluza huyeron a los bosques próximos tras más de cinco horas de contienda. Setenta y tantos españoles yacían muertos y casi llegaban a trescientos los heridos. Una cincuentena de caballos se pudrirían despanzurrados al sol de la tarde agonizante de un color tan bermejo como el mismo suelo teñido de carmesí.

El aire era un bocado vomitivo adobado con las cenizas del

poblado y atufado por los olores nauseabundos de las vísceras de indios muertos que se contaban a centenares. Los fieros chotaus, cadáveres unos y otros muy malheridos, habrían de tributar un servicio postrero a los españoles porque mucho del sebo de sus entrañas se empleó para restañar las heridas de los hombres del Gobernador, pues ni aceite y ungüentos escaparon al desastre.

De entre los que yacían sin alma en la infernal tierra de Mobila se contaba Men Rodrigues. Cuando el Gobernador reconoció al valiente portugués, un rictus de satisfacción se dibujaba en el rostro inanimado, la espada aún firmemente sujeta y todo su cuerpo sano de heridas. Había reventado por dentro después de tanta lucha y fatiga. Como un reconocido homenaje Hernando acertó a comentar a Rangel, para que así lo dispusiera en sus escritos, que «Men Rodrigues, esforzado hidalgo de la villa de Elvas, murió de ser valiente».

Fue aquel día, de los primeros de noviembre de 1540, el que mudó el semblante y el ánimo de Hernando que, cojo, magullado y doliente, hizo confesión a sus capitanes de que: «Jamás en toda mi vida en las Indias sostuve pelea tan cruel y desigual con sus nativos». Había perdido a varios parientes, a amigos que le resultaban tan queridos como hermanos y un velo como tejido en el infierno cubrió su mente y se conjuró en dar castigo con los peores tormentos de que fuera capaz a Tascaluza y a todos los que le fueran fieles. Luis Moscoso de Alvarado vio por primera vez en los ojos llorosos de su amigo el brillo maléfico del odio y la desesperación. Adivinó que el vientre humeante de Mobila había parido a un nuevo Hernando de Soto.

A aquel infausto día le siguieron otros de desconsuelo y descanso para aliviar heridas y enterrar a los muchos muertos. Y a los días le siguieron las semanas, mas a cada hora Hernando de Soto no daba sosiego a su espíritu para mantener viva la rabia contra Tascaluza y soñar en darle la peor de las muertes.

Aquella ira sobrevenida contagió a la expedición, que decidió seguir al Gobernador hacia las tierras del norte donde había hallado refugio el nativo cobarde que huyó en medio del sacrificio de su pueblo, y todos abandonaron la primera idea de retirarse hacia el mar al encuentro de Francisco Maldonado y sus navíos que a buen seguro ya habrían regresado de la isla de Cuba.

Se avecinaba la Natividad cuando algunos exploradores llevaron el regalo de que el desleal Tascaluza estaba amparado en un poblado llamado Chicaza, habitado por indios del mismo nombre algo emparentados con los chotaus por la lengua y las costumbres. El villorrio debía ubicarse más arriba del cauce del Alabama, cerca del gran río que estaba marcado en los mapas de Guajule. Hernando no lo dudó un instante y hacia allá se encaminó con sus hombres, todos ellos con un único lema grabado en sus mentes y sus armas: ¡Venganza!

La batalla de Chicaza no tuvo la épica, el coraje y el sufrimiento para los combatientes que hubo en Mobila, pero de nuevo los españoles se las vieron con indómitos indígenas dispuestos a morir antes que entregar a su huésped Tascaluza.

En tal ocasión faltaron agasajos, zalamerías y requerimientos cuando los de Castilla tuvieron a la vista la aldea. Los cañones batieron el poblado antes de que la caballería y los infantes terminaran el trabajo de destrucción. En medio de los lloros y lamentos de las viudas y los niños, entre el coro de quejidos de los mutilados a los que se remataba con saña, Álvaro Nieto, el leal guardián del Gobernador, entregó la cabeza de Tascaluza a Hernando de Soto, cuyo corazón se reconfortó al contemplarla expuesta en una pica para deleite de las aves carroñeras.

Todo aquel invierno fue riguroso y cruel para la expedición de Hernando de Soto, que decidió invernar entre los restos de la Chicaza asolada. Todos andaban desalentados por la falta de riqueza y la cantidad de buenos soldados que perdieron la vida en el horrendo lugar de Mobila, grabado en la historia como el infernal paraje donde los héroes encontraron la muerte y los cobardes hubieron de mudar su condición.

A pesar de los malos vientos y la poca comida, la salud del Gobernador mejoró hasta el punto de que nadie que no anduviera avisado sobre los terribles avatares de antaño notaría su leve cojera, huella indeleble de su martirizado trance sobre la cabalgadura en contra de los vasallos de Tascaluza.

Mas su ánimo no encontraba acomodo, su carácter permanecía áspero y el afán de conquista pareció desvanecerse entre el rumiar constante de sus desgracias y las torpezas cometidas durante la expedición. Apenas se aliviaba capitaneando partidas para escarmentar a tribus montaraces que de continuo los hostigaban o buscar huellas del fabuloso imperio que de día en día se escapaba a sus esperanzas.

Tanto era su pesar que quedó como paralizado, incapaz de ordenar a sus hombres escapar a Cuba o adentrarse aún más en las tierras al norte de la Nueva España. Se le antojaba que podía contener el tiempo y dejar la historia en suspenso si él mismo permanecía quieto y ajeno a todo lo que acontecía a su derredor. Llegaba a creerse que nada pasaba porque nada había ocurrido. En lo más profundo esperaba un milagro, pero su fe se diluía casi tan aprisa como su confianza por alcanzar un triunfo, aunque fuese pequeño, que justificase su largo peregrinar por las Indias.

Con la primavera el aire se tornó tibio y agradable y una tornasolada vegetación circundó el real de los castellanos, que recobraron la vida como la propia Naturaleza y su disposición a no sentirse derrotados. El ánimo de los hombres contagió a Hernando, que abandonó su particular clausura de espíritu y decidió reiniciar la campaña hasta llegarse al Gran Río.

Hubo algunas campañas en el camino hacia el norte donde unos pocos españoles perdieron la vida y los demás ganaron penalidades. Anduvieron entre pueblos primitivos que nada sabían de oro y plata, ni de emperadores y grandes ciudades.

Mas ocurrió el 21 de mayo de aquel año de 1541 cuando la historia vino a corresponder a Hernando de Soto.

El ejército había dejado atrás las tierras de un cacique llamado Quiqui, de parecido nombre a aquel caudillo del Inca con el que tan rabiosamente combatió el Gobernador, lo que resultó un buen augurio.

Un rumor apagado se apercibió por detrás de una loma que cerraba el paso a la expedición. Hernando y Luis Moscoso se adelantaron con buen trote hacia el lugar y al llegarse a lo más alto ni reprimieron su asombro ni embridaron el nerviosismo de sus monturas.

El Padre de las Aguas, el río Misisipeg, fluía ante ellos poderoso y estremecedor, con la superficie dorada sobre la que flotaban árboles enteros empujados por la corriente. Más de media legua separaba una orilla de su contraria donde apenas podía distinguirse la silueta de un hombre. Ni en España, ni en Europa toda había cauce tan formidable como aquél.

Al fin se hizo el milagro, Hernando de Soto encontró su tesoro y la posteridad le reconocería como el primer hombre blanco en explorar el Gran Río del nuevo mundo.

Veinte días tardaron los españoles en armar cuatro almadías para cruzar la mayor corriente descubierta en las Indias. Fueron veinte días en los que las chanzas y parabienes se adueñaron del campamento y los entristecidos ojos del Gobernador recobraron el brillo de la esperanza, alentada por los continuos comentarios de maese Francisco, el carpintero genovés, y del cartógrafo Añasco acerca de que tan monumental corriente no podía ser otra cosa sino el canal que comunicaba las dos mares océanas, la Atlántica y la del Sur.

El reto de descubrir la verdad animó a todos y la bonhomía y el buen carácter retornó al espíritu de Hernando. Volvió a ser el mismo De Soto que todos conocían de antaño, férreo con la disciplina y el trabajo, pero condescendiente con la libertad de sus hombres y muy allegado a sus deseos y preocupaciones.

Y ocurrió por entonces que otro español, de nombre Diego Guzmán, natural de Sevilla, encontró su propio tesoro en aquella tierra después de haberlo perdido todo a los naipes, juego al que estaba más apegado que un recién nacido a la teta materna.

Se hallaba la tropa en las tierras de Nachez, cacique honrado y amistoso, con vasallos leales y trabajadores que hermanaron pronto con los españoles, los cuales después de vadear el Gran Río se habían dirigido con dirección norte y oeste. Después de muchas semanas de buen acomodo, el ejército decidió proseguir su ruta en busca de un océano. A la cita de la partida faltó Diego Guzmán. De entre los pecados de la milicia era la deserción el que más disgustaba a Hernando y el que castigaba con mayor severidad. Así fue que mandó en busca del sevillano, al que encontraron laborando los campos de Nachez y matrimoniado con Mochica, una de las hijas del cacique.

Lloroso y atemorizado, Guzmán se presentó ante el Gobernador sabiendo de su inclemencia para los que abandonan el servicio, pero le habló con la franqueza de quien tiene el corazón enamorado y una decisión tenida en firme.

—Señoría —dijo con serenidad—, vine en busca de fortuna como todos nosotros y lo poco que tenía lo perdí en el juego, un vicio que supuse que me acompañaría hasta el tumba. No ha sido así gracias a estas gentes indias. Ni oro ni plata voy a tener en esta tierra, lo sé, sino una nueva vida con mi amada Mochica, y es mi deseo quedarme en esta mi nueva patria. Lo he decidido libremente y desearía que todos nos quedáramos como colonos. ¡Basta de correrías sin cuento! Hernando, reconoce que este suelo es el verdadero tesoro que buscábamos. Hagamos de esta tierra una nueva España para todos nosotros.

Quedó pensativo el Gobernador y con una sonrisa le respondió:

—Sea tu voluntad, Guzmán. Hacer hijos cristianos en esta tierra y traer los usos de Castilla se me hace que ha de ser un buen servicio al Rey. Vete con tu india y goza de su amor, que bien comprendo lo que es el amor por las mujeres de esta tierra.

Un estallido en la memoria del Gobernador le llevó al lejano Cusco y un sentimiento de culpa le envolvió al pensar en Isabel, la solitaria gobernanta en San Cristóbal de La Habana.

—Quédate si es ésta tu decisión —añadió paternalmente el Gobernador—, pero la mía es la de continuar la empresa y alcanzar la gloria del descubrimiento. Se lo debo a todos mis hombres, a los que resisten y a los que murieron en el empeño. A todos les prometí que no regresaríamos con las manos vacías.

Un nuevo invierno aplomó las tierras de Autianque, donde invernaba Hernando, y resultó tan gélido y oscuro como el futuro de Hernando, sin oro e imperio sometido. Las tropas, dispersas en infructuosas expediciones menores por las riberas del llamado río Arcansas, retornaban de sus partidas derrotadas y abatidas, otras desaparecieron víctimas de emboscadas o devoradas por el frío. El tiempo y las noticias dieron a entender al jerezano que el Padre de las Aguas era un gran río, pero tan sólo eso; el cauce Misisipeg no llevaba al encuentro de los océanos.

Fue aquél un invierno que vació los estómagos y heló los huesos. Hervían en las ollas sapos y alimañas, cuando mejor se daba, o los correajes de los arneses que eran roídos una y otra vez para mal de los dientes y engaño del hambre.

Aquellos que no se emponzoñaban la sangre eran los primeros en morir de debilidad señalando el camino que a no tardar seguirían los envenenados. Tal contingencia hizo que más de un cristiano se mudase en caribe y no le hizo ascos a comer de la carne del compañero fallecido. El victorioso ejército de antaño había mudado en grupos espectrales de muertos en vida por la desesperación y el fracaso.

Así fue que el capitán Lobillo, enflaquecido, macilento y atacado de fiebres, pudo regresar de una infeliz batida al cuartel general del Gobernador con muy pocos de sus peones. Y entre ellos no iba el leal Juan Ortiz, cuyo pellejo, porque carne apenas tenía, quedó sepultado en esas tierras víctima de la hambruna y el frío.

El día que recibió las nuevas de que su fiel Ortiz había muerto, el Gobernador enfebreció de repente. Sus más íntimos pensaron que la melancolía y la rabia se habían apoderado de su alma y, por primera vez, la palabra derrota encontraba acomodo en él. En medio de los delirios, De Soto pensó mucho en las palabras del enamorado Guzmán meses atrás, que ya por entonces debía tener descendencia mestiza: «Coloniza Hernando, coloniza y reposa». Mas sabía que carecía de fuerza y aún de estímulos para llevar a cabo esa obra. Era demasiado tarde, incluso para él. Su fiebre no remitió y su pierna herida recobró un continuo dolor.

Las tropas exangües, cansadas y con la derrota a cuestas, retornaron al Gran Río para cruzarlo de nuevo y aprestarse a volver a Cuba rendidas y con las bolsas vacías.

El descanso en el poblado de Guachoya, con indios de incierta amistad pero obsequiosos, devino en un hospital de heridos, un pobre alojamiento para hambrientos y maldicientes. Las fiebres de Hernando nunca remitieron porque no provenían del espíritu como creían sus leales, sino de unas negras calenturas que sólo sanaban con el canto del Miserere.

El sol volvió a calentar los campos durante todo el mes de mayo, mientras Hernando permanecía siempre encamado, con su cuerpo a merced de una muerte que se le acercaba sin impedimento alguno, y estaba más tiempo sin conciencia que con la mente despierta. Y fue en uno de esos raros momentos de lucidez cuando el Gobernador dictó su testamento, con los últimos recuerdos y dones para su esposa Isabel y sus dos hijas, María y Leonor. Repartió lo poco que le quedaba entre sus hombres, fieles hasta el final, y otorgó el mando al viejo amigo Luis Moscoso de Alvarado.

Un extraño silencio sagrado rodeaba el poblado de Guachoya en la amanecida de aquel día, uno de los primeros de junio de 1542, cuando todos los sobrevivientes de la jornada a la Florida lloraron sin comedimiento y con hombría. Hernando de Soto había muerto en las Indias.

XVIII

Los maestros de Barcarrota

La algarabía en el umbral de la casa llegó al somnoliento Hernando como un eco confuso que ponía fin a la pesadilla que le estuvo rondando durante toda la noche arremolinando en su cabeza un aquelarre con infernales escenas de tormentos a manos de los verdugos de la Inquisición. Entreabrió un ojo y apenas percibió el primer albor del día decidió dormir en calma otro trecho. Se disponía arrebujarse entre las sábanas cuando unos golpes en la puerta de la alcoba le devolvieron a la conciencia.

—¡Hernando, Hernando! —llamaba con voz queda el ama Elvira desde el otro lado—. Despierta, mi prenda, y sal corriendo de aquí. Tu abuelo te envía el recado de que te escondas en la majada del sur hasta que él te avise.

Con el jubón a medio vestir y restregándose los ojos, el joven abrió la portezuela para descubrir a la anciana con el rostro desencajado por el llanto, que de un empellón llevó a Hernando al centro de la alcoba, cerrando la puerta tras ella y pidiendo silencio al sorprendido joven.

—Pero ¿puede saberse qué pasa? ¿Os habéis vuelto locos a estas horas de la mañana?

—Vamos, apúrate, mi prenda, tu abuelo y los criados tratan de contener a los alguaciles que traen ánimo de prenderte. Huye al aprisco de la sierra y no te dejes ver hasta que te avisemos. Toma este hatillo con una hogaza y queso y en cuanto pueda te llevaré algo más. —Con la misma ternura de siempre le acarició los cabellos y el rostro como lo hacía desde que le tuvo en sus brazos al poco de nacer y de eso hacía más de catorce años.

—¿Qué diantres quieren ésos? Creo que todo quedó en orden con mis explicaciones y las del abuelo al comisario inquisidor don Juan Molina por lo ocurrido con men de la Herrería —dijo con sorpresa Hernando mientras depositaba el hatillo en la cama.

—Eso creíamos todos, pero algún demonio se les ha metido en el cuerpo durante la noche y esa gente está dispuesta a cometer contigo, mi niño, cualquier perrería. Pero ni yo ni tu abuelo vamos a consentirlo. Están como verracos y no escuchan consejos ni reparos, asín que es mejor que te escondas hasta que amaine el aguacero.

—Llamad al caballero don Rodrigo Martín Castro. Fue testigo de cuanto aconteció ayer y puede dar justas razones de lo que ocurrió y de mi proceder.

—Tu abuelo hará lo que considere mejor, pero ahora vete ya y procura que nadie te vea.

El ama esperó a que se calzara y después de alisarle el jubón, como hacía siempre que salía de casa, le besó con fuerza la mejilla.

Siempre fue para todos ama Elvira, a nadie le preocupó, ni siquiera a ella misma, saber de sus apellidos, desde que siendo muy niña entró al servicio de los Méndez de Soto. Había cuidado del ahora abuelo Manuel cuando ambos correteaban por la casona de Jerez de los Caballeros siendo chiquillos; asistió como comadrona al nacimiento del hijo Francisco Méndez de Soto y lloró de alegría hasta secar sus ojos durante los esponsales de Francisco con doña Leonor Gutiérrez Tinoco. Recién paridos tuvo en sus brazos a Juan, el heredero de la hidalguía, a Hernando, luego a Catalina, a Pedro y a María, los cinco vástagos de Francisco y Leonor.

Pero de entre todos ellos, su amor se decantaba sin disimulo por Hernando, una predilección que compartía con el abuelo don Manuel. Juan, el mayor, era llamado a detentar la hidalguía familiar, y recibía una educación adecuada para tan holgado oficio, que viene a resultar una insípida sopa de mediano escribano, peor administrador e indolente vividor presto a matrimoniar con cualquier moza de escaso apellido y mucha dote. Catalina y María se guardaban para casorios ventajosos y quedaba para Hernando y Pedro un futuro que sólo a ellos pertenecía.

Hernando tenía el alma inquieta y una generosidad señalada desde niño, siempre recibía de buen grado la última ansiada pieza de fruta cuando la había o, si venían mal dadas en la frugal casa hidalga de los Méndez de Soto en Jerez, era Hernando el que cedía voluntariamente su ración. Tales maneras avivaron en el ama Elvira un cariño igual al que suponía que debía tener por el hijo que nunca engendró.

Don Manuel descubrió en su segundo nieto cualidades que quiso agrandar. Aun sin aprendizaje adecuado montaba a caballo a los ocho años con más destreza que buenos mozos mayores que él. Era su juego favorito esgrimir las viejas espadas que se repartían en las panoplias que decoraban el salón de la casa y siempre capitaneaba un ejército de mozalbetes que guerreaban bajo sus órdenes frente a invisibles huestes de la morisma por entre los canchales y a los pies de la fortaleza jerezana que erigieron mucho tiempo atrás los herméticos caballeros del Templo.

En las noches que acertaba a pasar por la casa paterna en Jerez algún aventurero avisado en las pasadas guerras contra el moro de Granada o en las exploraciones del Almirante Colón a las Indias, Hernando permanecía embelesado escuchando aquellos cuentos que atizaban su imaginación y prendían en él la resolución de conseguir un día que su nombre y sus hazañas resonaran por los caminos, los mesones y los hogares de España.

Por todo ello, don Manuel Méndez de Soto creía ver en Hernando al depositario de nuevas proezas que harían palidecer las que obraron sus antepasados Méndez Sorred, en Burgos, como capitán del rey de León don Alfonso IV y el muy afamado Pedro Ruiz de Soto, caballero de Santiago, que tan bien sirvió al rey Fernando III llevando a los hombres que capitaneaba a la conquista de Sevilla dos siglos atrás.

¿Habría de ser Hernando el que elevara a la familia De Soto al panteón de los héroes inmortales de los reinos de España? El sexagenario abuelo no albergaba ninguna duda de que sería de tal modo a medida que veía crecer a su nieto y madurar en él la vocación por las armas. Por ello no perdía ocasión de tenerlo junto a él por largas temporadas en Barcarrota, donde poseía casa y bienes.

Mas había una voz y muy importante en la familia que tenía otros planes para Hernando. A sabiendas de las cualidades de bonhomía y listeza de su segundo hijo, doña Leonor, piadosa pero de espíritu tolerante, pensó en dedicarlo a la Iglesia y pagar de ese modo a la providencia por lo bien que la había asistido con un matrimonio feliz y cinco hijos que crecían sanos, sin malformaciones o hábitos inmorales.

Don Francisco, el padre, no se oponía a la idea y confiaba en que el sagaz muchacho llegara a hacer carrera en el clero, lo que sin duda sería una ayuda de gran estima para la familia. Se decidió entonces que Hernando ingresara en el seminario cuando hubiera cumplido los diez años, hasta entonces doña Leonor se encargaría de fomentar en Hernando el apego por las misas, las novenas y los rosarios en la iglesia de San Miguel y unas clases diarias de latín encomendadas al párroco a cambio de un plato fijo en la mesa.

Hernando dejaba hacer y muy obediente guardaba un gran respeto junto a su madre durante los oficios diarios, que escuchaban siempre en los sitiales familiares ubicados en la capilla de la Virgen del Rosario, entregado a la lectura de la historia sagrada. Doña Leonor sentía regocijo al ver al muchacho tan recogido y atento, satisfecha por considerar que iba por la buena senda en el camino clerical que ella había decidido. De lo que no se apercibía doña Leonor es que las miradas de Hernando iban una y otra vez a los mismos versículos que relataban las hazañas de Josué, las añagazas guerreras del rey David, las disposiciones de mando de Salomón y las acciones heroicas de los Macabeos. El zagal tenía el libro sagrado por manual de guerra más que por catecismo de santidad.

Los planes de doña Leonor para el segundo de sus hijos no contaban con la licencia de don Manuel y menos con la de ama

Elvira, la cual soñaba sostener entre sus brazos al primer vástago de Hernando como si se tratara de su propio nieto.

El abuelo dejaba oír su voz a la menor ocasión que se presentaba y sentó sus prerrogativas patriarcales para defender las cualidades del muchacho, más aptas, según él, para emprender grandes hazañas que para quedar enmohecidas entre las lúgubres paredes de seminarios, rancios olores de sacristía o perderse en una vida regalada merced a la bolsa de cualquier noble que compraba de ese modo el perdón de sus muchos pecados y traiciones.

Hubo mucha discusión entre la tozudez de doña Leonor y la firme decisión de don Manuel, en la que medió cierto día don Francisco.

—Esta querella no puede seguir por más tiempo —dijo el padre de Hernando al final de la disputa, que se prolongaba durante horas en el comedor de la casona de Jerez, como sucedía siempre que el abuelo y doña Leonor se encontraban—. Si nuestro hijo va a ser llamado como servidor de Nuestro Señor, dejemos que sea el propio Dios quien lo decida. Bien me gustaría tener un prelado en la familia, porque es buena la Iglesia para la ayuda ya sea espiritual o material. Mas nada me desagradaría tanto que andar de boca en boca en las tabernas por el comportamiento rijoso y usurero de un hijo mío que llevara la sotana o los hábitos como escudo para cometer tropelías. Dejemos que el tiempo y el propio Hernando descubran su vocación.

—La vida es larga y Dios es eterno —terció el abuelo—, no hay por qué precipitarse en llevar a Hernando al seminario. Procuremos que el muchacho madure, se eduque y crezca como buen cristiano, pero nunca ajeno a otras cosas del mundo. A partir de ahora su crianza y manutención corren de mi cuenta y conmigo vivirá en Barcarrota, sin no tenéis reparo en ello.

Doña Leonor sintió una punzada en el corazón y buscó consuelo en la mirada de su esposo, mas don Francisco apreciaba que un gasto menos en las menguadas arcas de la casa venía en beneficio de todos y no dudaba que la disciplina y el buen tino de su padre ayudaría a hacer de Hernando un hombre de gran utilidad ya fuera para el Iglesia o para los asuntos de la república.

—No veo inconveniente en que se haga de esa forma —respondió con presteza don Francisco.

—Pero… Francisco —balbuceó doña Leonor.

—No habéis de preocuparos por nada, señora —dijo risueño don Manuel a su nuera—, os prometo que Hernando cumplirá fielmente sus deberes cristianos, será bien atendido y aprenderá por igual de legos y clérigos. A vuestro niño de hoy os lo devolveré convertido en un hombre capaz de elegir con libertad y conciencia su destino.

Un largo sollozo de doña Leonor zanjó la cuestión, mientras don Manuel sellaba el acuerdo con un gran abrazo a su hijo, don Francisco. Ninguno de los tres reparó en las palmas de entusiasmo que al otro lado de la puerta batió el ama Elvira, que había escuchado cada una de las palabras y razones que se habían dado. Sin perder un instante se dirigió al patio donde se entretenían los cinco hermanos entre cháchara y juegos en los escaños de piedra que rodeaban a una centenaria encina. La vieja ama se precipitó sobre Hernando y le estrujó contra ella llenando su cara de besos.

—Te vienes con nosotros, mi prenda —dijo temblando de emoción—. Desde ahora vas a vivir en Barcarrota con tu abuelo y conmigo. ¡Dios Santo, hoy es el día más feliz de mi vida! Ahora serás todo para mí, mi niño. Yo te cuidaré siempre, siempre.

Catalina y María siguieron atentas a sus títeres de trapo, Juan, más despabilado, se sintió reconfortado por acaparar desde ese momento los mejores cuidados de su madre y Pedro, aún tan pequeño, barruntó que nada bueno traía aquel trajín que se llevaría de su lado a Hernando, por el que sentía veneración.

Para el segundo de los hijos de don Francisco Méndez de Soto todo aquello resultaba un torbellino de conflictos. Se sentía feliz al estar junto a su abuelo por el que tenía un amor y respeto sin límites, por volver a Barcarrota, el lugar de sus juegos guerreros en verano, durante las fiestas de Reyes en la Natividad y las alegres ferias de primavera con la llegada de gentes

483

extrañas, buhoneros y saltimbanquis que llenaban de fascinación a la chiquillada.

Ahora tendría para sí y todo el tiempo a la yegua y los dos caballos de la cuadra, sería el dueño de todo aquello, el centro de los miramientos del ama y los criados. Mas cuánta desazón también por dejar a su padre, a sus hermanos y, de modo especial, al pequeño Pedro. Y a su madre, la mujer que siempre disculpaba sus travesuras y fantasías, que jamás le negó una caricia. Un remordimiento le arañaba el corazón y consideraba una suerte de traición a doña Leonor no haber elegido al momento llevar la tonsura como ella deseaba y negarse a partir con su abuelo.

El trance de sentimientos en contrario terminó en vísperas del viaje hacia la nueva vida de Barcarrota, cuando llegó a la casa jerezana un pariente de doña Leonor, regresado de las Indias donde había servido a las órdenes de Vasco Núñez de Balboa, también emparentado con todos ellos, hijo notable de Jerez de los Caballeros, devenido en héroe de aquellas extrañas tierras que Nuestro Señor había dispuesto que fueran del señorío de Castilla.

El visitante no ahorró detalles sobre hechos de la conquista, los extraños seres que habitan aquellas tierras paganas, parajes con enormes selvas, ríos que más parecen mares, montañas como no hay en ningún reino de la cristiandad y del oro y la plata que abundan allí como el trigo a la espera de la cosecha. Hasta ruborizó a doña Leonor con detalles de los amores del propio Balboa con una india y de qué modo son tan distintas las hembras de aquellos parajes a las mujeres de España.

Si quedaba alguna reserva en Hernando sobre cuál habría de ser su devenir, todo lo que contó el aventurero resultó una iluminación que libró su mente de nubarrones de confusión soleando el único camino a seguir, el que habría de llevarle por trochas y senderos desconocidos. Era su propósito conquistar la más inextricable selva antes que predicar desde el mejor púlpito de la mayor catedral.

Hernando abandonó la alcoba y salió al corredor al que se abrían todos los dormitorios de la casa por encima de las caballerizas, agazapado detrás de ama Elvira. Abajo, en el umbral que se abría al amplio patio, sembrado de naranjos y cerezos, don Manuel y los criados Nicolás y Anselmo impedían el paso a los dos alguaciles que requerían la presencia inmediata del joven. Entre empellones y amenazas de echar la mano al pomo de las espadas el abuelo insistía que nadie entraría en su casa y él entregaba su palabra de acudir con su nieto al tribunal inquisidor por propia voluntad y sin escolta que hiciera parecerlos como vulgares malhechores.

Hernando se deslizó por la pared oculto tras el amplio ropón del ama Elvira, que le tapaba de la vista de los alguaciles santahermanderos, hasta saltar al corralón trasero donde se alineaban jaulas para conejos, un gallinero repleto y dos cochiqueras abarrotadas de lechones y marranos bien cebados. El muro de piedra resultó obstáculo menor y ya fuera de la mansión comenzó una carrera de más de dos leguas hacia la sierra de Salvatierra, en busca de la majada que guardaba el leal mozo Gonzalo Vázquez, pastor de las tres docenas de ovejas y cabras propiedad de don Manuel Méndez de Soto.

Vázquez, que terminaría pastoreando hombres por las tierras de la Florida, sobreviviente del horror de Mobila y al propio Hernando, era muy despierto y de una edad cercana a la del nieto de don Manuel.

De las raras visitas que recibía en sus predios era la de Hernando la que más gustaba. El nieto del amo se llegaba casi siempre a lomos de una de las monturas de la casa y en compañía de un mozo divertido y amante de contar historias de muchachas licenciosas y caballeros saltacamas, al que se llamaba Tarabilla, aunque tenía por nombre Nuño Tovar. El pastor se entretenía con los juegos guerreros de los muchachos y en cierta ocasión hasta ofició de médico para coserle al mencionado Tovar una gruesa brecha en la coronilla que le había ocasionado Hernando de un contundente estacazo.

Con toda su soledad para fantasear, el pastor recibía del nieto de don Manuel una buena ración para avivar sus sueños cada vez que se caía por allí y relataba al zagal los cuentos escuchados a aventureros y los extraños mundos allende de España descritos en los pocos libros que reposaban en la alcoba de don Manuel y que aliviaban las tediosas horas de siesta del muchacho.

Cuando el pastor vio llegar a Hernando sudoroso y jadeante supo que la cosa, por inusual, no pintaba bien. Puesto al corriente de lo que había acaecido el día anterior, Gonzalo Vázquez se juramentó que nadie sabría del paradero del nieto de don Manuel y defendería su libertad a bastonazos si fuera el caso o azuzando a los perros contra todo aquel que osara ir contra su amigo y joven amo.

Aquella primera noche en la majada fue de intranquilidad, que no alivió la apetitosa caldereta de cabritillo que tuvo a bien aderezar Gonzalo. Cada ladrido de los perros le sobresaltaba y aguardaba temeroso la aparición de los alguaciles por el desbaratado portón del chozo.

En los días siguientes el sosiego retornó al alma de Hernando, porque la falta de nuevas de lo que acontecía en Barcarrota le confiaba en que el asunto tomaba el camino del olvido. Pasaba las horas del día en compañía de sus recuerdos mientras Gonzalo pastoreaba los rebaños por las laderas cercanas. Una y otra vez se sometía a su propio juicio acerca de su proceder en defensa de Miguel de la Herrería, judío que se decía converso, hombre culto y bondadoso que tuvo a bien servirle de maestro de manera desinteresada. Y una y otra vez se sentenciaba del todo inocente.

Don Manuel Méndez de Soto siempre fue hombre de palabra aunque la cumpliera a veces a su particular manera. No faltó a ella en la promesa dada a doña Leonor de una crianza cristiana para Hernando, pero dedicó sus mejores afanes para que el muchacho tuviese una educación militar, puesto que era ese y no otro el destino que tenía fijado para su nieto.

No había transcurrido una semana desde la llegada a Barcarrota cuando vino a la casa don Rodrigo Martín Castro, caballero de la Orden de Calatrava, que tuvo a bien encargarse del mejor adoctrinamiento del muchacho en la equitación y la esgrima.

Martín Castro estaba en deuda con don Manuel desde que ambos anduvieron guerreando contra los moros más allá de las tierras de Sevilla, de eso hacía más de cuatro lustros. En cierta ocasión, el abuelo le salvó la vida arremetiendo contra una partida de arqueros infieles dispuestos a agujerear al caballero de Calatrava y desde entonces don Rodrigo se sintió deudor de por vida.

El caballero era corpulento, de cabeza leonina con rizados cabellos canos, de mirada dura y hablar pausado, con brazo firme pese a sus muchos años, incansable en el trabajo, inflexible en sus lecciones, pero comprensivo con los errores de Hernando y orgulloso de sus progresos. Desde el primer instante despertó en el muchacho una admiración que fue creciendo como la lealtad que debe un alumno disciplinado al maestro generoso y eficaz.

Hernando aprendía además del arte de la espada y la cabalgadura acerca de asuntos de la propia vida que son difíciles de contar entre padres e hijos. El caballero apuraba la impaciencia del muchacho, de algo más de diez años, con largas peroratas sobre filosofía, geografía y cosas de la política. Hasta las explicaciones de los asuntos de Dios le eran más gratos escucharlos por boca de don Rodrigo que de uno de los curas empleados por el abuelo para que le enseñaran de latines y teologías.

«Si alguna vez llegas a mandar sobre los hombres debes hacerlo como si las órdenes las recibieras tú mismo y estás obligado a acatarlas sin cuestionamiento alguno», le dijo el abuelo el mismo día que le presentó a su tutor. Hernando recordaría siempre la primera lección de don Rodrigo cuando le desarmó en la primera acometida con la espada.

—Nunca quedes a merced del enemigo como un cordero indefenso —le dijo el de Calatrava mientras le devolvía la espada caída al suelo—, y lleva siempre contigo un arma que sorprenda a tu rival, sea una daga o la plática con él. Como en la vida, mi joven Hernando, ten la iniciativa y al emprender un camino asegúrate de que hay otro por el que puedes emprender la retirada. Todos los problemas tienen al menos dos soluciones y mi empresa consiste en que sepas elegir la mejor. Ahora ¿qué me dices?

—Que las lecciones se toman en serio desde el primer día. Ahora, maestro, volvamos al combate porque ya estoy prevenido —contestó enérgico Hernando, lo que provocó en el tutor un contenido arrebato de orgullo.

Muy pronto aprendió Hernando de sus errores e hizo de la disciplina su mejor aliado. Al año no había en los contornos mejor jinete y cada semana que pasaba le causaba a don Rodrigo más penalidades rendir con la espada a su despierto alumno.

Terminadas las lecciones, el nieto de don Manuel Méndez de Soto organizaba su propio ejército de zagales a los que comandaba montado en la recia yegua y con Tarabilla como su lugarteniente, que se encabalgaba a una mula o un asno, según las ocasiones, las más de las veces prestados y otras distraídos durante unas horas a algún confiado labrador. Todos ellos guerreaban hasta que los vencía la oscuridad de la noche en torno a los dólmenes milenarios haciendo de ellos inexpugnables alcázares de la morisma que habrían de ser rendidos. Las ancestrales piedras que conocían los vecinos de Barcarrota desde tiempo inmemorial como *Tajeño* o *Milano* se convertían por voluntad de la muchachada en la fortaleza de Granada o la Valencia que ganó El Cid. Otras veces, los alcornocales, el pedregal y las albercas se tornaban en las grandes selvas, las cascadas y los mares de Las Indias que se sometían a aquellos jóvenes aprendices de aventureros.

Cercano ya a la edad de los trece años, Hernando era un infante cumplido, hábil esgrimidor y mejor caballista. Apto para defender su vida a pie había llegado el momento de aprender a guerrear desde la montura y conocer el uso de la lanza.

—La pica es una prolongación de tu brazo —le dijo don Rodrigo— y llega hasta donde tu ojo lo desee. Lleva el caballo a la voz, fija la mirada allá donde quieras asestar el golpe y ten la mano firme. Clava el asta, pero no la hundas y si son varios los enemigos procura rajarlos y no ensartarlos, lo que podría detener la carrera y dar contigo por los suelos.

Resultó que Hernando aprendió pronto y aun de mejor manera esta forma de combatir que las otras, sintiéndose más cómodo y seguro en el combate desde el caballo que peleando pie a tierra. Tiempo tuvo de demostrar sus habilidades y colmar los deseos de su abuelo al resultar campeón de cuantas justas y torneos se celebraban por ferias en Barcarrota, en la honra a San Juan y en los días dedicados al apóstol Santiago y a las vírgenes que se veneraban en la región, siendo la primera aquella propia del lugar, llamada del Soterraño, a la que se encomendaban sus hijos en el mes de septiembre.

Tanta fama logró el joven De Soto que los vecinos de Barcarrota lo tomaron como uno de ellos y se corrió entre las comadres que el muchacho tenía ese temperamento porque de verdad había nacido en esa villa, durante una estancia de doña Leonor en la casa de su suegro para aliviar su avanzada preñez, aunque el niño fuera llevado a Jerez de los Caballeros para su bautismo.

Ocurrió en una apacible tarde del mes de abril de 1513, cuando tras una ardua contienda a espada, el caballero de Calatrava quedó desarmado por vez primera y la punta de la *rapiera* de Hernando le acarició su garganta.

—¿Qué solución propone, maestro? —dijo ufano Hernando.

—La rendición y petición de clemencia —contestó con una sonrisa don Rodrigo.

—Hay otra. Reanudemos la lid y veamos si he tenido acierto por azar o el discípulo ya cumplió su bachiller.

El muchacho bajó el arma y entregó la rendida a su tutor que no hizo intención de sostenerla.

—Es suficiente, Hernando. A partir de ahora solamente tu voluntad decidirá si has alcanzado de verdad la maestría y eso ocurrirá cuando pongas en juego tu vida. Recuerda entonces todo cuanto has aprendido, ten la mente clara, doma los nervios y convéncete de que lo que debes acometer puedes llevarlo a buen fin. Hiere primero con la mirada a tu rival, porque sus ojos hablarán del grado de cobardía que lleva adentro, y después, decidida la riña, asesta el primer golpe y no te detengas.

—Maestro, ¿quiere eso decir que han terminado las lecciones? ¿Que no volveremos a encontrarnos?

—Por lo que a mí atañe te has licenciado con toda maestría y pocos soldados de nuestra Reina podrían servirla con mejor disposición y disciplina. Ahora bien, es potestad del buen soldado no olvidar lo aprendido y eso se consigue con el ejercicio diario. Mas es el deseo de tu abuelo y el mío que entiendas de otras cosas tan importantes para la milicia como el buen uso de las armas y la caballería.

—¿Qué otra cosa debe saber el soldado si no es la buena aplicación de la espada y contener su miedo durante la batalla?

—No todo aquel que empuña una espada tiene el ánimo presto para el mando y enviar a otros hombres a la muerte, a menos que haya alcanzado tal grado de sabiduría que sean tan firmes sus credos como para no titubear en el momento de dar tal orden suprema: la de tener en sus manos las vidas ajenas que tan sólo a Dios pertenecen. Esa sabiduría, Hernando, no la hallarás por mucho que cabalgues, porque no se halla en los aceros sino en los libros y los consejos de hombres sabios cuya amistad siempre has de procurar. De esa manera descubrirás lo que se oculta tras las palabras mentirosas de los hombres y dónde está la verdad que esconden las piedras de templos y palacios. Debes conocer la historia, porque ella nos enseña nuestros errores pasados y nos muestra el camino futuro.

—Maestro, sé muchas cosas de la geografía y la historia, que vos mismo me habéis enseñado, y siempre he sido atento con los latines y la teología que me recitan los párrocos empleados por mi abuelo.

—No te hablo de aprender relaciones del pasado y saber dónde están las montañas y los ríos, sino de entender sobre el alma humana, qué hace distintos a los hombres, por qué tienen diversos dioses y rezan tan variado, cómo empieza una guerra y qué se pretende con ella, qué hace a unos hombres ambiciosos y a otros generosos, por qué los hay traidores y otros son leales. Y así ocurre con todos, desde los reyes hasta el último infeliz, desde prelados hasta blasfemos carreteros. ¿Cómo distinguir entre un noble que se tapa con sedas para cubrir su felonía y un mísero pordiosero a cuya lealtad le puedes confiar la vida? En eso consiste la sabiduría. Debes entender que tus ojos y las conveniencias casi siempre ciegan la verdad. Ahora debes conocer a alguien que despertará tu mente a las trampas de los hombres y la abrirá a la maravillosa variedad de la Creación.

Excitado por el secreto Hernando acompañó a don Rodrigo en silencio por las calles de Barcarrota hasta llegarse al portalón que daba paso a la calle Toledillo, la entrada a la judería del lugar. Apenas encontraron transeúntes entre las viviendas, las más de ellas abandonadas por sus antiguos moradores que eligieron el destierro antes que renunciar a su fe. El caballero se apercibió de cierto desasosiego en el muchacho.

—Calma, Hernando —dijo apoyando la mano en el hombro del joven—. Como ves no hay nada infernal en estas gentes y estas calles. ¡Ah! Ya hemos llegado.

Se hallaban a mitad de la calle Jurumeña, frente a un caserón perfectamente encalado, con las ventanas enrejadas, su recio y amplio portón estaba cerrado y lo coronaba una pieza de granito donde se había tallado el candelabro de los siete brazos de Israel, el *menorá* que representa la luz divina que guía al pueblo elegido.

Don Rodrigo golpeó con decisión la aldaba de bronce y el sonido pareció retumbar a lo largo de la calle. De manera instintiva Hernando ocultó su rostro al pensar que detrás de las entreabiertas ventanas decenas de ojos eran testigos de su pecado. Una grave falta para un hijo de hidalgos, de acreditada pureza de sangre, educado en los verdaderos valores de la Iglesia de Cristo, que andaba mezclado con judíos, aunque se dijeran convertidos por el bautismo, gente proscrita por la reina Isabel que buenas razones tendría para tomar tal decisión. El azoramiento del muchacho provocó una sonrisa en don Rodrigo que le golpeó cariñosamente la espalda.

—Sosiégate Hernando. Todo está en orden y si estamos aquí, es por voluntad de tu abuelo, don Manuel.

—¿Mi abuelo? —contestó con extrañeza el muchacho—. ¿Mi abuelo tiene trato con judíos? ¿No será una chanza de las vuestras, don Rodrigo?

—Ja, ja. Claro que no. Ten un poco de paciencia y todo se te aclarará.

El portón comenzó a abrirse con lentitud, acompasado por el chirriar de unos goznes con menos grasa que saliva quedaba en la garganta del perturbado Hernando. El rostro de una anciana asomó por el resquicio para demandar de qué se trataba. La mujer llevaba una oscura toca al modo que visten las hebreas, dejando libre su rostro desde las cejas al mentón, ocultando sus cabellos y orejas. Su pálida tez demostraba que pocas veces o nunca abandonaba aquellas paredes.

—Nos aguarda maese de la Herrería —dijo don Rodrigo con cortesía—. Somos el caballero Martín Castro y el nieto de don Manuel Méndez de Soto.

La anciana se inclinó en lo que pareció una reverencia y franqueó el paso a los visitantes. La sobriedad de la fachada de la casona disimulaba la abundancia y riqueza que había en el interior. El fresco patio adonde se llegaron caballero y discípulo estaba adornado con azulejos sevillanos, tan pulidos y limpios que parecían brillar con la tamizada luz que les llegaba desde lo alto. Varias mesas de hierro bien forjado emergían en medio de una cuidada vegetación de plantas y flores sembradas en grandes tiestos y jarrones de la mejor cerámica de Talavera. A lo largo del atrio que delimitaba el patio se alineaban escaños de roble con respaldos finamente tallados y los brazos taraceados con un exquisito damasquinado. La estancia donde los aguardaba el misterioso maese aumentó la sorpresa de Hernando.

El aposento al que entraron no envidiaba a las antesalas de un palacio real. Grandes cortinas de raso carmesí ocultaban los ventanales desde donde llegaban unos exangües rayos del último sol del atardecer, baldosas de terracota bien encerada enlosaban el piso, en su mayor parte recubierto de mullidas alfombras de lana, finamente tejidas con estampas de la vida de Abraham, el padre de todos los semitas.

Sobre una amplia mesa de cedro reposaba una bandeja de oro con varias copas de refulgente plata junto a una botella de fino y tallado cristal que contenía lo que parecía un vino de intenso color rojo. Un par de candelabros de plata encendidos daban a la sombría sala un aspecto espectral que difuminaba los objetos entre la penumbra.

Hernando reparó pronto que no había en toda la estancia ni un cuadro o figura esculpida. Solamente un cincelado candelabro de siete brazos ornaba una gran chimenea, toda ella revestida en mármol, donde crepitaban dos gruesos leños. Pese a la lobreguez del lugar, Hernando se sintió confortado.

Maese de la Herrería permanecía sentado en un sillón de repujado y mullido cuero de alto respaldo enfrente de una mesita ocupada por un tablero de ajedrez con todas las piezas de marfil dispuestas para el comienzo de una partida y un libro de gran volumen con el recubrimiento de terso cuero. Reparó entonces Hernando en que era el único tomo que había visto hasta entonces en la casa.

—Sed bienvenidos a mi hogar. Os esperaba desde hace días —dijo maese de La Herrería, incorporándose del asiento.

El judío aparentaba menos edad de la que en verdad contaba que era la de un anciano. Era enjuto y de buena estatura, con el cuello y las manos apergaminadas, tenía el rostro perfectamente rasurado, el cabello bien cuidado y muy abundante para sus años. Una prominente y aguileña nariz delataba su raza y unos profundos ojos negros le conferían un aspecto inquietante que mitigaba con un gesto sonriente. Caminaba un tanto encorvado y desde que los recién llegados entraron en la sala no había perdido de vista a Hernando, había estudiado cada gesto de asombro e incomodidad del muchacho y a él dirigió una amplia sonrisa de bienvenida.

El joven creyó reconocer al maese cuando estuvo frente a él, pero se antojaba que la persona que creía haber visto con anterioridad no se correspondía con esta otra a la que adornaban finas telas y sedas. Enseguida asoció aquella cara con otra en la que había reparado alguna vez por el mercado de Barcarrota y a la de un paseante solitario entre los canchales. Mas, aquella persona iba siempre arropada por un humilde sayal y tenía la poca atención que se presta a un mendigo. Miguel de la Herrería adivinó el descubrimiento del muchacho.

—¿Te extraña verme de este modo… Hernando? —dijo con sarcasmo el maese.

493

—A decir verdad, así es, señor. Le recuerdo como a un mendigo solitario, no conozco a nadie con quien tuviera relación y aunque nunca le vi pedir hubiera apostado que vivía para buscar limosna. Y ahora le encuentro como dueño de una riqueza como no hay otra en Barcarrota y dudo que se encuentre en Jerez.

—Bien, mi buen Hernando. Así es la vida, una cosa es lo que eres y otra muy distinta cómo resultas a los demás. Mi buen amigo don Rodrigo ya te ha hablado del gran teatro donde vivimos los hombres…

—Pero… don Rodrigo y vos… —contestó aturdido Hernando.

—Así es, muchacho. Estoy al punto de todos tus pasos desde que llegaste a Barcarrota. No, no pienses que soy un converso marrano, un judío que espía a los cristianos para aojarle todos los males o secuestrar a muchachos y darles tormento. Eso son patrañas interesadas de malos teólogos y peores pagadores. Lo entenderás en su momento. Sigo con interés tu crianza por deseo de mi buen amigo y socio don Manuel Méndez de Soto, tu abuelo.

—¡Vos! ¿Decís que estáis asociado con mi abuelo? Vos, un…

—Sí, un judío —interrumpió con una sonrisa socarrona el maese—. Y voto a, nuestra sociedad es provechosa para ambos. Mis riquezas aumentan gracias a la buena administración de tu abuelo. Obligado, como estoy, a la pobreza social, el bueno de don Manuel vela por mis intereses y siéndome tan leal como honrado en las cuentas es de justicia que se beneficie por ello.

Hernando miró con incredulidad a don Rodrigo y tuvo como respuesta el asentimiento del caballero.

—Estoy al corriente de tus progresos con las armas, pero me intereso más por tu espíritu despierto que anda en boca de todo el pueblo y me felicito de que la generosidad y la lealtad ordenen tu conducta. Si es tu deseo vivir de la milicia, que así sea. En los tiempos que corren las armas son el primer escalón para llegar a los graves asuntos de la política, mas en ese proceloso mundo ser generoso y leal es a veces más peligroso que la traición.

—Y vos, maese, ¿habréis de enseñarme a navegar por ese tormentoso mar?

—Ése es el deseo de tu abuelo y tantos favores le debo que no he podido negarme. Ahora, al conocerte, creo que hice bien y sospecho que llegaremos a buen puerto. Mas la singladura será larga y has de tener paciencia. Hay tantas aventuras que correr como estrellas en el firmamento y ahí seguirán por siglos, no hay prisa alguna en conquistarlas. La calma y el buen juicio son los mejores tutores para que el hombre logre su destino. Tú apenas alcanzas los catorce años, ahí afuera te espera un universo fiero y peligroso y deseo que cuando salgas del umbral familiar lo hagas con la valentía y el entendimiento suficiente para doblegarlo. Ahora, acompáñame, vas a capitanear tu primera batalla.

La llegada del mozo Gonzalo a la majada disipó los recuerdos de Hernando. Venía el pastor sofocado y circunspecto, con paso apresurado, muy por delante del rebaño congregado por los dos amaestrados mastines. Antes de decir nada y con mirada preocupada el pastor bebió un largo trago de un botijo que colgaba a la sombra de un emparrado que hacía las veces de zaguán de la choza.

—¿Qué ocurre, Gonzalo? —preguntó con calma Hernando.

El pastor se sacudió unas gotas de agua que escurrían por la barbilla restregando el antebrazo y movió la cabeza con disgusto.

—No son buenas las nuevas, Hernando.

—¿Qué sabes del pueblo?

—Un mal asunto. Me encontré con el Pardal, el mulero de don Alonso Hijosa, y le requerí qué se contaba en Barcarrota sobre mi amo don Manuel y del pleito que sostenía con la Inquisición…

—¿Y…? —demandó con impaciencia Hernando.

—Ya sabes lo amigo que es de la cháchara banal y lo desnortado que anda cuando da explicaciones sobre algo. Mas de todo cuanto farfulló el Pardal tuve por seguro que los alguaciles andan en tu captura y hasta se han llegado a Jerez en tu busca. El caso está lejos de pasar al olvido y el comisario Molina no se aviene a ningún trato con tu abuelo. Está decidido a que pagues por la ofensa que hiciste a sus santahermanderos.

—No entiendo. Me pareció que todo quedó decidido con las confesiones de mi abuelo y la mía ante Molina. El comisario hasta nos despidió con afecto. Y al día siguiente… No lo entiendo.

—Hernando, en este embrollo hay algo turbio. De nada ha servido la condición de hidalguía y limpieza de sangre de tu familia, el testimonio a favor del caballero de Calatrava don Rodrigo y las confesiones de criados que dijeron que maese de la Herrería fue ofendido por los guardias, pese a su senectud y naturaleza de bautizado.

—Extraño de verdad —dijo para sí Hernando—. Apostaría que alguien me ha condenado de antemano como penitente de un secreto pecado que ha cometido otra persona. Mas ¿quién y por qué?

—¡Ea! Aquí estás seguro, Hernando. Llevas una semana y puedes quedarte todo el tiempo que sea menester. No te preocupes demasiado porque esos sabuesos de la Inquisición desisten pronto en su empeño cuando no tienen a mano al infeliz sobre el que asestar su maldad. ¡Cagüen la leche! —dijo alegre Gonzalo con un palmetazo amistoso en el hombro de Hernando—. Nadie dará contigo. Te lo juro.

Hernando tomó asiento enfrente del judío que no dejó de sonreír al muchacho en ningún momento. El caballero don Rodrigo asistió a la escena mientras se servía una copa del apetitoso vino que guardaba la frasca de cristal tallado.

—¿Sabes qué es esto? —preguntó el judío, señalando el lujoso tablero de ajedrez.

—Un simple juego, señor —contestó Hernando con desagrado por considerar la cuestión impropia a su educación que tan bien decía conocer maese de la Herrería.

—Es cualquier cosa menos un juego infantil —respondió el converso con un tono entre la burla y el consejo—. He aquí un campo de batalla incruento, dispuesto para descubrir las virtudes y los defectos de los hombres. Es un espejo sobre la manera que cada cuál encara la vida. En los movimientos de las piezas podrás adivinar las intenciones del enemigo, conocerás de su impaciencia, si anda por la retirada o prefiere el ataque, si es imprudente o moderado. Y entonces toda tu estrategia debe contestar a la suya, en cada movimiento debes pensar la respuesta y las alternativas que te sean más ventajosas y tener en cuenta las variaciones que prepara el adversario a cada uno de tus pasos. Es un torneo para mentes despejadas.

—Todo eso lo sé, porque he jugado con mi padre y mi hermano Juan. Todo se reduce en rendir al rey —interrumpió Hernando con complacencia.

—¡Oh, no! No es así —dijo el judío, moviendo la cabeza con contrariedad—. Traer en jaque al rey es la culminación del combate, pero se aprende en la batalla, jamás con el grito de victoria. Hasta llegar a ese punto ¿cuántos errores has cometido?, ¿cuántas piezas has sacrificado en vano?, ¿cuántas veces tu primer paso erróneo te lleva a la derrota? Eso es lo que cuenta, aprender de los yerros para no obstinarse en ellos. El ajedrez te ayuda a pensar mejor que cualquier otro oficio y doma tu espíritu como el mejor tratado de filosofía.

—Mas lo que cuenta, macse, es el triunfo —contestó Hernando, al que respondió con una carcajada don Rodrigo mientras se servía otra copa de vino.

—Cierto —dijo el anciano—. Mas la victoria es amarga muchas veces y buscarla con rapidez es fiarse al fracaso. ¿Merece la pena perder todo tu ejército en el tablero para rendir al rey? ¿Cómo te sentirías si no fueran inanimados trozos de marfil sino hombres bajo tu mando a los que envías graciosamente a la muerte? ¿Cuántos deben sacrificarse para saciar tu ánimo victorioso? Hay que vencer, mi buen Hernando, pero con cautela y con las menos pérdidas posibles. Muchas veces un buen trato es una victoria. Con una retirada logras el afecto de tus hombres por salvarles la vida y la oportunidad de pelear de mejor manera al día siguiente.

Hernando quedó pensativo y pasó su mano sobre el aterciopelado cuero que cubría el libro que reposaba en una esquina de la mesita.

—Es un regalo para ti —dijo el maese—. La lectura es un buen escudero de la bravura, templa los nervios y te ayuda en el juicio certero.

El muchacho ojeó el libro y se detuvo en la primera página impresa. *Los cuatro libros del invencible caballero Amadís de Gaula en que se tratan sus muy altos hechos de armas y apacibles caballerías.* La impresión en letra gótica estaba encuadrada dentro de una panoplia caligrafiada con yelmo emplumado y diversos escudos de armas llenaban sus campos con dragones, leones, espadas y castillos. Abajo, con la letra más menuda, leyó: *ZARAGOZA MDVIII.*

—¿Fantasías de caballeros? Maese, ¿me regaláis un libro de cuentos para arrullar a los niños? —inquirió Hernando con sorpresa.

—Ji, ji. —Sonrió burlón el anciano con un rictus taimado—. De nuevo no ves más allá de tus propias narices. Delante de un castillo eres incapaz de buscar qué hay detrás de sus almenas. Léelo y busca entre sus bellas páginas la verdad de la aventura del hombre. Aprende a separar el trigo de la paja, omite fantasías y exageraciones y repara en el honor y la lealtad que esconden sus páginas, busca el sentido de cada palabra y hallarás el sentimiento de quien lo escribió y cuál era su intención al hacerlo. Te aseguro que encontrarás en este libro tantos valores como en una catequesis.

—Algo conozco de filosofías, maese. Y por eso tengo para mí que conviene guardarse de ciertos libros. ¿No será ésta una de esas obras que ofenden a Dios?

—No hay cuidado, Hernando. Los libros son buenos o malos de acuerdo con aquel que se da a su lectura, nunca por decisión de la autoridad que cuida de sus intereses. Los libros son un regalo que Dios ha dado a los hombres. Acaso, el más importante de todos, nuestra Biblia, no fue dictado por el propio Creador.

—Tengo por cierto, maese, que el Demonio nunca está quieto y enreda sobremanera en las lecturas de los hombres para confundirlos, por ello la Inquisición…

—¡Ah, la Inquisición! —interrumpió con rabia el converso hasta perder la compostura—. Una partida de cobardes dispuestos a convertir a los seres humanos en un rebaño de ovejas. Fuimos creados a semejanza de Dios y por tanto hombres libres para actuar y pagar por nuestros errores. Si vas a aprender a mi lado, es el momento para que optes entre un mundo de miedos y supersticiones u otro de razón y conocimientos.

La firmeza de Miguel de la Herrería cautivó a Hernando de inmediato, que se sintió reconfortado por tener a un maestro de carácter grave, algo difícil de adivinar bajo aquella apariencia de anciano mesurado mecido en la placidez que otorga la riqueza.

—Si sois tan buen amigo de mi abuelo, es de suponer que él está al corriente de vuestra manera de pensar y no tiene inconveniente en ponerme en vuestras manos. Sea como vos queréis, mas os advierto que nada me desviará en la creencia de mi Dios.

—¿Tu Dios? —inquirió el maese frunciendo el ceño—. Crees que existe más de un Creador. ¿Cuál es tu Dios y cuál es el mío? Me conoces como Miguel de la Herrería, pero también tuve el nombre de Leví Abenhariz. Pero yo soy la misma persona. Dios, Yahvé o Alá, nombres diversos puestos por hombres distintos al Hacedor de todo cuanto existe. El Creador hizo cosas buenas en todas partes y en todos los sitios debes honrar su memoria. Yo mismo, como judío, dudo que sea parte del pueblo elegido, a menos que Dios sea un farsante redomado que se regocija con el sufrimiento de sus criaturas predilectas. Ya aprenderás las razones ocultas que mueven a tu infalible Iglesia. Pero eso son cosas de los hombres, tan mudables como sus costumbres. Lo importante es la fe, y ésa, Hernando, deseo que no la pierdas jamás.

—Entiendo, maestro —replicó Hernando—, que deseáis que aprenda todo lo que de bueno tienen otras gentes y civilizaciones, que lo respete y hasta lo haga propio. Ésa es la manera de descubrir cómo soy y la valía que he de desempeñar en mi futuro oficio. Sentirme y actuar como un hombre libre.

—Despierto, muy despierto —murmuró el maese, dirigiendo una mirada de complicidad a don Rodrigo—. Vamos a la partida, mi buen Hernando. Tuyo es el primer movimiento.

Don Manuel fue informado sin tardanza por su nieto de cuanto sucedió en casa del maese judío. El abuelo dio su visto bueno a todo lo que expuso su socio De la Herrería y añadió algunos detalles sobre los negocios que compartían, con la exigencia a Hernando de que guardara el secreto porque en ello les iba la prosperidad futura y hasta la libertad.

Siguieron semanas de estudio y largas consejas del maese que fueron sazonando la mente de Hernando, abriéndole a un mundo que ni siquiera imaginaba que existiera. Se le antojaba que hasta entonces vivía dentro de una lóbrega habitación que de día en día iba limpiándose de telarañas de superchería, de roña ancestral de prejuicios, abriendo ventanas ocultas por raídos cortinajes de fanatismo para que se oreaese e iluminara aquel cerrado y asfixiante habitáculo que había sido su vida hasta entonces. Tan reconfortado y feliz se sentía que se acomodaba mejor a la instrucción militar que seguía cotidianamente bajo la tutela de don Rodrigo.

—Espíritu abierto y brazo firme —le despidió el maese el día de su primer encuentro—. No descuides ninguno de los dos y ejercita por igual a ambos. La espada firme y el estudio como rodela.

Mientras su cuerpo se robustecía crecía en madurez y eso le fue alejando de los mozalbetes cómplices de chiquilladas para dedicar más tiempo en procurarse contactos con gentes de edad, algunos comerciantes, viejos soldados o viajeros de paso. De todos aprendía, fuera con sus quimeras o de sus leales consejos. Pero tuvo en su abuelo al mejor confidente. Le tenía informado al punto de las enseñanzas del judío y no faltaba jamás cuando don Manuel llevaba a la casa a algún invitado, ya fuera antiguo compañero de armas o tratantes de Jerez, Zafra o Badajoz. Todos, para orgullo del abuelo, se deshacían en elogios y auguraban un provechoso porvenir a Hernando por su atinado criterio y las buenas razones que daba de cuánto allí se platicaba, nada común en mozos de su misma edad.

La satisfacción de todos no era compartida por doña Leonor muy preocupada por las cosas que contaba su hijo en las episódicas visitas a sus progenitores en la casa paterna de Jerez. En cada una de ellas la madre encontraba más lejano y desconocido a su hijo, llegado a hombre de manera prematura.

A medida que transcurría el tiempo se asentaba en ella la seguridad de que Hernando se había alejado por siempre de las sacristías y los seminarios. Nadie supo de sus sollozos cuando en la alcoba se mortificaba al recordar las emocionadas palabras de su segundo vástago sobre el Dios de todos los hombres y las miserias humanas que alcanzaban a reyes y obispos o al relatarle ufano sus progresos a lomo de caballo y en el uso de la espada. Acompañada por su soledad y acurrucada por los temores, doña Leonor se santiguaba entre lágrimas y rezaba porque su querido hijo no terminara sentenciado como hereje o desangrado tras de alguna pendencia.

Hernando había desmenuzado cada frase del *Amadís* y tenía al corriente a maese de la Herrería de cuanto entendía de sus páginas, que releía una y otra vez. Las partidas diarias de ajedrez servían como pretexto para que discípulo y maestro platicaran sobre el valor y la decencia, las enseñanzas de hombres que estaban muertos siglos atrás, pero cuya sabiduría perduraba a través del tiempo. Por entre ellos desfilaba la memoria de héroes, poetas y grandes generales de Grecia, Cartago, Roma, Egipto y Persia. Y también se recordaban los muchos avatares de la historia de España, el Sefarad de maese de la Herrería y el Al Andalus de los moros ahora en retirada y antes señores de todos estos reinos.

El ánimo de Hernando se extasiaba al oír las hazañas de Odiseo, Alejandro de Macedonia, Temístocles de Atenas, Leónidas de Esparta, Ciro de Persia, Aníbal o Julio César, y se admiraba con personajes más cercanos como Rodrigo Díaz, el sabio rey Alfonso, el conquistador don Jaime o los decididos monarcas Isabel y Fernando. No olvidaba el judío de mentar al prohombre más reciente de todos, el Almirante Cristóbal Colón, al que se refería siempre como «uno de nosotros», lo que intrigaba al joven, incapaz de adivinar si quería decir que era castellano como ellos o judío de origen como el maese.

Hernando se disponía a viajar a Jerez para pasar las fiestas de la Pascua con sus padres y hermanos y cumplir en familia con los oficios religiosos de la Semana de Pasión y la gloria de la Resurrección. Decidió visitar a maese de la Herrería y ponerle al tanto de su próxima partida.

La lluvia de los últimos días había desaparecido y el azul intenso del cielo desparramaba un frío intenso durante el día y blanqueaba de escarcha los tejados y los campos en la noche. El muchacho se despojó de la capa de buen paño que le abrigaba y buscó refugio junto a la chimenea donde el anciano atizaba dos gruesos leños avivando las llamas que iluminaban de claroscuros la estancia y la procuraban una temperatura placentera. En medio de la penumbra Hernando creyó ver en el rostro del maese un aire de tribulación hasta el punto que apenas reparó en su presencia y olvidó su habitual saludo, el lacónico «*Shalom*», con el que le recibía a diario.

—¿Ocurre algo, maestro? Os noto preocupado. ¿Puedo serviros en algo? —preguntó con interés el muchacho.

—Nada que deba inquietarte. ¿Vas a pasar la Pascua con tus padres?

—Así es, maese. Estoy contando los días para regresar.

—No seas impaciente. Tu familia forma parte de ti y es natural y honrado que todos juntos celebréis una fiesta tan importante. Yo estoy solo y en ocasiones como ésta os envidio a todos vosotros.

—Si os place, puedo haceros compañía. Mi familia se haría cargo sin duda.

—No es necesario, mi buen Hernando. Pero antes de marcharte deseo hacerte un regalo que guardo para ti.

El anciano se dirigió a un alto bargueño y abrió uno de los cajones laterales. Un chirrido como de piezas de metal que se frotaran inundó la silenciosa sala y el mueble se descorrió hacia un lado dejando ver una oquedad de profunda negrura. Con parsimonia el anciano encendió las velas de un candelabro posado sobre una mesa cercana e indicó al muchacho que le siguiera. Antes de penetrar en el tenebroso aposento, el maese se volvió a Hernando.

—Esto es una prueba de total fidelidad. Lo que vas a ver no ha

502

de saberlo nadie, ni siquiera tu abuelo. El secreto sólo nos pertenece a nosotros. ¿Tengo tu palabra de que no se lo dirás a nadie?

—Os lo juro, maese —respondió Hernando excitado y ansioso por descubrir qué asunto arcano embozaba aquella oscuridad.

Un vaho de olor a cuero viejo, papeles y polvo regurgitó de las tinieblas arremolinado en un aire viciado que animó las brasas de la chimenea haciendo crecer las llamas. La negrura se fue abriendo como si la pálida luz de las velas la rasgara y las sombras que se dibujaban a lo largo de las paredes fueron tomando la forma visible de estantes repletos de libros, legajos y pergaminos.

Tan sorprendido estaba Hernando que le resultaba difícil numerar cuanto allí había. Tal vez un millar de volúmenes; el doble, acaso. La estancia era un cuarto rectangular, bien encalado, pero sin respiración. Sus cuatro paredes estaban tapizadas hasta el techo por los libros y el único sitio libre de papeles estaba justo enfrente de la disimulada puerta. Lo ocupaba una mesa sin adorno alguno, sobre la que se disponían dos candiles, una escribanía de cerámica con tinteros, varios cálamos y un atril donde reposaba un grueso tomo. Un severo sillón de anea con mullido almohadón para descanso de las posaderas completaba el sobrio mobiliario.

—Éste es mi verdadero tesoro —dijo satisfecho el judío mientras depositaba el candelabro sobre la mesa—. Y ahora es tuyo también, Hernando. Aquí está la sabiduría de siglos. Esta biblioteca la comenzaron mis antepasados y como si se tratara de tierras o dominios a mí me corresponde cuidar y ampliar la herencia.

—¿Por qué me confiáis todo esto, maese? —preguntó Hernando mientras leía el título posado en el atril: *Claros varones de Castilla*, de un tal Fernán Pérez de Guzmán—. Os pertenece a vos y a vuestra familia.

—Como ya conoces no tengo herederos y Dios sabrá el porqué no me honró con la paternidad. En estas últimas semanas he descubierto en ti las virtudes que hubiese querido que honraran al hijo que nunca tuve. Es mi deseo que todos estos libros sean tuyos cuando yo haya desaparecido. Sé a ciencia cierta que sabrás cuidarlos y, llegado el caso, ocultarlos de fanáticos e incendiarios.

—Un grave oficio me procuráis. No es fácil ocultar tal cantidad de libros.

—Confío en tu inteligencia. Además, no resulta tan complicado. ¿Cómo crees que llegaron hasta aquí desde la aljama de mis antepasados en Hervás? Vinieron envueltos en fardos de buhoneros, entre las telas de comerciantes y dentro de las tinajas de los alfareros. Una buena bolsa compra el acarreo y hasta el silencio de los hombres.

—¿Tan valiosos y secretos son estos libros? ¿Por qué los ocultáis? Tanta sabiduría debería estar al alcance de las gentes.

—Mi buen e ingenuo Hernando. No hay peligro ni malas artes en ninguno de estos libros. Yo lo sé y tú lo aprenderás cuando los leas, mas no puede decirse lo mismo de aquellos que se dicen guardianes de nuestra fe y centinelas de nuestras costumbres. De aquellos que desprecian la libertad del hombre, porque ella acabaría con la suya para cometer desatinos sin dar cuentas a nadie. Anda, toma tu regalo.

504

—No sé por dónde comenzar, maese —dijo Hernando mirando a su alrededor y encogiendo los hombros para demostrar su incapacidad.

—Siéntate —dijo el anciano mientras se dirigió al anaquel situado a la derecha y escudriñó en el estante más próximo al suelo. Buscó con la mirada durante un minuto mientras Hernando aguardaba impaciente golpeando los brazos del sillón—. Sí, estos dos pueden valer —se dijo para sí el judío.

El maese depositó en la mesa dos libros. Uno de ellos con las cubiertas gastadas, señal de que muchos ojos habían repasado sus páginas. El otro, bien cosido y encolado, parecía recién apartado de la imprenta.

—Los latines que sabes —dijo el anciano enseñándole el tomo más usado— te serán suficientes para entender esta obra, *Fasciculus temporum*, una bonita historia del mundo. Este otro será de tu agrado —y leyó con cierta dificultad la floreada caligrafía del lomo—: *Perfección del triunfo militar* de Alonso de Palencia. Fue un buen discípulo de un sabio judío llamado Salomón Ha Leví. Te servirán como entrada a este mundo. ¡Ahora es tuyo, Hernando! ¡Descúbrelo, hijo mío!

Υ

A su vuelta de Jerez, Hernando se encerraba horas enteras en la lúgubre biblioteca entregándose a una lectura apremiante en un esfuerzo titánico, pues cuanto más leía más parecían aumentar los volúmenes. Se diría que tenía la vida contada y cada segundo le era necesario para descubrir cada página y descifrar cada verso.

Se embebía de consejos y modos de la milicia leyendo *Doctrinal de los caballeros* de Alfonso de Cartagena, también la obra de Lope García de Salazar *Libro de las bienandanzas y fortunas*, el *Libro del infante don Pedro de Portugal* y la *Historia de Alexandre Magno* de un tal Curtius Rufus.

Reclamaba su atención otras obras que educaban el espíritu, aunque fuera precavido por Miguel de la Herrería de que era conveniente guardar confidencia sobre sus autores. De tal modo leyó con el regusto que causa lo prohibido a Petrarca y Apuleyo y las enseñanzas de los judíos Maimónides y Abraham ibn Ezra.

Pero de cuantos poemas y relatos descubría, le cautivó de manera particular el *Libro de Calisto y Melibea y la puta vieja Celestina*, en una delicada edición de Pedro de Hagenbach impresa en Toledo el año de 1500. Tales aventuras estimulaban en el joven las ansias amatorias, apenas desfogadas por entonces con alguna moza licenciosa con buena disposición para dejarse manosear a cambio de unas pocas monedas y cuya amistad le procuraba el perillán de Tarabilla.

Cuando su cuerpo se fatigaba después de cabalgar página tras página y su mente se embotaba como una espada sin filo, Hernando se daba al repaso sosegado de las figuras y grabados estampados en el *Libro de historia, testimonianzas e villas de Sefarad* de Samuel Abravanel que le llevaba a conocer tierras y paisajes de España sin moverse del mullido sillón.

Tanto tiempo dedicaba al estudio que descuidó la instrucción junto a don Rodrigo, mas siempre encontraba la disculpa adecuada para no desvelar el misterio que ocultaba la casa de maese de la Herrería, aunque recibiera alguna reprimenda del caballero que, celoso de su maestría, advirtió al muchacho lo siguiente: «El

505

ajedrez y los sabios consejos del maese te enseñan los caminos, pero recuerda que a ti corresponde recorrerlos burlando los estorbos, que las más de las veces se vencen con las armas y no con filosofías. El brazo hay que mantenerlo robusto».

Hernando pasó las fiestas de la Natividad del año de 1513 en Jerez, donde alentó en su hermano Pedro la imaginación aventurera con nuevas historias y fantasías recién aprendidas para deleite del varón más pequeño de los Méndez de Soto. Regresó a Barcarrota en cuanto le fue posible, ansioso por continuar su educación y encontrarse de nuevo con su paraíso oculto.

Andaba una tarde entretenido con pasajes de la gran historia del sabio rey don Alfonso cuando escuchó bullicio en el patio. El vocerío llegaba tenue hasta la biblioteca, cuya disimulada puerta estaba entreabierta. No prestó mucha atención al suponer que se trataba de alguna disputa enfadada entre los criados y se dispuso a cerrar la entrada para no ser molestado. Fue entonces cuando apercibió la voz del judío que parecía contestar a otras de tono altanero que le eran desconocidas. Cerró tras de sí el bargueño y decidió a averiguar lo que ocurría.

En el frondoso patio, oculta detrás de una columna la anciana criada tenía mudada su tez pálida por el rubor que le causaban el sofoco y el miedo. Tres alguaciles de la Inquisición disputaban con el anciano y su criado García, que hacía por protegerle y junto a todos ellos se encontraba don Rodrigo, que recién había llegado a la casa y apenas tuvo tiempo de desprenderse del tahalí donde enfundaba la espada para depositarlo en una mesa e interesarse por lo que allí pasaba. El alguacil mayor explicaba las razones de tal alboroto.

—Don Miguel de la Herrería ha sido acusado ante el tribunal de la Inquisición de sostener prácticas heréticas y permanecer fiel al judaísmo, por lo cual debe ser conducido ante los jueces para dar cuenta de tales usos.

—¿Quién ha sido el que difama de tal manera a persona tan respetada? —inquirió don Rodrigo con la calma que le era habitual.

—No me corresponde a mí, ni al alto tribunal desvelar la identidad de leales cristianos atentos a la defensa de la fe —contestó con arrogancia el jefe de la partida santahermandera.

—¡Se trata de patrañas! —dijo don Rodrigo más airado—. Por cada cristiano decidido a calumniar a don Miguel de la Herrería yo os entregaría a veinte dispuestos a declarar lo contrario.

—Haced lo que os venga en gana. Más tengo orden de llevar a Miguel de la Herrería al tribunal bajo acusación de herejía y así lo haré, por la fuerza si es llegado el caso —contestó el alguacil con mayor determinación.

—¡Todo eso son mentiras! —gritó Hernando mientras irrumpía en el patio—. ¡¿Qué clase de justicia es esa que admite una denuncia de cualquier bellaco contra personas honorables?!

—¿Y este mozo exaltado quién es? —preguntó el alguacil mayor.

—Mi nombre es Hernando, nieto de don Manuel Méndez de Soto, hidalgo de este pueblo, cristiano viejo y servidor leal de Sus Majestades. Mi abuelo os dará todas las explicaciones que necesitéis para terminar con este desatino.

—Conozco a tu abuelo, mozo. Sé que es de buena cuna y familia hidalga, mas no confío que ande mezclado con cosas de judíos o pretenda enemistarse con la Inquisición.

—¡Quédate fuera de esto, Hernando! —dijo imperativo don Rodrigo—. Esto no es un juego sino algo que debemos solucionar las personas de edad.

—Pero don Rodrigo, esto es una infamia y un maltrato a un anciano que ha sido bautizado y merece todo el respeto por su edad y su condición de cristiano —contestó Hernando que fijó su mirada en el maese, que permanecía mudo y nervioso junto a su criado. El muchacho creyó ver en él una mueca de agradecimiento y orgullo por su intromisión.

—¡Basta, Hernando! —dijo el caballero de Calatrava alterado como nunca le vio el joven—. Te ordeno que guardes silencio y te marches ahora mismo de aquí.

—Eso digo yo, ¡basta! Y prendamos de una vez a este perro judío para que confiese sus crímenes. Estoy deseoso de dar tormento a un hereje rico como éste y arrancarle las sedas que viste —intervino uno de los guardias, el más fornido, de as-

507

pecto desaliñado, que se diría que fue reclutado en el rincón de una taberna o en medio de una riña de arrieros.

El corpulento alguacil quitó de en medio con un empellón al criado García y prendió del cuello al maese con tanta fuerza que parecía querer estrangularlo allí mismo. El anciano se retorció de dolor y a punto estuvo de caer al suelo. Al ver el maltrato, una centella de rabia sacudió la cabeza de Hernando y con la misma celeridad se hizo con la espada de don Rodrigo y dirigió el acero hacia el bravucón.

—¡Nooo! ¡Guarda la espada, Hernando! —gritó como un endemoniado don Rodrigo—. No empeores las cosas y te busques una desgracia.

—¡Ja, ja! Vamos, muchacho, suelta eso y vete junto a tu madre. Hazlo o te azotaré el culo para que escarmientes —dijo el alguacil, que dejó libre con gesto de asco el cuello de maese de la Herrería.

—No sois más que un fanfarrón cobarde que disfruta maltratando a los ancianos. Apuesto a que también pegáis a las mujeres porque no soportan el olor a mierda que os envuelve —replicó Hernando sorprendido de la tranquilidad que le invadía.

—¡Por todos los Santos! Voy a enseñar a este hideputa, defensor de judíos, el respeto que se debe a los alguaciles de la Santa Hermandad. ¡No consiento bravatas de galopín malcriado!

Don Rodrigo hizo ademán de abalanzarse sobre Hernando y el sofocado maese indicó al muchacho con un movimiento negativo de cabeza que cediera en su postura. El alguacil mayor paró al caballero y dirigió una sonrisa cómplice a su subordinado.

El joven mantenía fija la mirada en los ojos del adversario y adivinó por su forma de desenvainar que era más diestro en el uso artero de la navaja que en el arte de la esgrima. El fortachón se movió lento hacia Hernando y elevó el arma de plano con la intención de darle un buen golpe en la sesera que aturdiera al muchacho y le dejara una buena cicatriz para toda su vida. Lo que vino después fue tan rápido que los allí presentes apenas lo recordaban. Hernando paró el golpe y tan rápido devolvió la cuchillada que si no retrocede el patán a buen seguro que le habría rajado la barriga. Encolerizado, el alguacil atacó de frente y por derecho al cuerpo de Hernando. El joven esquivó la acometida, golpeó el arma del contrario que cayó al suelo y hundió la suya de parte a parte en el hombro izquierdo del rival. El perdonavidas se retorció de dolor en el suelo entre ayes y petición de socorro como una asustada damisela. Hernando arrojó la espada y miró con desprecio al herido, mientras llegaba a su lado don Rodrigo para protegerle de la venganza si hiciera al caso.

—¡Es suficiente! —gritó con disgusto el alguacil mayor—. Daos presos todos. Y tú, muchacho, responderás por esta ofensa.

Heló durante la noche y el rebaño anduvo inquieto contagiando a los perros que ladraron más de lo habitual, acaso barruntado la cercanía de alimañas hambrientas, lo que mantuvo en vigilia a Gonzalo Vázquez y al propio Hernando, arrebujados en raídas mantas muy cerca de la hoguera para tratar de engañar al frío que entraba de rondón por entre los muchos poros del adobe reseco y por el medio de la carcomida techumbre. El sueño les ganó cuando la negrura del cielo se fue lavando con la aurora.

El pastor se aprestaba a abrir el redil después de contar a los animales y comprobar que el rebaño estaba entero y salvo. Hernando le miraba hacer mientras mordisqueaba un mendrugo de pan pringado con un aceite verdoso y contundente al que acompañaba con una escudilla repleta con aceitunas adobadas y un pedazo de requesón. Fueron los dos mastines los primeros en alertar de que tenían una visita inesperada.

Por la empinada cuesta que moría junto a la cabaña alguien venía hacia ellos montando la conocida yegua de don Manuel Méndez de Soto aparejada de dos alforjas que se adivinaban bien repletas. Hernando no se apercibió de la identidad del jinete hasta que le tuvo a menos de sesenta varas. Los latidos del corazón redoblaron con fuerza en su pecho al ver la redondeada y afable cara de su abuelo que le sonreía. Corrió ladera abajo a su encuentro con ganas de abrazarle y el anhelo por conocer la nueva de que juntos regresarían a casa.

Mas don Manuel llevaba junto a los fardos una buena carga

de pésimas noticias. El anciano se acomodó en la choza ante la impaciencia del nieto y la curiosidad del pastor. Se calentó las manos junto a los últimos rescoldos del fuego y mudó el semblante.

—Las cosas no han variado, Hernando —dijo el abuelo, tomando por el hombro a su nieto—. A decir verdad, están peor de cuando tu fuga. La Inquisición no se aviene a ningún trato y desea darte un escarmiento.

—Abuelo, vos sabéis que actué en conciencia y en defensa de un cristiano maltratado. ¿Por qué no lo entienden así?

—El asunto no va por caminos de la fe y la decencia. Todo es más grosero. El secretario Molina ha contraído una notable deuda con maese de la Herrería y no está dispuesto a enjugarla. A decir verdad nunca lo estuvo. Con falsos testigos y calumnias ha procesado a nuestro amigo y, no contento con anular la deuda, pretende subastar los bienes del maese.

—¡Ajajá! Ya sabía yo que había soga detrás del caldero en todo esto —comentó entre dientes el pastor.

—Y tú, patán ¿no tienes nada mejor que hacer que estar husmeando lo que aquí acontece? ¡Ve con el ganado! —respondió airado don Manuel a Gonzalo Vázquez, que dejó la cabaña refunfuñando.

—¿Y cuál es el juego que se traen conmigo? —preguntó impaciente Hernando.

—Tengo para mí que huronean el comercio que me traigo con maese de la Herrería y suponen que el juicio a mi socio y la voluntad contra ti me obligarán a desvelar el asunto.

—Abuelo ¿no tendréis la intención de…?

—Queda tranquilo. No hay nada contra mí y no es mi intención servirles en mantel el desempeño de mi vida para su disfrute holgazán. Tengo a buen recaudo los bienes y su osadía no les llega para darme tormento. Aún me quedan importantes amigos a los que recurrir. Es tu futuro lo que me inquieta.

—Abuelo, no puedo seguir oculto por más tiempo. Vayamos a Barcarrota y hagamos frente a lo que nos tengan guardado esos miserables. Estoy dispuesto a pedir perdón por mi conducta alocada, si es preciso. Va en ello el honor de nuestra familia.

—Nuestra honra no juega en esta partida. Por la testarudez

del comisario Molina me llegué hasta Llerena para abogar en nuestro favor ante el alto tribunal de la Inquisición. Y todo me quedó claro. El juez letrado Enrique Páez fue quien autorizó el pleito contra maese de la Herrería después que Molina le fiara una buen parte de los bienes de la requisa. Todo es una componenda entre bribones.

—¿Qué puedo hacer? No soporto permanecer más tiempo oculto como un bandido. Soy inocente y eso hace más penoso este raro cautiverio.

—Lo que haya de ocurrir a mí compete y a buenos amigos como don Rodrigo. Si llegas a entregarte, no sé lo que pudieran hacer contigo. Hasta el momento no hubo en Llerena autos sangrientos como en Sevilla y Toledo, pero no me consuelo con ello, porque esos hideputas tienen demasiado odio y ambición. No voy a tentar la suerte, de modo que es preciso que te marches lejos.

—¿Irme? Abuelo, ¿en qué lugar puedo estar libre de sus pesquisas?

—En las Indias. Allí estarás a salvo de la persecución. Contigo lejos acaso mude el asunto a nuestro favor.

—¿Las Indias? Desde luego he soñado mucho con ese nuevo mundo, pero jamás llegarme a ellas como un prófugo y a tan corta edad. Aún me queda mucho por aprender.

—Conoces lo necesario para afrontar esa nueva vida. Manejas las armas, eres despierto y con probado valor. Pensé primero en la Coronelía de la Reina, mas ni siquiera en ella estarías a salvo de los inquisidores, que gracias a Dios, aún no han puesto sus sanguinarias zarpas en las Indias.

—No es tan fácil embarcar, vos lo sabéis. Y el tiempo que haya de permanecer en Sevilla estaré en peligro.

—También he pensado en todo ello. Y no iba a ser tu abuelo el que te lanzara a la aventura sin socorro alguno. En las alforjas llevas una carta que debe ayudarte en tu propósito.

—¿De qué se trata, abuelo? —preguntó Hernando con interés, azuzado por la excitación de los próximos y desconocidos sucesos.

—Es una recomendación para fray Juan de Quevedo, nombrado obispo de la Tierra Firme en Castilla del Oro, que zarpará con el nuevo Gobernador don Pedro Arias Dávila, que comanda la mayor flota enviada hasta el momento a las Indias y que está enrolando en Sevilla.

—¿Confiáis mi futuro a una carta? Es arriesgado.

—Así es, mas una recomendación como ésa no es despreciable y vale por un pasaje al nuevo mundo. Fray Quevedo es una persona honrada, justa y su voz tiene el crédito del mismo Rey. Tiene, por demás, algunos favores que agradecerme y no estaría de sobra que se lo recordaras si tuviera floja la memoria. Creo que fue por el año de 1485 cuando tuve a bien proveer de algunos fondos y vituallas a una pequeña tropa para la defensa de su entonces parroquia de Zafra y pagar el rescate de tres doncellas que los moros habían prendido durante una partida de saco. Sellamos entonces una buena amistad y contrajo conmigo una deuda de por vida. No dejes que ningún mayordomo entregue la carta a fray Quevedo y sé tú mismo el que se presente ante él.

—¿Y mis padres, mis hermanos? Quisiera despedirme de ellos y besar a Pedro. Quiero explicarles que no soy un forajido, sino víctima de unos miserables. Que se sientan orgullosos de mí.

—No hay tiempo. Tu padre y mi querida nuera tendrán cumplida cuenta de todo cuanto ocurrió y cuál fue tu comportamiento. Estarán muy orgullosos, no lo dudes. Y parte ya sin más demora. Llévate la yegua y en las alforjas encontrarás lo necesario para el viaje. Por lo que hace a la carta, la bolsa con dinero y la espada, que siempre estén a tu alcance, no lo olvides.

—Abuelo, una cosa os pido. Ocurra lo que ocurra no permitáis que la casa de maese de la Herrería llegue a manos de esos bellacos ruines. En su momento sabréis de qué se trata.

—Te doy mi palabra. Y ahora marcha sin dilación.

Un fuerte abrazo les atenazó durante un prolongado minuto mientras las lágrimas de emoción y tristeza se amalgamaban en sus mejillas y como en un susurro don Manuel Méndez de Soto le repetía: «Ánimo, mira que el buen esfuerzo siempre vence a la mala fortuna». Luego, con buen paso, se dirigieron hacia la montura ante la mirada confundida del pastor.

—A partir de este momento, confío en que sabrás actuar como un De Soto. Se me da que está en tu mano y en aquellas lejanas tierras la defensa de nuestra familia. Y ahora marcha con Dios, hijo mío. Honor y gloria, Hernando.

—Honor y gloria, abuelo.

513

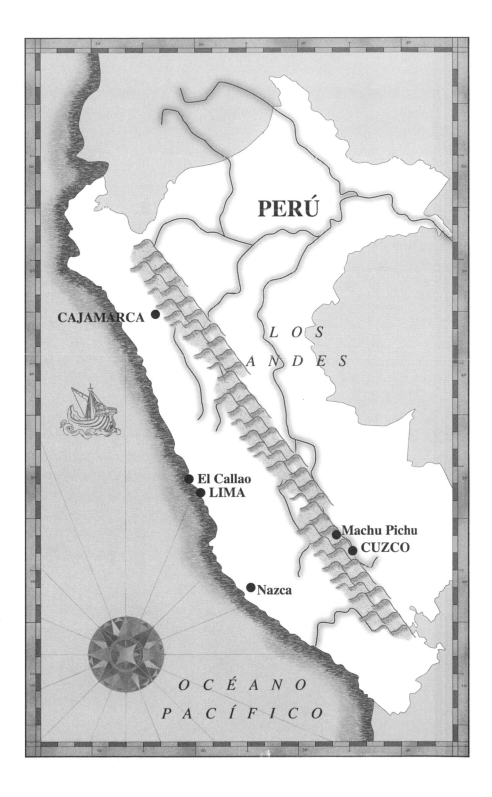

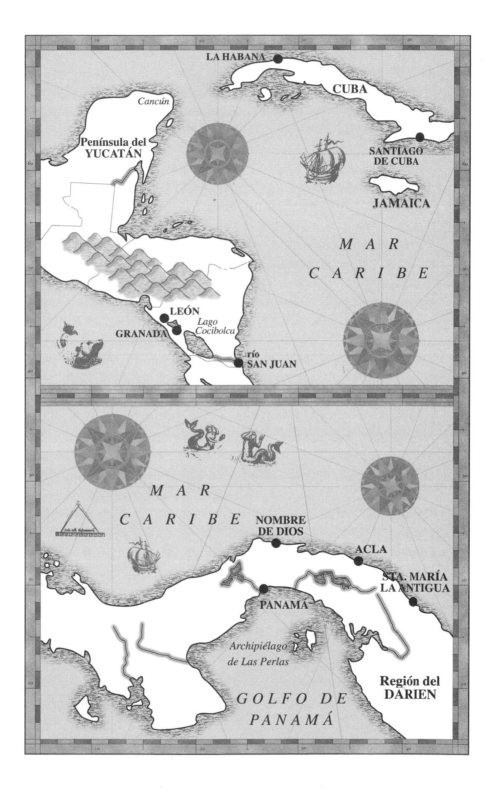

LA HABANA

CUBA

Cancún

Península del
YUCATÁN

SANTIAGO
DE CUBA

JAMAICA

MAR

CARIBE

LEÓN

Lago
Cocibolca

GRANADA

río
SAN JUAN

MAR

CARIBE

NOMBRE
DE DIOS

ACLA

STA. MARÍA
LA ANTIGUA

PANAMÁ

Archipiélago
de Las Perlas

Región del
DARIEN

GOLFO DE
PANAMÁ

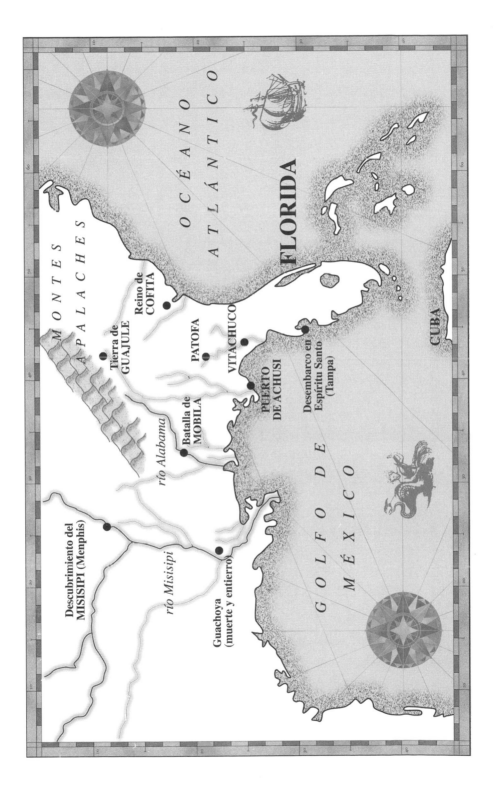

MONTES APALACHES

OCÉANO ATLÁNTICO

FLORIDA

CUBA

GOLFO DE MÉXICO

Descubrimiento del MISISIPI (Menphis)

río Misisipi

río Alabama

Tierra de GUAJULE

Reino de COFITA

Batalla de MOBILA

PATOFA

VITACHUCO

PUERTO DE ACHUSI

Guachoya (muerte y entierro)

Desembarco en Espíritu Santo (Tampa)

Agradecimientos

A todos los Cronistas de Indias que desde la lejanía de su tiempo y la proximidad de sus libros imperecederos me señalaron el camino a seguir y de manera especial a Garcilaso Inca de la Vega, a Gonzalo Fernández de Oviedo, al soldado-escribidor Bernal Díaz del Castillo, a Miguel de Estete, a Cieza de León.

Mi reconocimiento al historiador y académico peruano José Antonio del Busto Duthurburu, que me honra con su amistad y al que debo atinados consejos y el estímulo constante para narrar las hazañas de Hernando de Soto. A la profesora extremeña Rocío Sánchez Rubio, cuya valiosa e impagable documentación puso gentilmente a mi servicio.

A María Victoria de la Paz Monzón y Ángel Arrabal, a los cuales debo la corrección de textos y el ánimo para que no cejara en mi empeño.

A mi editora Blanca Rosa Roca, que depositó su confianza, sin la más leve reserva, en el manuscrito que llegó a sus manos.

En fin, al maestro de reporteros y persona de extraordinaria bonhomía, Miguel de la Quadra-Salcedo, de cuya mano he recorrido parajes de América a la manera de como lo hicieron mis admirados conquistadores.

ESTE LIBRO UTILIZA EL TIPO ALDUS, QUE TOMA SU NOMBRE

DEL VANGUARDISTA IMPRESOR DEL RENACIMIENTO

ITALIANO, ALDUS MANUTIUS. HERMANN ZAPF

DISEÑÓ EL TIPO ALDUS PARA LA IMPRENTA

STEMPEL EN 1954, COMO UNA RÉPLICA

MÁS LIGERA Y ELEGANTE DEL

POPULAR TIPO

PALATINO

* * *

* *

*

LAS HUELLAS DEL CONQUISTADOR SE ACABÓ DE

IMPRIMIR EN UN DÍA DE OTOÑO DE 2006, EN LOS

TALLERES DE BROSMAC, CARRETERA

VILLAVICIOSA – MÓSTOLES, KM 1

VILLAVICIOSA DE ODÓN

(MADRID)

* * *

* *

*